PRISIONEIRO DA SORTE

Do autor:

O Quarto Poder
O Décimo Primeiro Mandamento
O Crime Compensa
Filhos da Sorte
Falsa Impressão
O Evangelho Segundo Judas
Gato Escaldado Tem Nove Vidas
As Trilhas da Glória
Prisioneiro da Sorte

As Crônicas de Clifton
Só o Tempo Dirá
Os Pecados do Pai
O Segredo Mais Bem Guardado
Cuidado Com o Que Deseja
Mais Poderosa Que a Espada
É Chegada a Hora

JEFFREY ARCHER

PRISIONEIRO DA SORTE

5ª edição

Tradução
Roberto Grey

Rio de Janeiro | 2021

Copyright © Jeffrey Archer 2008

Publicado mediante contrato com a Macmillan Publishers Limited, editora do livro em inglês.
Os direitos morais do autor estão assegurados.

Título original: *A Prisoner of Birth*

Capa: Raul Fernandes

Editoração: DFL

Texto revisado segundo o novo
Acordo Ortográfico da Língua Portuguesa

2021
Impresso no Brasil
Printed in Brazil

CIP-Brasil. Catalogação na publicação
Sindicato Nacional dos Editores de Livros, RJ

A712p 5ª ed.	Archer, Jeffrey, 1940- Prisioneiro da sorte/ Jeffrey Archer; tradução Roberto Grey. – 5ª ed.– Rio de Janeiro: Bertrand Brasil, 2021.. 23 cm
	Tradução de: A prisioner of birth ISBN 978-85-286-1864-8
	1. Ficção inglesa. I. Grey, Roberto. II. Título.
14-09016	CDD – 823 CDU – 821.111-3

Todos os direitos reservados pela:
EDITORA BERTRAND BRASIL LTDA.
Rua Argentina, 171 — 3º andar — São Cristóvão
20921-380 — Rio de Janeiro — RJ
Tel.: (0xx21) 2585-2000

Não é permitida a reprodução total ou parcial desta obra, por quaisquer meios, sem a prévia autorização por escrito da Editora.

Atendimento e venda direta ao leitor:
sac@record.com.br

AGRADECIMENTOS

Pelos inestimáveis conselhos e apoio
em relação a este livro, gostaria de agradecer a:

Hon Michael Beloff QC, Kevin Robinson, Simon Bainbridge,

Rosie de Courcy, Mari Roberts, Alison Prince e

Billy Little (BX7974, HMP Whitemoor,
LVCM (Hons), BSc (Hons), Soc Sci (Aberta), Dip SP & C (Aberta))

PRÓLOGO

— Sim! — DISSE BETH.

Ela tentou parecer surpresa, mas não foi muito convincente, uma vez que já havia resolvido que se casariam desde a época em que ainda cursavam o ensino médio. No entanto, ficou espantada quando Danny se ajoelhou no meio do restaurante repleto de gente.

— Sim! — repetiu Beth, na esperança de que ele se levantasse antes que alguém parasse de comer e se virasse para olhá-los. Mas ele não saía do lugar. Danny continuava ajoelhado e, como um mágico, fez surgir do nada uma singela caixinha. Abriu-a, revelando um simples aro de ouro com um único diamante, bem maior do que Beth esperava — apesar de seu irmão já ter lhe contado que Danny gastara o salário de dois meses na aliança.

Quando Danny finalmente se levantou, surpreendeu-a de novo. Começou a teclar imediatamente um número no celular. Beth sabia muito bem quem estaria do outro lado da linha.

— Ela aceitou! — informou Danny, triunfante. Beth sorriu, segurando o diamante sob a luz e examinando-o com mais cuidado. — Por que não vem encontrar com a gente? — acrescentou Danny, antes que ela pudesse impedi-lo.

— Ótimo, vamos nos encontrar naquele *wine bar* ao lado da Fulham Road; aquele aonde a gente foi depois do jogo do Chelsea no ano passado. Te vejo lá, cara.

Beth não protestou; afinal de contas, Bernie era não apenas seu irmão, mas também o amigo mais antigo de Danny, que provavelmente já o convidara para padrinho.

Danny desligou o celular e pediu a conta a um garçom que passava. O maître se apressou.

— É por conta da casa — disse, com um caloroso sorriso.
Seria uma noite de surpresas.

Quando Beth e Danny entraram tranquilamente no Dunlop Arms, encontraram Bernie sentado a uma mesa de canto, com uma garrafa de champanhe e três taças ao lado.

— Que notícia fantástica! — disse, antes mesmo de o casal se sentar.

— Valeu, cara — agradeceu Danny, apertando a mão do amigo.

— Já liguei pra mamãe e pro papai — continuou Bernie, enquanto espocava a rolha e enchia as três taças. — Não pareceram tão surpresos, mas também esse é o segredo mais malguardado do Bow.

— Não me diga que eles também vêm se encontrar com a gente? — perguntou Beth.

— Sem chance — respondeu Bernie, erguendo a taça. — Desta vez contem só comigo mesmo. Vida longa, e ao título do West Ham na Copa da Inglaterra!

— Bem, pelo menos uma dessas coisas é possível — zombou Danny.

— Acho que você se casaria com o West Ham, se pudesse — falou Beth, com um sorriso para o irmão.

— Podia ser pior — respondeu Bernie.

Danny riu.

— Vou permanecer casado com ambos pelo resto da vida.

— Exceto nas tardes de sábado — lembrou Bernie.

— E talvez você tenha que sacrificar algumas delas, quando substituir o papai — observou Beth.

Danny franziu a testa. Fora ver o sogro durante a hora de almoço e pedira a mão de Beth — algumas tradições custam a morrer no East End. O sr. Wilson não poderia ter ficado mais entusiasmado de ter Danny como genro, mas depois continuou a conversa, dizendo que mudara de opinião sobre algo que Danny pensara já estar decidido.

— Se acha que vou te chamar de patrão quando substituir o meu velho — disse Bernie, adivinhando seus pensamentos —, pode tirar o cavalinho da chuva.

Danny não comentou.

— Será que aquele ali é quem eu penso que é? — perguntou Beth.

Prisioneiro da Sorte

Danny olhou com mais cuidado os quatro sujeitos em pé ao balcão.

— Parece mesmo com ele.

— Parece com quem? — perguntou Bernie.

— Aquele ator que faz o Dr. Beresford em *A Receita*.

— Lawrence Davenport — sussurrou Beth.

— Bem que eu podia pedir um autógrafo a ele — sugeriu Bernie.

— De jeito nenhum — disse Beth. — Apesar de a mamãe jamais perder um capítulo.

— Acho que você tem uma quedinha por ele — brincou Bernie, completando as taças.

— Não tenho, não — devolveu Beth, um pouco alto demais, fazendo com que um dos sujeitos no balcão se virasse. — De qualquer maneira — acrescentou, sorrindo para o noivo —, Danny é muito mais bonito do que Lawrence Davenport.

— Vai sonhando — retrucou Bernie. — Só porque Danny lavou o cabelo e se barbeou pela primeira vez na vida, não pense que isso vai se tornar um hábito, mana. Sem chance. Lembre-se apenas de que seu futuro esposo trabalha no East End, não na City.

— Danny poderia ser o que quisesse — disse Beth, pegando a mão dele.

— Está pensando em quê, mana? Magnata ou ferrado? — zombou Bernie, batendo no braço de Danny.

— Danny tem planos para a oficina que vão fazer você...

— Shhh — fez Danny, enquanto voltava a encher a taça do amigo.

— É melhor mesmo que tenha, porque juntar os trapos não sai barato — disse Bernie. — Pra começo de conversa, onde vocês vão morar?

— Tem um apartamento de subsolo, logo depois da esquina, que está à venda — comentou Danny.

— Mas você tem grana suficiente pra isso? — perguntou Bernie. — Porque apartamentos em subsolo habitáveis, mesmo no East End, não são baratos.

— Juntamos bastante. Dá pra dar a entrada — falou Beth —, e quando Danny substituir o papai...

— Vamos beber em homenagem a isso — propôs Bernie, percebendo que a garrafa estava vazia. — É melhor pedir outra.

— Não — disse Beth, decidida. — Amanhã preciso chegar ao trabalho na hora, mesmo que eu seja a única aqui.

— Pro inferno! Não é todo dia que a minha irmãzinha fica noiva do meu melhor amigo. Mais uma garrafa! — gritou.

O barman sorriu ao tirar uma segunda garrafa de champanhe da geladeira. Um dos sujeitos em pé no balcão examinou o rótulo.

— Pol Roger — falou, antes de acrescentar num tom de voz bem audível: — Que desperdício!

Bernie pulou da cadeira, mas Danny imediatamente o puxou de volta para o lugar.

— Não liga pra eles. Não valem o ar que respiram.

O barman foi depressa até a mesa.

— Nada de confusão, gente boa — pediu, enquanto tirava a rolha. — Um deles está comemorando o aniversário e, francamente, eles já beberam demais.

Beth observou os quatro sujeitos com mais cuidado, enquanto o barman enchia suas taças de novo. Um deles olhava para ela fixamente. Depois, piscou o olho, abriu a boca e passou a língua nos lábios. Beth desviou rapidamente o olhar, aliviada ao ver que Danny e seu irmão conversavam.

— Então, onde vão passar a lua de mel?

— Saint-Tropez — respondeu Danny.

— Tão podendo, hein.

— E dessa vez você tá fora — retrucou Beth.

— A piranha é bem apresentável, até abrir a boca — disse uma voz que vinha do balcão.

Bernie tornou a pular da cadeira, percebendo que dois deles o encaravam de forma acintosa.

— Estão bêbados — disse Beth. — Simplesmente os ignore.

— Ah, não sei, não... — disse o outro sujeito. — Às vezes até que eu gosto de uma piranha com a boca bem aberta.

Bernie pegou a garrafa vazia, e Danny precisou usar toda a força para contê-lo.

— Quero ir embora — falou Beth, decidida. — Não preciso da presença dessa turma de riquinhos bestas estragando a minha festa de noivado.

Danny levantou-se imediatamente, mas Bernie simplesmente ficou ali, bebendo seu champanhe.

— Vem, Bernie, vamos sair daqui antes de fazermos algo de que a gente vá se arrepender — falou Danny.

Bernie se levantou a contragosto e seguiu o amigo, sem tirar os olhos dos quatro sujeitos no balcão. Beth ficou aliviada por eles terem se virado de costas e parecerem absortos na própria conversa.

Mas, no momento em que Danny abriu a porta dos fundos, um deles se virou.

— Indo embora, é? — provocou. Em seguida, pegou a carteira, acrescentando: — Depois que vocês fizerem o serviço, meus amigos e eu ainda teremos o bastante pra uma suruba.

— Você é um merda! — gritou Bernie.

— Então, por que a gente não vai resolver isso lá fora?

— O prazer vai ser todo meu, cuzão! — respondeu Bernie, enquanto Danny o empurrava pela porta que dava para o beco, antes que ele tivesse a chance de dizer mais alguma coisa. Beth bateu a porta atrás deles e começou a caminhar beco abaixo. Danny agarrou Bernie pelo cotovelo, mas depois de mais alguns passos ele se desvencilhou. — Vamos voltar lá e dar um corretivo neles.

— Esta noite, não — falou Danny, sem largar o braço de Bernie, enquanto continuava a puxá-lo ao longo do beco.

Quando Beth chegou à rua principal, avistou o sujeito que Bernie chamara de cuzão, com a mão atrás das costas. Ele lançou um olhar malicioso para ela e começou a lamber os lábios de novo, no momento em que um de seus amigos dobrava correndo a esquina, ligeiramente esbaforido. Beth se virou e viu o irmão pronto para a briga. Sorrindo.

— Vamos voltar lá pra dentro! — gritou Beth para Danny, e percebeu que os outros dois sujeitos do balcão estavam agora em pé na porta, barrando a passagem.

— Que se fodam! — exclamou Bernie. — É hora de ensinar uma lição a esses filhos da puta.

— Não, não! — suplicou Beth quando um dos sujeitos disparou pelo beco na direção deles.

— Você pega o cuzão — disse Bernie —, eu pego os outros três.

Beth observou horrorizada quando o cuzão deu um soco que pegou Danny no lado esquerdo do queixo, fazendo-o cambalear para trás. Ele se recuperou a tempo de bloquear outro golpe, se esquivar e em seguida acertar um direto, que pegou o sujeito de surpresa. Ele caiu de joelhos, mas se levantou rápido, antes de tentar acertar outro soco em Danny.

Ao notar que os outros dois sujeitos, em pé na porta dos fundos, não pareciam querer engrossar a briga, Beth supôs que acabaria razoavelmente rápido. Viu-se reduzida a mera espectadora, enquanto o irmão acertava um gancho no outro cara, que quase apagou com o impacto. Enquanto Bernie esperava que ele se levantasse, gritou para Beth:

— Faz um favor pra gente, mana, arranja um táxi. Isso não vai durar muito mais, precisamos dar o fora.

Beth voltou a atenção para Danny, para ter certeza de que ele estava detonando o cuzão, que jazia desconjuntado no chão, com Danny montado nele, claramente no controle. Deu ainda uma última olhada antes de obedecer, a contragosto, a ordem do irmão. Correu até o fim do beco e, ao chegar à rua principal, começou a procurar um táxi. Teve que esperar apenas uns dois minutos, até perceber que um carro com a palavra LIVRE acesa no teto se aproximava.

Beth parou o táxi, enquanto o sujeito que Bernie derrubara passou cambaleante por ela e sumiu na noite.

— Para onde vamos, amor? — perguntou o taxista.

— Bacon Road, Bow — respondeu Beth. — Meus dois amigos estão vindo — acrescentou, abrindo a porta de trás.

O taxista olhou para o beco, por cima dos ombros de Beth.

Acho que não é de táxi que você precisa, amor. Se eles fossem meus amigos, eu ligaria para a ambulância.

LIVRO UM

O JULGAMENTO

1

— **I**NOCENTE.

Danny Cartwright podia sentir as pernas trêmulas, como acontecia às vezes antes do primeiro assalto de uma luta de boxe que ele já sabia que ia perder. O meirinho registrou a declaração nos autos do processo, e, levantando os olhos para Danny, disse:

— Pode se sentar.

Danny deixou-se cair na pequena cadeira no meio do estrado, aliviado pelo fato de o primeiro assalto já ter acabado. Levantou os olhos para o juiz, sentado no lado mais distante do tribunal, numa cadeira verde estofada de couro, de espaldar alto, com toda a aparência de um trono. Diante dele havia uma longa mesa de carvalho apinhada de processos encadernados em espiral e um caderno de anotações aberto em uma página em branco. O juiz Sackville lançou um olhar para Danny, sem que seu semblante revelasse aprovação ou desaprovação. Retirou uns pequenos óculos de leitura da ponta do nariz e disse, numa voz carregada de autoridade:

— Façam entrar o júri.

Enquanto todos esperavam que os doze homens e mulheres surgissem, Danny procurava absorver os sons e as imagens desconhecidos do Tribunal Penal de Old Bailey. Lançou um olhar para os dois sujeitos sentados nas extremidades opostas do banco. Seu jovem advogado, Alex Redmayne, levantou os olhos e deu um sorriso amistoso, mas o sujeito mais velho na outra extremidade do banco, a quem Redmayne sempre se referia como o advogado de acusação, nem sequer olhou em sua direção.

Danny desviou o olhar para o público. Seus pais estavam sentados na primeira fila. Os braços fortes e tatuados do pai descansavam na balaustrada da galeria, enquanto a mãe permanecia de cabeça baixa. Às vezes, levantava os olhos para seu filho único.

O processo da Coroa contra Daniel Arthur Cartwright levara vários meses até chegar, finalmente, ao Old Bailey. Quando se tratava da lei, assim parecia a Danny, tudo acontecia em câmera lenta. E então, de repente, abriu-se inesperadamente a porta no canto mais distante do tribunal, e o meirinho reapareceu. Seguiam-no sete homens e cinco mulheres, escolhidos para decidir seu destino. Entraram um a um na bancada do júri e se sentaram em seus lugares não marcados — seis na primeira fila, seis atrás; estranhos que só tinham em comum o fato de terem sido sorteados.

Depois de terem se acomodado, o meirinho se levantou e se dirigiu a eles. — Senhores jurados — começou a falar —, o acusado, Daniel Arthur Cartwright, se encontra perante os senhores em virtude de uma acusação de homicídio. Ele se declarou inocente da acusação. A tarefa dos senhores é, portanto, ouvir os depoimentos e decidir se ele é culpado ou não.

2

O JUIZ SACKVILLE baixou os olhos para o banco abaixo dele. — Sr. Pearson, pode apresentar o caso em nome da Coroa.

Um sujeito baixo e gorducho levantou-se lentamente do banco dos advogados. O sr. Arnold Pearson abriu o grosso processo que jazia na estante à sua frente. Levou a mão à peruca bem gasta, quase como se estivesse verificando se realmente estava com ela; em seguida, puxou as lapelas da beca, rotina que não mudara nos últimos trinta anos.

— Se assim aprouver ao Meritíssimo — começou de modo lento e ponderado —, atuarei para a Coroa neste processo, enquanto meu douto colega — deu uma olhadela para verificar o nome na folha de papel à sua frente —, o sr. Alex Redmayne, atuará na defesa. O processo diante do Meritíssimo é de homicídio. Homicídio doloso, a sangue-frio, do sr. Bernard Henry Wilson.

Os pais da vítima estavam sentados na extremidade mais distante da última fila. O sr. Wilson baixou os olhos para Danny, sem conseguir disfarçar a decepção no olhar. A sra. Wilson olhava para a frente com uma expressão vazia, pálida, quase de luto, como se acompanhasse um enterro. Apesar de os acontecimentos trágicos que envolviam a morte de Bernie Wilson terem mudado irreversivelmente a vida das duas famílias do East End, amigas íntimas havia várias gerações, mal repercutiram para além das poucas ruas aos arredores da Bacon Road, no Bow.

— No decorrer deste julgamento, os senhores ficarão sabendo como o réu — prosseguiu Pearson, fazendo um gesto na direção do banco dos réus, mas sem se dar sequer ao trabalho de olhar para Danny — atraiu o sr. Wilson para um bar em Chelsea, na noite de sábado, 18 de setembro de 1999, e cometeu esse assassinato brutal e premeditado. Anteriormente, levara a irmã do sr. Wilson — consultou novamente o processo à sua frente —, Elizabeth, ao Lucio's Restaurant, na Fulham Road. Este tribunal precisa saber que Cartwright propôs casamento à srta. Wilson depois que ela revelou estar grávida. Em seguida, ligou para o celular do sr. Bernard Wilson, convidando-o a se encontrar com eles no Dunlop Arms, um bar nos fundos do Hambledon Terrace, em Chelsea, para que todos comemorassem.

"A srta. Wilson já declarou em um depoimento por escrito que nunca frequentara esse bar, embora Cartwright obviamente o conhecesse bem e o escolhera por um único motivo, no entender da Coroa: a existência de uma porta dos fundos que dá para um beco deserto, lugar ideal para alguém que planejasse matar; homicídio pelo qual Cartwright mais tarde culparia um total desconhecido, que naquela noite estava por acaso no Dunlop Arms."

Danny olhou para o sr. Pearson. Como era possível ele saber o que acontecera naquela noite se nem sequer estivera lá? Mas Danny não se deixou preocupar demais. Afinal de contas, o sr. Redmayne lhe garantira que sua versão seria apresentada durante o julgamento, pedindo que não ficasse muito angustiado se tudo parecesse desanimador durante a exposição da Coroa. A despeito das repetidas garantias de seu advogado, duas coisas de fato preocupavam Danny: Alex Redmayne não era muito mais velho do que ele, e este era apenas o segundo processo pelo qual era responsável.

— Mas, infelizmente para Cartwright — prosseguiu Pearson —, os outros quatro fregueses presentes naquela noite no Dunlop Arms contam uma história diferente, a qual não apenas se mostrou consistente, como foi corroborada pelo atendente do bar, de serviço naquela noite. A Coroa apresentará os cinco como testemunhas, e eles lhes dirão que ouviram uma briga entre os dois homens, que mais tarde foram vistos saindo pelos fundos do bar, depois que Cartwright dissera: "Então, por que a gente não vai resolver isso lá fora?" Todos os cinco viram Cartwright sair pela porta dos fundos, seguido de Bernard Wilson e de sua irmã, Elizabeth, visivelmente nervosa. Momentos depois, ouviram um grito. O sr. Spencer Craig, um dos fregueses, deixou seus amigos e correu até o beco, onde encontrou Cartwright segurando o sr. Wilson pelo pescoço, enquanto o esfaqueava repetidamente no peito.

"O sr. Craig ligou de seu celular imediatamente para a polícia. A hora da ligação, Meritíssimo, e a conversa foram protocoladas e gravadas na delegacia de Belgravia. Alguns minutos depois, dois policiais chegaram ao local e encontraram o sr. Cartwright debruçado sobre o corpo do sr. Wilson, com a faca na mão, faca que ele deve ter conseguido no bar, porque tem *Dunlop Arms* gravado no cabo."

Alex Redmayne anotou as palavras de Pearson.

— Senhores jurados — prosseguiu Pearson, puxando mais uma vez suas lapelas —, todo criminoso precisa de um motivo, e nesse caso não precisamos ir além do primeiro homicídio registrado na história, o de Abel por Caim, para estabelecer o motivo: inveja, cobiça e ambição foram os ingredientes sórdidos que, mesclados, levaram Cartwright a se livrar do único rival que atravancava seu caminho.

"Senhores jurados, tanto Cartwright quanto o sr. Wilson trabalhavam na oficina Wilson's, na Mile End Road. O dono e gerente da oficina é o sr. George Wilson, pai do falecido, que planejara se aposentar no fim do ano, quando pretendia entregar o negócio para seu único filho, Bernard. O sr. George Wilson prestou um depoimento por escrito, aceito pela defesa, por isso não vamos chamá-lo como testemunha.

"Senhores jurados, os senhores verão, no decorrer deste julgamento, que havia uma longa história de rivalidade e antagonismo entre os dois homens, originada na época em que frequentavam a escola. Porém, com Bernard Wilson fora de seu caminho, Cartwright planejava se casar com a filha do patrão e dirigir ele mesmo o próspero negócio.

"No entanto, nem tudo aconteceu de acordo com os planos de Cartwright, e, ao ser preso, ele jogou a culpa sobre um espectador inocente, o mesmo que correra até o beco para descobrir o motivo do grito da srta. Wilson. Mas, infelizmente para Cartwright, não fazia parte de seus planos a presença de mais quatro pessoas no decorrer desses acontecimentos." Pearson sorriu para o júri. "Senhores jurados, depois de ouvir os depoimentos deles, os senhores não terão dúvida de que Daniel Cartwright é culpado do hediondo crime de homicídio."

Ele se virou para o juiz.

— Assim dou por concluída a apresentação inicial da Coroa, Meritíssimo.

— Puxou as lapelas mais uma vez, antes de acrescentar: — Se me permite, chamarei minha primeira testemunha. — O juiz Sackville assentiu com a cabeça, e Pearson disse com voz firme: — Convoco o sr. Spencer Craig.

Danny Cartwright olhou para a direita e viu um meirinho abrir uma porta nos fundos do tribunal, sair para o corredor e chamar:

— Sr. Spencer Craig.

Após um minuto, um sujeito alto, não muito mais velho que Danny, vestindo um terno azul de risca, camisa branca e gravata lilás, entrou no tribunal. Como parecia diferente da primeira vez que se viram!

Danny não vira Spencer Craig durante os últimos seis meses, mas não se passara um dia sem que ele o tivesse visualizado nitidamente. Olhou-o de modo desafiador, mas Craig nem sequer lançou um olhar na direção de Danny — era como se ele não existisse.

Craig caminhou ao longo do tribunal como alguém que sabia exatamente aonde ia. Quando chegou ao banco das testemunhas, logo pôs a mão sobre a Bíblia e leu o juramento, sem olhar nem uma vez para o texto que o oficial de justiça segurava diante dele. O sr. Pearson sorriu para sua testemunha principal, antes de começar com as perguntas que passara o último mês preparando.

— Seu nome é Spencer Craig?

— Sim, senhor — respondeu ele.

— E o senhor reside no Hambledon Terrace, número 43, Londres, SW3?

— Resido, sim, senhor.

— E qual a sua profissão? — perguntou o sr. Pearson, como se não soubesse.

— Sou advogado.

— De que tipo?

— Criminal.

— Então, o senhor conhece bem o crime de homicídio?

— Infelizmente, conheço, senhor.

— Eu gostaria que o senhor recordasse a noite de 18 de setembro do ano passado, quando o senhor e um grupo de amigos bebiam no Dunlop Arms, no Hambledon Terrace. O senhor pode recapitular para nós exatamente o que aconteceu naquela noite?

— Meus amigos e eu comemorávamos o aniversário de 30 anos do Gerald...

— Gerald? — interrompeu Pearson.

— Gerald Payne — respondeu Craig. — É um velho amigo dos tempos de Cambridge. Estávamos passando uma noite agradável, desfrutando de uma garrafa de vinho.

Alex Redmayne fez uma anotação — precisava saber quantas garrafas.

Danny gostaria de perguntar o que significava para ele a palavra "agradável".

— Mas, infelizmente, acabou não sendo uma noite agradável — provocou Pearson.

— Longe disso — respondeu Craig, ainda sem olhar na direção de Danny.

Prisioneiro da Sorte

— Por favor, conte ao tribunal o que aconteceu depois — disse Pearson, consultando suas anotações.

Craig virou-se para o júri pela primeira vez.

— Como eu disse, estávamos desfrutando de uma taça de vinho, comemorando o aniversário de Gerald, quando ouvi vozes exaltadas. Virei e vi um homem sentado no outro canto do bar, junto com uma jovem.

— Está vendo esse homem no tribunal agora? — perguntou Pearson.

— Sim — respondeu Craig, olhando para o banco dos réus.

— O que aconteceu em seguida?

— Ele se levantou — prosseguiu Craig — e começou a gritar e apontar o dedo para outro sujeito, que permanecia sentado. Ouvi um deles dizer: "Se você acha que eu vou chamar você de patrão quando substituir o meu pai, pode tirar o cavalinho da chuva!" A jovem tentava acalmá-lo. Eu estava prestes a me voltar novamente para os meus amigos, pois, afinal de contas, não tinha nada a ver com a discussão, quando o acusado gritou: "Então, por que a gente não vai resolver isso lá fora?" Achei que estavam brincando, mas aí o homem que falava pegou uma faca no balcão...

— Deixe-me interrompê-lo nesse ponto, sr. Craig. O senhor viu o réu pegar uma faca no balcão? — perguntou Pearson.

— Vi, sim.

— E, então, o que aconteceu?

— Ele saiu intempestivamente na direção da porta dos fundos, o que me surpreendeu.

— Por quê?

— Porque eu vou ao Dunlop Arms com frequência e nunca vi esse sujeito lá antes.

— Acho que não consegui acompanhar o seu raciocínio, sr. Craig — disse Pearson, compreendendo muito bem cada palavra dele.

— A saída dos fundos fica oculta se você estiver sentado naquele canto do bar, mas ele parecia saber exatamente aonde ia.

— Ah, compreendi — disse Pearson. — Por favor, continue.

— Um instante depois, o outro homem se levantou e foi atrás do réu, sendo que a jovem o seguiu de perto. Eu não teria dado a mínima importância ao caso, mas, instantes depois, todos nós ouvimos um grito.

— Um grito? — repetiu Pearson. — Que tipo de grito?

— Um grito agudo, de mulher — respondeu Craig.

— E o que o senhor fez?

— Abandonei meus amigos imediatamente e corri até o beco, para o caso de a mulher estar em perigo.

— E ela estava?

— Não, senhor. Ela estava gritando para o acusado, suplicando que parasse.

— Parasse o quê? — perguntou Pearson.

— De atacar o outro homem.

— Eles estavam brigando?

— Estavam, sim, senhor. O homem que eu vira antes gritando e apontando o dedo tinha espremido o outro contra a parede e estava apertando a garganta dele com o antebraço. — Craig se virou para o júri e levantou o braço para demonstrar a posição.

— E o sr. Wilson tentava se defender? — perguntou Pearson.

— Da melhor maneira possível, mas o réu não parava de enfiar a faca em seu peito.

— O que o senhor fez em seguida? — perguntou Pearson, em um tom tranquilo de voz.

— Liguei para a emergência, e eles me garantiram que mandariam uma ambulância e a polícia imediatamente.

— Disseram mais alguma coisa? — perguntou Pearson, consultando suas anotações.

— Sim — respondeu Craig. — Eles me disseram para não me aproximar, em hipótese alguma, do homem com a faca. Que eu voltasse para o bar e esperasse a chegada da polícia. — Fez uma pausa. — E cumpri essas instruções à risca.

— Como seus amigos reagiram quando o senhor voltou ao bar e lhes contou o que vira?

— Eles queriam sair para ver se podiam ajudar, mas eu disse a eles o que a polícia aconselhara e que eu achava melhor, naquela situação, que eles fossem embora.

— Naquela situação?

— Eu era a única pessoa que havia testemunhado toda a ocorrência e não queria que eles se expusessem ao perigo, caso o homem com a faca voltasse para o bar.

— Muito louvável — comentou Pearson.

O juiz franziu o cenho para a promotoria. Alex Redmayne continuava fazendo anotações.

— Quanto tempo o senhor teve que esperar pela chegada da polícia?

— Em questão de minutos, ouvi uma sirene, e um detetive à paisana entrou pela porta dos fundos do bar. Ele mostrou o distintivo e se apresentou como sargento Fuller. Informou que a vítima estava a caminho do hospital mais próximo.

— O que aconteceu depois?

— Dei um depoimento completo, e depois o sargento Fuller me disse que eu poderia ir para casa.

— E o senhor foi?

— Sim, fui para a minha casa, que fica a cerca de cem metros do Dunlop Arms, e me deitei, mas não consegui dormir.

Alex Redmayne anotou as palavras: *a cerca de cem metros*.

— Compreendo — disse Pearson.

O juiz franziu o cenho pela segunda vez.

— Então, me levantei, fui ao escritório e anotei tudo o que havia acontecido naquela noite.

— Por que fez isso, sr. Craig, quando já tinha dado um depoimento à polícia?

— Minha experiência de quem já ocupou a posição que o senhor ocupa, sr. Pearson, me fez perceber que muitas vezes o depoimento dado pelas testemunhas é fragmentado, até mesmo inexato, quando chega a hora do julgamento, vários meses depois de o crime ter sido cometido.

— Isso mesmo — disse Pearson, virando outra página de seu caderno. — Quando ficou sabendo que Daniel Cartwright fora acusado pelo homicídio de Bernard Wilson?

— Li os detalhes no *Evening Standard*, na segunda-feira seguinte. O jornal informou que o sr. Wilson morrera a caminho do Hospital Chelsea e Westminster e que Cartwright havia sido acusado do assassinato.

— E o senhor achou que o assunto estava encerrado com relação ao seu envolvimento pessoal?

— Sim, embora soubesse que seria convocado como testemunha em qualquer julgamento futuro, caso Cartwright alegasse inocência.

— Mas, então, houve uma reviravolta que mesmo o senhor, com toda a sua experiência com criminosos de grande periculosidade, não seria capaz de prever.

— Com certeza — respondeu Craig. — Dois policiais foram ao meu escritório, na tarde seguinte, para tomar um segundo depoimento.

— Mas o senhor já dera um depoimento verbal e por escrito ao sargento Fuller — disse Pearson. — Por que a necessidade de interrogá-lo de novo?

— Porque Cartwright estava *me* acusando de matar o sr. Wilson, chegando a alegar que eu pegara a faca do bar.

— O senhor já havia encontrado o sr. Cartwright ou o sr. Wilson alguma vez antes daquela noite?

— Não, senhor — respondeu Craig, confiante.

— Obrigado, sr. Craig.

Os dois homens sorriram um para o outro, antes que Pearson se virasse para o juiz e dissesse:

— Não tenho mais perguntas, Meritíssimo.

3

O JUIZ SACKVILLE voltou a atenção para o advogado na outra extremidade do banco. Conhecia bem o distinto pai de Alex Redmayne, que se aposentara há pouco como juiz da Suprema Corte, mas nunca se defrontara com o filho.

— Sr. Redmayne — entoou o juiz —, o senhor deseja interrogar esta testemunha?

— Com toda a certeza — respondeu Redmayne, enquanto reunia suas anotações.

Danny lembrava que, pouco depois de ter sido preso, um policial o aconselhara a contratar um advogado. Acabara não sendo fácil. Ele não demorou a descobrir que os advogados, tal como os mecânicos, cobram por hora, e a qualidade do serviço depende do que se pode pagar. Ele podia pagar dez mil libras: uma quantia que poupara durante a última década e com a qual pretendia dar entrada num apartamento de subsolo no Bow, onde Beth, ele e o bebê morariam depois de casados. Todo centavo já havia ido pelo ralo muito antes do julgamento. O advogado que escolhera, um tal sr. Makepeace, pedira cinco mil libras de entrada, antes mesmo de tirar a tampa da caneta, em seguida mais cinco depois de instruir Alex Redmayne, o advogado que o representaria no tribunal. Danny não conseguia compreender qual a necessidade de dois advogados para fazer o mesmo trabalho. Quando consertava um carro, não pedia a Bernie que levantasse o capô antes de ele mesmo examinar o motor — e certamente não pediria um adiantamento antes de pegar sua caixa de ferramentas.

Mas Danny gostou de Alex Redmayne desde o dia em que o conheceu, e não apenas porque era torcedor do West Ham. Alex tinha um sotaque chique e estudara na Universidade de Oxford, mas não fora nem sequer uma vez condescendente com ele.

Depois que o sr. Makepeace leu o auto da acusação e ouviu o que Danny tinha a dizer, aconselhou seu cliente a se declarar culpado pelo homicídio. Tinha confiança de que conseguiria um acordo com a Coroa, que permitiria a Danny se safar com uma pena de seis anos. Danny recusou a sugestão.

Alex Redmayne pediu várias vezes a Danny e à sua noiva que recapitulassem o que acontecera naquela noite enquanto buscava alguma discrepância na história de seu cliente. Não achou nenhuma, e, quando o dinheiro secou, concordou mesmo assim em conduzir a defesa.

— Sr. Craig — começou Alex Redmayne, sem puxar as lapelas ou pegar em sua peruca —, tenho certeza de que é desnecessário lembrar-lhe de que o senhor ainda está sob juramento e da responsabilidade adicional que isso representa para um advogado.

— Vá com cuidado, sr. Redmayne — interveio o juiz. — Lembre-se de que quem está sendo julgado é seu cliente, e não a testemunha.

— Veremos se o Meritíssimo ainda terá a mesma opinião quando chegar o momento de fazer a súmula...

— Sr. Redmayne — disse incisivamente o juiz —, não lhe cabe me fazer recordar o meu papel neste tribunal. Sua tarefa é inquirir a testemunha; o meu, lidar com as questões legais que possam surgir, e vamos deixar a decisão para o júri.

— Como o Meritíssimo quiser — disse Redmayne, virando-se para a testemunha. — Sr. Craig, a que horas o senhor e seus amigos chegaram ao Dunlop Arms naquela noite?

— Não lembro a hora exata — respondeu Craig.

— Então, deixe-me refrescar sua memória. Foi às sete? Sete e meia? Oito horas?

— Mais para as oito, se me lembro.

— Então, o senhor já vinha bebendo durante três horas até o momento em que meu cliente, sua noiva e seu melhor amigo chegaram ao bar.

— Como já disse ao tribunal, não os vi entrar.

— Muito bem — disse Redmayne. — E quanto o senhor bebera até, digamos, as 11 horas?

— Não faço ideia. Era o aniversário do Gerald, e ninguém estava contando.

— Bem, como ficou claro que o senhor andou bebendo durante três horas, vamos estipular meia dúzia de garrafas de vinho. Ou talvez sete, quem sabe oito?

— Cinco, no máximo — retrucou Craig —, o que não chega a ser muito para quatro pessoas.

— Normalmente, eu concordaria com o senhor, sr. Craig, não fosse um de seus amigos ter declarado que bebeu apenas Coca Diet, enquanto outro tomou apenas um ou dois copos de vinho, porque tinha que dirigir.

— Mas eu não tinha que dirigir — respondeu Craig. — O Dunlop Arms fica no meu bairro, e eu moro a apenas cem metros de distância.

— Só cem metros de distância? — repetiu Redmayne. Uma vez que Craig não reagiu, ele continuou: — O senhor disse ao tribunal que não se deu conta de haver outros fregueses no bar até ouvir vozes alteradas.

— Isso está certo.

— Quando o senhor alegou ter ouvido o acusado dizer: "Então, por que a gente não vai resolver isso lá fora?"

— Também está certo.

— Mas não é verdade, sr. Craig, que foi o senhor quem começou toda essa briga ao fazer um comentário inesquecível para meu cliente, quando este saía... — Consultou suas anotações: — "Depois que vocês fizerem o serviço, meus amigos e eu ainda teremos o bastante para uma suruba." — Redmayne esperou pela resposta de Craig, mas ele novamente se manteve em silêncio. — Devo pressupor, pelo seu silêncio, que estou certo?

— O senhor não deve supor nada disso, sr. Redmayne. Simplesmente julguei que sua pergunta não merece uma resposta — respondeu Craig com desdém.

— Espero que o senhor julgue minha próxima pergunta merecedora de resposta, sr. Craig, porque parece que, quando o sr. Wilson disse que o senhor era "um merda", foi *o senhor* quem falou: "Então, por que a gente não vai resolver isso lá fora?"

— Acho que isso parece mais o tipo de linguagem que se esperaria de seu cliente — reagiu Craig.

— Ou de um homem que bebera demais e se exibia para os amigos diante de uma bela mulher.

— Devo lembrar-lhe mais uma vez, sr. Redmayne — interferiu o juiz —, que seu cliente é quem está sendo julgado neste processo, e não o sr. Craig.

Redmayne fez uma ligeira mesura, mas, quando levantou os olhos, percebeu que o júri bebia cada palavra dele.

— Acredito, sr. Craig — prosseguiu —, que o senhor saiu pela porta da frente e correu até os fundos porque queria brigar.

— Só fui até o beco quando ouvi o grito.

— Foi quando o senhor pegou a faca no balcão?

— Eu não fiz nada disso — disse Craig, de modo incisivo. — Seu cliente agarrou a faca quando estava de saída, conforme deixei claro no meu depoimento.

— O depoimento que o senhor elaborou tão habilmente durante sua insônia naquela noite? — perguntou Redmayne.

Craig não respondeu novamente.

— Trata-se, novamente, de mais um exemplo de algo indigno de merecer sua resposta? — insinuou Redmayne. — Alguns de seus amigos o seguiram até o beco?

— Não.

— Então, eles não assistiram à briga que o senhor teve com o sr. Cartwright?

— Como poderiam, se não briguei com o sr. Cartwright?

— O senhor ganhou uma medalha de boxe quando esteve em Cambridge, sr. Craig?

Craig hesitou.

— Sim, ganhei.

— E, quando em Cambridge, o senhor foi suspenso por...

— Isso é mesmo relevante? — indagou o juiz Sackville.

— Gostaria de deixar que o júri decidisse, Meritíssimo — disse Redmayne. Voltando-se de novo para Craig, prosseguiu: — O senhor foi suspenso de Cambridge após se envolver numa briga de bêbados contra alguns moradores locais, que o senhor mais tarde descreveu para o magistrado como uma "turma de arruaceiros"?

— Isso foi há muitos anos, quando eu ainda era estudante.

— Mas lá estava o senhor, anos depois, na noite de 18 de setembro de 1999, provocando mais uma briga com outra "turma de arruaceiros", quando recorreu ao uso da faca que o senhor mesmo apanhou no balcão?

— Como já disse, não fui eu quem pegou a faca, mas vi seu cliente esfaqueando o sr. Wilson no peito.

— E, então, o senhor voltou para o bar?

— Sim, voltei, quando chamei a emergência.

— Vamos tentar ser mais precisos, certo, sr. Craig? O senhor não chamou a emergência de fato. Na realidade, ligou para o celular de um sargento da polícia chamado Fuller.

— Está certo, sr. Redmayne, mas o senhor parece esquecer que eu estava comunicando um crime e tinha plena consciência de que Fuller alertaria a emergência. Na verdade, caso tenha esquecido, a ambulância chegou antes do sargento.

— Alguns minutos antes — frisou Redmayne. — No entanto, estou curioso para saber como o senhor tinha, tão convenientemente, o número do celular de um jovem sargento da polícia.

— Estivemos envolvidos num grande julgamento por tráfico de drogas que exigiu muitas consultas, às vezes em cima da hora.

— Então, o sargento Fuller é seu amigo.

— Mal o conheço — respondeu Craig. — Nosso relacionamento é estritamente profissional.

— Eu imagino, sr. Craig, que o senhor o conhecia bastante bem, a ponto de telefonar para que ele ouvisse primeiro sua versão do caso.

— Felizmente, existem quatro outras testemunhas para atestar minha versão do caso.

— E mal posso esperar para interrogar cada um de seus amigos íntimos, sr. Craig, do mesmo modo que estou curioso para saber por que, depois de voltar para o bar, o senhor os aconselhou a ir embora.

— Eles não viram seu cliente esfaqueando o sr. Wilson, de modo que não tiveram participação alguma. Também pensei que correriam algum perigo se ficassem.

— Mas, se alguém corria perigo, essa pessoa seria a única testemunha do assassinato do sr. Wilson; então, por que o senhor não foi embora junto com os seus amigos?

Craig novamente se calou, e desta vez não foi porque achasse que a pergunta não merecia resposta.

— Talvez o verdadeiro motivo de ter dito a eles para irem embora — disse Redmayne — fosse o senhor precisar se livrar deles para poder ir correndo para casa para trocar suas roupas ensanguentadas, antes que a polícia chegasse. Afinal de contas, como o senhor mesmo admitiu, o senhor mora "a cem metros de distância".

— O senhor parece ter esquecido, sr. Redmayne, que o sargento Fuller chegou poucos minutos depois de o crime ser cometido — respondeu Craig com desdém.

— O sargento levou sete minutos para chegar à cena do crime, depois da sua ligação, e em seguida levou bastante tempo interrogando o meu cliente antes de entrar no bar.

— O senhor imagina que eu me arriscaria tanto assim, sabendo que a polícia poderia chegar a qualquer momento? — falou Craig, quase cuspindo.

— Sim, imagino — respondeu Redmayne —, caso a alternativa fosse passar o resto da vida preso.

Um rumor percorreu o tribunal. Os olhares dos jurados estavam agora fixos em Spencer Craig, mas ele não respondeu novamente às perguntas de Redmayne, que esperou algum tempo antes de acrescentar:

— Sr. Craig, quero reiterar que estou ansioso para interrogar os seus amigos, um a um. — E, voltando-se para o juiz, disse: — Não tenho mais perguntas, Meritíssimo.

— Sr. Pearson — disse o juiz —, o senhor vai querer mesmo interrogar novamente esta testemunha?

— Sim, Meritíssimo — respondeu Pearson. — Tenho uma pergunta cuja resposta me deixa impaciente. — Ele sorriu para a testemunha. — Sr. Craig, o senhor é o Super-Homem?

Craig pareceu perplexo, mas, sabendo que Pearson estava tentando ajudá-lo, respondeu:

— Não, senhor. Por que a pergunta?

— Porque, após assistir ao assassinato, só o Super-Homem poderia voltar ao bar, instruir os amigos, voar até em casa, tomar banho, trocar de roupa, voar de volta ao bar e estar casualmente lá sentado na hora em que o sargento Fuller aparecesse. — Alguns membros do júri tentaram disfarçar sorrisos. — Ou talvez houvesse algum telefone público convenientemente à mão. — Os sorrisos se transformaram em risadas. Pearson esperou que elas amainassem antes de acrescentar: — Permita-me, sr. Craig, abandonar o mundo de fantasia do sr. Redmayne para lhe fazer uma pergunta séria. — Foi a vez de Pearson esperar até que todos os olhares estivessem focados nele. — Quando os peritos criminais da Scotland Yard examinaram a arma do crime, as impressões digitais que eles identificaram no cabo da faca eram suas ou do réu?

— Certamente não eram minhas — disse Craig. — Caso contrário, quem estaria sentado no banco dos réus seria eu.

— Não tenho mais perguntas, Meritíssimo — disse Pearson.

4

A PORTA DA CELA se abriu, e um policial entregou a Danny uma bandeja de plástico dividida em vários pequenos compartimentos, cheios de comida sem sabor, que ele ficou remexendo enquanto esperava pela sessão da tarde.

Alex Redmayne não almoçou para poder reler suas anotações. Teria subestimado o tempo disponível de Craig antes de o sargento Fuller entrar no bar?

O juiz Sackville almoçava com uma dúzia de outros juízes, que não tiravam suas perucas nem discutiam seus processos, enquanto mastigavam a refeição composta de um pedaço de carne e dois legumes.

O sr. Pearson almoçou sozinho na cantina do fórum, no último andar. Achou que seu douto colega cometera um grande equívoco quando interrogara Craig sobre seus horários, mas não era da sua conta frisar esse fato. Ficou empurrando uma ervilha de um lado para o outro do prato enquanto meditava sobre os possíveis desdobramentos.

Ao soar das duas horas, o ritual recomeçou. O juiz Sackville entrou no tribunal e deu ao júri um esboço de sorriso, antes de se dirigir a seu lugar. Encarou os dois advogados e disse:

— Boa-tarde, senhores. Sr. Pearson, pode chamar sua próxima testemunha.

— Obrigado, Meritíssimo — disse Pearson ao se levantar. — Convoco o sr. Gerald Payne.

Danny viu entrar no tribunal um sujeito que não reconheceu imediatamente. Devia ter 1,75 metro, sinais de calvície precoce, e usava um terno bege que não conseguia disfarçar os seis quilos perdidos desde a última vez em que Danny o vira. O oficial de justiça o levou até o banco de testemunhas, entregou-lhe uma Bíblia e ergueu o texto do juramento. A despeito de Payne ler o texto impresso, mostrou a mesma autoconfiança que se viu em Spencer Craig naquela manhã.

— O senhor é Gerald David Payne, que reside em Wellington Mews, 62, Londres, W2?

— Sim — respondeu Payne com voz firme.

— E qual é a sua profissão?

— Sou consultor de empreendimentos imobiliários.

Redmayne escreveu *corretor de imóveis* ao lado do nome de Payne.

— E em que firma o senhor trabalha? — perguntou Pearson.

— Sou sócio da Baker, Tremlett e Smythe.

— O senhor é muito jovem para ser sócio de uma firma tão conceituada — sugeriu Pearson, fingindo inocência.

— Sou o sócio mais jovem da história da firma — respondeu Payne, numa fala decorada.

Era óbvio para Redmayne que alguém andara treinando Payne com muita antecedência antes de ele ir para o banco das testemunhas. Sabia que, por motivos éticos, não poderia ter sido Pearson. Sendo assim, restava apenas um candidato possível.

— Meus parabéns — disse Pearson.

— Ande logo, sr. Pearson — advertiu o juiz.

— Peço desculpas, Meritíssimo, estava apenas procurando demonstrar ao júri a credibilidade da testemunha.

— Nesse caso, já conseguiu — disse incisivamente o juiz Sackville. — Agora prossiga.

Pearson fez com que Payne recapitulasse pacientemente os acontecimentos daquela noite no Dunlop Arms. Sim, confirmou ele, Craig, Mortimer e Davenport estavam presentes no Dunlop Arms naquela noite. Não, ele não se aventurou até o beco ao ouvir o grito. Sim, foram para casa, seguindo o conselho de Spencer Craig. Não, jamais vira o acusado antes em sua vida.

— Obrigado, sr. Payne — concluiu Pearson. — Por favor, permaneça aí.

Redmayne se levantou devagar e levou um tempo arrumando seus papéis antes de fazer a primeira pergunta; truque que lhe fora ensinado por seu pai durante os julgamentos ensaiados que faziam.

"Se você for começar com uma pergunta surpresa, meu filho", costumava dizer seu pai, "deixe a testemunha curiosa". Esperou que o juiz, o júri e Pearson estivessem de olhos grudados nele. Eram apenas segundos, mas sabia que davam a impressão de ser uma vida inteira para quem estava no papel de testemunha.

— Sr. Payne — disse finalmente Redmayne, erguendo os olhos para a testemunha —, quando o senhor estudava em Cambridge, fazia parte de uma fraternidade conhecida como Os Mosqueteiros?

— Sim — respondeu Payne, com ar perplexo.

— O lema dessa fraternidade não era "um por todos e todos por um"?

Pearson já se pusera de pé antes que Payne tivesse a chance de responder.

— Meritíssimo, tenho a maior curiosidade em saber qual a relação possível entre ter pertencido a uma fraternidade universitária e os acontecimentos de 18 de setembro do ano passado.

— Tendo a concordar com o senhor, sr. Pearson — respondeu o juiz —, mas sem dúvida o sr. Redmayne está prestes a nos proporcionar a resposta.

— Na verdade, estou, Meritíssimo — respondeu Redmayne, sem que o seu olhar jamais deixasse Payne. — O lema dos Mosqueteiros não era "um por todos e todos por um"? — repetiu Redmayne. — Sim, era — respondeu Payne, com uma ligeira contundência.

— O que mais os membros dessa fraternidade têm em comum? — perguntou Redmayne.

— O apreço por Dumas, por justiça e por uma garrafa de bom vinho.

— Ou, talvez, várias garrafas de vinho... — sugeriu Redmayne, enquanto tirava um livreto azul-claro da pilha de papéis à sua frente. Começou a virar suas páginas lentamente. — E não era uma das regras da fraternidade que, caso um membro estivesse em perigo, todos deveriam socorrê-lo?

— Sim — respondeu Payne. — Sempre achei a lealdade o fiel da balança que nos torna capazes de julgar todos os homens.

— É mesmo? — disse Redmayne. — O sr. Spencer Craig também pertencia, por acaso, aos Mosqueteiros?

— Pertencia — respondeu Payne. — Na verdade, já foi o presidente.

— E o senhor e os outros membros foram em sua ajuda na noite de 18 de setembro do ano passado?

— Meritíssimo — reclamou Pearson, levantando-se num pulo —, isso é um absurdo!

— O absurdo, Meritíssimo — retrucou Redmayne —, é sempre que uma das testemunhas do sr. Pearson parece em apuros, ele ir em seu socorro. Será que ele também é membro dos Mosqueteiros?

Vários jurados sorriram.

— Sr. Redmayne — disse o juiz com toda a calma —, o senhor está insinuando que a testemunha incorre em falso testemunho só porque já pertenceu a uma fraternidade durante a universidade?

— Se a alternativa for prisão perpétua para o seu amigo, Meritíssimo, acho, sim, que é algo que pode ter lhe passado pela cabeça.

— Isso é um absurdo — repetiu Pearson, ainda de pé.

— Não tão absurdo quanto mandar alguém para a prisão perpétua — retrucou Redmayne — por um crime que não cometeu.

— Sem dúvida, Meritíssimo — disse Pearson —, estamos prestes a descobrir que o barman também já pertenceu aos Mosqueteiros.

— Não, não estamos — respondeu Redmayne —, mas concluiremos que o barman foi a única pessoa, naquela noite no Dunlop Arms, a não ir ao beco.

— Acho que o senhor já deixou claro o que queria — disse o juiz. — Já é hora de passar para sua próxima pergunta.

— Não tenho mais perguntas a fazer, Meritíssimo — respondeu Redmayne.

— O senhor deseja interrogar de novo essa testemunha, sr. Pearson?

— Quero sim, Meritíssimo — disse Pearson. — Sr. Payne, o senhor pode confirmar, de modo a não deixar dúvidas no júri, que o senhor não seguiu o sr. Craig até o beco depois de ouvir um grito de mulher?

— Posso sim — respondeu Payne. — Não tinha condições de fazê-lo.

— Muito bem. Não tenho mais perguntas, Meritíssimo.

— O senhor está livre para deixar o tribunal, sr. Payne — avisou o juiz.

Alex Redmayne não pôde deixar de perceber que Payne, ao sair do tribunal, perdera um pouco daquele ar confiante que demonstrara ao entrar com passos arrogantes.

— Deseja chamar sua próxima testemunha, sr. Pearson? — indagou o juiz.

— Tinha a intenção de chamar o sr. Davenport, Meritíssimo, mas talvez o senhor ache melhor recomeçar o interrogatório amanhã de manhã.

O juiz não percebeu que a maioria das mulheres no tribunal queria que ele convocasse Lawrence Davenport imediatamente. Consultou seu relógio, hesitou, e, em seguida, disse:

— É melhor chamarmos o sr. Davenport amanhã de manhã.

— Como queira, Meritíssimo — disse Pearson, entusiasmado com o efeito já causado pela presença de sua próxima testemunha nas cinco mulheres do júri. Ele torcia apenas para que o jovem Redmayne fosse tolo o bastante para atacar Davenport do mesmo modo que atacara Gerald Payne.

5

NA MANHÃ SEGUINTE, um zum-zum de expectativa percorria a sala, mesmo antes de Lawrence Davenport entrar. Quando o meirinho chamou seu nome, ele o fez numa voz abafada.

Lawrence Davenport entrou com a postura ereta no palco do tribunal, seguindo o meirinho até o banco das testemunhas. Trajava um terno azul-marinho bem-cortado e uma camisa bege que parecia ter sido comprada para aquela ocasião. Passara bastante tempo discutindo se deveria usar gravata e acabou aceitando o conselho de Spencer de que uma aparência informal demais acabava dando a impressão errada. "Deixe que continuem achando que você é um médico, e não um ator", dissera Spencer. Davenport escolhera uma gravata listrada que jamais imaginara usar, a não ser diante de uma câmera. Mas não foi seu traje que virou a cabeça das mulheres. Eram seus olhos azuis penetrantes, os cabelos claros ondulados e o olhar de desamparo que despertavam um sentimento maternal em muitas delas. Isso nas mais velhas. As mais novas tinham outras fantasias.

Lawrence Davenport firmara sua reputação no papel de um cirurgião cardiovascular em *A Receita*. Durante uma hora, todo sábado à noite, fascinava uma plateia de nove milhões. Seus fãs não pareciam se importar com o fato de ele passar mais tempo flertando com as enfermeiras do que fazendo pontes de safena.

Depois de Davenport chegar ao banco das testemunhas, o meirinho lhe apresentou uma Bíblia, erguendo um cartaz com as deixas para que ele pudesse declamar sua fala inicial. Ao recitar o juramento, transformou o tribunal em seu teatro particular. Alex Redmayne não deixou de notar que todas as cinco juradas sorriam para a testemunha. Davenport devolvia os sorrisos, como se estivesse colhendo aplausos na ribalta.

O sr. Pearson se levantou lentamente. Pretendia manter Davenport o máximo de tempo possível no banco das testemunhas, enquanto este explorava ao máximo a plateia de doze pessoas.

Alex Redmayne recostou-se no banco, à espera do descerrar da cortina, recordando outro conselho que seu pai lhe dera.

Danny se sentiu mais isolado do que nunca no banco dos réus, ao olhar para o sujeito que ele recordava ter visto tão bem naquela noite no bar.

— O senhor é Lawrence Andrew Davenport? — indagou Pearson, com um sorriso satisfeito para a testemunha.

— Sou sim, senhor.

Pearson virou-se para o juiz.

— Eu gostaria de pedir a permissão do Meritíssimo para não ter que revelar o domicílio do sr. Davenport. — E, fazendo uma pausa: — Por motivos óbvios.

— Para mim, isso não é problema — respondeu o juiz Sackville —, mas exijo da testemunha que confirme morar no mesmo endereço durante os últimos cinco anos.

— É esse o caso, Meritíssimo — disse Davenport, voltando sua atenção para o diretor da peça, com uma pequena mesura.

— O senhor também pode confirmar sua presença no Dunlop Arms na noite de 18 de setembro de 1999?

— Sim, confirmo — respondeu Davenport. — Eu me reuni com alguns amigos para comemorar o aniversário de 30 anos de Gerald Payne. Estivemos juntos em Cambridge — acrescentou num tom lânguido e arrastado que empregara pela última vez no papel de Heathcliff, durante uma temporada teatral.

— E o senhor viu o acusado, naquela noite — perguntou Pearson, apontando na direção do banco dos réus —, sentado no outro lado do bar?

— Não, senhor. Eu não o notei na ocasião — respondeu Davenport, dirigindo-se ao júri como se fosse uma plateia de matinê.

— Mais tarde, naquela noite, seu amigo Spencer Craig se levantou de repente e saiu depressa pela porta dos fundos do bar?

— Sim, foi o que fez.

— Após um grito feminino?

— Isso.

Prisioneiro da Sorte

Pearson hesitou, quase esperando que Redmayne se levantasse de um pulo e protestasse contra uma pergunta tão tendenciosa, mas este ficou parado. Sentindo-se encorajado, Pearson prosseguiu:

— E o sr. Craig voltou para o bar, instantes depois?

— Voltou — respondeu Davenport.

— E o aconselhou, e a seus dois outros amigos, a ir embora? — perguntou Pearson, continuando a induzir a testemunha; mesmo assim, Redmayne não mexeu um músculo sequer.

— Foi isso mesmo — respondeu Davenport.

— O sr. Craig explicou por que achava que os senhores deveriam ir embora?

— Sim. Ele disse que havia dois sujeitos brigando no beco e que um deles tinha uma faca.

— Qual foi a sua reação quando o sr. Craig disse isso?

Davenport hesitou, incerto sobre como deveria responder à pergunta, já que ela não fazia parte do texto que decorara.

— Talvez o senhor achasse que deveria ver se a jovem corria perigo — soprou Pearson prestativamente da coxia.

— Sim, sim — respondeu Davenport, começando a sentir que não estava se saindo tão bem sem o auxílio do ponto eletrônico.

— Mas, mesmo assim, o senhor seguiu o conselho do sr. Craig — disse Pearson — e foi embora.

— Sim, foi isso mesmo — disse Davenport. — Segui o conselho de Spencer, mas também — continuou, com uma pausa dramática — ele tem conhecimentos jurídicos. Acredito que eu tenha usado a expressão correta.

Cada palavra foi perfeita, pensou Alex, ciente de que Davenport readquirira sua segurança. E seu ponto.

— O senhor mesmo nunca chegou a ir ao beco?

— Não, senhor, não depois do conselho de Spencer para que não nos aproximássemos, sob nenhuma circunstância, do sujeito com a faca.

Alex permaneceu firme em seu lugar.

— De fato — disse Pearson, virando outra página de seu caderno e encontrando uma folha de papel em branco. Chegara ao fim de suas perguntas muito antes do que previra. Não conseguia compreender por que seu adversário não tentara interrompê-lo diante da óbvia indução da testemunha. Fechou o caderno a contragosto. — Por favor, permaneça no banco das testemunhas, sr. Davenport — solicitou —, pois tenho certeza de que meu douto colega fará perguntas ao senhor.

Alex Redmayne nem sequer olhou na direção do ator, enquanto este passava a mão por seus longos cabelos, continuando a sorrir para o júri.

— O senhor deseja interrogar a testemunha, sr. Redmayne? — perguntou o juiz, dando a entender que o procedimento lhe daria satisfação.

— Não. Obrigado, Meritíssimo — respondeu Redmayne, mal se movendo de onde estava.

Pouca gente no tribunal conseguiu disfarçar a decepção.

Alex permaneceu tranquilo, lembrando o conselho de seu pai de jamais interrogar uma testemunha apreciada pelo júri, especialmente quando este deseja apenas acreditar em tudo o que ela diz. Era preciso tirá-la o mais depressa possível do banco das testemunhas, na esperança de que o júri, quando fosse decidir a pena, esquecesse o espetáculo; e, de fato, aquilo fora um espetáculo.

— O senhor pode deixar o banco das testemunhas, sr. Davenport — disse o juiz Sackville, um tanto relutante.

Davenport desceu do estrado. Demorou-se, tentando aproveitar ao máximo sua breve saída pela sala do tribunal, antes de chegar às alas laterais. Assim que se viu no corredor apinhado, rumou de imediato para a escada que dava para o térreo num ritmo que impediria qualquer fã perplexo de julgar tratar-se mesmo do Dr. Beresford e pedir-lhe um autógrafo.

Davenport ficou feliz de se ver do lado de fora daquele prédio. Não gostara da experiência e se sentia grato por ela ter terminado mais rápido do que supusera; parecia mais uma audição do que um espetáculo. Não relaxara um instante sequer e pensou se não ficara óbvio que não dormira nada na noite anterior. Ao descer correndo a escada, consultou o relógio; estava adiantado para o encontro com Spencer Craig, ao meio-dia. Virou à direita e começou a caminhar na direção de Inner Temple, certo de que Spencer ficaria satisfeito quando soubesse que Redmayne não se dera ao trabalho de interrogá-lo. Temia que o jovem advogado o pressionasse sobre o assunto de suas preferências sexuais, que, se reveladas com fidelidade, seriam a única manchete nos tabloides do dia seguinte — a não ser, é claro, que ele tivesse contado toda a verdade.

6

TOBY MORTIMER NÃO demonstrara reconhecer Lawrence Davenport ao passar por ele. Spencer Craig os avisara de que não deveriam ser vistos juntos em público até o fim do julgamento. Ligara para os três ao chegar em casa naquela noite para dizer que o sargento Fuller entraria em contato com eles no dia seguinte, para esclarecer alguns detalhes. O que começara como uma comemoração do aniversário de Gerald acabara como um pesadelo para os quatro.

Mortimer baixou a cabeça quando Davenport passou. Havia semanas que temia sua vez de aparecer no banco das testemunhas, a despeito da constante garantia de Spencer de que, mesmo que Redmayne descobrisse seu vício em drogas, jamais o mencionaria.

Os Mosqueteiros haviam permanecido fiéis, mas nenhum deles fingiu que seu relacionamento pudesse um dia voltar a ser o mesmo de antes. O que acontecera naquela noite só fizera intensificar ainda mais a dependência de Mortimer. Antes da comemoração do aniversário, era conhecido entre os traficantes como um viciado de fim de semana, mas, ao se aproximar o julgamento, acabara precisando de duas doses por dia — todo dia.

"Nem pense em se picar antes de ir para o banco das testemunhas", avisara Spencer. Mas como poderia Spencer, que jamais fora dependente, compreender o que ele estava passando? Algumas horas de pura felicidade até que a onda começasse a passar, seguida de suores, e então tremores, e finalmente o preparo ritual para que pudesse deixar novamente este mundo — inserindo a agulha em uma veia descansada, o mergulho quando o líquido alcança o sangue, fazendo rápido contato com o cérebro, então, e, enfim, a santa libertação — até que o ciclo recomeçasse. Mortimer já estava suando. Quanto tempo levaria até os tremores começarem? Desde que fosse o próximo a ser convocado, uma onda de adrenalina o faria aguentar.

A porta do tribunal se abriu, e o meirinho tornou a aparecer. Mortimer deu um pulo de expectativa. Cravou as unhas nas palmas das mãos, decidido a não enterrar o time.

— Sr. Reginald Jackson! — berrou o meirinho, ignorando o sujeito alto e magro que se levantara.

O gerente do Dunlop Arms seguiu o meirinho de volta ao tribunal. Mais uma pessoa com quem Mortimer não falara nos últimos seis meses.

— Deixe-o comigo — dissera Spencer, mas desde Cambridge era ele quem quebrava os pequenos galhos de Mortimer.

Mortimer voltou a afundar no banco, agarrando a borda do assento ao sentir os tremores chegando. Não tinha certeza de por quanto tempo ainda aguentaria — o temor que tinha de Spencer Craig sendo rapidamente superado pela necessidade de alimentar seu vício. No momento em que o barman voltou da sala do tribunal, a camisa, a calça e as meias de Mortimer estavam encharcadas de suor, a despeito de ser uma fria manhã de março. *Controle-se*, podia ouvir Spencer dizendo, apesar de estarem a um quilômetro e meio de distância, Spencer sentado em seu escritório, provavelmente conversando com Lawrence sobre o bom andamento do julgamento. Deviam estar esperando que ele fosse encontrá-los. A última peça do quebra-cabeça.

Mortimer se levantou e começou a passear para lá e para cá no corredor, enquanto esperava que o meirinho tornasse a aparecer. Consultou seu relógio, rezando para que houvesse tempo de eles chamarem outra testemunha antes do almoço. Deu um sorriso de expectativa quando o meirinho surgiu novamente no corredor.

— Sargento Fuller! — berrou. Mortimer voltou a afundar no banco.

Agora tremia incontrolavelmente. Precisava de sua próxima dose como um bebê do seio da mãe. Levantou-se e se dirigiu trôpego ao banheiro. Ficou aliviado ao constatar que o ambiente de azulejos brancos estava vazio. Escolheu a última cabine, trancando-se lá dentro. O espaço aberto embaixo e em cima da porta lhe dava ansiedade; alguma autoridade poderia facilmente descobri-lo transgredindo a lei — e logo no tribunal criminal mais importante. Mas sua dependência alcançara o ponto em que o bom senso era rapidamente substituído pela necessidade, fosse qual fosse o risco.

Mortimer desabotoou o paletó e retirou um pequeno estojo de um bolso interno: o kit. Abriu-o, estendendo-o na tampa da privada. Parte do prazer estava no preparo. Pegou uma pequena ampola com um miligrama de líquido, que custara 250 libras. Era límpido, artigo de alta qualidade. Pensou durante quanto tempo ainda poderia bancar um negócio tão caro assim, antes que finalmente acabasse com a pequena herança deixada pelo pai. Enfiou a agulha na ampola e puxou o êmbolo até encher o pequeno tubo de plástico. Não testou a saída do líquido porque não podia se dar ao luxo de desperdiçar uma gota sequer.

Parou por um instante, com suor gotejando da testa ao ouvir a porta na outra extremidade do banheiro se abrir. Ficou imóvel, à espera que o estranho cumprisse o ritual a que o banheiro fora originalmente destinado.

Quando ouviu a porta se fechar novamente, tirou a gravata do antigo colégio, arregaçou uma perna da calça e começou a procurar uma veia: tarefa cada vez mais difícil a cada dia que passava. Amarrou a gravata em torno da perna esquerda e apertou-a cada vez mais, até que finalmente uma veia azul saltou. Segurou firme a gravata com uma das mãos e a agulha com a outra. Em seguida, enfiou-a na veia, antes de comprimir lentamente o êmbolo até que a última gota de líquido penetrasse em sua circulação. Deu um profundo suspiro de alívio ao se transportar para outro mundo — um mundo em que Spencer Craig não existia.

— Não estou mais disposto a discutir esse assunto — dissera o pai de Beth mais cedo naquele dia, ao ocupar seu assento na mesa e lhe ser servido um prato de ovos mexidos com bacon pela mulher. O mesmo desjejum que ela lhe preparava desde quando se casaram.

— Mas, pai, você não pode acreditar de verdade que Danny mataria Bernie. Eles eram melhores amigos desde seu primeiro dia na Clem Attlee.

— Já vi Danny perder a cabeça.

— Quando? — perguntou Beth.

— No ringue de boxe, contra Bernie.

— Razão pela qual Bernie sempre ganhava dele.

— Talvez Danny tenha ganhado dessa vez porque tinha uma faca na mão.

— Beth ficou tão espantada com a acusação do pai que não respondeu. — Você esqueceu o que aconteceu no pátio de recreio tantos anos atrás?

— Não, não esqueci — disse Beth. — Mas Danny foi em socorro de Bernie naquela vez.

— Foi quando o diretor apareceu e encontrou uma faca em sua mão.

— E *você* esqueceu — disse a mãe de Beth — que Bernie confirmou o relato de Danny ao ser interrogado depois pela polícia?

— Mais uma vez uma faca foi encontrada na mão de Danny. Uma coincidência e tanto...

— Mas eu já lhe disse mil vezes...

— Que um completo desconhecido esfaqueou o seu irmão até a morte.

— Sim, foi o que aconteceu — disse Beth.

— E Danny nada fez para provocá-lo ou fazê-lo perder a cabeça.

— Não, não fez — retrucou Beth, tentando permanecer calma.

— E eu acredito nela — disse a sra. Wilson, servindo mais um café à sua filha.

— Você sempre acredita.

— Tenho bons motivos — respondeu a sra. Wilson. — Nunca vi Beth mentir.

O sr. Wilson permaneceu em silêncio enquanto sua comida, na qual não tocara, esfriava.

— E você ainda espera que eu acredite que todos os outros estão mentindo? — perguntou ele afinal.

— Espero sim — respondeu Beth. — Você parece se esquecer de que eu estava lá e por isso sei que Danny é inocente.

— São quatro contra um — disse o sr. Wilson.

— Pai, a gente não está discutindo uma corrida de cachorros. É a vida de Danny.

— Não é a vida do meu filho que estamos discutindo? — disse o sr. Wilson, subindo de tom a cada palavra.

— Ele também era meu filho — falou a mãe de Beth. — Caso tenha esquecido.

— E você também esqueceu — disse Beth — que Danny era o homem com quem você queria tanto que eu me casasse e a quem pediu que se encarregasse da oficina quando você se aposentasse? Então, por que deixou de acreditar nele de repente?

— Tem algo que eu não contei a vocês — disse o pai de Beth. A sra. Wilson abaixou a cabeça. — Quando Danny me procurou naquele dia para me comunicar que ia pedir a sua mão, achei justo lhe dizer que eu mudara de ideia.

— Mudara de ideia sobre o quê? — perguntou Beth.

— Sobre quem me substituiria na oficina depois que eu me aposentasse.

7

— N ÃO TENHO MAIS perguntas, Meritíssimo — disse Alex Redmayne. O juiz agradeceu ao sargento Fuller, dizendo-lhe que estava livre para deixar o tribunal.

Não fora um bom dia para Alex. Lawrence Davenport hipnotizara o júri com seu charme e sua boa aparência. O sargento Fuller passara a imagem de um policial honesto e cioso, que relatara fielmente o que vira naquela noite, e, quando pressionado por Alex sobre seu relacionamento com Craig, simplesmente repetira a palavra "profissional". Depois, quando Pearson perguntara qual o lapso de tempo entre a ligação de Craig para a Emergência e a entrada de Fuller no bar, este afirmou não ter certeza, calculando-o em cerca de 15 minutos.

Já o barman, Reg Jackson, simplesmente repetiu, como um papagaio, que estava apenas cuidando de seu serviço e não ouvira nem vira nada.

Redmayne admitiu que sua única esperança de achar uma brecha na armadura dos quatro Mosqueteiros repousava agora em Toby Mortimer. Redmayne sabia tudo sobre o vício, apesar de não ter nenhuma intenção de mencioná-lo no tribunal. Imaginava que não haveria outra coisa a preocupar Toby durante o interrogatório. Redmayne considerava Mortimer a única testemunha da Coroa que talvez cedesse sob pressão, razão pela qual ficou satisfeito por ele ter sido obrigado a esperar o dia inteiro no corredor.

— Acho que temos o tempo exato para mais uma testemunha — disse o juiz Sackville, consultando o relógio.

O sr. Pearson não deu a impressão do mesmo entusiasmo quanto à convocação da última testemunha da Coroa. Depois de ler o relatório detalhado da polícia, chegou a pensar em simplesmente não chamar Toby Mortimer, mas sabia que, se fizesse isso, despertaria a suspeita de Redmayne, que poderia até intimá-lo judicialmente. Pearson se levantou devagar.

— Convoco o sr. Toby Mortimer — disse.

O meirinho pisou no corredor e berrou:

— Toby Mortimer!

Ficou espantado quando percebeu que o sujeito não estava mais sentado em seu lugar. Parecera ansioso para ser chamado antes. O meirinho correu os olhos pelos bancos, com cuidado, mas não havia sinal dele. Gritou o nome ainda mais alto, pela segunda vez, mas, mesmo assim, não obteve resposta.

Uma jovem grávida na primeira fila levantou os olhos, indecisa se podia se dirigir ao meirinho, cujo olhar se deteve nela.

— A senhora viu o sr. Mortimer? — indagou ele num tom mais delicado.

— Sim — respondeu a grávida —, ele foi ao banheiro algum tempo atrás, mas não voltou.

— Obrigado, senhora.

O meirinho tornou a desaparecer dentro do tribunal. Caminhou rápido até o outro meirinho, que o ouviu cuidadosamente antes de informar ao juiz.

— Vamos lhe dar alguns minutos a mais — disse o juiz Sackville.

Redmayne não parava de consultar o relógio; estava cada vez mais ansioso à medida que os minutos passavam. Ninguém demorava tanto para ir ao banheiro, a não ser... Pearson inclinou-se para o juiz, sugerindo prestativamente:

— Talvez a gente devesse deixar essa testemunha depor em primeiro lugar na agenda de amanhã.

— Não, obrigado — respondeu com firmeza Redmayne —, não me importo em esperar. — E repassou suas perguntas, sublinhando as palavras importantes para não ter que ficar baixando os olhos para sua pauta escrita. Só levantou os olhos na hora em que o meirinho voltou ao tribunal. Este atravessou rápido o salão e cochichou para o outro meirinho, que transmitiu a informação ao juiz. O juiz Sackville anuiu com a cabeça.

— Sr. Pearson — disse. O promotor pôs-se de pé. — Parece que a sua última testemunha passou mal e está agora a caminho do hospital.

Ele não acrescentou: com uma agulha espetada numa veia da perna esquerda.

— Por isso, vou encerrar a sessão de hoje. Quero ver os dois advogados na minha sala imediatamente.

Alex Redmayne não precisava frequentar salas de juiz para saber que seu trunfo estava fora do baralho. Ao fechar a pasta rotulada *Testemunhas da Coroa*, aceitou que o destino de Danny Cartwright estava agora nas mãos de sua noiva, Beth Wilson. E ele ainda não tinha certeza se ela estava contando a verdade.

8

A PRIMEIRA SEMANA DO julgamento terminara, e os quatro protagonistas passaram o fim de semana de modo muito diferente. Alex Redmayne foi de carro a Somerset, passar dois dias com os pais em Bath. O pai começou a interrogá-lo sobre o julgamento mesmo antes de ele fechar a porta da frente; já a mãe parecia mais interessada em descobrir algo sobre sua última namorada.

— Podem ficar esperando — respondeu a ambas as indagações de seus pais.

Na hora de Alex voltar para Londres, no domingo à tarde, já tinha ensaiado as perguntas que pretendia fazer a Beth Wilson no dia seguinte, com seu pai no papel de juiz. Não era tarefa difícil para o velho. No fim das contas, fizera exatamente isso durante os últimos vinte anos, antes de se aposentar.

— Sackville me disse que você está duro de roer — relatou seu pai. — Mas acha que às vezes você se arrisca desnecessariamente.

— Talvez seja a única forma que me faça descobrir se Cartwright é inocente.

— Isso não cabe a você — respondeu seu pai. — Cabe ao júri decidir.

— Agora *você* está parecendo o juiz Sackville — disse Alex com uma risada.

— Sua função — prosseguiu o pai, ignorando o comentário — é sustentar a melhor defesa possível para o cliente, seja ele culpado ou não.

Seu pai evidentemente se esquecera de ter dado esse mesmo conselho pela primeira vez quando Alex tinha 7 anos, repetindo-o incontáveis vezes desde então. Quando chegou a hora de Alex estudar em Oxford, já estava pronto para se submeter ao exame de graduação em Direito.

— E Beth Wilson? Que tipo de testemunha ela será? — perguntou-lhe o pai.

— Um famoso causídico me disse uma vez — respondeu Alex, repuxando pomposamente as lapelas de seu paletó — que jamais se pode adivinhar o desempenho de uma testemunha antes que ela se sente no banco.

A mãe de Alex rompeu em uma gargalhada.

— *Touché!* — exclamou, tirando os pratos e desaparecendo na cozinha.

— E não subestime Pearson — avisou o pai, ignorando a interrupção da mulher. — Seu forte é interrogar testemunhas da defesa.

— E é possível subestimar o emérito Arnold Pearson? — perguntou Alex, sorrindo.

— É, sim. Eu cometi esse erro em duas ocasiões e paguei por isso.

— Então, dois inocentes foram condenados por crimes que não cometeram? — perguntou Alex.

— Claro que não! — respondeu o pai. — Ambos eram culpados como o diabo, mas, mesmo assim, eu deveria ter conseguido a absolvição. Tenha em mente que, se Pearson perceber qualquer ponto fraco na sua defesa, voltará a ele incessantemente, até que seja o ponto lembrado pelo júri depois de se retirar.

— Posso interromper o douto colega para perguntar como Susan está? — perguntou sua mãe, enquanto servia café a Alex.

— Susan? — disse Alex, voltando de estalo ao mundo real.

— Aquela garota simpática que você trouxe para nos conhecer uns dois meses atrás.

— Susan Rennick? Não faço ideia. Infelizmente, perdemos contato. Acho que a advocacia é incompatível com a vida privada. Só Deus sabe como vocês dois ficaram juntos.

— Sua mãe me alimentou todas as noites durante o julgamento de Carbarshi. Se eu não tivesse casado com ela, teria morrido de fome.

— Fácil assim? — disse Alex, sorrindo para a mãe.

— Não foi assim tão fácil — respondeu ela. — Afinal de contas, o julgamento durou mais de dois anos, e ele perdeu.

— Não, não perdi — disse o pai, colocando o braço em torno da cintura da mulher. — Fique avisado, meu filho: Pearson não é casado; portanto, passará o fim de semana inteiro preparando perguntas diabólicas para Beth Wilson.

51   Prisioneiro da Sorte

Danny não conseguiu fiança.

Ele passara os últimos seis meses trancafiado na prisão de segurança máxima de Belmarsh, no sudeste de Londres. Mofava 22 horas por dia em uma cela de pouco menos de seis metros quadrados, cuja única mobília era uma cama de solteiro, uma mesa de fórmica, uma pequena pia e um vaso sanitário de aço. Uma minúscula janela de grades bem acima da sua cabeça proporcionava a única visão do mundo externo. Todas as tardes, deixavam-no sair da cela por 45 minutos, quando corria em volta do perímetro de um pátio árido — meio hectare de concreto cercado por um muro de quase seis metros, encimado por arame farpado.

— Sou inocente — repetia toda vez que alguém perguntava, merecendo como resposta dos seus colegas detentos e dos funcionários da prisão:

— Isso é o que todo mundo diz.

Ao correr pelo pátio naquela manhã, Danny tentava não pensar sobre o andamento da primeira semana do julgamento, o que acabou sendo impossível. Apesar de olhar cuidadosamente para cada jurado, não tinha como saber o que eles pensavam. Talvez não tivesse sido uma boa primeira semana, mas pelo menos Beth poderia contar sua versão dos fatos. O júri acreditaria nela ou aceitaria a versão de Spencer Craig sobre o que acontecera? O pai de Danny sempre o fazia recordar que a Justiça britânica era a melhor do mundo; gente inocente simplesmente não acabava presa. Se fosse verdade, ele estaria livre dentro de uma semana. Procurou não pensar na alternativa.

O emérito Arnold Pearson também passara o fim de semana no campo, no seu chalé nas Cotswolds, com um jardim de dois hectares, seu orgulho e motivo de alegria. Depois de cuidar das rosas, tentou ler um romance bem-avaliado na mídia, o qual acabou pondo de lado antes de resolver dar uma caminhada. Ao percorrer a aldeia, tentou esvaziar a mente de tudo que acontecera em Londres naquela semana, embora, na verdade, o processo raramente fugisse de seus pensamentos.

Achava que a primeira semana do julgamento correra bem, a despeito de Redmayne ter se revelado um adversário bem mais consistente do que esperara.

Determinadas frases bem conhecidas, óbvios traços hereditários e um raro dom de sincronizar suas ações evocaram lembranças do pai de Redmayne, que, segundo a opinião de Arnold, fora o melhor advogado que já enfrentara.

Mas, felizmente, o garoto ainda não tinha experiência. Deveria ter explorado muito mais a questão do tempo, quando Craig estava no banco das testemunhas. Arnold teria contado as pedras do calçamento entre o Dunlop Arms e a porta da frente da casa de vila de Craig, com um cronômetro como sua única companhia. Teria, então, voltado para casa, se despido, tomado banho e vestido uma nova muda de roupas, enquanto mais uma vez cronometrava todo o processo. Arnold desconfiava que a soma dos tempos deveria ser menos de vinte minutos — certamente não mais de trinta.

Depois de ter comprado alguns artigos e o jornal na mercearia, Pearson começou o percurso de volta. Passou um instante pelo parque e sorriu ao se lembrar dos 57 pontos que marcara contra Brocklehurst uns vinte anos atrás. Ou foram trinta? Tudo que amava na Inglaterra se corporificava naquele lugar. Consultou o relógio e deu um suspiro ao perceber que já era hora de voltar para casa e se preparar para o dia seguinte.

Depois do chá, foi para o escritório, sentou-se à escrivaninha e correu os olhos pelas perguntas que preparara para Beth Wilson. Teria a vantagem de ouvir as perguntas de Redmayne primeiro, antes de fazer sua pergunta inicial. Como um gato pronto para o bote, ficaria sentado, quieto, na sua extremidade do banco, esperando que ela cometesse algum erro mínimo. Os culpados sempre erram.

Arnold sorriu ao voltar a atenção para o *Bethnal Green and Bow Gazette*, certo de que Redmayne não topara com o artigo de primeira página publicado havia cerca de 15 anos. Arnold Pearson talvez carecesse do estilo e da elegância do juiz Redmayne, mas compensava esse fato com horas de pesquisa, resultando em duas provas adicionais que certamente não deixariam qualquer dúvida no júri quanto à culpa de Cartwright. Mas reservaria as duas para a testemunha da defesa que ele ansiosamente esperava interrogar mais no fim daquela semana.

No dia em que Alex gracejava durante o almoço com seus pais em Bath, Danny corria em volta do pátio na prisão de Belmarsh e Arnold Pearson visitava a mercearia da aldeia, Beth tinha hora marcada com seu clínico geral, que ficava no próprio bairro.

— Apenas um exame de rotina — assegurou o médico, com um sorriso. Mas, a seguir, o sorriso se transformou num franzir de testa. — Você passou por algum estresse incomum desde a última vez em que a examinei?

Beth não quis sobrecarregá-lo com o relato de como passara a última semana. Para piorar, seu pai permanecia convicto da culpa de Danny, não permitindo mais que seu nome fosse mencionado em casa, apesar de a mãe de Beth sempre ter aceitado a versão da filha sobre os acontecimentos daquela noite. Mas seria o júri composto por gente como sua mãe ou como seu pai?

Todo domingo à tarde, durante os últimos seis meses, Beth visitava Danny na prisão de Belmarsh. A primeira exceção fora aquele domingo. O sr. Redmayne lhe dissera que qualquer contato com ele estava proibido até que o julgamento terminasse. Mas havia tanta coisa que ela queria perguntar, tanta coisa que precisava lhe dizer.

O bebê nasceria em seis semanas, mas, antes disso, ele estaria livre, e o terrível pesadelo terminaria. Depois que o júri chegasse ao veredicto, é claro que até mesmo seu pai acreditaria que Danny era inocente.

Na manhã de segunda-feira, o sr. Wilson levou a filha a Old Bailey, deixando-a em frente à entrada principal do tribunal. Quando ela saiu do carro, ele murmurou apenas três palavras:

— Diga a verdade.

9

ELE SENTIU NÁUSEAS quando seus olhares se cruzaram. Com os olhos, Spencer Craig fuzilava-o da galeria. Danny devolveu o olhar como se estivesse no meio do ringue, à espera do gongo para o primeiro assalto.

Quando Beth entrou no tribunal, era a primeira vez que ele a via em duas semanas. Ficou aliviado por ela ficar de costas para Craig, quando estivesse no banco das testemunhas. Beth sorriu calorosamente para Danny, antes de fazer o juramento.

— A senhorita se chama Elizabeth Wilson? — indagou Alex Redmayne.

— Sim — respondeu, descansando as mãos na barriga —, mas todos me chamam de Beth.

— E a senhorita mora no número 27 da Bacon Road, no Bow, no East End de Londres?

— Sim, moro.

— E o falecido Bernie Wilson era seu irmão?

— Sim, era.

— E a senhorita é hoje assessora pessoal do presidente da Companhia de Seguros Marítimos Drake's, no centro de Londres?

— Sim, sou.

— Para quando espera o bebê? — perguntou Alex Redmayne.

Pearson franziu o cenho, mas sabia que não deveria correr o risco de intervir.

— Dentro de seis semanas — disse Beth, abaixando a cabeça.

55   *Prisioneiro da Sorte*

O juiz Sackville se inclinou à frente, sorriu para Beth e disse:

— Pode falar mais alto, srta. Wilson? O júri precisa ouvir cada palavra que disser. — Ela levantou a cabeça, fazendo um gesto de anuência. — Talvez prefira ficar sentada — perguntou, prestativo, o juiz. — Um ambiente estranho às vezes pode nos desorientar.

— Obrigada — disse Beth. E afundou na cadeira, quase sumindo de vista.

— Diabo — murmurou baixinho Alex Redmayne. O júri mal poderia ver seus ombros e deixaria de ser lembrado a todo momento dos sete meses de gravidez dela, impressão que gostaria de ver gravada na cabeça das únicas doze pessoas que importavam. Deveria ter previsto o gesto galante do juiz Sackville e aconselhado Beth a declinar a oferta da cadeira. Se ela desmaiasse, a imagem ficaria gravada por muito tempo na mente dos jurados.

— Srta. Wilson — prosseguiu Redmayne —, pode dizer ao tribunal qual é seu relacionamento com o réu?

— Danny e eu vamos nos casar na semana que vem — respondeu.

Um suspiro de espanto percorreu o tribunal.

— Na semana que vem? — repetiu Redmayne, tentando parecer surpreso.

— Sim, os proclamas foram lidos ontem pelo padre Michael, da nossa paróquia de St. Mary's.

— Mas se o seu noivo for condenado...

— É impossível alguém ser condenado por um crime que não cometeu — respondeu Beth incisivamente.

Alex Redmayne sorriu. Palavras perfeitas; ela chegara a se virar para o júri.

— Há quanto tempo conhece o réu?

— Desde que me conheço por gente — respondeu Beth. — Sempre fomos vizinhos de frente. Frequentamos o mesmo colégio.

— O Clement Attlee? — perguntou Redmayne, consultando seu fichário aberto.

— Certo — confirmou Beth.

— Então, vocês namoram desde crianças.

— Bem — disse Beth —, só se fosse à revelia de Danny, porque ele mal falava comigo no colégio.

Danny sorriu pela primeira vez naquele dia, lembrando-se da garotinha de tranças que ficava colada no irmão.

— Mas a senhorita procurava falar com ele?

— Não, não tinha coragem. Mas vivia na lateral do campo, vendo-o jogar futebol.

— Seu irmão e Danny eram do mesmo time?

— Durante todo o tempo de colégio — respondeu Beth. — Danny era capitão, e meu irmão, goleiro.

— Danny sempre foi capitão?

— Ah, sim. Seus colegas costumavam chamá-lo de Capitão Cartwright. Foi capitão de todos os times do colégio: futebol, críquete e até mesmo boxe.

Alex notou que um ou dois jurados sorriam.

— E seu irmão se dava bem com Danny?

— Danny era seu melhor amigo — disse Beth.

— Brigavam com frequência, como sugeriu meu douto colega? — perguntou Redmayne, relanceando na direção da promotoria da Coroa.

— Só a respeito do West Ham ou das namoradas do Bernie.

Um dos jurados mal conseguiu conter uma gargalhada.

— Mas seu irmão não nocauteou Danny no primeiro assalto do campeonato de boxe do Bow Street Boys' Club, no ano passado?

— Sim, nocauteou. Mas Bernie sempre foi o melhor boxeador, e Danny sabia. Danny me disse uma vez que só por sorte chegaria ao segundo assalto, se eles lutassem na final.

— Então, não havia animosidade entre eles, conforme alegou meu douto colega, sr. Pearson.

— Como é que *ele* poderia saber? — indagou Beth. — Ele nunca esteve com qualquer um deles. — Danny tornou a sorrir.

— Srta. Wilson — disse o juiz, nesse caso sem tanta gentileza —, por favor, concentre-se em responder às perguntas.

— Qual foi a pergunta? — perguntou Beth, parecendo meio aturdida.

O juiz consultou seu caderno de anotações.

— Havia alguma animosidade entre seu irmão e o réu?

— Não — retrucou Beth. — Já disse que eram grandes amigos.

— A senhorita também contou ao tribunal, srta. Wilson — disse Redmayne, procurando trazê-la de volta à pauta —, que Danny nunca lhe dirigiu a palavra no colégio. No entanto, a senhorita acabou noiva dele.

— É verdade — disse Beth, levantando os olhos para Danny.

— O que motivou essa mudança de sentimentos?

— Quando Danny e meu irmão saíram do Clement Attlee, foram trabalhar na oficina do meu pai. Continuei no colégio por mais um ano, antes de fazer o pré-vestibular e em seguida a Universidade de Exeter.

— Onde se formou com mérito em inglês?

— Sim — respondeu Beth.

— Qual foi seu primeiro emprego depois de deixar a universidade?

— Fui secretária da Companhia de Seguros Marítimos Drake's, no centro.

— Com certeza a senhorita poderia ter obtido uma posição melhor que essa, levando em conta as suas qualificações.

— Talvez pudesse — reconheceu Beth —, mas a sede da Drake's fica no centro, e eu não queria trabalhar muito longe de casa.

— Compreendo. Há quantos anos trabalha para a empresa?

— Cinco — respondeu Beth.

— E durante este período a senhorita foi promovida de secretária a assessora pessoal do presidente.

— Sim.

— Quantas secretárias existem lá? — perguntou Redmayne.

— Não tenho certeza do número exato — respondeu Beth —, mas deve haver mais de cem.

— No entanto, foi a senhorita quem acabou conseguindo o melhor cargo?

— Beth não respondeu. — Depois de voltar da universidade para morar de novo em Londres, quando foi a primeira vez que viu Danny?

— Logo depois de começar a trabalhar no centro — disse Beth. — Minha mãe me pediu que deixasse a marmita do meu pai na oficina, num sábado de manhã. Danny estava lá, com a cabeça enfiada debaixo de um capô de carro. De início, pensei que ele não havia reparado em mim, porque só podia ter visto as minhas pernas, mas então levantou os olhos e bateu com a cabeça no capô.

— Foi então que ele a convidou para sair pela primeira vez?

Pearson ficou de pé imediatamente.

— Meritíssimo, será que essa testemunha terá cada fala dirigida, como se estivesse no ensaio final de algum espetáculo amador?

"Nada mal", pensou Alex. O juiz poderia até ter concordado com ele, se já não tivesse ouvido essa cantilena do próprio Pearson várias vezes na última década. Mesmo assim, penalizou a defesa.

— Sr. Redmayne, no futuro, atenha-se a fazer perguntas à testemunha, sem o recurso de já fornecer as respostas que o senhor espera que a srta. Wilson dê.

— Peço desculpas, Meritíssimo — disse Alex —, tentarei não desagradá-lo novamente.

O juiz Sackville franziu a testa ao lembrar-se do pai de Redmayne dizendo a mesma coisa, com a mesma falta de sinceridade.

— Quando a senhorita voltou a encontrar o réu? — perguntou Redmayne a Beth.

— Naquela mesma noite. Ele me convidou para ir ao Hammersmith Palais — relatou Beth. — Ele e meu irmão costumavam ir ao Palais todo sábado à noite. Bernie costumava dizer que tinha mais gatas por metro quadrado do que em qualquer outro lugar.

— Com que frequência se viram depois desse primeiro encontro? — indagou Redmayne.

— Quase todo dia. — Fez uma pausa. — Até que o trancafiassem.

— Agora, vou fazê-la retroceder à noite de 18 de setembro do ano passado — disse Redmayne. Beth concordou com a cabeça. — Quero que conte ao júri, com suas próprias palavras, exatamente o que aconteceu naquela noite.

— Foi ideia de Danny — começou Beth, levantando os olhos e sorrindo para o réu — jantarmos no West End, já que se tratava de uma ocasião especial.

— Ocasião especial? — provocou Redmayne.

— Sim, Danny ia me pedir em casamento.

— Como a senhorita podia ter certeza?

— Ouvi meu irmão contando à minha mãe que Danny havia gastado dois meses de salário na aliança. — Ela ergueu a mão esquerda para o júri poder admirar o solitário engastado no anel de ouro.

Alex esperou que os murmúrios amainassem, até perguntar:

— E ele pediu que a senhorita se casasse com ele?

— Sim, pediu — respondeu Beth. — Chegou até a se ajoelhar.

— E a senhorita aceitou?

— Claro que sim — respondeu Beth. — Eu sabia que nos casaríamos desde que o conheci.

Pearson reparou no primeiro deslize dela.

— O que aconteceu em seguida?

— Antes de sairmos do restaurante, Danny ligou para Bernie para contar as novidades. Ele concordou em nos encontrar depois, para comemorarmos juntos.

— E onde combinaram se encontrar para a comemoração?

— No Dunlop Arms, no Hambledon Terrace, em Chelsea.

— Por que escolheram esse lugar especificamente?

— Danny já havia estado lá uma vez, assistindo ao jogo do West Ham contra o Chelsea, em Stamford Bridge. Ele me disse que era muito classudo e achava que eu gostaria.

— A que horas vocês chegaram?

— Não tenho certeza — respondeu Beth —, mas não deve ter sido antes das dez.

— Seu irmão já estava lá, esperando por vocês, não é?

— Ele está reincidindo, Meritíssimo — reclamou Pearson.

— Peço desculpas, Meritíssimo — disse Redmayne, tornando a voltar-se para Beth. — Quando foi que seu irmão chegou?

— Ele já estava lá — respondeu Beth.

— A senhorita reparou em mais alguém no salão?

— Sim, vi o ator Lawrence Davenport, o Dr. Beresford, em pé no balcão, junto com mais três homens.

— Conhece o sr. Davenport?

— Claro que não. Só da TV.

— Então, a senhorita deve ter ficado bastante excitada ao ver um astro da TV na noite do seu noivado.

— Não, não fiquei tão impressionada. Eu me lembro de ter pensado que ele não era tão bonito quanto Danny.

Vários jurados olharam melhor o sujeito de cabelo à escovinha, com a barba por fazer e uma camiseta do West Ham que parecia não ser passada havia muito tempo. Alex temia que muitos jurados discordassem de Beth.

— O que aconteceu em seguida?

— Tomamos uma garrafa de champanhe, e depois achei que devíamos ir para casa.

— E foram?

— Não, Bernie pediu outra champanhe, e, quando o atendente do bar levou a garrafa vazia, ouvi alguém dizer: "Que desperdício!"

— Como Danny e Bernie reagiram?

— Não ouviram, mas percebi que um dos sujeitos no balcão não tirava os olhos de mim. Piscou um olho e depois entreabriu a boca e começou a passar a língua nos lábios.

— Qual dos quatro homens fez isso?

— O sr. Craig.

Danny levantou os olhos para a galeria e viu Craig amarrando a cara para Beth, que, felizmente, não podia vê-lo.

— A senhorita contou a Danny?

— Não, o sujeito estava obviamente bêbado. Além do mais, a gente ouve coisas piores quando cresce no East End. Eu sabia muito bem qual seria a reação do Danny, se contasse. — Pearson não parava de escrever.

— Então, a senhorita o ignorou?

— Sim — disse Beth. — Mas em seguida o mesmo sujeito se virou para os amigos e disse: "A piranha é bem apresentável, até abrir a boca." Bernie ouviu. Depois um dos outros disse: "Ah, não sei, não, às vezes até que eu gosto de uma piranha com a boca bem aberta", e todos começaram a rir. — Ela fez uma pausa. — Exceto o sr. Davenport, que parecia constrangido.

— Bernie e Danny também riram?

— Não. Bernie agarrou a champanhe e se levantou para enfrentá-lo. — Pearson anotou suas exatas palavras. — Mas Danny o puxou de volta e disse a ele para ignorá-los.

— Ele os ignorou?

— Sim, mas só porque eu disse que queria ir para casa. Ao nos encaminharmos para a saída, notei que um dos sujeitos ainda não tirava os olhos de mim. Ele disse: "Indo embora, é?", num sussurro; em seguida: "Depois que vocês fizerem o serviço, meus amigos e eu ainda teremos o bastante para uma suruba."

— Suruba? — repetiu o juiz Sackville, parecendo se divertir.

— Sim, Meritíssimo. A palavra chula para o coito grupal com a mesma mulher — explicou Redmayne. — Às vezes por dinheiro.

Ele fez uma pausa enquanto o juiz anotava a expressão. Alex olhou para os jurados, e nenhum dos quais parecia precisar de maiores explicações.

— Tem certeza de que foram essas as exatas palavras? — perguntou Redmayne.

— Não é algo que se esqueça — respondeu Beth com rispidez.

— Foi o mesmo sujeito quem disse?

— Sim — disse Beth —, o sr. Craig.

— Qual foi a reação de Danny dessa vez?

— Continuou a ignorá-los; afinal de contas, o sujeito estava bêbado. Mas meu irmão é que era o problema, e o comentário adicional do sr. Craig não ajudou em nada: "Então, por que a gente não vai resolver isso lá fora?"

61 Prisioneiro da Sorte

— Por que a gente não vai *resolver* isso — repetiu Redmayne — lá fora.

— Sim — disse Beth, sem saber exatamente por que repetia suas palavras.

— O sr. Craig *foi* encontrá-los?

— Não, mas só porque Danny empurrou meu irmão para o beco, antes que ele pudesse retaliar, e eu fechei a porta rapidamente depois que passamos.

Pearson pegou uma caneta vermelha e sublinhou as palavras: *empurrou meu irmão para o beco.*

— Então, Danny conseguiu tirar seu irmão do bar sem mais nenhuma confusão?

— Sim — disse Beth. — Mas Bernie ainda queria voltar e dar um jeito nele.

— "Dar um jeito nele"?

— Sim — disse Beth.

— Mas a senhorita seguiu seu caminho pelo beco?

— Sim, mas logo antes de chegar à rua percebi que um dos sujeitos do bar estava de pé bloqueando a passagem.

— Qual deles?

— O sr. Craig.

— E o que a senhorita fez?

— Corri de volta para junto do Danny e do meu irmão. Supliquei a eles que voltassem para o bar. Foi então que percebi os outros dois sujeitos, um deles o sr. Davenport, que estavam em pé ao lado da porta dos fundos. Voltei-me e vi que seu colega se juntara ao primeiro sujeito, na saída do beco, e que ambos estavam andando agora na nossa direção.

— O que aconteceu depois? — perguntou Redmayne.

— Bernie disse: "Você pega o cuzão, eu pego os outros três", mas, antes que Danny pudesse responder, o sujeito que o meu irmão chamou de cuzão foi correndo em sua direção e lhe deu um soco, que acertou Danny no queixo. Depois disso, uma tremenda briga estourou.

— Todos os quatro participaram?

— Não — disse Beth. — O sr. Davenport permaneceu junto à porta dos fundos, e um dos outros, um sujeito alto, magricela, ficou recuado. Quando Danny quase nocauteou o único outro sujeito disposto a brigar, Bernie me disse para ir chamar um táxi, já que tinha certeza de que tudo acabaria mais ou menos rápido.

— A senhorita foi?

— Sim, mas só quando tive certeza de que Danny levava a melhor sobre Craig.

— E levava?

— Facilmente.

— Quanto tempo a senhorita levou para chamar um táxi?

— Só alguns minutos — disse Beth —, mas, quando encostou, o taxista me surpreendeu dizendo: "Acho que não é de táxi que você precisa, amor. Se eles fossem meus amigos, eu ligaria para a ambulância." E, sem dar outra palavra, ele arrancou depressa.

— Alguém tentou localizar esse motorista de táxi? — perguntou o juiz.

— Sim, Meritíssimo — respondeu Redmayne —, mas até agora nenhum se apresentou.

— Então, como foi que a senhorita reagiu ao ouvir as palavras do taxista? — perguntou Redmayne, voltando-se de novo para Beth.

— Eu me virei e vi meu irmão estendido no chão. Parecia inconsciente. Danny segurava a cabeça de Bernie em seus braços. Corri de volta pelo beco para encontrá-los.

Pearson fez outra anotação.

— Danny explicou o que acontecera?

— Sim. Disse que eles foram apanhados de surpresa quando Craig sacou uma faca. Tentara desarmá-lo, enquanto ele esfaqueava Bernie.

— Bernie confirmou isso?

— Sim, confirmou.

— Então, o que a senhorita fez em seguida?

— Telefonei para a Emergência.

— Por favor, srta. Wilson, não tenha pressa em responder a minha pergunta seguinte. Quem apareceu primeiro? A polícia ou a ambulância?

— Dois paramédicos — disse Beth, sem hesitar.

— Quanto tempo se passou antes de eles chegarem?

— Sete, talvez oito minutos.

— Como pode ter tanta certeza?

— Não parei um minuto de consultar o relógio.

— E quantos minutos se passaram antes da chegada da polícia?

— Não tenho certeza, mas pelo menos cinco.

— Quanto tempo o sargento Fuller ficou com a senhorita no beco, antes de entrar no bar para interrogar o sr. Craig?

— Pelo menos dez minutos — respondeu Beth —, mas pode ter sido mais.

Prisioneiro da Sorte

— Tempo suficiente para o sr. Spencer Craig sair, voltar para casa, a apenas cem metros de distância, trocar de roupa e retornar para contar sua versão do que acontecera, antes de o sargento entrar no bar?

— Meritíssimo — disse Pearson, erguendo os olhos de onde estava —, isso é uma calúnia vil a alguém que não fazia mais que cumprir seu dever cívico.

— Concordo com o senhor — disse o juiz. — Senhores jurados, ignorem os últimos comentários do sr. Redmayne. Jamais se esqueçam de que não é o sr. Craig quem está sendo julgado.

O juiz fuzilou Redmayne com o olhar, mas o advogado não se encolheu, sabendo bem que o júri não esqueceria aquela troca de palavras, as quais poderiam até semear algumas dúvidas.

— Peço desculpas, Meritíssimo — disse ele num tom contrito. — Não se repetirá.

— Que não se repita mesmo — disse o juiz, incisivamente.

— Srta. Wilson, enquanto era esperada a chegada da polícia, os paramédicos puseram seu irmão em uma maca e o levaram ao hospital mais próximo?

— Sim, fizeram tudo que podiam para ajudar, mas eu sabia que era tarde demais. Já havia perdido muito sangue.

— A senhorita e Danny acompanharam seu irmão ao hospital?

— Não, fui sozinha, porque o sargento Fuller queria fazer mais uma pergunta a Danny.

— E você ficou preocupada com isso?

— Sim, porque Danny também ficara ferido. Ele...

— Não é isso que eu estou querendo dizer — afirmou Redmayne, não querendo que ela terminasse a frase. — A senhorita ficou aflita, pensando que a polícia talvez suspeitasse de Danny?

— Não. Isso nunca passou pela minha cabeça. Ele já havia contado à polícia o que acontecera. De qualquer maneira, ele sempre podia contar comigo para confirmar seu relato.

Se Alex tivesse olhado para Pearson, teria vislumbrado o raro traço de um sorriso no rosto do promotor.

— Mas, infelizmente, seu irmão morreu a caminho do Hospital Chelsea e Westminster.

Beth começou a soluçar.

— Sim, liguei para meus pais, que chegaram imediatamente, mas já era tarde. — Alex não fez menção de perguntar qualquer outra coisa até que ela se recuperasse.

— Danny a encontrou mais tarde no hospital?

— Não.

— Por quê?

— Porque a polícia ainda o interrogava.

— Quando o viu em seguida?

— Na manhã seguinte, na delegacia de polícia de Chelsea.

— Delegacia de polícia de Chelsea? — repetiu Redmayne, fingindo espanto.

— Sim. A polícia foi até a minha casa cedinho. Disseram ter prendido Danny sob acusação de ter assassinado Bernie.

— Isso deve ter sido um tremendo abalo. — O sr. Pearson deu um pulo. — Como a senhorita reagiu a essa notícia? — perguntou rápido Redmayne.

— Com total incredulidade. Repeti exatamente o que havia acontecido, mas percebi que não acreditavam em mim.

— Obrigado, srta. Wilson. Não tenho mais perguntas a fazer, Meritíssimo.

Danny deu um suspiro de alívio quando Beth deixou o banco das testemunhas. Que pérola. Ela sorriu ansiosamente para ele ao passar pelo banco dos advogados.

— Srta. Wilson — disse o juiz antes que ela chegasse à porta. Ela se voltou para encará-lo. — Quer fazer a gentileza de voltar para o banco das testemunhas? Acho que o sr. Pearson talvez queira lhe fazer uma ou duas perguntas.

10

ETH CAMINHOU LENTAMENTE de volta ao banco das testemunhas. Ergueu os olhos para seus pais na galeria, e, então, se apercebeu dele, fuzilando-a com o olhar. Quis reclamar, mas compreendeu que não adiantaria e que nada agradaria mais a Spencer Craig do que saber o efeito que sua presença causava nela.

Voltou para o banco das testemunhas, mais decidida do que nunca a derrotá-lo. Ficou de pé, olhando desafiadoramente para o sr. Pearson, ainda sentado em seu lugar. Talvez ele não lhe fizesse nenhuma pergunta, afinal de contas.

O velho promotor se levantou lentamente de sua cadeira. Sem dirigir o olhar a Beth, começou a rearrumar alguns papéis. Então, tomou um gole d'água antes de finalmente olhar para ela.

— Srta. Wilson, o que comeu no café da manhã?

Beth hesitou um instante, enquanto todos no tribunal não tiravam os olhos dela. Alex Redmayne praguejou. Deveria ter percebido que Pearson tentaria desequilibrá-la com sua primeira pergunta. Apenas o juiz Sackville não parecia surpreso.

— Tomei chá e comi um ovo cozido.

— Mais nada, srta. Wilson?

— Ah, sim, umas torradas.

— Quantas xícaras de chá?

— Uma. Não, duas.

— Ou seriam três?

— Não, não. Foram duas.

— E quantas torradas?

Ela hesitou de novo.

— Não consigo lembrar.

— A senhorita não consegue lembrar o que comeu no café *desta manhã* e, no entanto, consegue recordar todos os detalhes de todas as frases que ouviu seis meses atrás. — Beth voltou a baixar a cabeça. — Não apenas consegue lembrar cada frase dita pelo sr. Spencer Craig naquela noite, mas até detalhes, como um piscar de olho e lamber de lábios.

— Sim, consigo — insistiu Beth. — Porque foi o que ele fez.

— Então, vamos retroceder e testar ainda mais a sua memória, srta. Wilson. Quando o barman pegou a garrafa de champanhe vazia, o sr. Craig disse: "Que desperdício!"

— Sim, foi.

— Mas quem disse: — Pearson se inclinou para verificar suas anotações. — "Às vezes, até que eu gosto de uma piranha com a boca bem aberta"?

— Não tenho certeza se foi o sr. Craig ou um dos outros.

— A senhorita "não tem certeza". "Um dos outros." A senhorita quer dizer o réu, Cartwright?

— Não, um dos sujeitos do balcão.

— A senhorita disse ao meu douto colega que não reagiu porque já ouvira coisa pior no East End.

— Sim, ouvi.

— Na verdade, foi lá que a senhorita ouviu essa frase pela primeira vez, não foi, srta. Wilson? — disse Pearson, puxando as lapelas de sua beca.

— Aonde o senhor quer chegar?

— A senhorita jamais ouviu o sr. Craig dizer essas palavras num bar em Chelsea, srta. Wilson, mas já ouviu Cartwright dizê-las muitas vezes no East End, porque é esse o tipo de palavreado que ele usaria.

— Não, foi o sr. Craig quem disse essas palavras.

— A senhorita também disse que saiu do Dunlop Arms pela porta dos fundos.

— Sim.

— Por que não saiu pela porta da frente, srta. Wilson?

— Eu queria sair discretamente, sem criar mais encrenca.

— Então, a senhorita já havia criado *alguma* encrenca?

— Não, *nós* não tínhamos criado encrenca alguma.

— Então por que não saiu pela porta da frente, srta. Wilson? Se o fizesse, estaria numa rua movimentada e poderia ter saído discretamente, para usar suas próprias palavras, sem causar mais confusões.

Beth ficou calada.

— Talvez a senhorita possa explicar o que seu irmão quis dizer — disse Pearson, verificando suas anotações — quando falou para Cartwright: "Se você acha que eu vou chamá-lo de patrão, pode tirar o cavalinho da chuva!"

— Ele estava brincando — respondeu Beth.

Pearson olhou fixamente para seu caderno, antes de dizer:

— Perdoe-me, srta. Wilson, mas não vejo graça nenhuma nesse comentário.

— É porque o senhor não é do East End — retrucou Beth.

— Nem o sr. Craig — respondeu Pearson, antes de acrescentar rápido: — E depois Cartwright empurrou o sr. Wilson em direção à porta dos fundos. Foi aí que o sr. Craig ouviu seu irmão dizer: "Então, por que a gente não resolve essa parada lá fora?"

— Foi o sr. Craig quem disse: "Então, por que a gente não vai resolver isso lá fora?", porque é o tipo de expressão que se usa no West End.

Mulher inteligente, pensou Alex, encantado por ela ter percebido a intenção de Pearson e virado o jogo.

— Quando a senhorita estava lá fora — perguntou Pearson rapidamente —, encontrou o sr. Craig à sua espera na outra extremidade do beco?

— Sim, encontrei.

— Quanto tempo se passou até que a senhorita o visse ali de pé?

— Não me lembro — respondeu Beth.

— Dessa vez a senhorita *não* se lembra.

— Não foi tanto tempo — disse Beth.

— Não foi tanto tempo — insistiu Pearson. — Menos de um minuto?

— Não tenho certeza. Mas ele estava lá de pé.

— Srta. Wilson, se a senhorita saísse do Dunlop Arms pela porta da frente, abrisse caminho por uma rua movimentada, depois descesse uma longa alameda, antes de finalmente chegar ao final do beco, veria que se trata de uma distância de 210 metros. A senhorita está insinuando que o sr. Craig cobriu essa distância em menos de um minuto?

— Deve ter sido.

— E o amigo dele foi encontrá-lo instantes depois — disse Pearson.

— Sim — respondeu Beth.

— Quando a senhorita se virou, os outros dois, o sr. Davenport e o sr. Mortimer, já estavam parados junto à porta dos fundos?

— Sim, estavam — respondeu Beth.

— E tudo isso aconteceu em menos de um minuto, srta. Wilson? — Ele fez uma pausa. — Quando é que a senhorita imagina que os quatro tiveram tempo de planejar uma operação tão complicada?

— Não compreendo o que o senhor quer dizer — disse Beth, agarrando o corrimão do banco das testemunhas.

— Acho que compreende até bem demais, srta. Wilson, mas eu explico em benefício do júri: dois homens saem pela porta da frente, dão a volta até os fundos do prédio, enquanto os outros dois se colocam na porta dos fundos, tudo em menos de um minuto.

— Pode ter sido mais de um minuto.

— Mas a senhorita estava querendo fugir — lembrou-lhe Pearson. — De modo que, se eles levassem mais de um minuto, a senhorita teria tempo de alcançar a rua principal e desaparecer muito antes de eles conseguirem chegar até lá.

— Agora me lembro — disse Beth. — Danny estava tentando acalmar Bernie, mas meu irmão queria voltar para o bar e resolver a questão com Craig, de modo que deve ter sido mais de um minuto.

— Ou era com o sr. Cartwright que ele queria resolver a questão — perguntou Pearson —, tirando-lhe qualquer dúvida sobre quem seria o patrão depois que seu pai se aposentasse?

— Se Bernie quisesse fazer isso — disse Beth —, poderia derrubá-lo com um murro.

— Não se o sr. Cartwright tivesse uma faca — respondeu Pearson.

— Era Craig quem tinha a faca e quem esfaqueou Bernie.

— Como pode ter tanta certeza, srta. Wilson, se não assistiu ao esfaqueamento?

— Porque Bernie me contou que foi isso que aconteceu.

— Tem certeza de que foi Bernie quem lhe contou, e não Danny?

— Sim, tenho.

— Perdoe a frase típica, srta. Wilson, mas *essa é a minha versão, é a ela que eu vou me ater.*

— Vou, porque é a verdade — disse Beth.

— Também é verdade que temia que seu irmão estivesse morrendo, srta. Wilson?

— Sim, ele estava perdendo tanto sangue que achei que não sobreviveria — respondeu Beth, começando a soluçar.

— Então, por que não chamou a ambulância, srta. Wilson? — Isso sempre deixara Alex perplexo, e ele ficou pensando como ela responderia. Não respondeu. O que permitiu que Pearson acrescentasse: — Afinal de contas, seu irmão fora esfaqueado várias vezes, citando sua própria declaração.

— Eu não tinha telefone — deixou escapar.

— Mas seu noivo tinha — lembrou-lhe Pearson —, porque ligara antes para seu irmão, convidando-o a encontrá-los no bar.

— Mas uma ambulância chegou alguns minutos depois — respondeu Beth.

— E todos nós sabemos quem foi que telefonou para a Emergência, não é, srta. Wilson? — disse Pearson, olhando fixamente para o júri.

Beth baixou a cabeça.

— Srta. Wilson, permita que eu lhe recorde algumas das meias-verdades que a senhorita contou ao meu douto colega. — Beth apertou os lábios. — A senhorita disse: "Eu sabia que nos casaríamos desde a primeira vez que o conheci."

— Sim, foi o que eu disse e o que eu quis dizer — disse Beth, desafiadoramente.

Pearson consultou suas anotações.

— A senhorita também disse que, em sua opinião, o sr. Davenport "não era tão bonito" quanto o sr. Cartwright.

— E não é — disse Beth.

— E que, se algo desse errado, "ele sempre podia contar comigo para confirmar seu relato".

— Sim, podia.

— Independentemente do relato.

— Eu não disse isso — protestou Beth.

— Não, fui eu quem disse — falou Pearson. — Porque digo que a senhorita diria qualquer coisa para proteger seu marido.

— Ele não é meu marido.

— Mas será, caso seja absolvido.

— Sim, será.

— Quanto tempo se passou desde a noite em que seu irmão foi assassinado?

— Pouco mais de seis meses.

— E quantas vezes a senhorita viu o sr. Cartwright durante esse período?

— Eu o visitei todo domingo à tarde — disse Beth, orgulhosamente.

— Qual a duração dessas visitas?

— Cerca de duas horas.

Pearson olhou para o teto.

— Então, a senhorita passou mais ou menos — calculou ele — cinquenta horas com ele durante os últimos seis meses.

— Nunca pensei nisso assim — disse Beth.

— Mas, agora que pensou, não concorda que seria tempo suficiente para os dois repassarem sua versão muitas vezes, garantindo que ela fosse perfeita, palavra por palavra, na hora em que aparecessem no tribunal?

— Não, isso não é verdade.

— Srta. Wilson, nas cinquenta horas em que visitou o sr. Cartwright na cadeia... — ele fez uma pausa — alguma vez debateram esse caso?

Beth hesitou.

— Acho que devemos ter debatido.

— É claro que sim — disse Pearson —, porque, do contrário, como a senhorita poderia explicar a recordação detalhada do que aconteceu naquela noite, de todas as frases ditas por alguém envolvido, se não consegue sequer se lembrar do que comeu no café da manhã de hoje?

— É claro que me lembro do que aconteceu na noite em que meu irmão foi assassinado. Como poderia esquecer? De qualquer maneira, Craig e seus amigos teriam ainda mais tempo para preparar seus relatos, já que não tinham horários de visita, nem nenhuma restrição sobre o lugar ou a hora em que podiam se encontrar.

— Bravo! — disse Alex, alto o bastante para que Pearson ouvisse.

— Vamos voltar ao beco e testar mais uma vez sua memória, srta. Wilson — disse Pearson, mudando rapidamente de assunto. — O sr. Craig e o sr. Payne, tendo chegado ao beco em menos de um minuto, começaram a caminhar na direção do seu irmão e, sem provocação nenhuma, iniciaram uma briga.

— Sim — disse Beth.

— Com dois sujeitos que eles nunca tinham visto antes daquela noite.

— Sim.

— E, quando as coisas começam a piorar, o sr. Craig tira uma faca do nada e esfaqueia seu irmão no peito.

— Não foi do nada. Ele deve tê-la pegado no bar.

— Então, não foi Danny quem a pegou no bar?

71   *Prisioneiro da Sorte*

— Não, eu teria visto, se tivesse sido Danny.

— Mas a senhorita não viu o sr. Craig pegando a faca no bar?

— Não, não vi.

— No entanto, a senhorita o viu, um minuto depois, de pé na outra extremidade do beco.

— Vi, sim.

— Ele segurava uma faca nessa hora? — Pearson recostou-se e esperou pela resposta de Beth.

— Não lembro.

— Então, a senhorita talvez se lembre de quem estava com uma faca na mão, quando voltou correndo para encontrar seu irmão.

— Sim, foi Danny, mas ele explicou que foi obrigado a tomá-la de Craig, que estava esfaqueando meu irmão.

— Mas a senhorita também não foi testemunha desse fato?

— Não, não fui.

— E seu noivo estava coberto de sangue?

— Claro que sim — respondeu Beth. — Danny segurava meu irmão nos braços.

— Então, se foi o sr. Craig quem esfaqueou seu irmão, ele também deveria estar coberto de sangue.

— Como eu poderia saber? Ele já havia desaparecido a essa altura.

— Evaporado? — disse Pearson. — Como a senhorita explica então que, quando a polícia chegou, alguns minutos depois, ele estivesse sentado no balcão, esperando pelo sargento, sem que houvesse qualquer sinal de sangue em lugar algum? — Desta vez, Beth não conseguiu responder. — E devo lembrar-lhe — prosseguiu Pearson — quem foi que chamou a polícia, em primeiro lugar? Não foi a senhorita, mas o sr. Craig. Coisa estranha de se fazer instantes depois de se esfaquear alguém e com as roupas cobertas de sangue. — Pearson fez uma pausa para deixar a imagem assentar na cabeça do júri e esperou algum tempo até fazer sua pergunta seguinte.

— Srta. Wilson, aquela foi a primeira vez que seu noivo se viu metido numa briga com faca e a senhorita foi em seu socorro?

— O que o senhor está insinuando? — perguntou Beth.

Redmayne olhou fixamente para Beth, imaginando se não havia algo que ela não lhe contara.

— Talvez seja chegada a hora de testarmos novamente sua prodigiosa memória — disse Pearson.

O juiz, o júri e Redmayne olhavam fixamente agora para Pearson, que não parecia ter nenhuma pressa em revelar seu trunfo.

— Srta. Wilson, a senhorita por acaso se lembra do que aconteceu no pátio de recreio do colégio Clement Attlee Comprehensive em 12 de fevereiro de 1986?

— Mas isso foi há quase 15 anos! — protestou Beth.

— É verdade, mas acho improvável que a senhorita esqueça o dia em que o homem com quem sempre soube que casaria acabou na primeira página do jornal do seu bairro. — Pearson inclinou-se para trás, e seu auxiliar lhe passou uma cópia do *Bethnal Green and Bow Gazette* com data de 13 de fevereiro de 1986. Ele pediu ao meirinho que entregasse outra cópia à testemunha.

— O senhor também tem cópias para o júri? — perguntou o juiz Sackville, olhando para Pearson, enquanto seu auxiliar entregava uma grande pilha para o meirinho, que, por sua vez, entregou uma para o juiz, antes de distribuir uma dúzia de cópias aos jurados, dando a última a Danny, que sacudiu a cabeça. Pearson pareceu surpreso e chegou a imaginar que Cartwright fosse analfabeto. Algo que ele abordaria quando o tivesse no banco das testemunhas.

— Como vê, srta. Wilson, esta é uma cópia do *Bethnal Green and Bow Gazette*, com um relato de uma briga de faca ocorrida no pátio de recreio do Clement Attlee Comprehensive, em 12 de fevereiro de 1986, que levou Danny Cartwright a ser interrogado pela polícia.

— Ele estava apenas tentando ajudar — disse Beth.

— O que está se tornando um hábito, não é? — sugeriu Pearson.

— O que quer dizer? — perguntou Beth.

— O hábito do sr. Cartwright de se meter em uma briga de faca, quando então vem a senhorita dizer que ele "estava apenas tentando ajudar".

— Mas o outro garoto acabou no reformatório de Borstal!

— E a senhorita espera que nesse caso quem acabará preso será o outro, em vez de a pessoa com quem espera se casar?

— Sim, é verdade.

— Fico satisfeito de termos ao menos deixado isso comprovado — disse Pearson. — Talvez a senhorita possa fazer a gentileza de ler para o tribunal o terceiro parágrafo da primeira página do jornal. O que diz: "Beth Wilson mais tarde disse à polícia..."

Beth baixou os olhos para o jornal.

— "Beth Wilson mais tarde disse à polícia que Danny Cartwright não estivera envolvido na briga, mas foi em socorro de um colega de turma e provavelmente salvou sua vida."

— A senhorita concorda que isso também parece um tanto familiar, srta. Wilson?

— Mas Danny não esteve envolvido na briga.

— Então, por que foi expulso do colégio?

— Não foi. Foi suspenso enquanto o inquérito corria.

— Durante o qual a senhorita deu um depoimento que limpou o nome dele, levando outro garoto a ser mandado para o reformatório de Borstal. — Beth baixou a cabeça novamente. — Vamos voltar à última briga de faca, quando mais uma vez a senhorita estava convenientemente disponível para ir em socorro do seu namorado. É verdade — começou Pearson antes que Beth pudesse responder — que Cartwright tinha esperança de se tornar o gerente da oficina, quando seu pai se aposentasse?

— Sim, meu pai já dissera a Danny que seria escolhido para o cargo.

— Mas a senhorita não descobriu depois que seu pai mudara de ideia e dissera a Cartwright que pretendia colocar seu irmão na gerência da oficina?

— Sim, mas Bernie não queria o cargo de jeito nenhum. Sempre reconheceu a liderança natural de Danny.

— Talvez, mas, como se tratava de um negócio familiar, não seria compreensível que seu irmão se ressentisse por ter sido preterido?

— Não. Bernie nunca quis ser gerente de nada.

— Então, por que seu irmão disse naquela noite: "Se acha que eu vou chamá-lo de patrão se você substituir meu pai, pode tirar o cavalinho da chuva!"

— Ele não disse *se*, sr. Pearson, ele disse *quando*. Há uma diferença colossal. Alex Redmayne sorriu.

— Infelizmente, só contamos com sua palavra para confirmar isso, srta. Wilson, enquanto existem três testemunhas que contam uma história completamente diferente.

— Todas estão mentindo — disse Beth, alteando a voz.

— E a senhorita é a única que está contando a verdade — retrucou Pearson.

— Sim, sou.

— Quem seu pai acredita estar dizendo a verdade? — perguntou Pearson, mudando de rumo.

— Meritíssimo — reclamou Alex Redmayne, levantando-se imediatamente —, essa prova não passa de um boato e é impossível que tenha alguma coisa a ver com o caso.

— Concordo com meu douto colega — respondeu Pearson antes que o juiz pudesse se manifestar. — Mas, como a srta. Wilson e seu pai moram na mesma casa, achei que a testemunha poderia ter se informado, em alguma ocasião, da opinião de seu pai sobre esse assunto.

— Pode muito bem ser assim — concordou o juiz Sackville —, mas ainda é um boato, algo que considero inadmissível. — Virou-se para Beth e disse: — Srta. Wilson, não precisa responder a essa pergunta.

Beth olhou para o juiz.

— Meu pai não acredita em mim — confessou entre soluços. — Ainda está convencido de que Danny matou meu irmão.

De repente, todos no tribunal estavam conversando. O juiz foi obrigado a pedir ordem várias vezes antes que Pearson pudesse continuar.

— A senhorita quer acrescentar alguma coisa que possa ser útil ao júri, srta. Wilson? — perguntou Pearson, prestativamente.

— Sim — respondeu Beth. — Meu pai não estava presente. Eu estava.

— E também o seu noivo — comentou Pearson. — Acredito que aquilo que começou como uma longa história de brigas acabou numa tragédia quando Cartwright esfaqueou fatalmente seu irmão.

— Foi Craig quem esfaqueou meu irmão.

— Enquanto a senhorita estava na outra extremidade do beco, tentando pegar um táxi.

— Sim, é verdade — disse Beth.

— E, quando a polícia chegou, achou as roupas de Cartwright cobertas de sangue, sendo que as únicas impressões digitais que puderam identificar na faca eram de seu noivo.

— Já expliquei como isso aconteceu — disse Beth.

— Então, a senhorita talvez também possa explicar por que, quando a polícia interrogou o sr. Craig alguns minutos depois, não havia uma única gota de sangue em seu terno, camisa ou gravata impecáveis.

— Ele teria pelo menos vinte minutos para correr até em casa e trocar de roupa — afirmou Beth.

— Até mesmo trinta — acrescentou Redmayne.

— Então, a senhorita endossa a teoria do Super-Homem, não é? — perguntou Pearson.

— Ele admitiu que estava no beco — acrescentou Beth, ignorando o comentário.

— Admitiu sim, srta. Wilson, mas só depois que a ouviu gritar, quando deixou seus amigos no bar para ver se a senhorita corria algum perigo.

— Não, ele já estava no beco quando Bernie foi esfaqueado.

— Mas esfaqueado por quem? — perguntou Pearson.

— Craig, Craig, Craig! — gritou Beth. — Quantas vezes eu preciso dizer?

— Que conseguiu chegar ao beco em menos de um minuto? E depois teve tempo, de algum modo, de telefonar para a polícia, voltar para o bar, pedir que seus amigos partissem, ir em casa, trocar suas roupas manchadas de sangue, tomar um banho, voltar ao bar e, ainda assim, ficar sentado ali, à espera de que a polícia chegasse? E, então, foi capaz de fazer um relato coerente do que ocorreu de fato, que todas as testemunhas presentes no bar naquela noite foram capazes de, mais tarde, corroborar?

— Mas elas estavam mentindo.

— Sei; então, todas as outras testemunhas estavam dispostas a mentir sob juramento.

— Sim, todas o estavam protegendo.

— E a senhorita não está protegendo seu noivo?

— Não, estou dizendo a verdade.

— A verdade segundo o seu ponto de vista — disse Pearson —, porque a senhorita não testemunhou de fato o que aconteceu.

— Eu não precisava — disse Beth —, porque Bernie me contou exatamente o que aconteceu.

— Tem certeza de que foi Bernie, e não Danny?

— Sim, foi Bernie.

— Logo antes de morrer?

— Sim! — gritou Beth.

— Muito conveniente.

— Quando Danny estiver no banco das testemunhas, confirmará a minha história.

— Depois de se verem todo domingo durante os últimos seis meses, srta. Wilson, não tenho dúvida de que ele o fará. Não tenho mais perguntas a fazer, Meritíssimo.

11

— O QUE VOCÊ COMEU no café da manhã de hoje? — perguntou Alex.

— Não diga que foi essa velha tirada ultraconhecida! — disse seu pai, com a voz ribombando no telefone.

— Qual é a graça?

— Devia ter lhe avisado. Pearson só tem duas aberturas para os interrogatórios de testemunhas da defesa. Quando ainda era jovem, descobriu que apenas o juiz as teria ouvido antes. Mas, para uma testemunha incauta, sem falar no júri, elas sempre constituiriam uma surpresa total.

— E qual é a outra? — perguntou Alex.

— Qual é o nome da segunda rua à esquerda, quando você sai pela porta da frente de sua casa, para ir trabalhar de manhã? Poucas testemunhas conseguem responder direito a essa, como eu sei, a duras penas. E desconfio que Pearson caminha pelas ruas próximas à casa do réu, de noite, antes de iniciar um interrogatório. Aposto que agora mesmo a gente pode encontrá-lo patrulhando as ruas do East End.

Alex afundou na poltrona.

— Bem que você me avisou para não subestimar o sujeito.

Sir Matthew não respondeu de imediato. Quando falou, abordou um assunto que Alex nem sequer considerara:

— Você vai levar Cartwright ao banco das testemunhas?

— Claro, por que não?

— Porque se trata do único elemento surpresa que lhe resta. Pearson estará esperando a presença de Cartwright no banco das testemunhas pelo resto da semana, mas, se você encerrasse o caso amanhã de manhã, sem nenhum aviso, ele ficaria em desvantagem. Supõe que interrogará Cartwright em algum momento perto do fim da semana, talvez até na semana seguinte, e não que será obrigado a resumir a tese da promotoria amanhã de manhã cedo.

— Mas se Cartwright não testemunhar, o júri certamente presumirá o pior.

— A lei é bem clara nesse ponto. O juiz explicará que é prerrogativa do réu decidir se ele quer ocupar o banco das testemunhas, e que o júri não deve decidir precipitadamente, baseado nessa decisão.

— Mas sempre decide, como você já me disse muitas vezes no passado.

— Talvez, mas um ou dois jurados devem ter notado que ele não conseguiu ler aquele artigo do *Bethnal Green and Bow Gazette* e presumirão que você o aconselhou a não enfrentar Pearson, principalmente depois do interrogatório severo a que ele submeteu sua noiva.

— Cartwright é tão inteligente quanto Pearson. Só que não tem tanta instrução.

— Mas você mencionou que tinha pavio curto.

— Somente quando alguém ataca Beth.

— Então, você pode ter certeza de que, quando Cartwright estiver no banco das testemunhas, Pearson não vai parar de atacar Beth até acender o pavio.

— Mas Cartwright não tem antecedentes criminais, trabalha desde o dia em que deixou o colégio e estava prestes a se casar com sua namorada de muito tempo, que simplesmente está grávida.

— Bem, então temos quatro assuntos que Pearson não mencionará no interrogatório. Mas pode ter certeza de que ele interrogará Cartwright sobre o incidente de 1986, no recreio, lembrando sem parar ao júri a presença de uma faca e o fato de que sua namorada foi convenientemente em sua ajuda.

— Bem, se esse for meu único problema... — começou a dizer Alex.

— Não será, tenho certeza — respondeu seu pai —, porque, agora que Pearson levantou o caso da briga de faca no recreio, no caso de Beth Wilson, pode ter certeza de que guarda uma ou duas surpresas na manga para Danny Cartwright.

— Tipo o quê?

— Não faço ideia, mas, se você o colocar no banco das testemunhas, sem dúvida descobrirá. — Alex franziu a testa ao pesar as palavras do pai. — Há algo que o preocupa — disse o juiz, quando Alex não respondeu.

— Pearson sabe que o pai de Beth disse a Cartwright que mudara de opinião quanto a nomeá-lo gerente da oficina.

— E pretendia, em vez disso, oferecer o cargo ao filho?

— Sim.

— Não ajuda nada no quesito motivos.

— Verdade, mas eu também tenho uma surpresa ou duas para preocupar Pearson — disse Alex.

— Quais?

— Craig esfaqueou Danny na perna, e ele tem a cicatriz como prova.

— Pearson dirá que é um ferimento antigo.

— Mas temos um relatório médico para demonstrar o contrário.

— Pearson porá a culpa em Bernie Wilson.

— Então, você me aconselha a *não* levar Cartwright ao tribunal?

— Não é uma pergunta fácil de responder, meu filho, porque eu não estava no tribunal e por isso não sei qual foi a reação do júri ao testemunho de Beth Wilson.

Alex permaneceu calado uns instantes.

— Um ou dois jurados pareciam demonstrar simpatia, ela certamente passou a imagem de uma pessoa honesta. Mas, ainda assim, podem muito bem concluir que, mesmo se ela estiver contando a verdade, não viu o que aconteceu e pode estar se fiando na palavra de Cartwright.

— Bem, você só precisa que três jurados se convençam de que ela está contando a verdade, e você poderia acabar com um júri empatado e, na pior das hipóteses, um novo julgamento. Se o resultado for esse, a promotoria da Coroa pode até achar que um novo julgamento não seria de interesse público.

— Devia ter apertado mais Craig sobre a discrepância temporal, não é? — perguntou Alex, na esperança de que o pai discordasse.

— É tarde demais para se preocupar com isso. Sua decisão mais importante agora é se deve ou não colocar Cartwright no banco das testemunhas.

— Concordo, mas, se tomar a decisão errada, Danny pode acabar preso pelos próximos vinte anos.

12

ALEX CHEGOU AO Old Bailey apenas alguns instantes depois que o porteiro da noite abrira a porta da frente. Em seguida a uma longa consulta a Danny nas celas lá embaixo, foi ao vestiário para colocar seus trajes do ofício, antes de seguir para o tribunal. Penetrou na sala vazia, se sentou na extremidade do banco e colocou três arquivos, rotulados *Cartwright*, à sua frente na mesa. Abriu o primeiro arquivo e começou a repassar as sete perguntas que escrevera tão nitidamente na noite anterior. Levantou os olhos para o relógio na parede. Eram 9h35.

Quando deu 9h50, Arnold Pearson e seu auxiliar entraram e ocuparam seus lugares na outra extremidade do banco. Não interromperam Alex, já que ele parecia concentrado.

Danny Cartwright foi o próximo a aparecer, acompanhado de dois policiais. Sentou-se no centro do banco dos réus, esperando que o juiz entrasse.

Quando soaram dez horas, abriu-se a porta nos fundos do tribunal, e o juiz Sackville adentrou seus domínios. Todo mundo no espaço reservado aos advogados e funcionários se levantou e fez uma mesura. O juiz devolveu o cumprimento, antes de ocupar seu lugar na cadeira central.

— Façam entrar o júri — disse.

Enquanto esperava, colocou seus óculos de leitura, abriu a capa de um caderno novo e tirou a tampa da caneta. Escreveu as palavras: *Interrogatório de Daniel Cartwright pelo sr. Redmayne.*

Depois que os jurados haviam se acomodado em seus lugares, o juiz voltou a atenção para o advogado de defesa.

— Está pronto para chamar sua próxima testemunha, sr. Redmayne? — perguntou.

Alex se levantou, se serviu de um copo d'água e tomou um gole. Baixou os olhos para Danny e sorriu. Em seguida, olhou para as perguntas diante dele e virou a página, revelando uma folha de papel em branco. Devolveu o sorriso do juiz e disse:

— Não tenho mais testemunhas, Meritíssimo.

Uma expressão ansiosa perpassou o rosto de Pearson. Virou-se rápido para consultar seu assistente, que parecia igualmente perplexo. Alex saboreava o momento, enquanto esperava que os sussurros amainassem. O juiz sorriu para Redmayne, que chegou a pensar um instante que ele fosse piscar o olho.

Depois de se demorar o máximo possível sem receber uma censura, Alex disse:

— Meritíssimo, com isso a defesa encerra sua exposição.

O juiz Sackville olhou para Pearson, que parecia agora um coelho assustado, apanhado pelos faróis de um caminhão vindo em sua direção.

— Sr. Pearson — disse, como se nada de estranho tivesse acontecido —, o senhor pode começar seu pronunciamento de encerramento por parte da promotoria.

Pearson se levantou lentamente.

— Eu me pergunto, Meritíssimo — gaguejou ele —, se, dadas essas circunstâncias incomuns, o senhor me concederia um pouco mais de tempo para preparar meus comentários finais. Sugiro o adiamento da sessão até esta tarde para que...

— Não, sr. Pearson — interrompeu o juiz. — Eu não suspenderei a sessão. Ninguém sabe melhor do que o senhor que o réu tem direito a não testemunhar. O júri e os funcionários estão todos a postos, e é escusado lembrar quão cheia está a agenda do tribunal. Por favor, prossiga com seus comentários finais.

O assistente de Pearson tirou um arquivo do ponto mais baixo de uma pilha e entregou-o a seu chefe. Pearson abriu-o, ciente de mal ter passado os olhos no conteúdo durante os últimos dias.

Olhou fixamente a primeira página.

— Senhores jurados... — começou lentamente.

Ficou logo evidente que Pearson dependia de um preparo prévio, que pensar de maneira improvisada não era seu ponto forte. Ao ler o texto, passava de parágrafo a parágrafo aos tropeços, a ponto de seu próprio assistente parecer exasperado.

Alex ficou sentado em silêncio, no outro lado do banco, com a atenção concentrada no júri. Até mesmo os jurados, geralmente alertas, pareciam entediados; um ou dois disfarçaram bocejos, piscando os olhos pesados. Quando Pearson chegou à última página, duas horas depois, até Alex cochilava.

Quando Pearson finalmente se sentou, o juiz Sackville sugeriu que talvez fosse oportuno fazer o intervalo do almoço. Depois que o juiz deixou o tribunal, Alex olhou de relance para Pearson, que mal podia disfarçar a raiva. Estava mais do que ciente de que tivera uma performance tipo matinê teatral barata para uma plateia de noite de estreia no West End.

Alex pegou um de seus grossos arquivos e saiu depressa da sala do tribunal, desceu o corredor e subiu correndo a escada de pedra até a saleta que reservara ainda cedo pela manhã. Nela, havia apenas uma mesa e uma cadeira, nem sequer um quadro na parede. Alex abriu o arquivo e começou a rever sua conclusão. Ensaiou várias vezes as frases mais importantes, até ter certeza de que os fatos relevantes ficariam gravados nas mentes do júri.

Já que Alex passara a maior parte da noite, além das primeiras horas da manhã, polindo e aperfeiçoando cada frase, sentiu-se bem-preparado ao voltar para o tribunal, uma hora e meia depois. Voltara apenas alguns instantes antes de o juiz reaparecer. Depois de o tribunal ter se acomodado, Sackville perguntou se ele estava pronto para fazer seus comentários finais.

— Estou sim, Meritíssimo — respondeu Alex, servindo-se outro copo de água. Abriu o arquivo, levantou os olhos e tomou um gole.

— Membros do júri — começou a dizer —, os senhores agora já ouviram...

Alex não levou tanto tempo quanto o sr. Pearson para apresentar seus argumentos finais, porque para ele não se tratava de um ensaio final. Não tinha como saber o impacto de suas argumentações mais importantes sobre o júri, mas pelo menos nenhum dos jurados cochilava, e vários faziam anotações. Quando Alex se sentou, passada uma hora e meia, achava que podia responder sim, caso seu pai lhe perguntasse se ele servira seu cliente da melhor maneira possível.

— Obrigado, sr. Redmayne — disse o juiz, virando-se, então, para o júri. — Acho que basta por hoje.

Pearson consultou seu relógio: eram apenas três e meia. Ele presumira que o juiz levaria pelo menos uma hora se dirigindo ao júri, mas era óbvio que ele também fora pego de surpresa pela armadilha matinal de Redmayne.

O juiz se levantou, fez uma mesura e saiu do tribunal sem dar mais nenhuma palavra. Alex se virou para falar com seu adversário, quando um meirinho entregou um pedaço de papel a Pearson. Depois de lê-lo, se levantou depressa e deixou a sala do tribunal, seguido de perto por seu assistente. Alex se virou para sorrir ao réu, mas Danny Cartwright já fora levado sob escolta pela escada, para ser trancafiado numa cela do subsolo. Alex não podia deixar de pensar por qual das portas seu cliente deixaria o tribunal no dia seguinte. Mas naquele momento não fazia ideia do que levara Pearson a deixar a sala com tanta pressa.

13

O SECRETÁRIO DO sr. Pearson telefonou, na manhã seguinte, para o secretário do juiz Sackville, que disse que transmitiria o pedido do sr. Pearson e tornaria a ligar. Alguns minutos depois, o secretário de Sackville ligou para o secretário do sr. Pearson, dizendo que o juiz teria muito prazer em receber o sr. Pearson em seu gabinete às 9h30 e que presumia, dadas as circunstâncias, ser necessária também a presença do sr. Redmayne.

— Minha próxima ligação será para ele, Bill — respondeu o secretário do sr. Pearson, antes de desligar o telefone.

O secretário do sr. Pearson ligou, então, para o secretário do sr. Redmayne, perguntando se ele estaria livre para encontrar o juiz em seu gabinete, a fim de discutir um assunto da maior urgência.

— É sobre o quê, Jim? — perguntou o secretário do sr. Redmayne.

— Não faço ideia, Ted. Pearson nunca me faz confidências.

O secretário do sr. Redmayne ligou para o celular do sr. Redmayne, pegando-o bem no momento em que ele estava prestes a entrar na estação de metrô de Pimlico.

— Pearson deu algum motivo para querer um encontro com o juiz? — perguntou Alex.

— Ele nunca faz isso, sr. Redmayne — respondeu Ted.

Alex bateu levemente na porta antes de entrar no gabinete de Sackville. Encontrou Pearson instalado numa poltrona confortável, conversando sobre suas rosas com o juiz. Sackville jamais pensaria em abordar o assunto em pauta até que ambos os advogados estivessem presentes.

— Bom-dia, Alex — disse o juiz, fazendo menção para que ele se sentasse em uma velha poltrona de couro ao lado da de Pearson.

— Bom-dia, Meritíssimo — respondeu Alex.

— Como devemos começar a sessão em menos de trinta minutos — disse o juiz —, você, Arnold, talvez possa nos dizer por que solicitou esta reunião.

— Certamente, Meritíssimo — respondeu Pearson. — Fui convocado pela Promotoria da Coroa para uma reunião em seu escritório ontem à noite. — Alex prendeu a respiração. — Depois de uma longa discussão com meus superiores, devo dizer que eles estão dispostos a aceitar uma mudança nos itens da acusação nesse processo.

Alex tentou não demonstrar nenhuma reação, apesar de ter vontade de pular e dar socos no ar, mas estava no gabinete do juiz, e não em Upton Park.

— O que pretendem? — perguntou o juiz.

— Acham que, se Cartwright for capaz de reconhecer sua culpa numa acusação de homicídio culposo...

— Como acha que seu cliente reagiria a uma proposta assim? — perguntou o juiz, voltando sua atenção para Redmayne.

— Não faço ideia — admitiu Alex. — Ele é um homem inteligente, mas também teimoso como uma mula. Ateve-se rigidamente à mesma história durante os últimos seis meses e nunca deixou de alegar inocência.

— Apesar disso, o senhor está disposto a aconselhá-lo a aceitar a oferta da Promotoria da Coroa? — perguntou Pearson.

Alex permaneceu um tempo calado, antes de dizer:

— Sim, mas como é que a promotoria sugere que eu enfeite a proposta?

Pearson franziu o cenho diante da expressão escolhida por Redmayne.

— Se seu cliente admitisse que ele e Wilson foram para o beco com o intuito de resolver as diferenças...

— E uma faca acabou enterrada no peito de Bernard Wilson? — perguntou o juiz, tentando não demonstrar demasiado cinismo.

— Legítima defesa, circunstâncias atenuantes; deixo que Redmayne preencha os detalhes. Isso não é exatamente da minha alçada.

O juiz meneou a cabeça, concordando.

— Mandarei meu secretário informar aos funcionários do tribunal e ao júri que só pretendo abrir a sessão — consultou seu relógio — às 11 horas. Isso lhe dará tempo bastante, Alex, de consultar seu cliente e voltar para minha sala com sua decisão?

— Sim, estou certo de que o tempo é mais do que suficiente — respondeu Alex.

— Se o sujeito for culpado — comentou Pearson —, você estará de volta em dois minutos.

14

OGO DEPOIS de deixar o juiz, alguns minutos depois, Alex Redmayne seguiu lentamente para o outro lado do prédio, tentando organizar os pensamentos. Bastaram duzentos passos para que ele trocasse a tranquila serenidade do gabinete do juiz pelas tristes e frias celas dos detentos.

Parou diante da porta pesada que barrava seu caminho até as celas embaixo. Bateu duas vezes, até que ela foi aberta por um policial calado, que o acompanhou durante a descida por um lance de uma estreita escada de pedra, até um corredor amarelo conhecido pelos reclusos como *Yellow Brick Road*, como em *O Mágico de Oz*. Ao chegarem à cela 17, Alex se sentia preparado, embora ainda não fizesse ideia de como Danny reagiria à oferta. O guarda escolheu uma chave no grande molho e destrancou a porta da cela.

— O senhor precisa da presença de um guarda durante a conversa? — perguntou polidamente.

— Não será necessário.

O guarda abriu a porta de aço de cinco centímetros de espessura.

— O senhor quer que eu deixe a porta aberta ou fechada?

— Fechada — respondeu Alex, entrando na cela que tinha, no centro, duas cadeiras de plástico e uma mesa de fórmica, além de pichações nas paredes.

Danny se levantou quando Alex entrou.

— Bom-dia, sr. Redmayne.

— Bom-dia, Danny — respondeu Alex, ocupando a cadeira oposta a ele. Sabia que não adiantava pedir novamente ao cliente que o chamasse pelo seu prenome. Alex abriu uma pasta que continha uma única folha de papel.

— Tenho boas notícias — declarou. — Ou, pelo menos, espero que você as considere boas. — Danny não demonstrou nenhuma emoção. Raramente falava, a não ser que tivesse algo que valesse a pena dizer. — Se você mudar suas declarações e se confessar culpado pelo crime de homicídio culposo — continuou Alex —, acho que o juiz só o condenaria a cinco anos, e, como já cumpriu seis meses, com bom comportamento você sairia em uns dois anos.

Danny encarou Alex por cima da mesa, olhando-o bem nos olhos, e disse:

— Diz a ele que o mandei se foder.

Alex ficou quase tão chocado pelo linguajar de Danny quanto por sua decisão instantânea. Jamais ouvira seu cliente dizer um palavrão nos últimos seis meses.

— Danny, por favor, pense um pouco mais na oferta — suplicou Alex. — Se o júri concluir que você é culpado do assassinato, poderá ser condenado a prisão perpétua, com redução para 20 anos. O que significa que só sairá da prisão com quase 50 anos. Mas, se aceitar a oferta deles, poderá recomeçar sua vida com Beth dentro de dois anos.

— Que tipo de vida? — perguntou Danny friamente. — Todo mundo vai achar que matei meu melhor amigo e me dei bem. Não, sr. Redmayne, não matei Bernie, e se forem necessários vinte anos para provar...

— Mas, Danny, por que se arriscar aos caprichos de um júri, quando você pode aceitar tão facilmente esse acordo?

— Eu sei que sou inocente, e, depois que o júri ouvir falar dessa oferta...

— Ele jamais saberá, Danny. Se você recusar a oferta, ninguém dirá ao júri o motivo do adiamento da sessão desta manhã. O julgamento continuará como se nada tivesse acontecido.

— Que assim seja, então — disse Danny.

— Talvez você precise de mais algum tempo para pensar — disse Alex, recusando-se a ceder. — Converse com Beth. Ou com seus pais. Tenho certeza de que consigo convencer o juiz a segurar as coisas até amanhã de manhã, o que lhe daria tempo ao menos para reconsiderar sua posição.

— Já pensou no que está me pedindo para fazer?

— Não sei se compreendo — respondeu Alex.

— Se admitir que sou culpado de um homicídio culposo, isso significa que tudo que Beth disse no banco das testemunhas era mentira. Ela não mentiu, sr. Redmayne. Contou ao júri exatamente o que aconteceu naquela noite.

— Danny, você pode passar os próximos vinte anos se arrependendo dessa decisão.

— Eu não poderia passar os próximos vinte anos vivendo uma mentira, e, ainda que leve vinte anos para provar minha inocência, será melhor do que todo mundo pensar que matei meu melhor amigo.

— Mas todo mundo esquece rápido.

— Eu não esqueceria — disse Danny —, nem meus amigos do East End.

Alex gostaria de fazer uma última tentativa, mas sabia da inutilidade de tentar fazer aquele homem orgulhoso mudar de opinião. Levantou-se abatido.

— Vou comunicar sua decisão — disse, antes de bater com o punho na porta de aço da cela.

Uma chave girou na fechadura, e, instantes depois, a pesada porta era aberta.

— Sr. Redmayne — disse Danny em voz alta. Alex virou-se para encarar seu cliente. — O senhor é uma joia rara, e tenho orgulho de ter sido defendido pelo senhor, e não por esse sr. Pearson.

A porta se fechou com violência.

15

J AMAIS SE DEIXE envolver emocionalmente por uma causa, avisara-lhe muitas vezes seu pai. Apesar de Alex não ter dormido na noite anterior, ainda assim prestou minuciosa atenção a cada palavra que o juiz tinha a dizer em sua súmula de quatro horas.

A súmula de Sackville foi magistral. Primeiro, ele tratou de questões legais aplicáveis ao caso. Em seguida, passou a auxiliar o júri no processamento das provas, ponto por ponto, de forma que os jurados vissem o caso de modo coerente, lógico e facilmente compreensível. Não exagerou nem demonstrou qualquer partidarismo, oferecendo apenas um ponto de vista equilibrado para que os sete jurados e cinco juradas julgassem.

Aconselhou-os a levar a sério o depoimento das três testemunhas que declararam inequivocamente que só o sr. Craig deixara o bar para ir ao beco, e somente quando ouviu um grito feminino. Craig declarara sob juramento ter visto o réu esfaquear Wilson várias vezes, voltando, então, imediatamente para o bar e chamando a polícia.

A srta. Wilson, por outro lado, contou uma história diferente, alegando ter sido o sr. Craig quem provocara uma briga com seus acompanhantes, e que deve ter sido ele quem esfaqueara Wilson. No entanto, ela não testemunhara o assassinato, mas explicara que seu irmão, antes de morrer, lhe contara o que aconteceu. Caso aceitassem essa versão dos fatos, disse o juiz, deveriam se perguntar por que o sr. Craig entrou em contato com a polícia e talvez, mais importante ainda, por que, quando o sargento Fuller o interrogou no bar uns vinte minutos depois, não havia nenhum sinal de sangue em suas roupas.

Alex praguejou baixinho.

— Senhores jurados — continuou o juiz Sackville —, não há nada no passado da srta. Wilson que insinue não se tratar de uma cidadã decente e honesta. No entanto, é possível que os senhores achem que seu testemunho foi um tanto motivado pela devoção e pela antiga lealdade a Cartwright, com quem pretende se casar, se ele for inocentado. Mas isso não deve influenciar sua decisão. Os senhores devem pôr de lado qualquer simpatia natural pelo fato de a srta. Wilson estar grávida. A responsabilidade dos senhores é pesar as provas nesse caso e ignorar quaisquer questões secundárias.

O juiz prosseguiu, frisando que Cartwright não possuía nenhum antecedente criminal e que durante os últimos 11 anos estivera empregado na mesma firma. Ele avisou aos jurados que não dessem importância demais ao fato de Cartwright não ter testemunhado. Era uma prerrogativa sua, explicou, embora o júri possa ter ficado perplexo com essa decisão, já que ele não tinha nada a ocultar.

Novamente, Alex xingou sua própria inexperiência. Aquilo que constituíra uma vantagem, ao pegar Pearson de surpresa, levando a promotoria a fazer até uma oferta de aceitar um acordo que admitisse uma culpa menos grave, talvez estivesse agora trabalhando contra ele.

O juiz terminou sua súmula aconselhando o júri a não ter pressa. Afinal de contas, destacou, o futuro de um homem estava sendo decidido. Entretanto, não deviam se esquecer de que outro homem perdera a vida, e, se Danny Cartwright não matara Bernie Wilson, deviam se perguntar quem mais poderia ter cometido o crime.

Às 14h12, o júri saiu do salão do tribunal em fila para dar início à sua deliberação. Durante as duas horas seguintes, Alex tentou não se censurar por não ter colocado Danny no banco das testemunhas. Teria Pearson, como seu pai sugerira, mais material incriminador que pegaria ambos de surpresa? Teria Danny sido capaz de convencer o júri de que ele não matara seu maior amigo? Questões inúteis que mesmo assim Alex continuava a revolver dentro de si enquanto esperava o retorno do júri.

Logo depois das 17h, os sete jurados e cinco juradas voltaram para o salão do tribunal, ocupando seus lugares na tribuna. Alex não conseguia interpretar as expressões vazias em seus rostos. Sackville olhou de sua mesa e perguntou:

— Os senhores jurados chegaram a um veredicto?

Prisioneiro da Sorte

O primeiro jurado se levantou de seu novo lugar no final da fileira da frente:

— Não, Meritíssimo — respondeu ele, lendo um documento previamente preparado. — Ainda estamos analisando as provas e precisamos de mais tempo para chegar a uma decisão.

O juiz concordou com um gesto de cabeça e agradeceu ao júri pelo zelo.

— Vou mandá-los para casa agora, de modo a poderem descansar antes de continuarem suas deliberações amanhã. Mas muita cautela — acrescentou. — Uma vez fora deste tribunal, não discutam o caso com ninguém, inclusive com suas famílias.

Alex voltou para seu pequeno apartamento em Pimlico e passou mais uma noite sem dormir.

16

LEX ESTAVA de volta ao tribunal, sentado em seu lugar, às 9h55, na manhã seguinte. Pearson cumprimentou-o com um caloroso sorriso. Teria o velho esquisitão o perdoado por sua armadilha, ou estava simplesmente confiante no desfecho? Enquanto os dois esperavam a volta do júri, conversaram sobre rosas, críquete e até mesmo que candidato teria mais chances para a prefeitura de Londres, mas não se referiram ao processo que os mantivera ocupados em todos os minutos de vigília durante as últimas duas semanas.

Os minutos se transformaram em horas. Como não havia nenhum sinal de volta do júri à uma da tarde, o juiz liberou todo mundo para um intervalo de almoço de uma hora. Enquanto Pearson foi comer algo no refeitório dos advogados, no último andar, Alex passou seu tempo perambulando no corredor do lado de fora do tribunal. Os júris em julgamentos criminais raramente levam menos de quatro horas para chegar a um veredicto, dissera-lhe seu pai aquela manhã, pelo telefone, com medo de serem criticados por não estar encarando seriamente suas responsabilidades.

Às 16h08, os jurados voltaram, um a um, a seus lugares, e desta vez Alex notou que suas expressões haviam mudado, de vazias para perplexas; o juiz não teve outra escolha senão mandá-los para casa mais uma vez.

Na manhã seguinte, Alex ficou apenas perambulando pelos corredores de mármore por pouco mais do que uma hora, quando um meirinho saíra do salão do tribunal, gritando:
— Os jurados estão voltando!
Mais uma vez, o primeiro jurado leu um documento.
— Meritíssimo — começou, sem que seus olhos deixassem a folha de papel que segurava com a mão ligeiramente trêmula —, a despeito de muitas horas de deliberação, fomos incapazes de chegar a uma decisão unânime e gostaríamos de nos aconselhar com o senhor sobre como proceder.
— Compreendo seu problema — respondeu o juiz —, mas devo lhes pedir que tentem chegar mais uma vez a uma decisão unânime. Não me apraz convocar um novo julgamento para que o tribunal passe por todo esse processo de novo.
Alex baixou a cabeça. Teria concordado com um novo julgamento. Se lhe dessem uma segunda oportunidade, não teria dúvidas de que... Os jurados voltaram a sair, sem dar nenhuma outra palavra, e não apareceram de novo naquela manhã.

Alex se sentou sozinho em um canto do restaurante do terceiro andar. Deixou que sua sopa esfriasse e ficou remexendo a salada, antes de voltar para o corredor e retomar suas passadas rituais.
Às 15h12, um aviso foi feito pelos alto-falantes:
— Todos os envolvidos no caso Cartwright, por favor, desçam para o tribunal, pois o júri está voltando.
Alex juntou-se a um fluxo de pessoas interessadas que seguiam apressadamente pelo corredor. Depois que se acomodaram, o juiz tornou a aparecer e instruiu o meirinho a convocar o júri. Ao entrarem os jurados, Alex não pôde deixar de perceber que um ou dois deles pareciam desalentados.
O juiz inclinou-se e perguntou ao presidente do júri:
— Conseguiram chegar a um veredicto unânime?
— Não, Meritíssimo — foi a resposta imediata.
— Acham que conseguirão chegar a um veredicto unânime se eu lhes conceder um pouco mais de tempo?
— Não, Meritíssimo.

— Seria de alguma ajuda se eu aceitasse um veredicto majoritário, e com isso quero dizer que pelo menos dez de vocês devem estar de acordo?

— Talvez isso resolva o problema, Meritíssimo — respondeu o presidente do júri.

— Então, vou lhes pedir que se reúnam novamente para ver se finalmente chegam a um veredicto. — O juiz meneou a cabeça para o meirinho, que conduziu os jurados novamente para fora do salão do tribunal.

Alex estava prestes a se levantar e retomar suas perambulações quando Pearson se inclinou e disse:

— Fique, meu caro. Tenho a sensação de que voltarão em breve. — Alex se acomodou em sua extremidade do banco.

Tal como Pearson previra, o júri estava de volta ao seu posto poucos minutos depois. Alex se voltou para Pearson, mas, antes que pudesse falar, o velho promotor da Coroa disse:

— Não me pergunte, meu amigo. Jamais consegui prever as peripécias do júri, apesar de advogar por trinta anos.

Alex tremia na hora em que o funcionário anunciou:

— Levante-se para receber o presidente do júri.

— Os senhores chegaram a um veredicto? — perguntou o juiz.

— Chegamos, Meritíssimo — respondeu o presidente do júri.

— Foi por maioria?

— Sim, Meritíssimo, maioria de dez contra dois.

O juiz fez um gesto de cabeça para o meirinho, que o devolveu com outro meneio.

— Senhores jurados — perguntou ele —, os senhores consideram o réu Daniel Arthur Cartwright culpado ou inocente de homicídio?

Para Alex, a demora da resposta do presidente do júri pareceu uma eternidade, embora, na verdade, não tivesse levado mais que alguns segundos.

— Culpado — declarou o presidente.

Um suspiro percorreu o tribunal. A primeira reação de Alex foi se virar em direção a Danny. Este não demonstrou nenhum sinal de emoção. Em cima, na galeria, ouviram-se gritos de "Não!" e o ruído de soluços.

Depois que o tribunal voltara à ordem, o juiz fez um longo preâmbulo antes de ler a sentença. As únicas palavras que ficaram indelevelmente gravadas na cabeça de Alex foram *22 anos*.

Seu pai lhe dissera para jamais deixar que um veredicto o afetasse. Afinal de contas, apenas um em cada cem réus era vítima de condenação injusta.

Alex não tinha dúvidas de que esse era Danny.

LIVRO DOIS

A PRISÃO

17

SEJA BEM-VINDO de volta, Cartwright. — Danny olhou para o agente penitenciário sentado à mesa na recepção, mas não respondeu. O sujeito consultou o registro de condenações. — Vinte e dois anos — disse o sr. Jenkins com um suspiro. Fez uma pausa. — Sei como deve se sentir, porque é mais ou menos meu tempo de serviço. — Danny sempre pensava no sr. Jenkins como um homem velho. Perguntava-se se estaria daquele jeito daqui a 22 anos. — Sinto muito, rapaz — disse o agente, que não costumava externar os sentimentos.

— Obrigado, sr. Jenkins — disse Danny tranquilamente.

— Agora que você não está mais na preventiva — comentou o sr. Jenkins —, não tem mais direito a cela individual. — Ele abriu um arquivo, o qual levou algum tempo examinando. Nada anda rápido na prisão. Correu o dedo por uma longa coluna de nomes, parando num espaço em branco. — Vou lhe pôr no bloco 3, cela 129. — Então, ele verificou os nomes dos atuais ocupantes. — Devem ser uma companhia interessante — acrescentou, sem mais explicações, antes de fazer um gesto de cabeça para o jovem agente, de pé diante dele.

— Preste atenção, Cartwright, e me siga — disse o agente que Danny nunca vira antes.

Danny o seguiu por um longo corredor de tijolos aparentes, pintados num tom de malva que nenhuma outra instituição teria pensado em comprar em quantidade. Foram obrigados a parar diante de um portão duplo de grades. O agente pegou uma chave grande do molho que levava na cintura, destrancou o primeiro portão e fez Danny passar por ele. Entrou e trancou-se com Danny lá dentro, e depois destrancou o segundo portão. Passaram para um corredor de paredes pintadas de verde: sinal de que haviam atingido uma área segura. Tudo na prisão tem um código por cores.

O agente acompanhou Danny até alcançarem um segundo portão duplo. O processo se repetiu mais quatro vezes, até que Danny chegasse ao bloco 3. Não era difícil perceber por que ninguém jamais fugira de Belmarsh. A cor das paredes passara de malva a verde e de verde a azul quando o agente o entregou a outro da unidade, que usava o mesmo uniforme azul, a mesma camisa branca, a mesma gravata preta e tinha a mesma cabeça inevitavelmente raspada, para provar que era tão barra-pesada quanto qualquer detento.

— Certo, Cartwright — disse seu novo guardião —, aqui será sua casa, ao menos pelos próximos oito anos, de modo que é melhor se acomodar e se acostumar a ela. Se você não nos der trabalho, não lhe daremos nenhum. Compreendeu?

— Compreendi, chefe — repetiu Danny, usando o apelativo que todos os detentos davam aos carcereiros cujos nomes não conheciam.

Ao subir a escada de ferro para o segundo andar, Danny não passou por nenhum detento. Estavam todos trancafiados — como quase sempre estavam, às vezes 22 horas por dia. O novo carcereiro verificou o nome de Danny na listagem e deu uma risadinha quando viu o número da cela que lhe fora destinada.

— O sr. Jenkins certamente tem senso de humor — disse ele, ao pararem diante da cela número 129.

Mais uma chave foi escolhida em outro molho circular; desta vez, bastante pesada, para abrir a fechadura de uma porta de ferro de cinco centímetros de espessura. Danny entrou, e a porta pesada bateu às suas costas. Olhou desconfiado para os outros dois detentos que já ocupavam a cela.

Um sujeito de forte compleição jazia semiacordado numa cama estreita, de cara para a parede. Nem sequer se virou e levantou os olhos para o recém-chegado. O outro sujeito estava sentado a uma pequena mesa, escrevendo. Largou a caneta, se levantou e esticou a mão, o que pegou Danny de surpresa.

— Nick Moncrieff — disse, parecendo mais um oficial do Exército do que um detento. — Bem-vindo à sua nova casa — acrescentou com um sorriso.

— Danny Cartwright — respondeu Danny, apertando a mão dele. Ele olhou para a beliche desocupada.

99 Prisioneiro da Sorte

— Como você foi o último a chegar, fica com a cama de cima — disse Moncrieff. — Você passa para a de baixo daqui a dois anos. Aliás — disse apontando para o gigante que jazia na outra cama —, aquele ali é Big Al. — O outro colega de cela de Danny parecia ser alguns anos mais velho do que Nick. Big Al grunhiu, mas ainda assim não se deu ao trabalho de se virar para descobrir quem se juntara a eles. — Ele não é de falar, mas depois você vai ver que ele é gente boa — disse Moncrieff. — Levei seis meses para isso, mas talvez você se dê melhor.

Danny ouviu a chave girar na fechadura, a pesada porta foi novamente aberta.

— Siga-me, Cartwright — disse uma voz.

Danny saiu da cela e seguiu outro agente que ele nunca vira antes. "Será que as autoridades resolveram me transferir para outra cela?", perguntou-se, enquanto o carcereiro o fazia descer pela escada de ferro, por outro longo corredor, atravessando outro conjunto de portões duplos, antes de parar diante de uma porta com a placa ALMOXARIFADO. O agente deu uma batida firme nas pequenas portas duplas, que logo foram abertas por dentro.

— CK4802 Cartwright — disse o agente, verificando a lista de detentos.

— Tire a roupa — disse o encarregado do almoxarifado. — Você não vai usar nenhuma dessas roupas de novo — avisou, consultando a lista de detentos — até 2022. — Em seguida, riu da piada que fazia cerca de cinco vezes por dia. Só o ano mudava.

Depois de Danny ter se despido, entregaram-lhe dois shorts de boxe (vermelhos com listras brancas), duas camisas (azuis de listras brancas), uma calça jeans (azul), duas camisetas (brancas), um suéter (cinza), uma jaqueta de material resistente (preta), dois pares de meias (cinza), dois shorts (azuis, de ginástica), duas camisetas (brancas, de ginástica), dois lençóis (de náilon, verdes), uma fronha (verde) e um travesseiro (redondo, duro); o único item que lhe permitiram manter foram seus tênis, única oportunidade que um preso tem de demonstrar alguma singularidade.

O encarregado do almoxarifado juntou todas as roupas de Danny e jogou-as dentro de um grande saco plástico, preencheu uma pequena etiqueta com o nome *Cartwright CK4802* e fechou-o. Então, entregou a Danny um saco plástico menor, contendo um sabonete, uma escova de dentes, um barbeador de plástico descartável, uma flanela (verde), uma toalha de rosto (verde), um prato (verde), uma faca, um garfo e uma colher, tudo de plástico. Ticou vários quadradinhos em um formulário verde, antes de girá-lo, apontar uma linha com o indicador e dar a Danny uma esferográfica bastante mordida, presa à mesa por uma corrente. Danny fez um rabisco ilegível.

— Apresente-se ao almoxarifado toda quinta-feira à tarde, entre três e cinco horas — avisou o encarregado —, quando lhe será entregue uma muda de roupas. O valor de qualquer dano será descontado do seu ordenado semanal. E sou eu quem decide quanto será — acrescentou, antes de fechar as portas com força.

Danny pegou os dois sacos plásticos e seguiu o agente de volta para o corredor, até sua cela. Foi trancafiado instantes depois, sem que trocassem uma única palavra. Big Al parecia não ter se mexido durante sua ausência, e Nick ainda estava sentado à mesa, escrevendo.

Danny subiu até a cama de cima e se deitou ao comprido no colchão encaroçado. Quando estivera em prisão preventiva nos últimos seis meses, deixavam que usasse as próprias roupas, passeasse pelo térreo, conversando com os detentos, assistisse à TV, jogasse pingue-pongue e até comprasse Coca-Cola e sanduíche em uma máquina. Mas isso acabara. Agora, cumpria pena perpétua; pela primeira vez se dava conta do que realmente significava perder a liberdade.

Danny resolveu fazer sua cama. Fez sem pressa, já que começava a descobrir quantas horas tem um dia, quantos minutos tem uma hora e quantos segundos tem um minuto quando se está trancafiado em uma cela de oito metros quadrados dividindo espaço com dois estranhos — um deles grandalhão.

Depois de ter feito a cama, Danny tornou a subir nela, descansou e fitou o teto branco. Uma das poucas vantagens de ficar na cama de cima era que a cabeça ficava na altura da pequena janela de grades: única prova de que existia um mundo lá fora. O olhar de Danny ultrapassou as barras de ferro e descansou sobre os outros três blocos que formavam um U, o pátio de exercícios e vários muros altos encimados por arame farpado, que se estendiam até perder de vista. Danny fitou o teto novamente. Seus pensamentos se voltaram para Beth. Não lhe fora permitido sequer se despedir dela.

Durante a semana seguinte e milhares de outras, estaria trancafiado naquele buraco. Sua única chance de sair era um recurso, o qual o sr. Redmayne lhe avisou que só seria julgado dentro de pelo menos um ano. A agenda do tribunal estava cheia demais e, quanto maior a sentença, maior a espera para o julgamento do recurso. Com certeza, um ano seria tempo mais do que suficiente para que o sr. Redmayne recolhesse todas as provas necessárias para inocentar Danny.

Instantes depois de Sackville ler a sentença, Alex Redmayne deixara a sala do tribunal e caminhara por um corredor atapetado, com paredes forradas de papel e apinhadas de retratos de ex-juízes. Bateu na porta do gabinete de outro juiz, entrou, deixou-se cair na poltrona confortável diante da mesa de seu pai e simplesmente disse:

— Culpado.

O juiz Redmayne foi até o bar.

— Você precisa se acostumar com isso — disse enquanto tirava a rolha da garrafa que escolhera naquela manhã, tanto para a vitória quanto para a derrota —, pois, desde a abolição da pena de morte aqui na Inglaterra, condenou-se uma quantidade muito maior de homicidas e, quase sem exceção, os júris acertaram. — Encheu dois copos de vinho e entregou um ao filho. — Você continuará representando Cartwright quando seu caso for a recurso? — perguntou, antes de tomar um gole de seu copo.

— Sim, claro que sim — respondeu Alex, espantado com a pergunta do pai.

O velho franziu o cenho.

— Então, só posso lhe desejar boa sorte, porque, se não foi Cartwright, quem foi?

— Spencer Craig — respondeu Alex, sem hesitar.

18

À S CINCO HORAS, abriram novamente a pesada porta de ferro, junto com um grito rouco de RECREIO!, dado por alguém que só podia já ter sido primeiro-sargento de algum regimento.

Durante os 45 minutos seguintes, todos os prisioneiros eram soltos de suas celas. Davam-lhes duas opções para passar o tempo. Podiam, como sempre fazia Big Al, descer até a espaçosa área no térreo. Lá ele ficava estirado diante da TV, em uma grande poltrona de couro que nenhum outro detento pensaria em ocupar, enquanto outros jogavam dominó, apostando apenas cigarros. Se, por outro lado, a pessoa quisesse desafiar os elementos da natureza, poderia se aventurar lá fora, no pátio de exercícios.

Danny sofreu uma revista completa antes de sair do bloco e pisar no pátio. Belmarsh, como todas as outras prisões, estava lotada de drogas e de traficantes, que faziam seu comércio às pressas durante a única hora do dia em que os prisioneiros dos quatro blocos tinham contato entre si. O sistema de pagamento era simples e aceito por todos os dependentes. Se alguém quisesse haxixe, cocaína, crack ou heroína, informava ao traficante do bloco sua encomenda e o nome da pessoa lá fora que acertaria com seu contato; depois de o dinheiro trocar de mãos, a encomenda apareceria em um ou dois dias. Com mais de cem pessoas em regime de prisão preventiva, saindo e entrando de carro da cadeia para comparecer a julgamentos toda manhã, havia centenas de oportunidades de trazer a droga para dentro. Alguns eram flagrados, o que resultava em um acréscimo na pena, mas a recompensa financeira era tão alta que muitos intermediários achavam que valia a pena correr o risco.

Danny jamais demonstrara interesse por drogas; nem sequer fumava. Seu instrutor de boxe lhe avisara que, se fosse apanhado consumindo drogas, jamais o deixaria subir no ringue de novo.

Ele começou a caminhar pelo perímetro do pátio, um gramado mais ou menos do tamanho de um campo de futebol. Mantinha o ritmo acelerado, já que sabia ser aquela a sua única oportunidade de se exercitar, além de ir à academia lotada duas vezes por semana, durante o dia. Ele levantou o olhar para o muro de dez metros que cercava o pátio de exercícios. Apesar de ser encimado por arame farpado, isso não o impedia de pensar na fuga. De que outro modo ele poderia se vingar dos quatro filhos da puta responsáveis pela perda de sua liberdade?

Passou por vários detentos que caminhavam a um passo mais lento. Ninguém o ultrapassava. Distinguiu uma figura solitária adiante, que mantinha mais ou menos a mesma velocidade. Levou algum tempo até reconhecer seu novo colega de cela, Nick Moncrieff, que estava obviamente tão em forma quanto ele. Danny pensou no que um cara como ele poderia ter feito para acabar preso. Lembrou-se da velha regra da prisão de jamais perguntar a outro detento por que fora preso; era preciso esperar que ele mesmo dissesse.

Danny olhou para a direita e viu um pequeno grupo de detentos negros, deitados sem camisa na grama, tomando sol como se estivessem num pacote de férias para a Espanha. No verão anterior, ele e Beth haviam passado duas semanas em Weston-super-Mare, onde fizeram amor pela primeira vez. Bernie também fora, e toda noite parecia acabar ficando com uma garota diferente, que sumia com o raiar do dia. Danny não olhara para outra mulher desde o dia em que vira Beth na garagem.

Quando Beth lhe disse que estava grávida, Danny ficara surpreso e encantado com a novidade. Chegara a pensar em ir direto ao tabelião mais próximo para tirar os papéis de casamento. Mas sabia que ela não iria querer saber disso, nem sua mãe. Afinal de contas, eram católicas apostólicas romanas e praticantes, e, portanto, eles precisavam se casar em St. Mary's, do mesmo modo que os pais dos dois se casaram. O padre Michael não esperaria nada menos do que isso.

Pela primeira vez, Danny pensou em romper o noivado. Afinal, ninguém poderia pedir a uma garota que esperasse 22 anos. Mas resolveu tomar uma decisão somente depois que seu recurso fosse julgado.

Beth não parara de chorar desde que o primeiro jurado declarara o veredicto do júri. Nem sequer permitiram que ela desse um beijo de despedida em Danny, antes de dois policiais o levarem à cela. Sua mãe tentou consolá-la a caminho de casa, mas o pai não disse nada.

— Este pesadelo passará depois do julgamento do recurso — disse-lhe a mãe.

— Não conte com isso — retrucou o sr. Wilson, ao virar o carro e entrar na Bacon Road.

Uma sirene avisou o encerramento dos 45 minutos de tempo de lazer. Os detentos foram rapidamente conduzidos às celas, bloco por bloco.

Big Al já cochilava em sua cama quando Danny entrou na cela. Nick chegou logo depois, e a porta foi trancada. Só seria aberta de novo para o chá — quatro horas mais tarde.

Danny voltou a subir na cama superior, enquanto Nick se sentou novamente na cadeira de plástico diante da mesa de fórmica. Estava prestes a escrever de novo, quando Danny perguntou:

— O que você está rabiscando?

— Mantenho um diário — respondeu Nick — sobre tudo que acontece durante meu tempo na prisão.

— E por que você vai querer se lembrar desta porcaria?

— Faz o tempo passar. Quero ser professor quando for solto, por isso é importante manter a mente sã.

— Deixarão você ensinar depois de cumprir pena aqui? — perguntou Danny.

— Você já deve ter lido sobre a carência de professores — disse Nick com um sorriso.

— Não leio muito — confessou Danny.

— Talvez esta seja uma boa oportunidade de começar — disse Nick, descansando a caneta.

— Não vejo por que — respondeu Danny —, especialmente se vou ficar enfiado aqui durante os próximos 22 anos.

105 Prisioneiro da Sorte

— Mas pelo menos vai poder ler as cartas de seu advogado, o que lhe dará uma melhor oportunidade de defesa quando chegar o momento do recurso.

— Vocês não vão parar de falar, não? — perguntou Big Al, num sotaque pesado de Glasgow, que Danny mal conseguiu entender.

— Não tem mais nada para se fazer aqui — respondeu Nick com uma risada.

Big Al se sentou e tirou um pacote de fumo de rolo de um bolso em seu jeans. — Então, por que você está aqui, Cartwright? — perguntou em seu dialeto quase incompreensível, quebrando uma das regras de ouro da prisão.

— Homicídio — respondeu Danny, e depois de uma pausa —, mas armaram para mim.

— Todo mundo diz isso. — Big Al tirou um pacote de papel de cigarro de um bolso e pegou um, sobre o qual colocou um pouco de fumo.

— Talvez — disse Danny —, mas mesmo assim não fui eu. — Não percebeu que Nick anotava todas as suas palavras. — E você? — perguntou ele.

— Sou uma porra de um assaltante de banco — disse Big Al naquele dialeto enrolado, lambendo a borda do papel. — Tem vezes que acerto e fico rico, outras vezes não. A porra do juiz me botou aqui por 14 anos dessa vez.

— Há quanto tempo você está preso em Belmarsh? — perguntou Danny.

— Dois anos. Eles me transferiram para uma prisão aberta durante um tempo, mas tentei fugir, por isso não querem arriscar de novo. Vocês não têm fogo?

— Eu não fumo — respondeu Danny.

— Nem eu, como você bem sabe — acrescentou Nick, continuando a escrever seu diário.

— Cambada de inúteis — disse Big Al. — Que merda! Não vou poder dar uma tragada antes da hora do chá!

— Então, você nunca será transferido de Belmarsh? — perguntou Danny, descrente.

— Só quando for solto — disse Big Al com aquele sotaque escocês. — Depois que você foge de uma prisão aberta, eles te mandam de volta para uma de alta segurança. Não posso culpar os filhos da puta. Se me transferissem, eu simplesmente tentaria de novo. — Colocou o cigarro na boca. — Bem, só faltam três anos para eu sair — disse, deitando-se e virando a cara para a parede.

— E você, Nick? — perguntou Danny. — Quanto tempo ainda te falta?

— Dois anos, quatro meses e 11 dias. E você?

— Vinte e dois anos — respondeu Danny. — A não ser que eu ganhe o recurso.

— Ninguém ganha recurso — disse Big Al. — Depois que te prendem bem preso, não te deixam sair. É melhor ir se acostumando — tirou o cigarro da boca —, ou, então, foda-se.

Beth também estava deitada na cama, fitando o teto. Esperaria por Danny, não importava o tempo que levasse. Não tinha dúvida de que ganharia o recurso, e de que seu pai acabaria chegando à conclusão de que ambos contaram a verdade.

O sr. Redmayne lhe garantira que continuaria defendendo Danny no recurso e que ela não se preocupasse com a despesa. Danny tinha razão: o sr. Redmayne era uma verdadeira joia rara. Beth já havia gastado todas as suas economias e não gozara suas férias anuais para poder assistir ao julgamento todo dia. Qual o sentido de tirar férias, se ela não pudesse passá-las com Danny? Seu patrão tinha sido mais do que compreensivo e dissera para ela só voltar quando o julgamento terminasse. Se Danny fosse inocentado, dissera-lhe o sr. Thomas, ela poderia tirar mais 15 dias de férias para a lua de mel.

Mas Beth voltara para sua mesa de trabalho na segunda-feira de manhã, e a lua de mel teria que ser adiada por pelo menos um ano. Apesar de ter gastado a poupança de toda a sua vida na defesa de Danny, ela ainda pretendia lhe mandar um pouco de dinheiro todo mês, já que seu ordenado na prisão era de apenas 12 libras por semana.

— Quer uma xícara de chá, querida? — gritou sua mãe da cozinha.

— Chá! — berrou uma voz, quando a porta foi destrancada pela segunda vez naquele dia. Danny pegou sua caneca e o prato de plástico, e seguiu um fluxo de detentos que desciam para entrar na fila diante do balcão aquecido.

Um agente ficava na cabeceira da fila para garantir que só seis prisioneiros tivessem acesso de cada vez ao balcão de comida.

— Já aconteceram mais brigas por causa de comida do que por qualquer outro motivo — explicou Nick, enquanto esperavam na fila.

— A não ser na academia — replicou Big Al.

107   *Prisioneiro da Sorte*

Finalmente, mandaram Danny e Nick se juntarem aos outros quatro no balcão. Atrás dele ficavam cinco detentos de avental, chapéu branco e luvas finas de látex.

— O que temos esta noite? — perguntou Nick, entregando seu prato.

— Pode escolher entre feijão com salsicha, carne com feijão ou presunto com feijão. Escolha o que quiser, doutor — disse um dos detentos que servia atrás do balcão.

— Quero fatias de presunto fritas, sem feijão, obrigado — disse Nick.

— Quero o mesmo, só que com feijão — pediu Danny.

— Quem é você? — perguntou um dos serventes. — A porra do irmão dele?

Danny e Nick riram. Eram da mesma altura, tinham por volta da mesma idade, usavam uniforme de presidiário e se pareciam, mas nenhum deles notara a semelhança. Afinal de contas, Nick sempre andava bem-barbeado, com cada fio de cabelo penteado, enquanto Danny se barbeava uma vez por semana, e seus cabelos, nas palavras de Big Al, pareciam "cipós do brejo".

— Como se consegue trabalho na cozinha? — perguntou Danny, enquanto subiam lentamente a escada em caracol para o primeiro andar. Ele já estava percebendo que, sempre que se estava fora da cela, andava-se devagar.

— Você precisa ser promovido.

— E como se consegue promoção?

— Não recebendo nenhuma advertência no relatório.

— E como a gente consegue isso?

— Não xingando os agentes, sempre aparecendo pontualmente no trabalho e não se envolvendo em qualquer briga. Se você conseguir essas três coisas, dentro de mais um ano será promovido, mas ainda assim não conseguirá trabalhar na cozinha.

— Por que não?

— Porque existem mil outros detentos de merda nesta prisão — disse Big Al, que seguia atrás — e novecentos querem trabalhar na cozinha. Você fica fora da cela durante a maior parte do dia e escolhe a própria comida. Pode esquecer, Danny Boy.

Na cela, Danny fez sua refeição calado e pensou em como ser promovido mais depressa. Tão logo Big Al deu a última garfada na salsicha, levantou-se, atravessou a cela, abaixou seu jeans e se sentou na privada. Danny parou de comer e Nick desviou o olhar até que Big Al tivesse dado a descarga. Então, Big Al se levantou, fechou o zíper do jeans, acomodou-se de novo em sua cama e começou a enrolar outro cigarro.

Danny consultou o relógio: 17h50. Geralmente, ia para a casa de Beth por volta das 18h. Olhou para os restos em seu prato. A mãe de Beth fazia a melhor batata amassada com salsicha do Bow.

— Quais outros trabalhos existem? — perguntou Danny.

— Vocês ainda estão falando? — indagou Big Al em seu dialeto escocês.

Nick riu de novo enquanto Big Al acendia seu cigarro.

— Você pode arranjar um trabalho no almoxarifado — disse Nick — ou fazer a limpeza de uma ala, ou ser jardineiro, mas o mais provável é que você acabe na turma da corrente.

— Turma da corrente? — perguntou Danny. — O que é isso?

— Você não vai demorar a descobrir — respondeu Nick.

— E na ginástica? — perguntou Danny.

— Precisa ser promovido — disse Big Al, tragando.

— Que trabalho você conseguiu? — perguntou Danny.

— Você pergunta demais — respondeu Big Al, enchendo a cela de fumaça.

— Big Al é zelador no hospital — disse Nick.

— Parece moleza — disse Danny.

— Tenho que polir os pisos, esvaziar as comadres, preparar a escala matinal e fazer chá para cada guarda que visita a enfermeira-chefe. Nunca paro de me mexer — disse Big Al. — Fui promovido, não fui?

— É um trabalho de muita responsabilidade — disse Nick, sorrindo. — Precisa ter um passado impecável com drogas, e Big Al não gosta de viciados.

— É isso aí — disse Big Al. — E dou porrada em quem tentar roubar drogas e remédios do hospital.

— Existe algum outro trabalho que valha a pena? — perguntou Danny, desesperado.

— Educação — disse Nick. — Se você resolver se juntar a mim, vai poder melhorar sua leitura e sua escrita. E ainda é pago para isso.

— É, mas só oito paus por semana — interveio Big Al. — Você ganha doze por qualquer outro trabalho. Quase ninguém pode virar a cara para quatro paus a mais por semana para comprar cigarros, como o cavalheiro aqui.

Danny deitou no travesseiro duro como pedra e olhou pela pequena janela sem cortina. Podia ouvir a barulheira de um *rap* vindo de alguma cela por perto e pensou se conseguiria dormir na primeira noite de sua pena de 22 anos.

19

U MA CHAVE GIROU na fechadura, e a porta pesada de ferro foi aberta.
— Cartwright, você vai para a turma da corrente. Apresente-se ao agente encarregado imediatamente.

— Mas... — começou Danny.

— Não adianta discutir — disse Nick, enquanto o agente desaparecia. — Fica junto de mim que eu te mostro o esquema.

Nick e Danny se juntaram a um fluxo de detentos calados que iam todos na mesma direção. Quando chegaram ao final do corredor, Nick disse:

— É aqui que você se apresenta às oito horas toda manhã para se inscrever no destacamento de trabalho.

— Que porra é essa? — perguntou Danny, levantando os olhos para um grande hexágono de vidro que dominava aquela área.

— É a bolha — respondeu Nick. — Os guardas podem ficar sempre de olho na gente, mas a gente não consegue vê-los.

— Tem guardas lá dentro? — perguntou Danny.

— Claro — respondeu Nick. — Uns quarenta, segundo me disseram. Eles têm a visão desimpedida de tudo que acontece em todos os quatro blocos. Se um motim ou qualquer bagunça começar, podem chegar e resolver o problema em minutos.

— Você já se meteu em algum motim? — perguntou Danny.

— Só uma vez, e não foi bonito de se ver. É agora que nos separamos. Estou indo para a educação, e a turma da corrente fica do outro lado. Se continuar pelo corredor verde, acabará chegando ao lugar certo.

Danny assentiu e seguiu um grupo de detentos que sabiam obviamente para onde iam, embora suas expressões amarradas e a velocidade com que se deslocavam indicassem que podiam imaginar maneiras melhores de passar uma manhã de sábado.

Quando Danny chegou ao final do corredor, um agente segurando a inevitável prancheta fez todos os detentos entrarem numa grande sala retangular mais ou menos do tamanho de uma quadra de basquete. Dentro, havia seis longas mesas de fórmica, com cerca de vinte cadeiras de plástico arrumadas de cada lado. As cadeiras foram rapidamente ocupadas por detentos, até quase todas estarem ocupadas.

— Onde me sento? — perguntou Danny.

— Onde você quiser — disse um guarda. — Não faz nenhuma diferença.

Danny achou uma cadeira vazia e permaneceu calado, enquanto observava o que acontecia à sua volta.

— Você é novato — disse um sujeito sentado à sua esquerda.

— Como sabe?

— Porque estou na turma da corrente durante os últimos oito anos.

Danny observou melhor o sujeito baixo e rijo, com a pele branca como um lençol. Tinha olhos azuis lacrimosos e cabelos claros cortados curto.

— Liam — informou.

— Danny.

— Você é irlandês? — perguntou Liam.

— Não, nasci a poucos quilômetros daqui, mas meu avô era irlandês.

— Isso basta para mim — disse Liam com um sorriso.

— Então, o que acontece agora? — perguntou Danny.

— Está vendo aqueles detentos no fim de cada mesa? — disse Liam. — São os fornecedores. Vão colocar um balde na nossa frente. Está vendo aquela pilha de sacolas plásticas na outra ponta da mesa? Elas serão passadas pelo meio. A gente põe o que tiver dentro do balde em cada uma, e passa adiante.

Enquanto Liam falava, uma sirene tocou. Baldes de plástico marrons foram postos diante de cada prisioneiro por detentos com braçadeiras amarelas. O balde de Danny estava cheio de saquinhos de chá. Ele olhou para o de Liam, que continha saquinhos de manteiga. As sacolas de plástico avançavam lentamente pela mesa, de detento a detento, e um pacote de Rice Crispies, um saquinho de manteiga, um saquinho de chá, minúsculos saquinhos de sal, pimenta e geleia eram colocados em cada uma. Ao chegarem ao fim da mesa, outro detento as empilhava numa bandeja e carregava para uma sala ao lado.

— Serão levadas para outra prisão — explicou Liam — e acabarão no café da manhã de algum detento, mais ou menos nesta hora, na semana que vem.

Em poucos minutos, Danny já estava entediado e teria se sentido capaz de cometer suicídio, não fossem os comentários intermináveis de Liam sobre tudo, desde como ser promovido até como acabar na solitária, que provocavam ataques de riso em todo mundo que os ouvia.

— Já te contei sobre aquela vez em que os guardas acharam uma garrafa de Guinness na minha cela? — perguntou.

— Não — respondeu Danny.

— É claro que recebi uma advertência, mas não puderam me acusar.

— Por que não? — perguntou Danny. Apesar de todos à mesa já terem ouvido o caso muitas vezes, ainda prestavam uma atenção embevecida nele.

— Falei com o diretor que um agente tinha escondido a garrafa na minha cela porque queria me prejudicar.

— Porque você é irlandês? — sugeriu Danny.

— Não, eu já tinha tentado esse truque muitas vezes, por isso inventei algo mais original.

— Tipo o quê? — perguntou Danny.

— Eu disse que o agente queria me prejudicar porque eu sabia que ele era gay e ele estava a fim de mim, mas eu sempre o rejeitava.

— E ele era gay? — perguntou Danny. Vários detentos explodiram em gargalhadas.

— Claro que não, seu tapado! Mas a última coisa que um diretor quer é uma investigação sobre a orientação sexual de um de seus guardas. Significa pilhas de papelada, enquanto o guarda é afastado com salário integral. Está tudo ali, direitinho, no regulamento da prisão.

— Então, o que aconteceu? — indagou Danny, jogando outro saquinho de chá em outra sacola de plástico.

— O diretor-geral desconsiderou a acusação, e o guarda nunca mais apareceu no meu bloco.

Danny riu pela primeira vez desde que fora preso.

— Não olhe para cima — sussurrou Liam, enquanto um novo balde de saquinhos de chá era posto diante de Danny. Liam esperou que o detento com a braçadeira amarela retirasse seu balde vazio para acrescentar: — Se você algum dia topar com esse filho da puta, cai fora.

— Por quê? — perguntou Danny, vendo um sujeito de rosto chupado, cabeça raspada e braços cobertos de tatuagens deixar a sala carregando um monte de baldes vazios.

— O nome dele é Kevin Leach. Evite-o de todas as maneiras — disse Liam. — Ele é encrenca, e das grandes.

— Que tipo de encrenca? — perguntou Danny, enquanto Leach voltava à cabeceira da mesa e recomeçava a empilhar.

— Um dia ele voltou para casa cedo do trabalho, à tarde, e pegou a mulher na cama com o melhor amigo. Depois de ter batido nos dois até desmaiarem, amarrou os dois aos pés da cama e esperou que acordassem. Então, os apunhalou com a faca de cozinha, uma vez a cada dez minutos. Começou pelos tornozelos e foi subindo lentamente pelo corpo, até chegar ao coração. Dizem que eles devem ter levado entre seis e sete horas para morrer. Ele falou ao juiz que tentou apenas fazer a cadela compreender o quanto ele a amava. — Danny sentiu náuseas. — O juiz o condenou à prisão perpétua, com a recomendação de que não deveria ser solto nunca. Ele só vai ver o mundo lá fora no dia em que o carregarem daqui de pés juntos. — Liam fez uma pausa. — Tenho vergonha de confessar que ele é irlandês. Por isso, toma cuidado. Não tem como ninguém acrescentar nenhum ano à pena dele, por isso ele mete a faca sem pena.

Spencer Craig não era homem de ter incertezas e entrar em pânico sob pressão, mas o mesmo não se podia dizer de Lawrence Davenport ou Toby Mortimer.

Craig tinha consciência dos boatos que circulavam nos corredores do Old Bailey sobre o testemunho que prestara no julgamento de Cartwright; eram apenas cochichos no momento, mas ele não podia se dar ao luxo de se transformarem numa lenda.

Spencer Craig sentia-se seguro de que Davenport não seria nenhuma encrenca, desde que estivesse representando o Dr. Beresford em *A Receita*. Afinal de contas, adorava ser idolatrado pelos milhões de fãs que o acompanhavam todo domingo à noite, às nove horas, sem falar numa renda que o levava a gozar um estilo de vida que seus pais, um atendente de estacionamento e uma guarda de trânsito encarregada da travessia das crianças de escola, em Grimsby, jamais tiveram. O fato de um deslize poder resultar numa temporada na prisão por falso testemunho não saía de sua cabeça. E, se saísse, Craig não hesitaria em lhe lembrar do que o esperava quando seus futuros colegas detentos descobrissem que ele era gay.

Toby Mortimer representava outro tipo de problema. Ele atingira o ponto em que estava disposto a praticamente tudo para conseguir sua próxima dose. Craig não tinha dúvida de que, quando a herança secasse, ele seria a primeira pessoa a ser procurada por seu colega Mosqueteiro.

Só Gerald Payne continuava firme. Afinal, ainda tinha esperança de ser eleito membro do Parlamento. Mas, para ser honesto, levaria muito tempo para os Mosqueteiros terem o mesmo relacionamento que tinham antes do dia do aniversário de Gerald.

Beth ficou esperando na calçada até ter certeza de não haver mais ninguém no recinto. Olhou a rua de cima a baixo antes de entrar na loja. Ficou espantada com a escuridão do pequeno cômodo e levou alguns instantes para reconhecer a figura familiar que estava atrás do guichê.

— Que surpresa agradável! — disse o sr. Isaacs, enquanto Beth se aproximava do balcão. — Em que posso lhe ser útil?

— Quero penhorar uma coisa, mas preciso ter certeza de poder resgatá-la.

— Não posso vender nada antes de se passarem pelo menos seis meses — disse o sr. Isaacs —, e, se você precisar de um pouco mais de tempo, não é problema.

Beth hesitou um instante, antes de tirar a aliança de seu dedo e enfiá-la sob a grade.

— Tem certeza? — perguntou o dono da loja de penhores.

— Não tenho muita opção — disse Beth. — O recurso de Danny está para chegar e preciso...

— Eu poderia te adiantar...

— Não, não seria certo.

O sr. Isaacs suspirou. Pegou um monóculo de aumento e examinou a aliança por algum tempo antes de dar uma opinião.

— É uma bela peça — disse —, mas quanto você esperava obter emprestado com ela?

— Cinco mil libras — respondeu Beth, esperançosamente.

O sr. Isaacs continuou fingindo que examinava a peça com cuidado, apesar de ele ter vendido a aliança para Danny por quatro mil libras, menos de um ano antes.

— Sim — disse o sr. Isaacs depois de pensar mais —, me parece um preço justo. — Guardou o anel sob o balcão e pegou o talão de cheques.

— Posso lhe pedir um favor, sr. Isaacs, antes que o senhor assine o cheque?
— Sim, claro.
— O senhor permite que eu pegue a aliança emprestada no primeiro domingo de cada mês?

— Foi tão ruim assim? — perguntou Nick.
— Pior ainda. Se não fosse por Liam, o mão-leve, eu teria dormido e acabado com uma advertência.
— Caso interessante, o do Liam — disse Big Al, mexendo-se ligeiramente, mas sem se dar ao trabalho de se virar. — Toda a família é de mãos-leves. Ele tem seis irmãos e três irmãs, e uma vez cinco irmãos e duas irmãs estiveram presos ao mesmo tempo. A porra da família já deve ter custado mais de um milhão aos contribuintes.

Danny riu. Em seguida, perguntou a Big Al:
— O que você sabe sobre Kevin Leach?
Big Al se sentou ereto.
— Nunca fale esse nome fora da cela. Ele é pirado. Cortaria sua garganta por uma barra de chocolate, e, se você algum dia topar com ele... — hesitou. — Tiveram que o transferir da prisão de Garside, só porque outro detento mostrou o dedo pra ele.
— Parece uma coisa meio exagerada — disse Nick, transcrevendo cada palavra de Big Al.
— Não depois que Leach cortou dois dedos dele.
— Era isso que os franceses faziam com os arqueiros ingleses na Batalha de Agincourt — disse Nick, erguendo os olhos.
— Que interessante — disse Big Al.

A sirene tocou, e abriram as portas das celas para deixar que os prisioneiros descessem e pegassem o jantar. Quando Nick fechou o diário e afastou a cadeira, Danny notou pela primeira vez que ele usava uma corrente de prata no pescoço.

Prisioneiro da Sorte

— Há um boato circulando pelos corredores do Old Bailey — disse o juiz Redmayne — de que Spencer Craig não foi inteiramente veraz em seu testemunho no caso Cartwright. Espero que não seja você quem anda soprando essa brasa.

— Não preciso — respondeu Alex. — Esse cara tem inimigos suficientes para comprimir o fole.

— Mesmo assim, como você ainda está envolvido no caso, acho que não seria prudente informar seus pontos de vista a nossos colegas advogados.

— Mesmo que ele seja o culpado?

— Mesmo que ele seja a encarnação do Diabo.

Beth escreveu sua primeira carta para Danny no final da primeira semana, na esperança de que ele encontrasse alguém que a lesse para ele. Enfiou uma nota de dez libras no envelope, antes de fechá-lo. Planejou escrever uma vez por semana, além de visitá-lo no primeiro domingo de cada mês. O sr. Redmayne explicara que os condenados à prisão perpétua só podiam receber uma visita por mês durante seus primeiros 10 anos.

Na manhã seguinte, ela enfiou o envelope na caixa postal no final da Bacon Road, antes de pegar o ônibus número 25 para a cidade. O nome de Danny jamais era mencionado na casa dos Wilson, porque isso só fazia seu pai perder a cabeça. Beth tocou em sua barriga e pensou em que futuro poderia esperar uma criança que só teria contato com o pai uma vez por mês, enquanto ele estivesse preso. Rezou para que fosse uma menina.

— Você precisa cortar o cabelo — disse Big Al.

— Quer que eu faça o quê? — perguntou Danny. — Pedir ao sr. Pascoe que me dispense no próximo sábado de manhã, para que eu possa dar um pulo no Sammy's, na Mile End Road, e pedir o meu de sempre?

— Não precisa — disse Big Al. — É só marcar com Louis.

— E quem é Louis? — perguntou Danny.

— O barbeiro daqui — respondeu Big Al. — Ele geralmente dá conta de cinco detentos em quarenta minutos, durante o recreio, mas é tão popular que talvez você tenha que esperar um mês. Já que não vai a canto nenhum por enquanto, isso não deve ser problema para você. Mas, se quiser passar na frente da fila, ele cobra três cigarros para um corte a máquina zero, e cinco por um corte atrás e dos lados. E o cavalheiro aqui — disse, apontando para Nick, que estava recostado num travesseiro na cama, lendo um livro — precisa entregar dez cigarros porque quer parecer um senhor distinto e sério.

— Um corte atrás e dos lados para mim basta — disse Danny. — Mas ele usa o quê? Não gosto de pensar que meu cabelo será cortado com um garfo e uma faca de plástico.

Nick largou o livro.

— Louis tem todo o equipamento normal; tesouras, máquinas, até mesmo uma navalha.

— Como ele consegue isso? — perguntou Danny.

— Ele não consegue — disse Big Al. — Um agente entrega a ele o negócio no início do recreio, em seguida o recolhe antes de a gente voltar para as celas. Se faltar alguma coisa, Louis perde o emprego, e os agentes vão dar uma busca nas celas até encontrarem.

— Ele é bom? — perguntou Danny.

— Antes de acabar aqui — disse Big Al —, trabalhava em Mayfair, cobrando de cavalheiros como este aqui umas cinquenta libras por corte.

— Como é que alguém assim acaba na prisão? — perguntou Danny.

— Roubo — disse Nick.

— Roubo é o caralho — disse Big Al. — Foi por veadagem. Foi apanhado com a calça arriada em Hampstead Heath, e não estava mijando quando a polícia apareceu.

— Mas, se os detentos sabem que ele é gay — disse Danny —, como é que sobrevive num lugar como este?

— Boa pergunta — disse Big Al. — Na maioria das prisões, quando um veado toma banho, os detentos fazem fila para enrabar o cara, depois arrancam os braços e as pernas dele.

— E por que não fazem isso? — perguntou Danny.

— Não é muito fácil encontrar um bom barbeiro — disse Nick.

Prisioneiro da Sorte

— O cavalheiro tem razão — disse Big Al. — Nosso último barbeiro entrou aqui por homicídio com requintes de crueldade, e os detentos não podiam se dar ao luxo de relaxar na hora em que ele estava com a navalha na mão. Na verdade, alguns deles acabaram com os cabelos bem compridos.

20

— D UAS CARTAS PARA você, Cartwright — disse o sr. Pascoe, encarregado da ala, ao entregar os dois envelopes a Danny. — Aliás — continuou —, achamos uma nota de dez libras dentro de uma delas. O dinheiro foi depositado na sua conta da cantina, mas no futuro diga à sua namorada para mandar uma ordem de pagamento postal para o escritório do diretor, que eles depositarão o dinheiro direto na sua conta.

A porta pesada bateu com força.

— Eles abriram as minhas cartas! — reclamou Danny, olhando os envelopes rasgados.

— Sempre fazem isso — disse Big Al. — Também grampeiam suas ligações.

— Por quê? — perguntou Danny.

— Pra tentar pegar alguém envolvido no tráfico de drogas. E na semana passada pegaram um filho da mãe, burro, planejando um roubo um dia depois de sair daqui.

Danny tirou a carta do menor dos dois envelopes. Como era escrita à mão, presumiu que fosse de Beth. A segunda carta era datilografada, mas, nesse caso, não tinha certeza de quem a mandara. Ficou deitado em silêncio na sua cama, pensando durante algum tempo no problema, até que finalmente entregou os pontos.

— Nick, você pode ler as cartas para mim? — perguntou tranquilamente.

— Posso e o farei — respondeu Nick.

Danny entregou-lhe os envelopes. Nick largou a caneta e abriu primeiro a carta manuscrita, verificando a assinatura no pé da folha.

— Esta é de Beth — disse. — "Querido Danny" — leu Nick —, "só passou uma semana, mas já sinto muito sua ausência. Como pôde o júri ter cometido um erro terrível assim? Por que não acreditaram em mim? Já preenchi os formulários necessários e irei visitá-lo no próximo domingo à tarde, que será a última oportunidade que terei de te ver antes de nosso bebê nascer. Falei ontem por telefone com uma agente penitenciária, ela não poderia ter sido mais prestativa. Seu pai e sua mãe estão passando bem e mandaram um beijo, e minha mãe também. Tenho certeza de que papai mudará de opinião com o tempo, especialmente depois de você ganhar o recurso. Sinto tanta falta sua. Te amo, te amo, te amo. Te vejo no domingo. Beijos, Beth".

Nick ergueu os olhos e viu Danny fitando o teto.

— Quer que eu a leia de novo?

— Não.

Nick abriu a segunda carta.

— É de Alex Redmayne — disse ele. — Muito estranho.

— O que quer dizer? — perguntou Danny, se sentando.

— Os advogados em geral não escrevem diretamente para seus clientes. Deixam para os estagiários. Está escrito "particular e confidencial". Tem certeza de que você quer que eu fique sabendo o conteúdo desta carta?

— Pode ler — disse Danny.

— "Caro Danny, são só umas linhas para atualizá-lo quanto ao recurso. Acabei de fazer todas as petições e hoje recebi uma carta do Ministério da Justiça, confirmando que seu nome foi incluído na lista. No entanto, não há como saber quanto tempo durará o processo, e devo avisá-lo de que pode levar até dois anos. Ainda estou seguindo todas as pistas na esperança de que elas possam fornecer algumas provas novas e escreverei de novo quando tiver algo mais concreto para relatar. Sinceramente, Alex Redmayne."

Nick botou as cartas nos envelopes e devolveu-as a Danny. Pegou a caneta e perguntou:

— Quer que eu responda a alguma delas?

— Não — disse Danny com firmeza. — Quero que você me ensine a ler e a escrever.

Spencer Craig começava a achar que havia sido tolice escolher o Dunlop Arms para a reunião mensal dos Mosqueteiros. Convencera seus colegas de que isso mostraria que eles não tinham nada a esconder. Já se arrependia de sua decisão.

Lawrence Davenport dera uma desculpa esfarrapada para não participar, alegando que precisava assistir a uma cerimônia de premiação, porque fora indicado como o melhor ator de uma novela.

Craig não ficou surpreso por Toby Mortimer não aparecer — provavelmente jazia em alguma sarjeta com uma agulha espetada no braço.

Pelo menos Gerald Payne marcou presença, mesmo chegando atrasado. Se a reunião tivesse uma pauta, o primeiro ponto seria, provavelmente, o desmantelamento dos Mosqueteiros.

Craig esvaziou o resto da primeira garrafa de Chablis no copo de Payne e pediu outra.

— Saúde! — brindou, erguendo o copo. Payne balançou a cabeça com muito menos entusiasmo. Nenhum deles falou durante algum tempo.

— Tem alguma ideia de quando o recurso de Cartwright será julgado? — perguntou Payne, finalmente.

— Não — respondeu Craig. — Fico de olho, mas não posso correr o risco de ligar para a Secretaria de Recursos Criminais, por motivos óbvios. No momento em que eu descobrir alguma coisa, você será o primeiro a saber.

— Está preocupado com Toby?

— Não, ele é o menor dos nossos problemas. Quando o recurso subir, pode ter certeza de que ele não estará em condições de testemunhar. Nosso único problema é o Larry. Fica mais vacilante a cada dia. Mas o medo de ser preso deve mantê-lo na linha.

— E a irmã dele?

— Sarah? O que ela tem a ver com isso?

— Nada, mas, se um dia ela descobrir o que realmente aconteceu naquela noite, pode convencer Larry de que é seu dever testemunhar no recurso, contando o que realmente aconteceu. Ela é advogada, afinal. — Payne tomou um gole do vinho. — Vocês dois não tiveram um namorico em Cambridge?

— Não diria que foi um namorico. Ela não é muito meu tipo: careta demais.

— Não foi o que ouvi dizer — disse Payne, tentando fazer pouco caso.
— O que você ouviu? — perguntou Craig, na defensiva.
— Que ela te abandonou porque você tinha hábitos estranhos na cama.

Craig não comentou nada, enquanto esvaziava o que restara da segunda garrafa.

— Mais uma garrafa, garçom — pediu.
— Do "noventa e cinco", sr. Craig?
— Claro. Nada que não seja do melhor para o meu amigo.
— Não precisa gastar seu dinheiro comigo, cara — disse Payne.

Craig não se deu ao trabalho de dizer que pouco importava o que estava escrito no rótulo, porque o barman já resolvera quanto lhe cobraria para "manter o bico fechado", conforme dissera.

Big Al roncava, algo que Nick uma vez descrevera em seu diário como o cruzamento entre o som de um elefante bebendo água e a sirene de um navio. Nick conseguiu arrumar um jeito de dormir, independentemente do volume do *rap* que vinha das celas próximas, mas ainda não chegara a um acordo com o ronco de Big Al.

Ficou acordado, pensando sobre a decisão de Danny de abandonar os trabalhos forçados e juntar-se a ele na educação. Não levara muito tempo para perceber que, apesar de Danny não ter recebido muita instrução formal, era muito mais inteligente do que qualquer um que ele ensinara durante os últimos dois anos.

Danny demonstrava voracidade diante de seu novo desafio, sem ter ideia do que a palavra significava. Não desperdiçava um segundo, vivia fazendo perguntas e raramente se satisfazia com as respostas. Nick lera sobre professores que descobriam que seus alunos eram mais inteligentes do que eles, mas não esperara ter esse problema na prisão. E Danny também não o deixava descansar no fim do dia. Tão logo a porta da cela era trancada durante a noite, e lá estava ele, ao pé da cama de Nick, pedindo mais respostas às suas perguntas. Em dois assuntos, matemática e esportes, Nick descobriu rapidamente que Danny já sabia muito mais do que ele. Tinha uma memória enciclopédica que tornava totalmente desnecessário que Nick consultasse alguma coisa no *Almanaque*

Wisden ou no Manual da Federação de Futebol, e, se você falasse sobre o West Ham ou o Essex, Danny *era* o manual. Apesar de não ser alfabetizado, era muito bom em matemática, e tinha um dom para os números que Nick sabia que jamais igualaria.

— Está acordado? — perguntou Danny, interrompendo os pensamentos de Nick.

— Big Al provavelmente não deixa ninguém dormir nas três celas vizinhas — disse Nick.

— *Tava* pensando que, desde que me *enscrevi* na educação, já te contei muita coisa sobre mim, mas ainda não sei nada sobre você.

— *Estava, inscrevi.* Você ainda está cometendo uns errinhos.

— Estava. Inscrevi — repetiu Danny.

— O que você quer saber? — perguntou Nick.

— Para começar, por que alguém como você acabou na prisão? — Nick não respondeu de imediato. — Não me diga, se você não quiser.

— Fui submetido à corte marcial quando meu regimento servia com as forças da OTAN em Kosovo.

— Você matou alguém?

— Não, mas um albanês morreu e outro ficou ferido por causa de um erro de julgamento da minha parte. — Foi a vez de Danny ficar calado. — Meu pelotão recebeu ordens de proteger um grupo de sérvios acusados de limpeza étnica. Durante o meu turno, um bando de guerrilheiros albaneses passou de carro pelo acampamento atirando para o ar com suas AKs, para comemorar a captura dos sérvios. Quando um carro cheio deles chegou perigosamente perto do acampamento, avisei seu líder para parar de atirar. Ele me ignorou, por isso meu sargento deu alguns tiros de aviso, o que resultou em dois deles sendo feridos a bala. Mais tarde, um deles morreu no hospital.

— Então, você não matou ninguém? — perguntou Danny.

— Não. Mas era o oficial responsável.

— E você pegou oito anos por isso? — Nick não fez nenhum comentário. — Uma vez pensei em entrar para o Exército — disse Danny.

— Você teria sido um excelente soldado.

— Mas Beth foi contra. — Nick sorriu. — Ela disse que não gostava da ideia de eu ficar a maior parte do tempo no exterior, com ela se preocupando, desesperada com a minha segurança. Que ironia!

— Um bom uso da palavra ironia — disse Nick.

— Por que você não recebe nenhuma carta?

— Como se escreve nenhuma?

— NEM UMA.

— Não — disse Nick. — Procure lembrar que NEM UMA separado é diferente de NENHUMA junto. — Houve outro longo silêncio, até que Nick finalmente respondesse à pergunta de Danny. — Não fiz nenhum esforço para me manter em contato com a minha família desde a corte marcial, e ela não fez nenhum esforço para entrar em contato comigo.

— Nem seu pai e sua mãe? — disse Danny.

— Minha mãe morreu no meu parto.

— Sinto muito. Seu pai ainda é vivo?

— Pelo que sei, sim, mas ele era coronel do mesmo regimento em que eu servia. Não fala comigo desde a corte marcial.

— Dureza.

— Na verdade, não. O regimento é a vida dele. Fui destinado a seguir suas pegadas e acabar comandante, e não na corte marcial.

— Você tem irmãos?

— Não.

— Tios?

— Um tio, duas tias. O irmão caçula do meu pai e sua mulher, que moram na Escócia, e outra tia no Canadá, que nunca conheci.

— Nenhum outro parentesco?

— *Parente* é uma palavra melhor. Parentesco significa o tipo de relação, e não a pessoa.

— Parente.

— Não. A única pessoa de que realmente eu um dia gostei foi o meu avô, mas ele morreu há alguns anos.

— E seu avô também era oficial do Exército?

— Não — disse Nick rindo. — Ele era pirata.

Danny não riu.

— Que tipo de pirata?

— Vendia armas para os americanos durante a Segunda Guerra Mundial; fez uma fortuna, suficiente para se aposentar, comprar uma grande propriedade na Escócia e se estabelecer como um *laird*.

— Um *laird*?

— Líder do clã, senhor de tudo o que se vê.

— Quer dizer que você é rico?

— Infelizmente, não — respondeu Nick. — Meu pai deu um jeito de gastar a maior parte da herança quando era coronel do regimento: "Preciso manter as aparências, meu filho", costumava dizer. O que quer que tenha sobrado foi gasto na manutenção da propriedade.

— Então você é duro? Você é como eu?

— Não — disse Nick. — Não sou como você. Você é mais como o meu avô. E não teria cometido o mesmo erro que eu cometi.

— Mas eu acabei aqui com uma pena de 22 anos.

— Mas, ao contrário de mim, você não deveria estar aqui — disse Nick tranquilamente.

— Você acredita em mim? — disse Danny, incapaz de esconder seu espanto.

— Não acreditava até ler a carta de Beth, e obviamente o sr. Redmayne também acha que o júri tomou a decisão errada.

— O que está pendurado na corrente em seu pescoço? — perguntou Danny.

Big Al acordou espantado, grunhiu, saiu da cama, abaixou o short e plantou-se na privada. Após ouvirem a descarga, Danny e Nick tentaram dormir antes que ele começasse a roncar de novo.

Beth estava no ônibus quando sentiu as primeiras dores. O bebê só era esperado dentro de três semanas, mas ela percebeu de imediato que teria de arranjar um jeito de chegar ao hospital mais próximo, se não quisesse que seu filho nascesse no ônibus número 25.

— Ajudem... — gemeu ela, ao sentir a onda de dor que se seguiu. Tentou ficar de pé quando o ônibus parou no sinal seguinte. Duas mulheres mais velhas sentadas diante dela se viraram.

— Será que isso é o que eu estou pensando que é? — disse a primeira.

— Sem dúvida — disse a segunda. — Você toca a campainha que eu vou tirá-la do ônibus.

125   *Prisioneiro da Sorte*

Nick entregou dez cigarros a Louis depois que ele acabou de espanar os cabelos de seus ombros.

— Obrigado, Louis — disse Nick, como se estivesse se dirigindo a seu barbeiro de sempre no Trumper's, na Curzon Street.

— É sempre um prazer, cavalheiro — respondeu Louis, pondo uma folha de papel sobre os ombros de seu freguês seguinte. — Qual a sua graça, rapaz? — perguntou, passando os dedos pelos cabelos curtos e grossos de Danny.

— Pode parar com isso, pra começo de conversa — disse Danny, empurrando a mão de Louis. — Eu só quero a nuca e os lados curtos.

— Como quiser — disse Louis pegando a tesoura, examinando melhor os cabelos de Danny.

Oito minutos depois, Louis largava a tesoura e segurava um espelho para que Danny pudesse ver a nuca.

— Nada mau — admitiu Danny. Enquanto isso, uma voz gritava:

— Voltem para suas celas! O recreio acabou!

Danny entregou cinco cigarros a Louis, enquanto um agente foi correndo e se juntou a eles.

— Então vai ser o quê, chefe? A nuca e os lados? — perguntou Danny, olhando para a careca do sr. Hagen.

— Não banque o folgado comigo, Cartwright. Volte para sua cela e preste atenção, senão pode acabar com uma advertência. — O sr. Hagen colocou a tesoura, a navalha, as máquinas, o pincel e um conjunto de pentes dentro de uma caixa, trancou-a e levou-a.

— Te vejo dentro de um mês... — disse Louis, enquanto Danny corria de volta para a cela.

21

— CATÓLICOS E ANGLICANOS! — berrou uma voz, audível de um canto a outro do bloco.

Danny e Nick esperavam em pé na porta, enquanto Big Al roncava satisfeito, fiel à sua velha crença de que, ao dormir, escapava da prisão. A pesada chave girou na fechadura, e a porta se abriu. Danny e Nick se juntaram a um fluxo de detentos rumando para a capela do presídio.

— Você acredita em Deus? — perguntou Danny enquanto desciam a escada em espiral até o térreo.

— Não. Sou agnóstico.

— O que é isso?

— Alguém que acredita que a gente não pode saber se Deus existe, ao contrário do ateu, que tem certeza de que Ele não existe. Mesmo assim, é um bom pretexto para sair da cela todo domingo de manhã, e eu gosto de cantar; sem falar que o capelão é bom de sermão, apesar de achar que ele gasta um tempo exorbitante falando sobre o remorso.

— Capelão?

— Termo militar para padre — explicou Nick.

— Exorbitante?

— Exagerado. E você? Acredita em Deus?

— Acreditava, antes disso tudo acontecer.

— "De isso".

— "De isso" — repetiu Danny. — Mim e Beth somos católicos.

— Beth e *eu* somos católicos. Não se pode dizer mim e Beth somos católicos.

— Beth e eu somos católicos, por isso sabemos a Bíblia quase de cor, mesmo eu não sabendo ler.

— Beth vem mesmo esta tarde?

— Claro — disse Danny com um sorriso aflorando no rosto. — Mal posso esperar para ver ela.

— Vê-*la*.

— Vê-la.

— Não fica de saco cheio por eu ficar corrigindo você o tempo todo?

— Fico — confessou Danny —, mas sei que Beth vai gostar, porque ela sempre quis que eu melhorasse. Mas um dia eu ainda vou te corrigir.

— *Corrigi-lo*.

— *Corrigi-lo* — repetiu Danny, ao chegarem à entrada da capela, enquanto esperavam em fila serem revistados individualmente, antes de poderem entrar.

— Por que se dão ao trabalho de revistar a gente antes de entrarmos? — perguntou Danny.

— Porque é uma das poucas ocasiões em que detentos de todos os quatro blocos podem se congregar no mesmo lugar e ter oportunidade de passar drogas e informação.

— Congregar?

— Se juntar. Uma igreja possui uma congregação.

— Como se escreve? — perguntou Danny.

Chegaram ao início da fila, onde dois agentes faziam a revista — uma mulher baixa com mais de 40 anos que provavelmente se alimentou com a comida do presídio a vida toda e um rapaz que aparentava ter passado muito tempo fazendo flexões. A maioria dos detentos parecia querer ser revistada pela agente.

Danny e Nick entraram vagarosamente na capela, que era uma grande sala retangular, mas desta vez cheia de bancos de madeira virados para um altar com um crucifixo de prata. Na parede de tijolos atrás do altar havia um grande mural retratando a *Última Ceia*. Nick disse a Danny que ele fora pintado por um assassino, e que detentos da época haviam servido de modelos para os discípulos.

— Nada mau.

— Só porque alguém é assassino, não significa que não possa ter outros talentos — disse Nick. — Olha só o Caravaggio.

— Acho que ninguém me apresentou esse aí.

— Abram a página 127 de seu hinário — avisou o capelão — e vamos todos cantar "Aquele que deseja ser corajoso".

— Vou apresentá-lo a Caravaggio assim que voltarmos para a cela — prometeu Nick, enquanto o pequeno órgão tocava o acorde inicial.

Ao cantarem, Nick não tinha certeza se Danny estava lendo os versos ou cantando-os de cor, depois de frequentar durante anos a igreja de seu bairro.

Nick olhou em volta da capela. Não se espantou de os bancos estarem tão apinhados quanto uma arquibancada de estádio de futebol numa tarde de domingo. Um grupo de detentos apertados na fileira de trás entabulava uma intensa conversa, nem sequer se dando ao trabalho de abrir seus hinários, sobre a demanda de drogas por parte dos recém-chegados; já haviam desistido de Danny. Mesmo ajoelhados, nem sequer fingiam rezar o Pai-Nosso; a redenção não os preocupava.

O único momento em que faziam silêncio era durante o sermão do padre. Dave, cujo nome estava impresso em vistosas letras numa etiqueta presa à sua batina, acabou se revelando um sacerdote antiquado, do tipo que falava muito em castigo do Céu, e escolhera o homicídio como tema do dia. Isso despertou gritos de "Aleluia!" vindos das três primeiras filas, cheias, na maior parte, de caribenhos espalhafatosos que pareciam ter a maior intimidade com o tema.

Dave pediu à sua plateia cativa que pegasse a Bíblia e abrisse no Livro do Gênesis, informando-a, em seguida, de que Caim foi o primeiro assassino.

— Caim tinha inveja do sucesso do irmão — explicou —, por isso resolveu acabar com ele.

Em seguida, Dave passou para Moisés, que ele alegou ter matado um egípcio e que acreditava ter escapado da punição, mas não ficara impune porque fora visto por Deus, que o punira pelo resto da vida.

— Não me lembro desse trecho — disse Danny.

— Nem eu — admitiu Nick. — Achei que Moisés tivesse morrido tranquilamente, na cama, aos 130 anos.

— Agora, quero que todos abram no Segundo Livro de Samuel — continuou Dave —, onde encontrarão um rei assassino.

— Aleluia! — gritaram as primeiras filas, embora não em coro.

— Sim, o rei Davi foi um assassino — disse Dave. — Ele despachou Urias, o hitita, porque ficou de olho em sua mulher, Betsabé. Mas o rei Davi era muito esperto e não queria ser apontado como responsável pela morte de outro homem, por isso botou Urias na linha de frente da batalha seguinte, para ter certeza de que fosse morto. Mas Deus viu o que ele fazia e o puniu, porque Deus vê todos os homicídios e sempre punirá quem violar Seus mandamentos.

— Aleluia! — gritaram em coro as três primeiras filas.

Dave encerrou a cerimônia com orações finais em que as palavras "compreensão" e "perdão" eram exaustivamente repetidas. Finalmente, deu a bênção a sua congregação, provavelmente uma das maiores de Londres, naquela manhã.

Ao deixarem a capela em fila, Danny comentou:

— Tem uma grande diferença entre esta cerimônia e a igreja que eu frequentava em St. Mary's. — Nick levantou uma sobrancelha. — O pessoal aqui não faz coleta.

Todos foram novamente revistados na saída, e desta vez três detentos foram separados antes de serem levados à força pelo corredor roxo.

— O que houve? — perguntou Danny.

— Estão a caminho da solitária — explicou Nick. — Posse de drogas. Eles vão ficar pelo menos sete dias por lá.

— Não deve valer a pena.

— Eles devem achar que sim, porque, pode ter certeza, voltarão a traficar assim que forem soltos.

Danny estava cada vez mais excitado diante da ideia de ver Beth pela primeira vez em várias semanas.

Às duas da tarde, uma hora antes da visita programada, Danny cobria o chão da cela a passadas. Tomara banho, passara a camisa e o jeans, e levara bastante tempo no chuveiro, lavando os cabelos. Ficou imaginando o que Beth estaria vestindo. Era como um primeiro encontro.

— Como é que eu estou? — perguntou.

Nick franziu o cenho.

— Não tão mal assim, só que...

— Só que o quê? — repetiu Danny.

— Acho que Beth deve esperar que você esteja barbeado.

Danny se olhou no pequeno espelho em aço em cima da pia. Consultou rapidamente o relógio.

22

OUTRA MARCHA COLETIVA por mais um corredor, mas desta vez a coluna de detentos se movia mais depressa. Nenhum preso deseja perder nem um segundo sequer da visita. No final do corredor, havia uma longa sala de espera com um banco de madeira preso à parede. Houve mais demora antes que os nomes dos detentos começassem a ser chamados. Danny passou o tempo tentando ler os avisos presos à parede: vários sobre drogas e as consequências — tanto para os visitantes quanto para os detentos — de tentar passar qualquer coisa durante as visitas. Outro relativo à política do presídio em relação ao *bullying*, e um terceiro sobre a discriminação: palavra que deu uma volta em Danny e cujo sentido ele certamente não conhecia. Teria que perguntar a Nick quando voltasse para a cela depois da visita.

Levou quase uma hora até que o nome "Cartwright" saísse pelo sistema de som. Danny deu um pulo e seguiu um agente até um minúsculo compartimento, onde lhe disseram para ficar de pé sobre uma plataforma de madeira, de pernas abertas. Um tira — *agente* — que ele nunca vira antes fez uma revista mais rigorosa do que qualquer outra desde que fora posto no xadrez — *aprisionado*. Big Al lhe avisara que a revista seria ainda mais completa do que o normal, porque os visitantes muitas vezes tentavam passar drogas, dinheiro, lâminas, facas e até armas de fogo para os prisioneiros durante as visitas.

Depois de encerrada a revista, o agente colocou uma faixa amarela sobre os ombros de Danny para identificá-lo como detento, não muito diferente daquela fosforescente que a mãe dele o obrigara a usar quando ele começou a andar de bicicleta. Em seguida, levaram-no à maior dependência que já vira desde que chegara a Belmarsh. Ele se apresentou junto a uma mesa elevada sobre uma plataforma, cerca de um metro acima do piso. Outro agente verificou outra lista e disse:

— Sua visita está esperando na E9.

Sete fileiras de mesas e cadeiras se estendiam, marcadas de A a G. Os detentos tinham que se sentar em cadeiras vermelhas aparafusadas no piso. As visitas se sentavam no lado oposto da mesa, em cadeiras verdes, também aparafusadas no chão, facilitando a vigilância da turma da segurança, auxiliada por várias câmeras móveis de TV que zuniam acima deles. Quando Danny caminhou entre as fileiras, percebeu que os agentes vigiavam de perto tanto os detentos quanto as visitas, de um balcão suspenso. Parou ao chegar à fila E e procurou Beth. Finalmente a viu sentada em uma das cadeiras verdes. A despeito de ter grudado sua foto na parede da cela, esquecera-se de como ela era bonita. Trazia um embrulho nos braços, coisa que o espantou, já que não era permitido às visitas trazerem presentes para os detentos.

Ela se pôs de pé de um pulo no instante em que o viu. Danny acelerou o passo, embora tivessem lhe avisado várias vezes para não correr. Abraçou-a com os dois braços, e o embrulho deu um grito. Danny recuou para ver sua filha pela primeira vez.

— Ela é linda! — disse, ao pegar Christy nos braços. Ergueu os olhos para Beth. — Vou sair daqui antes mesmo que ela descubra que seu pai esteve preso.

— Como vai...

— Quando é que... — começaram ambos a falar ao mesmo tempo.

— Desculpe — disse Danny. — Você primeiro.

Beth pareceu espantada:

— Por que você está falando tão devagar?

Danny se sentou na cadeira vermelha e começou a contar a Beth sobre seus colegas de cela, enquanto atacava uma barra de chocolate e esvaziava uma lata de Coca diet que Beth comprara na cantina — luxos que não tivera desde que fora trancafiado em Belmarsh.

— Nick está me ensinando a ler e a escrever — contou. — E Big Al, a sobreviver na prisão. — Ele esperou para ver qual seria a reação de Beth.

— Que sorte sua ter ficado nesta cela...

Danny nunca pensara nisso antes, e de repente percebeu que devia agradecer ao sr. Jenkins.

— Então, o que anda acontecendo na Bacon Road? — perguntou, tocando na coxa de Beth.

— Alguns moradores estão reunindo assinaturas para fazer uma petição para sua soltura e picharam *Danny Cartwright é inocente* no muro externo da estação de metrô de Bowl Road. Ninguém tentou apagá-la, nem ninguém do Poder Público.

Danny ouvia todas as notícias de Beth enquanto devorava três barras de chocolate e bebia mais duas Cocas diet, ciente de que não lhe seria permitido levar nada para sua cela depois de terminada a visita.

Ele queria segurar Christy, mas ela adormecera nos braços de Beth. A visão da criança só fez aumentar sua determinação de aprender a ler e a escrever. Queria ser capaz de responder a todas as perguntas do sr. Redmayne para se preparar para o recurso, e surpreender Beth, respondendo às suas cartas.

— Todos os visitantes devem sair agora — anunciou uma voz nos alto-falantes.

Danny pensou em como se esgotara a hora mais curta de sua vida, ao erguer os olhos para consultar o relógio na parede. Levantou-se lentamente da cadeira, abraçou Beth, beijando-a com delicadeza. Não pôde deixar de lembrar que essa era a maneira mais comum de as visitas passarem drogas para seus parceiros, de modo que a turma da segurança os estaria observando com cuidado. Alguns prisioneiros chegavam a engolir drogas para não serem descobertos na revista, antes de voltarem à cela.

— Adeus, meu amor — disse Beth, quando ele finalmente a largou.

— Adeus — disse Danny, parecendo desesperado. — Ah, quase esqueci — acrescentou, tirando um pedaço de papel do bolso de seu jeans. Tão logo ele lhe entregara a mensagem, um agente surgiu ao seu lado e pegou-a.

— Não pode passar nada durante a visita, Cartwright.

— Mas é só... — começou a dizer Danny.

— Não tem mas, não... é hora de a senhora ir embora.

Danny ficou de pé, olhando Beth se afastar, carregando sua filha. Seus olhos não as deixaram em momento algum até desaparecerem de vista.

— Preciso sair daqui! — disse em voz alta.

O agente abriu o bilhete e leu as primeiras palavras que Danny Cartwright já escrevera a Beth. "Não demora e estaremos juntos de novo." O agente fez cara de preocupação.

◈

— Curto na nuca e dos lados? — perguntou Louis, quando seu cliente seguinte ocupou a cadeira de barbeiro.

— Não — cochichou Danny. — Quero que você faça meus cabelos mais parecidos com os do seu último cliente.

— Vai custar — falou Louis.

— Quanto?

— O mesmo que para o Nick, dez cigarros por mês.

Danny tirou um maço fechado de Marlboro do bolso.

— Por hoje, e um mês adiantado — disse Danny —, se você fizer o serviço direito.

O barbeiro sorriu quando Danny guardou novamente o maço em seu bolso.

Louis andou em volta da cadeira, parando de vez em quando para examinar melhor, antes de dar uma opinião:

— A primeira coisa que você tem que fazer é deixar os seus cabelos crescerem e lavá-los duas ou três vezes por semana. Nick nunca anda com um fio de cabelo fora do lugar, e os dele são um pouco ondulados na nuca — acrescentou ao parar atrás dele. — Você também vai precisar fazer a barba todo dia. E cortar suas costeletas muito mais em cima, se quiser parecer um cavalheiro.

— Depois de outra perambulada, acrescentou: — Nick reparte os cabelos à esquerda, e não à direita; por isso, essa será a primeira mudança que eu terei que fazer. E seus cabelos são de uma tonalidade ligeiramente mais clara do que os dele, mas nada que um pouco de suco de limão não dê um jeito.

— Quanto tempo isso tudo levará? — indagou Danny.

— Seis meses, não mais do que isso. Mas preciso te ver pelo menos uma vez por mês — acrescentou.

— Não vou a lugar nenhum — disse Danny. — Por isso, reserva pra mim a primeira segunda-feira de cada mês, porque esse serviço precisa estar pronto durante o recurso. Meu advogado acha que a aparência é importante quando a gente comparece ao tribunal, e quero parecer um oficial, e não um criminoso.

— Sujeito esperto, seu advogado — disse Louis, estendendo uma folha de papel verde em volta de Danny, antes de pegar a tesoura. Vinte minutos depois, uma mudança quase imperceptível começara. — Não se esqueça — disse Louis, segurando o espelho para seu cliente valiosíssimo, antes de espanar os cabelos de seus ombros — de que precisará se barbear toda manhã. E lave seus cabelos com xampu pelo menos duas vezes por semana, "se você quiser preencher os requisitos", para usar uma das expressões de Nick.

— De volta para suas celas! — gritou o sr. Hagen. O agente ficou espantado quando viu a troca de um maço fechado de cigarros entre os detentos. —

Encontrou outro freguês para o seu serviço alternativo, é, Louis? — perguntou com um sorriso.

Danny e Louis permaneceram calados.

— Engraçado, Cartwright — continuou Hagen. — Eu jamais imaginaria que você fosse bicha.

23

OS MINUTOS SE TRANSFORMARAM em horas, as horas em dias e os dias acabaram virando semanas no ano mais longo da vida de Danny. Embora, como Beth o fazia recordar frequentemente, não tivesse sido inteiramente desperdiçado. Dentro de uns dois meses, Danny enfrentaria — se submeteria, nas palavras de Nick — seis exames finais do segundo grau, e seu mentor parecia confiante de que ele passaria de forma brilhante. Beth perguntara a ele para qual carreira prestaria vestibular.

— Já terei saído há muito tempo quando chegar essa hora — prometeu.

— Mas, mesmo assim, quero que você o faça — insistia ela.

Beth e Christy visitavam Danny no primeiro domingo de cada mês e, das últimas vezes, ela mal falava em outra coisa além de seu recurso, embora o tribunal ainda não tivesse marcado uma data. O sr. Redmayne ainda estava à procura de novas provas, porque, sem elas, reconhecia o advogado, eles não tinham grande chance. Danny lera recentemente um relatório do Ministério do Interior dizendo que 97% dos recursos solicitados por condenados à pena máxima eram rejeitados, e que os 3% restantes só acabavam conseguindo uma pequena redução da pena. Ele tentava não pensar nas consequências do fracasso em ganhar o recurso — o que aconteceria com Beth e Christy, se ele fosse obrigado a cumprir mais 21 anos? Beth jamais tocara no assunto, mas Danny já aceitara o fato de ser impossível esperar que os três cumprissem a pena máxima.

Na experiência de Danny, os detentos com pena máxima se dividiam em duas categorias: os que se isolavam totalmente do mundo externo — nada de cartas, telefonemas, visitas — e aqueles que, como um inválido na cama, tornavam-se um fardo para suas famílias pelo resto da vida. Ele já decidira que rumo tomaria caso seu recurso fosse negado.

Dr. Beresford morre em acidente de carro, dizia a manchete do suplemento dominical do Mail. O artigo continuava, informando que a estrela de Lawrence Davenport andava em baixa e que os produtores de A Receita haviam resolvido riscá-lo do roteiro. Davenport encontraria a morte em um trágico acidente de carro causado por um motorista embriagado. Seria levado às pressas para seu próprio hospital, onde a enfermeira Petal, que ele acabara de abandonar ao descobrir sua gravidez, tentaria salvar sua vida, mas em vão... O telefone tocou no escritório de Spencer Craig, que não ficou surpreso ao escutar Gerald Payne na linha.

— Você leu os jornais? — disse Payne.

— Sim — respondeu Craig. — Sinceramente, não foi surpresa. A série vinha perdendo audiência durante todo o ano, por isso é claro que estão à procura de um esquema para reverter a situação.

— Mas, se eles se livrarem de Larry, ele não conseguirá outro papel com facilidade. Não queremos que ele volte a beber, não é?

— Acho que não devemos conversar sobre isso por telefone, Gerald. Vamos marcar um encontro.

Craig abriu sua agenda e percebeu que vários dias estavam em branco. Não vinha recebendo tantos clientes quanto antes.

O policial que efetuou a prisão depositou os poucos pertences do detido em cima do balcão, enquanto o sargento recepcionista anotava em seu livro de registro: uma agulha, um pequeno pacote contendo uma substância branca, uma caixa de fósforos, uma colher, uma gravata e uma nota de cinco libras.

— Existe um nome ou qualquer coisa do tipo? — perguntou o sargento da recepção.

— Não — respondeu o jovem policial, olhando para a figura desvalida, atirada sobre o banco diante de si. — Qual o sentido de prender um filho da puta desses?

— É a lei, meu filho. Nós trabalhamos para cumpri-la, e não para questionar as autoridades.

— Filho da puta... — repetiu o policial.

Durante as longas noites insones, ao se aproximar a data do recurso, jamais o conselho dado pelo sr. Redmayne por ocasião do primeiro julgamento estivera distante dos pensamentos de Danny: se você confessar o homicídio culposo, cumprirá apenas dois anos. Se Danny tivesse aceitado o conselho, estaria livre dentro de doze meses.

Tentou se concentrar no ensaio que estava escrevendo sobre *O conde de Monte Cristo* — seu texto para o exame de segundo grau. Talvez ele fugisse, como Edmond Dantès. Mas é impossível cavar um túnel quando a cela da gente não fica no térreo, e ele não podia se jogar no mar, porque Belmarsh não era uma ilha. Por isso, ao contrário de Dantès, se não ganhasse seu recurso, teria pouca esperança de se vingar dos seus quatro inimigos. Depois de ler seu último ensaio, Nick lhe dera a nota 73, acompanhada do comentário: "Ao contrário de Edmond Dantès, você não precisará fugir, porque eles terão que soltá-lo."

Como passaram a se conhecer bem durante o último ano! Na verdade, Danny já havia estado mais horas junto de Nick do que de Bernie. Alguns dos novos detentos achavam que eram irmãos, até Danny abrir a boca. Levaria mais tempo.

— Você é tão inteligente quanto eu, em todos os sentidos — Nick não parava de lhe dizer —, e, quando se trata de matemática, agora o professor é você.

Danny ergueu os olhos de seu ensaio quando ouviu a chave girando na fechadura. O sr. Pascoe abriu a porta para Big Al entrar, pontual como um relógio — "Você precisa deixar de usar lugares-comuns, mesmo em seus pensamentos", dissera-lhe Nick —, e se atirar sobre a cama, sem dar uma palavra. Danny continuou escrevendo.

— Tenho novidades para você, Danny Boy — disse Big Al depois que a porta fora fechada com força.

Danny descansou a caneta; era raro Big Al começar uma conversa, a não ser para pedir fogo.

— Você já esbarrou num filho da puta chamado Mortimer?

O coração de Danny começou a bater depressa.

— Sim — conseguiu dizer finalmente. — Ele estava no bar na noite em que Bernie foi assassinado, mas nunca apareceu no julgamento.

— Bem, apareceu aqui — disse Big Al.

— O que você quer dizer?

— Exatamente o que eu disse, garoto. Ele se apresentou no hospital esta tarde. Precisava ser medicado. — Danny aprendera a não interromper Big Al quando este não parava de falar, senão ele poderia não falar de novo durante uma semana. — Examinei a ficha dele. Posse de droga tipo A. Dois anos. Por isso, tenho a impressão de que ele vai bater ponto no hospital. — Danny ainda não o interrompera. Seu coração disparava. — Bem, não sou tão inteligente quanto Nick ou você, mas talvez ele te dê a nova prova que você e seu advogado andam procurando.

— Você é uma joia rara — disse Danny.

— Algo mais bruto, talvez — disse Big Al. — Me acorda quando seu amigo voltar, porque acho que agora sou eu que vou ensinar vocês, para variar.

Spencer Craig estava sentado sozinho, chocando um copo de uísque, enquanto assistia ao episódio de Lawrence Davenport em *A Receita*. Nove milhões de espectadores haviam se reunido a ele enquanto o Dr. Beresford, com a enfermeira Petal segurando sua mão, expirava e dizia sua derradeira fala: "Você merecia coisa melhor." O episódio teve o maior índice de audiência ao longo de uma década de exibição. Acabou com o caixão do Dr. Beresford sendo baixado, enquanto a enfermeira Petal soluçava à beira do túmulo. Os produtores não deixaram nenhum gancho para qualquer reviravolta milagrosa, para o desgosto das exigências dos ardentes fãs de Davenport.

Fora uma semana ruim para Craig: Toby enviado para o mesmo presídio de Cartwright; Larry desempregado; e, naquela manhã, o tribunal publicara a data do recurso de Cartwright. Ainda seria dentro de vários meses, mas em que estado de espírito Larry se encontraria então? Especialmente se Toby cedesse e, em troca de uma dose, resolvesse contar o que realmente acontecera naquela noite para todo mundo ouvir.

139 ⚷ *Prisioneiro da Sorte*

Craig se levantou de sua mesa, foi até um fichário que raramente abria e folheou um arquivo de seus antigos processos. Retirou as fichas de sete ex-clientes que haviam acabado em Belmarsh. Levou mais de uma hora estudando seus processos, mas, para a tarefa que ele tinha em mente, só havia um candidato óbvio.

⟨ᴈ✑⟩

— Ele está começando a dar com a língua nos dentes — disse Big Al.

— Falou da noite no Dunlop Arms? — perguntou Danny.

— Ainda não, mas é cedo. Com o tempo, ele fala.

— O que o deixa tão confiante? — indagou Nick.

— Tenho uma coisa que ele precisa, e uma troca honesta não é furto.

— O que você tem que ele precisa tanto? — perguntou Danny.

— Nunca pergunte algo cuja resposta você não precisa saber — interveio Nick.

— Sujeito esperto, o seu amigo Nick — disse Big Al.

⟨ᴈ✑⟩

— Em que posso lhe ser útil, sr. Craig?

— Pelo contrário: em que *eu* poderei *lhe* ser útil.

— Acho que não, sr. Craig. Estou engaiolado há oito anos neste buraco de merda e durante esse tempo não recebi nem um alozinho do senhor. Por isso, para de me sacanear. Você sabe que eu não poderia pagar nem uma hora dos seus serviços. Por que não fala logo o que está fazendo aqui?

Craig examinara cuidadosamente a sala de entrevistas à procura de algum grampo, antes de deixarem Kevin Leach encontrá-lo para uma visita profissional. O segredo profissional é sagrado na lei inglesa, e, se ele eventualmente for violado, as provas assim produzidas são tidas como nulas pelo tribunal. A despeito disso, Craig sabia que se arriscava — mas a perspectiva de uma longa temporada na prisão, junto com gente semelhante a Leach, era uma hipótese ainda menos atraente.

— Tem tudo de que precisa? — perguntou Craig, que ensaiara cada fala, como se estivesse no tribunal, interrogando uma testemunha.

— Eu me viro. Não preciso de muita coisa.

— Ganhando doze libras por semana como empilhador na turma da corrente?

— Como eu disse, eu me viro.

— Mas ninguém lhe manda pequenas quantias extras. E você não recebe uma visita há quatro anos.

— Vejo que está bem-informado, como sempre, sr. Craig.

— Na verdade, você nunca deu um telefonema durante os dois últimos anos, desde que sua tia Maisie morreu.

— Isso tudo leva a quê, sr. Craig?

— Existe uma pequena possibilidade de tia Maisie ter lhe deixado algo como herança.

— Sim, mas por que ela teria se incomodado com isso?

— Porque ela tem um amigo que você está em condição de ajudar.

— Que tipo de ajuda?

— O amigo dela tem um problema; uma ânsia, para não estender mais o assunto, que não é de chocolate.

— Deixe-me adivinhar: heroína, crack ou cocaína?

— Primeira opção. E ele precisa de um fornecimento regular.

— Regular até que ponto?

— Diariamente.

— E quanto foi que tia Maisie me deixou para cobrir esse fornecimento considerável, sem falar no risco de ser apanhado?

— Cinco mil libras. Mas, logo antes de morrer, ela fez um codicilo no testamento.

— Deixe-me adivinhar; não deviam ser pagas de uma vez só.

— No caso de você resolver gastá-las de uma vez.

— Ainda estou ouvindo.

— Ela está achando que cinquenta libras por semana seriam suficientes para que seu amigo não precisasse procurar em outro canto.

— Diga a ela que, se aumentar para cem, talvez eu pense no assunto.

— Creio poder afirmar em seu nome que ela aceita suas condições.

— Então, qual é o nome do amigo de tia Maisie?

— Toby Mortimer.

— Sempre de fora para dentro — disse Nick. — É uma regra simples de cumprir. Danny pegou a colher de plástico e começou a tirar a água com que Nick enchera sua tigela do café da manhã.

— Não. Você deve sempre inclinar a tigela de sopa para longe e manejar a colher na mesma direção. — Ele demonstrou o movimento. — E nunca beba fazendo barulho. Não quero ouvir nenhum quando você estiver tomando sopa.

— Beth sempre reclamava disso.

— Eu também — disse Big Al, sem se mexer na cama.

— E Beth tem razão — disse Nick. — Em alguns países, fazer barulho é considerado um elogio ao cozinheiro, mas não na Inglaterra. — Ele tirou a tigela e a substituiu por um prato de plástico, no qual botou uma fatia grossa de pão e uma porção de feijões. — Agora, quero que você imagine que o pão é uma costeleta de carneiro, e os feijões, ervilhas.

— O que vai usar como molho? — perguntou Big Al, sem se mexer da cama.

— Caldo de carne frio — disse Nick. Danny pegou o garfo e a faca de plástico e os segurou com firmeza, apontando para o teto. — Procure lembrar que os talheres não são foguetes na plataforma, prontos para o lançamento. E que terão que ser reabastecidos toda vez que voltarem à Terra. — Nick pegou o garfo e a faca no seu lado da mesa e demonstrou como Danny deveria segurá-los.

— Não é natural — foi a reação imediata de Danny.

— Logo você se acostumará — disse Nick. — E não se esqueça de que seu indicador deve descansar em cima. Não deixe o cabo passar entre o polegar e o indicador; você está segurando uma faca, não uma caneta. — Danny adaptou seu modo de segurar o garfo e a faca, imitando Nick, mas, ainda assim, achou complicada toda aquela experiência. — Agora quero que você coma a fatia de pão como se fosse a costeleta de carneiro.

— Como o senhor quer — grunhiu Big Al —, no ponto ou malpassada?

— Só lhe farão essa pergunta — interpôs Nick — se você pedir bife, mas jamais uma costeleta de carneiro.

Danny escavou sua fatia de pão.

— Não — protestou Nick. — Corte a carne, sem despedaçá-la, e apenas um pedacinho de cada vez.

Danny seguiu de novo suas instruções, mas, logo depois, começou a cortar um segundo pedaço de pão, enquanto ainda mastigava o primeiro.

— Não — disse Nick com firmeza. — Quando estiver comendo, coloque o garfo e a faca no prato, e não volte a pegá-los até acabar o que tem na boca. — Depois de engolir o pedaço de pão, ele colheu uma porção de feijões com o garfo. — Não, não, não! — disse Nick. — O garfo não é uma pá. Espete apenas alguns caroços de cada vez.

— Mas vai levar uma eternidade se eu continuar assim! — protestou Danny.

— E não fale de boca cheia — respondeu Nick.

Big Al grunhiu de novo, mas Danny o ignorou e cortou outro pedaço de pão, levou-o à boca e colocou os talheres de volta no prato.

— Certo, porém mastigue mais a carne antes de engoli-la — disse Nick. — Procure lembrar que você é um ser humano, não um animal. — Esse comentário provocou um arroto bem alto vindo de Big Al. Depois de acabar mais uma fatia de pão, ele tentou espetar alguns feijões, mas eles escapuliram. Desistiu. — Não lamba a faca. — Foi só o que Nick teve a dizer.

— Mas se quiser, garoto — disse Big Al, dando uma gargalhada —, pode lamber o meu pau!

Levou algum tempo para que Danny pudesse acabar sua reles refeição e finalmente colocar os talheres no prato vazio.

— Quando terminar — disse Nick —, junte os talheres no meio do prato.

— Por quê? — perguntou Danny.

— Porque, quando você estiver comendo num restaurante, o garçom precisará saber que você terminou.

— Eu não como em restaurantes com muita frequência — admitiu Danny.

— Então serei a primeira pessoa a convidar você e Beth para comer fora, tão logo seja libertado.

— E eu? — perguntou Big Al. — Não sou convidado?

Nick o ignorou.

— Agora vamos passar para a sobremesa.

— Doce? — disse Danny.

— Doce não, sobremesa — repetiu Nick. — Se você estiver num restaurante, sempre peça a entrada e o prato principal, e só quando tiver terminado é que você pede o cardápio das sobremesas.

— Dois cardápios no mesmo restaurante? — perguntou Danny.

Nick sorriu ao colocar uma fatia mais fina de pão no prato de Danny.

— Isto aqui é uma torta de damasco — disse.

— E eu estou na cama comendo a Cameron Diaz — comentou Big Al.

Desta vez, Danny e Nick riram de verdade.

— Para a sobremesa, usa-se o garfo menor. No entanto, se você pedir um *crème brûlée* ou sorvete, use a colher pequena.

Big Al se sentou de repente na cama.

— Qual o sentido dessa porra toda? — disse, em seu sotaque escocês enrolado. — Isto aqui não é um restaurante, é uma prisão. A única coisa que Danny Boy vai comer durante os próximos vinte anos é feijão com arroz.

— E amanhã — disse Nick, ignorando-o — vou lhe mostrar como provar o vinho, depois que o garçom encher um pouco o copo.

— E, depois de amanhã — disse Big Al, acompanhado de um longo peido —, vou permitir que você prove uma amostra de meu mijo, de rara safra, que vai fazer você se lembrar de que está na prisão, e não na porra do Ritz.

24

A PESADA PORTA de sua solitária se abriu.

— Tem um pacote para você, Leach. Siga-me, e depressa.

Leach desceu lentamente da cama, andou até a passagem e encontrou o agente, que o esperava.

— Obrigado por me arranjar a solitária — grunhiu, enquanto desciam o corredor.

— Toma lá, dá cá — disse Hagen. Ele não falou de novo até chegarem ao almoxarifado, quando bateu bem alto nas portas duplas.

O encarregado do almoxarifado as abriu e disse:

— Nome?

— Brad Pitt.

— Não me fode a paciência, Leach, ou eu vou te dar uma advertência.

— Leach, 6241.

— Você recebeu um pacote.

O encarregado do almoxarifado se virou, tirou uma caixa da prateleira atrás de si e colocou-a no balcão.

— Estou vendo que já a abriu, sr. Webster.

— Você conhece as regras, Leach.

— Conheço, sim. Você deve abrir o pacote na minha presença para que eu tenha certeza de que nada foi tirado ou colocado dentro dele.

— Vamos lá — disse Webster.

Leach tirou a tampa da caixa, revelando o modelo mais recente de jogging da Adidas.

— Bela roupa, essa — comentou Webster. — Deve ter dado um prejuízo de alguns paus a alguém. — Leach não disse nada quando Webster começou a abrir o zíper de cada bolso para verificar se havia drogas, contrabando ou dinheiro. Não achou nada, nem mesmo a costumeira nota de cinco libras. — Pode levar — disse a contragosto.

Leach pegou a roupa e começou a se afastar. Dera apenas alguns passos quando berraram seu nome às suas costas. Virou-se.

— A caixa também, porra — acrescentou Webster.

Leach voltou ao balcão, enfiou a roupa dentro da caixa e segurou-a debaixo do braço.

— Vai melhorar bem o seu guarda-roupa aqui — comentou Hagen, acompanhando Leach de volta à cela. — Talvez eu devesse fazer uma busca mais minuciosa, já que ninguém jamais te viu fazendo exercício. Mas, por outro lado, eu poderia fazer vista grossa.

Leach deu um sorriso.

— Vou deixar a sua parte no lugar de sempre, sr. Hagen — respondeu, enquanto a porta da cela se fechava.

— Não posso continuar vivendo uma mentira — disse Davenport dramaticamente. — Vocês não entendem que somos responsáveis por mandar um inocente para a cadeia pelo resto da vida?

Depois que Davenport fora cortado da novela, Craig achava que ele não demoraria a sentir necessidade de algum gesto dramático. Afinal de contas, tinha pouca coisa em que pensar além disso, enquanto "descansava".

— Então, o que você pretende fazer? — perguntou Payne, acendendo um cigarro e tentando parecer despreocupado.

— Contar a verdade — retrucou Davenport, parecendo um pouco ensaiado demais. — Pretendo testemunhar no recurso de Cartwright e dizer o que realmente aconteceu naquela noite. Eles podem não acreditar em mim, mas pelo menos minha consciência estará limpa.

— Se você fizer isso — disse Craig —, todos poderemos acabar na cadeia. — Fez uma pausa. — Pelo resto da vida. Tem certeza de que é isso que você quer?

— Não, mas dos males o menor.

— E você não se preocupa em acabar sendo enrabado no chuveiro por dois caminhoneiros de 120 quilos? — perguntou Craig. Davenport não reagiu.

— Sem falar no escândalo a que você vai expor sua família — acrescentou Payne. — Você está desempregado agora, mas pode ter certeza, Larry, que, se você resolver aparecer no tribunal, será seu último papel.

— Já tive muito tempo para pensar nas consequências — respondeu Davenport de modo altaneiro — e tomei minha decisão.

— Já pensou na Sarah e no efeito que isso terá na carreira dela? — perguntou Craig.

— Sim, pensei e, da próxima vez que for vê-la, pretendo dizer-lhe exatamente o que aconteceu naquela noite, e tenho fé que ela concordará com a minha decisão.

— Pode me fazer um favorzinho, Larry? — perguntou Craig. — Em nome dos velhos tempos?

— O que é? — indagou Davenport, desconfiado.

— Me dá só uma semana, antes de contar à sua irmã.

Davenport hesitou.

— Está bem, uma semana. Mas nem um dia a mais.

Leach esperou até o apagar das luzes, às 22h, antes de sair da cama. Pegou um garfo de plástico da mesa e andou até a privada no canto da cela — o único lugar que os agentes não conseguiam ver através do olho mágico, quando faziam suas rondas para verificar se o pessoal já estava acomodado na cama.

Tirou a calça do novo conjunto esportivo e se sentou na tampa da privada. Agarrou firme o garfo de plástico com a mão direita e começou a desfiar a costura do meio de umas das três listras brancas que corriam pelo comprimento da perna, um processo trabalhoso, que levou quarenta minutos. Finalmente, extraiu dali um longo pacote finíssimo de celofane. Dentro, havia pó branco suficiente para satisfazer um viciado durante mais ou menos um mês. Deu um sorriso — coisa rara — ao pensar que ainda havia outras cinco listras para desfiar: garantiriam seu lucro, além da parte de Hagen.

— Mortimer deve estar conseguindo o bagulho de algum lugar — disse Big Al.

— Por que acha isso? — perguntou Danny.

— Aparecia toda manhã, sem falta, no hospital. O médico até começou um programa de desintoxicação com ele. Aí, um dia, parou de aparecer.

— O que só pode significar que ele encontrou outra fonte — concordou Nick.

— Não é nenhum dos fornecedores habituais, garanto — disse Big Al. — Andei perguntando por aí, e não consegui nada. — Danny voltou a afundar na cama, sucumbindo à síndrome dos condenados à prisão perpétua. — Não perca a confiança em mim, Danny Boy. Ele vai voltar. Eles sempre voltam.

— Visitas! — berrou a voz de sempre, e um momento depois a porta se abriu para permitir que Danny se juntasse aos prisioneiros ansiosos a manhã inteira por uma visita.

Ele esperava dizer a Beth que encontrara a nova prova de que o sr. Redmayne necessitava tanto para ganhar o recurso. Agora, sua única esperança era a crença de Big Al de que Mortimer não levaria muito tempo para voltar ao hospital.

Na cadeia, um condenado à prisão perpétua se agarra à esperança como um náufrago a um pedaço de madeira. Danny cerrou o punho enquanto se dirigia à área das visitas, decidido a não permitir que Beth suspeitasse nem por um momento que havia algo errado. Sempre que estava com ela, jamais baixava a guarda; a despeito de tudo por que passava, precisava que Beth acreditasse ainda haver uma esperança.

Ele ficou surpreso quando ouviu a chave girar na fechadura, porque nunca tinha visitas. Três agentes irromperam na cela. Dois deles agarraram-no pelos ombros e puxaram-no da cama. Ao cair, ele agarrou a gravata de um dos agentes, mas ela se soltou na sua mão; esquecera que os canas usam gravatas com pregador, para não poderem ser estrangulados. Um deles deu-lhe um soco nas costas enquanto outro o chutou violentamente atrás do joelho, o que permitiu ao terceiro socá-lo. Ao cair no piso de pedra, o primeiro cana o agarrou pelos cabelos e puxou sua cabeça para trás. Em menos de trinta segundos, ele estava amarrado e imobilizado, antes de ser arrastado para fora da cela até o corredor.

— O que vocês estão fazendo, seus filhos da puta? — perguntou, depois de recuperar o fôlego.

— Você está indo pra solitária, Leach — disse o primeiro agente. — Não vai ver a luz do sol durante trinta dias — acrescentou, enquanto o arrastavam pela escada em espiral, em cujos degraus iam batendo seus joelhos.

— Por quê?

— Fornecimento — disse o segundo agente, enquanto o empurravam, quase correndo, por um corredor roxo, cuja imagem nenhum prisioneiro gostava de contemplar.

— Nunca toquei em drogas, chefe, você sabe muito bem! — protestou Leach.

— Não é isso que fornecer significa — disse o terceiro agente depois de terem chegado ao porão —, e você sabe disso.

Os quatro pararam diante de uma cela sem número. Um dos agentes escolheu uma chave raramente usada, enquanto os outros dois seguravam firmemente os braços de Leach. Aberta a porta, ele foi jogado de cabeça num buraco que fazia sua cela lá em cima parecer uma suíte. Um colchão fino de crina de cavalo jazia no meio do piso de pedra; havia uma pia de aço aparafusada à parede, uma privada de aço sem descarga, um lençol, um cobertor, nenhum travesseiro e nenhum espelho.

— Quando chegar a hora de você sair, Leach, vai descobrir que a sua renda mensal já era. Ninguém lá em cima acredita que você tenha uma tia Maisie.

A porta bateu com força.

— Parabéns! — Essa foi a primeira palavra de Beth quando Danny a abraçou. Ele pareceu perplexo. — Seus seis exames finais do segundo grau, seu bobo — acrescentou ela. — Você passou em todos muito bem, tal como o Nick havia previsto.

Danny sorriu. Tudo isso parecia ter sido há tanto tempo, apesar de ele não ter mais de um mês — uma eternidade na prisão — e, de qualquer maneira, ele já cumprira sua promessa a Beth e se inscrevera para três carreiras no vestibular.

— Que cursos você quer fazer? — perguntou ela, como se pudesse ler sua mente.

— Letras, matemática e administração — respondeu Danny. — Mas temos um problema. — Beth pareceu ansiosa. — Já sou melhor em matemática do que Nick. Tiveram que importar uma professora, mas ela só pode me dar aula uma vez por semana.

— Ela? — disse Beth, desconfiada.

Danny riu.

— A sra. Lovett tem mais de 60 anos e é aposentada, mas conhece a matéria. Ela disse que, se eu me aplicar, vai me recomendar para uma vaga na Universidade Aberta. Olha só, se eu ganhar meu recurso, simplesmente não vou ter tempo...

— *Quando* você ganhar seu recurso — disse Beth —, precisa continuar com o vestibular. Do contrário, a sra. Lovett e Nick terão desperdiçado seu tempo.

— Mas eu estarei administrando a oficina o dia inteiro, e já tive algumas ideias para ela ser mais rentável. — Beth ficou muda. — Qual o problema?

Beth hesitou. Seu pai lhe dissera para não comentar sobre o assunto.

— A oficina não vai bem no momento — confessou finalmente. — Na verdade, mal se mantém.

— Por quê?

— Sem você e Bernie, começamos a perder fregueses para Monty Hughes, do outro lado da rua.

— Não se preocupe, amor — disse Danny. — Tudo isso vai mudar depois que eu sair daqui. Na verdade, tenho planos de comprar a oficina do Monty Hughes; ele deve ter uns 65 anos!

Beth achou graça do otimismo de Danny.

— Será que isso significa que você descobriu a nova prova que o sr. Redmayne anda procurando?

— Talvez, mas não posso falar grande coisa agora — disse Danny, erguendo os olhos para as câmeras de TV acima da cabeça deles. — Mas um dos amigos de Craig que estava no bar naquela noite apareceu aqui. — Ele ergueu os olhos para os agentes no balcão, que, segundo Big Al, sabiam ler os lábios. — Não vou falar o nome.

— Qual o motivo de ele estar aqui? — perguntou Beth.

— Não posso dizer. Você vai ter que confiar em mim.

— Contou para o sr. Redmayne?

— Escrevi para ele na semana passada. Fiquei de pé atrás porque os canas abrem nossas cartas e leem cada palavra. Os agentes — disse, corrigindo-se.

— Agentes? — disse Beth.

— Nick diz que eu não devo me habituar a usar gírias da cadeia, se for começar uma nova vida depois de sair daqui.

— Então, Nick acredita que você é inocente?
— Sim, acredita. Como também Big Al e até mesmo alguns agentes. Não estamos mais sozinhos, Beth — disse, pegando sua mão.
— Quando é que Nick deve ser solto?
— Dentro de cinco ou seis meses.
— Vai manter contato com ele?
— Vou tentar, mas ele vai ser professor na Escócia.
— Gostaria de conhecê-lo — disse Beth, colocando sua outra mão na face de Danny. — Ele acabou sendo um verdadeiro companheiro.
— Amigo — corrigiu Danny. — E já nos convidou para jantar.
Christy caiu no chão depois de tentar dar um passo na direção do pai. Começou a chorar, e Danny a acolheu em seus braços.
— Nós andamos te ignorando, não foi, pequenina? — disse Danny, mas ela não parou de chorar.
— Passa ela para cá. Parece que descobrimos algo que Nick não foi capaz de te ensinar.

— Não é o que eu chamaria de coincidência — disse Big Al, que gostou de ter uma palavrinha em particular com o capitão enquanto Danny tomava banho no chuveiro.
Nick parou de escrever.
— *Não é* coincidência?
— Leach acaba na solitária e na manhã seguinte lá está Mortimer de volta, desesperado para ver o médico?!
— Acha que Leach era o fornecedor?
— Como falei, eu não diria que é coincidência. — Nick descansou a caneta.
— Ele está com tremedeira — continuou Big Al —, mas isso sempre acontece no início da desintoxicação. O doutor acha que desta vez ele realmente quer parar com o vício. De qualquer maneira, logo veremos se Leach está envolvido.
— Como? — perguntou Nick.
— Ele vai sair da solitária daqui a duas semanas. Se Mortimer parar de aparecer para tratamento no hospital quando Leach voltar para o bloco...

— Então só temos mais duas semanas para conseguir a prova de que precisamos — disse Nick.
— A não ser que *seja* uma coincidência.
— Isso é algo que não podemos arriscar — disse Nick. — Pegue emprestado o gravador de Danny e grave uma confissão assim que puder.
— Sim, senhor — disse Big Al, pondo-se em posição de sentido, ao lado de sua cama. — Falo com Danny sobre isso ou mantenho a boca fechada?
— Conte tudo a ele, de modo que possa passar a informação para seu advogado. De qualquer maneira, três cérebros trabalham melhor do que um.
— E ele é inteligente? — perguntou Big Al quando voltou a se sentar em sua cama.
— É mais inteligente do que eu — admitiu Nick. — Mas não conte a ele que eu disse isso, porque, com um pouquinho de sorte, estarei fora deste lugar antes que ele descubra isso sozinho.
— Será que já é hora de contar a ele a verdade sobre nós dois?
— Ainda não — disse Nick decididamente.

— Cartas — disse o agente. — Duas para Cartwright, e uma para você, Moncrieff.
Ele entregou uma carta para Danny, que verificou o nome no envelope.
— Não, Cartwright sou eu — disse Danny. — Ele é Moncrieff.
O agente franziu o cenho e entregou uma carta a Nick e as outras duas a Danny.
— E eu sou Big Al — disse Big Al.
— Vá se foder! — disse o guarda, batendo a porta atrás de si.
Danny começou a rir, mas, em seguida, olhou para Nick e viu que ele empalidecera. Segurava o envelope e tremia. Danny não conseguia lembrar a última vez que Nick recebera uma carta.
— Você quer que eu a leia primeiro? — perguntou.
Nick sacudiu a cabeça, abriu a carta e começou a ler. Big Al se sentou, mas sem falar. Coisas extraordinárias não acontecem com tanta frequência assim na prisão. À medida que Nick lia, seus olhos começaram a lacrimejar. Passou a manga da camisa sobre o rosto e, em seguida, entregou a carta a Danny.

"Caro sr. Nicholas,

Sinto lhe comunicar que seu pai faleceu de insuficiência cardíaca ontem de manhã. Porém, o médico me garantiu que ele sentiu pouca ou nenhuma dor. Irei requerer, com sua permissão, uma licença especial para que o senhor possa comparecer ao enterro.

Atenciosamente,

Fraser Munro, advogado"

Danny ergueu os olhos e viu que Big Al abraçava Nick.

— O pai dele morreu, não foi? — Foi só o que Big Al disse.

25

— VOCÊ PODE CUIDAR disso durante a minha ausência? — perguntou Nick, soltando a corrente de prata que trazia no pescoço e entregando-a a Danny.

— Claro — disse Danny, enquanto examinava algo parecido com uma chave preso à corrente. — Mas por que não leva com você?

— Digamos apenas que confio mais em você do que na maioria das pessoas que encontrarei hoje, mais tarde.

— Sinto-me honrado — disse Danny, colocando a corrente em volta do pescoço.

— Não há de quê — retrucou Nick com um sorriso.

Ele mirou o próprio reflexo no pequeno espelho de aço aparafusado na parede sobre a pia. Seus objetos pessoais lhe foram devolvidos às cinco horas daquela manhã, num grande saco plástico que não era aberto havia quatro anos. Teria que partir até as seis horas para chegar à Escócia a tempo do funeral.

— Mal posso esperar — disse Danny, fitando-o.

— O quê? — perguntou Nick, enquanto endireitava a gravata.

— O momento de me deixarem usar minhas próprias roupas de novo.

— Vão lhe permitir isso no recurso, e, depois de revogada a sentença, você nunca mais terá que usar roupas de presidiário de novo. Na verdade, poderá sair direto do tribunal como homem livre.

— Especialmente depois de ouvirem a minha gravação — intrometeu-se Big Al com um sorriso. — Acho que hoje é o dia.

Estava prestes a explicar o que ele queria dizer quando ouviram uma chave girando na fechadura. Era a primeira vez que viam Pascoe e Jenkins em trajes civis.

— Siga-me, Moncrieff — disse Pascoe. — O diretor quer dar uma palavrinha com você antes de partirmos para Edimburgo.

— Dê a ele as minhas recomendações — disse Danny — e pergunte se gostaria de aparecer um dia para tomar o chá da tarde.

Nick riu da imitação que Danny fez de seu sotaque.

— Se você acha que pode se passar por mim, por que não tenta dar minha aula esta manhã?

— Estão falando comigo? — perguntou Big Al.

O telefone de Davenport tocava, mas passou-se algum tempo antes que ele saísse dos lençóis para atendê-lo.

— Quem é a essa hora?

— Gibson — anunciou a voz familiar de seu empresário.

Davenport ficou subitamente alerta. Gibson Graham só ligava quando havia trabalho. Davenport rezava para que fosse um filme, outro papel televisivo, ou, talvez, um anúncio — pagavam muito bem, até mesmo para uma dublagem. Seus fãs certamente ainda reconheceriam os tons melodiosos do Dr. Beresford.

— Recebi uma consulta sobre sua disponibilidade — disse Gibson, tentando fazer crer que isso fosse uma ocorrência comum. Davenport se sentou ereto e prendeu o fôlego. — É um *revival* de *A Importância de Ser Ernesto*, e querem que você faça Jack. Eve Best já assinou para fazer Gwendolen. Quatro semanas de estrada antes da estreia no West End. O salário não é grande coisa, mas o fato é que você lembrará a todos os produtores por aí que ainda está vivo.

Delicadamente posto, pensou Davenport, apesar de a ideia não entusiasmá-lo. Lembrava-se bem demais do que significava passar semanas na estrada, em seguida, noite após noite, no West End, sem esquecer as matinês com a casa meio vazia. Mas era preciso reconhecer que se tratava de sua primeira oferta séria em quase quatro meses.

— Vou pensar — respondeu.

— Não leve muito tempo — observou Gibson. — Sei que já ligaram para o empresário de Nigel Havers para sondar a disponibilidade dele.

— Vou pensar — repetiu Davenport, botando o fone no gancho. Consultou o relógio na cabeceira. Eram dez e dez. Deu um gemido e se enfiou de volta sob os lençóis.

Pascoe bateu delicadamente à porta, antes de ele e Jenkins escoltarem Nick sala adentro.

— Bom-dia, Moncrieff — disse o diretor, erguendo os olhos, por trás de sua mesa.

— Bom-dia, sr. Barton — respondeu Nick.

— Saiba — disse Barton — que, apesar de ter uma licença especial para ir ao enterro de seu pai, você permanece um detento de categoria A, o que significa que precisa ser acompanhado por dois agentes até que volte esta noite. Ainda segundo as regras, deve ficar algemado em todas as ocasiões. No entanto, dadas as circunstâncias, e tendo em vista que durante os últimos dois anos você foi um detento exemplar e que só faltam poucos meses para sua soltura, vou usar minha prerrogativa, permitindo que lhe tirem as algemas assim que transpuser a fronteira. Isto é, a não ser que o sr. Pascoe ou o sr. Jenkins tenham motivos para acreditar que você possa tentar fugir ou cometer algum delito. Com certeza é desnecessário lembrar que, se você cometer a tolice de tentar se aproveitar da minha decisão, não terei outra escolha senão recomendar ao Conselho de Livramento Condicional que não lhe conceda a liberdade em... — ele examinou a ficha de Nick — 17 de julho, mas, ao contrário, que você cumpra integralmente a pena de mais quatro anos. Compreendeu bem, Moncrieff?

— Sim, diretor.

— Então, não há mais nada para dizer, a não ser lhe dar meus pêsames pela perda de seu pai e lhe desejar um dia tranquilo. — Michael Barton se levantou da sua mesa, acrescentando: — Devo dizer que lamento que essa triste ocorrência não tenha acontecido depois de sua soltura.

— Obrigado, diretor.

Barton meneou a cabeça, e Pascoe e Jenkins saíram com seu custodiado.

O diretor franziu o cenho ao ver o nome do próximo detento a se apresentar. Não ansiava por esse encontro.

Durante o intervalo da manhã, Danny se encarregou dos deveres de Nick como bibliotecário da prisão, repondo nas prateleiras os livros recém-devolvidos e carimbando com a data aqueles que os detentos desejavam pegar emprestado. Depois de acabar a tarefa, pegou um exemplar do *The Times* na prateleira dos jornais e se sentou para lê-lo. Os jornais eram entregues na prisão toda manhã, mas só podiam ser lidos na biblioteca: seis exemplares do *The Sun*, quatro do *Mirror*, dois do *Daily Mail* e um único exemplar do *The Times* — que Danny achava ser um bom indicador das preferências dos detentos.

Danny lera o *Times* todos os dias durante o ano que passara, e agora conhecia bem sua diagramação. Ao contrário de Nick, ainda não conseguia preencher completamente as palavras cruzadas, apesar de levar tanto tempo lendo as páginas de negócios quanto as páginas esportivas. Mas hoje seria diferente. Folheou o jornal até chegar a uma seção de que nunca se ocupara no passado.

O obituário de Sir Angus Moncrieff Bt MC OBE mereceu meia página, apesar de ser a metade de baixo. Danny leu os detalhes da vida de Sir Angus desde seus dias na Loretto School, em seguida em Sandhurst, onde se formou com a patente de segundo-tenente no Regimento Cameron Highlanders. Depois de ganhar a Cruz Militar na Coreia, Sir Angus prosseguiu até se tornar coronel do regimento, em 1994, quando lhe foi concedida a comenda OBE. O parágrafo final relatava que sua mulher morrera em 1970, e que o título fora agora transmitido a seu único filho, Nicholas Alexander Moncrieff. Danny pegou o *Concise Oxford Dictionary*, o qual nunca abandonava, e foi para o final, consultar o significado das letras Bt, MC e OBE. Sorriu ao pensar que contaria a Big Al que eles agora compartilhavam a cela com um nobre hereditário, Sir Nicholas Moncrieff Bt. Big Al já sabia.

— Até logo, Nick — disse uma voz, mas o detento já deixara a biblioteca antes que Danny pudesse corrigir seu erro.

Danny brincou com a chave na extremidade da corrente de prata, desejando, como Malvólio, ser alguém que não era. Isso o levou a recordar que seu ensaio sobre *Noite de reis* precisava ser entregue até o final da semana. Pensou no equívoco cometido pelo colega de detenção, e ficou imaginando se aquilo colaria quando ele enfrentasse a turma de Nick. Dobrou o jornal e o colocou de volta na prateleira; em seguida, atravessou o corredor até o Departamento de Educação.

A turma de Nick já estava sentada, à espera dele, e obviamente ninguém lhes contara que seu professor habitual estava a caminho da Escócia para o enterro do pai. Danny entrou corajosamente na sala e sorriu para os doze rostos cheios de expectativa. Desabotoou a camisa listrada, azul e branca, para assegurar que a corrente de prata ficasse ainda mais evidente.

— Abram seus livros na página nove — disse Danny, na esperança de parecer Nick. — Vocês verão uma série de retratos de animais de um lado da página, e uma lista de nomes do outro. Eu só quero que vocês combinem as imagens com os nomes. Têm dois minutos.

— Não consigo achar a página nove — disse um dos detentos.

Danny foi até lá ajudá-lo na hora em que um guarda entrou na sala. Uma expressão perplexa surgiu em seu rosto.

— Moncrieff?

Danny ergueu os olhos.

— Não estava de licença para ver a família? — disse, consultando sua prancheta.

— Tem toda a razão, sr. Roberts — respondeu Danny. — Nick foi ao enterro de seu pai na Escócia e me pediu para substituí-lo em sua aula de leitura desta manhã.

Roberts pareceu ainda mais perplexo.

— Está me gozando, Cartwright?

— Não, sr. Roberts.

— Então, pode voltar para a biblioteca antes que eu lhe dê uma advertência.

Danny saiu rapidamente da sala e voltou para sua mesa na biblioteca. Procurou ficar sério, mas levou algum tempo antes que conseguisse se concentrar o suficiente para continuar o ensaio sobre sua comédia favorita de Shakespeare.

O trem de Nick entrou na estação de Waverley alguns minutos depois do meio-dia. Um carro da polícia esperava-o para transportá-lo pelos oitenta quilômetros de Edimburgo a Dunbroath. Ao arrancarem, Pascoe consultou o relógio.

— Você terá muito tempo. A cerimônia só começará depois das duas.

Nick olhou pela janela do carro à medida que a cidade se transformava em campo aberto. Sentiu uma liberdade que não experimentava havia anos. Esquecera-se de como a Escócia era bela, com seus verdes e marrons severos, e céu quase púrpura. Quatro anos aproximadamente em Belmarsh, tendo como vista apenas os muros altos de tijolos encimados por arame farpado, tendiam a enfraquecer a memória.

Tentou organizar os pensamentos antes de chegarem à paróquia na qual fora batizado e em que seu pai seria enterrado. Pascoe concordara que, depois da cerimônia, ele poderia passar uma hora com Fraser Munro, advogado da família, que solicitara a licença e que também, desconfiava Nick, solicitara segurança mínima, e certamente nada de algemas depois de atravessarem a fronteira.

O carro da polícia estacionou ao lado da igreja quinze minutos antes da hora marcada para a cerimônia. Um cavalheiro idoso, de quem Nick se lembrava de quando criança, adiantou-se ao ser aberta a porta de trás do carro por um policial. Trajava fraque, colarinho de pontas viradas e uma gravata preta de seda. Parecia mais um agente funerário do que um advogado. Levantou o chapéu e fez uma ligeira mesura. Nick apertou sua mão e sorriu.

— Boa-tarde, sr. Munro — disse. — Que bom revê-lo!

— Boa-tarde, Sir Nicholas — respondeu. — Bem-vindo ao lar!

— Leach, apesar de você ter sido solto provisoriamente da solitária, deixe-me lembrar-lhe que se trata de algo apenas provisório — advertiu o diretor. — Se você provocar o menor problema, agora que está de volta à ala, não tenha dúvida de que voltará para a solitária, sem nenhuma possibilidade de apelo a mim.

— Apelo a você? — desdenhou Leach, enquanto permanecia diante da mesa do diretor, com um guarda de cada lado.

— Você está questionando a minha autoridade? — perguntou o diretor. — Porque, se estiver...

— Não estou, não, senhor — disse Leach, sarcasticamente. — Apenas seu conhecimento da lei de 1999 sobre o encarceramento. Fui jogado na solitária antes de ser indiciado no relatório.

— Ao diretor se permite tal iniciativa, sem recurso ao relatório, caso acredite se tratar de um caso evidente de...

— Quero fazer uma solicitação imediata para consultar meu advogado — disse Leach friamente.

— Tomarei nota de sua solicitação — respondeu Barton, tentando manter o controle. — E quem é seu advogado?

— O sr. Spencer Craig — respondeu Leach. Barton escreveu o nome em um bloco. — Vou pedir a ele que encaminhe uma reclamação oficial contra o senhor e três membros da sua equipe.

— Você está me ameaçando, Leach?
— Não, senhor, apenas garantindo que você registre a minha reclamação oficial.

Barton não conseguiu mais esconder sua irritação e fez um gesto seco de cabeça, sinal de que os agentes deviam remover o detento de sua vista imediatamente.

Danny queria dar as boas-novas a Nick, mas sabia que ele só voltaria da Escócia depois da meia-noite.

Alex Redmayne escrevera para confirmar que a data de seu recurso fora marcada para 31 de maio, dentro de apenas duas semanas. O sr. Redmayne também queria saber se Danny desejava assistir à audiência, lembrando que ele não servira como testemunha em seu julgamento original. Respondera por escrito imediatamente, confirmando que desejava, sim, estar presente.

Também escrevera a Beth. Queria que ela fosse a primeira a saber sobre a plena confissão de Mortimer, e que Big Al registrara cada palavra no gravador de Danny. A fita estava agora escondida dentro de seu colchão, e ele a entregaria ao sr. Redmayne durante sua próxima visita oficial. Danny queria dizer a Beth que agora possuíam a prova que queriam, mas não podia arriscar nenhuma informação por escrito.

Big Al não escondia o fato de estar contente consigo mesmo, chegando até a se oferecer para atuar como testemunha. Parecia que Nick tinha razão. Danny seria solto antes dele.

26

O SACRISTÃO DA IGREJA esperava Sir Nicholas no vestiário. Fez uma pequena reverência antes de acompanhar o novo chefe da família pela nave, até o banco dianteiro do lado direito. Pascoe e Jenkins se acomodaram na fileira atrás.

Nick virou-se para a esquerda, onde estava sentado o restante da família nas três fileiras de bancos do outro lado da nave. Nenhum deles sequer relanceou em sua direção; estavam todos obviamente sob a ordem, dada por seu tio Hugo, de ignorá-lo. Fato que não impediu o sr. Munro de se juntar a Nick na primeira fila. O órgão começou a tocar, e o pároco, acompanhado pelo capelão do regimento, puxou o coro na nave com os versos de "O Senhor é meu pastor".

Os sopranos preenchiam a primeira fila do local reservado ao coro, seguidos pelos tenores e barítonos. Instantes depois, o caixão surgiu, sustentado nos ombros de seis soldados do Cameron Highlanders, sendo delicadamente baixado, em seguida, sobre o estrado diante do altar. Cantaram com entusiasmo todos os hinos favoritos do coronel durante a cerimônia, terminando com "O dia concedido pelo Senhor terminou". Nick abaixou a cabeça, orando por um homem que acreditava de fato em Deus, na pátria e na Rainha.

Quando o vigário fez o elogio fúnebre, Nick se lembrou de uma expressão de seu pai, que invariavelmente a repetia toda vez que assistiam a um funeral no regimento: "O capelão lhe fez justiça."

Depois de o capelão ter concluído suas preces e o padre ter dado a bênção final, a congregação, composta por família, amigos, representantes do regimento e gente do local, se reuniu no pátio da igreja para assistir ao sepultamento.

161   *Prisioneiro da Sorte*

Pela primeira vez, Nick notou a enorme figura de um sujeito que devia pesar mais de 160 quilos e não parecia à vontade na Escócia. Ele sorriu. Nick devolveu o sorriso e tentou se recordar do local onde haviam se encontrado por último. Então, lembrou: Washington D.C.; inauguração de uma exposição no Instituto Smithsoniano para comemorar o octogésimo aniversário de seu avô, quando foi exposta ao público sua célebre coleção de selos. Mesmo assim, não conseguia se lembrar do nome do sujeito.

Depois que o caixão baixara à sepultura e o ritual fúnebre terminara, o clã dos Moncrieff partiu, sem que nenhum deles oferecesse seus pêsames ao herdeiro e filho do finado. Um ou dois cidadãos locais que não dependiam de seu tio Hugo para o sustento foram apertar a mão de Nick, enquanto o oficial mais graduado, que representava o regimento, se pôs em posição de sentido e bateu continência. Nick ergueu o chapéu em agradecimento.

Ao virar-se para se afastar do túmulo, Nick viu Fraser Munro conversando com Jenkins e Pascoe. Munro foi se encontrar com ele.

— Deixaram você passar uma hora comigo para discutir assuntos familiares, mas não que você volte para o escritório no meu carro.

— Compreendo.

Nick agradeceu ao capelão e, em seguida, voltou a entrar na parte de trás do carro de polícia. Um instante depois, Pascoe e Jenkins ocuparam seus lugares de cada lado dele.

Quando o carro partiu, Nick olhou pela janela e viu o sujeito grande acendendo um charuto.

— Hunsacker — disse Nick em voz alta. — Gene Hunsacker.

⟨ᡒᥩᦉ⟩

— Por que você queria me ver? — perguntou Craig.

— Acabou o meu bagulho — respondeu Leach.

— Mas forneci o suficiente para durar seis meses.

— Não depois que um cana safado pegou a parte dele.

— Então, é melhor fazer uma visita à biblioteca.

— Por que à biblioteca, sr. Craig?

— Retire o exemplar mais recente da *Law Review* encadernado em couro, e você encontrará tudo de que precisa preso com uma fita adesiva dentro da lombada. — Craig fechou sua pasta, se levantou e dirigiu-se à porta.

— Não sei se vai adiantar muito — disse Leach, sem se mexer na cadeira.

— O que você quer dizer? — perguntou Craig, ao tocar na maçaneta da porta.

— O amigo de tia Maisie se inscreveu num programa de desintoxicação.

— Então, você terá que curá-lo disso, não é?

— Talvez não resolva o problema — disse Leach, calmamente.

Craig caminhou lentamente de volta à mesa, mas sem se sentar.

— O que você esta querendo insinuar?

— Um passarinho me contou que o amigo de tia Maisie começou a abrir o bico feito um canarinho.

— Então, faça-o se calar! — falou Craig, energicamente.

— Pode já ser tarde demais para isso.

— Pare de fazer joguinhos, Leach, e me diga o que está insinuando.

— Dizem que há uma fita gravada.

Craig se deixou cair na cadeira e olhou fixamente para o outro lado da mesa.

— E o que há nesta fita? — perguntou discretamente.

— Uma confissão completa... com nomes, datas e lugares. — Leach fez uma pausa, ciente de ter conquistado a plena atenção de Craig. — Foi quando me disseram os nomes que achei melhor consultar meu advogado.

Craig ficou calado por algum tempo.

— Você acha que consegue pôr as mãos na fita?

— Tem um preço.

— Quanto?

— Dez mil.

— É meio puxado.

— Os canas que dão moleza não são baratos. De qualquer maneira, aposto que tia Maisie não tem um plano B, então ela não tem muita opção.

Craig assentiu:

— Está bem. Mas tem um prazo. Se não estiver nas minhas mãos até 31 de maio, não haverá pagamento.

— Palmas para quem adivinhar o réu do recurso julgado nesse dia — disse Leach com um sorriso canalha.

⁂

— Seu pai deixou um testamento, tendo por testamenteira esta firma — disse Munro, tamborilando com os dedos em cima da mesa. — Foi testemunhado por um juiz da paz, e devo avisá-lo de que, a despeito do que você sinta pelo conteúdo, seria tolice contestá-lo.

— Jamais passaria pela minha cabeça me opor aos desejos do meu pai — disse Nick.

— Acho que é uma decisão sensata, Sir Nicholas, se assim posso dizer. No entanto, o senhor tem o direito de saber os detalhes do testamento. Como lutamos contra o tempo, permita-me resumi-lo. — Ele tossiu. — O grosso da propriedade de seu pai foi deixado para o irmão dele, sr. Hugo Moncrieff, havendo doações e anuidades menores a serem distribuídas entre outros membros da família, o regimento e algumas instituições de caridade locais. Ele não deixou nada para o senhor, exceto o título que, é claro, não era dele para dispor como quisesse.

— Saiba, sr. Munro, que isso não constitui uma surpresa.

— É um alívio ouvir isso, Sir Nicholas. No entanto, seu avô, um homem esperto e experiente, que aliás meu pai teve o privilégio de representar, fez algumas disposições em seu testamento, do qual o senhor é agora o único beneficiário. Seu pai fez uma petição para anulá-lo, porém os tribunais rejeitaram sua alegação.

Munro sorriu enquanto remexia os papéis em cima de sua mesa até achar o que desejava. Ergueu-o triunfante, declarando:

— O testamento de seu avô. Só lhe informarei a cláusula mais importante. — Virou várias páginas. — Ah, aqui está! — Colocou os óculos de meia-lua na ponta do nariz e leu devagar. — "Deixo minha propriedade da Escócia, conhecida como Dunbroathy Hall, como também minha residência londrina em The Boltons, para meu neto Nicholas Alexander Moncrieff, servindo atualmente com seu regimento em Kosovo. No entanto, meu filho Angus terá usufruto total dessas propriedades até a sua morte, quando então o meu neto supracitado entrará em sua posse." — Munro colocou o testamento de volta em cima da mesa. — Em circunstâncias normais — disse —, isso lhe teria garantido uma vasta herança, mas infelizmente devo informar-lhe que seu pai tirou vantagem das palavras *usufruto total*, penhorando pesadamente ambas as propriedades, alguns meses antes de morrer.

— No caso da propriedade de Dunbroathy, conseguiu a soma de... — Munro mais uma vez colocou os óculos de meia-lua, para verificar a quantia — um milhão de libras, e, quanto à de The Boltons, pouco mais de um milhão.

De acordo com o testamento do seu pai, depois de sua legitimação, esse dinheiro irá diretamente para seu tio Hugo.

— Então, a despeito das melhores intenções do meu avô — disse Nick —, mesmo assim acabei sem nada.

— Não necessariamente — disse Munro —, porque acredito que o senhor tem uma causa legítima contra seu tio para recuperar o dinheiro que ele conseguiu obter por meio desse pequeno subterfúgio.

— Mesmo assim, se esses eram os desejos do meu pai, não me oporei a eles — respondeu Nick.

— Acho que o senhor deveria reconsiderar sua posição, Sir Nicholas — disse Munro, mais uma vez tamborilando os dedos sobre a mesa. — Afinal de contas, é uma grande soma que está em jogo e tenho fé...

— O senhor talvez tenha razão, sr. Munro, porém não questionarei o juízo do meu pai.

Munro tirou os óculos e disse, a contragosto:

— Que assim seja, então. Também preciso relatar — prosseguiu ele — que andei me correspondendo com seu tio, Hugo Moncrieff, que, ciente de sua atual situação, se ofereceu para ficar com ambas as propriedades, responsabilizando-se simultaneamente por ambas as penhoras. Também concordou em cobrir quaisquer despesas, inclusive os custos legais, associados a essas transações.

— O senhor representa meu tio Hugo?

— Não, não represento — disse Munro com firmeza. — Aconselhei seu pai a não penhorar nenhuma das propriedades. Na realidade, disse a ele que eu achava contrário ao espírito, senão à letra da lei, fazer essas transações sem seu prévio conhecimento ou anuência. — Munro tossiu. — Ele não deu ouvidos aos meus conselhos, e resolveu levar seu problema para outra pessoa.

— Nesse caso, sr. Munro, o senhor não gostaria de me representar?

— Eu me sinto lisonjeado com esse pedido, Sir Nicholas, e lhe asseguro de que esta firma teria muito orgulho em continuar sua longa associação com a família Moncrieff.

— Tendo em mente *toda* a minha situação, sr. Munro, como o senhor me aconselha a proceder?

Munro fez uma ligeira reverência.

— Antecipando o fato de que o senhor talvez solicitasse meus préstimos, comecei a fazer uma série de pesquisas nesse sentido. — Nick sorriu quando os óculos voltaram para o nariz do idoso advogado. — Disseram-me que o preço de uma casa em The Boltons está atualmente em torno de três milhões de libras, e meu irmão, que é vereador na região, me disse que seu tio Hugo andou fazendo indagações recentes na prefeitura quanto a uma possível licença para um loteamento na propriedade de Dunbroathy, a despeito do fato de que seu avô, creio, esperasse que o senhor doasse a propriedade ao Fundo Nacional da Escócia.

— Sim, ele me falou a esse respeito. Anotei a conversa no meu diário, na época.

— Isso não impedirá seu tio de implementar seus planos e, pensando nisso, indaguei a um primo, que é sócio de uma corretora local, qual seria a provável atitude da câmara diante dessas solicitações para um projeto. Ele me informou que, segundo as últimas cláusulas da lei de 1997, qualquer parte da propriedade que atualmente possua prédios, inclusive a casa, quaisquer armazéns, prédios externos ou estábulos, provavelmente receberia a licença para um loteamento provisório. Ele me disse que isso poderia chegar até cinco hectares? Também me informou que a câmara está procurando um terreno onde possa construir apartamentos populares ou uma clínica para aposentados, e que chegue talvez até a pensar na licença para um hotel. — Munro tirou os óculos. — O senhor pode descobrir toda essa informação lendo as atas do comitê de planejamento da câmara, que se reúne na biblioteca local no último dia de cada mês.

— Seu primo foi capaz de avaliar a propriedade?

— Oficialmente, não, mas disse que terrenos restantes desse tipo estão sendo vendidos hoje por volta de 250 mil libras o hectare.

— O que faz a propriedade valer cerca de três milhões.

— Desconfio que se aproxime mais de 4,5 se o senhor incluir o terreno rural. Porém, e há sempre um *porém* quando seu tio Hugo está envolvido no negócio, o senhor não deve esquecer que a propriedade e a casa de Londres estão agora sobrecarregadas com grandes penhores, cujos serviços precisam ser quitados a cada quinzena. — Nick antecipou a abertura de outra ficha, e não foi desapontado. — A casa em The Boltons tem despesas, inclusive taxas de serviço e amortização, em torno de 3.400 libras por mês, e há mais 2.900 libras por mês da propriedade de Dunbroathy, totalizando, aproximadamente, uma despesa de 75 mil libras por ano. É preciso que lhe diga, Sir Nicholas, que, se qualquer desses pagamentos atrasar mais de três meses, os credores têm direito a colocar as propriedades à venda imediatamente. Se isso acontecesse, tenho certeza de que encontrariam em seu tio um comprador potencial.

— E preciso lhe dizer, sr. Munro, que minha renda atual como bibliotecário do presídio é de doze libras por semana.

— É mesmo? — perguntou Munro, tomando nota. — Uma quantia assim não causaria nem uma cosquinha nas 75 mil libras — sugeriu, revelando um raro rasgo de humor.

— Talvez, nessa circunstância, pudéssemos contar com outro primo seu — sugeriu Nick, incapaz de disfarçar um sorriso.

— Infelizmente, não — retrucou Munro. — No entanto, minha irmã é casada com o gerente da agência local do Banco Real da Escócia. Ele me assegurou que não vê problema em quitar as dívidas, se o senhor estiver disposto a uma segunda penhora sobre ambas as propriedades, no banco.

— O senhor foi muito prestativo, e lhe sou realmente muito grato.

— Devo confessar, e quero que compreenda que aquilo que vou dizer deve ficar entre nós, que, apesar da grande admiração, na verdade afeto, pelo seu avô, e da satisfação em representar seu pai, nunca senti a mesma confiança em relação a seu tio Hugo, que... — Houve uma batida na porta. — Entre.

Pascoe enfiou a cabeça no espaço entreaberto da porta.

— Peço desculpas por interrompê-lo, sr. Munro, mas precisamos partir dentro de poucos minutos, se quisermos pegar o trem de volta para Londres.

— Obrigado — disse Munro. — Serei o mais rápido possível. — Não voltou a falar até que Pascoe tivesse fechado a porta. — A despeito de nosso breve conhecimento, Sir Nicholas, o senhor terá que confiar em mim — disse Munro, colocando vários documentos na mesa diante dele. — Eu me vejo obrigado a lhe pedir que assine estes contratos, apesar de o senhor não ter tempo de avaliá-los em detalhe. No entanto, já que preciso agir enquanto o senhor completa... — Tossiu.

— Minha pena — disse Nick.

— É verdade, Sir Nicholas — disse o advogado, tirando uma caneta do bolso e entregando-a ao cliente.

— Também tenho um documento que quero que o senhor testemunhe — falou Nick. Tirou várias folhas de papel pautado do presídio de um bolso interno, entregando-as ao advogado.

27

L AWRENCE DAVENPORT foi chamado três vezes à cena na noite de estreia de *A Importância de Ser Ernesto*, no Theatre Royal de Brighton. Parecia não notar a presença do restante do elenco no palco.

Durante os ensaios, ligara para a irmã e a convidara para jantar depois do espetáculo.

— Como está indo? — perguntara Sarah.

— Muito bem, mas não é esse o motivo de eu querer que você venha. Preciso conversar sobre uma decisão importante a que cheguei e que a afetará; na verdade, a toda a família.

Ao repor o fone no gancho, estava ainda mais resoluto. Enfrentaria Spencer Craig pela primeira vez na vida, fossem quais fossem as consequências. Mas sabia que não aguentaria passar por isso sem o apoio de Sarah, especialmente levando-se em conta o relacionamento que ela tivera com Craig no passado.

Os ensaios haviam sido cansativos. Não há, numa peça, uma segunda ou terceira tomadas, caso alguém esqueça um diálogo ou entre no palco no momento errado. Davenport começou até a pensar se ele teria alguma esperança de brilhar ao lado de atores que apareciam no West End com regularidade. Mas, na hora em que as cortinas se abriram na noite de estreia, ficou claro que o teatro estava repleto de fãs do Dr. Beresford, que bebiam cada palavra de Lawrence, riam de suas falas menos engraçadas e aplaudiam toda e qualquer ação em que ele estivesse envolvido.

Quando Sarah fez uma visitinha a seu camarim para lhe desejar sorte antes da abertura da cortina, ele lhe lembrou de que tinham um assunto de grande importância para discutir durante o jantar. Ela o achou pálido e um pouco cansado, mas atribuiu tudo isso ao nervosismo da estreia.

— Merda — desejou, na gíria teatral. — Vejo você depois do espetáculo.

Quando as cortinas acabaram de ser fechadas, Davenport sentiu que não conseguiria levar aquilo a cabo. Sentia-se de volta a seu meio. Tentou se convencer de que tinha um dever para com outras pessoas, no mínimo com sua irmã. No fim da contas, por que sua carreira deveria ser prejudicada por causa de Spencer Craig?

Davenport voltou para o camarim, encontrando-o repleto de fãs e amigos brindando à sua saúde — sempre o primeiro sinal de sucesso. Ele se deliciava com os elogios que lhe eram feitos aos montes e tentou esquecer tudo sobre Danny Cartwright, que, enfim, não devia passar de um matador do East End, melhor mesmo preso.

Sarah estava sentada no canto do aposento, encantada com o sucesso do irmão, mas imaginando que assunto de tamanha importância ele teria que debater com ela.

Nick ficou espantado de ainda encontrar Danny acordado quando Pascoe abriu a porta da cela, logo depois da meia-noite. Apesar de estar exausto com os acontecimentos daquele dia e a longa viagem de volta a Londres, ficou contente de ter alguém com quem compartilhar as novidades.

Danny ouviu atentamente tudo que acontecera na Escócia. Big Al estava deitado contra a parede, calado.

— Você teria lidado com Munro muito melhor do que eu — disse Nick. — Pra início de conversa, duvido que deixasse meu tio roubar impunemente todo aquele dinheiro. — Estava prestes a entrar em mais detalhes sobre o encontro com seu advogado, quando parou de repente, perguntando: — Por que parece tão satisfeito?

Danny desceu da cama, enfiou a mão debaixo do travesseiro e tirou uma pequena fita cassete. Colocou-a em seu gravador e apertou *play*.

— Qual é seu nome? — indagou uma voz com um pesado sotaque.

— Toby, Toby Mortimer — respondeu outra voz, evidentemente criada num ambiente mais refinado.

— Então, como é que veio parar aqui?

— Posse.

— Troço pesado?

— O pior. Heroína. Precisava dessa merda duas vezes por dia.

— Então, deve estar satisfeito pela gente ter te colocado num programa de desintoxicação.

— Acaba não sendo tão fácil assim.

— E aquela merda toda que você me contou ontem? Espera que eu acredite em tudo isso?

— É tudo verdade, cada palavra. Eu só queria que você compreendesse o motivo pelo qual abandonei o programa. Vi meu amigo esfaquear um sujeito e devia ter contado à polícia.

— Por que não contou?

— Porque Spencer me disse para ficar de boca fechada.

— Spencer?

— Meu amigo, Spencer Craig. É advogado.

— E espera que eu acredite que um advogado esfaqueou um cara que ele nunca conheceu?

— Não foi tão simples assim.

— Aposto que a polícia achou simples, sim.

— Sim, achou. Bastava escolher entre um idiota do East End e um advogado que tinha três testemunhas para afirmar que não foi ele. — Fez-se silêncio na fita durante vários segundos, até que a mesma voz dissesse: — Mas foi.

— Então, o que aconteceu, na verdade?

— Era o aniversário de 30 anos de Gerald e todos tínhamos entornado demais. Foi quando os três entraram.

— Três?

— Dois sujeitos e uma garota. Foi a garota quem provocou o problema.

— Foi a garota quem começou a briga?

— Não, não. Craig cismou com a garota na hora em que bateu os olhos nela, mas ela não estava interessada, e isso o deixou furioso.

— Aí o namorado dela começou a briga?

— Não, a garota deixou claro que queria ir embora, e o grupo saiu pela porta dos fundos.

— Que dava para um beco?

— Como é que você sabe? — perguntou com uma voz que pareceu surpresa.

— Você me disse ontem — retrucou Big Al, corrigindo seu erro.

— Ah, sim. — Mais um longo silêncio. — Spencer e Gerald correram e deram a volta até os fundos do bar, logo que eles saíram, então Larry e eu resolvemos participar mais por empolgação, mas aí as coisas fugiram do controle.

— De quem foi a culpa?

— De Spencer e Gerald. Eles queriam provocar uma briga com os dois caras, supondo que a gente iria apoiá-los, mas eu estava chapado demais para fazer algo, e Larry não gosta desse tipo de coisa.

— Larry?

— Larry Davenport.

— O astro de novela? — disse Big Al, tentando parecer surpreso.

— Sim. Mas ele e eu só ficamos parados olhando quando a briga começou.

— Então foi seu amigo Spencer quem procurou briga?

— Sim. Ele sempre se considerou um boxeador, ganhou uma medalha em Cambridge, mas aqueles dois eram de outro nível. Isso até Spencer puxar a faca.

— Spencer tinha uma faca?

— Sim, ele a pegou no bar antes de ir para o beco. Eu me lembro dele dizendo, "só no caso de...".

— Ele nunca tinha visto os dois caras e a garota antes?

— Não, mas mesmo assim imaginava que tinha alguma chance com a garota, até Cartwright dominá-lo. Foi quando Spencer perdeu a esportiva e o esfaqueou na perna.

— Mas ele não matou o cara?

— Não, só o esfaqueou na perna. Enquanto Cartwright estava cuidando de seu ferimento, Spencer esfaqueou o outro sujeito no peito. — Passou-se algum tempo antes que a voz dissesse: — Ele matou o cara.

— Vocês chamaram a polícia?

— Não, Spencer deve ter feito isso mais tarde, depois de dizer a todos nós para irmos para casa. Disse que, se alguém fizesse alguma pergunta, a gente deveria responder que nunca tinha saído do balcão e não havia visto nada.

— E alguém fez alguma pergunta?

— A polícia foi até a minha casa na manhã seguinte. Eu não consegui dormir, mas não deixei transparecer nada. Acho que tinha mais medo de Craig do que da polícia, mas isso não fazia diferença, porque o detetive encarregado da investigação estava convicto de que havia prendido o homem certo.

A fita continuou por mais alguns segundos antes que Mortimer acrescentasse:

— Isso foi há mais de dois anos, e não se passa um dia sem que eu pense naquele rapaz. Já avisei a Spencer que, tão logo eu esteja em condições de testemunhar... — A fita silenciou.

— Muito bem! — exclamou Nick, mas Big Al apenas grunhiu. Ele seguira o roteiro que Danny lhe preparara, cobrindo todos os pontos de que Redmayne precisava para o recurso.

— Ainda preciso fazer essa fita chegar ao sr. Redmayne, de qualquer maneira — disse Danny, tirando-a do gravador e enfiando-a debaixo do travesseiro.

— Isso não deve ser tão difícil — disse Nick. — Mande-a num envelope lacrado, rotulado "assunto legal". Nenhum agente ousaria abri-lo, a não ser que estivesse convencido de que o advogado negociasse dinheiro ou drogas diretamente com algum detento, e nenhum advogado seria tão burro assim para correr esse tipo de risco.

— A menos que fosse um detento com um cana trabalhando para ele aqui dentro — disse Big Al —, e esse cana acabasse descobrindo o que havia na fita.

— Mas isso é impossível — disse Danny —, pelo menos enquanto só nós três soubermos sobre ela.

— Não se esqueça de Mortimer — falou Big Al, resolvendo finalmente que já era hora de se sentar. — Ele é incapaz de manter a boca fechada, especialmente quando precisa de uma dose.

— Então, o que eu deveria fazer com a fita? — perguntou Danny. — Porque, sem ela, não tenho nem chance de ganhar meu recurso.

— Não se arrisque a mandar pelo correio — disse Big Al. — Marque um encontro com Redmayne, e entregue em mãos. Quem vocês acham que teve um encontro ontem com o advogado?

Nick e Danny ficaram calados, esperando que Big Al respondesse à sua própria pergunta.

— Aquele filho da puta do Leach — disse finalmente.

— Poderia ser apenas uma coincidência — comentou Nick.

— Não quando o advogado é Spencer Craig.

— Como você pode ter tanta certeza de que era Spencer Craig? — perguntou Danny, agarrando a grade na lateral da cama.

— Os canas entram e saem do hospital pra bater um papo com a enfermeira, e eu sou o cara que faz o chá deles.

— Se um cana corrupto descobrir sobre essa fita — disse Nick —, dou um prêmio a quem adivinhar na mesa de quem ela acabará.
— Então, o que eu devo fazer? — disse Danny, parecendo desesperado.
— Garanta que ela acabe mesmo em cima da mesa dele — disse Nick.

— O senhor tem hora marcada?
— Pra falar a verdade, não.
— Então o senhor está aqui para buscar aconselhamento legal?
— Também não.
— Então, o senhor está aqui exatamente para quê? — perguntou Spencer Craig.
— Venho pedir ajuda, mas não do tipo legal.
— Que tipo de ajuda o senhor tem em mente?
— Descobri uma oportunidade rara de pôr as mãos em um grande lote de vinho, mas há um problema.
— Um problema?
— Exigem pagamento à vista.
— De quanto?
— Dez mil libras.
— Preciso de alguns dias para pensar a respeito.
— Com certeza, sr. Craig, mas não demore muito, porque existe outro interessado que está ansioso para que desta vez eu responda a algumas perguntas. — O barman do Dunlop Arms fez uma pausa, antes de acrescentar: — Prometi que lhe daria uma resposta antes de 31 de maio.

Todos ouviram a chave girando na fechadura, que os apanhou de surpresa, pois ainda faltava uma hora para o lanche.
Quando a porta da cela foi aberta, Hagen estava em pé no corredor.
— Revista de cela — disse. — Vocês três, no corredor.
Nick, Danny e Big Al foram até o corredor e ficaram ainda mais espantados quando Hagen entrou decididamente na cela e fechou a porta. O espanto não era por um cana estar revistando a cela. Isso era bastante comum — os agentes

viviam procurando drogas, bebidas, facas e até armas de fogo. Mas, no passado, em cada revista de cela, havia sempre três agentes presentes, e a porta era deixada aberta para que os detentos não pudessem alegar que algo fora plantado ali maliciosamente.

Alguns momentos depois, a porta se abriu, e Hagen reapareceu com um sorriso no rosto.

— Está bem, gente — disse. — Vocês estão limpos.

Danny ficou espantado quando viu Leach na biblioteca, porque nunca o vira pegar qualquer livro emprestado. Talvez quisesse ler um jornal. Perambulava para cima e para baixo ao longo das prateleiras, parecendo perdido.

— Posso ajudar? — arriscou Danny.

— Quero o último exemplar da *Law Review*.

— Você está com sorte. A gente só tinha um exemplar velho até alguns dias atrás, quando alguém doou vários livros para a biblioteca, inclusive o último exemplar da *Law Review*.

— Então me entregue ele — exigiu Leach.

Danny andou até a seção de Direito, tirou um espesso volume encadernado em couro da prateleira e o levou até o balcão.

— Nome e número?

— Eu não sou obrigado a te dizer nada.

— Você precisa me dizer seu nome se quiser pegar um livro emprestado, senão não posso preencher o cartão da biblioteca.

— Leach, 6241 — rosnou.

Danny preencheu um novo cartão da biblioteca. Esperava que Leach não tivesse notado sua mão trêmula.

— Assine na linha de baixo.

Leach fez uma cruz no lugar apontado por Danny.

— Terá de devolver o livro dentro de três dias — explicou Danny.

— Quem você pensa que é? A porra de um cana? Eu trago de volta quando quiser, caralho!

Danny ficou olhando Leach agarrar o livro e sair da biblioteca sem dizer uma palavra. Ficou espantado. Se Leach não era capaz de assinar o nome...

28

C RAIG DEIXOU O Porsche preto no estacionamento de visitas, uma hora antes da entrevista marcada com Tobby. Já avisara a Gerald que era quase tão difícil entrar no presídio de Belmarsh quanto sair: um infindável labirinto de ratos feito de portões gradeados, verificação dobrada das credenciais e revistas corporais severas, e isso muito antes de se chegar à área da recepção.

Depois de terem dado seus nomes na mesa, Craig e Payne receberam uma chave numerada e foram instruídos a colocar qualquer coisa de valor, inclusive relógios, anéis, colares ou quaisquer notas ou moedas, em um escaninho. Se quisessem comprar qualquer item na cantina para um detento, precisavam dar o valor exato em dinheiro em troca de pequenas fichas de plástico marcadas uma libra, meia libra, um quarto de libra, dez pence, de modo a tornar impossível transferir dinheiro para algum interno. O nome de cada visitante era chamado separadamente, e, antes de poderem entrar na área de segurança, eles se sujeitavam a mais uma revista, desta vez a de um agente auxiliado por um cão farejador.

— Números um e dois — disse uma voz no alto-falante.

Craig e Payne ficaram sentados em um canto da sala de espera com apenas o *Prison News* e *Lock and Key* para ajudar a passar o tempo, enquanto esperavam que seus números fossem chamados.

— Números dezessete e dezoito — disse a voz uns quarenta minutos depois.

Craig e Payne se levantaram de seus assentos e percorreram outro conjunto de portões gradeados para enfrentar uma revista ainda mais rigorosa, antes de lhes ser permitido entrar na área das visitas, onde foram encaminhados para a fila G, números 11 e 12.

Craig se sentou em uma cadeira verde aparafusada ao piso, enquanto Payne foi à cantina comprar três xícaras de chá e duas barras de chocolate em troca de suas fichas do presídio. Quando se juntou a Craig, colocou a bandeja em uma mesa também aparafusada no chão e se sentou em outra cadeira imóvel.

— Quanto tempo ainda teremos que esperar? — perguntou.

— Algum tempo. Os prisioneiros só são admitidos um a um, e suponho que estão sendo revistados mais rigorosamente do que nós fomos.

— Não olhe agora — sussurrou Beth —, mas Craig e Payne estão sentados três fileiras atrás de você. Devem estar visitando alguém.

Danny começou a tremer, mas não olhou.

— Só pode ser Mortimer. Mas chegaram atrasados.

— Atrasados para quê? — perguntou Beth.

Danny agarrou a mão dela.

— Não posso dizer muita coisa neste instante, mas Alex vai poder te informar da próxima vez que você for vê-lo.

— Agora é Alex, não é? — disse Beth, sorrindo. — Então, vocês dois agora se chamam pelos nomes próprios?

Danny riu.

— Só pelas costas.

— Você é tão covarde. O sr. Redmayne sempre se refere a você como Danny, e chegou a me dizer como está satisfeito por você ter começado a se barbear sempre e a deixar os cabelos mais compridos. Ele acha que isso talvez faça diferença na hora do recurso.

— Como é que anda a oficina? — perguntou Danny, mudando de assunto.

— Papai está mais devagar. Eu gostaria de poder convencê-lo a parar de fumar. Tem tossido o tempo todo, mas não quer ouvir nada do que eu e mamãe temos a dizer sobre o assunto.

— E então? Quem ele nomeou como gerente?

— Trevor Sutton.

— Trevor Sutton? Ele seria incapaz de administrar uma carrocinha de pipocas.

— Ninguém mais parecia querer o cargo.

— É melhor vocês ficarem de olho nos livros!

— Por quê? Você acha que o Trevor é desonesto?

— Não, só não sabe somar.

— Mas o que posso fazer? Papai nunca se abre comigo e, sinceramente, eu mesma estou com trabalho demais no momento.

— O sr. Thomas está te castigando muito? — perguntou Danny com um sorriso.

Beth riu.

— O sr. Thomas é um patrão e tanto, e você sabe disso. Não se esqueça de como ele foi bom durante o julgamento. E acabou de aumentar o meu salário.

— Não duvido que ele seja um bom camarada — comentou Danny —, mas...

— *Bom camarada?* — deixou escapar Beth, com uma risada.

— A culpa é do Nick — disse Danny, passando a mão inconscientemente pelos cabelos.

— Se você continuar assim, quando for solto não será capaz de conviver com seus velhos amigos.

— Será que você não percebe — continuou Danny, ignorando o comentário dela — que o sr. Thomas tem uma queda por você?

— Você só pode estar brincando! Ele sempre se comporta como um perfeito cavalheiro.

— O que não o impede de, ainda assim, ter uma queda por você.

❧

— Como é que alguém consegue trazer drogas para um lugar tão protegido como este? — perguntou Payne, erguendo os olhos para as câmeras de circuito interno e para os agentes no balcão, que olhavam para eles atentamente.

— Os transportadores estão ficando cada vez mais sofisticados — disse Craig. — Fraldas, perucas; alguns até põem o material dentro de camisinhas que enfiam no cu, por saberem que não existem muitos agentes que gostam de procurar ali, enquanto outros chegam a engolir o negócio, de tão desesperados.

— E se os invólucros se romperem dentro deles?

— A morte é horrível. Já tive um cliente que conseguia engolir um pequeno pacote de heroína, mantê-lo na garganta e, em seguida, regurgitá-lo quando voltava para sua cela. Você pode pensar que isso é um risco terrível, mas imagine sobreviver com doze libras por semana, quando se pode vender um pacote pequeno por quinhentas; eles evidentemente acham que vale a pena. Passamos por uma revista tão rigorosa só por causa do motivo da prisão de Toby.

— Se Toby demorar muito mais, nosso tempo vai se esgotar antes mesmo de ele aparecer — disse Payne, olhando para a xícara de chá que esfriara.

— Desculpem o inconveniente — surgira um agente ao lado de Craig —, mas, infelizmente, Mortimer ficou doente e não poderá vê-los esta tarde.

— Falta de consideração, caralho! — exclamou Craig. — Ele poderia no mínimo ter nos avisado. Típico dele.

— Muito bem! Todo mundo de volta às celas imediatamente, e é pra valer! — berrou uma voz.

Apitos tocavam, sirenes uivavam e agentes surgiam de cada corredor, que começavam a conduzir um ou outro detento desgarrado de volta à cela.

— Mas preciso me apresentar na educação — protestou Danny, na hora em que bateram a porta na sua cara.

— Hoje não, Danny Boy — disse Big Al, acendendo um cigarro.

— O que está acontecendo? — perguntou Nick.

— Podem ser muitas coisas — respondeu Big Al, inalando profundamente.

— Tipo o quê? — perguntou Danny.

— Pode ter estourado alguma briga em outra ala, que os canas achem que talvez se alastre. Alguém pode ter atacado um cana... que Deus tenha pena do filho da puta. Um traficante pode ter sido flagrado entregando algum bagulho, ou um prisioneiro pode ter incendiado sua cela. A minha aposta é... — opinou, mas não sem antes exalar uma grande nuvem de fumaça — que alguém se apagou.

— Ele sacudiu as cinzas da ponta do cigarro no chão. — Vocês podem escolher a hipótese que quiserem, mas uma coisa é certa: não vão liberar a gente de novo por mais 24 horas, até que tenham resolvido o problema.

Big Al acabou tendo razão: passaram-se 27 horas até ouvirem uma chave girar na fechadura.

— Isso tudo foi o quê? — perguntou Nick ao agente que abriu a porta da cela deles.

— Não faço ideia — veio a resposta oficial.

— Alguém se apagou — veio uma voz da cela ao lado.

— Pobre filho da puta. Deve ter descoberto que é a única maneira de sair daqui.
— Alguém que conhecemos? — perguntou outro.
— Um viciadinho — disse outra voz —, só estava aqui havia poucas semanas.

Na portaria do Inner Temple, Gerald Payne perguntou ao sujeito pelas salas do sr. Spencer Craig.
— No canto mais distante da praça. Número seis — veio a resposta. — O escritório fica no andar de cima.
Payne atravessou a praça correndo, preso ao caminho, obedecendo às tabuletas que avisavam enfaticamente: *não pise na grama*. Ele deixara seu escritório em Mayfair, logo que Craig ligara dizendo: "Se você vier ao meu escritório por volta das quatro, dirá adeus às suas noites de insônia."
Quando Payne alcançou o outro lado da praça, subiu uma escada e empurrou uma porta. Passou para um corredor frio e bolorento de paredes brancas, ornamentadas com antigas fotografias de juízes ainda mais antigos. Na outra extremidade do corredor, havia uma escada de madeira, e, preso à parede, um quadro-negro brilhante com uma lista de nomes em letras brancas bem aparentes indicando os ocupantes dos escritórios. Tal como lhe dissera o porteiro, as salas do sr. Spencer Craig ficavam no andar de cima. A longa escalada pela escada de madeira rangente lembrou a Payne como ele estava fora de forma; respirava pesadamente muito antes de chegar ao segundo andar.
— Sr. Payne? — indagou uma jovem que esperava no patamar. — Sou a secretária do sr. Craig. Ele acabou de telefonar avisando que já saiu do Old Bailey e deverá encontrá-lo dentro de poucos minutos. Talvez o senhor queira esperar em seu escritório. — Ela o conduziu pelo corredor, abriu uma porta e o deixou entrar.
— Obrigado — disse Payne, ao passar para uma grande sala, pouco mobiliada, com uma escrivaninha dupla e duas cadeiras de espaldar alto de cada lado.
— Gostaria de uma xícara de chá, sr. Payne, ou talvez um café?
— Não, obrigado — respondeu Payne, ao olhar pela janela que dava para a praça.

Ela fechou a porta atrás de si, e Payne ficou sentado olhando a mesa de Craig; era quase nua, como se ninguém trabalhasse ali; nenhuma foto, nem flores, nem agenda, apenas uma grande prancha mata-borrão, um gravador e um volumoso envelope fechado, endereçado ao *sr. S. Craig* e com a etiqueta de "particular".

Alguns minutos depois, Craig irrompeu na sala, seguido de perto pela sua secretária. Payne se levantou e apertou sua mão, como se fosse um cliente, em vez de um velho amigo.

— Sente-se, meu velho — disse Craig. — Srta. Russell, por favor, garanta que ninguém nos perturbe.

— Claro, sr. Craig — respondeu ela, fechando a porta ao sair.

— Isso aí é o que eu acho que é? — perguntou Payne, apontando para o envelope em cima da mesa de Craig.

— É o que estamos prestes a descobrir. Chegou pelo correio de manhã, enquanto eu estava no tribunal. — Rasgou o envelope e despejou o conteúdo em cima da prancha: uma pequena fita cassete.

— Como conseguiu isso? — perguntou Payne.

— É melhor não perguntar. Digamos que tenho amigos em lugares infames. — Ele sorriu, pegou a fita e a enfiou no gravador. — Estamos prestes a descobrir aquilo que Toby tanto queria compartilhar com todo mundo.

Apertou a tecla *play*. Craig se recostou na cadeira, enquanto Payne permanecia sentado na beira da cadeira, com os cotovelos sobre a mesa. Passaram-se vários segundos antes que alguém falasse.

— Não tenho certeza de qual de vocês estará ouvindo esta fita. — Craig não reconheceu a voz imediatamente. — Pode ser Lawrence Davenport; mas parece improvável. Possivelmente Gerald Payne. — Payne sentiu um calafrio correr pelo seu corpo. — Mas desconfio que o mais provável é que seja Spencer Craig. — Craig não demonstrava nenhuma emoção. — Não importa qual de vocês, quero deixar bem claro que, mesmo que eu leve o resto da minha vida, porei todos os três na cadeia pelo assassinato de Bernie Wilson, sem falar na minha própria prisão ilegal. Se ainda esperam pôr as mãos na fita que realmente procuravam, eu posso garantir que ela está em um lugar que vocês jamais descobrirão, até que estejam trancafiados aqui dentro.

29

ANNY SE OLHOU num espelho de corpo inteiro pela primeira vez em meses e ficou espantado com sua reação. A influência de Nick foi mais forte do que até ele mesmo percebera, porque se deu conta de forma repentina e constrangedora de que um jeans de grife e uma camisa do West Ham não eram exatamente as roupas mais adequadas para comparecer diante do tribunal. Já estava arrependido de ter recusado a oferta de Nick de um terno, camisa e gravata, que teriam combinado melhor com a gravidade do cenário (palavras de Nick), pois a disparidade de seus tamanhos era praticamente nula (duas palavras cujo sentido ele não precisava mais consultar).

Danny ocupou seu lugar no banco dos réus e esperou que os três juízes surgissem. Saíra de Belmarsh às sete da manhã numa grande van branca do presídio, junto com mais doze detentos que deviam comparecer ao tribunal de recursos naquele dia. Quantos deles haveriam de voltar naquela noite? Ao chegar, fora trancado numa cela e lhe disseram para esperar. Isso lhe deu tempo de pensar. Não que lhe fossem permitir falar coisa alguma no tribunal. O sr. Redmayne repassara junto com ele os procedimentos do recurso minuciosamente, explicando que se tratava de algo muito diferente de um julgamento.

Três juízes vasculhavam todas as provas originais, além da transcrição do julgamento, e teriam que ser convencidos de que havia novas provas que o juiz e o júri desconheciam, antes de pensarem em reverter o veredicto original.

Depois de ter ouvido a fita, Alex Redmayne estava convicto de que a semente da dúvida seria plantada na mente dos juízes, embora não pretendesse se deter por muito tempo sobre os motivos que tornavam impossível o comparecimento de Toby Mortimer como testemunha.

Passou algum tempo até que a porta da cela de Danny fosse aberta, e Alex se juntasse a ele. Depois de sua última consulta, insistira que Danny o chamasse pelo prenome. Ele ainda se recusava, não parecia direito, apesar de seu advogado tê-lo tratado sempre como igual. Alex começou a examinar todas as novas provas minuciosamente. Apesar de Mortimer ter se suicidado, ainda tinham a fita, descrita por Alex como o curinga deles.

— A gente sempre deve procurar fugir dos clichês, sr. Redmayne — disse Danny com um sorriso.

Alex sorriu.

— Dentro de mais um ano, você estará fazendo sua própria defesa.

— Tomara que isso não seja necessário.

Danny ergueu os olhos para onde se sentavam Beth e sua mãe, na primeira fila da galeria, repleta dos bons cidadãos do Bow, que não tinham dúvida de que ele seria solto naquele mesmo dia. Só lamentava que o pai de Beth não estivesse entre eles.

O que Danny não imaginava era quanta gente havia na calçada do tribunal, cantando e segurando faixas pedindo a sua soltura. Ele baixou os olhos para os bancos da imprensa, onde estava sentado um rapaz do *Bethnal Green and Bow Gazette*, com seu bloco aberto e a caneta em riste. Será que ele arranjaria um furo para a edição do dia seguinte? Talvez somente a fita não bastasse, avisara Alex a Danny, mas, desde que fosse ouvida no tribunal, seu conteúdo poderia sair em qualquer jornal do país, e, depois disso...

Danny não estava mais sozinho. Alex, Nick, Big Al e, é claro, Beth eram os generais de um grupo que estava se tornando rapidamente um pequeno exército. Alex confessara que ainda tinha esperanças de que uma segunda testemunha aparecesse para confirmar o relato de Mortimer. Se Toby Mortimer se mostrara disposto a confessar, não seria possível que Gerald Payne ou Lawrence Davenport desejassem, depois de mais de dois anos enfrentando a própria consciência, corrigir sua versão do que realmente acontecera?

— Por que você não os procura? — perguntara Danny. — Talvez eles te deem ouvidos.

Alex explicara que não era possível e prosseguiu frisando que, mesmo se encontrasse algum deles, por acaso, socialmente, seria obrigado a abandonar a causa, ou, então, enfrentar uma acusação de quebra de ética profissional.

— Você não poderia mandar outra pessoa em seu lugar, que conseguiria as provas de que precisamos, como Big Al fez?

— Não — disse Alex com firmeza. — Se essa ação fosse rastreada e imputada a mim, você teria que procurar um novo advogado, e eu, uma nova causa.

— E o barman? — perguntou Danny.

Alex disse que eles já tinham verificado o passado de Reg Jackson, o atendente de bar do Dunlop Arms, para descobrir se ele tinha ficha criminal.

— E?

— Nada — respondeu Alex. — Já havia sido preso duas vezes nos últimos cinco anos por posse de bens roubados, mas a polícia não tinha provas suficientes para condená-lo, por isso abandonou as acusações.

— E Beth? Darão a ela uma segunda oportunidade de testemunhar?

— Não. Os juízes já terão lido seu testemunho por escrito e ouvido a transcrição do julgamento, e não estão interessados em reprises. — Ele também avisou a Danny que não conseguiu achar nada na súmula do juiz que cheirasse a algum partidarismo, passível de fundamentar um pedido de novo julgamento. — A verdade é que tudo depende da fita.

— E Big Al?

Alex lhe disse que pensou em chamar Albert Crann como testemunha, mas concluiu que seria mais prejudicial do que benéfico.

— Mas ele é um amigo fiel — comentou Danny.

— Com uma ficha criminal.

Ao soar das dez horas, os três juízes entraram juntos na sala. Os funcionários do tribunal se levantaram, fizeram uma reverência a eles e, em seguida, esperaram que se sentassem. Os dois homens e uma mulher que detinham em suas mãos o poder sobre o resto da vida de Danny lhe pareciam figuras um tanto fantasmagóricas, com a cabeça coberta por uma peruca curta e as roupas normais escondidas por longas togas.

Alex Redmayne colocou uma pasta num pequeno descanso à sua frente. Ele explicara a Danny que estaria sozinho no primeiro banco, já que o advogado de acusação não precisava estar presente aos recursos. Danny achou que não sentiria falta do sr. Arnold Pearson, promotor da Coroa.

183   *Prisioneiro da Sorte*

Depois que o tribunal se acomodou, o juiz mais antigo, juiz Browne, convidou o sr. Redmayne a iniciar sua argumentação.

Alex começou lembrando ao tribunal o passado do caso, tentando mais uma vez semear dúvidas na cabeça dos juízes, mas, pela expressão em seus rostos, o resultado era escasso. Na verdade, o juiz Browne interrompeu-o em mais de uma ocasião para perguntar se haveria alguma nova prova a ser apresentada no caso, frisando que todos os três juízes haviam examinado a transcrição do julgamento original.

Depois de uma hora, Alex finalmente cedeu.

— Esteja certo, Meritíssimo, de que pretendo de fato apresentar novas provas à sua avaliação.

— Esteja certo, sr. Redmayne, que estamos ansiosos para ouvi-las — respondeu o juiz Browne.

Alex se acalmou, virando outra página de seu arquivo.

— Meritíssimos, tenho comigo uma fita gravada que gostaria que os senhores avaliassem. É uma conversa com o sr. Toby Mortimer, um dos Mosqueteiros presente ao Dunlop Arms na noite em questão, que não pôde testemunhar no primeiro julgamento por ter se sentido mal. — Danny prendeu o fôlego quando Alex pegou a fita e a enfiou em um gravador na mesa diante dele. Estava prestes a apertar a tecla *play* quando o juiz Browne se inclinou e disse:

— Um instante por favor, sr. Redmayne.

Danny sentiu um calafrio percorrer-lhe o corpo enquanto os três juízes cochichavam entre si. Passou-se algum tempo antes que Browne fizesse uma pergunta cuja resposta — Alex não tinha dúvida — ele já sabia.

— O sr. Mortimer vai estar aqui como testemunha? — perguntou.

— Não, Meritíssimo, mas a fita demonstrará...

— Por que não virá, sr. Redmayne? Ainda está passando mal?

— Infelizmente, Meritíssimo, ele morreu recentemente.

— Posso perguntar qual foi a causa da morte?

Alex rogou uma praga. Sabia que Browne estava mais do que ciente do motivo pelo qual Mortimer não poderia comparecer ao tribunal, mas queria ter certeza de que todos os detalhes fossem registrados.

— Ele se suicidou, Meritíssimo, por overdose de heroína.

— Era registrado como viciado em heroína? — prosseguiu o juiz Browne, implacavelmente.

— Sim, Meritíssimo, mas felizmente essa gravação foi feita durante um período de remissão.

— Sem dúvida teremos aqui a confirmação de um médico então, certo?

— Infelizmente não, Meritíssimo.

— Devo supor que não havia um médico presente quando essa gravação foi feita?

— Infelizmente, Meritíssimo.

— Sei. E onde foi feita a gravação?

— No presídio de Belmarsh, Meritíssimo.

— O senhor estava presente na hora?

— Não, Meritíssimo.

— Talvez um agente penitenciário estivesse lá para testemunhar as circunstâncias em que foi feita essa gravação?

— Não, Meritíssimo.

— Então estou curioso para saber, sr. Redmayne, quem exatamente estava presente na hora.

— O sr. Albert Crann.

— E, não sendo médico ou funcionário da prisão, qual a sua função na época?

— Era um detento.

— Ah, é mesmo? Devo lhe perguntar, sr. Redmayne, se o senhor possui alguma prova de que esta gravação foi feita sem quaisquer coerções ou ameaças contra o sr. Mortimer?

Alex hesitou.

— Não, Meritíssimo. Mas tenho certeza de que o senhor poderá ajuizar o estado de espírito do sr. Mortimer, depois que ouvir a fita.

— Mas como podemos ter certeza de que o sr. Crann não segurava uma faca contra sua garganta, sr. Redmayne? Na verdade, sua simples presença poderia amedrontar mortalmente o sr. Mortimer.

— Como sugeri, Meritíssimo, talvez o senhor possa formar uma melhor opinião depois de ouvir a fita.

— Permita-me consultar meus colegas um instante, sr. Redmayne.

Mais uma vez, os três juízes cochicharam entre si.

Depois de pouco tempo, Browne voltou a atenção de novo para o advogado de defesa.

— Sr. Redmayne, somos todos da opinião de que não podemos permitir que o senhor toque esta fita, já que isso é obviamente inadmissível.

— Mas, Meritíssimo, posso chamar sua atenção para uma diretriz recente da Comissão Europeia...

— As diretrizes europeias não constituem lei no meu tribunal... — disse Browne, e, corrigindo-se rapidamente: — ... neste país. Deixe-me avisá-lo de que, se o conteúdo desta fita vier algum dia a público, serei obrigado a denunciar o assunto à Comissão de Ética Profissional.

O único jornalista no banco da imprensa descansou a caneta. Por um instante, pensou que tivesse um furo, já que o sr. Redmayne certamente lhe entregaria a fita depois do término da audiência, para que ele decidisse se seus leitores se interessariam por ela, mesmo se os senhores juízes não se interessassem. Mas não era mais possível. Se o jornal publicasse uma palavra da fita depois da diretriz judicial, incorreria numa desobediência legal — uma linha que até mesmo os editores mais decididos não ultrapassam.

Alex remexeu em alguns documentos, mas sabendo que não deveria perturbar Browne de novo.

— Por favor, prossiga com sua argumentação, sr. Redmayne — disse o juiz, prestativo.

Alex prosseguiu obstinadamente, com as poucas provas adicionais que lhe restaram, sem que pudesse usar mais nada que provocasse o menor levantar de sobrancelhas de Browne. Quando, finalmente, voltou para seu lugar, amaldiçoou-se. Deveria ter entregado a fita à imprensa um dia antes da audiência do recurso; o juiz, então, não teria outra escolha senão aceitar a gravação da conversa como uma nova prova. Mas Browne demonstrou ser esperto, não deixando sequer que Alex apertasse a tecla *play*.

Mais tarde, seu pai frisara que, se os juízes tivessem ouvido apenas uma frase, não teriam outra opção senão ouvir a fita inteira. Mas não ouviram palavra alguma, quanto mais uma frase.

Os três juízes se retiraram às 12h37, e passou-se pouco tempo para que voltassem com um veredicto unânime. Alex baixou a cabeça quando Browne pronunciou as palavras:

— Recurso negado.

Ele olhou para Danny, que acabara de ser condenado a passar os próximos vinte anos de sua vida na cadeia, por um crime que agora Alex tinha certeza de que seu cliente não cometera.

30

VÁRIOS CONVIDADOS já estavam em sua terceira ou quarta taça de champanhe quando Lawrence Davenport surgiu na escada do salão de baile repleto. Não deixou o último degrau até ter certeza de que a maioria deles se virara para olhá-lo. Uma leve salva de aplausos irrompeu. Ele sorriu e acenou com a mão, agradecendo. Alguém empurrou uma taça de champanhe para sua outra mão, dizendo:

— Você estava magnífico, querido.

Quando as cortinas se fecharam, o público da estreia ovacionou o elenco de pé, mas isso não surpreendeu os frequentadores habituais de teatro, porque é o costume. Afinal, as seis primeiras filas geralmente são ocupadas por familiares dos artistas, amigos e empresários, e as seguintes pela turma das entradas de cortesia e seus agregados. Somente um crítico experiente deixaria de se levantar na hora do fechamento das cortinas, a menos que saísse depressa para escrever seu texto a tempo de pegar a primeira edição da manhã seguinte.

Davenport olhou lentamente pelo salão. Seu olhar pousou em sua irmã, Sarah, que conversava com Gibson Graham.

— Como acha que os críticos reagirão? — perguntou Sarah ao empresário de Larry.

— Vão torcer o nariz — disse Gibson, dando uma baforada de seu charuto. — Sempre fazem isso quando algum astro de novela aparece no West End. Mas, como temos um adiantamento de trezentas mil libras e a temporada é só de catorze semanas, ficamos blindados à crítica. O importante é que haja bundas nas poltronas, Sarah, e não as críticas.

187 ⊙══ *Prisioneiro da Sorte*

— Larry tem alguma outra proposta?

— No momento, não — confessou Gibson. — Mas tenho certeza de que, depois desta noite, não faltarão sondagens.

— Excelente, Larry! — disse Sarah quando o irmão veio encontrá-los.

— Que triunfo! — acrescentou Gibson, erguendo o copo.

— Você achou mesmo? — perguntou Davenport.

— Ah, sim — disse Sarah, que compreendia melhor do que ninguém a insegurança do irmão. — De qualquer modo, Gibson me disse que vocês já estão com a temporada inteira quase totalmente reservada.

— É verdade, mas ainda me preocupo com a crítica — disse Davenport. — Ela nunca foi simpática comigo.

— Não dê a mínima atenção a ela — disse Gibson. — Não importa o que digam, o espetáculo será todo vendido.

Davenport vasculhou o salão para ver com quem queria falar em seguida. Seu olhar pousou em Spencer Craig e Gerald Payne, que estavam num canto, conversando a sós.

⟨☙⟩

— Parece que nosso pequeno investimento vai dar lucro — disse Craig. — Duplamente.

— Duplamente? — indagou Payne.

— Não só Larry fechou a boca na hora em que lhe ofereceram para se apresentar no West End, mas, com um adiantamento de trezentas mil libras, é certo que receberemos nosso dinheiro de volta, e talvez tenhamos até um pequeno lucro. E, agora que Cartwright teve seu recurso negado, não precisaremos nos preocupar com ele pelo menos por mais vinte anos — acrescentou Craig com um risinho.

— Ainda estou preocupado com a fita. Ficaria muito mais descansado se soubesse que ela não existe mais.

— Ela não tem mais importância.

— Mas e se os jornais puserem as mãos nela? — argumentou Payne.

— Os jornais jamais terão a ousadia de sequer mencioná-la, nem de leve.

— Mas isso não impediria que fosse distribuída na internet, o que nos ferraria de qualquer jeito.

— Você fica se preocupando sem necessidade.

— Não se passa uma noite sem que eu me preocupe — retrucou Payne. — Acordo todas as manhãs pensando que a minha cara pode estar estampada nas primeiras páginas.

— Acho que a cara a ir parar nas primeiras páginas não seria a *sua* — disse Craig, no momento em que Davenport surgiu a seu lado. — Parabéns, Larry. Você estava brilhante.

— Meu empresário me disse que vocês dois investiram no espetáculo — disse Davenport.

— Claro que sim — disse Craig. — A gente reconhece um vencedor de longe. Aliás, vamos gastar parte dos lucros na farra anual dos Mosqueteiros.

Dois rapazes se aproximaram de Davenport, felizes em confirmar a opinião que ele já tinha de si, o que deu a Craig a oportunidade de escapulir.

Ao circular pelo salão, avistou rapidamente Sarah Davenport conversando com um sujeito gordo, baixo e meio careca que fumava um charuto. Ela era ainda mais bonita do que ele se lembrava. Ficou pensando se o sujeito que dava baforadas no charuto era seu par. Quando ela virou em sua direção, Craig sorriu, mas ela não retribuiu. Talvez não o tivesse visto. Achava que ela sempre fora mais bonita do que Larry, e, depois de sua única noite juntos... Atravessou a sala para encontrá-la. Saberia num instante se Larry lhe confidenciara alguma coisa.

— Olá, Spencer — disse ela. Craig se inclinou para beijá-la em ambas as faces. — Gibson — disse Sarah —, este é Spencer Craig, um velho amigo de Larry, da época da universidade. Spencer, este é Gibson Graham, empresário de Larry.

— Você investiu no espetáculo, não investiu? — indagou Gibson.

— Uma soma modesta — confessou Craig.

— Jamais imaginei que você fosse um anjo — disse Sarah.

— Eu sempre apoiei Larry — afirmou Craig —, e nunca duvidei de que ele se tornaria um astro.

— Você também se tornou um pouco astro — disse Sarah, com um sorriso.

— Então, devo perguntar — disse Craig —, se é isso que você sente: por que nunca se comunica comigo?

— Não mantenho contato com criminosos.

— Espero que isso não impeça de jantarmos juntos em alguma ocasião, porque gostaria...

— Chegou a primeira edição dos jornais! — interrompeu Gibson. — Me deem licença, que vou descobrir se fizemos um grande sucesso ou se apenas vencemos.

Gibson Graham abriu caminho rapidamente pelo salão de baile, empurrando para o lado qualquer um que ficasse na sua frente. Pegou um exemplar do *Daily Telegraph* e foi para a parte das resenhas. Sorriu quando viu a manchete: *Oscar Wilde ainda está em casa no West End*. Mas o sorriso se transformou em cenho franzido quando chegou ao segundo parágrafo:

Lawrence Davenport nos deu sua interpretação rotineira, desta vez como Jack, o que pareceu não ter importância, porque a plateia estava apinhada de fãs do Dr. Beresford. Contrastando com isso, Eve Best, no papel de Gwendolen Fairfax, brilhou desde sua primeira aparição...

Gibson olhou para Davenport, do outro lado, satisfeito por ele ter engatado numa conversa com um jovem ator que não trabalhava havia algum tempo.

31

No momento em que chegaram à sua cela, o estrago já estava feito. A mesa fora feita em pedaços, o colchão, estraçalhado, os lençóis, rasgados, e o pequeno espelho de aço, arrancado da parede. Quando o sr. Hagen puxou a porta com força, encontrou Danny tentando tirar a pia do suporte. Três agentes se jogaram contra ele, que lançou um soco contra Hagen. Se o soco tivesse acertado, teria derrubado um campeão dos pesos-pesados, mas Hagen se esquivou bem na hora. O segundo agente agarrou o braço de Danny, enquanto o terceiro o chutou com força atrás do joelho, o que deu tempo a Hagen para se recuperar e algemar seus braços e pernas enquanto os colegas o seguravam.

Arrastaram-no para fora da cela e desceram com ele quicando pela escada de ferro, até chegarem ao corredor roxo, que dava acesso às solitárias. Chegaram a uma cela sem número. Hagen abriu a porta, e os outros dois o jogaram lá dentro.

Danny permaneceu quieto, deitado no chão de pedra frio durante bastante tempo. Se houvesse um espelho na cela, ele poderia ter admirado seu olho roxo e a colcha de retalhos de contusões tecida em seu corpo. Não se importava; ninguém se importaria ao perder a esperança e ter mais vinte anos para pensar nisso.

❧

— Meu nome é Malcolm Hurst — disse o representante do Conselho de Liberdade Condicional. — Por favor, sente-se, sr. Moncrieff.

191 ⊙══ᵣ *Prisioneiro da Sorte*

Hurst pensara bastante em como se dirigir ao detento.

— O senhor requereu liberdade condicional, sr. Moncrieff — começou a falar —, e cabe a mim elaborar um relatório para ser avaliado pelo conselho. É claro que já li sua ficha, um relato completo de como se comportou na prisão, e seu diretor de ala, o sr. Pascoe, descreveu sua conduta como exemplar.

Nick permaneceu calado.

— Também notei que o senhor é um detento bem-conceituado, que trabalha na biblioteca, além de auxiliar a equipe de ensino da penitenciária em inglês e história. O senhor parece ter obtido um sucesso extraordinário com alguns de seus colegas detentos, que conseguiram passar em provas de nível universitário, especialmente um deles, que se prepara atualmente para fazer três cursos universitários.

Nick balançou a cabeça com tristeza. Pascoe lhe dera a notícia de que Danny tivera o recurso negado e estava retornando do Old Bailey. Ele gostaria de esperar na cela pela chegada de Danny, mas infelizmente o Conselho de Liberdade Condicional já marcara a entrevista havia algumas semanas.

Nick já resolvera procurar Alex Redmayne, tão logo fosse solto, para oferecer qualquer tipo de ajuda. Não conseguia compreender por que o juiz não permitira a audição da fita. Sem dúvida, Danny lhe diria o motivo quando voltasse à cela. Tentava se concentrar naquilo que o representante do Conselho de Liberdade Condicional dizia.

— Vejo que durante seu tempo na prisão, sr. Moncrieff, conseguiu um diploma em inglês da Universidade Aberta, conquistando um bacharelado. — Nick anuiu com um gesto de cabeça. — Mesmo tendo uma ficha altamente elogiável, estou certo de que o senhor compreenderá que ainda preciso lhe fazer algumas perguntas antes de terminar meu relatório.

Nick já se aconselhara com Pascoe sobre o provável teor dessas perguntas.

— É claro — respondeu ele.

— O senhor foi condenado por um tribunal militar por imprudência e negligência no exercício de seu dever, tendo reconhecido a própria culpa. O tribunal anulou sua patente e o condenou a oito anos de detenção. Essa avaliação é correta?

— É, sr. Hurst.

Hurst fez um traço no primeiro espaço.

— Seu pelotão mantinha sob guarda um grupo de prisioneiros sérvios quando um bando da milícia albanesa passou de carro, disparando seus Kalashnikovs para o alto.

— Está certo.

— Seu sargento retaliou.

— Tiros de advertência, depois de eu ter dado aos insurgentes uma ordem clara para que suspendessem fogo.

— Mas dois observadores das Nações Unidas que assistiram a todo o incidente testemunharam em seu julgamento e disseram que os albaneses estavam apenas disparando para cima naquele momento. — Nick não fez nenhuma tentativa de se defender. — E, apesar de o senhor mesmo não ter disparado nenhum tiro, era o comandante naquele turno.

— Era.

— E o senhor acha que sua sentença foi justa.

— Sim.

Hurst anotou outra coisa, acrescentando:

— Se o conselho recomendar a soltura depois de o senhor cumprir apenas metade de sua pena, quais são seus planos para o futuro imediato?

— Pretendo voltar para a Escócia, onde aceitaria um lugar como professor em qualquer escola que quisesse me empregar.

Hurst preencheu outro quadradinho, antes de passar para a próxima pergunta.

— O senhor tem algum problema financeiro que o impediria de ser professor?

— Não — respondeu Nick. — Pelo contrário, meu avô me deixou uma herança bastante boa, de modo que não preciso voltar a trabalhar.

Hurst marcou um X em outro quadradinho.

— O senhor é casado, sr. Moncrieff?

— Não.

— Tem algum filho, ou outros dependentes?

— Não.

— Está tomando algum medicamento?

— Não

— Se for solto, tem para onde ir?

— Sim, tenho uma casa em Londres e outra na Escócia.

— Tem família para apoiá-lo, caso seja solto?

— Não — disse Nick. Hurst ergueu os olhos; foi o primeiro quadradinho a não receber um X. — Meus pais morreram, e sou filho único.

193 ⚷ *Prisioneiro da Sorte*

— Tias ou tios?

— Um tio e uma tia que moram na Escócia, dos quais nunca fui próximo, e outra tia, por parte de mãe, que mora no Canadá e com quem me correspondo, mas jamais conheci.

— Compreendo. Uma pergunta final, sr. Moncrieff. Pode parecer meio estranha, dadas as circunstâncias, mas preciso fazê-la. O senhor poderia imaginar algum motivo para voltar a cometer o mesmo crime?

— Como é impossível retomar minha carreira no Exército, e, na verdade, não tenho nenhum desejo de fazê-lo, minha resposta só pode ser não.

— Compreendo plenamente — disse Hurst, marcando um X no último quadradinho. — Finalmente, o senhor quer me fazer alguma pergunta?

— Só quero saber quando serei informado da decisão do conselho.

— Levarei alguns dias para fazer meu relatório antes de submetê-lo ao conselho, mas, depois de recebido, não devem levar mais que umas duas semanas para entrar em contato com o senhor.

— Obrigado, sr. Hurst.

— Obrigado, Sir Nicholas.

~～

— Não tivemos opção — disse Pascoe.

— Tenho certeza de que foi a coisa certa, Ray — respondeu o diretor —, mas acho que precisamos ter um pouquinho de bom senso, especialmente com esse detento.

— O que o senhor tem em mente? — perguntou Pascoe. — Afinal, ele arrebentou mesmo a cela.

— Eu sei, Ray, mas a gente conhece as reações dos condenados à prisão perpétua quando têm o recurso negado; ou se tornam solitários e caladões ou arrebentam tudo.

— Alguns dias na solitária farão com que ele volte a seu juízo — comentou Pascoe.

— Esperemos que sim — disse Barton —, porque gostaria de vê-lo com a cabeça no lugar o mais rápido possível. Ele é um rapaz inteligente, e eu tinha esperanças de que fosse o herdeiro natural de Moncrieff.

— A escolha óbvia, apesar de ele ter perdido automaticamente o *status* de prisioneiro de bom comportamento e voltado à estaca zero.

— Isso só vale por um mês — disse o diretor.

— Nesse meio-tempo — retrucou Pascoe —, o que faço a respeito do seu trabalho? Tiro-o da educação e o ponho de volta nos trabalhos forçados?

— Deus me livre! — disse Barton. — Seria um castigo maior para a gente do que para ele.

— E seus direitos na cantina?

— Fica sem o salário e a cantina durante quatro semanas.

— Sim, senhor — disse Pascoe.

— E dê uma palavrinha com o sr. Moncrieff. Ele é o melhor amigo de Cartwright. Veja se ele consegue enfiar um pouco de juízo na cabeça dele, além de apoiá-lo durante as próximas semanas.

— Pode deixar.

— Quem é o próximo?

— Leach.

— Qual a acusação desta vez?

— Não devolver um livro à biblioteca.

— Será que você não pode resolver um problema pequeno desses sem me envolver? — perguntou o diretor.

— Normalmente, sim, mas nesse caso se tratava de um exemplar valioso da *Law Review* que Leach deixou de devolver, a despeito de vários avisos orais e por escrito.

— Ainda não vejo motivo para que ele precise vir à minha presença — reclamou Barton.

— Quando finalmente achamos o livro num monte de lixo, no bloco dos fundos, ele fora rasgado.

— Por que ele faria isso?

— Tenho minhas suspeitas, mas não tenho como provar.

— Mais uma maneira de trazer drogas aqui para dentro?

— Como eu disse ao senhor, não tenho provas. Mas Leach voltou à solitária por mais um mês, para o caso de ele resolver destroçar toda a biblioteca. — Pascoe hesitou. — Temos outro problema.

— Que é...

— Um dos informantes me disse que entreouviu Leach dizer que se vingaria de Cartwright, mesmo que fosse a última coisa que fizesse.

— Porque o bibliotecário é ele?

— Não, por causa de algo a ver com uma fita — respondeu Pascoe —, mas não consegui entender isso.

— Era só o que me faltava! — disse o diretor. — É melhor manter os dois sob vigilância 24 horas.

— Estamos com muito pouca gente no momento — respondeu Pascoe.

— Então, façam o melhor possível. Não quero que o que aconteceu com aquele pobre-diabo em Garside se repita aqui; e ele só fez um gesto obsceno para Leach.

32

DANNY ESTAVA DEITADO na cama de cima escrevendo uma carta, depois de muito pensar. Nick tentara dissuadi-lo, mas Danny tomara a decisão, e não havia nada capaz de mudá-la.

Nick estava tomando banho, e Big Al no hospital, ajudando a enfermeira com uma cirurgia noturna, por isso Danny estava sozinho na cela. Ele desceu da cama e ocupou o assento diante da pequena mesa de fórmica. Fitou a folha de papel em branco. Passou-se algum tempo até que conseguisse escrever a primeira frase:

Querida Beth,

Esta será a última vez que lhe escreverei. Pensei muito sobre esta carta e cheguei à conclusão de que não posso condená-la à mesma longa prisão a que fui condenado.

Ele olhou para a foto de Beth, presa à parede diante dele com fita durex.

Como você sabe, só serei solto quando tiver 50 anos, e, tendo isso em mente, quero que você recomece a vida sem mim. Se você escrever de novo, não abrirei sua carta; se tentar me visitar, permanecerei em minha cela; não farei contato com você e não responderei a qualquer tentativa que você fizer. É uma decisão irrevogável, e nada me fará mudar de opinião.

Não imagine sequer por um instante que eu não a ame e a Chrys, porque amo e amarei pelo resto da minha vida. Mas não tenho dúvidas

de que, em longo prazo, este será o melhor rumo para nós dois.
Adeus, meu amor,

Danny

Ele dobrou a carta e colocou-a num envelope que endereçou a Beth Wilson, 27 Bacon Road, Bow, Londres E3.

Danny ainda fitava a foto de Beth quando a porta da cela se abriu.

— Correspondência — disse um agente, de pé na passagem. — Carta para Moncrieff, e outra para... — Ele viu o relógio no pulso de Danny e a corrente de prata em volta de seu pescoço, e hesitou.

— Nick está tomando banho — explicou Danny.

— Certo — disse o agente. — Tem uma para você e outra para Moncrieff.

Danny logo reconheceu a caligrafia nítida de Beth. Não abriu o envelope, apenas o rasgou, jogou os pedaços dentro da privada e puxou a descarga. Colocou o outro envelope em cima do travesseiro de Nick.

Impressas no canto esquerdo superior, havia as palavras: "Conselho de Liberdade Condicional".

❧

— Quantas vezes já escrevi para ele? — perguntou Alex Redmayne.

— É a quarta carta que o senhor mandou neste mês — respondeu sua secretária.

Alex olhou pela janela. Várias figuras de beca corriam de um lado para o outro na praça.

— Síndrome da prisão perpétua — disse.

— Síndrome da prisão perpétua?

— Você se isola do mundo exterior, ou então continua vivendo como se nada tivesse acontecido. Ele evidentemente resolveu se isolar.

— Então adianta alguma coisa escrever para ele?

— Ah, sim. Não quero que ele pense que eu o abandonei.

❧

Quando Nick voltou do banho, Danny ainda estava à mesa estudando algumas previsões financeiras que faziam parte de seu vestibular em administração, enquanto Big Al permanecia estirado na cama. Nick entrou na cela com uma toalha fina e úmida enrolada na cintura, as sandálias deixando marcas molhadas no piso de pedra. Danny parou de escrever e lhe devolveu seu relógio, seu anel e sua corrente de prata.

— Obrigado — disse Nick.

Então, ele viu o envelope pardo e fino em seu travesseiro. Por instantes, apenas o fitou. Danny e Big Al ficaram calados, à espera da reação dele. Finalmente, pegou uma faca de plástico e rasgou o envelope que as autoridades penitenciárias não tinham autorização para manipular.

Prezado sr. Moncrieff,

Fui instruído pelo Conselho de Liberdade Condicional a informar-lhe que seu pedido de soltura antecipada foi concedido. Sua sentença terminará, portanto, em 17 de julho de 2002.

Todos os detalhes de sua soltura e de sua liberdade condicional lhe serão enviados numa data posterior, juntamente com o nome de seu agente de condicional e o local onde deverá se apresentar.

Atenciosamente,

T. L. Williams

Nick ergueu os olhos para os colegas de cela, mas não precisou lhes dizer que, dentro em breve, seria um homem livre.

❧

— Visitas! — berrou uma voz que podia ser ouvida de um lado a outro do bloco. Alguns momentos depois, a porta se abriu e um agente verificou em sua prancheta. — Você tem uma visita, Cartwright. A mesma jovem da semana passada. — Danny virou outra página de *Bleak House* e apenas fez que não com a cabeça.

— Como quiser — disse o agente, batendo a porta da cela.

Nick e Big Al não fizeram nenhum comentário. Ambos haviam desistido de fazê-lo mudar de ideia.

33

E LE ESCOLHERA COM cuidado o dia, até mesmo a hora, mas não podia ter planejado que o minuto se encaixasse tão bem no plano.

O diretor decidira o dia, e o agente principal apoiara sua decisão. Naquela data, seria aberta uma exceção. Os detentos poderiam sair das celas para assistir à partida do mundial entre Inglaterra e Argentina.

Às cinco para o meio-dia, as portas foram abertas e os prisioneiros saíram aos montes das celas, todos indo na mesma direção. Big Al, como patriota escocês, recusou com aspereza a oportunidade de assistir ao velho inimigo em ação, permanecendo sentado na cama.

Danny estava entre aqueles sentados na frente, olhando com atenção uma velha caixa quadrada, à espera de que o juiz apitasse o começo da partida. Todos os prisioneiros aplaudiam e gritavam muito antes do início, exceto um que permanecia calado e recuado atrás do grupo. Ele não olhava para a TV, mas para uma porta de cela aberta no primeiro andar. Não se mexia. Os agentes não reparam nos detentos que não se mexem. Ele estava começando a imaginar que o sujeito quebrara sua rotina normal por causa da partida. Mas o sujeito não assistia ao jogo. Seu amigo estava sentado em um banco na frente, por isso ele ainda deveria estar em sua cela.

Passados trinta minutos com o placar de zero a zero, ainda não havia sinal dele.

Então, logo antes de o juiz apitar o intervalo, um jogador inglês foi derrubado na área de pênalti da Argentina. A turma em volta da TV parecia fazer quase o mesmo barulho que os 35 mil torcedores do estádio, e até mesmo alguns agentes participaram. O barulho de fundo fazia parte de seu plano. Seus olhos permaneciam fixos na porta aberta, quando, sem aviso, o coelho saiu da toca. Trajava short de boxe e sandálias de plástico com uma toalha pendurada no ombro, e não olhou para baixo; claramente não tinha nenhum interesse em futebol.

Ele recuou alguns passos até se separar do grupo, mas ninguém notou. Virou-se e foi caminhando lentamente até a outra extremidade do bloco; em seguida, subiu silenciosamente a escada em espiral até o primeiro andar. Ninguém olhou para trás enquanto o juiz apontava o lugar da cobrança do pênalti.

Quando chegou ao último degrau, procurou ver se alguém o vira sair. Ninguém sequer relanceara em sua direção. Os jogadores argentinos cercavam o juiz e protestavam, enquanto o capitão da Inglaterra pegava a bola e caminhava calmamente até a marca do pênalti.

Ele deu uma parada do lado de fora dos chuveiros, olhou para dentro e descobriu que o banheiro estava cheio de vapor; tudo parte de seu plano. Entrou e ficou aliviado por só haver uma pessoa no chuveiro. Foi andando silenciosamente até o banco de madeira na extremidade do banheiro, onde uma única toalha jazia bem-dobrada no canto. Pegou-a e torceu-a como um laço. O detento sob o chuveiro esfregava xampu nos cabelos.

Todo mundo no térreo fizera silêncio, nenhum murmúrio sequer enquanto David Beckham colocava a bola na marca do pênalti. Alguns chegaram a prender a respiração quando ele deu alguns passos para trás.

O sujeito no banheiro deu uns passos para a frente na hora em que o pé direito de Beckham fez contato com a bola. O berreiro que se seguiu parecia o de um motim, com a adesão de todos os agentes.

O detento que lavava a cabeça no chuveiro abriu os olhos quando ouviu o rumor e precisou colocar a mão na testa imediatamente para impedir que mais espuma caísse em seus olhos. Estava prestes a sair do chuveiro e pegar a toalha no banco quando um joelho bateu em sua virilha com tanta força que teria impressionado o próprio Beckham, seguido de um soco no meio das costelas que o jogou contra os azulejos da parede. Ele procurou revidar, mas um antebraço apertou com força sua garganta, e outra mão agarrou-lhe o cabelo e puxou sua cabeça para trás. Um movimento rápido, e, embora ninguém tivesse ouvido o osso estalar, quando seu corpo foi solto, arriou até o chão como uma marionete cujos barbantes tivessem sido cortados.

Seu atacante se abaixou e colocou cuidadosamente o laço em volta do pescoço dele; em seguida, usando toda a sua força, levantou o morto e segurou-o contra a parede enquanto amarrava a outra extremidade da toalha ao cano do chuveiro. Abaixou lentamente o corpo na posição certa e recuou um instante para admirar sua obra. Voltou para a entrada do banheiro e enfiou a cabeça na abertura da porta para verificar o que estava acontecendo lá embaixo. A comemoração fugira de controle, e os agentes estavam totalmente ocupados em impedir que os prisioneiros começassem a arrebentar tudo.

Ele se movia como um rato, voltando rápida e silenciosamente pela escada em espiral, fazendo pouco caso das marcas de água que haveriam de secar muito antes do término da partida. Voltou à própria cela em menos de um minuto. Em cima da cama havia uma toalha, uma camiseta limpa e uma calça jeans, um par de meias limpas e seu tênis Adidas. Despiu rapidamente as roupas molhadas, secou-se e vestiu as roupas limpas. Em seguida, examinou o cabelo num pequeno espelho de aço na parede antes de escapulir da cela.

Os detentos esperavam impacientemente pelo começo do segundo tempo. Ele se reuniu a seus colegas sem ser notado, e lentamente, com um passo aqui, um movimento lateral ali, abriu caminho até o centro da confusão. Durante grande parte do segundo tempo, a turma intimava o juiz a apitar o final da partida, para que a Inglaterra pudesse deixar o campo com uma vitória de um a zero.

Quando o apito final acabou soando, houve outra explosão sonora. Vários agentes gritavam:

— Voltem para suas celas! — A reação foi imediata.

Ele se virou e foi andando propositadamente na direção de um agente, batendo contra seu cotovelo ao passar.

— Olhe por onde anda, Leach — disse Pascoe.

— Desculpe, chefe — respondeu Leach, seguindo seu caminho.

Danny voltou para cima. Sabia que Big Al já deveria ter se apresentado na cirurgia, mas ficou espantado ao ver que Nick não estava na cela. Sentou-se à mesa e fitou a foto de Beth, ainda presa com durex à parede. Ela evocava memórias de Bernie. Eles estariam em seu bar de sempre assistindo juntos ao jogo, se... Danny tentou se concentrar no ensaio que precisava finalizar no dia seguinte, mas simplesmente continuou olhando para a foto, tentando se convencer de que não sentia falta dela.

De repente, o eco de uma sirene soou por todo o bloco, acompanhado pelo som dos agentes berrando:

— Voltem para as suas celas! — Instantes depois, a porta da cela se abriu, e um agente enfiou a cabeça pela abertura.

— Moncrieff, onde está Big Al?

Danny não se deu o trabalho de corrigi-lo. Afinal, ainda usava o relógio, o anel e a corrente de prata de Nick, que lhe foram dados para guardar. Disse apenas:

— Deve estar trabalhando no hospital.

Quando a porta se fechou com uma batida, Danny ficou pensando por que não perguntaram onde *ele* estava. Era impossível se concentrar em seu ensaio com tanto barulho em volta. Supôs que algum prisioneiro estivesse sendo carregado para a solitária, superagitado com a vitória inglesa. Alguns minutos depois, a porta foi aberta pelo mesmo agente e Big Al entrou lentamente.

— Oi, Nick — disse ele em voz alta, antes que fechassem a porta.

— Qual é a sua? — perguntou Danny.

Big Al pôs um dedo nos lábios, andou até a privada e se sentou nela.

— Eles não podem me ver enquanto eu estiver aqui. Finge que está trabalhando e não olha para cá.

— Mas por que...

— E não abre a boca, apenas escuta. — Danny pegou a caneta e fingiu estar se concentrando em seu ensaio. — Nick se apagou.

Danny pensou que fosse vomitar.

— Mas por que... — repetia.

— Eu disse para não falar. Encontraram-no pendurado no chuveiro.

Danny começou a socar a mesa com o punho.

— Não pode ser verdade!

— Cala a boca, seu burro filho da puta, e escuta. Eu estava na cirurgia quando dois canas entraram correndo e um deles disse: "Enfermeira, venha rápido, Cartwright se matou." Eu sabia que isso era mentira, porque eu tinha visto você no futebol alguns minutos atrás. Tinha que ser o Nick. Ele sempre tomava banho quando não tinha chance de ser perturbado.

— Mas por que...

— Não se preocupe com isso, Danny Boy — disse Big Al com firmeza. — Os canas e a enfermeira saíram correndo, e eu fiquei sozinho durante alguns

203 Prisioneiro da Sorte

minutos. Em seguida, apareceu outro cana e me escoltou de volta até aqui. — Danny agora escutava com grande atenção. — Ele me disse que você tinha se suicidado.

— Mas vão descobrir que não fui eu tão logo...

— Não vão, não — disse Big Al —, porque eu tive tempo de trocar o nome em suas duas fichas.

— Você fez o quê? — perguntou Danny, incrédulo.

— Você me ouviu.

— Mas eu achei que você tivesse me dito que as fichas vivem trancadas.

— É, mas não durante cirurgias, no caso de a enfermeira precisar ler a medicação de alguém. E ela saiu depressa. — Big Al parou de falar ao ouvir alguém no corredor lá fora. — Continua escrevendo — disse se levantando, voltando para a cama e se deitando. Um olho espiou pelo visor e, em seguida, seguiu adiante até a próxima cela.

— Mas por que você fez isso? — perguntou Danny.

— Depois de checarem suas impressões digitais e o seu grupo sanguíneo, vão continuar pensando que foi você quem se matou porque não ia encarar mais vinte anos dentro deste buraco de merda.

— Mas Nick não tinha nenhum motivo para se enforcar.

— Eu sei — disse Big Al. — Mas, enquanto pensarem que era você quem estava na ponta daquela corda, não vai ter inquérito.

— Mas isso não explica por que você trocou... — começou a falar Danny. Calou-se um instante a mais, antes de acrescentar: — Para que eu possa sair deste lugar andando como um homem livre daqui a seis semanas.

— Você pega as coisas rápido, Danny Boy.

O sangue fugiu do rosto de Danny, no momento em que começou a perceber as consequências do ato impetuoso de Big Al. Fitou a foto de Beth. Ainda não poderia vê-la, mesmo se conseguisse escapar. Teria que passar o resto da vida fingindo ser Nick Moncrieff.

— Por que não pensou em me consultar primeiro? — disse.

— Não tinha tempo. Só não esquece que meia dúzia de pessoas aqui sabia quem é quem; depois de verificarem as fichas, até mesmo elas vão pensar que foi você quem morreu.

— E se formos descobertos?

— Você vai continuar cumprindo uma longa pena. Eu vou perder o trabalho no hospital e voltar a ser zelador da ala. Grande coisa.

Danny ficou calado novamente durante algum tempo. Finalmente disse:

— Não tenho certeza se vou conseguir, mas se eu, quero dizer, se...

— Não há tempo para "se", Danny Boy. Você tem um dia até a porta da cela se abrir, então terá que decidir se é Danny Cartwright, cumprindo pena por mais vinte anos por um crime que não cometeu, ou Sir Nicholas Moncrieff, prestes a ser solto. E vamos encarar os fatos: você vai ter muito mais chances de limpar seu nome lá fora, sem falar em acertar as contas com aqueles filhos da puta que mataram seu amigo.

— Preciso de tempo para pensar — disse Danny, ao começar a subir até a cama de cima.

— Pensa rápido. E não esquece que o Nick dormia sempre na cama de baixo.

34

— NICK ERA CINCO meses mais velho do que eu — disse Danny — e dois centímetros mais baixo.

— Como você sabe? — perguntou Big Al nervosamente.

— Tudo está em seus diários — respondeu Danny. — Acabei de chegar no ponto em que apareço nesta cela, e vocês dois precisam resolver que história me contar. — Big Al franziu o cenho. — Fui cego durante os últimos dois anos, quando a coisa estava na minha cara o tempo todo. — Big Al ainda permanecia calado. — Você era aquele sargento que atirou nos dois albaneses de Kosovo, quando mandaram o pelotão de Nick guardar um grupo de prisioneiros sérvios.

— Pior — disse Big Al. — Foi depois que o capitão Moncrieff mandou só atirar quando ele desse uma ordem em inglês e servo-croata.

— E você resolveu ignorar essa ordem.

— Não faz sentido dar avisos a quem já está atirando em você.

— Mas dois observadores da ONU disseram na corte marcial que os albaneses só estavam disparando para o alto.

— Observação feita na segurança de uma suíte de hotel, do outro lado da praça.

— E Nick acabou pagando o pato.

— Sim. Apesar de eu ter contado toda a verdade ao presidente do tribunal, eles preferiram acreditar na palavra de Nick, e não na minha.

— O que resultou em você ser acusado de homicídio culposo.

— E ser sentenciado a dez anos, em vez de 22 por homicídio doloso, sem esperança de redução da pena.

— Nick escreve muito sobre sua coragem, e sobre como você salvou metade do pelotão, inclusive ele mesmo, enquanto serviam no Iraque.
— Ele exagerava.
— Não era o estilo dele — comentou Danny —, embora isso explique por que resolveu assumir a culpa, mesmo depois de você ter desobedecido às ordens.
— Contei a verdade na corte marcial — repetiu Big Al —, mas mesmo assim eles tiraram a patente de Nick e o condenaram por precipitação e negligência no cumprimento do dever. Você imagina que não se passa nenhum dia sem que eu pense no sacrifício que ele fez por mim? Mas eu tenho certeza de uma coisa... ele gostaria que você tomasse seu lugar.
— Como pode ter tanta certeza?
— Continue lendo, Danny Boy.

— Tem algo cheirando mal em tudo isso — disse Ray Pascoe.
— O que você quer dizer? — perguntou o diretor. — Você sabe tão bem quanto eu que não é raro haver suicídios entre os condenados à perpétua depois de seus recursos terem sido negados.
— Mas não o Cartwright. Ele tinha muitos motivos para viver.
— Não dá para saber o que se passava na cabeça dele — respondeu o diretor. — Mas não se esqueça de que ele destruiu a cela e acabou na solitária. Também se recusou a ver a noiva e a filha toda vez que elas vinham visitá-lo; nem sequer abria as cartas dela.
— Verdade. Mas será que é só coincidência que isso tenha acontecido alguns dias depois de Leach ter jurado se vingar?
— Você escreveu no seu último relatório que não tem havido contato entre os dois desde o incidente do livro da biblioteca.
— Isso é o que me preocupa — disse Pascoe. — Quando você pretende matar alguém, evita ao máximo ser visto perto dele.
— O médico confirmou que Cartwright morreu com o pescoço quebrado.
— Leach é bastante capaz de quebrar o pescoço de alguém.
— Só porque não devolveu o livro da biblioteca?
— E acabou um mês na solitária — acrescentou Pascoe.

Prisioneiro da Sorte

— O que me diz da fita sobre a qual você andou falando tanto?

Pascoe balançou a cabeça negativamente.

— Não soube mais nada sobre o assunto. Mas ainda tenho uma sensação aqui dentro...

— É melhor você ter mais do que uma sensação, Ray, se espera que eu abra um inquérito.

— Alguns minutos antes de o corpo ser achado, Leach me deu um encontrão de propósito.

— E daí?

— Ele estava usando tênis novinhos.

— E daí?

— Notei que ele estava usando os tênis azuis de ginástica da prisão quando o jogo começou. Então, como podia estar usando um Adidas novinho em folha no final? Não faz sentido.

— Apesar de admirar muito seu senso de observação, Ray, isso não constitui a prova de que precisamos para abrir um inquérito.

— Seus cabelos estavam molhados.

— Ray, temos duas opções. Ou aceitamos o relatório médico e confirmamos para os nossos superiores no Ministério do Interior que foi suicídio, ou chamamos a polícia e pedimos uma investigação completa. Se esse for o caso, precisarei de mais provas do que cabelos molhados e tênis novos.

— Mas se Leach...

— A primeira pergunta que nos farão é por que não recomendamos uma transferência no mesmo dia, se sabíamos da ameaça de Leach a Cartwright.

Houve um leve bater na porta.

— Entre — disse o diretor.

— Desculpe interrompê-lo — disse sua secretária —, mas achei que o senhor gostaria de ver isto logo. — Ela lhe entregou uma folha de papel pautado da prisão.

Ele leu duas vezes o curto bilhete, antes de entregá-lo a Ray Pascoe.

— Isso é o que eu chamo de prova.

Payne estava mostrando um apartamento de cobertura em Mayfair a um cliente quando seu celular começou a tocar. Ele normalmente o desligava ao acompanhar um cliente em potencial, mas, com o nome de Spencer na tela, pediu licença por um instante e foi até o cômodo ao lado receber a chamada.

— Boas-novas — disse Craig. — Cartwright morreu.
— Morreu?
— Ele se suicidou. Foi encontrado pendurado no chuveiro.
— Como soube?
— Está na página dezessete do *Evening Standard*. Chegou a deixar um bilhete de suicídio. Então, chegaram ao fim nossos problemas.
— Não enquanto existir a fita — lembrou-lhe Payne.
— Ninguém vai se interessar por uma fita de um morto falando sobre outro.

A porta da cela se abriu e Pascoe entrou. Observou Danny algum tempo, mas não falou nada. Danny ergueu os olhos do diário; ele chegara ao ponto da entrevista de Nick com Hurst, do Conselho de Liberdade Condicional, no mesmo dia em que negaram seu recurso — e em que ele arrebentou a cela, indo parar na solitária.

— Está bem, rapazes, façam a refeição e depois voltem a trabalhar. E, Moncrieff, lamento muito sobre seu amigo Cartwright. Eu mesmo jamais pensei que ele fosse culpado. — Danny tentou pensar numa resposta conveniente, mas Pascoe já estava destrancando a porta da cela seguinte.

— Ele sabe — disse Big Al tranquilamente.
— Então, estamos roubados! — respondeu Danny.
— Acho que não — disse Big Al. — Por algum motivo, ele está aceitando a versão de suicídio, e aposto que ele não é o único a ter dúvidas. Aliás, Nick, o que te fez mudar de opinião?

Danny pegou o diário, virou algumas páginas para trás e leu em voz alta as palavras: *Se eu pudesse trocar de lugar com Danny, eu o faria. Ele tem muito mais direito à liberdade do que eu.*

35

ANNY FICOU NO lugar mais afastado possível do cemitério da igreja, enquanto o padre Michael erguia a mão direita para fazer o sinal da cruz. O diretor concedera o pedido de Nick para comparecer ao funeral de Danny na igreja de St. Mary's, no Bow. Ele negou o pedido de Big Al, baseado no fato de ele ainda ter que cumprir mais de catorze meses e não ter obtido a liberdade condicional.

Quando o carro sem insígnias virou na Mile End Road, Danny olhou pela janela, procurando pontos familiares. Passaram por sua loja predileta de peixe com fritas, seu bar costumeiro, o Crown and Garter, e o Odeon, onde ele e Beth costumavam se sentar na última fileira toda sexta-feira à noite. Quando pararam no sinal em frente ao Clement Attlee Comprehensive, cerrou os punhos ao pensar nos anos desperdiçados que passara ali.

Tentou não olhar quando passaram pela Oficina Wilson's, mas não conseguiu. Havia poucos sinais de vida no pequeno pátio. Seria preciso mais que uma mão de tinta para que alguém pensasse em deixar o carro para ser consertado ali. Ele voltou a atenção para a de Monty Hughes, do outro lado da rua: filas e mais filas de reluzentes Mercedes novos, e vendedores elegantes disparando sorrisos animados.

O diretor lembrara a Moncrieff que, embora ele só tivesse de cumprir cinco semanas, ainda precisaria ir acompanhado de dois agentes, que jamais sairiam de seu lado. E, se desobedecesse a quaisquer das suas restrições, o diretor não hesitaria em recomendar ao Conselho de Liberdade Condicional que voltasse atrás em sua decisão de soltura antecipada, o que o obrigaria a cumprir mais quatro anos de pena.

— Mas você já sabe tudo isso — prosseguira Michael Barton —, porque sofreu as mesmas restrições quando assistiu ao enterro do seu pai, apenas uns dois meses atrás. — Danny não fez nenhum comentário.

As restrições do diretor, como ele as chamava, até convinham a Danny, já que não lhe era permitido se misturar à família Cartwright, seus amigos ou outras pessoas. Na verdade, não podia falar com ninguém, exceto com os agentes que o acompanhavam, até voltar para dentro dos muros da prisão. A possibilidade de mais quatro anos em Belmarsh era mais do que suficiente para ele permanecer concentrado.

Pascoe e Jenkins ficaram um de cada lado dele, distantes das pessoas que pranteavam o morto e se juntavam em volta da sepultura. Danny ficou aliviado por as roupas de Nick lhe caírem como se tivessem sido feitas de encomenda por um alfaiate — bem, a calça talvez pudesse ser uns dois centímetros mais longa, e, a despeito de Danny nunca ter usado um chapéu antes, tinha a vantagem de proteger o rosto de qualquer olhar curioso.

O padre Michael abriu a cerimônia com uma oração, enquanto Danny observava uma reunião muito maior do que previra. Sua mãe parecia pálida e cansada, como se chorasse havia dias, e Beth estava tão magra que um vestido do qual ele se lembrava bem agora lhe caía solto, deixando de realçar-lhe o corpo gracioso. Somente sua filha de 2 anos, Christy, parecia indiferente à situação, brincando tranquilamente ao lado da mãe; tivera apenas um breve contato com o pai, seguido de longos meses de intervalo. Provavelmente o esqueceu. Danny esperava que a única recordação que ela tivesse do pai não fosse a de visitá-lo na prisão.

Danny se emocionou ao ver o pai de Beth ao lado dela, cabisbaixo, e, logo atrás da família, um homem alto e elegante num terno preto, com os lábios contraídos e um olhar aceso de raiva. De repente Danny sentiu-se culpado por não ter respondido a nenhuma das cartas de Alex Redmayne desde o recurso.

Quando o padre Michael acabou de entoar as orações, baixou a cabeça antes de pronunciar o elogio fúnebre:

— A morte de Danny Cartwright é uma tragédia moderna — disse ele a seus paroquianos, enquanto olhava o caixão. — Um rapaz que se desgarrou do caminho e ficou tão angustiado neste mundo que sacrificou a própria vida. Aqueles entre nós que conheceram bem Danny ainda acham difícil acreditar que um homem tão gentil e atencioso pudesse ter cometido um crime, muito

Prisioneiro da Sorte

menos o assassinato de seu melhor amigo. Na verdade, muitos nesta paróquia — e ele olhou de relance para um inocente policial que estava na entrada da igreja — ainda não se convenceram de que a polícia prendeu o homem certo.

Uma salva de palmas irrompeu entre os presentes em volta do túmulo. Danny ficou contente ao ver que o pai de Beth estava entre os que aplaudiam.

O padre Michael ergueu a cabeça.

— Mas, por ora, lembremos o filho, o jovem pai, o talentoso desportista e líder, porque são muitos os que creem que, se Danny Cartwright ainda estivesse vivo, seu nome haveria de repercutir muito além das ruas do Bow. — O aplauso irrompeu pela segunda vez. — Mas não era essa a vontade de Deus, e, em Seu divino mistério, Ele escolheu levar para longe nosso filho, a fim de passar o restante de seus dias com nosso Salvador. — O padre aspergiu água benta em volta da sepultura, e, quando o caixão estava baixando ao túmulo, ele começou a entoar: — Que seja concedido o descanso eterno a Danny, ó Senhor.

Enquanto o coro de jovens cantava docemente o *Nunc Dimittis*, o padre Michael, Beth e o restante da família Cartwright se ajoelharam ao lado do túmulo. Alex Redmayne, junto com vários outros presentes, esperava atrás para oferecer suas condolências. Alex baixou a cabeça como se estivesse orando, e falou algumas poucas palavras que nem Danny nem nenhum dos presentes conseguiu ouvir: "Limparei o seu nome para que você possa finalmente descansar em paz."

Só deixaram Danny se mexer depois da partida das últimas pessoas, inclusive de Beth e Christy, que não olharam uma única vez em sua direção. Quando Pascoe finalmente se virou para dizer a Moncrieff que podiam partir, encontrou-o em lágrimas. Danny tinha vontade de explicar que chorava não só por causa de seu grande amigo, Nick, mas pelo privilégio de ser um dos poucos indivíduos a descobrir o quanto era amado pelos entes mais queridos.

36

D ANNY PASSOU CADA instante livre lendo e relendo os diários de Nick, até sentir que não restava nada a conhecer sobre ele.

Big Al, que servira com Nick durante cinco anos antes de serem ambos submetidos a uma corte marcial e mandados para Belmarsh, foi útil no preenchimento de várias lacunas, inclusive sobre como deveria ser a reação de Danny, se algum dia topasse com um oficial do Cameron Highlanders, ensinando-lhe também como distinguir a gravata do regimento a trinta passos de distância. Discutiram interminavelmente sobre qual seria a primeira coisa que Nick faria logo que fosse solto.

— Iria direto para a Escócia — disse Big Al.

— Mas eu só tenho 45 libras e um passe de trem.

— O sr. Munro vai poder resolver isso aí para você. Não esquece que Nick disse que você ia saber lidar com o sr. Munro muito melhor do que o próprio Nick.

— Se eu fosse ele.

— Você *é* ele — respondeu Big Al —, graças a Louis e Nick, que fizeram um ótimo trabalho. Munro vai ser moleza. Mas, quando ele te vir pela primeira vez...

— Segunda vez.

— ... mas ele só viu Nick durante uma hora e vai estar esperando ver Sir Nicholas Moncrieff, não alguém que ele nunca viu. O problema maior vai ser o que fazer no dia seguinte.

— Voltarei direto para Londres.

— Então fica longe do East End.

213   *Prisioneiro da Sorte*

— Milhões de londrinos nunca foram ao East End — desabafou Danny com certa emoção. — E, apesar de eu não saber onde fica The Boltons, tenho bastante certeza de que fica a oeste do Bow.

— E vai fazer o que quando voltar para Londres?

— Depois de assistir ao meu próprio enterro e ter que presenciar o sofrimento de Beth, estou mais convencido do que nunca de que ela não é a única pessoa a saber que não matei seu irmão.

— Meio parecido com aquele francês, como é mesmo o nome?

— Edmond Dantès. E, assim como ele, não ficarei satisfeito até me vingar dos sujeitos que arruinaram a minha vida.

— Você vai matar todos eles?

— Não, isso seria fácil demais. Eles precisam sofrer, para citar Dumas, *um destino pior que a morte*. Já tive tempo demais para pensar em como farei isso.

— Talvez você devesse acrescentar Leach à sua lista.

— Leach? Por que deveria me importar com ele?

— Porque acho que foi Leach quem matou Nick. Não paro de me perguntar: por que ele se mataria seis semanas antes de ser solto?

— Mas por que Leach mataria Nick? Se houve algum desentendimento dele com alguém, foi comigo.

— Ele não estava atrás de Nick. Não esquece que era você quem estava usando a corrente de prata, o relógio e o anel, na hora em que Nick tomava banho.

— Mas isso quer dizer...

— Que Leach matou o cara errado.

— Mas ele não poderia querer me matar só porque eu pedi que devolvesse um livro da biblioteca.

— E acabou voltando para a solitária.

— Você acha que isso seria suficiente para que ele matasse alguém?

— Talvez não. Mas pode ter certeza: Craig não teria pagado para conseguir a fita errada. E duvido muito que você esteja na lista de cartões de Natal do sr. Hagen.

Danny tentou não pensar que talvez tivesse sido involuntariamente responsável pela morte de Nick.

— Mas não se preocupe, Nick. Depois que você sair daqui, o que eu planejei para Leach será um destino pior do que a morte.

Spencer Craig não precisou consultar o cardápio, porque era seu restaurante predileto. O *maître* estava acostumado a vê-lo acompanhado de diversas mulheres — às vezes duas ou três na mesma semana.

— Desculpe o atraso — disse Sarah, se sentando diante dele. — Um cliente me atrasou.

— Você trabalha demais. Mas também sempre trabalhou.

— Esse cliente marca um horário e depois espera que eu cancele minha agenda durante a tarde toda. Não tive nem tempo de passar em casa para mudar de roupa.

— Eu jamais teria suspeitado — comentou Craig. — De qualquer maneira, acho a combinação de blusa branca, saia e meias pretas praticamente irresistível.

— Estou vendo que você não perdeu nem um pouco do charme — disse Sarah, enquanto começava a olhar o cardápio.

— A comida daqui é ótima. Eu recomendo...

— Só como um prato à noite. É uma das minhas regras de ouro.

— Eu me lembro das suas regras de ouro da época de Cambridge — retrucou Craig. — Foi um dos motivos pelos quais você acabou se formando com mérito, e eu só consegui um diploma rasteiro.

— Mas você ia bem no boxe, se me lembro bem — disse Sarah.

— Boa memória!

— Disse a Chapeuzinho Vermelho. Aliás, como está Larry? Não o vejo desde a estreia.

— Nem eu. Mas agora ele não pode mais sair e brincar à noite.

— Espero que ele não tenha se magoado com aquelas críticas maldosas.

— Não posso imaginar por que teria — respondeu Craig. — Atores são como advogados: só importa a opinião do júri. Nunca esquento com o que o juiz pensa.

Um garçom voltou a surgir ao lado deles.

— Quero o peixe-galo, mas, por favor, sem molho, nem em separado.

— Para mim, um bife malpassado, quase sangrento — disse Craig. Devolveu o cardápio ao garçom e voltou a dedicar sua atenção a Sarah. — Que bom ver

você depois desse tempo todo — disse ele —, especialmente já que não nos separamos nos melhores termos. *Mea culpa.*
— Estamos um pouco mais velhos agora — respondeu Sarah. — Na verdade, não corre um boato de que você vai se tornar um dos promotores da Coroa mais jovens da nossa geração?

A porta da cela se abriu, o que causou espanto em Danny e Big Al, porque o fechamento tinha sido uma hora antes.
— Você fez um requerimento para ver o diretor, Moncrieff.
— Sim, sr. Pascoe — disse Danny —, se for possível.
— Ele lhe concederá cinco minutos às oito horas de amanhã.
A porta se fechou sem mais explicações.
— Você se parece cada vez mais com Nick — comentou Big Al. — Se continuar assim, logo, logo vou bater continência e te chamar de senhor.
— Vamos lá, sargento — disse Danny.
Big Al riu, mas em seguida perguntou:
— Por que quer ver o diretor? Não está pensando em mudar de ideia, está?
— Não — respondeu Danny, pensando numa resposta. — Tem dois rapazes na educação que se beneficiariam caso compartilhassem uma cela, já que ambos estudam a mesma matéria.
— Mas as celas são com o sr. Jenkins. Por que não dá uma palavrinha com ele?
— Eu falaria, mas tem um problema — disse Danny, tentando pensar em algum.
— E o que é?
— Ambos requisitaram o posto de bibliotecário. Quero sugerir ao diretor que nomeie dois bibliotecários no futuro, senão um deles acabará como zelador de ala.
— Você não espera que eu acredite nesse monte de merda, espera?
— Espero.
— Bem, quando você quiser blefar com um soldado, não se deixe apanhar de surpresa. Tenha sempre a história bem-armada antes.

— Então, se lhe perguntassem por que deseja ver o diretor, o que você diria?
— Vai cuidar da sua vida, porra!

— Posso te levar em casa? — perguntou Craig, quando o garçom lhe devolveu o cartão de crédito.
— Só se for caminho para você — disse Sarah.
— Estou torcendo para que seja — respondeu ele, de maneira bem-ensaiada.
Sarah se levantou da mesa, mas não respondeu. Craig a acompanhou até a porta e a ajudou com o casaco. Em seguida, pegou-a pelo braço e conduziu-a ao outro lado da rua, onde seu Porsche estava estacionado. Abriu a porta do carona e admirou as pernas dela quando entrou.
— Cheyne Walk? — perguntou ele.
— Como é que você sabe? — perguntou Sarah, prendendo o cinto de segurança.
— Larry me contou.
— Mas você disse...
Craig ligou a ignição, acelerou durante alguns segundos e, de repente, partiu disparado. Fez uma curva abrupta na primeira esquina, fazendo com que Sarah escorregasse em sua direção. Sua mão esquerda acabou na coxa dela. Sarah tirou-a delicadamente.
— Desculpe — disse Craig.
— Não tem problema — respondeu Sarah, mas se espantou quando ele tentou a mesma jogada na outra esquina, e desta vez ela tirou a mão de maneira mais firme. Craig não tentou de novo durante o resto da viagem, contentando-se com uma conversa fiada, até encostar diante do apartamento dela em Cheyne Walk.
Sarah soltou o cinto de segurança, esperando que Craig saísse e fosse abrir a porta para ela, mas ele se inclinou e tentou beijá-la. Ela virou a cabeça, de modo que os lábios dele apenas roçaram sua face. Craig, então, pôs o braço firmemente em volta de sua cintura e puxou-a de encontro a si. Seus seios pressionavam o peito dele, e Craig colocou a outra mão na coxa dela. Sarah tentou repeli-lo, mas se esquecera de como ele era forte. Ele sorriu e tentou beijá-la de novo. Ela fingiu ceder, se inclinou para a frente e mordeu-lhe a língua. Ele recuou, gritando:
— Sua piranha!

Isso deu tempo suficiente para que Sarah abrisse a porta, apesar de ela logo descobrir como era difícil sair de um Porsche. Voltou-se para confrontá-lo.

— E pensar que eu ainda tinha a ilusão de que você tivesse mudado! — disse com raiva. Bateu a porta e não o ouviu dizer:

— Não sei por que me dei ao trabalho. Já da primeira vez você não foi uma foda tão boa mesmo...

Pascoe o acompanhou, com passo firme, até o interior da sala do diretor.

— Por que quis me ver, Moncrieff? — perguntou Barton.

— É um assunto delicado — respondeu Danny.

— Estou ouvindo.

— A respeito de Big Al.

— Que, se me lembro bem, foi primeiro-sargento do seu pelotão...

— Isso mesmo, e é por isso que me sinto meio responsável por ele.

— Claro, depois de quatro anos neste lugar, Moncrieff, nós sabemos que você não é dedo-duro e que terá em mente os interesses de Crann. Então, fale logo.

— Entreouvi uma discussão feia entre Big Al e Leach. É claro que posso estar reagindo de modo exagerado e tenho certeza de poder neutralizar a situação enquanto estiver por aqui, mas, se acontecesse algo a Big Al depois que eu fosse embora, eu me sentiria responsável.

— Obrigado pelo aviso. O sr. Pascoe e eu já discutimos o que fazer com Crann depois da sua soltura. Aproveitando sua presença aqui, Moncrieff — prosseguiu o diretor —, você tem alguma opinião sobre quem deveria ser o próximo bibliotecário?

— Há dois rapazes, Sedgwick e Potter, bem qualificados para o cargo. Eu repartiria a função entre eles.

— Você teria dado um bom diretor, Moncrieff.

— Acho que o senhor sabe que não tenho as qualificações necessárias.

Foi a primeira vez que Danny ouviu qualquer um deles rir. O diretor meneou a cabeça, e Pascoe abriu a porta para acompanhar Moncrieff até o trabalho.

— Sr. Pascoe, o senhor pode ficar mais um pouco? Tenho certeza de que Moncrieff conseguirá achar o caminho da biblioteca sem o seu auxílio.
— Certo, diretor.
— Moncrieff ainda tem quanto tempo aqui? — perguntou Barton, após Danny fechar a porta ao sair.
— Dez dias — respondeu Pascoe.
— Então, teremos que agir rápido se formos despachar Leach.
— Há uma alternativa.

Hugo Moncfrieff bateu em seu ovo quente com a colher, enquanto pensava no problema. Sua mulher, Margaret, estava sentada na outra extremidade da mesa, lendo o *Scotsman*. Raramente falavam durante o café da manhã, rotina que se estabelecera há muitos anos.

Hugo já vasculhara a correspondência da manhã. Havia uma carta de um clube de golfe local e outra da Caledonian Society, além de várias circulares que ele pôs de lado, até que finalmente chegou à que procurava. Pegou a faca de manteiga, rasgou o envelope, tirou a carta e então fez o de sempre: examinou a assinatura na última página, "Desmond Galbraith". Deixou o ovo pra lá, enquanto começava a ponderar os conselhos de seu advogado.

De início, sorriu, mas, quando chegou ao último parágrafo, franziu o cenho. Desmond Galbraith confirmou que, depois do enterro do irmão de Hugo, seu sobrinho, Sir Nicholas Moncrieff, participara de uma reunião com seu advogado. Fraser Munro ligara para Galbraith na manhã seguinte, sem tocar no assunto dos dois penhores. Isso levava Galbraith a crer que Sir Nicholas não contestaria o direito de Hugo sobre os dois milhões de libras que ele levantara, dando em garantia as duas casas. Hugo sorriu, tirou a parte de cima do ovo e deu uma colherada. Fora preciso muita persuasão para convencer Angus, seu irmão, a concordar com as hipotecas sobre a propriedade rural e sua casa em Londres sem consultar Nick, especialmente depois de Fraser Munro o aconselhar a não fazer isso. E Hugo teve que andar depressa após o médico de Angus confirmar que seu irmão só teria algumas semanas de vida.

Desde que Angus deixara o Regimento, o malte puro se tornara sua companhia constante. Hugo visitava Dunbroathy Hall regularmente para tomar um

219 Prisioneiro da Sorte

copinho com seu irmão e quase nunca ia embora antes de terminarem a garrafa. No final, Angus já estava disposto a assinar praticamente qualquer documento: primeiro, uma hipoteca sobre a propriedade de Londres que ele raramente visitava; depois, outra sobre a propriedade rural, que estava precisando urgentemente de uma reforma, de acordo com Hugo. Por fim, Hugo o persuadiu a terminar seu relacionamento profissional com Fraser Munro, que tinha "influência demais" sobre o irmão.

Para administrar os negócios da família, Hugo nomeou Desmond Galbraith, um advogado que acreditava em respeitar a letra da lei, mas que não a seguia, quando necessário.

A vitória final de Hugo fora o testamento de Angus, assinado apenas algumas noites antes de seu falecimento. Hugo arranjara como testemunhas um juiz que, por acaso, era também o secretário do clube de golfe local e o pároco da região.

Quando Hugo encontrou um testamento anterior em que Angus deixara o grosso da propriedade rural para seu único filho, Nicholas, rasgou-o em pedaços e tentou não se mostrar aliviado quando o irmão morreu poucos meses antes da provável soltura de Nick. Um encontro e a possível reconciliação entre pai e filho não faziam parte de seus planos. No entanto, Galbraith não conseguira arrancar do sr. Munro a versão original do testamento anterior de Sir Alexander, já que o velho advogado frisara corretamente que agora representava o principal beneficiado, Sir Nicholas Moncrieff.

Depois de ter terminado seu primeiro ovo, Hugo tornou a ler o parágrafo da carta de Galbraith que o fizera franzir o cenho. Rogou uma praga, o que levou a mulher a erguer os olhos do jornal, espantada com essa quebra de sua bem-instituída rotina.

— Nick alega não saber nada sobre a chave que seu avô lhe deixou. Como pode, quando todos nós o vimos usando essa porcaria em volta do pescoço?

— Ele não a estava usando no enterro. Olhei com cuidado quando ele se ajoelhou para rezar.

— Você acha que ele sabe o que aquela chave abre?

— Talvez, mas isso não significa que saiba onde procurar.

— Papai deveria ter nos contado onde escondeu a coleção.

— Você e seu pai mal se falavam perto do fim. E ele achava Angus fraco e chegado demais à bebida.

— É verdade, mas isso não resolve o problema da chave.

— Talvez seja hora de usarmos uma tática mais forte.

— O que tem em mente, velha?

— Acho que a expressão vulgar é "colar nele". Depois que Nick for solto, podemos mandar alguém segui-lo. Se ele souber onde a coleção está, nos levará direto a ela.

— Mas não sei como... — disse Hugo.

— Nem pense nisso. Deixe tudo por minha conta.

— Como quiser, minha velha — disse Hugo, atacando seu segundo ovo.

37

DANNY ESTAVA ACORDADO na cama de baixo, pensando em tudo que acontecera desde a morte de Nick. Não conseguia dormir, a despeito de Big Al não estar roncando. Sabia que sua última noite em Belmarsh seria tão longa quanto a primeira — outra noite que ele jamais esqueceria.

Durante as últimas 24 horas, vários agentes e detentos apareceram para se despedir e lhe desejar sorte, confirmando a popularidade e o respeito gozados por Nick.

O motivo de Big Al não estar roncando é que fora despachado de Belmarsh na manhã anterior e transferido para a prisão de Wayland, em Norfolk, enquanto Danny revia as matérias para seus vestibulares, em nome de Nick. Danny ainda tinha o exame de matemática pela frente, mas ficara decepcionado por ter que perder os exames de inglês, porque Nick não os faria. Na hora em que Danny voltou para sua cela naquela tarde, não havia sinal de Big Al. Era quase como se ele nunca tivesse existido. Danny nem chegara a ter a oportunidade de se despedir.

A essa altura, Big Al já teria descoberto por que Danny fora ver o diretor e estaria furioso. Mas Danny sabia que ele acabaria se acalmando, depois que se acomodasse a seu novo presídio, com TV na cela, comida quase comestível, oportunidade de frequentar uma academia que não era apinhada de gente e, mais importante que tudo, permissão de passar 14 horas por dia fora da cela. Leach também sumira, mas ninguém sabia seu destino, e pouca gente se importava o suficiente para perguntar por ele uma segunda vez.

Durante as últimas semanas, Danny começara a arquitetar um plano em sua mente — onde permanecera porque não podia correr o risco de registrar nada em papel. Se fosse descoberto, estaria condenado a mais vinte anos no inferno. Adormeceu.

Acordou. Seu primeiro pensamento foi em Bernie, que fora morto por Craig e seus malditos Mosqueteiros. Depois, pensou em Nick, que tornou possível sua segunda chance na vida. Por fim, pensou em Beth, e lembrou-se de que a decisão que tomara o impossibilitaria de vê-la pelo resto da vida.

Começou a pensar no dia seguinte. Após o encontro com Fraser Munro e a tentativa de liquidar os problemas mais imediatos de Nick na Escócia, retornaria a Londres e daria início aos planos que arquitetara durante as seis últimas semanas. Fora realista quanto às chances de limpar o próprio nome, mas isso não o impediria de fazer justiça de um jeito diferente — do modo como a Bíblia chamava de retribuição — e como Edmond Dantès descreveria, de modo menos sutil, como vingança. Tanto faz. Dormiu.

Acordou. Espreitaria suas vítimas como um animal, a distância, enquanto eles relaxavam em seu hábitat natural: Spencer Craig no tribunal de justiça; Gerald Payne em seu escritório em Mayfair; e Lawrence Davenport, no palco. Toby Mortimer, o último dos Mosqueteiros, fora vítima de uma morte ainda mais terrível do que aquela que ele poderia ter tramado. Mas, primeiro, Danny precisava viajar para a Escócia, encontrar Fraser Munro e descobrir se passaria em seu teste de iniciação. Se caísse no primeiro obstáculo, estaria de volta a Belmarsh até o fim da semana. Adormeceu de novo.

Quando abriu os olhos, o sol da manhã produzia um quadrado de luz no chão de sua cela, mas sem poder disfarçar que ele estava preso, pois as grades se refletiam nitidamente nas pedras frias e cinzentas. Um pássaro tentou um canto alegre para saudar o amanhecer, mas voou rapidamente para longe dali.

Danny puxou para o lado os lençóis de náilon verde e colocou os pés descalços no chão. Andou até a pequena pia de aço, encheu-a de água morna e se barbeou cuidadosamente. Em seguida, com a ajuda de um resto de sabonete, lavou-se, pensando em por quanto tempo o cheiro da prisão permaneceria nos poros de sua pele.

Examinou-se no pequeno espelho de aço acima da pia. Os pedaços que ele conseguia ver pareciam limpos. Vestiu suas roupas de detento pela última vez: short de boxe, uma camisa listrada de azul e branco, jeans, meias cinza e os tênis de Nick. Sentou-se no pé da cama e esperou que Pascoe surgisse, tilintando as chaves, com sua saudação matinal de sempre: "Vamos lá, rapaz. Hora do trabalho." Hoje não. Assim esperava.

Quando a chave finalmente girou na fechadura e a porta se abriu, Pascoe tinha um largo sorriso no rosto.

223   *Prisioneiro da Sorte*

— Bom-dia, Moncrieff — disse. — Anime-se e siga-me. Já é hora de você pegar os seus pertences no almoxarifado, partir e nos deixar em paz.

Ao descerem o corredor em ritmo de prisão, Pascoe especulou:

— O tempo está mudando, você deve ter um belo dia. — Parecia que Danny estava indo passar um dia na praia.

— Como vou daqui para King's Cross? — perguntou Danny. Algo que Nick não saberia.

— Pegue o trem da estação de Plumstead até Cannon Street, em seguida o metrô até King's Cross — disse Pascoe, quando chegaram ao almoxarifado. Ele bateu nas portas duplas, que foram abertas um instante depois pelo encarregado.

— Bom-dia, Moncrieff — disse Webster. — Você deve ter ansiado por este dia durante os últimos quatro anos. — Danny não fez nenhum comentário. — Estou com tudo pronto para você — prosseguiu Webster, pegando dois sacos plásticos na prateleira às suas costas e pondo-os no balcão. Em seguida, sumiu em direção aos fundos, voltando um instante depois com uma grande valise de couro, coberta de pó, com as iniciais N.A.M. inscritas em preto. — Belo equipamento — comentou. — O A. representa o quê?

Danny não conseguia lembrar se era de Angus, por causa do pai de Nick, ou de Alexander, por causa do avô.

— Anda logo, Moncrieff — disse Pascoe. — Não tenho o dia inteiro para você ficar aí de papo.

De forma máscula, Danny tentou pegar os dois sacos plásticos com uma das mãos e a grande valise de couro com a outra, mas viu que era preciso parar e trocar de mãos depois de alguns passos.

— Eu gostaria de ajudá-lo, Moncrieff — cochichou Pascoe —, mas isso daria o que falar aqui até não poder mais.

Finalmente, acabaram chegando de volta à cela de Danny. Pascoe destrancou a porta.

— Voltarei mais ou menos dentro de uma hora para buscá-lo. Preciso despachar alguns rapazes para o Old Bailey antes até mesmo de pensar em soltar você. — A porta da cela bateu na cara de Danny pela última vez.

Danny não demonstrou pressa. Abriu a valise e colocou-a em cima da cama de Big Al. Ficou pensando em quem dormiria em sua cama hoje; alguém que se apresentaria ao Old Bailey mais tarde naquela manhã, na esperança de que o júri o inocentasse. Esvaziou o que havia nos sacos plásticos em cima da cama, sentindo-se um ladrão a avaliar seu butim: dois ternos, três camisas, algo que estava descrito no diário como dois pares de calças de sarja de cavalaria, junto com dois pares de sapatos pesados, um preto e outro marrom. Danny escolheu o terno escuro que usara em seu próprio enterro, uma camisa bege, uma gravata listrada e um par de elegantes sapatos pretos que, mesmo após quatro anos, não precisavam de graxa.

Danny Cartwright se pôs diante do espelho, a observar Sir Nicholas Moncrieff. Sentiu-se um impostor.

Dobrou as roupas de detento e colocou-as no pé da cama de Nick. Ainda pensava nela como a cama de Nick. Em seguida, arrumou com cuidado o restante das roupas na valise, antes de pegar o diário de Nick debaixo da cama, junto com uma pilha de correspondência rotulada *Fraser Munro* — 28 cartas que Danny conhecia quase de cor. Depois de arrumar as malas, só restavam alguns dos pertences de Nick, os quais Danny pusera na mesa, e a foto de Beth colada na parede. Arrancou cuidadosamente a fita adesiva antes de colocar a foto em um bolso lateral da valise, que, então, fechou e colocou junto da porta da cela.

Danny se sentou de novo à mesa e olhou para os pertences de seu amigo. Afivelou no pulso o Longines delgado de Nick, com 11.7.91 gravado atrás — presente de seu avô em seu vigésimo primeiro aniversário —; em seguida colocou um anel de ouro com o brasão da família Moncrieff. Olhou para uma carteira preta de couro e sentiu-se ainda mais ladrão. Dentro dela, achou setenta libras em notas e um talão de cheques do Coutts, com um endereço no Strand impresso na frente. Pôs a carteira num bolso de dentro, virou a cadeira plástica para ficar de cara para a porta, se sentou e esperou que Pascoe aparecesse. Estava pronto para fugir. Ali, sentado, lembrou-se de uma das citações truncadas prediletas de Nick: *Na prisão, a maré e o tempo esperam todo mundo.*

Enfiou a mão dentro da camisa e pegou a pequena chave pendurada na corrente em seu pescoço. Não chegara nem perto de descobrir o que ela abria — abria o portão da penitenciária. Pesquisara os diários atrás da menor pista, mais de mil páginas, no entanto continuava sem saber. Se Nick sabia, tinha levado o segredo para o túmulo.

Agora uma chave bem diferente girava na fechadura da porta da cela, que se abriu e revelou Pascoe sozinho. Danny chegou a esperar que ele dissesse: "Boa tentativa, Cartwright, mas, falando sério, você não esperava que isso colasse, esperava?" Porém, ele disse apenas:

— Hora de ir, Moncrieff.

225   *Prisioneiro da Sorte*

Danny se levantou, pegou a valise de Nick e saiu para o corredor. Não voltou os olhos para o cômodo que fora seu lar durante os dois últimos anos. Seguiu Pascoe pela plataforma e pela escada em espiral. Ao deixar o bloco, foi saudado por aqueles prestes a serem libertados e por aqueles que nunca mais sairiam dali. Continuaram pelo corredor azul. Esquecera-se de quantos conjuntos de portões duplamente gradeados havia entre o bloco B e a recepção, onde Jenkins estava sentado à mesa, à sua espera.

— Bom-dia, Moncrieff — entoou alegremente; tinha um tom de voz para os que entravam e outro bem diferente para os que saíam. Verificou o livro aberto diante de si. — Estou vendo que, durante quatro anos, você poupou 211 libras e tem direito a 45 libras de auxílio-soltura. O total é 256 libras. — Contou o dinheiro cuidadosamente antes de entregá-lo a Danny. — Assine aqui — disse. Danny assinou como Nick pela segunda vez naquela manhã, antes de pôr o dinheiro na carteira. — Você também tem direito a um passe de trem para qualquer lugar do país. É só de ida, claro, já que não queremos você de volta aqui. — Humor da prisão.

Jenkins deu-lhe um passe para Dunbroath, na Escócia, mas antes Danny teve que fazer outra assinatura em mais um documento. Não era de surpreender que sua letra fosse parecida com a de Nick — afinal, Nick o ensinara a escrever.

— O sr. Pascoe vai acompanhá-lo até o portão — disse Jenkins, depois de verificar a assinatura. — Vou me despedir, porque tenho o pressentimento de que nunca mais nos veremos de novo. Infelizmente não posso dizer isso com muita frequência.

Danny apertou sua mão, pegou a valise e seguiu Pascoe porta afora, pela escada e até o pátio.

Caminharam juntos atravessando um desolado pátio de concreto que servia de estacionamento para as vans da prisão e os carros particulares que entravam e saíam legalmente todo dia. Na guarita do portão, estava um agente que Danny nunca vira antes.

— Nome? — perguntou sem erguer os olhos da lista de solturas na prancheta.

— Moncrieff — respondeu Danny.

— Número?

— CK4802 — disse Danny, sem pensar.

O agente desceu o dedo devagar pela lista. Uma expressão de perplexidade passou por seu rosto.

— CK1079 — sussurrou Pascoe.

— CK1079 — repetiu Danny, trêmulo.

— Ah, sim — disse o agente, parando o dedo em Moncrieff. — Assine aqui.

A mão de Danny tremia ao rabiscar a assinatura de Nick em um pequeno tampo retangular. O agente cotejou o nome com o número da prisão e a fotografia, antes de erguer os olhos para Danny. Hesitou por um instante.

— Anda logo, Moncrieff — disse Pascoe, severamente. — Nós ainda temos um dia de trabalho pela frente, não temos, sr. Tomkins?

— É verdade, sr. Pascoe — respondeu o agente do portão, apertando depressa o botão vermelho sob sua mesa. O primeiro dos enormes portões elétricos começou a se abrir.

Danny saiu da portaria, ainda sem certeza de que direção tomaria. Pascoe não disse nada.

Depois que o primeiro portão deslizara para dentro da brecha na parede, Pascoe finalmente falou:

— Boa sorte, rapaz. Você precisará dela.

Danny apertou calorosamente sua mão.

— Obrigado, sr. Pascoe. Por tudo.

Danny pegou a valise de Nick e pisou no espaço vazio entre dois mundos diferentes. O primeiro portão deslizou de novo, fechando-se às suas costas; um instante depois, o segundo começou a se abrir.

Danny Cartwright saiu da prisão como um homem livre. O primeiro detento que já escapara de Belmarsh.

LIVRO TRÊS

LIBERDADE

38

QUANDO NICK MONCRIEFF atravessou a rua, um ou dois passantes olharam para ele levemente surpresos. Não é que não estivessem acostumados a ver prisioneiros saindo por aquele portão, mas não alguém carregando uma valise de couro, vestido como um cavalheiro.

Danny não olhou para trás sequer uma vez ao caminhar até a estação mais próxima. Depois de comprar o bilhete — a primeira vez que tocava em dinheiro em mais de dois anos —, subiu no trem. Olhava pela janela, sentindo-se estranhamente inseguro. Nada de muros, arame farpado, nada de portões com grades e nada de canas — agentes penitenciários. Pareça com Nick, fale como Nick, pense como Danny.

Em Cannon Street, Danny pegou o metrô. Os usuários se movimentavam em um ritmo diferente do que ele se acostumara na prisão. Vários deles vestiam ternos elegantes, falavam com sotaques elegantes e lidavam com dinheiro de forma elegante, mas Nick lhe mostrara que eles não eram mais inteligentes do que ele; haviam apenas começado a vida em berço diferente.

Em King's Cross, Nick desembarcou carregando sua pesada valise. Passou por um policial que nem sequer olhou para ele. Verificou no painel das partidas que o próximo trem para Edimburgo devia partir às 11h, chegando à estação de Waverley às 15h20 daquela tarde. Ainda tinha tempo para o café da manhã. Pegou um exemplar do *The Times* de uma banca do lado de fora de W. H. Smith. Deu alguns passos antes de perceber que não pagara pelo jornal. Suando muito, Danny correu de volta e se juntou à fila diante do guichê. Lembrava-se de lhe contarem a respeito de um prisioneiro recém-libertado que, a caminho de casa em Bristol, pegara uma barra de chocolate de uma vitrine na estação de Reading.

Foi preso por roubo e voltou para Belmarsh sete horas depois; acabou cumprindo mais três anos.

Danny pagou o jornal e foi para o café mais próximo, onde entrou em outra fila. Quando chegou ao bufê, passou sua bandeja para a garota que servia.

— Do que gostaria? — perguntou ela, ignorando a bandeja esticada.

Danny não sabia direito como responder. Por mais de dois anos, simplesmente aceitava aquilo que era posto em seu prato.

— Ovos, bacon, champignons e...

— Você pode muito bem aproveitar e pedir o café da manhã inglês completo — sugeriu ela.

— Ótimo, o café da manhã inglês completo. E, e...

— Chá ou café?

— Sim, café está ótimo — disse, ciente de que levaria algum tempo para se acostumar a ver seu pedido atendido.

Encontrou um lugar em uma mesa de canto. Pegou o frasco de molho e pôs um pouco no lado do prato, algo que Nick teria aprovado. Em seguida, abriu o jornal e foi para as páginas de negócios. Pareça com Nick, fale como Nick, pense como Danny.

As empresas da internet ainda sucumbiam, enquanto seus proprietários descobriam que raramente os humildes herdavam a terra. Quando Danny chegou às primeiras páginas, sua refeição já acabara, e ele saboreava a segunda xícara de café. Alguém não só fora à sua mesa e tornara a encher sua xícara, mas sorrira quando ele dissera obrigado. Danny começou a ler o artigo principal da primeira página. O líder do Partido Conservador, Iain Duncan Smith, estava sendo atacado novamente. Se o primeiro-ministro convocasse uma eleição, Danny teria votado em Tony Blair. Desconfiava que Nick teria apoiado Iain Duncan Smith, pois ele também era ex-soldado. Talvez ele não votasse. Não, precisava continuar sob disfarce, se esperasse enganar os eleitores, e ainda por cima manter sua posição.

Danny terminou seu café mas ficou algum tempo parado. Precisava que o sr. Pascoe lhe dissesse que podia voltar para a cela. Sorriu consigo mesmo, se levantou da cadeira e saiu lentamente do café. Sabia que chegara a hora de encarar seu primeiro teste. Quando distinguiu uma fileira de cabines telefônicas, inspirou profundamente. Pegou a carteira — de Nick —, de onde puxou um cartão, discando o número gravado no canto inferior direito.

— Munro, Munro e Carmichael — anunciou uma voz.

— O sr. Munro, por favor — disse Nick.

231 Prisioneiro da Sorte

— Qual sr. Munro?

Danny verificou seu cartão.

— Sr. Fraser Munro.

— Quem deseja falar com ele?

— Nicholas Moncrieff.

— Porei o senhor direto na linha.

— Obrigado.

— Bom-dia, Sir Nicholas — disse a segunda voz que Danny ouviu. — Que bom ter notícias suas.

— Bom-dia, sr. Munro. — Danny falava devagar. — Estou pensando em ir até a Escócia hoje, mais tarde, e gostaria de saber se o senhor está livre para me ver amanhã a qualquer hora.

— Claro, Sir Nicholas. Às dez horas está bom para o senhor?

— Magnífico — disse Danny, lembrando-se de uma das palavras favoritas de Nick.

— Então, eu o estarei esperando aqui em meu escritório amanhã de manhã.

— Até logo, sr. Munro — disse Danny, impedindo-se, por pouco, de perguntar onde ficava o escritório.

Danny pôs o fone no gancho. Estava coberto de suor. Big Al tinha razão. Munro esperava uma ligação de Nick. Por que haveria de crer, mesmo por um instante, estar falando com outra pessoa?

Danny estava entre as primeiras pessoas a embarcar no trem. Enquanto esperava a partida, voltou a atenção para as páginas de esportes. Ainda faltava um mês de campeonato inglês, mas ele tinha grandes esperanças no West Ham, que acabara em sétimo lugar na Primeira Liga na temporada anterior. Sentiu um traço de tristeza ao pensar que jamais poderia correr o risco de visitar Upton Park de novo, pelo temor de ser reconhecido. Não haveria mais "I'm forever blowing bubbles", o canto favorito da torcida do West Ham. Procure se lembrar, Danny Cartwright está morto — e enterrado.

O trem deixou lentamente a estação, e Danny observava enquanto Londres ficava para trás, dando lugar à paisagem campestre. Ficou espantado pela rapidez com que alcançaram a velocidade máxima. Nunca fora à Escócia — o ponto mais ao norte em que já estivera fora Vicarage Road, Watford.

Danny se sentia exausto e estava havia apenas poucas horas fora da prisão. O ritmo de tudo era mais rápido e mais difícil, era preciso tomar decisões. Consultou o relógio de Nick — seu relógio: 11h15. Tentou continuar lendo o jornal, mas sua cabeça pendeu para trás.

— Bilhetes, por favor.

Danny acordou assustado, esfregou os olhos e entregou seu passe ao bilheteiro.

— Desculpe, mas este passe não vale para o trem expresso. O senhor terá que pagar um adicional.

— Mas eu... — começou a dizer Danny. — Desculpe, quanto é? — perguntou Nick.

— Oitenta e quatro libras.

Danny não conseguia acreditar que cometera um erro tão tolo. Pegou a carteira e entregou o dinheiro. O bilheteiro imprimiu um recibo.

— Obrigado, senhor — disse, depois de ter entregado a Danny seu bilhete.

Danny reparou que ele o chamou de senhor sem pensar, e não de companheiro, como o motorista de ônibus do East End teria se dirigido a ele.

— O senhor vai almoçar hoje?

De novo, simplesmente por causa de sua maneira de se vestir e de seu sotaque.

— Sim — respondeu Danny.

— O vagão-refeitório fica uns vagões adiante. Começarão a servir dentro de mais ou menos meia hora.

— Grato. — Mais uma das expressões de Nick.

Danny olhou pela janela e viu o campo voar. Depois de Grantham, voltou às páginas de finanças, mas foi interrompido por uma voz no sistema de som, dizendo que o vagão-refeitório estava aberto. Foi andando em frente e acabou pegando lugar numa mesa pequena, esperando que ninguém se juntasse a ele. Examinou o cardápio minuciosamente, pensando em quais pratos Nick escolheria. Um garçom surgiu a seu lado.

— O patê — disse Danny. Ele sabia como pronunciar, apesar de não ter ideia do gosto que teria. No passado, sua regra de ouro era jamais pedir alguma coisa com um nome estrangeiro. — E, depois, a torta de rim.

— E de sobremesa?

Nick lhe ensinara que nunca se devia pedir os três pratos de uma vez.

— Vou pensar — disse Danny.

— Claro, senhor.

Ao chegar ao término de sua refeição, Danny já lera tudo que o *The Times* podia oferecer, inclusive as resenhas teatrais, que só o faziam pensar em Lawrence Davenport. Mas, por ora, Davenport teria que esperar. Danny tinha outras coisas em mente. Gostara da refeição, até que o garçom lhe apresentou uma conta de 27 libras. Deu três notas de dez libras, ciente de que sua carteira ficava a cada minuto mais vazia.

De acordo com o diário de Nick, o sr. Munro acreditava que, se a propriedade da Escócia e a casa de Londres fossem postas à venda, alcançariam bons preços, embora pudesse levar vários meses para se efetivar uma venda. Danny sabia que não conseguiria sobreviver vários meses com menos de duzentas libras.

Voltou a seu assento e começou a pensar um pouco sobre o encontro com Munro na manhã seguinte. Quando o trem parou em Newcastle upon Tyne, Danny desatou as correias de couro que prendiam a valise, abriu-a e achou o arquivo do sr. Munro. Pegou as cartas. Apesar de nelas constarem todas as respostas de Munro às perguntas de Nick, Danny não tinha como saber o que Nick escrevera nas cartas originais. Precisava tentar adivinhar que perguntas Nick fizera, depois de tornar a ler as respostas, tendo como pontos de referência apenas as datas e as inscrições no diário. Depois de reler as cartas, não tinha dúvidas de que tio Hugo tirara vantagem do fato de Nick ter passado os últimos quatros anos trancafiado.

Danny já encontrara clientes como Hugo quando trabalhava na oficina — agiotas, corretores e camelôs que achavam que podiam passar a perna nele, mas nunca conseguiam, e nenhum deles jamais descobrira que ele não conseguia ler os contratos. Viu sua mente flutuar até chegar aos exames de vestibular que fizera apenas a dias de sua soltura. Ficou pensando se Nick passara com garbo — outra expressão dele. Ele prometera a seu colega de cela que, se ganhasse o recurso, a primeira coisa que faria seria estudar para obter um diploma universitário. Pretendia cumprir a promessa e obter o diploma em nome de Nick. Pense como Nick, esqueça-se de Danny, *você é Nick*. Examinou as cartas de novo, como se estivesse revendo matéria para uma prova na qual não podia se dar ao luxo de não passar.

O trem chegou à estação de Waverley às 15h30, dez minutos atrasado. Danny se juntou à multidão que andava na plataforma. Consultou o painel de partidas para ver o horário do próximo trem para Dunbroath. Faltavam vinte minutos. Comprou um exemplar do *Edinburgh Evening News* e se deu por satisfeito com uma baguete de primeira. O sr. Munro perceberia que ele não era de primeira? Foi procurar sua plataforma, em seguida se sentou num banco. O jornal estava cheio de lugares e nomes de que ele jamais ouvira falar: problemas com o comitê de planejamento em Dudlingston, o custo do prédio inacabado do parlamento escocês e um suplemento com detalhes de algo chamado Festival de Edimburgo, que seria no mês seguinte. As perspectivas do Hearts e do Hibernians para a próxima temporada dominavam as páginas de trás, substituindo rudemente as do Arsenal e do West Ham.

Dez minutos depois, Danny embarcava no trem para Dunbroath, que atravessava o campo, e levava quarenta minutos parando em várias estações cujos nomes ele nem sequer sabia pronunciar. Às 16h40, o pequeno trem entrou lentamente na estação de Dunbroath. Danny arrastou sua valise pela plataforma e até a calçada, aliviado ao ver um único táxi no ponto. Nick entrou no assento dianteiro, enquanto o motorista punha a valise na mala.

— Para onde vamos? — perguntou o motorista, ao voltar para o volante.

— Pode recomendar algum hotel?

— Só existe um — respondeu o taxista.

— Bem, está resolvido o problema — disse Danny, quando o carro partiu.

Três libras e uma gorjeta depois, Danny foi deixado no Moncrieff Arms. Subiu a escada, passou pela porta giratória e largou a valise ao lado da recepção.

— Preciso de um quarto para a noite — disse à mulher atrás do balcão.

— De solteiro?

— É, obrigado.

— Por favor, preencha a ficha. — Danny já conseguia assinar o nome de Nick de olhos fechados. — Pode me passar o cartão de crédito?

— Mas eu... — começou a dizer Danny — pagarei em dinheiro — disse Nick.

— Claro, senhor.

Ela girou a ficha, verificou o nome e tentou esconder seu espanto. Em seguida, sumiu em uma sala dos fundos, sem dizer qualquer palavra. Alguns momentos depois, um homem de meia-idade, trajando um suéter xadrez e calça de veludo cotelê marrom, surgiu do escritório.

— Bem-vindo ao lar, Sir Nicholas. Sou Robert Kilbride, gerente do hotel, e peço desculpas, mas não o esperávamos. Vou transferi-lo para a suíte Walter Scott.

Transferir é uma palavra temida por todo detento.

— Mas... — começou a dizer Danny, lembrando-se do pouco dinheiro que restava em sua carteira.

— Sem nenhum custo adicional — acrescentou o gerente.

— Obrigado — disse Nick.

235   *Prisioneiro da Sorte*

— O senhor vai jantar conosco?

— Sim — disse Nick.

— Não — disse Danny, lembrando-se de seus minguados recursos. — Já jantei.

— Certo, Sir Nicholas. Vou mandar alguém levar sua valise à suíte Walter Scott.

Um rapaz acompanhou Danny à suíte.

— Meu nome é Andrew — disse ele, abrindo a porta. — Se precisar de alguma coisa, basta pegar o telefone e me dizer.

— Preciso que passem um terno e lavem uma camisa a tempo para uma reunião amanhã às dez horas da manhã — disse Danny.

— Certo, senhor. Eu os trarei de volta a tempo para sua reunião.

— Obrigado — disse Danny. Mais uma gorjeta.

Danny se sentou no pé da cama e ligou a TV. Assistiu ao noticiário local, transmitido num sotaque que o fazia se lembrar de Big Al. Só quando mudou de canal para a BBC2 foi que conseguiu compreender todas as palavras, mas, em poucos minutos, já dormia.

39

DANNY ACORDOU e descobriu que estava completamente vestido, e corriam na tela os créditos de um filme em preto e branco estrelado por alguém chamado Jack Hawkins. Ele desligou a TV, despiu-se e resolveu tomar um banho antes de ir para a cama.

Entrou num chuveiro que despejava um jato firme de água quente e que não desligava a cada poucos segundos. Lavou-se com um sabonete do tamanho de um pão e secou-se com uma grande toalha felpuda. Sentiu-se limpo pela primeira vez em anos.

Deitou numa cama com um colchão espesso e confortável, lençóis limpos e mais de um cobertor, antes de descansar a cabeça num travesseiro de penas. Mergulhou num sono profundo. Acordou. A cama era confortável demais. Moldava-se nele quando ele se mexia. Ele arrancou um dos cobertores e jogou-o no chão. Virou-se e voltou a dormir. Acordou. O travesseiro era macio demais, por isso foi fazer companhia ao cobertor no chão. Voltou a dormir e, ao nascer do sol, acompanhado de uma cacofonia de cantos de pássaros irreconhecíveis, acordou de novo. Olhou em volta, esperando ver o sr. Pascoe na porta, mas aquela porta era diferente; era de madeira, e não de aço, e tinha uma maçaneta interna que ele podia girar quando quisesse.

Danny saiu da cama e andou pelo tapete macio até o banheiro — num cômodo separado — para tomar outro banho. Desta vez, lavou os cabelos e se barbeou com a ajuda de um espelho circular que ampliava sua imagem.

Houve uma batida discreta à porta, que permaneceu fechada, em vez de ser puxada com força até se abrir. Danny vestiu um roupão do hotel e abriu a porta para encontrar o camareiro, que segurava um embrulho bem-feito.

237 — *Prisioneiro da Sorte*

— Suas roupas, senhor.

— Obrigado — respondeu Danny.

— O café da manhã será servido até as dez horas, na sala de jantar.

Danny vestiu uma camisa limpa e uma gravata listrada, antes de experimentar seu terno recém-passado. Olhou-se no espelho. Com certeza ninguém duvidaria que ele não fosse Sir Nicholas Moncrieff. Nunca mais teria que usar a mesma camisa durante seis dias seguidos, o mesmo jeans durante um mês, os mesmos sapatos durante um ano — presumindo que o sr. Munro resolveria todos os seus problemas financeiros e que o sr. Munro...

Danny conferiu a carteira que ainda no dia anterior parecera tão recheada. Praguejou; não lhe restaria muita coisa depois que pagasse a conta do hotel. Abriu a porta e, depois de fechá-la, percebeu de imediato que deixara a chave lá dentro. Teria que pedir a Pascoe que lhe abrisse a porta. Acabaria recebendo uma advertência? Praguejou novamente. Merda. Um palavrão de Nick. Saiu à procura da sala de jantar.

Uma grande mesa no centro da sala estava repleta de uma miscelânea de cereais e sucos, e o bufê quente tinha mingau de aveia, ovos, bacon, bolo e até mesmo peixe, a pedidos. Danny foi conduzido a uma mesa junto à janela, quando lhe ofereceram o jornal da manhã, o *Scotsman*. Foi até as páginas de finanças e descobriu que o Royal Bank of Scotland estava expandindo sua carteira de imóveis. Enquanto estava preso, Danny acompanhara, admirado, a compra do NatWest Bank pelo Royal Bank of Scotland; uma sardinha engolindo uma baleia, sem um arroto sequer.

Ele olhou em volta, de repente com medo de que os funcionários comentassem a ausência do sotaque escocês dele. Mas Big Al uma vez lhe dissera que os oficiais nunca têm sotaque. Nick, com certeza, não tinha. Puseram dois arenques defumados diante dele. Seu pai os teria considerado um petisco e tanto. Eram seus primeiros pensamentos sobre seu pai desde que fora solto.

— Gostaria de mais alguma coisa?

— Não, obrigado — respondeu Danny. — Mas pode fazer a gentileza de fechar logo a minha conta?

— Certamente, senhor — respondeu imediatamente o garçom.

Estava prestes a sair da sala de jantar quando se lembrou de que não fazia ideia de onde ficava o escritório do sr. Munro. De acordo com seu cartão, ficava em 12 Argyll Street, mas ele não podia pedir essa informação ao recepcionista, porque todo mundo acreditava que fora criado em Dunbroath. Danny pegou outra chave na recepção e voltou a seu quarto. Eram nove e meia. Ainda tinha meia hora para descobrir onde ficava a Argyll Street.

Houve uma batida à porta. Ainda se passaria algum tempo antes que ele deixasse de dar um pulo para ficar ao pé da cama à espera de que a porta se abrisse.

— Posso levar sua bagagem? — perguntou o porteiro. — Vai precisar de um táxi?

— Não, vou apenas à Argyll Street — arriscou Danny.

— Então, porei sua valise na recepção, e o senhor poderá apanhá-la mais tarde.

— Ainda tem uma farmácia no caminho para a Argyll Street? — perguntou Danny.

— Não, fechou uns dois anos atrás. O senhor precisa de quê?

— Só de algumas giletes e creme de barbear.

— O senhor poderá comprá-los na Leith's, logo depois de onde a Johnson's ficava.

— Muito obrigado — disse Danny, dando adeus a mais uma libra, apesar de não fazer ideia de onde a Johnson's ficava.

Danny consultou o relógio de Nick: 9h36. Desceu depressa e se dirigiu à recepção, onde tentou outro expediente.

— Você tem um exemplar do *The Times*?

— Não, Sir Nicholas, mas podemos ir buscá-lo para o senhor.

— Não se dê ao trabalho. Preciso fazer exercício.

— O senhor o achará na Menzies — disse a recepcionista. — Vire à esquerda ao sair do hotel, a uns cem metros... — fez uma pausa. — Mas é claro que o senhor sabe onde fica a Menzies.

Danny escapuliu do hotel, virou à esquerda e logo achou a placa da Menzies. Entrou despreocupadamente. Ninguém o reconhecera. Comprou um exemplar do *The Times*, e a garota atrás do balcão, para seu grande alívio, não se dirigiu a ele como senhor, nem "Sir Nicholas".

— Estou longe da Argyll Street? — perguntou.

— A uns duzentos metros. Vire à direita saindo da loja, passe o Moncrieff Arms...

Danny passou depressa diante do hotel, examinando cada cruzamento, até finalmente ver o nome Argyll Street gravado em grandes letras numa placa de pedra acima dele. Consultou o relógio ao entrar na rua: 9h45. Ainda tinha alguns minutos de sobra, mas não podia se dar ao luxo de chegar atrasado. Nick era sempre pontual. Lembrou-se de uma das piadas favoritas de Big Al: "As batalhas são perdidas pelos exércitos que chegam atrasados. Pergunte a Napoleão."

Ao passar pelos números 2, 4, 6 e 8, diminuiu gradativamente o passo, e então parou diante do número 12. Uma placa de latão polido continha os nomes Munro, Munro e Carmichael desbotados.

Danny respirou fundo, abriu a porta e entrou decidido. A garota atrás do balcão da recepção ergueu os olhos. Ele esperava que ela não pudesse ouvir seu coração disparado. Estava prestes a dar seu nome, quando ela disse:

— Bom-dia, Sir Nicholas. O sr. Munro o espera. — Levantou-se de seu assento e falou: — Por favor, siga-me.

Danny passara no primeiro teste, mas ainda não abrira a boca.

— Depois da morte de seu companheiro — disse uma agente penitenciária, em pé atrás do balcão —, estou autorizada a entregar todos os pertences do sr. Cartwright à senhorita. Mas primeiro preciso ver algum documento de identidade.

Beth abriu a bolsa e tirou sua carteira de motorista.

— Obrigada — disse a agente, que verificou os detalhes minuciosamente antes de devolvê-la. — Se eu ler a descrição de cada item, srta. Wilson, talvez possa fazer a gentileza de identificá-los. — A agente abriu uma grande caixa de papelão e tirou lá de dentro um jeans de grife. — Um jeans azul-claro — disse. Quando Beth viu o rasgão onde a faca penetrara na perna de Danny, irrompeu em lágrimas. A agente esperou que ela se recuperasse, antes de continuar. — Uma camisa do West Ham; um cinto de couro marrom; um anel de ouro; um par de meias cinza; um short vermelho; um par de sapatos pretos; uma carteira contendo 35 libras e um cartão de membro do clube de boxe do Bow Street. Tenha a gentileza de assinar aqui, srta. Wilson — disse finalmente, colocando o dedo sobre uma linha pontilhada.

Depois que assinou seu nome, Beth colocou todos os pertences de Danny de volta na caixa.

— Obrigada — disse. Ao se voltar para partir, deu de cara com outro agente.

— Boa-tarde, srta. Wilson — disse. — Meu nome é Ray Pascoe.

Beth sorriu.

— Danny gostava do senhor — disse ela.

— E eu o admirava — disse Pascoe —, mas não é por isso que estou aqui. Deixe-me carregar isso para a senhorita — falou, pegando a caixa dela no começo da descida para o corredor. — Eu queria saber se a senhorita ainda pretende conseguir a revogação da sentença do recurso.

— Qual o sentido — respondeu Beth —, agora que Danny morreu?

— Seria essa sua atitude se ele ainda estivesse vivo? — perguntou Pascoe.

— Não, claro que não — disse Beth, incisivamente. — Eu continuaria a lutar para provar sua inocência pelo resto da minha vida.

Quando chegaram aos portões da frente, Pascoe devolveu-lhe a caixa e disse:

— Tenho a sensação de que Danny gostaria de ver seu nome inocentado.

40

B OM-DIA, SR. MUNRO — disse Danny. — Que bom revê-lo.
— E ao senhor também, Sir Nicholas — respondeu Munro. —
Espero que tenha feito uma boa viagem.

Nick descrevera Fraser Munro tão bem que Danny sentia quase conhecê-lo.

— Sim, obrigado. A viagem de trem me permitiu reler nossa correspondência e reconsiderar suas recomendações — disse Danny, enquanto Munro o
conduzia a uma poltrona confortável, ao lado de sua mesa.

— Infelizmente minha última carta talvez não o tenha alcançado a tempo
— disse Munro. — Eu poderia ter telefonado, mas é claro...

— Que isso não era possível — respondeu Danny, interessado apenas no
que a carta dizia.

— Lamento que não sejam boas notícias — disse Munro, batendo com os
dedos na mesa, hábito que Nick não mencionara. — Foi expedida uma intimação ao senhor — Danny agarrou os braços da poltrona. Estaria a polícia
esperando por ele lá fora? — da parte de seu tio Hugo. — Danny deu um audível
suspiro de alívio. — Eu devia ter previsto que isso aconteceria — disse Munro
— e, portanto, a culpa é minha.

"Vamos logo", queria dizer Danny. Nick não disse nada.

— A intimação alega que seu pai deixou a propriedade na Escócia e a casa
em Londres para seu tio, e que o senhor não tem nenhum direito legal a elas.

— Mas é um contrassenso — disse Danny.

— Concordo inteiramente com o senhor e, com sua permissão, responderei
que pretendemos contestar vigorosamente essa ação. — Danny concordou com
o julgamento de Munro, apesar de perceber que Nick teria sido mais cauteloso.

— Para nos insultar, além de injuriar — prosseguiu Munro —, os advogados de seu tio apareceram com o que chamam de "acordo". — Danny balançou a cabeça, sem querer ainda dar uma opinião. — Se o senhor aceitar a oferta original de seu tio, isto é, a de ele ficar com ambas as propriedades, assumindo a responsabilidade de amortizar as hipotecas, ele retirará o processo.

— Está blefando — afirmou Danny. — Se bem me lembro, sr. Munro, seu primeiro conselho foi o de processar meu tio e pleitear o dinheiro que meu pai pegou emprestado com o penhor das duas casas, um negócio de dois milhões e cem mil libras.

— Foi esse, na verdade, meu conselho — continuou Munro —, mas, se me lembro de sua reação na época, Sir Nicholas... — Ele tornou a botar seus óculos de leitura na ponta do nariz e abriu uma pasta. — Sim, aqui está. Suas palavras exatas foram: "Se esse era o desejo de meu pai, não irei contrariá-lo."

— Era o que eu achava na época, sr. Munro — disse Danny. — Mas a situação mudou desde então. Acho que meu pai não aprovaria o fato de o tio Hugo entrar com uma intimação contra seu sobrinho.

— Concordo com o senhor — disse Munro, incapaz de esconder o espanto diante da mudança de ânimo de seu cliente. — Então, posso sugerir, Sir Nicholas, que contestemos seu blefe?

— Como faríamos isso?

— Podemos fazer uma contestação pedindo à justiça que julgue se seu pai tinha direito de pegar dinheiro emprestado, hipotecando as duas casas, sem seu conhecimento prévio. Apesar de ser, por natureza, cauteloso, Sir Nicholas, eu arriscaria a dizer que a lei está do nosso lado. No entanto, tenho certeza de que o senhor leu *A casa abandonada* em sua juventude.

— Bem recentemente — confessou Danny.

— Então, o senhor já sabe dos riscos de se envolver com esse tipo de ação.

— Mas, ao contrário de Jarndyce *versus* Jarndyce — comentou Danny —, acho que o tio Hugo concordará com um acordo extrajudicial.

— O que o faz pensar assim?

— Ele não vai querer ver seu retrato na primeira página do *Scotsman* e do *Edinburgh Evening News*, pois ambos teriam a maior satisfação em revelar o lar de seu sobrinho durante os últimos quatro anos.

— Questão que eu não cogitara — disse Munro. — Mas, pensando bem, concordo com o senhor. — Tossiu. — Da última vez que nos vimos, o senhor não parecia ser da opinião...

243   *Prisioneiro da Sorte*

— Da última vez em que nos vimos, sr. Munro, eu estava preocupado com outros problemas, e, portanto, incapacitado de entender o pleno alcance daquilo que o senhor me dizia. Desde então, tive tempo de pensar em seu conselho, e... — Danny ensaiara exaustivamente essas frases na cela, com Big Al fazendo o papel do sr. Munro.

— Muito bem — disse Munro, tirando os óculos e examinando melhor seu cliente. — Então, com sua licença, passarei ao ataque em seu nome. No entanto, preciso avisá-lo de que esse assunto não se resolve depressa.

— Quanto tempo?

— Poderia levar um ano, ou até um pouco mais, para que a ação começasse a ser julgada.

— Isso pode ser um problema — disse Danny. — Não tenho certeza se tenho dinheiro suficiente em minha conta do Coutts para cobrir...

— Sem dúvida o senhor me avisará depois de entrar em contato com seu banco.

— Certamente — disse Danny.

Munro tossiu de novo.

— Há um ou dois outros assuntos sobre os quais acho que devemos conversar, Sir Nicholas. — Danny simplesmente balançou a cabeça, enquanto Munro tornava a pôr os óculos de leitura e remexia nos papéis em cima da mesa. — O senhor fez, recentemente, um testamento durante o tempo que estava na prisão — disse Munro, pegando um documento debaixo da pilha.

— Lembre-me dos detalhes — disse Danny, reconhecendo a letra familiar de Nick no papel pautado da prisão.

— O senhor deixou a maior parte de seus bens para um certo Daniel Cartwright.

— Ah, meu Deus! — exclamou Danny.

— Com isso devo entender que o senhor deseja rever sua posição, Sir Nicholas?

— Não — disse Danny, recuperando-se depressa. — É só que Danny Cartwright morreu recentemente.

— Então o senhor precisará fazer outro testamento em alguma ocasião futura. Mas, sinceramente, existem problemas mais prementes para enfrentarmos no presente.

— Como o quê?

— Existe uma chave na qual seu tio parece muito ansioso em pôr as mãos.

— Uma chave?

— Sim — respondeu Munro. — Aparentemente está disposto a lhe oferecer mil libras por uma corrente de prata e uma chave que ele acredita estar com o senhor. Julga que elas têm pouco valor intrínseco, mas gostaria que permanecessem na família.

— E hão de ficar — respondeu Danny. — Será que posso lhe perguntar, entre nós, sr. Munro, se faz alguma ideia a que fechadura corresponde essa chave?

— Não, não sei — admitiu Munro. — Seu avô não me inteirou sobre esse assunto específico. Embora eu ouse dizer que, se seu tio está tão ansioso em pôr as mãos nela, podemos supor que o valor que ela encerra seja muito superior a mil libras.

— Muito bem — disse Danny, imitando Munro.

— Como o senhor deseja que eu responda a essa oferta? — perguntou Munro.

— Diga-lhe que o senhor não sabe da existência dessa tal chave.

— Como quiser, Sir Nicholas. Mas não tenho dúvida de que ele não será tão facilmente dissuadido e voltará com uma oferta mais alta.

— Minha resposta será idêntica, não importa o que ele ofereça — disse Danny, firmemente.

— Assim será — disse Munro. — Posso perguntar se o senhor tem intenção de morar na Escócia?

— Não, sr. Munro, vou voltar logo para Londres para resolver meus problemas financeiros, mas fique certo de que me manterei em contato.

— Então, vai precisar das chaves de sua residência em Londres — disse Munro —, guardadas comigo desde a morte de seu pai. — Ele se levantou e caminhou até um grande cofre no canto do cômodo. Digitou um código e abriu a pesada porta, revelando várias prateleiras repletas de documentos. Pegou dois envelopes na prateleira de cima. — Estou com as chaves tanto da casa em The Boltons quanto de sua propriedade aqui na Escócia, Sir Nicholas. O senhor quer ficar com elas?

— Não, obrigado — disse Danny. — Por enquanto, só preciso das chaves de minha casa em Londres. Ficaria agradecido se o senhor guardasse as chaves da propriedade. Afinal de contas, não posso estar em dois lugares ao mesmo tempo.

245 ⚷ *Prisioneiro da Sorte*

— Muito bem — disse Munro, entregando-lhe um dos envelopes volumosos.

— Obrigado — disse Danny —, o senhor tem servido a nossa família fielmente durante muitos anos. — Munro sorriu. — Meu avô...

— Ah — disse Munro com um suspiro. Danny temeu ter exagerado. — Peço desculpas por interrompê-lo, mas a recordação de seu avô me fez lembrar de outro assunto para o qual devo chamar sua atenção. — Voltou ao cofre e, depois de remexer nele por alguns instantes, pegou um pequeno envelope. — Ah, aqui está — declarou, com uma expressão de triunfo no rosto. — Seu avô me instruiu para lhe entregar isto pessoalmente, mas só depois da morte de seu pai. Eu deveria ter cumprido seu desejo em nosso último encontro, mas, com todas as, hum, restrições sofridas pelo senhor naquele momento, confesso que isso fugiu por completo de minha mente.

Ele entregou o envelope a Danny, que olhou dentro dele e não encontrou nada.

— Isso significa algo para o senhor? — perguntou Danny.

— Não — confessou Munro. — Mas, lembrando o hobby da vida inteira de seu avô, talvez o selo tenha algum significado.

Danny guardou o envelope num bolso de dentro sem fazer nenhum comentário.

Munro se levantou.

— Espero, Sir Nicholas, que não tarde muito até que nós o vejamos de novo na Escócia. Nesse meio-tempo, se o senhor precisar da minha ajuda, não hesite em telefonar.

— Não sei como recompensar sua bondade — disse Danny.

— Tenho certeza de que, depois de termos resolvido o problema com seu tio Hugo, eu me sentirei mais do que recompensado. — Ele deu um sorriso seco, então acompanhou Sir Nicholas até a porta, apertou sua mão calorosamente e despediu-se.

Ao observar seu cliente caminhar de volta na direção do hotel, não pôde deixar de pensar em como Sir Nicholas acabara se parecendo com o avô, apesar de não ter certeza se fora sábio de sua parte usar a gravata do regimento — considerando a situação.

— Ele fez o quê? — disse Hugo, gritando ao telefone.

— Ele fez uma contestação, pedindo a soma dos dois milhões e cem mil libras que você levantou com o penhor das duas propriedades.

— Fraser Munro deve estar por trás disso — disse Hugo. — Nick não teria coragem de contrariar a vontade do pai. O que faremos agora?

— Aceitaremos a citação e diremos a eles que a gente resolverá isso na justiça.

— Mas não podemos nos dar ao luxo de fazer isso — objetou Hugo. — Você sempre disse que, se essa causa fosse parar no tribunal, perderíamos, e seria uma festa para a imprensa.

— É verdade, mas nunca chegará ao tribunal.

— Como tem tanta certeza?

— Porque garanto que farei essa causa se arrastar pelo menos por dois anos, e o dinheiro de seu sobrinho já terá acabado muito antes. Não se esqueça de que a gente sabe quanto ele tem no banco. Basta você ter paciência enquanto o faço perder até as calças.

— E a chave?

— Munro alega não ter nenhum conhecimento dela.

— Faça uma oferta maior — disse Hugo. — Se Nick descobrir o que aquela chave abre, será ele quem me fará perder até as calças.

41

NO TREM DE VOLTA a Londres, Danny examinou melhor o envelope que o avô de Nick deve ter desejado lhe dar, sem que seu pai soubesse. Mas por quê?

Danny prestou atenção no selo. Era francês, com o valor de cinco francos, mostrando as cinco argolas do emblema olímpico. O envelope tinha um carimbo de Paris, datado de 1896. Danny sabia, pelos diários de Nick, que seu avô, Sir Alexander Moncrieff, fora um grande colecionador de selos, por isso talvez aquele fosse raro e valioso, mas ele não fazia ideia de a quem consultar. Achou difícil acreditar que o endereço pudesse ter alguma importância: *Baron de Coubertin, 25 rue de La Croix-Rouge, Genève, La Suisse.* O barão já devia estar morto havia anos.

Em King's Cross, Danny pegou o metrô para South Kensington, uma parte de Londres na qual não se sentia à vontade. Com a ajuda de um guia comprado numa banca na estação, desceu na Brompton Road na direção do The Boltons. Apesar de a valise de Nick ficar mais pesada a cada minuto, ele achava que não podia gastar nem mais um centavo de suas já minguadas reservas num táxi.

Quando finalmente chegou ao The Boltons, Danny parou diante do número 12. Não podia acreditar que uma só família vivera ali; apenas a garagem dupla era maior do que sua casa no Bow. Abriu um portão de ferro rangente e subiu um longo caminho cheio de mato até a porta da frente. Apertou a campainha. Não sabia o motivo, só não queria enfiar a chave na fechadura sem antes ter certeza de que a casa estava desocupada. Ninguém respondeu.

Danny fez várias tentativas de girar a chave na fechadura até que a porta se abriu, relutantemente. Acendeu a luz do saguão. Dentro, a casa era exatamente como Nick a descrevera no seu diário. Um espesso tapete verde, desbotado; papel de parede com um padrão vermelho, desbotado; e longas e antigas cortinas de renda que iam do teto ao chão, e cujo abandono atraíra traças no decorrer dos anos. Não havia quadros nas paredes, apenas retângulos menos desbotados a indicar onde estiveram pendurados. Danny não tinha muitas dúvidas de quem os removera, e na casa de quem agora estavam.

Andou devagar pelos quartos tentando se orientar. Parecia mais um museu do que a casa de alguém. Depois de ter explorado o térreo, subiu até o patamar da escada e seguiu por mais um corredor até chegar a um grande quarto de casal. No armário, pendia uma coleção de ternos escuros; que poderiam ser alugados para alguma peça de época, ao lado de camisas com o colarinho virado; numa sapateira embaixo, havia vários pares de sapatos pretos pesados. Danny supôs que esse devia ser o antigo quarto do avô de Nick, e que o pai dele preferira, evidentemente, morar na Escócia. Depois da morte de Sir Alexander, o tio Hugo deve ter tirado os quadros e todos os demais objetos de valor que não estivessem pregados no lugar, antes de comprometer o pai de Nick com a hipoteca da casa por um milhão de libras, enquanto Nick se encontrava preso na penitenciária. Danny começava a pensar que primeiro precisaria acertar as contas com Hugo antes de poder se dedicar aos Mosqueteiros.

Depois de vistoriar todos os quartos — sete, ao todo —, Danny escolheu um dos menores para passar sua primeira noite. Após examinar o armário e a cômoda, chegou à conclusão de que só poderia ser o antigo quarto de Nick, porque havia uma série de ternos, uma gaveta cheia de camisas e uma porção de sapatos que cabiam perfeitamente nele, mas que pareciam ter sido usados por um soldado que passava a maior parte do tempo de uniforme e demonstrava pouco interesse na moda.

Ao terminar de desfazer sua valise, Danny resolveu se aventurar na parte superior e descobrir o que havia no andar de cima. Encontrou um quarto de criança que dava a impressão de ninguém jamais ter dormido nele, ao lado de outro, cheio de brinquedos com os quais nenhuma criança jamais brincara. Seus pensamentos se voltaram para Beth e Christy. Olhou pela janela do quarto de brinquedos, descortinando um grande jardim. Mesmo na luz minguante do crepúsculo, era possível ver que a grama estava crescida demais devido a anos de abandono.

Danny voltou para o quarto de Nick, despiu-se e abriu as torneiras da banheira. Ficou sentado nela, profundamente absorto em seus pensamentos,

249 ⚷ *Prisioneiro da Sorte*

até que a água esfriasse. Depois de se secar, resolveu não usar o pijama de seda de Nick e foi direto para a cama. Em poucos minutos, já estava profundamente adormecido. O colchão era mais parecido com aquele a que se acostumara na prisão.

⁓

Danny pulou da cama na manhã seguinte, tirou do armário uma calça, pegou um roupão de seda pendurado atrás da porta e foi à procura da cozinha.

Desceu uma pequena escada sem tapete até um porão escuro, onde descobriu uma grande cozinha com um fogão de ferro e prateleiras cheias de potes de vidro contendo coisas que ele desconhecia. Divertiu-se com uma série de sininhos presos à parede com legendas: "sala de visitas", "escritório", "quarto de crianças" e "porta principal". Começou a procurar comida, mas não conseguiu achar nada que não tivesse ultrapassado o prazo de validade havia anos. Percebeu agora que tipo de cheiro impregnava toda a casa. Se houvesse algum dinheiro na conta bancária de Nick, a primeira coisa que precisava fazer era contratar uma faxineira. Abriu uma das grandes janelas para deixar que um pouco de ar fresco entrasse no cômodo, fazia muito tempo não arejado.

Não tendo conseguido achar nada para comer, Danny voltou ao quarto para se vestir. Escolheu os trajes menos conservadores que foi possível achar no armário de Nick, mas, ainda assim, acabou se parecendo com um capitão do regimento dos Guards em folga.

Quando o relógio da igreja da praça bateu oito horas, Danny pegou a carteira na mesinha de cabeceira e enfiou-a no bolso. Olhou para o envelope que o avô de Nick lhe deixara e concluiu que o segredo estava no selo. Sentou-se à escrivaninha junto à janela e preencheu um cheque de 500 libras em nome de Nicholas Moncrieff. A conta de Nick teria 500 libras? Havia apenas uma maneira de descobrir.

Ao sair de casa, minutos depois, bateu a porta, mas, desta vez, se lembrou de levar as chaves consigo. Caminhou lentamente até o final da rua, dobrou à direita e foi andando na direção da estação de metrô de South Kensington, parando apenas para entrar numa banca e comprar um exemplar do *The Times*. Ao sair, reparou num quadro de avisos com vários anúncios. "Massagem, Sylvia atende em casa, 100 libras." "Vendo cortador de grama, usado apenas duas vezes, 250 libras, aceito oferta." Ele o teria comprado se acreditasse ter 250 libras na conta bancária de Nick. "Faxineira, cinco libras por hora, damos referências. Ligar para a sra. Murphy..." Danny ficou pensando se a sra. Murphy teria mil horas disponíveis. Ele anotou o número de seu celular, o que o fez se lembrar de outra coisa que precisava incluir na sua lista de compras, mas isso também teria que esperar até que descobrisse a soma existente na conta de Nick.

Ao desembarcar do metrô em Charing Cross, Danny se decidira por dois planos de ação, dependendo se o gerente do Coutts conhecia bem Sir Nicholas ou se jamais o encontrara.

Ele caminhou pelo Strand procurando o banco. Na sua capa cinzenta, o talão de cheques de Nick simplesmente ostentava *Coutts & Co, The Strand, London;* obviamente se tratava de um estabelecimento importante demais para admitir que tinha um número. Não andara muito, até que distinguiu um grande prédio com fachada de bronze e vidro do outro lado da rua, ostentando discretamente duas coroas sobre o nome Coutts. Atravessou a rua, costurando entre o tráfego. Estava prestes a descobrir o montante de sua fortuna.

Passando pelas portas giratórias, entrou no banco, tentando se orientar rapidamente. À sua frente, uma escada rolante levava ao saguão da sala dos caixas. Ele caminhou por uma grande sala de teto de vidro, com um longo balcão que se estendia pela extensão de uma parede. Vários caixas, vestindo paletó preto, atendiam aos clientes. Danny escolheu um rapazinho que parecia ter começado a fazer a barba no dia anterior. Caminhou até seu guichê.

— Quero fazer um saque.

— De quanto o senhor precisa? — perguntou o caixa.

— Quinhentas libras — disse Danny, entregando o cheque que preenchera antes, pela manhã.

O caixa verificou o nome e o número em seu computador, e hesitou.

— O senhor pode fazer a gentileza de esperar um pouco, Sir Nicholas? — perguntou.

A cabeça de Danny disparou. Teria ele ultrapassado o saldo da conta de Nick? Teria a conta sido fechada? Não desejavam lidar com um ex-condenado? Alguns momentos depois, surgiu um sujeito mais velho que lhe deu um caloroso sorriso. Será que Nick o conhecera?

— Sir Nicholas? — aventurou ele.

— Sim — disse Danny, já tendo obtido a resposta para uma de suas perguntas.

251   **Prisioneiro da Sorte**

— Meu nome é Watson. Sou o gerente. É um prazer conhecê-lo depois desse tempo todo. — Danny apertou calorosamente a sua mão, antes que o gerente acrescentasse: — Será que poderíamos conversar na minha sala?

— Certamente, sr. Watson — disse Danny, tentando demonstrar segurança.

Seguiu o gerente pela sala dos caixas e passou por uma porta que levava a um pequeno escritório forrado de lambris. Havia uma única pintura a óleo, de um cavalheiro num longo paletó, pendurada na parede atrás da mesa. Sob o retrato, havia uma legenda: *John Campbell, Fundador, 1692*.

O sr. Watson começou a falar antes mesmo de Danny se sentar.

— Percebo que o senhor não fez nenhum saque nos últimos quatro anos, Sir Nicholas — disse, olhando para a tela de seu computador.

— É verdade — admitiu Danny.

— O senhor estava no exterior?

— Não, mas futuramente serei um cliente mais regular. Isto é, se o senhor tiver cuidado bem da minha conta enquanto estive afastado.

— Espero que o senhor chegue a essa conclusão, Sir Nicholas — respondeu o gerente. — Nós creditamos juros de 3% ao ano em sua conta, ano após ano.

Danny não se mostrou impressionado, perguntando apenas:

— Quanto tenho na minha conta atualmente?

O gerente deu uma olhada na tela.

— Sete mil, duzentas e doze libras.

Danny deu um suspiro de alívio, perguntando em seguida:

— Por acaso há outras contas, documentos ou valores em meu nome que o senhor detenha no momento? — O gerente pareceu meio surpreso. — É que meu pai faleceu recentemente.

O gerente fez um movimento de cabeça.

— Vou verificar — disse, antes de dedilhar algumas teclas em seu computador. Ele sacudiu a cabeça. — Parece que a conta de seu pai foi encerrada há dois meses, e todos os seus valores foram transferidos para o Clydesdale Bank, em Edimburgo.

— Ah, sim — disse Danny. — Meu tio Hugo.

— De fato foi Hugo Moncrieff quem recebeu — confirmou o gerente.

— Exatamente como pensei — comentou Danny.

— Tem mais alguma coisa em que posso lhe ser útil, Sir Nicholas?

— Sim, vou precisar de um cartão de crédito.

— Claro — disse Watson. — Se o senhor preencher este formulário — acrescentou, empurrando um questionário em cima da mesa —, nós mandaremos o cartão para sua residência dentro de poucos dias.

Danny tentou se lembrar do dia e do local de nascimento de Nick, e de seu segundo nome: não tinha certeza de o que preencher em "profissão" e "renda anual".

— Ainda há outra coisa — disse Danny, depois de ter completado o formulário. — O senhor tem alguma ideia de onde eu poderia avaliar isto aqui? — Tirou o pequeno envelope de um bolso interno e empurrou-o pelo tampo da mesa.

O gerente examinou cuidadosamente o envelope.

— Stanley Gibbons — respondeu sem hesitar. — São os líderes neste ramo e têm reputação internacional.

— Onde posso encontrá-los?

— Há uma filial logo aqui na rua. Recomendo que fale com o sr. Prendergast.

— Que sorte o senhor ser tão bem-informado — disse Danny, desconfiado.

— Bem, eles são nossos clientes há quase 150 anos.

Danny saiu do banco com quinhentas libras a mais na carteira e partiu em busca de Stanley Gibbons. No caminho, passou por uma loja de celulares, o que lhe permitiu eliminar mais um item de sua lista de compras. Depois de escolher o modelo mais moderno, perguntou ao jovem vendedor se ele sabia onde ficava a Stanley Gibbons.

— Uns cinquenta metros à sua esquerda — respondeu.

Danny continuou descendo a rua até ver a placa sobre a porta. Lá dentro, um sujeito alto e esguio estava inclinado sobre um balcão, virando as páginas de um catálogo. Endireitou-se no momento em que Danny entrou.

— Sr. Prendergast? — perguntou Danny.

— Sim — disse ele. — Em que posso lhe ser útil?

Danny pegou o envelope e colocou-o em cima do balcão.

— O sr. Watson, do Coutts, me informou que o senhor talvez pudesse avaliar isto aqui.

— Farei o melhor possível — disse o sr. Prendergast, pegando uma lupa debaixo do balcão. Ele examinou o envelope durante algum tempo antes de arriscar uma opinião. — O selo é a primeira edição de um cinco francos imperial, impresso em comemoração à abertura dos Jogos Olímpicos modernos. O selo em si tem pouco valor, não passando de algumas centenas de libras. Mas existem dois outros fatores que podem aumentar sua importância.

— E quais são eles? — perguntou Danny.

— O carimbo é de 6 de abril de 1896.

— E qual a importância disso? — tornou a perguntar Danny, tentando não demonstrar impaciência.

— Foi a data da cerimônia de abertura da primeira Olimpíada moderna.

— E o segundo fator? — perguntou Danny, desta vez sem esperar.

— A pessoa a quem o envelope é endereçado — disse Prendergast, parecendo um tanto satisfeito consigo mesmo.

— O Barão de Coubertin — disse Danny, sem precisar que o nome lhe fosse lembrado.

— Certo — disse o comerciante. — Foi o barão quem fundou a Olimpíada moderna, o que faz do seu envelope um item de colecionador.

— O senhor pode avaliá-lo? — perguntou Danny.

— Não é fácil, já que o item é singular. Mas estou disposto a lhe oferecer duas mil libras por ele.

— Obrigado, mas preciso de um tempinho para pensar — respondeu Danny, virando-se para ir embora.

— Duas mil e duzentas? — ofereceu o comerciante, enquanto Danny fechava calmamente a porta.

42

DANNY PASSOU os dias que se seguiram instalando-se em The Boltons, a despeito de achar que nunca se sentiria realmente em casa em Kensington. Isto é, até conhecer Molly.

Molly Murphy era do condado de Cork, e Danny levou algum tempo para entender uma única palavra do que ela dizia. Devia ser uns trinta centímetros mais baixa que Danny, e era tão magra que ele duvidou que ela pudesse dar conta de mais que duas horas de serviço por dia. Não fazia ideia de sua idade, apesar de ela parecer mais jovem que sua mãe e mais velha do que Beth. As primeiras palavras que dirigiu a ele foram:

— Cobro cinco libras por hora, em dinheiro. Não vou pagar imposto a esses ingleses filhos da puta — acrescentara, depois de saber que Sir Nicholas era oriundo do norte da fronteira —, e, se você não achar que dou conta, largo o serviço no fim da semana.

Danny ficou de olho em Molly durante os primeiros dois dias, mas logo se tornou evidente que ela fora feita na mesma forja que sua mãe. Quando chegou o fim da semana, ele já podia se sentar em qualquer canto da casa sem provocar uma nuvem de poeira, entrar numa banheira sem marcas de sujeira e abrir a geladeira para pegar qualquer coisa sem medo de se intoxicar.

No fim da segunda semana, Molly começara a fazer seu jantar, além de lavar e passar suas roupas. Na terceira, ele já se perguntava como chegara a sobreviver sem ela.

A iniciativa de Molly permitiu a Danny se concentrar em outros assuntos. O sr. Munro lhe escrevera informando que mandara uma intimação a seu tio. O advogado de Hugo deixara os 21 dias regulamentares passarem até reconhecer a intimação.

O sr. Munro avisava Sir Nicholas que Galbraith tinha reputação de ganhar tempo, mas afirmava que pegaria no seu pé toda vez que tivesse oportunidade de fazê-lo. Danny ficou pensando em quanto custaria este pegar no pé. Descobriu ao virar a página. Anexos à carta de Munro, vinham os honorários de 4 mil libras, que cobriam todo seu trabalho feito desde o enterro, inclusive a intimação.

Danny verificou seu extrato bancário, que chegara junto com o cartão de crédito, na correspondência da manhã. Quatro mil libras fariam um enorme rombo em seu lastro, e Danny ficou pensando em por quanto tempo sobreviveria até ser obrigado a jogar a toalha; podia ser um clichê, mas essa expressão o fez recordar tempos mais felizes no Bow.

No decorrer da semana, Danny comprara um laptop e uma impressora, um porta-retratos de prata e várias pastas, além de resmas de papel. Ele já começara a montar um banco de dados sobre os três sujeitos responsáveis pela morte de Bernie, e passou a maior parte do primeiro mês alimentando-o com tudo que sabia sobre Spencer Craig, Gerald Payne e Lawrence Davenport. Não resultou em grande coisa, mas Nick lhe ensinara que é mais fácil passar nos exames quando se pesquisa. Ele estava prestes a começar essa pesquisa quando recebeu os honorários de Munro, que lhe fizeram recordar a rapidez com que seus fundos minguavam. Então se lembrou do envelope. Chegara a hora de buscar uma segunda opinião.

Pegou o *The Times* — que Molly levava toda manhã — e foi ler um artigo que descobrira nas páginas da seção de arte. Um colecionador americano comprara um Klimt por 51 milhões de libras num leilão num lugar qualquer chamado Sotheby's.

Danny abriu o laptop e pesquisou *Klimt* no Google, descobrindo que ele era um pintor simbolista austríaco, que viveu de 1862 a 1918. Em seguida, procurou Sotheby's, que se revelou ser uma casa de leilões especializada em belas-artes, antiguidades, livros, joias e demais peças colecionáveis. Depois de alguns cliques do mouse, descobriu que peças colecionáveis incluíam selos. Quem estivesse em busca de informações poderia ligar para a Sotheby's ou ir a seus escritórios na New Bond Street.

Danny planejou pegá-los de surpresa, mas não hoje, porque ia ao teatro; não para ver a peça. A peça não era o objetivo.

Danny nunca fora a um teatro do West End, a não ser no aniversário de 21 anos de Beth, quando assistiram a *Os Miseráveis* no Palace Theatre. Não gostara muito e achou que não experimentaria outro musical.

Ligara para o Garrick no dia anterior e reservara um lugar para a matinê de *A Importância de Ser Ernesto*. Disseram-lhe para pegar o ingresso na bilheteria quinze minutos antes do início. Danny chegou meio cedo e descobriu que o teatro estava quase deserto. Pegou seu ingresso, comprou o programa e, com a ajuda de um lanterninha, rumou para as primeiras filas, onde achou sua cadeira no final da fila H. Apenas um punhado de pessoas ocupava a plateia aqui e ali.

Abriu o programa e leu pela primeira vez como a peça de Oscar Wilde fora um sucesso imediato em 1895, quando estreara no St. James's Theatre, em Londres. Era obrigado a ficar se levantando para dar passagem a outras pessoas que tinham assentos na fila H, à medida que um fluxo constante de frequentadores entrava no teatro.

Quando as luzes diminuíram, o Garrick estava quase cheio, e a maioria das cadeiras parecia ocupada por garotas. Ao abrirem as cortinas, não se via Lawrence Davenport em parte alguma, mas Danny não precisou esperar muito, porque ele fez sua entrada alguns momentos depois. Um rosto que ele jamais esqueceria. Uma ou duas pessoas na plateia começaram a aplaudir imediatamente. Davenport fez uma pausa antes de dizer sua primeira fala, como se não esperasse por menos.

Danny sentiu a tentação de ocupar o palco de assalto e dizer à plateia que tipo de homem era na verdade Davenport, e o que acontecera no Dunlop Arms na noite em que seu herói assistira enquanto Spencer Craig apunhalava seu amigo até a morte. Que papel diferente fizera no beco do sujeito confiante que ele agora representava. Naquela ocasião, representara o papel de covarde de maneira muito mais convincente.

Tal como as jovens na plateia, o olhar de Danny estava fixado em Davenport. À medida que o espetáculo prosseguia, ficava óbvio que, se existisse um espelho em algum lugar, Davenport o acharia para poder se contemplar. Na hora em que as cortinas foram fechadas para o intervalo, Danny sentiu que já bastava o que vira de Lawrence Davenport para saber o quanto ele apreciaria algumas matinês na prisão. Danny teria voltado para The Boltons e atualizado seu arquivo se, surpreendentemente, não estivesse gostando da peça.

257 ⚷ *Prisioneiro da Sorte*

Ele seguiu a multidão que se acotovelava até o balcão apinhado, esperando numa longa fila, enquanto um atendente tentava, corajosamente, servir a todos os seus pretensos clientes. Enfim, Danny desistiu e resolveu gastar seu tempo lendo o programa e aprendendo mais sobre Oscar Wilde. Lamentava que o escritor não constasse do currículo do vestibular. Distraiu-se com uma conversa em voz aguda entre duas garotas num canto do balcão.

— O que achou de Larry? — perguntou a primeira.

— Ele é maravilhoso. Pena que seja gay.

— Mas você está gostando da peça?

— Ah, sim. Vou voltar na noite de encerramento.

— Como você conseguiu arranjar os ingressos?

— Um dos cenógrafos mora na nossa rua.

— Isso quer dizer que você vai à festa depois?

— Só se eu concordar em ser o par dele durante a noite.

— Você acha que vai chegar a conhecer Larry?

— Foi o único motivo de eu concordar em sair com ele.

Uma campainha tocou três vezes, e vários clientes esvaziaram rapidamente os copos antes de voltar para ocupar seus assentos na plateia. Danny seguiu na esteira deles.

Quando as cortinas se abriram de novo, Danny ficou tão absorto na peça que quase esqueceu o verdadeiro motivo de estar ali. Enquanto a atenção das garotas permanecia fortemente fixada no Dr. Beresford, Danny recostou-se na cadeira à espera de descobrir qual dos dois homens acabaria sendo Ernesto.

Quando as cortinas se fecharam e o elenco foi receber os aplausos, a plateia se pôs de pé, gritando e berrando, exatamente como Beth fizera naquela noite, mas com um tipo de berro diferente. Aquilo só aumentou a determinação de Danny em fazê-la descobrir a verdade sobre seu ídolo torto.

Depois da última chamada para os atores receberem aplausos, a multidão loquaz transbordou do teatro para a calçada. Alguns se dirigiram diretamente à porta de entrada dos atores, mas Danny voltou à bilheteria.

O gerente sorriu.

— Gostou do espetáculo?

— Gostei, obrigado. O senhor teria um ingresso para a noite de encerramento?

— Infelizmente, não. Tudo vendido.

— Só um — disse Danny, esperançosamente. — Não me importo com o lugar onde vou me sentar.

O gerente verificou a tela de seu computador e examinou o mapa dos assentos na plateia para o último espetáculo.

— Tenho uma única cadeira na fila W.

— Fico com ela — disse Danny, entregando-lhe o cartão de crédito. — Terei acesso à festa depois?

— Não, infelizmente não — disse o gerente, com um sorriso. — Só com convite. — Ele passou o cartão de Danny. — Sir Nicholas Moncrieff — disse, olhando-o com mais cuidado.

— Sim, é isso mesmo — disse Danny.

O gerente imprimiu um único ingresso, pegou sob o balcão um envelope e enfiou o bilhete nele.

Danny continuou a ler o programa durante a viagem de metrô de volta a South Kensington e, depois de ter devorado cada palavra sobre Oscar Wilde e lido sobre as outras peças que ele escrevera, abriu o envelope para verificar o bilhete. C9. Devem ter cometido um engano. Ele olhou dentro do envelope, de onde tirou um cartão que dizia:

THE GARRICK THEATRE

Convida-o para a festa de encerramento de

A Importância de Ser Ernesto

no Dorchester

sábado, 14 de setembro de 2002

Entrada exclusivamente com convite

das 23h até Deus sabe quando

Danny percebeu de repente a importância de ser Nicholas.

43

—Q UE INTERESSANTE. Muito interessante — disse o sr. Blundell ao pousar sua lupa de volta na mesa e sorrir para o possível cliente.

— Qual o valor? — perguntou Danny.

— Não faço ideia — confessou Blundell.

— Mas me disseram que o senhor é um dos maiores peritos do ramo.

— Gosto de pensar que sou — respondeu Blundell —, mas, em trinta anos no ramo, nunca encontrei nada assim. — Ele pegou de novo a lupa, inclinou-se e examinou o envelope com mais cuidado. — O selo em si não é tão incomum, mas, postado no dia da cerimônia da abertura, é muito mais raro. E o fato de o envelope ser endereçado ao Barão de Coubertin...

— O criador dos jogos Olímpicos modernos — completou Danny. — Deve ser ainda mais raro.

— Se não for único — sugeriu Blundell. Ele passou de novo a lupa sobre o envelope. — É muito difícil avaliar.

— Talvez o senhor pudesse me dar uma estimativa aproximada — disse Danny, esperançosamente.

— Se fosse um negociante que comprasse o envelope, daria umas 2.200 a 2.500 libras, suponho; um colecionador entusiasmado poderia chegar a três mil. Mas, se dois colecionadores o quisessem bastante, quem pode dizer? Permita-me dar-lhe um exemplo, Sir Nicholas. No ano passado, uma pintura de Dante Gabriel Rossetti, intitulada *Uma visão de Fiammetta,* foi a leilão aqui na Sotheby's. Nós a avaliamos entre 2,5 e três milhões de libras, certamente numa base elevada em termos do mercado, e na verdade todos os negociantes bem conhecidos já haviam desistido algum tempo antes de ela alcançar avaliação tão alta. No entanto, porque Andrew Lloyd Webber e Elizabeth Rothschild queriam a pintura para engrossar suas coleções, o martelo bateu nos nove milhões de libras, mais do que o dobro do recorde anterior de um Rossetti.

— O senhor está querendo dizer que meu envelope pode ser vendido por mais do que o dobro de sua avaliação?

— Não, Sir Nicholas, estou apenas dizendo que não faço ideia de por quanto pode ser vendido.

— Mas o senhor tem certeza de que Andrew Lloyd Webber e Elizabeth Rothschild comparecerão ao leilão?

Blundell abaixou a cabeça, temendo que Sir Nicholas percebesse que ele se divertira com essa insinuação.

— Não — disse. — Não tenho motivo para acreditar que Lord Lloyd Webber ou Elizabeth Rothschild tenham algum interesse por selos. No entanto, se o senhor resolver colocar seu envelope em nosso próximo leilão, aparecerá no catálogo e será mandado para todos os principais colecionadores de selos do mundo.

— E quando será seu próximo leilão de selos? — perguntou Danny.

— Em 16 de setembro — respondeu Blundell. — Dentro de pouco mais de seis semanas.

— Isso tudo? — disse Danny, que presumira poder vender o envelope em poucos dias.

— Ainda estamos preparando o catálogo e o mandaremos pelo correio para nossos clientes com pelo menos duas semanas de antecedência do leilão.

Danny voltou atrás e pensou em seu encontro com o sr. Prendergast na Stanley Giggons, que lhe oferecera 2.200 libras pelo envelope, e provavelmente chegaria a 2.500. Se aceitasse sua oferta, não teria que esperar seis semanas. O último extrato bancário de Nick mostrava um saldo de apenas 1.918 libras, de modo que ele poderia muito bem ficar sem fundos até 16 de setembro, sem nenhuma outra renda em perspectiva.

Blundell não apressou Sir Nicholas, que obviamente estudava o assunto com a máxima consideração, e se ele fosse neto de... isso poderia ser o começo de uma longa e frutífera relação.

Danny sabia a alternativa que Nick escolheria. Teria aceitado a oferta original de 2 mil libras do sr. Prendergast, voltado para o Coutts e depositado o dinheiro imediatamente. Isso ajudou Danny a tomar uma decisão. Ele pegou o envelope, entregou-o ao sr. Blundell e disse:

— O senhor está encarregado de arranjar duas pessoas que queiram o meu envelope.

— Farei o melhor possível — disse Blundell. — Quando chegar perto da data, Sir Nicholas, eu lhe enviarei um catálogo, junto com o convite para o leilão. E gostaria de acrescentar que tive enorme prazer em ajudar seu avô a fazer sua magnífica coleção.

— Magnífica coleção? — repetiu Danny.

— Se o senhor quiser engrossar a coleção, ou vender alguma parte dela, terei o maior prazer em oferecer meus préstimos.

— Obrigado — respondeu Danny. — É provável que eu mantenha contato.

Saiu da Sotheby's sem dizer outra palavra — não podia correr o risco de fazer ao sr. Blundell perguntas cujas respostas ele mesmo deveria saber. Mas de que outro modo descobriria informações sobre a magnífica coleção de Sir Alexander?

Tão logo se encontrou na Bond Street, Danny desejou ter aceitado a oferta do sr. Prendergast, porque, mesmo que o envelope rendesse seis mil, ainda assim não chegaria perto de cobrir os custos de uma longa batalha judicial contra Hugo Moncrieff, e, se ele pagasse os custos do processo antes de eles se acumularem, ainda teria bastante dinheiro para sobreviver algumas semanas a mais enquanto procurava emprego. Mas, infelizmente, Sir Nicholas Moncrieff não tinha qualificações para trabalhar como mecânico numa garagem do East End; na verdade, Danny começava a se perguntar para que ele estaria qualificado.

Danny caminhou lentamente pela Bond Street e entrou em Piccadilly. Pensou na importância, se alguma houvesse, das palavras de Blundell: "A magnífica coleção de seu avô." Não reparou que alguém o seguia. Contudo, tratava-se de um profissional.

Hugo pegou o telefone.

— Ele acabou de deixar a Sotheby's e está num ponto de ônibus em Piccadilly.

— Então, o dinheiro dele está acabando — disse Hugo. — Por que foi à Sotheby's?

— Ele deixou um envelope com um determinado sr. Blundell, o chefe do departamento de filatelia. Será leiloado dentro de seis semanas.

— O que havia no envelope? — perguntou Hugo.

— Um selo lançado para comemorar os primeiros Jogos Olímpicos modernos, que Blundell avaliou entre duas mil e 2.500 libras.

— Quando será o leilão?

— Em 16 de setembro.

— Então, serei obrigado a comparecer — afirmou Hugo, desligando o telefone.

— Que coisa atípica de seu pai vender um dos selos. A não ser que... — disse Margaret, dobrando o guardanapo.

— Não estou acompanhando, velha garota. A não ser o quê? — disse Hugo.

— Seu pai se dedica a fazer uma das melhores coleções de selos do mundo, que não só some no dia em que morreu, mas não foi mencionada em seu testamento. Mas são mencionados uma chave e um envelope, que ele deixa para Nick.

— Ainda não tenho certeza de onde você quer chegar, velha garota.

— A chave e o envelope estão evidentemente ligados de certa forma — disse Margaret.

— O que a faz pensar isso?

— Porque não acredito que o selo tenha alguma importância.

— Mas duas mil libras são bastante dinheiro para Nick no momento.

— Mas não para seu pai. Desconfio que o nome e o endereço no envelope são muito mais importantes, porque nos levarão à coleção.

— Mas ainda não temos a chave — disse Hugo.

— A chave terá pouca importância se você for capaz de provar que é o herdeiro legítimo da fortuna dos Moncrieff.

Danny embarcou num ônibus para Notting Hill Gate, na esperança de chegar na hora de seu encontro mensal com a autoridade da condicional. Mais dez minutos e ele seria obrigado a tomar um táxi. A sra. Bennett escrevera dizendo que surgira algo de importante. Essas palavras o deixaram nervoso, embora Danny soubesse que, se eles tivessem descoberto quem ele era de fato, não receberia essa informação por uma carta do agente da condicional, mas teria sido acordado no meio da noite por um cerco da polícia à sua casa.

263 ⚷ *Prisioneiro da Sorte*

Apesar de estar cada vez mais seguro em sua nova personalidade, não se passava um dia sem que se lembrasse de ser um foragido da prisão. Qualquer coisa poderia denunciá-lo: um olhar mais cuidadoso, um comentário malcompreendido, uma pergunta qualquer que ele não saberia responder. Quem era o diretor de sua casa em Loretto? Qual era sua corporação em Sandhurst? Para que time de rúgbi você torce?

Dois homens desembarcaram do ônibus, quando este parou em Notting Hill Gate. Um deles partiu correndo para o escritório da agência de liberdade condicional; o outro o seguiu de perto, mas sem entrar no prédio. Apesar de Danny se apresentar na recepção faltando pouco para a hora marcada, foi obrigado a esperar vinte minutos antes de poder ser recebido pela sra. Bennett.

Danny entrou num pequeno escritório simples contendo apenas uma mesa e duas cadeiras, nenhuma cortina e um tapete ralo que teria sido rejeitado numa venda de tapetes de porta-malas de carros usados. Não era muito melhor do que sua cela em Belmarsh.

— Como vai, Moncrieff? — perguntou a sra. Bennett quando ele se sentou na cadeira de plástico defronte a ela. Nada de "Sir Nicholas", nada de "Sir", só Moncrieff.

Comporte-se como Nick, pense como Danny.

— Vou bem, obrigado. E a senhora?

Ela não respondeu, abrindo simplesmente uma pasta diante de si com uma lista de perguntas que precisavam ser respondidas por todos os ex-detentos, uma vez por mês, enquanto estivessem em liberdade condicional.

— Eu só quero me atualizar — disse ela. — Obteve algum êxito em arranjar emprego de professor?

Danny esquecera que Nick pretendia voltar para a Escócia e ensinar, depois de sair da cadeia.

— Não — respondeu Danny. — Resolver meus problemas familiares está levando mais tempo do que pensei.

— Problemas familiares? — repetiu a sra. Bennett. Não era a resposta que ela esperara. Problemas familiares significavam encrenca. — Gostaria de conversar sobre esses problemas?

— Não, obrigado, sra. Bennett — disse Danny. — Estou tentando ajeitar o testamento do meu avô. Nada para a senhora se preocupar.

— Cabe a mim julgar isso — respondeu incisivamente a sra. Bennett. — Isso quer dizer que o senhor está passando por dificuldades financeiras?

— Não, sra. Bennett.

— Já arranjou emprego? — perguntou ela, voltando à sua lista anterior de perguntas.

— Não, mas espero começar a procurar trabalho num futuro próximo.

— Presumivelmente como professor.

— Espero que sim.

— Bem, se isso for difícil, talvez o senhor deva considerar outro trabalho.

— Como o quê?

— Bem, vejo que o senhor foi bibliotecário da prisão.

— Estou certamente disposto a cogitar isso — disse Danny, seguro de que receberia outra cruz em mais um quadradinho.

— O senhor tem moradia no momento ou mora numa hospedaria para ex-detentos?

— Tenho onde morar.

— Com sua família?

— Não, não tenho família.

Um traço, uma cruz e um ponto de interrogação. Ela prosseguiu.

— O senhor está em imóvel alugado ou fica com algum amigo?

— Moro em minha própria casa.

A sra. Bennett pareceu perplexa. Ninguém jamais dera essa resposta à pergunta antes. Ela resolveu pôr um traço.

— Tenho apenas mais uma pergunta. Durante o último mês, o senhor se sentiu tentado a cometer algum crime semelhante àquele devido ao qual foi preso?

Sim, tive a tentação de matar Lawrence Davenport, quis dizer Danny a ela, mas Nick respondeu:

— Não, sra. Bennett, não senti.

— Então, por enquanto, isso é tudo, Moncrieff. Eu o verei de novo dentro de um mês. Não hesite em entrar em contato comigo, se achar que posso ser útil nesse meio-tempo.

— Obrigado — disse Danny —, mas a senhora mencionou em sua carta que havia algo importante...

— Mencionei? — disse a sra. Bennett, fechando a pasta na sua mesa e revelando um envelope. — Ah, sim, tem razão.

Ela lhe entregou uma carta endereçada a *N. A. Moncrieff, Departamento de Educação, Penitenciária de Sua Majestade, Belmarsh*. Danny começou a ler a carta para Nick, do Ministério da Educação, a fim de descobrir o que a sra. Bennett considerara importante:

Os resultados de seus exames vestibulares constam da lista abaixo:
Administração A*
Matemática A

Danny deu um pulo e um soco no ar, como se estivesse em Upton Park, e o West Ham tivesse feito o gol da vitória sobre o Arsenal. A sra. Bennett não sabia se dava parabéns a Moncrieff ou apertava o botão sob sua mesa para chamar a segurança. Quando seus pés voltaram a tocar o chão, ela perguntou:

— Se ainda tiver a intenção de se formar, Moncrieff, terei muito prazer em ajudá-lo em uma solicitação de bolsa.

Hugo Moncrieff examinou o catálogo da Sotheby's durante bastante tempo. Era necessário concordar com Margaret, só podia ser o lote 37: *raro envelope ostentando a primeira edição de um selo para comemorar a abertura dos Jogos Olímpicos modernos, endereçado a seu fundador, Barão Pierre de Coubertin, avaliado em 2.200-2.500 libras.*

— Talvez eu devesse comparecer a um dos dias de visita e olhar isso mais de perto — aventou ele.

— Você não fará nada disso — disse Margaret com firmeza. — Isso só alertaria Nick, e ele pode até concluir que não é no selo que estamos interessados.

— Mas, se eu fosse a Londres na véspera do leilão e descobrisse o endereço no envelope, saberíamos onde está a coleção sem desperdiçar dinheiro numa compra.

— Mas aí não teríamos um cartão de visita.

— Não sei se estou acompanhando seu raciocínio, velha garota.

— Podemos não estar com a chave, mas, se o único filho vivo de seu pai aparecer com o envelope, junto com o novo testamento, teremos uma chance de convencer quem quer que seja o depositário da coleção de que você é o herdeiro de direito.

— Mas Nick pode estar no leilão.

— Se ele já não descobriu que é o endereço que importa, e não o selo, será tarde demais para que ele possa fazer algo a respeito. Seja grato por uma coisa, Hugo.

— Pelo quê?
— Por Nick não pensar como seu avô.

Danny abriu o catálogo mais uma vez. Virou as páginas até o lote 37 e examinou o texto com mais cuidado. Gostou de ver uma descrição tão completa de seu envelope, embora tenha ficado meio decepcionado de não haver uma foto, como no caso de várias outras peças.

Começou a ler as condições de venda e ficou horrorizado ao descobrir que a Sotheby's deduzia do vendedor 10% do preço de venda, além de cobrar uma taxa de 20% do comprador. Se ele o vendesse por 1.800 libras, teria feito melhor negócio vendendo para Stanley Gibbons — exatamente o que Nick teria feito.

Danny fechou o catálogo e voltou a atenção para a outra carta que recebera naquela manhã: um livreto e um formulário de inscrição na Universidade de Londres para um de seus cursos de formação. Passou um tempo razoável avaliando as várias opções. Finalmente, foi para a parte de solicitação de bolsas, ciente de que, se ele honrasse a promessa a Nick e Beth, isso significaria uma mudança considerável em seu estilo de vida.

O saldo atual de Nick no banco era de 716 libras, sem nenhuma entrada na coluna de créditos desde que fora solto. Ele temia que seu primeiro sacrifício tivesse que ser Molly, e então a casa voltaria ao estado em que ele a encontrara ao abrir a porta da frente.

Danny evitara ligar para o sr. Munro para saber sobre o andamento de sua batalha contra tio Hugo, com medo de que isso provocasse outra cobrança. Recostou-se na cadeira e pensou no motivo por que se dispusera a substituir Nick. Big Al o convencera de que, se ele fosse capaz de escapar, tudo era possível. Na verdade, ele estava descobrindo que um sujeito sem dinheiro, trabalhando sozinho, não estava em situação de enfrentar três profissionais altamente bem-sucedidos, mesmo se eles achassem que ele estava morto e esquecido havia muito. Pensou nos planos cujo andamento iniciara, a começar pela visita desta noite ao espetáculo de encerramento de *A Importância de Ser Ernesto*. Seu verdadeiro objetivo seria cumprido depois de o pano cair, quando comparecesse à festa de encerramento e ficasse pela primeira vez cara a cara com Lawrence Davenport.

44

ANNY SE LEVANTOU de sua cadeira e se juntou ao público que aplaudia de pé, até porque, se não o fizesse, seria uma das poucas pessoas no teatro a permanecer sentada. Ele havia gostado mais da peça dessa vez, possivelmente porque tivera a oportunidade de ler o texto.

Sentar-se na terceira fila, entre a família e os amigos do elenco, só fez aumentar sua satisfação. O cenógrafo se sentou a um lado dele, e a mulher do produtor, do outro. Convidaram-no a tomar um drinque no intervalo prolongado. Ele ficou ouvindo conversa de teatro, raras vezes sentindo-se seguro para poder dar alguma opinião. Não parecia importar, já que todos tinham opiniões inabaláveis sobre tudo, desde o desempenho de Davenport até o motivo de haver tantos musicais no West End. Danny só tinha algo em comum com o pessoal de teatro: nenhum deles sabia qual seria seu próximo trabalho.

Depois de Davenport ter voltado inúmeras vezes para receber aplausos, a plateia lentamente esvaziou o teatro. Como a noite estava límpida, Danny resolveu ir a pé até o Dorchester. O exercício lhe faria bem e, além disso, não podia arcar com a despesa de pegar um táxi.

Começou a andar lentamente em direção a Piccadilly Circus, quando uma voz às suas costas disse:

— Sir Nicholas? — Ele se virou e distinguiu o gerente da bilheteria acenando para ele com a mão, enquanto segurava a porta aberta de um táxi com a outra. — Se o senhor vai à festa, por que não vem conosco?

— Obrigado — respondeu Danny, embarcando e encontrando duas jovens sentadas no banco de trás.

— Sir Nicholas Moncrieff — anunciou o gerente, baixando um banco e se sentando defronte a eles.

— Nick — insistiu Danny, ao se sentar no outro banco.

— Nick, esta é minha namorada, Charlotte. Ela trabalha no suporte. E esta é Katie, atriz substituta. E eu sou Paul.

— Qual é o papel que você substitui? — perguntou Nick a Katie.

— Sou substituta de Eve Best, que representa Gwendolen.

— Mas hoje não — falou Danny.

— Não — concordou Katie, cruzando as pernas. — Na verdade, só fiz um espetáculo durante toda a temporada. Uma matinê, quando Eve tinha um compromisso com a BBC.

— Não é meio frustrante?

— Certamente, mas é melhor do que ficar sem trabalhar.

— Todo ator substituto vive da esperança de ser descoberto durante alguma indisposição do ator principal — disse Paul. — Albert Finney substituiu Lawrence Olivier quando este representava Corialano em Stratford e tornou-se um astro da noite para o dia.

— Bem, isso não aconteceu durante a única tarde em que ocupei o palco — disse Kate de modo sentido. — E você, Nick? O que faz?

Danny não respondeu imediatamente porque ninguém, a não ser sua agente de condicional, jamais lhe fizera essa pergunta.

— Eu fui do Exército — respondeu.

— Meu irmão é soldado — disse Charlotte. — Fico preocupada de ele ser mandado para o Iraque. Você já serviu lá?

Danny tentou lembrar as anotações relevantes do diário de Nick.

— Duas vezes — respondeu. — Mas não recentemente — acrescentou.

Katie sorriu para Danny quando o táxi encostou diante do Dorchester. Ele se lembrava muito bem da última garota que o olhara daquele modo.

Danny foi o último a desembarcar do carro. Ele se ouviu dizendo "Deixa que esta é por minha conta", esperando, com certeza, que a resposta de Paul fosse "De jeito nenhum".

— Obrigado, Nick — disse Paul, enquanto ele e Charlotte entravam lentamente no hotel. Danny pegou a carteira e se separou de mais 10 libras de que ele mal podia dispor. Uma coisa era certa: esta noite ele iria a pé para casa.

Katie se demorou e esperou que Nick a alcançasse.

— Paul me disse que é a segunda vez que você assiste ao espetáculo — disse ela ao entrarem no hotel.

— Vim na esperança de que você estivesse representando Gwendolen — disse Danny com um sorriso.

269   *Prisioneiro da Sorte*

Ela riu e beijou-lhe a face. Algo que não acontecia a Danny havia muito tempo.

— Você é um amor, Nick — disse, pegando na mão dele e levando-o para dentro do salão de baile.

— Então, o que espera fazer em seguida? — perguntou Danny, quase precisando gritar para se sobrepor ao barulho da multidão.

— Três meses de atuação com a English Touring Company.

— Substituindo de novo?

— Não. Eles não têm dinheiro para substitutos durante a excursão. Se alguém abandona o espetáculo, o vendedor de programas o substitui. Essa será a minha oportunidade de subir no palco, e sua oportunidade de ir me ver.

— Onde você estará representando? — perguntou Danny.

— Pode escolher: Newcastle, Sheffield, Birmingham, Cambridge ou Bromley.

— Acho que terá que ser em Bromley — disse Danny, enquanto um garçom lhes oferecia champanhe.

Ele olhou em volta da sala apinhada. Todo mundo parecia falar ao mesmo tempo. Os que não falavam, bebiam champanhe, enquanto outros iam continuamente de pessoa a pessoa, na esperança de impressionar diretores, produtores e diretores de elenco, numa busca infindável de arranjar seu próximo trabalho.

Danny largou a mão de Katie, lembrando-se de que, do mesmo modo que os atores desempregados, ele estava ali com um objetivo. Varreu lentamente o lugar à procura de Lawrence Davenport, mas não havia sinal dele. Danny presumiu que ele faria sua entrada mais tarde.

— Já está entediado comigo? — perguntou Katie, pegando outra taça de champanhe de um garçom que passava.

— Não — disse Danny, de modo não muito convincente, quando um rapaz se juntou a eles.

— Olá, Katie — disse ele, beijando-a na face. — Você já tem outro trabalho programado, ou está descansando?

Danny pegou uma salsicha de uma bandeja que passava, lembrando-se de que não teria mais nada para comer naquela noite. Olhou mais uma vez em volta da sala, em busca de Davenport. Seus olhos bateram em outro sujeito cuja provável presença nesta noite Danny deveria ter adivinhado. Ele estava no centro da sala, conversando com duas garotas que bebiam todas as suas palavras.

Não era tão alto quanto Danny se lembrava de seu último encontro, mas também ele acontecera num beco mal-iluminado, quando seu único objetivo era salvar a vida de Bernie.

Danny resolveu dar uma olhada mais atenta. Deu um passo em sua direção, depois outro, até ficar a poucos metros de distância. Spencer Craig olhou direto para ele. Danny gelou, em seguida percebeu que Spencer olhava por cima de seus ombros, provavelmente para outra garota.

Danny fitou o homem que matara seu melhor amigo e que pensara ter saído impune.

— Não enquanto eu estiver vivo — disse Danny, quase alto o bastante para Spencer escutar. Deu outro passo à frente, encorajado pela falta de interesse de Craig. Mais um passo ainda, e um sujeito do grupo de Craig, que estava de costas para Danny, se virou instintivamente para ver quem invadia seu território. Danny deu de cara com Gerald Payne. Engordara tanto desde o julgamento que Danny levou alguns segundos para reconhecê-lo. Payne desvirou-se, com desinteresse. Mesmo quando estivera no banco de testemunhas, não dera mais que um olhar para Danny, sem dúvida como parte da tática que Craig o aconselhara a adotar.

Danny se serviu de um *blini* de salmão defumado, enquanto escutava a conversa de Craig com as duas garotas. Ele desenvolvia um argumento, obviamente bem-ensaiado, sobre a semelhança do tribunal do júri com o teatro, só que, no júri, nunca se sabe quando o pano desce. As garotas riram obedientemente.

— Grande verdade — disse Danny em voz alta.

Craig e Payne olharam para ele, mas sem nenhuma centelha de reconhecimento, a despeito de o terem visto no banco dos réus havia apenas dois anos; mas, naquela época, seus cabelos estavam muito mais curtos, ele estava com a barba por fazer e vestia roupas de detento. Em todo caso, por que deviam se preocupar com Danny Cartwright? No fim das contas, ele já estava morto e enterrado.

— Como está se saindo, Nick? — Danny se virou e viu Paul a seu lado.

— Muito bem, obrigado — disse Danny. — Melhor do que eu esperava — acrescentou, sem explicar nada.

Danny aproximou-se mais de Craig e Payne para que eles pudessem ouvir sua voz, mas nada parecia distraí-los de sua conversa com as duas garotas.

Uma saraivada de palmas irrompeu pela sala, e todas as cabeças se viraram para ver a entrada de Lawrence Davenport. Ele sorriu e acenou como se fosse alguém da realeza fazendo uma visita. Atravessou lentamente a sala, recebendo

271 🔑 *Prisioneiro da Sorte*

aplausos e elogios a cada passo que dava. Danny se lembrou da frase memorável de Scott Fitzgerald: *Ao dançar, o ator não conseguia encontrar nenhum espelho, por isso se curvou para trás e admirou sua imagem nos candelabros.*

— Gostaria de conhecê-lo? — perguntou Paul, que notara que Danny não conseguia tirar os olhos de Lawrence Davenport.

— Gostaria, sim — disse Danny, curioso em saber se o ator o trataria com a mesma indiferença de seus colegas Mosqueteiros.

— Então me siga.

Começaram a abrir caminho devagar na sala apinhada, mas, antes de alcançarem Davenport, Danny parou subitamente. Ele fitou a mulher com quem o ator falava e com quem tinha evidente intimidade.

— Que beleza! — disse Danny.

— Ele é sim, não é? — concordou Paul, mas, antes que Danny pudesse corrigi-lo, ele disse: — Larry, quero que conheça um amigo meu, Nick Moncrieff.

Davenport não fez questão de apertar a mão de Danny; ele era apenas mais uma cara na multidão que esperava obter uma audiência. Danny sorriu para a namorada de Davenport.

— Olá — disse ela. — Eu sou Sarah.

— Nick. Nick Moncrieff — respondeu ele. — Você deve ser atriz.

— Não, algo muito menos charmoso. Sou advogada.

— Você não parece uma advogada — disse Danny. Sarah não respondeu. Ela evidentemente já ouvira essa reação tediosa antes.

— E você é ator? — perguntou.

— Eu sou qualquer coisa que você queira que eu seja — respondeu Danny, e desta vez ela sorriu.

— Oi, Sarah — disse outro rapaz, pondo um braço em volta de sua cintura. — Você é, sem dúvida, a mulher mais deslumbrante da sala — falou, antes de beijá-la em ambas as faces.

Sarah riu.

— Eu me sentiria lisonjeada, Charlie, se não soubesse que é do meu irmão que você gosta, e não de mim.

— Você é irmã de Lawrence Davenport? — perguntou Danny, incrédulo.

— Alguém precisa ser — retrucou Sarah. — Mas aprendi a conviver com isso.

— E seu amigo? — perguntou Charlie, sorrindo para Danny.

— Acho que não — disse Sarah. — Nick, este é Charlie Duncan, produtor da peça.

— Que pena — disse Charlie, voltando a atenção para os rapazes que cercavam Davenport.

— Acho que ele tem uma queda por você — disse Sarah.

— Mas eu não sou...

— Gay. Eu já tinha, mais ou menos, concluído isso — disse Sarah com um sorriso.

Danny continuou a flertar com Sarah, ciente de que não precisava mais se incomodar com Davenport, pois, sem dúvida, sua irmã lhe contaria tudo que ele precisava saber.

— Talvez a gente possa... — começou a dizer Danny, quando outra voz disse:

— Olá, Sarah, eu estava pensando se...

— Olá, Spencer — disse ela com frieza. — Conhece Nick Moncrieff?

— Não — respondeu ele e, depois de um aperto de mãos superficial, continuou a conversa com Sarah. — Eu vim dizer a Larry que ele foi brilhante, quando vi você.

— Bem, aproveite sua chance — disse Sarah.

— Mas esperava ter uma palavrinha com você.

— Eu estava prestes a ir embora — disse Sarah, consultando o relógio.

— Mas a festa mal começou... Não pode ficar mais um pouco?

— Sinto muito, mas não, Spencer. Preciso estudar alguns documentos antes de aconselhar um cliente.

— É que eu esperava...

— Tal como na última ocasião em que estivemos juntos.

— Acho que começamos com o pé esquerdo.

— Eu me lembro de que foi com a mão errada — disse Sarah, dando-lhe as costas.

— Desculpe, Nick — disse Sarah. — Há homens que não sabem aceitar um não, enquanto outros... — Deu-lhe um sorriso gentil. — Espero que a gente se encontre de novo.

— Como é que eu... — começou a dizer Danny, mas Sarah já estava no meio da sala; o tipo de mulher que acha que, se você quiser achá-la, achará. Danny virou-se e viu que Craig olhava-o com mais cuidado.

— Spencer, que bom que você veio — disse Davenport. — Eu estava bem esta noite?

— Nunca esteve melhor — respondeu Craig.

Danny achou que já era hora de ir embora. Não precisava mais falar com Davenport, e, tal como Sarah, também precisava se preparar para uma reunião. Pretendia estar bem acordado na hora em que o leiloeiro apregoasse o lance de abertura do lote 37.

— Olá, forasteiro. Onde você se escondeu?

— Topei com um velho inimigo — disse Danny. — E você?

— A turma de sempre. Tão chata — disse Katie. — Já me fartei da festa. E você?

— Eu estava de saída.

— Boa ideia — disse Katie, pegando sua mão. — Por que não abandonamos o navio juntos?

Eles atravessaram a sala e se dirigiram às portas giratórias. Depois de chegar à calçada, Katie fez sinal para um táxi.

— Para onde, senhora? — perguntou o motorista.

— Para onde vamos? — perguntou Katie a Nick.

— The Boltons.

— Certo, patrão — disse o taxista, o que trouxe de volta tristes lembranças a Danny.

Ele mal se sentara, quando sentiu a mão em sua coxa. O outro braço de Katie abraçou-lhe o pescoço, e ela o puxou para si.

— Estou farta de ser substituta — disse. — Vou ser a principal, para variar.

— Ela se inclinou e o beijou.

Quando o táxi encostou diante da casa de Nick, faltavam poucos botões para serem desabotoados. Katie desembarcou rápido do táxi e subiu depressa pelo caminho, enquanto Danny pagava a segunda corrida de táxi daquela noite.

— Eu gostaria de ter a sua idade — comentou o motorista.

Danny riu e foi encontrar Katie na porta da frente. Levou algum tempo para enfiar a chave na fechadura e, quando entraram cambaleantes no vestíbulo, ela despiu o casaco dele. Deixaram um rastro de roupas desde a porta da frente até o quarto. Ela o arrastou para a cama e o puxou para cima de si. Outra coisa que Danny não experimentava havia muito tempo.

45

DANNY SALTOU DO ônibus e começou a caminhar pela Bond Street. Podia ver uma bandeira azul tremulando na brisa, ostentando nitidamente o nome *Sotheby's*.

Sem nunca ter assistido a um leilão, Danny começava a desejar que o tivesse feito uma ou duas vezes antes de perder sua virgindade. O funcionário uniformizado na porta saudou-o quando ele entrou, como se ele fosse um freguês de sempre, que não pensaria duas vezes em gastar milhões em algum impressionista sem importância.

— Onde é o leilão de selos? — perguntou Danny à mulher na recepção.

— Subindo a escada — disse ela, apontando para a direita —, no primeiro andar. Não tem erro. O senhor quer uma cartela? — Danny não tinha certeza do que ela queria dizer. — Vai lançar?

— Não — disse Danny. — Colecionar, espero.

Danny subiu a escada e entrou numa grande sala bem-iluminada, encontrando meia dúzia de pessoas se movendo a esmo. Não tinha certeza se estava no lugar certo, até distinguir o sr. Blundell falando com um sujeito num elegante macacão verde. A sala estava cheia de muitas filas de cadeiras, apesar de apenas algumas estarem ocupadas. Na frente, onde estava Blundell, havia um pódio circular muito encerado, de onde, supunha Danny, seria conduzido o leilão. Na parede atrás, uma grande tela ostentava os índices de conversão de várias moedas, de modo que os lançadores estrangeiros pudessem saber quanto deveriam pagar, enquanto do lado direito da sala havia uma fila de telefones brancos igualmente espaçados, sobre uma longa mesa.

275 Prisioneiro da Sorte

Danny fez hora na parte de trás da sala à medida que mais gente entrava e ocupava os lugares. Resolveu se sentar na extremidade mais longínqua da última fila, de modo a poder manter os olhos em todos os lançadores, como também no leiloeiro. Ele se sentia mais observador do que participante. Danny virava as páginas do catálogo, apesar de tê-lo lido várias vezes. Seu único interesse de fato era no lote 37, mas notou que o lote 36, um selo vermelho de quatro pennies do Cabo da Boa Esperança, de 1861, ostentava uma avaliação mínima de quarenta mil libras e uma máxima de sessenta mil libras, fazendo dele o item mais caro do leilão.

Levantou os olhos e viu o sr. Prendergast, da Stanley Gibbons, entrar na sala e se juntar a um pequeno grupo de comerciantes que cochichavam entre si no fundo da sala.

Danny começou a relaxar à medida que cada vez mais gente chegava carregando cartelas e ocupava seus assentos. Consultou o relógio — aquele que o avô de Nick lhe dera de presente em seu vigésimo primeiro aniversário. Faltavam dez para as dez. Não pôde deixar de reparar num sujeito que devia pesar mais de 150 quilos e que entrou com um andar balouçante na sala, portando um grande charuto apagado na mão direita. Desceu lentamente pelo corredor até ocupar um assento, que parecia ter sido reservado para ele na extremidade da quinta fila.

Quando Blundell notou o homem — embora fosse impossível não fazê-lo —, deixou o grupo onde estava e foi cumprimentá-lo. Para espanto de Danny, ambos se viraram e olharam em sua direção. Blundell ergueu seu catálogo em saudação, e Danny fez um gesto de cabeça. O homem do charuto sorriu como se reconhecesse Danny, e, em seguida, continuou a conversa com o leiloeiro.

Os assentos começavam a ser rapidamente ocupados, à medida que clientes experimentados apareciam pouco antes de Blundell voltar para a parte da frente da sala de leilões. Ele subiu a meia dúzia de degraus do pódio, sorriu para seus clientes em potencial e então encheu um copo com água antes de consultar o relógio na parede. Bateu no microfone e disse:

— Bom-dia, senhoras e senhores. Sejam bem-vindos ao nosso leilão bianual de selos raros. Lote um.

Uma imagem ampliada do selo no catálogo surgiu na tela a seu lado.

— Começamos hoje com um selo preto de um penny, com data de 1841, em excelente estado. Será que estou vendo um lance inicial de mil libras? — Um comerciante que estava no grupo de Prendergast levantou sua cartela. — Mil e duzentas? — Isso foi respondido imediatamente por um lançador na terceira fila que, seis lances depois, acabou arrematando o selo por 1.800 libras.

Danny ficou encantado com o fato de o selo preto de um penny ter alcançado um preço muito acima de sua avaliação, mas, à medida que cada novo lote chegava ao pregão, os preços alcançados se mostravam incoerentes. Para Danny, não parecia haver motivo de alguns preços ultrapassarem a avaliação máxima, enquanto outros não chegavam a alcançar a mínima, quando então o leiloeiro dizia em voz baixa: "Não houve lance." Danny não queria pensar nas consequências do "não houve lance" no caso do lote 37.

De vez em quando, Danny olhava para o homem do charuto, mas não havia sinal de que lançasse em nenhum dos lotes mais baixos. Ele esperava que estivesse interessado no envelope de Coubertin, senão qual seria o outro motivo de Blundell ter apontado para ele?

Quando o leiloeiro chegou ao lote 35, um conjunto variado de selos da Commonwealth que foram arrematados em menos de trinta segundos por 1.000 libras, Danny estava cada vez mais nervoso. O lote 36 provocou um falatório, que fez com que Danny verificasse seu catálogo de novo: o selo vermelho de quatro pennies do Cabo da Boa Esperança, um dos seis conhecidos no mundo.

Blundell abriu com um lance de trinta mil libras, e, depois de alguns comerciantes e colecionadores menores haverem desistido, os únicos dois compradores que sobraram pareciam ser o homem do charuto e um anônimo que dava lances por telefone. Danny examinou o sujeito do charuto com muito cuidado. Ele não parecia dar mostras de estar fazendo lances, mas, quando Blundell finalmente recebeu um aceno de cabeça da mulher ao telefone, ele se virou para o sujeito e disse:

— Vendido para o sr. Hunsacker por 75 mil libras. — O homem sorriu e tirou o charuto da boca.

Danny ficara tão absorto nos lances ocorridos que foi pego de surpresa quando Blundell anunciou:

— Lote 37, um envelope singular ostentando a primeira edição de um selo lançado pelo governo francês para comemorar a cerimônia de abertura dos Jogos Olímpicos modernos. O envelope está endereçado ao fundador dos Jogos, Barão Pierre de Coubertin. Será que tenho um lance de abertura de mil libras? — Danny ficou decepcionado de Blundell ter começado o pregão com um lance tão baixo, até que viu várias cartelas erguidas pela sala.

— Mil e quinhentas? — Quase tantas cartelas.

— Duas mil? — Nem tantas.

277   ⊙══╗   *Prisioneiro da Sorte*

— Duas mil e quinhentas? — O sr. Hunsacker manteve o charuto apagado na boca.

— Três mil? — Danny entortou o pescoço e olhou em volta da sala, mas não conseguiu ver de onde vinham os lances.

— Três mil e quinhentas? — O charuto permanecia na boca.

— Quatro mil. Quatro mil e quinhentas. Cinco mil. Cinco mil e seiscentas. Seis mil. — Hunsacker tirou o charuto e franziu a testa.

— Vendido para o cavalheiro na fila da frente, por seis mil libras — apregoou o leiloeiro, enquanto batia o martelo. — Lote 38, um raro exemplo de...

Danny tentou ver quem estava sentado na fila da frente, mas não conseguia descobrir qual deles comprara o envelope. Queria agradecer-lhes por oferecer três vezes a avaliação máxima. Sentiu uma batida em seu ombro e olhou para o lado, vendo o homem do charuto com o vulto erguido sobre ele.

— Meu nome é Gene Hunsacker — disse ele, numa voz quase tão alta quanto a do leiloeiro. — Se quiser me acompanhar num café, Sir Nicholas, é possível que tenhamos algo de interesse comum a conversar. Sou texano — disse, apertando a mão de Danny —, o que talvez não seja tanta surpresa, já que nos conhecemos em Washington. Tive a honra de conhecer seu avô — acrescentou ele, ao saírem da sala e descerem, juntos, a escada.

Danny não disse uma palavra. Jamais dê munição a alguém, aprendera ele desde que começara a desempenhar o papel de Nick. Ao chegarem ao térreo, Hunsacker conduziu-o ao restaurante e se dirigiu a uma mesa à direita.

— Dois cafés — pediu a um garçom que passava, sem dar a Danny nenhuma escolha. — Veja só, Sir Nicholas, estou perplexo.

— Perplexo? — repetiu Danny, falando pela primeira vez.

— Não consigo entender como você deixou o Coubertin ir a leilão e depois deixou que seu tio sobrepujasse meus lances. A não ser que você e ele estivessem de conluio e quisessem me obrigar a subir ainda mais o preço.

— Meu tio e eu não nos falamos — disse Danny, escolhendo cuidadosamente as palavras.

— Algo que você tem em comum com seu finado avô — disse Hunsacker.

— Você era amigo do meu avô? — perguntou Danny.

— *Amigo* seria presunção minha — disse o texano. — Seguidor e aluno seria mais preciso. Uma vez, nos idos de 1977, quando eu ainda era um colecionador fedelho, ele conseguiu me enganar e ficar com um raro selo azul de dois pennies, mas aprendi rapidamente com ele; faço-lhe justiça, ele era um professor generoso. Não paro de ler na imprensa que possuo a melhor coleção de selos do mundo, mas isso simplesmente não é verdade. Essa honra pertence ao seu finado avô. — Hunsacker bebericou seu café antes de acrescentar: — Há muitos anos ele me informou que deixaria a coleção para seu neto, e não para os filhos.

— Meu pai morreu — disse Danny.

Hunsacker pareceu surpreso.

— Eu sei, eu estava no enterro. Pensei que você tivesse me visto.

— Vi — disse Danny, lembrando-se da descrição que Nick fizera do *enorme americano* em seu diário. — Mas eles só me deixaram falar com meu advogado — acrescentou rapidamente.

— Sim, eu sei — disse Hunsacker. — Mas consegui dar uma palavra com seu tio e informar-lhe que eu estava no mercado, caso ele quisesse algum dia dispor da coleção. Ele prometeu se manter em contato. Foi quando percebi que ele não a herdara e que seu avô deve ter cumprido a promessa de deixar a coleção para você. Por isso, quando o sr. Blundell me ligou dizendo que você pusera um Coubertin à venda, vim até aqui de avião na esperança de nos encontrarmos.

— Não sei sequer onde está a coleção — confessou Danny.

— Talvez isso explique por que Hugo se dispôs a pagar tão alto por seu envelope — disse o texano —, porque ele não tem absolutamente nenhum interesse por selos. Lá está ele agora.

Hunsacker apontou o charuto para um sujeito na mesa de recepção. Então, aquele era o tio Hugo, pensou Danny, olhando-o com mais cuidado. Só podia especular por que ele queria tanto o envelope a ponto de pagar três vezes o preço de sua avaliação. Danny observou Hugo entregar um cheque ao sr. Blundell, que, por sua vez, lhe deu o envelope.

— Você é um idiota — murmurou Danny, se levantando.

— O que você disse? — perguntou Hunsacker, com o charuto a lhe cair da boca.

— Sou eu, não você — disse Danny, rapidamente. — Isso esteve diante do meu nariz nestes dois últimos meses. Ele está atrás do endereço, e não do envelope, porque é lá que a coleção de Sir Alexander deve estar.

Gene pareceu ainda mais perplexo. Por que Nick haveria de falar de seu avô como Sir Alexander?

— Preciso ir, sr. Hunsacker, desculpe-me. Nunca deveria ter vendido aquele envelope.

— Eu gostaria de saber sobre o que diabos você está falando — disse Hunsacker, tirando a carteira de um bolso interno. Ele entregou um cartão

279 Prisioneiro da Sorte

a Danny. — Se resolver algum dia vender a coleção, pelo menos me dê preferência. Oferecerei a você um preço justo, sem nenhuma comissão de 10%.

— E também nada de 20% para o leiloeiro — disse Danny, sorrindo.

— Você puxou aos seus — disse Gene. — Seu avô era um cavalheiro brilhante e despachado, ao contrário de seu tio Hugo, como tenho certeza de que você percebe.

— Adeus, sr. Hunsacker — disse Danny, enfiando o cartão na carteira de Nick.

Seu olhar não se desviara nem por um instante de Hugo Moncrieff, que acabava de pôr o envelope em uma pasta. Ele atravessou o saguão para encontrar uma mulher que Danny não notara até então. Ela lhe deu o braço, e os dois saíram rapidamente do prédio.

Danny esperou alguns segundos antes de segui-los. Já de volta à Bond Street, ele olhou para a direita e para a esquerda, e, quando os percebeu, surpreendeu-se com a distância que já tinham percorrido; era óbvio que estavam com pressa. Viraram à direita, ao passar pela estátua de Churchill e Roosevelt sentados em um banco, e depois à esquerda, ao chegar à Albemarle Street, onde atravessaram a rua e caminharam mais alguns metros, antes de desaparecerem no Brown's Hotel.

Danny ficou por alguns instantes no lado de fora do hotel, a pensar nas alternativas. Ele sabia que, se eles o percebessem, achariam que era Nick. Entrou no prédio com cautela, mas não havia sinal de nenhum deles no saguão. Danny ocupou um assento meio escondido por uma pilastra, que mesmo assim lhe permitia uma visão clara dos elevadores, além da recepção. Não prestou atenção em um sujeito que acabara de se sentar do outro lado do saguão.

Danny esperou mais trinta minutos e começou a achar que perdera a pista deles. Estava prestes a se levantar e perguntar na recepção, quando as portas do elevador se abriram e dele saíram Hugo e a mulher puxando duas malas. Foram até a mesa da recepção, onde a mulher pagou a conta antes de deixarem rapidamente o hotel por outra porta. Danny correu para a calçada e os viu embarcarem no banco traseiro de um táxi preto. Ele fez sinal para o próximo da fila, e, antes mesmo de fechar a porta, gritou:

— Siga aquele táxi.

— Esperei toda a minha vida que alguém dissesse isso — respondeu o taxista, dando partida ao carro.

O táxi da frente virou à direita no final da rua e seguiu na direção de Hyde Park Corner, atravessando por baixo da pista, continuando pela Brompton Road e adiante em direção à Westway.

— Parece que estão a caminho do aeroporto — disse o motorista. Vinte minutos depois, uma comprovação de que tinha razão.

Quando os dois táxis saíram da passagem subterrânea de Heathrow, o motorista de Danny disse:

— Terminal dois. Devem estar indo para algum lugar da Europa.

Ambos pararam diante da entrada. O taxímetro mostrava 34,50 libras, e Danny deu quarenta, mas permaneceu dentro do táxi até que Hugo e a mulher tivessem desaparecido no terminal.

Ele os seguiu e os observou entrarem na fila da classe executiva. A tela em cima do balcão do check-in exibia *BA0732, Genebra, 13h55.*

— Idiota — murmurou Danny de novo, lembrando-se do endereço no envelope. De que lugar de Genebra era ele? Consultou o relógio. Ainda tinha tempo de comprar um bilhete e pegar o avião. Correu até o balcão de vendas da British Airways e teve que esperar algum tempo até chegar à frente da fila.

— Você pode me arranjar um lugar no voo de 13h55 para Genebra? — perguntou ele, tentando não parecer aflito.

— O senhor leva alguma bagagem? — perguntou a funcionária atrás do balcão de vendas.

— Nenhuma — disse Danny.

Ela verificou o computador.

— Ainda não fecharam o portão, então o senhor consegue pegá-lo. Executiva ou econômica?

— Econômica — respondeu Danny, querendo evitar o setor onde estariam sentados Hugo e a mulher.

— Janela ou corredor?

— Janela.

— São 217 libras, senhor.

— Obrigado — disse Danny, entregando-lhe o cartão de crédito.

— Posso ver seu passaporte, por favor?

Danny nunca tivera um passaporte na vida.

— Meu passaporte?

— Sim, senhor, seu passaporte.

— Ah, não, devo tê-lo esquecido em casa.

— Então, sinto muito, mas o senhor não terá tempo de pegar o avião.

— Idiota, idiota — disse Danny.
— Perdão?
— Desculpe — disse Danny. — Sou eu, não você — repetiu. Ela deu um sorriso.

Danny virou-se e caminhou lentamente de volta pelo saguão, sentindo-se desvalido. Não notou que Hugo e a mulher haviam partido pelo portão de *Embarque, somente passageiros*, mas outra pessoa, que estivera vigiando cuidadosamente tanto Danny quanto eles, notara.

Hugo apertou a tecla verde de seu celular no momento em que os alto-falantes anunciavam:
— Chamada final para todos os passageiros viajando para Genebra no voo BA0732. Por favor, dirijam-se ao portão 19.
— Ele seguiu vocês da Sotheby's até o hotel, e do hotel até Heathrow.
— Ele está no mesmo voo que a gente? — perguntou Hugo.
— Não, não estava com seu passaporte.
— Típico do Nick. Onde ele está agora?
— Voltando a caminho de Londres. Isso dará a vocês pelo menos uma dianteira de 24 horas sobre ele.
— Vamos esperar que isso seja suficiente, mas não o perca de vista nem por um segundo. — Hugo desligou seu telefone, e ele e Margaret deixaram seus assentos para embarcar no avião.

— O senhor achou alguma outra peça antiga herdada, Sir Nicholas? — perguntou, esperançoso, o sr. Blundell.
— Não, mas preciso muito saber se o senhor tem cópia do envelope vendido esta manhã — disse Danny.
— Sim, é claro — respondeu Blundell —, guardamos uma foto de cada item vendido no leilão, no caso de surgir alguma disputa posterior.
— É possível vê-la?
— Há algum problema?
— Não. Só preciso verificar o endereço no envelope.
— Perfeitamente.

Depois de alguns comandos digitados no teclado, surgiu uma imagem do envelope na tela. Ele a girou para que Danny pudesse ver.

Danny copiou o nome e o endereço.

— O senhor por acaso sabe se o Barão de Coubertin era um colecionador de selos importante? — perguntou Danny.

— Não que eu saiba — disse Blundell. — Mas seu filho, é claro, foi fundador de um dos bancos mais bem-sucedidos da Europa.

— Idiota — disse Danny. — Idiota — repetiu ao virar-se para ir embora.

— Espero, Sir Nicholas, que o senhor não tenha ficado insatisfeito com o resultado da venda desta manhã.

Danny se voltou.

— Não, é claro que não, sr. Blundell, desculpe-me. Sim, obrigado. — Mais um daqueles momentos em que ele deveria ter se comportado como Nick e apenas pensado como Danny.

A primeira coisa que Danny fez quando voltou a The Boltons foi procurar pelo passaporte de Nick. Molly sabia exatamente onde estava.

— Aliás — acrescentou ela —, o sr. Fraser Munro ligou e pediu que o senhor telefonasse para ele.

Danny se retirou para o escritório, ligou para Munro e contou-lhe tudo o que acontecera naquela manhã. O velho advogado ouviu o que seu cliente tinha a dizer, mas não fez nenhum comentário.

— Que bom que o senhor me ligou — disse ele, finalmente —, porque tenho novidades, embora não seja prudente conversar sobre elas por telefone. Quando é que o senhor poderia vir à Escócia?

— Poderia pegar o trem desta noite — disse Danny.

— Ótimo. Seria bom levar seu passaporte desta vez.

— Para a Escócia? — disse Danny.

— Não, Sir Nicholas. Para Genebra.

46

O SR. E A SRA. MONCRIEFF foram conduzidos à sala do conselho pela secretária do presidente.

— O presidente estará com os senhores dentro de um instante — disse ela. — Gostariam de um café ou chá, enquanto esperam?

— Não, obrigado — disse Margaret, enquanto o marido andava pela sala.

Ela se sentou em uma das dezesseis cadeiras Charles Rennie Mackintosh colocadas em volta da longa mesa de carvalho, o que a fez se sentir à vontade. As paredes eram pintadas de um azul Wedgwood desbotado e estavam cheias de retratos de corpo inteiro dos ex-presidentes pendurados em todo o espaço disponível, criando uma impressão de estabilidade e opulência. Margaret não disse nada até que a secretária saísse da sala e fechasse a porta.

— Fique calmo, Hugo. A última coisa que queremos é que o presidente nos ache inseguros quanto à sua alegação. Agora venha se sentar.

— Tudo bem, minha velha garota — disse Hugo, continuando a perambular —, mas não se esqueça de que todo o nosso futuro depende do desfecho desta reunião.

— Mais um motivo para que você se comporte de maneira calma e racional. Você deve dar a impressão de que veio reclamar aquilo que é seu por direito — disse ela, enquanto a porta na outra extremidade da sala se abria.

Um senhor idoso entrou na sala. Embora mancasse e usasse uma bengala de castão com punho de prata, tamanho era seu ar de autoridade que ninguém duvidaria de que ele fosse o presidente do banco.

— Bom-dia, sr. e sra. Moncrieff — disse ele, apertando as mãos dos dois. — Meu nome é Pierre de Coubertin, e é um prazer conhecê-los — acrescentou.

Seu inglês não tinha nenhum vestígio de sotaque. Sentou-se à cabeceira da mesa, embaixo do retrato de um senhor idoso que, não fosse por um grande bigode grisalho, seria um reflexo dele mesmo. — Em que posso ajudá-los?

— Na verdade, trata-se de algo bastante simples — respondeu Hugo. — Vim reivindicar a herança que me coube de meu pai.

Nenhuma centelha de reconhecimento passou pelo rosto do presidente.

— Posso perguntar o nome de seu pai? — disse ele.

— Sir Alexander Moncrieff.

— E o que o faz pensar que seu pai tinha qualquer negócio com este banco?

— Não era segredo na família — disse Hugo. — Ele falou a meu irmão Angus e a mim, em diversas ocasiões, sobre seu longo relacionamento com este banco, que, entre outras coisas, detinha a guarda de sua singular coleção de selos.

— O senhor possui alguma evidência que corrobore essa alegação?

— Não, não tenho — disse Hugo. — Meu pai não achava aconselhável registrar esses assuntos no papel, pensando nos impostos de nosso país, mas me assegurou de que os senhores tinham plena ciência de seus desejos.

— Sei — disse Coubertin. — Talvez ele tenha lhes dado o número de uma conta?

— Não, não deu — respondeu Hugo, começando a demonstrar um pouco de impaciência. — Mas fui informado sobre minha posição legal pelo advogado da família, que me assegura, já que sou o único herdeiro do meu pai depois da morte do meu irmão, que os senhores não têm alternativa senão me entregar o que é meu de direito.

— Pode ser assim de fato — confirmou Coubertin —, mas tenho que lhe perguntar se o senhor tem quaisquer documentos que corroborem sua alegação.

— Sim — respondeu Hugo, colocando a pasta na mesa. Ele a abriu e pegou o envelope, adquirido na Sotheby's no dia anterior. Empurrou-o por cima da mesa. — Isto aqui me foi deixado por meu pai.

Coubertin passou algum tempo examinando o envelope endereçado a seu avô.

— Fascinante — disse —, mas não prova que seu pai tinha uma conta neste banco. A esta altura, acho melhor me informar se isso de fato é verdade. Tenham a gentileza de me esperar por um instante. — O velho se levantou devagar, fez um cumprimento e deixou a sala sem dizer outra palavra.

— Ele sabe perfeitamente bem que seu pai tinha negócios com este banco — disse Margaret —, mas, por algum motivo, está tentando ganhar tempo.

❧

— Bom-dia, Sir Nicholas — disse Fraser Munro ao se levantar de sua mesa. — Espero que tenha feito uma boa viagem.

— Poderia ter sido melhor, se eu não tivesse a dolorosa consciência de que meu tio se encontra neste momento em Genebra, tentando surrupiar a minha herança.

— Fique tranquilo, pois, pela minha experiência, os banqueiros suíços não tomam decisões apressadas. Sim, chegaremos a Genebra numa boa hora. Mas, no momento, precisamos resolver assuntos mais urgentes que surgiram no nosso próprio quintal.

— Foi esse o problema que o senhor não foi capaz de discutir ao telefone?

— Exatamente, e temo não ser portador de boas-novas. Seu tio agora alega que seu avô fez um segundo testamento, pouco antes de sua morte, no qual ele o deserdou, deixando todos os seus bens para seu pai.

— O senhor tem uma cópia desse testamento?

— Tenho, mas, como não me dei por satisfeito com a cópia, viajei até Edimburgo para encontrar o sr. Desmond Galbraith no seu escritório, de modo a examinar o original.

— E a que conclusão o senhor chegou? — perguntou Danny.

— A primeira coisa que fiz foi comparar a assinatura de seu avô com a do testamento original.

— E? — Danny procurou não parecer ansioso demais.

— Não fiquei convencido, mas, se for uma falsificação, é muito boa — respondeu Munro. — Diante de um exame superficial, não achei defeito no papel nem na fita, que pareciam ser da mesma idade daqueles do testamento original em seu benefício.

— Será que as coisas podem piorar ainda mais?

— Lamento dizer que sim — disse Munro. — O sr. Galbraith também mencionou uma carta alegadamente enviada a seu pai, pelo seu avô, pouco antes de morrer.

— Eles o deixaram vê-la?

— Sim. Era datilografada, o que me surpreendeu, já que seu avô sempre escrevia cartas a mão; não confiava nas máquinas. Ele dizia que a máquina de escrever era uma invenção novidadeira que mataria a boa escrita.

— O que dizia a carta? — perguntou Danny.

— Que seu avô decidira deserdá-lo e escrevera um novo testamento deixando tudo para seu pai. De uma grande esperteza.

— Esperteza?

— Sim. Se o espólio fosse dividido entre os dois filhos, a coisa teria ficado suspeita, porque havia gente demais ciente de que ele e seu tio não se falavam havia anos.

— Mas, desse modo — disse Danny —, o tio Hugo ainda acaba com tudo, já que meu pai deixou-lhe todos os seus bens. Mas o senhor usou a palavra "esperteza". Isso quer dizer que tem dúvidas de que meu avô realmente escreveu a carta?

— Certamente — disse Munro —, e não apenas porque era datilografada. Constava de duas folhas do papel personalizado de seu avô, que reconheci imediatamente, mas, por algum motivo inexplicável, a primeira página era datilografada, enquanto a segunda era manuscrita, ostentando apenas as palavras: *Esta é a minha vontade pessoal e conto com os dois para que ela seja cumprida à risca. Seu pai que muito vos ama, Alexander Moncrieff.* A primeira página, aquela datilografada, detalhava essa vontade pessoal, enquanto a segunda não era apenas manuscrita, mas idêntica, palavra por palavra, à que estava anexada ao testamento original. Que coincidência.

— Mas só isso deve certamente bastar como prova!

— Lamento dizer que não — disse Munro. — Apesar de termos todos os motivos para acreditar que a carta é falsa, o fato é que ela foi escrita no papel de correspondência de seu avô, a máquina de escrever usada é da idade certa, e a escrita na segunda página é inquestionavelmente na caligrafia de seu avô. Duvido que haja um tribunal neste país que nos dê ganho de causa. E, se não bastasse isso — continuou Munro —, seu tio abriu ontem um processo contra nós por invasão de domicílio.

— Processo por invasão de domicílio? — repetiu Danny.

— Não satisfeito por o novo testamento o declarar herdeiro de direito da propriedade na Escócia e da casa em The Boltons, ele também exige que o senhor desocupe a casa em trinta dias, senão abrirá um processo exigindo

287 ◈— *Prisioneiro da Sorte*

aluguel proporcional ao das outras casas na região, retroativo até a data da ocupação.

— Então perdi tudo — lamentou Danny.

— Não. Apesar de reconhecer que as coisas andam meio desanimadoras na frente doméstica, em se tratando de Genebra, o senhor ainda tem a chave. Desconfio que o banco se oporá a entregar qualquer coisa que pertencesse a seu avô a alguém que não seja capaz de mostrar aquela chave. — Munro fez uma pequena pausa antes de proferir a frase seguinte. — E de uma coisa tenho certeza: se seu avô fosse colocado nessa situação, ele não teria baixado a cabeça sem uma boa briga.

— Nem eu — disse Danny —, se estivesse financeiramente preparado para brigar com Hugo. Mas, apesar da venda do envelope ontem, será apenas questão de semanas para que meu tio me processe por falência, além da longa lista de processos em que já somos réus.

O sr. Munro sorriu pela primeira vez naquela manhã.

— Antecipei esse problema, Sir Nicholas, e ontem de tarde meus sócios e eu debatemos o que fazer a respeito de seu atual dilema. — Ele tossiu. — Chegou-se à conclusão unânime de que devíamos romper com um velho costume nosso e não lhe apresentar mais contas até que essa ação chegue a uma conclusão satisfatória.

— Mas, se perder a causa quando for julgada, e deixe-me lhe assegurar, sr. Munro, que tenho alguma experiência nesse assunto, acabarei ficando eternamente seu credor.

— Se *nós* perdermos — respondeu Munro —, nenhum custo lhe será cobrado, porque a firma é eternamente credora de seu avô.

∾

O presidente voltou ao seu lugar, diante de seus supostos clientes. Sorriu.

— Sr. Moncrieff — começou —, consegui uma confirmação de que Sir Alexander tinha, de fato, alguns negócios com o banco. Precisamos agora tentar confirmar sua reivindicação de ser o único herdeiro de seu espólio.

— Posso lhe dar qualquer documento de que necessite — respondeu Hugo confiante.

— Primeiro, devo lhe perguntar se o senhor está com seu passaporte, sr. Moncrieff.

— Sim, estou — respondeu Hugo, que abriu a pasta, pegou o passaporte e o entregou por cima da mesa.

Coubertin foi para a última página e examinou a foto logo antes de devolvê-lo a Hugo.

— O senhor tem o atestado de óbito de seu pai? — perguntou.

— Sim — respondeu Hugo, tirando um segundo documento da pasta e o empurrando pela superfície da mesa.

Desta vez, o presidente examinou com mais cuidado o documento, antes de fazer um gesto de cabeça e devolvê-lo.

— O senhor tem também o atestado de óbito de seu irmão? — perguntou. Hugo entregou um terceiro documento. Mais uma vez, Coubertin se demorou antes de devolvê-lo. — Preciso também ver o testamento de seu irmão, para confirmar que ele deixou o grosso do espólio ao senhor. — Hugo entregou o testamento e riscou outro item na longa lista que Galbraith lhe preparara.

Coubertin não falou durante algum tempo, enquanto examinava o testamento de Angus Moncrieff.

— Tudo parece em ordem — disse finalmente. — Porém, mais importante que tudo, o senhor está com o testamento de seu pai?

— Não apenas posso lhe dar seu testamento e última vontade — disse Hugo —, assinado e datado seis semanas antes de sua morte, mas também tenho uma carta que ele escreveu a meu irmão Angus e a mim, anexa ao testamento. — Hugo empurrou os dois documentos por cima da mesa, mas Coubertin não fez menção de examinar nenhum deles.

— E, finalmente, sr. Moncrieff, devo lhe perguntar se havia uma chave entre os objetos herdados de seu pai.

Hugo hesitou.

— Certamente, sim — disse Margaret, falando pela primeira vez —, mas infelizmente ela foi perdida, apesar de eu tê-la visto muitas vezes no decorrer dos anos. É bem pequena, de prata e, se lembro bem, ostenta um número.

— E por acaso a senhora se lembra do número, sra. Moncrieff? — perguntou o presidente.

— Infelizmente, não — acabou reconhecendo Margaret.

— Nesse caso, tenho certeza de que entendem o dilema do banco — disse Coubertin. — Como podem imaginar, sem a chave nós ficamos numa posição nada invejável. No entanto — acrescentou, antes que Margaret interrompesse —, pedirei a um dos nossos peritos que examine o testamento. Tenho certeza de que sabem que esse é um procedimento comum nessa situação. Se o considerarem autêntico, nós lhe entregaremos todos os bens que guardamos em nome de Sir Alexander.

— Mas quanto tempo levará? — perguntou Hugo, ciente de que Nick não demoraria muito para descobrir seu paradeiro e o que estavam aprontando.

— Um dia, um dia e meio, no máximo — disse o presidente.

— Quando devemos voltar? — perguntou Margaret.

— Para garantir uma margem de segurança, às três horas da tarde de amanhã.

— Obrigada — disse Margaret. — Esperamos vê-lo então.

Coubertin acompanhou o sr. e a sra. Moncrieff à porta de entrada do banco, sem conversar sobre nada mais importante que o tempo.

— Reservei um lugar para o senhor na classe executiva do voo da BA para Barcelona — disse Beth. — Sai de Heathrow no domingo à tarde; ficará hospedado no Arts Hotel. — Ela entregou ao patrão um folder contendo todos os documentos de que ele precisaria para a viagem, inclusive os nomes de vários restaurantes recomendados e um guia da cidade. — A conferência começa às nove horas com um discurso do presidente internacional, Dick Sherwood. O senhor estará sentado no palco junto com outros sete alto executivos. Os organizadores pediram que o senhor estivesse lá até as 8h45.

— Qual a distância entre o local da conferência e o hotel? — perguntou o sr. Thomas.

— É do outro lado da rua — respondeu Beth. — Tem mais alguma coisa que precisa saber?

— Só uma — respondeu Thomas. — Que tal vir comigo?

Beth foi apanhada de surpresa, algo que Thomas não conseguia fazer com muita frequência, e admitiu:

— Eu sempre quis visitar Barcelona.

— Bem, chegou sua oportunidade — disse Thomas, dando-lhe um caloroso sorriso.

— Mas haveria trabalho suficiente para mim lá? — perguntou Beth.

— Para começo de conversa, você pode garantir que eu esteja sentado no meu lugar, na hora exata, na segunda de manhã. — Beth não respondeu. — Espero que você consiga relaxar uma vez na vida — acrescentou Thomas. —

Podemos ir à ópera, ver a coleção Thyssen, estudar a obra mais antiga de Picasso, ver o local de nascimento de Miró, e me dizem que a comida...

Será que você não percebe que o sr. Thomas tem uma queda por você? As palavras de Danny voltaram como uma onda, fazendo Beth sorrir.

— É muita gentileza sua, sr. Thomas, mas acho mais sensato ficar e assegurar que tudo corra com tranquilidade enquanto o senhor estiver fora.

— Beth — disse Thomas, recostando-se e cruzando os braços —, você é uma mulher jovem, bonita, inteligente. Não acha que Danny gostaria que você se divertisse de vez em quando? Deus do céu, você merece!

— É muito gentil da sua parte, sr. Thomas, mas não estou exatamente pronta para pensar...

— Eu compreendo — disse Thomas —, claro que sim. De qualquer modo, me dou por satisfeito em esperar até que você esteja pronta. Seja lá o que Danny tinha, ainda não calculei a quantia necessária para fazer um seguro contra isso.

Beth riu.

— Ele é como a ópera, as galerias de arte e o melhor vinho, tudo numa só pessoa — respondeu —, e, mesmo assim, isso ainda não dá conta de Danny Cartwright.

— Bem, não pretendo desistir — disse Thomas. — Talvez eu consiga tentá-la no ano que vem, quando a conferência anual será em Roma e será minha vez de presidi-la.

— Caravaggio — suspirou Beth.

— Caravaggio? — repetiu Thomas, parecendo perplexo.

— Danny e eu havíamos planejado passar a lua de mel em St. Tropez, isso até ele ser iniciado em Caravaggio pelo seu colega de cela, Nick Moncrieff. Na verdade, uma das últimas coisas que Danny me prometeu antes de morrer — Beth jamais conseguiu se obrigar a dizer *cometeu suicídio* — foi que me levaria a Roma para que eu pudesse conhecer o Signor Caravaggio.

— Não tenho chance nenhuma, tenho? — disse Thomas.

Beth não respondeu.

⁂

Danny e o sr. Munro aterrissaram no aeroporto de Genebra no começo da noite. Depois de terem passado pela alfândega, Danny foi em busca de um táxi. A curta viagem até a cidade terminou quando o motorista parou diante do

Hôtel Les Armeurs, situado na cidade velha, perto da catedral, que ele mesmo lhes recomendara.

Munro ligara para Coubertin antes de sair do escritório. O presidente do banco concordara em vê-los às dez horas da manhã seguinte. Danny começou a pensar que o velho Munro estava até se divertindo um pouco.

Durante o jantar, o sr. Munro — Danny não cogitava em momento algum chamá-lo Fraser — recapitulou, junto com Sir Nicholas, a lista de documentos que ele previra que seriam pedidos durante seu encontro matinal.

— Está faltando alguma coisa? — perguntou Danny.

— Certamente não — disse Munro. — Isto é, presumindo-se que o senhor tenha se lembrado de trazer a chave.

Hugo pegou o telefone na sua mesinha de cabeceira.

— Sim?

— Ele pegou o trem noturno para Edimburgo e em seguida foi até Dunbroath — disse uma voz.

— Para ver Munro, sem dúvida.

— No seu escritório às dez da manhã de hoje.

— Depois voltou para Londres?

— Não, ele e Munro deixaram o escritório juntos, foram de carro até o aeroporto e pegaram um voo da BA. Devem ter pousado há uma hora.

— Você estava no mesmo voo?

— Não — disse a voz.

— Por que não? — perguntou Hugo, incisivamente.

— Não estava com meu passaporte.

Ele largou o telefone e olhou para a mulher que dormia profundamente ao lado. Resolveu não acordá-la.

47

DANNY FICOU ACORDADO, avaliando a posição precária em que se encontrava. Longe de derrotar seus inimigos, ele parecia apenas ter criado novos adversários decididos a destruí-lo.

Levantou cedo, tomou banho, vestiu-se e desceu para a sala do café da manhã para encontrar Munro sentado a uma mesa de canto, com uma pilha de documentos a seu lado. Passaram os quarenta minutos seguintes recapitulando as perguntas que Munro achava provável que Coubertin faria. Danny parou de escutar seu advogado quando um hóspede entrou na sala e foi direto para uma mesa que tinha vista para a catedral.

— Se Coubertin lhe fizer essa pergunta, Sir Nicholas, como responderá? — perguntou Munro.

— Acho que o maior colecionador de selos do mundo resolveu se juntar a nós para o café da manhã — sussurrou Danny.

— Devo supor, então, que seu amigo Gene Hunsacker está conosco?

— Nada menos. Não posso acreditar que sua presença simultânea em Genebra seja uma coincidência.

— Claro que não — disse Munro. — Ele também está sabendo da presença de seu tio em Genebra.

— O que posso fazer? — perguntou Danny.

— Não pode fazer muita coisa no momento — respondeu Munro. — Hunsacker ficará voando em círculos, como um abutre, até saber qual de vocês será sagrado como herdeiro legítimo da coleção. Só então arremeterá.

293   Prisioneiro da Sorte

— Ele é gordo demais para um abutre — falou Danny —, mas entendo o que o senhor quis dizer. O que faço se ele começar a me fazer perguntas?

— Não diga nada até depois de nosso encontro com Coubertin.

— Mas Hunsacker foi tão gentil, tão prestativo da última vez que nos encontramos, além de deixar claro que não gosta de Hugo e que prefere negociar comigo.

— Não se iluda. Hunsacker terá todo o prazer em fazer negócio com quem quer que Coubertin eleja como herdeiro legal da coleção de seu avô. Provavelmente já fez uma oferta a seu tio.

Munro se levantou da mesa e saiu da sala de jantar sem sequer olhar na direção de Hunsacker. Danny o seguiu até o saguão.

— Levaremos quanto tempo para ir de táxi até o Banque de Coubertin? — perguntou Munro ao porteiro.

— Três, talvez quatro minutos, dependendo do tráfego — veio a resposta.

— E se formos a pé?

— Três minutos.

*

Um garçom bateu delicadamente à porta.

— Serviço de quarto — anunciou, antes de entrar.

Armou uma mesa de café da manhã no centro do quarto e colocou um exemplar do *Telegraph* em um prato ao lado; o único jornal que Margaret Moncrieff leria se não houvesse o *Scotsman*. Hugo assinou a nota enquanto Margaret se sentou e serviu café para os dois.

— Você acha que, sem a chave, isso vai dar certo, minha velha garota? — perguntou Hugo.

— Se eles se convencerem de que o testamento é autêntico — disse Margaret —, não terão escolha, a não ser que estejam preparados para se envolver em uma longa batalha judicial. E, como o anonimato é o mantra do banqueiro suíço, eles a evitarão a todo custo.

— Não vão descobrir furo nenhum no testamento — disse Hugo.

— Então, aposto que estaremos na posse da coleção de seu pai até hoje à noite, e, neste caso, só basta chegar a um acordo quanto ao preço com Hunsacker. Como ele lhe ofereceu quarenta milhões de dólares quando veio à Escócia para o enterro de seu pai, tenho certeza de que está disposto a chegar aos cinquenta — disse Margaret. — Na verdade, já mandei Galbraith redigir o contrato nesse sentido.

— Para qualquer um de nós que consiga a coleção — disse Hugo —, porque, a esta altura, Nick já deve ter adivinhado o motivo de estarmos aqui.

— Mas ele não pode fazer nada a respeito — disse Margaret. — Não enquanto estiver encalhado na Inglaterra.

— Nada o impede de embarcar no próximo avião. Eu não ficaria surpreso se ele já estivesse aqui — acrescentou Hugo, não querendo reconhecer que sabia de presença de Nick em Genebra.

— Você se esqueceu obviamente, Hugo, de que ele não tem permissão para viajar para fora enquanto estiver em liberdade condicional.

— Se fosse eu, estaria disposto a correr o risco — disse Hugo — por cinquenta milhões de dólares.

— Talvez você — retrucou Margaret —, mas Nick jamais desobedeceria a uma ordem. Se o fizesse, bastaria um telefonema para ajudar Coubertin a decidir com que parte da família Moncrieff deseja negociar: a que o ameaça com um processo ou aquela que passará mais quatro anos presa.

Apesar de Danny e Fraser Munro chegarem ao banco alguns minutos antes da hora, a secretária do presidente estava esperando para acompanhá-los à sala do conselho. Depois de sentados, ela lhes ofereceu uma xícara de chá inglês.

— Não quero seu chá inglês, obrigado — disse Munro, dando-lhe um caloroso sorriso. Danny especulou se ela compreendera alguma palavra do que o escocês dissera, quanto mais seu tipo particular de humor.

— Dois cafés, por favor — disse Danny. Ela sorriu e saiu da sala.

Danny admirava um retrato do fundador dos Jogos Olímpicos modernos, quando a porta se abriu e o atual detentor do título entrou na sala.

— Bom-dia, Sir Nicholas — cumprimentou ele, aproximando-se de Munro e estendendo a mão.

— Não, não, meu nome é Fraser Munro, sou o representante legal de Sir Nicholas.

— Perdão — disse o velho, procurando esconder seu embaraço. Sorriu timidamente ao apertar a mão de Danny. — Sinto muito — repetiu.

— Não há de que, barão — disse Danny. — Um equívoco compreensível.

295 ☞ *Prisioneiro da Sorte*

Coubertin fez uma ligeira reverência.

— O senhor, como eu, é neto de um grande homem. — E convidou Sir Nicholas e o sr. Munro para se juntarem a ele na mesa do conselho. — Em que posso lhes ser útil? — perguntou.

— Tive a grande honra de representar o finado Sir Alexander Moncrieff — começou a falar Munro — e agora tenho o privilégio de aconselhar Sir Nicholas. — Coubertin balançou a cabeça. — Viemos reivindicar a herança legal de meu cliente — declarou Munro, abrindo sua pasta e colocando na mesa um passaporte, um atestado de óbito e o testamento de Sir Alexander.

— Obrigado — disse Coubertin, sem sequer olhar superficialmente para os documentos. — Sir Nicholas, gostaria de lhe perguntar se o senhor está com a chave que seu avô lhe deixou.

— Estou, sim — respondeu Danny.

Abriu a corrente em volta de seu pescoço e entregou a chave para Coubertin, que a examinou por um instante, antes de devolvê-la a Danny. Em seguida, se levantou e disse:

— Por favor, cavalheiros, sigam-me.

— Não diga uma só palavra — sussurrou Munro enquanto seguiam o presidente, que saía da sala. — É evidente que ele está cumprindo as recomendações do seu avô.

Desceram um longo corredor, passando por mais retratos de sócios do banco, até chegarem a um pequeno elevador. Quando as portas corrediças se abriram, Coubertin se pôs de lado para deixar seus hóspedes passarem; em seguida, juntou-se a eles e apertou o botão -2. Não falou nada até que as portas se abrissem de novo, quando saiu e disse novamente:

— Por favor, cavalheiros, sigam-me.

O azul suave das paredes da sala do conselho havia sido substituído por um ocre fosco, enquanto caminhavam por um corredor de tijolos que não ostentava nenhum retrato de antigos diretores do banco. No final do corredor, havia uma grande porta de aço gradeada, que provocou tristes lembranças em Danny. Um guarda abriu a porta no momento em que distinguiu o presidente. Em seguida, acompanhou os três até pararem diante de uma enorme porta de aço com duas fechaduras. Coubertin tirou a chave de seu bolso, colocou-a na fechadura superior e girou-a lentamente. Fez um gesto para Danny, que enfiou sua chave na fechadura abaixo, girando-a também. O guarda abriu a pesada porta de aço.

Uma lista amarela de cinco centímetros de largura riscava o piso logo no interior da porta. Danny passou por cima dela, entrou em um pequeno cômodo quadrado, cujas paredes estavam cobertas do teto ao chão de prateleiras, abarrotadas de grossos livros encadernados em couro. Em cada prateleira havia cartões impressos, indicando os anos de 1840 a 1992.

— Por favor, venham aqui — disse Danny, removendo um dos grossos livros de couro da prateleira de cima e começando a folhear as páginas. Munro entrou, mas de Coubertin não o seguiu.

— Peço perdão — explicou —, mas não me é permitido atravessar a linha amarela; uma das muitas regras do banco. Façam a gentileza de informar ao guarda quando quiserem sair. Em seguida, juntem-se a mim, por favor, na sala do conselho.

Danny e Munro passaram a meia hora seguinte virando as páginas, álbum após álbum, e começaram a compreender por que Gene Hunsacker viajara toda aquela distância, desde o Texas até Genebra.

— Não fiquei sabendo mais do que antes — disse Munro, olhando para uma folha não perfurada de selos pretos de 48 pennies.

— Ficará depois de ver este aqui — disse Danny, passando-lhe o único livro encadernado em couro de toda a coleção que não tinha data.

Munro virou lentamente as páginas, revendo a nítida caligrafia de que ele se lembrava tão bem: coluna após coluna a discriminar quando, onde e de quem Sir Alexander comprara cada nova aquisição, e o preço que pagara. Ele entregou o registro meticuloso da atividade do colecionador de volta a Danny, sugerindo:

— O senhor terá que examinar cuidadosamente cada registro antes de encontrar o sr. Hunsacker.

O sr. e a sra. Moncrieff foram admitidos à sala do conselho às três da tarde. O Barão de Coubertin estava sentado à cabeceira da mesa, com três colegas perto dele, a cada lado da mesa. Todos os sete se ergueram quando os Moncrieff entraram na sala e não retomaram seus lugares até que a sra. Moncrieff se sentasse.

— Obrigado por ter nos deixado examinar o testamento de seu finado pai — disse Coubertin —, além da carta anexa. — Hugo sorriu. — No entanto, devo lhes informar que, na opinião respeitada de um de nossos peritos, o testamento não tem validade.

Prisioneiro da Sorte

— O senhor está sugerindo que ele é falso? — disse Hugo, erguendo-se irado.

— Não estamos insinuando nem por um instante, sr. Moncrieff, que o senhor estivesse a par disso. No entanto, decidimos que esses documentos não resistem à análise minuciosa exigida por este banco. — Ele estendeu o testamento e a carta por cima da mesa.

— Mas... — começou Hugo.

— O senhor pode nos dizer que motivo específico os levou a rejeitar a reivindicação de meu marido? — perguntou Margaret em voz baixa.

— Não, senhora. Não podemos.

— Então, podem esperar um contato de nossos advogados ainda hoje — disse Margaret, juntando os documentos, colocando-os de volta na pasta de seu marido e se levantando para partir.

Todos os sete membros do conselho se levantaram, enquanto o sr. e a sra. Moncrieff saíam da sala acompanhados pela secretária do presidente.

48

QUANDO FRASER MUNRO foi se encontrar com Danny em seu quarto na manhã seguinte, encontrou seu cliente de roupão, sentado de pernas cruzadas no chão, cercado de folhas de papel, um laptop e uma calculadora.

— Perdão por incomodá-lo, Sir Nicholas. Devo voltar mais tarde?

— Não, não — disse Danny, erguendo-se de um salto. — Entre.

— Espero que tenha dormido bem — disse Munro, olhando para aquela papelada toda acumulada no chão.

— Não dormi — reconheceu Danny. — Fiquei a noite inteira acordado examinando os números sem parar.

— E o senhor ficou sabendo mais do que sabia? — perguntou Munro.

— Espero que sim — respondeu Danny —, porque tenho a sensação de que Gene Hunsacker não perdeu o sono para calcular o valor desse lote.

— O senhor tem alguma noção...?

— Bem — disse Danny —, a coleção é formada por vinte e três mil e onze selos, comprados durante um período de mais de setenta anos. Meu avô comprou seu primeiro selo nos anos 1920, com 13 anos, e continuou colecionando até 1998, alguns meses apenas antes de morrer. No total, gastou treze milhões, setecentos e vinte e nove mil e quatrocentas e doze libras.

— Não é de admirar que Hunsacker a considere a melhor coleção do mundo — disse Munro.

Danny concordou com a cabeça.

— Alguns selos são extraordinariamente raros. Há, por exemplo, um americano de um centavo, com "o centro invertido"; um azul de dois centavos havaiano, de 1851, e um escarlate de Newfoundland, de 1857, de vinte centavos, pelo qual ele pagou 150 mil libras em 1978. Mas o orgulho da coleção tem que ser obrigatoriamente um preto sobre carmesim da Guiana Inglesa, de 1856, que ele comprou num leilão por oitocentos mil dólares em abril de 1980. Essas são as boas notícias — disse Danny. — A notícia não tão boa é que levaria um ano, talvez até mais, para se avaliar cada selo. Hunsacker sabe disso, é claro, mas temos a nosso favor o fato de que ele não vai querer ficar esperando um ano, porque, entre outras coisas que achei entre os guardados esparsos de meu avô, está a informação de que Hunsacker tem um rival, um sr. Tomoji Watanabe, corretor de *commodities* de Tóquio — disse Danny, inclinando-se para pegar um velho recorte do *Time Magazine*. — Parece ser uma questão de opinião qual das duas vem em segundo lugar, depois da coleção do meu avô. Essa dúvida será resolvida no momento em que um deles puser as mãos nisto — disse Danny, erguendo o rol.

— Essa informação — disse Munro — o coloca numa posição muito forte.

— Talvez — disse Danny —, mas, quando você começa a lidar com quantias desse vulto... e, num cálculo rápido, a coleção deve valer uns cinquenta milhões de dólares, só existem poucas pessoas, e, nesse caso, desconfio que só duas, capazes de sustentar os lances, de modo que não posso me dar ao luxo de exagerar a minha mão.

— Estou perdido — disse Munro.

— Espero que eu não fique depois de o jogo de pôquer começar, porque desconfio que a primeira pessoa a bater nessa porta, se não for o garçom querendo servir o café da manhã, será o sr. Gene Hunsacker, esperando comprar uma coleção de selos que ele persegue pelos últimos 15 anos. Por isso, é melhor eu tomar banho e me vestir. Não quero que ele pense que passei a noite acordado, pensando em quanto devo lhe pedir.

— O sr. Galbraith, por favor.

— Quem devo anunciar?

— Hugo Moncrieff.

— Vou passar para ele, senhor.

— Como andaram as coisas em Genebra? — foram as primeiras palavras de Galbraith.

— Saímos de mãos abanando.

— O quê? Como pode ser possível? Você tinha todos os documentos necessários para ratificar sua reivindicação, inclusive o testamento do seu pai.

— Coubertin disse que o testamento era falso e praticamente nos expulsou de sua sala.

— Mas eu não entendo — disse Galbraith, parecendo genuinamente surpreso. — Mandei examiná-lo pelo perito mais gabaritado no ramo, e passou por todos os testes conhecidos.

— Bem, Coubertin evidentemente não concorda com seu perito mais gabaritado, por isso estou ligando para saber qual será nosso passo seguinte.

— Ligarei imediatamente para Coubertin avisando-o para esperar uma intimação judicial em Londres e Genebra. Isso o fará pensar duas vezes antes de fazer negócio com qualquer um até se resolver a autenticidade do testamento na justiça.

— Talvez seja o momento de tomarmos aquela outra providência sobre a qual conversamos antes de vir para Genebra.

— Para fazer isso — disse Galbraith —, só preciso do número do voo de seu sobrinho.

⁊⟋

— O senhor tinha razão — disse Munro, quando Danny saiu do banheiro vinte minutos depois.

— Sobre o quê? — perguntou Danny.

— A próxima pessoa a bater na porta foi o garçom — acrescentou Munro, enquanto Danny tomava lugar na mesa de café. — Um rapaz inteligente que me passou, de bom grado, bastante informação.

— Então, ele não pode ser suíço — disse Danny, desdobrando seu guardanapo.

— Parece — prosseguiu Munro — que o sr. Hunsacker deu entrada no hotel há dois dias. A gerência mandou uma limusine ao aeroporto para pegá-lo em seu jato particular. O jovem também foi capaz de me informar, em troca de dez francos suíços, que sua reserva no hotel é ilimitada.

— Um bom investimento — comentou Danny.

— Mais interessante ainda é o fato de a mesma limusine ter levado Hunsacker ao Banque de Coubertin na manhã de ontem, onde ele teve uma reunião de quarenta minutos com o presidente.

301 ⌛ *Prisioneiro da Sorte*

— Sem dúvida para ver a coleção — sugeriu Danny.

— Não — disse Munro. — Coubertin jamais permitiria que alguém chegasse perto daquela sala sem a sua autorização. Isso quebraria todos os princípios da filosofia do banco. De qualquer modo, não seria necessário.

— Por que não? — perguntou Danny.

— Certamente, o senhor deve lembrar que, quando seu avô expôs sua coleção inteira no Instituto Smithsoniano para comemorar seu octogésimo aniversário, uma das primeiras pessoas a entrar na manhã da inauguração foi o sr. Gene Hunsacker.

— Que mais o garçom lhe contou? — perguntou Danny, sem perder o ritmo.

— O sr. Hunsacker está agora tomando seu café da manhã no andar acima do nosso, supostamente à espera de que o senhor bata à porta dele.

— Então, ele terá que esperar muito, porque não quero ser o primeiro a piscar.

— Que pena — disse Munro. — Eu estava esperando esse encontro. Uma vez tive o privilégio de assistir a uma negociação na qual seu avô estava envolvido. No fim da reunião, saí me sentindo quebrado, e olha que eu estava do lado *dele*. — Danny riu.

Houve uma batida na porta.

— Mais rápido do que eu pensei — disse Danny.

— Pode ser seu tio Hugo com outra intimação — sugeriu Munro.

— Ou apenas o garçom vindo para tirar a mesa do café da manhã. Seja lá o que for, preciso de um instante para guardar esses papéis. Não posso deixar que Hunsacker pense que não sei quanto vale a coleção. — Danny se ajoelhou no chão, e Munro juntou-se a ele, começando a juntar resmas de papéis espalhados.

Houve outra batida na porta, desta vez um pouco mais alta. Danny sumiu no banheiro com todos os papéis, enquanto Munro foi abri-la.

— Bom-dia, sr. Hunsacker, que bom vê-lo de novo. Estivemos juntos em Washington — acrescentou, estendendo a mão, mas o texano passou como uma flecha por ele, evidentemente à procura de Danny. A porta do banheiro se abriu um momento depois, e Danny reapareceu usando um roupão do hotel. Ele bocejou e se espreguiçou.

— Que surpresa, sr. Hunsacker — disse. — A que devemos este prazer inesperado?

— Dane-se a surpresa — disse Hunsacker. — Você me viu no café da manhã de ontem. É difícil alguém não me ver. E pode parar com essa encenação de bocejos, porque sei que você já tomou seu café da manhã — disse ele, olhando para uma torrada comida pela metade.

— Ao preço de dez francos suíços, sem dúvida — disse Danny com um sorriso. — Mas, me diga: o que o traz a Genebra? — acrescentou ele, recostando-se na única poltrona confortável do quarto.

— Você sabe muito bem por que estou aqui — disse Hunsacker, acendendo o charuto.

— Este é um andar para não fumantes — lembrou-lhe Danny.

— Porcaria nenhuma — disse Hunsacker, jogando cinzas no tapete. — Então, quanto você quer?

— Em relação a quê, sr. Hunsacker?

— Não brinque comigo, Nick. Quanto você quer?

— Confesso que estava discutindo esse mesmo assunto com meu consultor legal momentos apenas antes que batesse à porta, e ele me recomendou sabiamente que eu esperasse mais um pouco antes de me comprometer.

— Por que esperar? Você não tem interesse por selos.

— É verdade — disse Danny —, mas talvez outros tenham.

— Quem?

— O sr. Watanabe, por exemplo — sugeriu Danny.

— Você está blefando.

— Foi o que ele disse a seu respeito.

— Você já esteve em contato com Watanabe?

— Ainda não — admitiu Danny —, mas espero sua ligação a qualquer momento.

— Diga o seu preço.

— Sessenta e cinco milhões de dólares — disse Danny.

— Você está maluco. Isso é o dobro do que vale. E você sabe muito bem que eu sou a única pessoa no mundo que tem dinheiro para comprar a coleção. Bastaria um telefonema para descobrir que Watanabe não está na minha categoria.

— Então, serei obrigado a dividir a coleção — disse Danny. — Afinal, o sr. Blundell me assegurou que a Sotheby's podia me garantir uma boa renda pelo resto da vida, sem jamais ter que inundar o mercado. Isso daria a você

303 Prisioneiro da Sorte

e ao sr. Watanabe a oportunidade de escolher a nata, as peças específicas que vocês anseiam adicionar às suas coleções.

— Ao mesmo tempo, pagará uma comissão de 10% sobre toda a coleção — disse Hunsacker, apontando o charuto para Danny.

— Não esqueçamos os 20% de comissão por conta do comprador — retrucou Danny. — E vamos encarar os fatos, Gene, eu sou trinta anos mais novo do que você. Não sou eu quem deve ter pressa.

— Estou disposto a pagar cinquenta milhões — disse Hunsacker.

Danny foi pego de surpresa, pois esperava que Hunsacker abrisse os lances com algo por volta dos quarenta milhões, mas ele não piscou.

— Estou disposto a baixar para sessenta.

— Você estaria disposto a baixar para 55 — disse Hunsacker.

— Não para um homem que voou meio mundo em seu jato particular simplesmente para saber quem acabaria ficando com a coleção Moncrieff.

— Cinquenta e cinco — repetiu Hunsacker.   .

— Sessenta — insistiu Danny.

— Não. Cinquenta e cinco é meu limite. E posso transferir esse valor para qualquer banco no mundo, o que significa que estará na sua conta dentro de umas duas horas.

— Por que não tiramos cara ou coroa a respeito desses cinco milhões a mais?

— Porque desse modo você não vai perder. Cinquenta e cinco é o que eu disse. É pegar ou largar.

— Acho que largo — disse Danny, se levantando de sua cadeira. — Tenha um bom voo de volta ao Texas, Gene, e não deixe de me ligar se houver algum selo específico sobre o qual você queira me fazer uma oferta, antes que eu ligue para o sr. Watanabe.

— Está bem, está bem. Vamos tirar cara ou coroa pelos cinco milhões adicionais.

Danny voltou-se para seu advogado.

— O senhor quer fazer a gentileza de ser o árbitro, sr. Munro?

— Juiz — disse Hunsacker.

— Sim, claro — respondeu Munro.

Danny entregou-lhe uma moeda de uma libra e ficou surpreso ao ver que a mão de Munro tremia quando ele a equilibrou na ponta de seu polegar. Jogou-a para cima.

— Cara — pediu Hunstacker. A moeda caiu no grosso tapete ao lado da lareira. Estava em pé, apoiada na sua borda.

— Vamos fechar o negócio por 57.500.000 dólares — disse Danny.

— Negócio fechado — disse Hunsacker, que se inclinou, pegou a moeda e botou-a no bolso.

— Acho que essa moeda é minha — disse Danny, estendendo a mão.

Hunsacker entregou a moeda e sorriu.

— Agora me dê a chave, Nick, quero examinar a mercadoria.

— Não há necessidade disso — respondeu Nick. — Afinal de contas, você viu toda a coleção quando ela estava em exposição em Washington. No entanto, deixarei que você fique com o livro de registro do meu avô — disse, pegando o espesso livro de couro de uma mesa lateral e entregando-o. — Quanto à chave — acrescentou com um sorriso —, o sr. Munro a entregará a você na hora em que o dinheiro estiver depositado na minha conta. Acho que você disse que levaria umas duas horas.

Hunsacker começou a andar em direção à porta.

— E, Gene... — Hunsacker se virou. — Procure resolver isso antes do pôr do sol em Tóquio.

Desmond Galbraith pegou a linha particular na sua mesa.

— Fui informado por um funcionário do hotel — disse Hugo Moncrieff — que ambos têm reserva no voo 737 da BA, que parte daqui às 20h55 e chega a Heathrow às 21h45.

— É só isso que preciso saber — disse Galbraith.

— Vamos voltar para Edimburgo amanhã cedo.

— O que deve dar a Coubertin tempo mais do que suficiente para pensar com que ramo da família Moncrieff ele prefere negociar.

— O senhor aceita uma taça de champanhe? — perguntou a aeromoça.

— Não, obrigado — disse Munro —, eu gostaria de um uísque com soda.

— E o senhor?

— Aceito uma taça de champanhe, obrigado — disse Danny. Depois que a aeromoça se foi, ele se virou para Munro.

— Por que o senhor acha que o banco não levou a sério a alegação do meu tio? Afinal, ele deve ter mostrado a Coubertin o testamento mais recente.

— Devem ter percebido algo que eu não vi — respondeu Munro.

— Por que não liga para Coubertin e pergunta o motivo?

— Aquele sujeito não queria nem admitir que conhecia seu tio, quanto mais ter visto o testamento de seu avô. Sim, mas, agora que o senhor tem quase sessenta milhões de dólares no banco, suponho que queira que eu atue na sua defesa em todos os processos.

— Eu me pergunto o que Nick teria feito — murmurou Danny, caindo num sono profundo.

Munro levantou uma sobrancelha, mas não insistiu mais com seu cliente, lembrando que Sir Nicholas não dormira na noite anterior.

Danny acordou assustado quando o trem de aterrissagem pousou em Heathrow. Ele e Munro estavam entre os primeiros a desembarcar da aeronave. Ao descerem a escada, ficaram espantados ao ver três policiais em pé na pista. Munro notou que eles não portavam metralhadoras, por isso não podiam ser da segurança. Quando o pé de Danny encostou no último degrau, dois policiais o agarraram, enquanto o terceiro imobilizava seus braços atrás das costas e o algemava.

— Você está preso, Moncrieff — disse um deles, enquanto o levavam depressa.

— Sob que acusação? — perguntou Munro, mas não obteve resposta, porque o carro da polícia já estava se afastando velozmente, com a sirene ligada.

Danny passara a maioria dos dias desde sua soltura pensando em quando eles finalmente o pegariam. A única surpresa foi o chamarem de Moncrieff.

Beth não aguentava mais olhar para seu pai, com quem não falava havia dias. A despeito de ter sido avisada pelo médico, ela não conseguia acreditar no quanto ele emagrecera em tão pouco tempo.

O padre Michael visitara seu paroquiano todo dia desde que ficara de cama, e, naquela manhã, ele pedira à mãe de Beth que reunisse a família e os amigos íntimos em torno do leito naquela noite, pois não podia retardar ainda mais a extrema-unção.

— Beth.

Beth foi apanhada de surpresa quando seu pai falou.

— Sim, pai — disse, pegando a sua mão.

— Quem está administrando a oficina? — perguntou ele numa voz esganiçada, quase inaudível.

— Trevor Sutton — respondeu ela, suavemente.

— Ele não tem condições. Você terá que nomear outra pessoa, e logo.

— Farei isso, pai — respondeu Beth, obediente. Não lhe disse que ninguém mais queria o cargo.

— Estamos sozinhos? — perguntou ele, depois de uma longa pausa.

— Sim, pai. A mamãe está na sala falando com a sra....

— Sra. Cartwright?

— Sim — confessou Beth.

— Graças a Deus pelo juízo que você tem. — Seu pai parou para tomar fôlego, antes de acrescentar: — Que você herdou.

Beth sorriu. Até mesmo o esforço de falar era agora excessivo para ele.

— Diga a Harry — disse de repente, com a voz ainda mais fraca — que gostaria de ver os dois antes de morrer.

Beth parara a muito de dizer "Você não vai morrer", sussurrando simplesmente no seu ouvido:

— Claro que direi, papai.

Outra longa pausa, outro estertor para respirar, antes que sussurrasse:

— Prometa uma coisa.

— Qualquer coisa.

Ele agarrou a mão da filha.

— Que você vai lutar para limpar o nome dele.

O aperto enfraqueceu de repente, e sua mão ficou mole.

— Lutarei — disse Beth, embora soubesse que ele não poderia ouvi-la.

49

O ESCRITÓRIO DO SR. MUNRO deixara vários recados no seu celular, pedindo que ligasse urgentemente. Ele tinha outras preocupações.

Sir Nicholas fora levado por um carro da polícia para passar a noite numa cela na delegacia de Paddington Green. Depois de se separar dele, o sr. Munro pegou um táxi até o Caledonian Club, em Belgravia. Culpou-se por ter esquecido que Sir Nicholas ainda estava em liberdade condicional e não podia deixar o país. Talvez porque nunca fora capaz de considerá-lo um criminoso.

Quando Munro chegou a seu clube, logo depois das 11h30, encontrou a srta. Davenport esperando-o no saguão dos convidados. A primeira coisa que precisava descobrir, e muito rapidamente, era se ela possuía capacidade para o trabalho. Isso levou cerca de cinco minutos. Era raro encontrar alguém que compreendesse tão rápido os pontos principais de uma causa. Ela fez todas as perguntas devidas, e ele só podia esperar que Sir Nicholas desse todas as respostas certas. Quando se separaram, logo depois da meia-noite, Munro não tinha dúvida de que seu cliente estava em boas mãos.

Sarah Davenport não precisara lembrar a Munro sobre a atitude da justiça em relação aos detentos que descumpriam as restrições da liberdade condicional, e sobre como era raro haver exceções, especialmente quando se tratava de viajar para o exterior sem pedir licença ao agente responsável. Tanto ela quanto Munro tinham plena consciência de que o juiz provavelmente mandaria Nick de volta à prisão para cumprir os quatro anos que faltavam de sua pena. A srta. Davenport podia, é claro, alegar "circunstâncias atenuantes", mas não estava absolutamente otimista quanto ao resultado. Munro jamais gostara de advogados otimistas. Ela prometeu ligar para ele em Dunbroath, tão logo o juiz proferisse a sentença.

Quando Munro estava prestes a subir para o quarto, o porteiro lhe disse que havia outro recado, para ligar para seu filho logo que fosse possível.

— E então? Qual a urgência? — foi a primeira pergunta de Munro, ao se sentar no pé da cama.

— Galbraith retirou todos os seus processos pendentes — sussurrou Hamish Munro, para não acordar sua mulher — além da intimação sobre a invasão de domicílio, exigindo que Sir Nicholas abandone a casa em The Boltons dentro de trinta dias. Será uma capitulação total, pai, ou me escapou alguma coisa? — perguntou, depois de fechar silenciosamente a porta do banheiro.

— Receio que sim, meu filho. Galbraith não fez mais do que oferecer o dedo para preservar o anel.

— E conseguir a legitimação judicial do segundo testamento de Sir Alexander?

— Acertou na mosca. Se ele for capaz de provar que o testamento mais recente de Sir Alexander, deixando tudo para seu irmão Angus, suplanta quaisquer testamentos anteriores, então será Hugo Moncrieff, e não Sir Nicholas, quem herdará o espólio, inclusive uma conta bancária na Suíça com saldo atual de pelo menos 57.500.000 dólares.

— Será que Galbraith tem convicção de que o segundo testamento é autêntico?

— Ele pode ter sim, mas conheço alguém que não tem tanta convicção.

— Aliás, papai, Galbraith ligou de novo na hora em que eu estava saindo do escritório. Ele quer saber quando você voltará para a Escócia.

— Verdade? — disse Munro. — O que coloca a questão: como ele sabe que eu não estou na Escócia?

☙

— Quando eu disse que esperava encontrá-lo de novo — disse Sarah —, não era exatamente numa sala de interrogatório da delegacia de Paddington Green.

Danny sorriu tristemente ao olhar por cima da pequena mesa de madeira para seu novo advogado. Munro explicou que não podia representá-lo na justiça britânica; entretanto, podia recomendar...

309   *Prisioneiro da Sorte*

— Não — respondeu Danny —, sei exatamente quem desejo que me defenda.

— Eu me senti lisonjeada — prosseguiu Sarah — de ter sido sua primeira escolha na hora em que precisou de auxílio legal.

— Você era minha única opção. Não conheço nenhum outro advogado. — Danny arrependeu-se imediatamente depois de dizer essas palavras.

— E pensar que passei metade da noite acordada...

— Perdão — disse Danny. — Não foi isso o que eu quis dizer. Foi só que o sr. Munro me disse...

— Eu sei o que o sr. Munro lhe disse. — Sarah sorriu. — Agora não temos tempo a perder. Você será apresentado ao juiz às dez horas, e, apesar de o sr. Munro ter me informado plenamente do que andaram fazendo nos últimos dois dias, ainda tenho algumas perguntas a fazer que precisam de respostas, já que não quero ser apanhada de surpresa diante do tribunal. Por isso, por favor, fale com franqueza, quero dizer, honestamente. Durante os últimos doze meses, você viajou para o exterior, além dessa ocasião em que foi a Genebra?

— Não — respondeu Danny.

— Faltou a algum encontro com seu agente de liberdade condicional desde que saiu da prisão?

— Não, nunca.

— Tentou alguma vez fazer contato...

❧

— Bom-dia, sr. Galbraith — disse Munro. — Peço desculpas por não ter entrado em contato com o senhor antes, mas desconfio que sabe até demais o que provocou a minha demora.

— Sei sim — respondeu Galbraith —, e esse é exatamente o motivo por que preciso falar com o senhor com tanta urgência. O senhor deve saber que meu cliente retirou todos os processos pendentes contra Sir Nicholas, de modo que tenho alguma esperança de que, dadas as circunstâncias, seu cliente reaja da mesma maneira magnânima e retire o processo que contesta a validade do último testamento de seu avô.

— Não suponha o senhor nada disso — retrucou Munro incisivamente. — Assim, seu cliente acabaria ficando simplesmente com tudo, inclusive com a pia da cozinha.

— Sua resposta não é nenhuma surpresa para mim, Munro. Na verdade, já havia antecipado a meu cliente qual seria a sua atitude e que não teríamos alternativa senão contestar seu agastante processo. No entanto — acrescentou Galbraith antes que Munro pudesse responder —, sugiro, já que existe apenas uma disputa importante entre as duas partes, isto é, a questão da validade do último testamento de Sir Alexander, que talvez seja interessante para todos apressar as coisas, de modo que esse processo seja julgado na primeira oportunidade possível.

— Permita-me lembrar-lhe respeitosamente, sr. Galbraith, que não foi a minha firma que retardou os trâmites legais. Mesmo assim, acolho com prazer sua mudança de opinião, mesmo nessa conjuntura tardia.

— Fico muito satisfeito com sua atitude, sr. Munro, e tenho certeza de que o senhor gostará de saber que o oficial do juiz Sanderson ligou esta manhã dizendo que o Meritíssimo está com a primeira quinta-feira do próximo mês livre na agenda e que gostaria de julgar a causa, se isto fosse conveniente para ambas as partes.

— Mas isso me dá menos de dez dias para preparar minha argumentação — desabafou Munro, percebendo que caíra numa armadilha.

— Sinceramente, sr. Munro, ou o senhor tem ou não tem provas da validade do testamento — disse Galbraith. — Se tiver, o juiz Sanderson lhe dará ganho de causa, o que, segundo suas palavras, fará seu cliente acabar ficando com tudo, inclusive com a pia da cozinha.

Danny olhou para Sarah do banco dos réus. Ele respondera fielmente a todas as suas perguntas e ficou aliviado quando ela só demonstrara interesse pelos motivos de sua viagem para o exterior. Mas também como poderia saber alguma coisa sobre o finado Danny Cartwright? Ela lhe avisou que provavelmente já estaria de volta a Belmarsh na hora do almoço e que deveria se preparar para passar os próximos quatro anos preso. Aconselhara-o a se declarar culpado, pois eles não tinham como se defender da acusação de quebra de liberdade condicional, de modo que nada mais podia fazer senão alegar circunstâncias atenuantes. Ele concordara.

— Meritíssimo — principiou Sarah ao se levantar para encarar o juiz Callaghan. — Meu cliente não nega sua quebra da liberdade condicional, mas o fez apenas para garantir seus direitos numa importante causa financeira que será julgada dentro em breve pela Suprema Corte da Escócia. Também devo frisar, Meritíssimo, que meu cliente foi acompanhado o tempo inteiro pelo respeitado advogado escocês sr. Fraser Munro, que o representa nessa causa. — O juiz anotou o nome num bloco diante de si. — Espero que leve em consideração, Meritíssimo, que meu cliente esteve fora do país menos de 48 horas, voltando a Londres por vontade própria. A acusação de que ele deixou de informar seu agente responsável não é de todo exata, porque ligou para a sra. Bennett, e, quando não obteve resposta, deixou um recado na sua secretária eletrônica. Essa mensagem foi gravada e pode ser apresentada ao tribunal, se aprouver ao Meritíssimo.

"Meritíssimo, esse lapso incomum foi a única ocasião em que meu cliente deixou de observar rigorosamente as condições da liberdade condicional, sendo que jamais faltou ou se atrasou para qualquer reunião com seu agente responsável. Gostaria de acrescentar", prosseguiu Sarah, "que, desde sua saída da prisão, seu comportamento, com exceção dessa falta, tem sido exemplar. Não só tem respeitado continuamente as exigências das autoridades, como prossegue em seu esforço para aperfeiçoar suas qualificações educacionais. Foi admitido recentemente na Universidade de Londres, onde espera conquistar com distinção um diploma em administração.

"Meu cliente se desculpa incondicionalmente por qualquer inconveniente que ele possa ter causado à Justiça ou às autoridades da liberdade condicional e me prometeu que isso jamais voltará a se repetir.

"Concluindo, Meritíssimo, espero que, após ter levado todas essas questões em consideração, o senhor haverá de concluir que de nada servirá mandar esse homem de volta à prisão."

Sarah fechou sua pasta, fez um cumprimento e voltou para seu lugar.

O juiz continuou a escrever durante algum tempo, antes de descansar sua caneta.

— Obrigado, sra. Davenport — disse finalmente. — Gostaria de algum tempo para avaliar sua petição antes de dar a sentença. Talvez pudéssemos fazer um curto intervalo e nos reunirmos ao meio-dia.

Todos se levantaram no tribunal. Sarah ficou perplexa. Qual o motivo de um juiz tão experiente como Callaghan precisar de tempo para chegar a uma decisão sobre um caso tão comum? E, então, ela descobriu.

— Eu poderia falar com o presidente, por favor?

— A quem devo anunciar?

— Fraser Munro.

— Vou ver se ele pode atender, sr. Munro. — Munro tamborilou na sua mesa enquanto esperava.

— Sr. Munro, que bom ouvi-lo de novo — disse Coubertin. — Como posso lhe ser útil agora?

— Achei que deveria lhe avisar que o assunto que nos diz respeito será resolvido na quinta-feira da próxima semana.

— Sim, estou plenamente ciente dos últimos desdobramentos — respondeu Coubertin —, pois também recebi uma ligação do sr. Desmond Galbraith. Ele me assegurou de que o cliente dele está disposto a acatar qualquer decisão da justiça. Devo perguntar, portanto, se o seu cliente está disposto a isso.

— Está, sim — respondeu Munro. — Escreverei para o senhor ainda hoje confirmando essa nossa posição.

— Fico muito grato — disse Coubertin — e informarei nosso departamento jurídico quanto a isso. Tão logo saibamos qual das duas partes teve ganho de causa, darei instruções para que os 57.500.000 dólares sejam depositados na conta correspondente.

— Obrigado pela confirmação — disse Munro. E tossiu. — Será que eu poderia falar com o senhor extraoficialmente?

— Essa não é uma expressão que nós, suíços, conheçamos — respondeu Coubertin.

— Então, na condição de fideicomisso do espólio do finado Sir Alexander Moncrieff, talvez eu possa lhe pedir uma orientação.

— Farei o melhor possível — respondeu Coubertin —, mas sob nenhuma circunstância quebrarei o sigilo dos clientes. E isso vale tanto para os clientes vivos quanto para os mortos.

— Eu compreendo perfeitamente sua posição — disse Munro. — Tenho motivos para acreditar que o senhor recebeu uma visita do sr. Hugo Moncrieff antes de ver Sir Nicholas. E que, portanto, o senhor deve ter examinado os documentos que constituem as provas nessa causa. — Coubertin não se pronunciou. — Posso supor pelo seu silêncio que isso não se discute. —

Coubertin não respondeu. — Entre esses documentos, havia cópias de ambos os testamentos de Sir Alexander, cuja legitimidade decidirá o desfecho dessa causa. — Coubertin novamente não se pronunciou, fazendo Munro acreditar que a linha caíra. — O senhor está aí, senhor presidente? — perguntou.
— Sim, estou — respondeu Coubertin.
— Como o senhor se dispôs a ver Sir Nicholas depois de seu encontro com o sr. Hugo Moncrieff, só posso supor que o senhor tenha rejeitado a pretensão do sr. Hugo Moncrieff porque o banco, tal como eu, não se convenceu da validade do segundo testamento. Assim, não existe desentendimento entre nós — acrescentou Munro —, seu banco chegou à conclusão de que ele é falso. — O sr. Munro podia ouvir agora a respiração do presidente. — Então, em nome da justiça, senhor, preciso lhe perguntar o que foi que o convenceu da falsidade do segundo testamento, algo que deixei de identificar.
— Lamento não poder ajudá-lo, sr. Munro, já que seria uma quebra do sigilo do cliente.
— Há alguma outra pessoa que possa me aconselhar quanto a isso? — pressionou Munro.
Houve um longo silêncio antes de Coubertin finalmente dizer:
— De acordo com a filosofia do banco, buscamos uma segunda opinião de uma fonte externa.
— E o senhor pode divulgar o nome da sua fonte?
— Não, não posso — respondeu Coubertin. — Não importa o quanto desejasse fazê-lo, isso também contraria a filosofia do banco quanto a esses assuntos.
— Mas...
— No entanto — prosseguiu Coubertin, ignorando a interrupção —, o cavalheiro que nos aconselhou é inquestionavelmente a maior autoridade no ramo e ainda não deixou Genebra para voltar a seu país.

— Todos de pé — disse o meirinho quando soou meio-dia, e o juiz Callaghan voltou à sala de audiências.
Sarah virou-se para sorrir de forma animadora para Danny, em pé no banco dos réus, com um sorriso de resignação no rosto. Depois de o juiz ter se acomodado, baixou o olhar para a advogada de defesa.

— Pensei muito na sua petição, sra. Davenport. No entanto, a senhora precisa compreender que me cabe assegurar que os detentos tenham plena consciência de que, enquanto estiverem em liberdade condicional, ainda cumprem parte de sua pena e que, se não cumprirem as condições de seu mandado de liberdade condicional, estão transgredindo a lei.

"Levei, é claro, em consideração", prosseguiu, "a folha corrida de seu cliente desde a sua soltura, inclusive seus esforços de progredir academicamente. Tudo isso é muito elogiável, mas não muda o fato de ele ter cometido um abuso de confiança. Pelo qual precisa ser punido.

Danny baixou a cabeça.

— Moncrieff — disse o juiz —, assinarei agora um termo que levará à sua detenção por mais quatro anos, caso venha a transgredir de novo quaisquer condições de sua liberdade condicional. Durante o período dessa liberdade, o senhor não poderá, em circunstância alguma, viajar para o exterior e continuará a se apresentar a seu agente responsável uma vez por mês.

Ele tirou os óculos.

— Moncrieff, você teve muita sorte neste caso, e o que pesou a seu favor foi o fato de ter sido acompanhado nessa sua excursão imprudente ao estrangeiro por um antigo membro da profissão advocatícia na Escócia, cuja reputação, em ambos os lados da fronteira, é impecável. — Sarah sorriu. O juiz Callaghan precisara dar um ou dois telefonemas para confirmar algo que Sarah já sabia. — Você está livre para deixar o tribunal — foram as palavras finais do juiz Callaghan.

O juiz se levantou, fez uma grande mesura e se afastou da sala de audiências. Danny permanecia no banco dos réus, a despeito dos dois policiais que o guardavam já terem desaparecido. Sarah foi encontrá-lo quando o meirinho abriu a portinhola para que ele pudesse deixar o banco dos réus e ter acesso ao lugar dos advogados.

— Você pode almoçar comigo? — perguntou ele.

— Não — disse Sarah, desligando o celular. — O sr. Munro acabou de mandar uma mensagem para você pegar o próximo voo para Edimburgo... e, por favor, ligue para ele a caminho do aeroporto.

50

"A PORTAS FECHADAS" era um termo que Danny já ouvira. O sr. Munro explicou em detalhes por que ele e o sr. Desmond Galbraith haviam concordado com essa abordagem para resolver o litígio entre as duas partes.

Ambas as partes concordaram que seria tolice ventilar brigas de família em público. Galbraith chegou a confessar que seu cliente tinha ódio da imprensa, e Munro já advertira Sir Nicholas de que, se suas desavenças fossem esmiuçadas no tribunal aberto, seu período na prisão renderia muitos centímetros mais de texto do que qualquer desavença sobre o testamento de seu avô.

Ambas as partes também concordaram em ter a causa julgada por um juiz da Suprema Corte, e que sua decisão seria final: depois de dada a sentença, nenhuma delas poderia recorrer. Sir Nicholas e o sr. Hugo Moncrieff assinaram um documento legal, com conotação de obrigatoriedade nesse sentido, antes de o juiz concordar em dar andamento à sessão.

Danny se sentou a uma mesa, ao lado do sr. Munro, de um lado da sala, enquanto Hugo e Margaret Moncrieff se sentaram junto ao sr. Desmond Galbraith, do outro lado. O juiz Sanderson estava sentado à sua mesa, defronte a eles. Ninguém vestia trajes formais, o que fazia prevalecer uma atmosfera bem mais descontraída. O juiz abriu os trabalhos lembrando a ambas as partes que, a despeito de a causa ser examinada a portas fechadas, o desfecho teria todo o peso da lei. Pareceu satisfeito ao ver os dois advogados anuírem com um gesto de cabeça.

O juiz Sanderson não só fora considerado aceitável pelas duas partes, como era, nas palavras de Munro, "uma velha e sábia coruja".

— Cavalheiros — começou a dizer —, tendo me inteirado dessa causa, estou ciente do quanto está em jogo para as duas partes. Antes de começar, sinto-me obrigado a perguntar: foram feitas todas as tentativas de se chegar a um acordo?

O sr. Desmond Galbraith se levantou e afirmou que Sir Alexander escrevera uma carta peremptória, deixando claro que desejava deserdar seu neto depois que ele fora submetido à corte marcial, e que seu cliente, sr. Hugo Moncrieff, queria meramente cumprir os desejos de seu finado pai.

O sr. Munro se levantou para afirmar que seu cliente não dera início ao processo inicial e jamais buscara o litígio em primeiro lugar, mas que, tal como o sr. Hugo Moncrieff, queria que se cumprissem os desejos do avô. E fez uma pausa.

— À risca.

O juiz deu de ombros e se resignou com o fato de não conseguir nenhum tipo de acordo entre as partes.

— Então, prossigamos — disse. — Li todos os documentos que me foram submetidos e também pesei quaisquer outros adendos acrescentados pelas partes como evidência. Com isso em mente, pretendo afirmar, desde o início, o que considero relevante nessa causa e o que considero irrelevante. Nenhuma das partes discorda de que Sir Alexander Moncrieff fez um testamento em 17 de janeiro de 1997, no qual deixava a quase totalidade de seus bens para seu neto, Nicholas, então um oficial em serviço, em Kosovo.

Levantou os olhos buscando confirmação, e tanto Galbraith quanto Munro balançaram afirmativamente a cabeça.

— No entanto, o que é reivindicado pelo sr. Galbraith, a favor de seu cliente, sr. Hugo Moncrieff, é que esse documento não foi o último testamento e expressão da vontade de Sir Alexander, sendo que, em data posterior — o juiz olhou para suas anotações —, em 1º de novembro de 1998, Sir Alexander fez outro testamento, deixando todos os bens para seu filho, Sir Angus. Sir Angus faleceu em 20 de maio de 2002, e, no seu testamento e última vontade, deixou tudo para seu irmão mais novo, Hugo.

"Também oferecida como prova pelo sr. Galbraith, em nome de seu cliente, há uma carta assinada por Sir Alexander, proclamando os motivos dessa sua mudança de opinião. O sr. Munro não contesta a autenticidade da assinatura na segunda página da carta, mas insinua que a primeira página foi elaborada, de fato, em data posterior. Afirma que, embora ele não ofereça nenhuma prova

317 ⚷ *Prisioneiro da Sorte*

que sustente essa alegação, sua verdade se tornará evidente por si mesma quando for provada a inautenticidade do segundo testamento.

"O sr. Munro também esclareceu a este tribunal que não está insinuando que Sir Alexander, para usar o termo legal, estivesse mentalmente incapacitado à época. Pelo contrário, passaram uma noite juntos apenas uma semana antes da morte, e depois do jantar seu anfitrião ainda lhe deu uma boa surra numa partida de xadrez.

"Por isso, devo dizer às duas partes que, segundo minha opinião, a única questão a ser resolvida nesse litígio é a validade do segundo testamento, que o sr. Galbraith alega, a favor de seu cliente, ser o último testamento de Sir Alexander Moncrieff, enquanto o sr. Munro, sem frisar demais o assunto, afirma ser falso. Espero que as duas partes considerem essa uma avaliação justa da atual situação. Se assim for, pedirei ao sr. Galbraith que exponha sua posição em nome do sr. Hugo Moncrieff."

Desmond Galbraith se levantou.

— Meritíssimo, meu cliente e eu aceitamos que o único desentendimento entre as duas partes se prende ao segundo testamento, o qual, como o senhor afirmou, não duvidamos ser o testamento e última vontade de Sir Alexander. Nós oferecemos o testamento e a carta anexa como prova de nossa reivindicação, e também gostaríamos de apresentar uma testemunha que, acreditamos, porá um fim a essa questão para sempre.

— Certamente — disse o juiz Sanderson. — Por favor, convoque sua testemunha.

— Convoco o professor Nigel Fleming — disse Galbraith, olhando para a porta.

Danny se inclinou e perguntou a Munro se ele conhecia o professor.

— Só de fama — respondeu Munro, quando um sujeito alto e elegante, de cabelos vastos e grisalhos entrou na sala. Ao fazer o juramento, Danny pensou que o professor o fazia lembrar o tipo de dignitário que costumava ir ao Clement Attlee Comprehensive, uma vez por ano, para distribuir os prêmios, embora jamais para ele.

— Por favor, sente-se, professor Fleming — disse o juiz Sanderson.

Galbraith permaneceu de pé.

— Professor, acho importante que este tribunal reconheça a importância do renome e da autoridade que a sua presença traz, como perito, ao processo, e por isso espero que me perdoe, se lhe fizer algumas perguntas sobre sua formação.

O professor fez uma ligeira reverência.

— Qual é sua função atual?

— Sou professor de química inorgânica da Universidade de Edimburgo.

— E foi o senhor quem escreveu um livro sobre a importância dessa área para a investigação criminal, obra que se tornou um clássico sobre o assunto e faz parte do currículo oficial da maioria das universidades?

— Não posso falar da *maioria* das universidades, sr. Galbraith, mas certamente é o caso da Universidade de Edimburgo.

— Professor, o senhor já deu consultoria a vários governos em litígios dessa natureza?

— Não quero exagerar minha autoridade, sr. Galbraith. Fui chamado em três ocasiões para dar consultoria a governos sobre a validade de documentos, diante de desavenças entre dois ou mais países.

— Muito bem. Então, permita lhe perguntar, professor, se o senhor já depôs na justiça sobre alguma contestação de testamento.

— Sim, senhor, em dezessete ocasiões.

— E o senhor pode contar ao tribunal, professor, quantos casos terminaram com uma sentença de acordo com suas conclusões?

— Eu não diria, nem por um instante, que as sentenças dessas causas foram determinadas unicamente pelos depoimentos que dei.

— Bem falado — disse o juiz com um sorriso oblíquo. — No entanto, professor, a pergunta é: quantas das dezessete sentenças confirmaram sua opinião?

— Dezesseis, senhor — respondeu o professor.

— Por favor, prossiga, sr. Galbraith — disse o juiz.

— Professor, o senhor teve a oportunidade de examinar o testamento do finado Sir Alexander Moncrieff, ponto central deste julgamento?

— Examinei os dois testamentos.

— Posso lhe fazer algumas perguntas sobre o segundo testamento? — O professor balançou a cabeça afirmativamente. — O papel no qual o testamento foi escrito era disponível naquela época?

— Que época exatamente, sr. Galbraith? — perguntou o juiz.

— Novembro de 1998, Meritíssimo.

— Era, sim — respondeu o professor. — Estou convencido, baseado em provas científicas, de que o papel é da mesma época do que o usado para o primeiro testamento, lavrado em 1997.

O juiz ergueu uma sobrancelha, mas não interrompeu.

319 ⊙═╗ *Prisioneiro da Sorte*

— A fita vermelha presa ao segundo testamento também era da mesma época? — perguntou Galbraith.

— Sim. Fiz testes com as duas fitas, e o resultado é que foram fabricadas na mesma época.

— E o senhor conseguiu, professor, chegar a alguma conclusão sobre a assinatura de Sir Alexander, tal como aparece nos dois testamentos?

— Antes de responder à pergunta, sr. Galbraith, quero que entenda que não sou perito em caligrafia, mas posso lhe dizer que a tinta preta usada na assinatura dos dois testamentos foi fabricada em algum período anterior a 1985.

— O senhor está querendo dizer a esta corte — perguntou o juiz — que é capaz de precisar o ano de fabricação de um vidro de tinta?

— Algumas vezes, o mês — disse o professor. — De fato, eu sugeriria que a tinta usada na assinatura dos dois testamentos foi fabricada pela Waterman's em 1985.

— Agora eu gostaria de passar para a máquina de escrever usada no segundo testamento — disse o sr. Galbraith. — Qual a sua marca e de quando data sua comercialização?

— É uma Remington Envoy II, que chegou ao mercado em 1965.

— Então, só para confirmar — acrescentou Galbraith —, o papel, a tinta, a fita e a máquina de escrever já existiam antes de novembro de 1998.

— Sem dúvida, a meu ver — respondeu o professor.

— Obrigado, professor. Faça a gentileza de esperar, porque o sr. Munro terá algumas perguntas a lhe fazer.

Munro se levantou devagar de sua cadeira.

— Não tenho perguntas a fazer a essa testemunha, Meritíssimo.

O juiz não demonstrou nenhuma reação. No entanto, o mesmo não podia ser dito de Galbraith, que fitava descrente seu colega. Hugo Moncrieff pediu à sua mulher que lhe explicasse o que as palavras de Munro davam a entender, enquanto Danny olhava para a frente, sem demonstrar nenhuma emoção, do modo como fora instruído por Munro a fazer.

— O senhor vai apresentar outras testemunhas, sr. Galbraith? — perguntou o juiz.

— Não, Meritíssimo. Só posso supor que a recusa de meu douto colega em arguir o professor Fleming signifique que ele aceita suas conclusões. — E fez uma pausa. — Inquestionavelmente.

Munro não se levantou nem se insurgiu.

— Sr. Munro — disse o juiz —, o senhor gostaria de fazer uma declaração preliminar?

— Breve, se aprouver ao Meritíssimo — respondeu Munro. — O professor Fleming confirmou que o primeiro testamento, em favor de meu cliente, é inquestionavelmente autêntico. Aceitamos seu juízo quanto a essa questão. Como o Meritíssimo afirmou no início desta audiência, a única questão que interessa a este tribunal é a validade ou não do segundo testamento, que...

— Meritíssimo — disse Galbraith, se levantando abruptamente. — Estará o sr. Munro sugerindo ao tribunal que a análise profissional feita pelo professor no primeiro testamento pode ser convenientemente desprezada quando se trata de sua opinião sobre o segundo?

— Não, Meritíssimo — disse Munro. — Se o meu douto colega tivesse mais paciência, teria percebido que não é isso que sugiro. O professor disse ao tribunal que não é perito em assinaturas...

— Mas também testemunhou, Meritíssimo — disse Galbraith, se levantando abruptamente de novo —, que a tinta usada para assinar os dois testamentos veio do mesmo vidro.

— Mas não da mesma mão, sugiro — disse Munro.

— O senhor vai chamar um perito em caligrafia? — perguntou o juiz.

— Não, Meritíssimo, não vou.

— Tem alguma prova que dê a entender que a assinatura é falsa?

— Não, Meritíssimo, não tenho — repetiu Munro.

Desta vez, o juiz ergueu de fato a sobrancelha.

— O senhor vai chamar alguma testemunha, sr. Munro, em defesa de sua causa?

— Sim, Meritíssimo. Tal como meu estimado colega, vou chamar só uma testemunha. — Munro deteve-se por um instante, ciente de que, exceto Danny, todo mundo na sala estava curioso para saber quem seria esta testemunha. — Convoco o sr. Gene Hunsacker.

A porta se abriu, e a vasta figura do texano entrou lentamente na sala. Danny sentiu que havia algo de errado; em seguida, percebeu que era a primeira vez que ele via Hunsacker sem seu típico charuto.

Hunsacker fez o juramento, com uma voz que ribombava na sala.

— Por favor, sente-se, sr. Hunsacker — disse o juiz. — Já que somos um grupo tão pequeno de pessoas, talvez possamos nos dirigir um ao outro em tom mais discreto.

— Perdão, Meritíssimo — disse Hunsacker.

— Não precisa se desculpar — disse o juiz. — Por favor, prossiga, sr. Munro.

Munro se levantou e sorriu para Hunsacker.

— Oficialmente, pode nos fazer a gentileza de dizer seu nome e ocupação?

— Meu nome é Gene Hunsacker III, e sou aposentado.

— E que fazia o senhor antes de se aposentar, sr. Hunsacker? — perguntou o juiz.

— Não fazia grande coisa, Excelência. Meu pai, tal como meu avô antes dele, era pecuarista, mas eu mesmo jamais gostei da atividade, especialmente depois que descobriram petróleo nas minhas terras.

— Então, o senhor explora petróleo — disse o juiz.

— Não exatamente, Excelência, porque, aos 27 anos, vendi as terras para uma companhia britânica, a BP, e desde então passei o resto da minha vida às voltas com meu *hobby*.

— Interessante. O que, se me permite perguntar... — tentou dizer o juiz.

— Chegaremos a seu *hobby* em um instante, sr. Hunsacker — falou Munro com firmeza. O juiz se encolheu na sua cadeira, com um olhar de desculpas no rosto. — Sr. Hunsacker, o senhor afirmou que, depois de amealhar uma fortuna considerável com a venda de suas terras à BP, não se dedica ao negócio do petróleo.

— Correto, senhor.

— Eu também gostaria de demonstrar, para o tribunal, quais as atividades em que o senhor *não* é perito. Por exemplo: o senhor é perito em testamentos?

— Não, senhor, não sou.

— O senhor é perito em papel e tecnologia de tintas?

— Não, senhor.

— É perito em fitas?

— Tentei tirar algumas dos cabelos das garotas quando eu era mais jovem, mas nem para isso eu dava — disse Gene.

Munro esperou que as risadas amainassem para continuar.

— Então, talvez seja perito em máquinas de escrever!

— Não, senhor.

— Ou mesmo em assinaturas.

— Não, senhor.

— No entanto — disse Munro —, acho que estou certo em afirmar que o senhor é considerado o maior colecionador de selos do mundo.

— Acho que posso dizer com certeza que sou eu, ou então Tomoji Watanabe — respondeu Hunsacker —, dependendo de com quem se fala.

O juiz não conseguiu mais se controlar.

— O senhor pode explicar o que quer dizer, sr. Hunsacker?

— Nós dois somos colecionadores há mais de quarenta anos, Meritíssimo. Tenho uma coleção maior, mas, para fazer justiça a Tomoji, talvez seja porque sou um bocado mais rico que ele e vivo dando lances maiores do que o pobre filho da mãe. — Até mesmo Margaret Moncrieff não conseguiu sufocar uma risada. — Sou do conselho da Sotheby's, e Tomoji é consultor da Philips. Minha coleção já esteve exposta no Instituto Smithsoniano em Washington, a dele, no Museu Imperial de Tóquio. Por isso não posso lhe dizer qual a maior autoridade no mundo, mas, seja quem for de nós dois, o outro será certamente a segunda.

— Obrigado, sr. Hunsacker — disse o juiz. — Eu me dou por satisfeito em considerá-lo perito em seu ramo específico.

— Obrigado, Meritíssimo — disse Munro. — Sr. Hunsacker, o senhor examinou os dois testamentos que constam desta causa?

— Examinei sim, senhor.

— E qual a sua opinião, sua opinião profissional, sobre o segundo testamento, aquele em que Sir Alexander deixa sua fortuna para seu filho Angus?

— É falso.

Desmond Galbraith se pôs imediatamente de pé.

— Calma, calma, sr. Galbraith — disse o juiz, gesticulando para que ele voltasse a seu lugar. — Espero sinceramente, sr. Hunsacker, que o senhor forneça ao tribunal alguma prova concreta dessa sua afirmativa. E por "prova concreta" não quero dizer outra dose de sua filosofia caseira.

O sorriso jovial de Hunsacker desapareceu. Esperou algum tempo para dizer:

— Provarei, Meritíssimo, como se diz neste país, além de toda dúvida provável, que o segundo testamento de Sir Alexander é falso. Para isso, preciso que o senhor apresente o documento original. — O juiz Sanderson voltou-se para Galbraith, que deu de ombros, se levantou e entregou o segundo testamento ao juiz. — Agora, Excelência, se o senhor fizer a gentileza de ir para a segunda página do documento, verá a assinatura de Sir Alexander por cima de um selo.

— O senhor sugere que o selo seja falso? — disse o juiz.

— Não, senhor.

— Mas o senhor já afirmou, sr. Hunsacker, que não é perito em assinaturas. O que está sugerindo?

— O que é evidente — disse Hunsacker —, desde que a pessoa saiba o que está procurando.

— Por favor, me esclareça — disse o juiz, parecendo exasperado.

— Sua Majestade a rainha subiu ao trono britânico em 2 de fevereiro de 1952 — disse Hunsacker — e foi coroada na abadia de Westminster em 2 de junho de 1953. O Correio Real lançou um selo para comemorar a ocasião... na verdade, sou o orgulhoso proprietário de uma folha impecável das primeiras edições. O selo mostra a rainha como uma jovem mulher, mas, por causa da notável extensão do reinado de Sua Majestade, o Correio Real precisa fazer novas edições, de poucos em poucos anos, para refletir o fato de a rainha ter envelhecido. A edição do selo nesse testamento foi lançada em março de 1999.

Hunsacker virou sua cadeira para olhar para Hugo Moncrieff, curioso para ver se suas palavras haviam calado fundo. Não podia ter certeza, embora o mesmo não pudesse ser dito de Margaret Moncrieff, com lábios cerrados com força, enquanto o sangue refluía rapidamente de seu rosto.

— Meritíssimo — disse Hunsacker —, Sir Alexander morreu em 17 de dezembro de 1998: três meses *antes* de o selo ser lançado. Assim, algo fica patente: certamente não pode ser a sua assinatura sobre Sua Majestade.

LIVRO QUATRO

VINGANÇA

51

A vingança é um prato que se come frio.

Danny colocou o exemplar de *Ligações Perigosas* na pasta quando o avião começou a descer no meio de um colchão de nuvens escuras que pendia sobre Londres. Tinha como nítida meta conseguir se vingar friamente dos três homens responsáveis pela morte de seu melhor amigo, por impedir seu casamento com Beth, por impedi-lo de criar sua filha Christy e por ter provocado sua detenção por um crime que não cometera.

Ele agora detinha os recursos financeiros para pegá-los lentamente, um a um, e, quando completasse sua tarefa, gostaria que todos os três preferissem a morte a seu destino.

— Por favor, aperte seu cinto de segurança, pousaremos em Heathrow dentro de poucos minutos.

Danny levantou o rosto, sorridente, para a aeromoça que interrompera seus pensamentos. O juiz Sanderson não tivera oportunidade de dar sua sentença na causa Moncrieff *versus* Moncrieff, já que uma das partes retirara sua demanda logo depois de o sr. Gene Hunsacker ter saído do gabinete do juiz.

O sr. Munro explicara a Nick, durante o jantar no New Club, em Edimburgo, que, se o juiz tivesse motivo de acreditar na existência de um delito, não teria outra opção senão mandar todos os documentos para a Promotoria. Em outro ponto da cidade, o sr. Desmond Galbraith explicava a seu cliente que, neste caso, o sobrinho de Hugo talvez não fosse o único Moncrieff a passar pela experiência de ser trancafiado atrás das grades.

Munro aconselhara Sir Nicholas a não prosseguir, a despeito de Danny não ter dúvida sobre quem ocasionara a presença dos três policiais que estavam à sua espera da última vez que pousara em Heathrow. Munro acrescentara, num daqueles raros momentos em que baixava a guarda:

— Mas, se seu tio Hugo causar qualquer problema no futuro, então tudo voltará à estaca zero.

Danny tentara agradecer a Munro por tudo que ele fizera *no decorrer dos anos* — pensando como Nick — e ficara surpreso com sua reação.

— Não tenho certeza do que me deu mais prazer: derrotar seu tio Hugo ou aquele pedante do Desmond Galbraith.

A guarda se mantinha baixa. Danny sempre pensou na sorte que tivera em contar com o sr. Munro no seu *corner*, mas há pouco percebera como seria tê-lo como adversário.

Quando serviram o café, Danny pediu a Fraser Munro que se tornasse curador do espólio, além de seu consultor legal. Ele fizera uma grave mesura e dissera:

— Se lhe aprouver, Sir Nicholas.

Danny também frisara que queria doar Dunbroathy Hall e a terra circunvizinha para o Patrimônio Nacional da Escócia e que pretendia destinar os recursos que se fizessem necessários para sua manutenção.

— Exatamente como seu avô previra — disse Munro. — Embora eu apostasse que seu tio Hugo, com a ajuda do sr. Galbraith, arranjaria um jeitinho de fugir desse compromisso.

Danny começou a pensar se Munro não tinha tomado uns goles a mais. Não podia imaginar qual seria a reação do velho advogado se ele soubesse o que Danny pretendia fazer com outro colega de profissão.

O avião pousou em Heathrow logo depois das onze. Danny devia ter pegado o voo das 8h40, mas dormira demais pela primeira vez em várias semanas.

Esquecera Spencer Craig quando o avião parou diante do portão de desembarque. Soltou o cinto de segurança e se juntou aos outros passageiros, em pé no corredor, à espera de que as portas se abrissem. Desta vez não haveria policiais esperando por ele lá fora. Depois que o processo chegara a um fim prematuro, Hunsacker batera nas costas do juiz e lhe oferecera um charuto. O juiz Sanderson ficou algum tempo engasgado, sem dizer nada, mas conseguiu finalmente sorrir antes de recusar polidamente.

Danny frisou a Hunsacker que, se tivesse permanecido em Genebra, provavelmente teria ficado com a coleção de Sir Alexander do mesmo jeito, porque Hugo se daria por muito satisfeito em vendê-la, até por um preço menor.

329 ☞ *Prisioneiro da Sorte*

— Mas eu não teria conservado o pacto com seu avô — respondeu Hunsacker. — Agora fiz algo para recompensar sua bondade e seus sábios conselhos durante tantos anos.

Uma hora depois, Gene decolou rumo ao Texas no seu jato particular, acompanhado de 173 álbuns encadernados em couro, que — Danny sabia — o manteriam entretido durante toda a viagem e, provavelmente, pelo resto de sua vida.

Quando Danny embarcou no expresso de Heathrow, seus pensamentos se voltaram para Beth. Queria desesperadamente tornar a vê-la. Maupassant resumira muito bem seus sentimentos: "De que adianta a vitória, se ela não pode ser compartilhada com ninguém?" Mas podia ouvir Beth perguntando: "Para que a vingança, agora que você tem tantos bons motivos para viver?" Ele a faria se recordar primeiro de Bernie e depois de Nick, que também tinham tantos motivos para viver. Ela perceberia que o dinheiro não significava nada para ele. Teria trocado de bom grado cada centavo pela...

Possibilidade de reverter o relógio...

Possibilidade de terem ido ao West End na noite seguinte...

Possibilidade de não terem ido para aquele determinado bar...

Possibilidade de terem saído pela porta da frente...

Possibilidade de...

O expresso de Heathrow parou na estação de Paddington dezessete minutos depois. Danny consultou o relógio; ainda tinha umas duas horas até o encontro com a sra. Bennett. Desta vez, iria de táxi e ficaria esperando na recepção bem antes do horário do encontro. As palavras do juiz ainda ressoavam nos seus ouvidos: assinarei um mandado que o fará voltar à prisão por mais quatro anos, se o senhor vier a transgredir quaisquer das condições de sua liberdade condicional.

Apesar de o acerto de contas com os Três Mosqueteiros permanecer ainda uma prioridade máxima para Danny, ele teria que arranjar bastante tempo para se dedicar à obtenção de seu diploma, cumprindo a promessa feita a Nick. Começava até a desconfiar que Spencer Craig pudesse ter algum papel na morte de Nick. Teria Leach, como sugerira Big Al, assassinado o homem errado?

O táxi encostou diante de sua casa em The Boltons. Pela primeira vez, Danny sentiu que tinha um lar. Pagou a corrida e abriu o portão, encontrando um mendigo estendido na porta.

— Este é o seu dia de sorte — disse Danny, pegando a carteira.

A figura que cochilava trajava uma camisa branca listrada, jeans velhos e sapatos pretos que deviam ter sido engraxados naquela manhã. Mexeu-se e levantou a cabeça.

— Olá, Nick.

Danny abraçou-o na hora em que Molly abriu a porta. Ela pôs as mãos nos quadris.

— Ele falou que era seu amigo — falou ela —, mas, mesmo assim, disse a ele para esperar do lado de fora.

— É amigo meu — falou Danny. — Molly, este é Big Al.

Molly já preparara um guisado irlandês para Nick, e, como suas porções eram sempre exageradas, havia mais do que o suficiente para os dois.

— Então, conte tudo — disse Danny, depois de se sentarem à mesa da cozinha.

— Não tenho muito que contar, Nick — falou Big Al, entre garfadas. — Eles me soltaram, que nem você, depois de cumprir metade da pena. Graças a Deus que me despacharam, senão eu podia ficar ali pelo resto da vida. — Baixou o garfo relutantemente e acrescentou com um sorriso. — E a gente sabe quem foi o culpado.

— Quais são seus planos? — perguntou Danny.

— Agora, nada, mas você disse pra eu ir ver você quando eu saísse. — Fez uma pausa. — Era legal se você me deixasse passar a noite.

— Fique pelo tempo que quiser — disse Danny. — Minha governanta vai arrumar o quarto de hóspedes — acrescentou com um sorriso.

— Não sou sua governanta! — disse Molly, incisivamente. — Sou sua faxineira que cozinha de vez em quando!

— Não é mais, Molly. Agora é governanta, além de cozinheira, a dez libras por hora. — Molly ficou muda. Danny se aproveitou da situação inusitada para acrescentar: — E, além disso, vai precisar contratar uma faxineira, agora que Big Al ficará conosco.

— Não, não — disse Big Al. — Vou embora logo que arrumar trabalho.

— Você era motorista no Exército, não era? — perguntou Danny.

— Fui *seu* motorista por quatro anos — cochichou Big Al em seu terrível sotaque escocês, fazendo um gesto de cabeça em direção a Molly.

— Então, você acaba de recuperar seu trabalho — disse Danny.

— Mas o senhor não tem carro — lembrou Molly.

— Então, preciso comprar um — disse Danny. — E quem melhor para me assessorar? — comentou, piscando o olho para Big Al. — Sempre quis uma

BMW — disse. — Como eu trabalhei numa oficina, conheço exatamente o modelo...

Big Al pôs o dedo nos lábios.

Danny sabia que Big Al tinha razão. A vitória do dia anterior deve ter subido à sua cabeça, e ele acabou voltando a se comportar como Danny — um erro que não podia se dar ao luxo de cometer muitas vezes. Pense como Danny, aja como Nick. Tornou a se ajustar com um clique ao seu mundo irreal.

— Mas, primeiro, é melhor ir comprar umas roupas — disse a Big Al —, antes de pensar num carro.

— E sabonete — disse Molly, enchendo pela terceira vez o prato de Big Al.

— Aí a Molly vai poder esfregar suas costas.

— Não farei nada disso — disse Molly. — Mas é melhor ir arrumar um dos quartos de hóspedes, já que o sr. Big Al ficará conosco... alguns dias. — Danny e Big Al riram quando ela tirou o avental e saiu da cozinha.

Depois que ela fechou a porta, Big Al se inclinou sobre a mesa.

— Você ainda quer pegar os filhos da puta que...

— Quero sim — disse Danny em voz baixa —, e você não podia ter aparecido em melhor hora.

— Então, quando é que a gente começa?

— Você começa tomando um banho. Depois, vá comprar umas roupas — disse Danny, pegando a carteira pela segunda vez. — Nesse meio-tempo, eu tenho um encontro marcado com a minha agente da condicional.

❧

— Como passou o último mês, Nicholas? — perguntou primeiro a sra. Bennett.

Danny tentou se manter sério.

— Estive ocupado resolvendo os problemas familiares que mencionei no nosso último encontro.

— E deu tudo certo, conforme o planejado?

— Sim, sra. Bennett.

— Já encontrou trabalho?

— Não, sra. Bennett. Atualmente estou me dedicando a meu curso de administração na Universidade de Londres.

— Ah, sim, eu me lembro. Mas certamente não dá para viver da bolsa, dá?

— Mal consigo, mas dá — disse Danny.

A sra. Bennett voltou à sua lista de perguntas:

— Ainda mora na mesma casa?

— Sim.

— Sei. Acho que devo examinar o local a qualquer hora, para ver se preenche os requisitos mínimos.

— Sua visita será muito bem-vinda, quando a senhora quiser — disse Danny.

Ela leu a próxima pergunta:

— Tem visto algum ex-detento que foi ex-colega de cadeia?

— Sim — disse Danny, ciente de que esconder qualquer coisa de sua agente da condicional representaria uma quebra das condições de sua liberdade. — Meu ex-motorista foi libertado recentemente e está agora comigo.

— Há espaço suficiente na casa para os dois?

— Mais do que suficiente, sra. Bennett.

— E ele está empregado?

— Sim, como meu motorista.

— Acho que você já está encrencado demais para fazer gracinhas, Nicholas.

— Não passa da verdade, sra. Bennett. Meu avô me deixou uma renda suficiente, que me permite empregar um motorista.

A sra. Bennett consultou as perguntas que o Ministério do Interior esperava que ela fizesse durante as entrevistas mensais. Não havia nada ali sobre o emprego de motoristas. Ela tentou de novo:

— Você se viu tentado a cometer algum crime desde o nosso último encontro?

— Não, sra. Bennett.

— Anda usando drogas?

— Não, sra. Bennett.

— Está recebendo seguro-desemprego?

— Não, sra. Bennett.

— Precisa de qualquer outro auxílio do serviço de liberdade vigiada?

— Não, obrigado, sra. Bennett.

A sra. Bennett chegara ao fim de sua lista de perguntas, mas gastara apenas metade do tempo disponível para cada entrevistado.

— Bem, por que não me conta o que andou fazendo durante o último mês? — perguntou, desesperada.

— Vou precisar me virar sem você — disse Beth, recorrendo ao velho eufemismo a que o sr. Thomas sempre recorria toda vez que precisava despedir algum funcionário.

— Mas por quê? — perguntou Trevor Sutton. — Se eu for embora, você vai ficar sem gerente. A não ser que já tenha escolhido alguém para me substituir.

— Não planejo substituí-lo — respondeu Beth. — Mas, desde a morte do meu pai, a oficina vem tendo um prejuízo constante. Não posso me dar ao luxo de continuar eternamente nessa situação — acrescentou, seguindo o roteiro que o sr. Thomas preparara para ela.

— Mas você não me deu tempo bastante para demonstrar minha capacidade! — protestou Sutton.

Beth desejou que Danny estivesse sentado no lugar dela — mas, se Danny ainda estivesse ali, o problema jamais teria surgido.

— Se tivermos mais três meses como os últimos — disse Beth —, fecharemos as portas.

— Mas o que esperam que eu faça? — perguntou Sutton, inclinando-se para a frente e pondo o cotovelo na mesa. — Só sei de uma coisa: o patrão jamais teria me tratado assim.

Beth ficou com raiva por ele ter mencionado seu pai, mas o sr. Thomas a aconselhara a se pôr no lugar de Trevor e a imaginar como ele devia estar se sentindo, especialmente porque jamais trabalhara em outro lugar desde que deixara o Clement Attlee Comprehensive.

— Dei uma palavrinha com Monty Hughes — disse Beth, procurando permanecer calma —, e ele me assegurou de que arranjaria um emprego para você. O que ela não mencionou é que o sr. Hughes só tinha um lugar de mecânico iniciante disponível, o que significaria uma perda salarial considerável para Trevor.

— Tudo está muito bem — disse ele, zangado. — E a minha indenização? Eu conheço meus direitos.

— Estou disposta a lhe pagar três salários — disse Beth —, além de lhe dar uma referência afirmando que você é um dos nossos funcionários mais trabalhadores. — *E um dos mais burros que você tem*, acrescentara Monty Hughes, quando Beth o consultara. Enquanto esperava pela resposta de Trevor, ela se lembrou das palavras de Danny sobre Trevor não saber somar. Beth abriu a gaveta da escrivaninha do pai e pegou um pacote bojudo e uma única folha de papel. Rasgou o pacote e esvaziou o que tinha dentro em cima da mesa. Sutton fitou a pilha de notas de cinquenta libras e lambeu os lábios tentando calcular quanto havia ali. Beth empurrou um contrato por cima da escrivaninha, que o sr. Thomas lhe preparara na tarde anterior. — Se assinar aqui — disse ela, colocando o dedo em cima de uma linha pontilhada —, as sete mil libras serão suas.

Trevor hesitou, enquanto Beth procurava não demonstrar o tamanho de seu desespero para que ele assinasse o contrato. Esperou que Trevor se imaginasse gastando o dinheiro, o que pareceu uma eternidade, até que ele finalmente pegasse a caneta que lhe fora estendida e escrevesse as duas únicas palavras que sabia escrever com convicção. Pegou o dinheiro de repente, deu as costas para Beth e saiu determinado do local.

Depois que Trevor fechou a porta com o pé, ao passar, Beth deu um suspiro de alívio que, se tivesse sido ouvido, o faria, sem dúvida, pedir muito mais do que sete mil, embora, na verdade, o saque dessa soma acabara zerando a conta da oficina. Só restava agora a Beth vender o imóvel o mais rápido possível.

O jovem corretor que examinara a propriedade lhe garantira que a oficina valia pelo menos duzentos mil. Era um terreno sem empecilhos legais, situado num local excelente, com acesso fácil à cidade. Duzentas mil libras resolveriam todos os problemas financeiros de Beth e significariam um excedente suficiente para garantir que Christy tivesse a instrução que ela e Danny sempre haviam planejado.

52

DANNY LIA *Limites Tarifários, Inflação e o Papel do Governo*, de Milton Friedman, e tomava notas sobre o capítulo acerca do ciclo fundiário e os efeitos da depreciação fundiária quando o telefone tocou. Depois de estudar por duas horas, tudo parecia ser uma alternativa melhor ao professor Friedman. Pegou o telefone e ouviu uma voz de mulher.

— Oi, Nick. Sou uma voz de seu passado.

— Olá, voz do passado — respondeu Danny, procurando desesperadamente associar um nome a ela.

— Você disse que viria me ver durante a minha excursão. Bem, vivo olhando para a plateia, mas nunca vejo você.

— Então, onde está representando no momento? — perguntou Danny, ainda dando tratos à bola, mas sem que nenhum nome lhe viesse em socorro.

— Cambridge, no Arts Theatre.

— Ótimo. Qual é a peça?

— *Uma Mulher de Nenhuma Importância*.

— Oscar Wilde de novo — disse Danny, ciente de que seu tempo estava se esgotando.

— Nick, você nem sequer se lembra do meu nome, não é?

— Não seja boba, Katie — respondeu bem na hora. — Como poderia esquecer minha atriz substituta favorita?

— Bem, agora estou no papel principal e gostaria que você viesse me ver.

— Parece um bom programa — disse Danny, folheando as páginas de sua agenda, apesar de saber que quase todas as noites eram livres. — Que tal sexta?

— Não podia ser melhor. Podemos passar o fim de semana juntos.

— Preciso estar de volta a Londres para uma reunião sábado de manhã — disse Danny, olhando para uma página vazia na sua agenda.
— Então, terá que ser mais uma transa relâmpago — disse Katie. — Eu me acostumo. — Danny não respondeu. — O espetáculo começa às sete e meia. Vou deixar uma entrada para você na bilheteria. Venha sozinho, porque não pretendo dividir você com ninguém.
Danny pôs o fone no gancho e fitou a foto de Beth, numa moldura de prata, no canto da mesa.

— Tem três homens chegando — disse Molly, olhando pela janela da cozinha.
— Parecem estrangeiros.
— São totalmente inofensivos — assegurou-lhe Danny. — Faça-os entrar na sala de visitas e diga que os encontrarei num instante.
Danny correu escada acima até seu escritório e pegou as três pastas que andara examinando com vistas à reunião; em seguida, voltou depressa para baixo.
Os três sujeitos que o esperavam pareciam idênticos em tudo, menos na idade. Trajavam ternos azul-escuros bem-cortados, camisas brancas e gravatas discretas, e cada um portava uma pasta preta de couro. Qualquer um poderia passar por eles na rua sem reconhecê-los, algo que lhes agradaria.
— Que bom revê-lo, barão — disse Danny.
Coubertin fez uma grande reverência.
— Ficamos tocados por ter nos convidado para sua bela casa, Sir Nicholas. Gostaria de apresentar Monsieur Bresson, o executivo-chefe do banco, e Monsieur Segat, que cuida dos nossos principais depósitos. — Danny apertou a mão dos três, enquanto Molly reaparecia trazendo uma bandeja com chá e biscoitos.
— Senhores — disse Danny, se sentando —, eu gostaria de começar pedindo-lhes um informativo sobre a situação atual de meu depósito.
— Certamente — disse Monsieur Bresson, abrindo uma pasta marrom sem etiqueta. — Sua conta principal demonstra um saldo de pouco mais de 57 milhões de dólares, sobre o qual são pagos atualmente juros de 2,75% ao ano. Seu depósito secundário — prosseguiu — está com um saldo de um pouco

mais de um milhão de dólares. Era conhecido no banco como o depósito dos selos de seu avô, que ele usava toda vez que queria acrescentar algo à sua coleção, em curto prazo.

— Podem juntar as duas contas — disse Danny —, já que não vou comprar selos. — Bresson anuiu com a cabeça. — E devo dizer, Monsieur Bresson, que acho inaceitáveis os juros de 2,75% sobre meu capital e que no futuro empregarei meu dinheiro de maneira mais rentável.

— Pode nos dizer em que o senhor está pensando? — perguntou Segat.

— Sim — disse Danny. — Investirei em três áreas: imóveis, carteiras de ações, ações e talvez títulos, que estão todos, por acaso, rendendo atualmente 7,12% ao ano. Também porei de lado uma pequena soma, nunca mais de 10% do meu total, para empreendimentos especulativos.

— Então, devo aconselhar, nessas circunstâncias — disse Segat —, que depositemos seu dinheiro em três contas separadas, impossíveis de serem rastreadas até o senhor, nomeando três diretores como seus representantes.

— Nessas circunstâncias? — repetiu Danny.

— Desde o 11 de Setembro, americanos e ingleses passaram a demonstrar o maior interesse em qualquer um que transfira grandes somas de dinheiro. Não seria ajuizado deixar que seu nome apareça muito no radar deles.

— Bom raciocínio — disse Danny.

— Na hipótese de o senhor concordar com a abertura dessas contas — acrescentou Bresson —, vai querer utilizar a experiência do banco na administração de seus investimentos? Falo isso porque nosso departamento de imóveis, por exemplo, conta com mais de quarenta especialistas no ramo, sete deles em Londres, que administram, hoje, uma carteira de valores de quase cem bilhões de dólares, e nosso departamento de investimentos é consideravelmente maior.

— Quero aproveitar tudo que vocês têm a oferecer — disse Danny —, e não hesitem em me avisar quando acharem que estou tomando alguma decisão errada. No entanto, no decorrer dos últimos dois anos, venho dedicando um tempo considerável a acompanhar o destino de 28 companhias específicas e decidi investir meu capital em oito delas.

— Qual será sua filosofia na hora de comprar ações dessas companhias? — perguntou Segat.

— Gostaria de comprar pequenos lotes, quando se apresentarem no mercado; jamais agressivamente, já que não quero ser responsabilizado por influenciar o mercado, seja em que direção for. Também jamais quero possuir mais de 2% de qualquer companhia. — Danny entregou a Bresson uma lista das companhias cuja evolução vinha acompanhando por muito tempo antes de fugir da prisão.

Bresson correu o dedo por cima dos nomes e sorriu.

— Nós mesmos andamos de olho em várias dessas companhias, mas me fascina que o senhor tenha identificado uma ou duas que ainda não mereceram nossa atenção.

— Então, por favor, analise-as de novo, e, se tiver qualquer dúvida, me diga. — Danny pegou uma de suas pastas. — Em se tratando de imóveis, pretendo agir agressivamente — afirmou. — E espero uma ação rápida de sua parte, no caso de o pagamento à vista garantir um preço melhor.

Bresson entregou a ele um cartão. Não tinha nenhum nome, nem endereço, apenas um número de telefone gravado em relevo preto.

— Esse é o meu número particular. Podemos enviar a quantia que o senhor quiser para qualquer país ao mero toque de uma tecla. E, quando ligar, você jamais precisará dar seu nome, porque a linha tem reconhecimento de voz.

— Obrigado — disse Danny, colocando o cartão num bolso interno. — Também preciso de seu aconselhamento num assunto mais premente: minhas despesas cotidianas. Não tenho nenhum desejo de que o fisco venha se intrometer nos meus negócios, e, como eu moro nesta casa e emprego uma governanta e um motorista, vivendo aparentemente só de uma bolsa de estudos, é bem possível que eu viva aparecendo no radar do Imposto de Renda.

— Posso fazer uma sugestão? — disse Coubertin. — Costumávamos transferir cem mil libras por mês para uma conta-corrente de seu avô em Londres. Provinha de um fundo que criamos em seu proveito. Ele pagava impostos plenos sobre essa renda, chegando até a fazer algumas transações menores através de uma companhia registrada em Londres.

— Eu gostaria que os senhores continuassem com esse arranjo — disse Danny. — O que faço para consegui-lo?

Coubertin tirou um arquivo fino de sua pasta, retirou apenas uma folha de papel e disse, apontando para uma linha tracejada.

— Se assinar aqui, Sir Nicholas, garanto que tudo será feito e administrado conforme lhe aprouver. Só precisamos saber para qual banco devemos fazer a transferência mensal.

— Coutts and Co, no Strand — disse Danny.

— Exatamente como seu avô — comentou o presidente.

⁓

— Levaremos quanto tempo para chegar a Cambridge? — perguntou Danny a Big Al, instantes depois de os três banqueiros suíços terem sumido sem deixar vestígios.

— Mais ou menos uma hora e meia. Por isso a gente tem que partir logo, patrão.

— Ótimo. Vou trocar de roupa e arrumar uma valise com roupas para o dia seguinte.

— Molly já fez isso. Botei na mala do carro.

O tráfego de sexta à noite estava pesado, e Big Al só conseguiu passar dos cinquenta por hora quando chegaram à M11. Chegou a King's Parade faltando apenas alguns minutos para o início do espetáculo.

Danny andara tão preocupado durante as últimas semanas que aquela seria sua primeira visita ao teatro desde que vira Lawrence Davenport em *A Importância de Ser Ernesto*.

Lawrence Davenport. Apesar de ter começado a elaborar planos quanto a seus três adversários, toda vez que ele pensava em Davenport era Sarah quem vinha à sua mente. Tinha consciência de que poderia estar de volta a Belmarsh, não fosse por ela, e que precisaria vê-la de novo, já que ela poderia lhe abrir portas cujas chaves ele não possuía.

Big Al parou o carro diante do teatro.

— A que horas o patrão quer voltar para Londres?

— Não resolvi ainda, mas não antes da meia-noite.

Ele pegou sua entrada na bilheteria, pagou três libras por um programa e seguiu um grupo de gente meio atrasada até as primeiras filas. Depois de ter encontrado seu lugar, começou a virar as páginas do programa. Tentara ler a peça antes daquela noite, mas ela permanecera fechada em cima de sua mesa enquanto ele tentava entender Milton Friedman.

Danny parou numa página que mostrava uma foto grande e glamorosa do rosto de Katie Benson. Ao contrário de muitas outras atrizes, não se tratava de uma foto tirada anos antes. Leu o resumo de seus créditos. Em *Uma Mulher de Nenhuma Importância*, ela obviamente desempenhava o papel mais relevante de sua breve carreira.

Quando as cortinas se abriram, Danny se viu absorto num outro mundo e resolveu, no futuro, ir mais assiduamente ao teatro. Como desejava que Beth estivesse sentada ao seu lado, compartilhando seu prazer! Katie estava no palco arrumando flores num vaso, mas ele só conseguia pensar em Beth. Porém, à medida que a peça progrediu, foi obrigado a reconhecer que Katie estava tendo um belo desempenho e logo se deixou absorver pela história de uma mulher que desconfiava da fidelidade do marido.

Durante o intervalo, Danny tomou uma decisão, e, na hora em que as cortinas se fecharam, o sr. Wilde chegou até a ensiná-lo como proceder. Esperou que o teatro se esvaziasse antes de se dirigir à porta de acesso dos atores. O porteiro lançou-lhe um olhar desconfiado quando ele pediu para ver a srta. Benson.

— Como é seu nome? — perguntou, consultando sua prancheta.

— Nicholas Moncrieff.

— Ah, ela o está esperando. Camarim sete, primeiro andar.

Danny subiu a escada devagar e, quando chegou à porta com o número sete, esperou um pouco antes de bater.

— Entre — disse uma voz que ele recordava.

Abriu a porta e viu Katie diante de um espelho, só de calcinha e sutiã pretos. Tirava a maquiagem.

— Devo esperar lá fora? — perguntou.

— Não seja bobo, querido. Não tenho novidade alguma para lhe mostrar, mas, mesmo assim, esperava despertar algumas recordações — acrescentou ela, virando-se para encará-lo.

Ela se levantou e enfiou um vestido preto, que a tornava estranhamente ainda mais desejável.

— Você estava maravilhosa — disse ele, sem jeito.

— Tem certeza, querido? — perguntou, olhando-o com mais cuidado. — Você não parece inteiramente convencido.

— Ah, não — disse Danny —, adorei mesmo a peça.

Katie olhou para ele.

— Há algo errado.

— Preciso voltar para Londres. Tenho um negócio urgente.

— Numa noite de sexta? Ah, vamos lá, Nick, você pode fazer melhor que isso.

— É que...

— É outra mulher, não é?

— Sim — admitiu Danny.

— Então, por que se deu ao trabalho de vir, para começo de conversa? — disse zangada, dando-lhe as costas.

— Sinto muito. Sinto muito mesmo.

— Não precisa se desculpar, Nick. Você não podia deixar mais claro que sou uma mulher sem nenhuma importância.

53

— D<small>ESCULPE, PATRÃO</small>, mas achei que você tinha falado que não era para vir antes da meia-noite — disse Big Al, acabando depressa seu hambúrguer.
— Mudei de ideia.
— Pensei que isso era coisa de mulher.
— Ela também — disse Danny.

Quando eles chegaram à M11, quinze minutos depois, Danny já estava dormindo profundamente. Só acordou quando o carro parou num sinal na Mile End Road. Se Danny tivesse acordado alguns segundos antes, teria pedido a Big Al para tomar um caminho diferente.

O sinal abriu, e eles passaram depressa por uma onda de sinais verdes, como se alguém soubesse que Danny não deveria estar ali. Recostou-se no assento e fechou os olhos, embora soubesse que havia alguns lugares bem conhecidos pelos quais ele não poderia passar sem dar ao menos uma olhada de relance: o Clement Attlee Comprehensive, a igreja de St. Mary's e, claro, a oficina Wilson's.

Abriu os olhos e desejou não tê-lo feito.
— Não pode ser — disse. — Encoste aí, Al.

Big Al parou o carro e olhou para trás para ver se o patrão estava bem. Danny olhava o outro lado da rua, incrédulo. Big Al procurava entender o que ele estava olhando, mas não conseguia distinguir nada de extraordinário.

— Espere aqui — disse Danny, abrindo a porta de trás. — Levarei só uns dois minutos.

Danny atravessou a rua, parou na calçada e olhou para uma placa presa ao muro. Pegou um pedaço de papel e uma caneta do bolso interno e anotou o número de telefone embaixo dos dizeres À VENDA. Ao ver algumas pessoas saindo juntas de um bar, ele atravessou a rua correndo de volta e encontrou Big Al na frente do carro.

— Vamos sair daqui — disse, sem nenhuma explicação.

Danny pensou em pedir a Big Al que o levasse de volta ao East End num sábado de manhã, para que pudesse dar outra olhada, mas sabia que não podia correr o risco de alguém sequer pensar que o reconhecera.

Um plano começou a tomar forma em sua mente e, no sábado à noite, estava quase pronto. Cada detalhe teria que ser cumprido à risca. Um erro, e os três descobririam exatamente o que ele planejava. Mas os atores coadjuvantes e os substitutos precisavam estar a postos muito antes que se permitisse aos três atores principais pisar no palco.

Quando Danny acordou na segunda de manhã e desceu para tomar o café, deixou o exemplar do *Times* dobrado sobre a mesa da cozinha. Ensaiou na sua cabeça o que precisava ser feito, porque não podia se dar ao luxo de anotar nada. Se Arnold Pearson, promotor da Coroa, lhe perguntasse, quando ele saiu da cozinha, o que Molly lhe servira de desjejum naquela manhã, não teria conseguido responder. Recolheu-se ao escritório, trancou a porta e se sentou à sua mesa. Pegou o telefone e discou o número no cartão.

— Preciso movimentar uma pequena quantia em determinada hora do dia de hoje, e com muita rapidez — disse ele.

— Compreendo.

— Preciso também que alguém me aconselhe sobre uma transação imobiliária.

— Entrarão em contato com o senhor hoje mais tarde.

Danny desligou o telefone e consultou o relógio. Ninguém estaria nas suas mesas de trabalho antes das nove. Andou pelo quarto, usando o tempo disponível para ensaiar suas perguntas, perguntas que não deviam parecer preparadas de antemão. Faltando um minuto para as nove, tirou o pedaço de papel do bolso e teclou o número.

— Douglas Allen Spiro — respondeu uma voz.

— Há uma placa de vende-se, de vocês, num imóvel na Mile End Road — disse Danny.

— Vou colocá-lo em contato com o sr. Parker; ele é quem cuida dos imóveis nessa região.

Danny ouviu um clique.

— Roger Parker.

— Vocês têm um imóvel à venda na Mile End Road — reiterou Danny.

— Temos vários imóveis na região. O senhor pode ser mais específico?

— Oficina Wilson's.

— Ah, sim, imóvel de primeira, sem ônus algum. É da mesma família há mais de cem anos.

— Há quanto tempo foi posto à venda?

— Não muito tempo, e já tivemos muitos interessados.

— Quanto tempo? — repetiu Danny.

— Cinco, talvez seis meses — admitiu Parker.

Danny praguejou baixinho ao pensar na ansiedade pela qual a família de Beth devia estar passando e ele nada fez para ajudar. Queria fazer muitas perguntas, às quais sabia que Parker não poderia responder.

— Qual o preço?

— Em torno de duzentos mil, já que inclui os acessórios e as benfeitorias. Posso anotar seu nome?

Danny pôs o fone no gancho. Levantou-se e andou até uma prateleira que continha três pastas, rotuladas *Craig, Davenport* e *Payne*. Pegou a pasta de Gerald Payne e verificou o número de telefone do sócio mais jovem da história de Baker, Tremlett e Smythe, como o sr. Arnold Pearson, procurador da Coroa, fez tanta questão de informar aos jurados. Mas Danny não tinha intenção de falar com Payne nesse dia. Payne precisava ir procurá-lo, desesperado para participar do negócio. Hoje ficaria restrito ao mensageiro. Ele discou o número.

— Baker, Tremlett e Smythe.

— Estou pensando em comprar um imóvel na Mile End Road.

— Vou passá-lo para o departamento encarregado de East London.

Houve um clique na outra extremidade da linha. Quem quer que fosse o atendente, descobriria um dia que fora escolhido a esmo para ser o mensageiro, e não seria culpado mais tarde pelo abalo que causaria.

— Gary Hall. Em que posso lhe ser útil?

— Sr. Hall, sou Sir Nicholas Moncrieff e estou pensando — isto dito devagar, muito devagar — se arranjei o homem certo.

— Diga-me o que precisa, e verei se posso ajudar.

— Há um imóvel à venda na Mile End Road que desejo comprar, mas não quero lidar diretamente com o corretor do proprietário.
— Compreendo, senhor. Pode ter certeza da minha discrição. — Espero que não, pensou Danny. — Qual o número da Mile End Road?
— Um, quatro, três — respondeu Danny. — É uma oficina: a Wilson's.
— Quem são os corretores do proprietário?
— Douglas Allen Spiro.
— Darei uma palavra a meu colega de lá e descobrirei todos os pormenores — disse Hall —, em seguida ligarei de volta.
— Estarei no seu bairro mais tarde — disse Danny. — Não gostaria de tomar um café comigo?
— Claro, Sir Nicholas. Onde quer que nos encontremos?
Danny só podia pensar em um lugar próximo ao escritório da Baker, Tremlett e Smythe.
— No Dorchester — respondeu. — Digamos, ao meio-dia?
— Estarei lá, Sir Nicholas.
Danny permaneceu sentado na sua escrivaninha. Fez três pequenos riscos numa longa lista diante dele, mas ainda precisava que vários outros jogadores estivessem a postos antes de meio-dia para estar pronto para o sr. Hall. O telefone na sua mesa começou a tocar. Danny atendeu.
— Bom-dia, Sir Nicholas — disse uma voz. — Eu administro a carteira de imóveis do banco em Londres.

Big Al levou Danny a Park Lane e encostou diante da entrada do Dorchester logo depois das 11h30. Um porteiro desceu a escada e abriu a porta traseira do carro. Danny saltou.
— Sou Sir Nicholas Moncrieff — disse ao subir os degraus. — Espero alguém que vem se encontrar comigo ao meio-dia, um sr. Hall. Poderia lhe dizer que estou no *lounge*? — Pegou a carteira e deu ao porteiro uma nota de dez libras.
— Certamente, senhor — disse o porteiro, erguendo sua cartola.
— Seu nome é? — perguntou Danny.
— George.
— Obrigado, George — disse Danny, cruzando a porta giratória do hotel.
Ele fez uma pausa no *lobby* e se apresentou ao recepcionista-chefe. Depois de uma breve conversa com Walter, desfez-se de mais uma nota de dez.

Seguindo o conselho de Walter, Danny se dirigiu ao *lounge* e esperou que o *maître* voltasse a seu lugar. Desta vez, Danny tirou uma nota de dez libras da carteira antes de fazer seu pedido.

— Por que não me deixa acomodá-lo numa de nossas sacadas mais reservadas, Sir Nicholas? Eu cuidarei que o sr. Hall seja levado até lá assim que chegar. Gostaria de alguma coisa enquanto espera?

— Um exemplar do *Times* e uma xícara de chocolate — disse Danny.

— Perfeitamente, Sir Nicholas.

— E seu nome é?

— Mario, senhor.

George, Walter e Mario haviam se tornado inadvertidamente membros de sua equipe, a um custo de trinta libras. Danny procurou a seção de negócios do *Times* para verificar seus investimentos enquanto esperava o surgimento do inocente sr. Hall. Faltando dois minutos para o meio-dia, Mario chegou a seu lado.

— Sir Nicholas, seu convidado chegou.

— Obrigado, Mario — disse Danny, como se fosse um frequentador habitual.

— É um prazer conhecê-lo, Sir Nicholas — disse Hall, ocupando o lugar de frente para Danny.

— O que gostaria de beber, sr. Hall? — perguntou Danny.

— Apenas um café, por favor.

— Um café e o meu de sempre, Mario.

— Perfeitamente, Sir Nicholas.

O rapaz que fora encontrar Danny vestia um terno bege, camisa verde e gravata amarela. Gary Hall jamais arranjaria emprego no Banque de Coubertin. Ele abriu sua pasta e tirou dela um arquivo.

— Acho que tenho toda a informação de que o senhor necessita, Sir Nicholas — disse Hall, abrindo a capa. — Mile End Road, nº 143. Foi uma oficina, de um sr. George Wilson, recém-falecido.

O sangue fugiu do rosto de Danny ao perceber o alcance das ramificações causadas pela morte de Bernie: um único incidente mudara tantas vidas.

— Está se sentindo bem, Sir Nicholas? — perguntou Hall, parecendo sinceramente preocupado.

— Estou ótimo, ótimo — respondeu Danny, recuperando-se depressa. — O senhor dizia? — acrescentou, enquanto um garçom colocava uma xícara de chocolate quente diante dele.

347   *Prisioneiro da Sorte*

— Depois que o sr. Wilson se aposentou, o negócio continuou por uns dois anos sob a gerência de um homem chamado... — Hall consultou seu arquivo, embora Danny pudesse ter lhe informado. — Trevor Sutton. Mas, durante esse período, a firma contraiu muitas dívidas, por isso a dona resolveu cortar o prejuízo, colocando-a à venda.

— A *dona*?

— Sim, o imóvel agora é de... — mais uma vez ele consultou seu arquivo — srta. Elizabeth Wilson, filha do antigo dono.

— Qual o preço? — perguntou Danny.

— O terreno tem cerca de 1.700 metros quadrados, mas, se o senhor está pensando em fazer uma oferta, posso fazer uma vistoria e confirmar a área exata. — São 1.570 metros quadrados, poderia ter lhe informado Danny. — Há uma loja de penhores de um lado e um empório de tapetes orientais do outro.

— Qual o preço? — reiterou Danny.

— Ah, sim, desculpe. Duzentas mil libras, incluindo acessórios e equipamento; mas tenho certeza de que o senhor poderá arrematá-lo por 150. Não tem havido muito interesse pelo imóvel, e há uma oficina muito mais próspera do outro lado da rua.

— Não posso perder tempo regateando — disse Danny —, por isso escute com atenção. Estou pronto para pagar o preço pedido e quero também que você procure os donos da loja de penhores e do empório de tapetes, já que pretendo fazer uma oferta pelos imóveis.

— Sim, perfeitamente, Sir Nicholas — respondeu Hall, anotando exatamente cada palavra. Hesitou por um instante. — Precisarei de um sinal de vinte mil libras antes de podermos dar prosseguimento ao negócio.

— Quando o senhor voltar para seu escritório, sr. Hall, encontrará duzentas mil libras depositadas na sua conta de cliente. — Hall não pareceu convencido, mas conseguiu dar um leve sorriso. — Tão logo tenha informações sobre os outros dois imóveis, me ligue.

— Sim, Sir Nicholas.

— E devo deixar claro uma coisa — afirmou Danny. — A proprietária jamais deve desconfiar com quem fez negócio.

— Pode confiar na minha discrição, Sir Nicholas.

— Espero que sim — disse Danny —, porque descobri que não podia confiar na discrição da empresa com quem fiz negócios por último, e foi por isso que deixei de ser cliente dela.

— Perfeitamente — disse Hall. — Como posso me comunicar com o senhor? — Danny pegou a carteira e entregou-lhe um cartão em relevo. — E, finalmente, Sir Nicholas, se mal lhe pergunto, quem o representará nessa transação?

Essa foi a primeira pergunta não prevista por Danny. Ele sorriu.

— Munro, Munro e Carmichael. Mas o senhor deverá lidar apenas com o sr. Fraser Munro, o sócio principal, que cuida de todos os meus assuntos pessoais.

— Certamente, Sir Nicholas — disse Hall, se levantando depois de ter anotado o nome. — É melhor ir logo para o escritório e conversar com os intermediários do vendedor.

Danny observou Hall partir com pressa, deixando seu café intocado. Tinha certeza de que dentro de uma hora todo o escritório estaria sabendo sobre o excêntrico Sir Nicholas Moncrieff, que obviamente tinha mais dinheiro que juízo. Provavelmente todos implicariam com o jovem Hall a respeito de sua manhã perdida, até descobrirem as duzentas mil libras na conta do cliente.

Danny abriu seu celular e teclou um número.

— Sim — atendeu uma voz.

— Quero transferir duzentas mil libras para a conta de cliente de Baker, Tremlett e Smythe, em Londres.

— Certo.

Danny fechou o celular e pensou em Gary Hall. Quanto tempo levaria para descobrir que a sra. Isaacs queria que seu marido vendesse a loja de penhores havia anos, que a loja de tapetes mal se sustentava e que o sr. e a sra. Kamal esperavam se aposentar em Ancara, para passar mais tempo com sua filha e netos?

Mario pôs a conta discretamente na mesa, a seu lado. Danny deu uma boa gorjeta. Precisava ser lembrado. Ao passar pela recepção, agradeceu ao recepcionista-chefe.

— Foi um prazer, Sir Nicholas. Estarei às ordens se precisar de mim no futuro.

— Obrigado, Walter. É possível que eu mantenha contato.

Danny passou pelas portas giratórias e saiu. George correu até o carro que esperava, abrindo a porta traseira. Danny soltou outra nota de dez libras.

— Obrigado, George.

George, Walter e Mario eram agora membros bem-pagos de seu elenco, embora a cortina tivesse baixado após o primeiro ato apenas.

54

D ANNY PEGOU a pasta com o título *Davenport* da gaveta e colocou-a na mesa. Abriu a primeira página.

Davenport, Lawrence, ator — páginas 2-11
Davenport, Sarah, irmã, advogada — páginas 12-16
Duncan, Charlie, produtor — páginas 17-20

Ele foi para a página 17. Outro ator secundário estava prestes a ser incorporado à próxima produção de Lawrence Davenport. Danny discou seu número.

— Produções Charles Duncan.

— O sr. Duncan, por favor.

— Quem quer falar com ele?

— Nick Moncrieff.

— Vou transferir a ligação, sr. Moncrieff.

— Estou tentando lembrar onde o conheci — disse a voz que surgiu na linha.

— No Dorchester, na festa de encerramento de *A Importância de Ser Ernesto*.

— Ah, sim, eu me lembro. Em que posso lhe ser útil? — perguntou a voz que parecia desconfiada.

— Estou pensando em investir na sua próxima produção — disse Danny.
— Um amigo meu pôs alguns milhares na *Importância* e me disse que obteve um belo lucro, por isso achei que talvez fosse uma boa oportunidade de...

— Você não podia ter ligado numa hora mais oportuna — disse Duncan.

— Eu tenho a coisa certa para você, meu caro. Por que não se encontra comigo no Ivy, algum dia, para almoçarmos e conversarmos sobre isso?

Será que alguém realmente cairia naquela lenga-lenga?, pensou Danny. Se caísse, a coisa seria mais fácil do que imaginara.

— Não, deixe-me convidá-lo para almoçar, meu caro — disse Danny. — Você deve estar extremamente ocupado, então me faça a gentileza de ligar no próximo dia de mais folga que tiver.

— Bem, parece engraçado — respondeu Duncan —, mas acabei de ter o cancelamento de um compromisso amanhã. Então, se você, por acaso, estiver disponível...

— Estarei, sim — disse Danny, antes de pôr a isca no anzol. — Por que não me encontra no meu *pub* local?

— Seu *pub* local? — disse Duncan, sem parecer tão entusiasmado.

— Sim, The Palm Court Room, em Dorchester. Digamos, à uma hora?

— Ah, sim, perfeitamente. Estarei lá à uma hora — disse Duncan. — É Sir Nicholas, não é?

— Nick está ótimo — disse Danny, antes de desligar e fazer uma anotação na sua agenda.

O professor Amirkhan Mori sorriu benevolente ao relancear para o auditório cheio. Suas aulas sempre tinham grande audiência, não só pela sabedoria e conhecimentos que transmitia, mas também pelo humor. Danny levara algum tempo para descobrir que o professor gostava de provocar discussões e debates fazendo afirmações exorbitantes e observando as reações que conseguia suscitar nos seus alunos.

— Teria sido melhor para a estabilidade do nosso país se John Maynard Keynes jamais tivesse nascido. Não posso pensar em nada de valor que ele tenha realizado em sua vida. — Vinte mãos ergueram-se no ar.

— Moncrieff — disse ele. — Que exemplo você consegue nos dar de algum legado de que Keynes pudesse se orgulhar?

— Ele fundou o Cambridge Arts Theatre — respondeu Danny, tentando brincar com o professor, no espírito de sua própria brincadeira.

— Também representou o duque Orsino em *Noite de Reis*, do Shakespeare, quando era aluno no King's College — disse Mori. — Mas isso foi antes de ele provar para o mundo que fazia sentido os países ricos encorajarem as nações em desenvolvimento e investirem nelas. — O relógio na parede às suas costas

351 ⊙⟵⟶ *Prisioneiro da Sorte*

deu uma hora. — Bem, já estou farto de vocês — disse o professor, descendo do estrado e sumindo pelas portas giratórias, diante do riso e dos aplausos.

Danny sabia que não tinha tempo nem de pegar um almoço rápido na cantina, pois não queria se atrasar para a reunião com sua agente de condicional, mas, ao sair ventando do auditório, encontrou o professor Mori o esperando no corredor.

— Será que poderíamos ter uma conversa, Moncrieff? — disse Mori, e sem esperar pela resposta, disparou pelo corredor abaixo.

Danny seguiu-o até sua sala, preparado para defender as posições de Milton Friedman, já que sabia que seu ensaio mais recente não se alinhava com as opiniões frequentemente ventiladas pelo professor sobre o assunto.

— Sente-se, meu rapaz — disse Mori. — Gostaria de lhe oferecer alguma bebida, mas sinceramente não tenho nada que valha a pena. Mas... passando para assuntos mais sérios. Quero saber se você já pensou em inscrever seu nome na competição de ensaios para o prêmio Jennie Lee Memorial.

— Não tinha pensado, não — admitiu Danny.

— Então, devia — disse o professor Mori. — Você é de longe o aluno mais inteligente de sua turma, o que não significa muito, mas, mesmo assim, acho que você poderia ganhar o prêmio. Se tiver tempo, acho que devia estudar isso seriamente.

— Exige que tipo de dedicação? — perguntou Danny, para quem os estudos ainda eram apenas a segunda prioridade na vida.

O professor apanhou um livreto que jazia em sua mesa, olhou a primeira página e começou a ler em voz alta:

— O ensaio deve ter entre 10 e 20 mil palavras, sobre um assunto da escolha do participante, e deve ser entregue até o final de setembro.

— Sinto-me lisonjeado de o senhor achar que estou à altura da tarefa — disse Danny.

— Só me causa surpresa que seus mestres de Loretto não o tenham aconselhado Oxford ou Edimburgo, em vez do Exército.

Danny gostaria de poder contar ao professor que ninguém no Clement Attlee Comprehensive jamais fora para Oxford, inclusive o diretor.

— Talvez você queira pensar melhor — disse o professor. — Avise-me quando chegar a uma decisão.

— Certamente — disse Danny, se levantando para sair. — Obrigado, professor.

De volta ao corredor, Danny começou a correr em direção à entrada e ficou aliviado ao ver Big Al o esperando ao lado do carro.

Danny ruminou as palavras do professor enquanto Big Al rodava pelo Strand, passando por The Mall, a caminho de Notting Hill Gate. Ultrapassou seguidamente os limites de velocidade, já que não queria que seu patrão chegasse atrasado ao seu compromisso. Danny deixara claro que preferia pagar uma multa por excesso de velocidade a passar mais quatro anos em Belmarsh. Infelizmente, Big Al estacionou diante do escritório da sra. Bennett no momento em que ela desembarcava do ônibus. Ela olhou fixamente pela janela do carro, enquanto Danny tentava se esconder atrás da enorme massa de Big Al.

— Ela vai cismar que você assaltou um banco — disse Big Al — e que eu sou o motorista que está te dando fuga.

— De fato, eu roubei um banco — lembrou-lhe Danny.

Danny foi obrigado a esperar na recepção mais tempo que de costume, antes que a sra. Bennett reaparecesse e o chamasse à sua sala. Depois que ele estava sentado na cadeira de plástico do outro lado da mesa de fórmica, ela disse:

— Antes de começar, Nicholas, talvez você possa explicar de quem é o carro no qual você chegou esta tarde.

— É meu — respondeu Danny.

— E quem era o motorista? — perguntou a sra. Bennett.

— Meu motorista.

— Como você pode ter uma BMW e um motorista quando sua única fonte de renda declarada é uma bolsa de estudos? — perguntou ela.

— Meu avô criou um fundo para mim que paga uma renda mensal de cem mil libras e...

— Nicholas — falou incisivamente a sra. Bennett —, esses encontros devem ser uma oportunidade para você ser sincero e claro sobre quaisquer problemas que possa estar enfrentando, de modo que eu tenha como lhe oferecer aconselhamento e apoio. Vou lhe dar mais uma oportunidade de responder às minhas perguntas sinceramente. Se continuar agindo dessa maneira frívola, não terei alternativa senão passar essa informação no meu próximo relatório ao Ministério do Interior, e sabemos quais serão as consequências. Estou me fazendo entender?

— Sim, sra. Bennett — disse Danny, lembrando aquilo que Big Al lhe contara a respeito de quando enfrentara o mesmo problema com seu agente de condicional: "Diz aquilo que eles querem ouvir, patrão. Fica tudo mais fácil."

— Deixe-me perguntar de novo. De quem é o carro no qual você chegou esta tarde?
— Do sujeito que dirigia — disse Danny.
— E ele é seu amigo, ou você trabalha para ele?
— Eu o conheci no Exército, e como eu estava atrasado, ele me ofereceu uma carona.
— Você pode me dizer se tem outra fonte de renda além de sua bolsa de estudos?
— Não, sra. Bennett.
— Agora está melhorando — disse a sra. Bennett. — Você está vendo como tudo flui com mais facilidade quando coopera? Agora, há mais alguma coisa que gostaria de conversar comigo?

Danny sentiu-se tentado a contar-lhe seu encontro com os três banqueiros suíços, transmitir-lhe o investimento imobiliário que ele procurava costurar, ou o que ele tinha em mente em relação a Charlie Duncan. Achou suficiente dizer:

— Meu professor quer que eu me inscreva para o concurso de ensaios do prêmio Jennie Lee Memorial, e eu gostaria de saber qual o seu conselho.

A sra. Bennett sorriu.
— Acha que isso vai melhorar suas chances de lecionar?
— Sim, acho que sim — disse Danny.
— Então, eu o aconselharia a participar do concurso.
— Muito grato, sra. Bennett.
— De nada — respondeu ela. — Afinal, é para isso que estou aqui.

A visita não planejada de Danny, tarde da noite, a Mile End Road, reacendeu as brasas que os condenados à prisão perpétua chamam de seus demônios. Voltar ao Old Bailey em plena luz do dia significava enfrentar um desafio ainda maior.

Quando Big Al fez o carro dobrar em St. Paul's Yard, Danny ergueu os olhos para a estátua encarapitada no Tribunal Criminal: uma mulher procurando equilibrar os pratos de uma balança. Ao folhear sua agenda para ver se estava livre para almoçar com Charlie Duncan, lembrara-se de como planejara passar a manhã. Big Al passou pela entrada pública, virou à direita no final da rua e deu a volta até os fundos do prédio, onde estacionou diante de uma porta com uma placa de *Entrada de Visitantes*.

Depois de ter sido liberado pela segurança, começou a longa escalada pela escada de pedra que levava às galerias que davam para os diversos tribunais. Quando chegou ao último andar, um funcionário do tribunal, trajando uma longa beca preta de professor, perguntou se ele sabia a que audiência queria assistir.

— A do quarto tribunal — disse ao funcionário, que apontou para a segunda porta à direita no corredor.

Danny seguiu sua indicação e entrou na galeria do público. Um punhado de gente — a família e amigos do réu, alguns por simples curiosidade — estava sentada no banco da frente, olhando para o tribunal embaixo. Danny se juntou.

Danny não tinha nenhum interesse pelo réu. Fora para observar seu adversário atuando em casa. Enfiou-se num canto do banco de trás. Tal como um assassino experiente, tinha uma visão perfeita de sua presa em meio a suas atividades, enquanto Spencer Craig teria que se virar e olhar bem para cima para ter uma oportunidade de vê-lo, e mesmo assim Danny pareceria uma mancha irrelevante na paisagem.

Danny observou cada movimento de Craig, bem parecido com o procedimento de um boxeador treinando com um adversário, procurando falhas, pontos fracos. Craig demonstrava poucos, para um olhar destreinado. Com o passar da manhã, tornou-se evidente que ele era eficiente, impiedoso e esperto, todas as armas necessárias para sua profissão, mas também parecia disposto a esticar o elástico da lei até o ponto de ruptura, se fosse para favorecer sua causa, como Danny aprendera à própria custa. Ele sabia que, quando chegasse a hora de se defrontar com Craig, precisaria estar bem afiado, porque este adversário não seria derrubado até que o último alento se esgotasse.

Danny sentiu que sabia quase tudo que havia para saber sobre Spencer Craig, o que o tornava apenas mais cauteloso. Enquanto Danny tinha a vantagem de estar preparado e contava com o elemento surpresa, também tinha a desvantagem de ter ousado entrar numa arena que Craig considerava simplesmente sua de direito, enquanto Danny ocupava esse terreno havia apenas alguns meses. A cada dia que desempenhava seu papel, este se tornava mais real, de modo que agora ninguém que o encontrasse duvidaria ser ele Sir Nicholas Moncrieff. Mas Danny lembrava que Nick escrevera no seu diário que toda vez que a gente enfrenta um inimigo habilidoso é preciso atraí-lo para longe de seu

Prisioneiro da Sorte

próprio terreno, de modo que não se sinta à vontade, porque é nessa hora que se tem a melhor oportunidade de surpreendê-lo.

Danny andara testando suas novas habilidades a cada dia, mas se fazer convidar para uma festa de encerramento, dar a impressão de ser freguês habitual do Dorchester — enganando um jovem corretor desesperado para fechar um negócio — e convencer um empresário teatral de que poderia investir na sua mais recente produção não passavam dos primeiros assaltos de uma longa luta em que Craig era, sem dúvida, o lutador principal. Se Danny baixasse a guarda por um instante, o sujeito que se pavoneava no tribunal lá embaixo não hesitaria em atacar de novo, e desta vez teria certeza de mandar Danny de volta a Belmarsh para o resto da vida.

Precisava atrair aquele homem para um lodaçal do qual não poderia ter esperança de escapar. Charlie Duncan poderia talvez ajudar a afastar os fãs apaixonados de Lawrence Davenport; Gary Hall poderia até provocar a humilhação de Gerald Payne aos olhos de seus colegas e amigos; mas seria preciso muito mais para assegurar que Spencer Craig não terminasse sua carreira de peruca e manto vermelho, dando sentenças e sendo chamado de Excelência, em vez de sentado no banco dos réus e sendo condenado por um júri de seus concidadãos por assassinato.

55

— B OM-DIA, GEORGE — disse Danny quando o porteiro abriu a porta traseira do carro para ele.

— Bom-dia, Sir Nicholas.

Danny entrou lentamente no hotel, acenando para Walter ao passar pela área da recepção. O rosto de Mario se iluminou no instante em que percebeu seu freguês favorito.

— Um chocolate quente e *The Times*, Sir Nicholas? — perguntou ele logo que Danny se acomodou no assento que lhe fora reservado.

— Obrigado, Mario. Eu também queria uma mesa para o almoço de amanhã, à uma hora, em algum canto onde não possam me ouvir.

— Isso não será problema, Sir Nicholas.

Danny se recostou e pensou sobre a reunião prestes a acontecer. Seus conselheiros do Departamento Imobiliário do Banco de Coubertin haviam ligado três vezes durante a semana anterior: nada de nomes, conversa fiada, apenas fatos e aconselhamento bem pensado. Não só haviam apresentado um preço realista pela loja de penhores e pelo empório de tapetes, como também chamaram sua atenção para um terreno baldio que se estendia por trás dos três imóveis, de propriedade do conselho municipal. Danny não lhes disse que conhecia cada palmo daquele terreno, porque, quando criança, jogara como atacante, enquanto Bernie estava no gol, durante a Copa do Mundo que acontecia naquele terreno.

Eles também lhe informaram que o conselho queria havia anos construir "um conjunto de casas populares" naquele terreno, mas, com uma oficina tão próxima, o comitê de saúde e segurança vetara a ideia. As minutas dessa reunião do comitê chegaram em um envelope pardo na manhã seguinte. Danny tinha planos de resolver os problemas do município.

— Bom-dia, Sir Nicholas.

Danny ergueu os olhos do jornal.

— Bom-dia, sr. Hall — disse ele enquanto o jovem ocupava o assento oposto. Hall abriu a pasta e pegou um arquivo grosso rotulado *Moncrieff*; em seguida, extraiu dele um documento, o qual entregou a Danny.

— Estes são os documentos da oficina Wilson's — explicou. — Assinamos os contratos quando me encontrei com a srta. Wilson nesta manhã. — Danny achou que seu coração fosse parar de bater. — Uma jovem encantadora, que parecia aliviada de ter tirado esse problema de suas costas.

Danny sorriu. Beth depositaria as duzentas mil libras na sua agência local do HSBC, satisfeita com os juros de 4,5% ao ano, apesar de ele saber exatamente quem tiraria mais benefícios dessa sorte inesperada.

— E os dois imóveis de cada lado? — perguntou Danny. — Avançou alguma coisa quanto a eles?

— Para minha surpresa — disse Hall —, acho que podemos fechar negócio com os dois imóveis. — Isso não foi surpresa alguma para Danny. — O sr. Isaacs diz que entrega a loja de penhores por 250 mil, enquanto o sr. Kamal pede 360 mil pelo empório de tapetes. Juntos, eles praticamente duplicam o tamanho de sua propriedade, e nosso pessoal de investimento avalia que só esse acoplamento poderia dobrar o valor original que o senhor investiria.

— Pague ao sr. Isaacs o preço pedido. Ofereça ao sr. Kamal trezentos mil e feche o negócio por 320 mil.

— Mas eu ainda acho que consigo um negócio melhor — disse Hall.

— Nem pense nisso — disse Danny. — Quero que você feche ambos os negócios no mesmo dia, porque, se o sr. Kamal descobrir o que planejamos, ficará sabendo que tem o poder de nos chantagear.

— Compreendi — disse Hall, enquanto continuava anotando as instruções de Danny.

— Depois que você fechar os dois negócios, me informe imediatamente, para que eu possa iniciar negociações com o conselho sobre o terreno baldio atrás dos três imóveis.

— Podíamos até fazer um esboço de planta para o senhor antes de abordá-los — disse Hall. — Talvez seja um terreno ideal para um pequeno prédio de escritórios, ou até mesmo um supermercado.

— Não seria não, sr. Hall — disse Danny, incisivamente. — Se eu fizesse isso, estaria gastando seu tempo e o meu dinheiro à toa. — Hall pareceu constrangido. — Tem uma sucursal do Sainsbury's a apenas cem metros dali, e, se você examinar o plano decenal de desenvolvimento do conselho para aquela região, verá que os únicos planos que andam aprovando são de novas residências. Minha experiência me diz que, se você convencer o conselho de que tudo foi ideia dele, terá muito mais chances de fechar o negócio. Cuidado com a cobiça, sr. Hall. Lembre-se de que esse foi outro erro do meu antigo agente.

— Eu me lembrarei disso — disse Hall.

Os conselheiros de Danny haviam feito um serviço tão bom que ele não teve nenhuma dificuldade em enrolar Hall.

— Nesse meio-tempo, depositarei 570 mil libras na conta de cliente de vocês, hoje, para que fechem os dois negócios o mais breve possível; mas não se esqueça, no mesmo dia, sem que um fique sabendo da outra venda e certamente sem que eles tenham conhecimento da minha participação.

— Não o decepcionarei — disse Hall.

— Espero que não — disse Danny —, porque, se você obtiver êxito nesse pequeno empreendimento, eu o informarei sobre aquilo em que ando trabalhando, algo muito mais interessante. Só que, como existe um elemento de risco, será preciso o apoio de um de seus sócios, de preferência alguém jovem, de coragem e imaginação.

— Conheço exatamente o sujeito certo — disse Hall.

Danny não se deu ao trabalho de dizer "eu também".

— Como vai você, Beth? — perguntou Alex Redmayne, se levantando de sua mesa e levando-a até uma poltrona confortável diante da lareira.

— Bem, obrigada, sr. Redmayne.

Alex sorriu, enquanto ela se sentava a seu lado.

— Nunca consegui que Danny me chamasse de Alex — disse ele —, apesar de crer que no final ficamos amigos. Talvez eu consiga com você.

359   *Prisioneiro da Sorte*

— A verdade, sr. Redmayne, é que Danny era ainda mais tímido do que eu: tímido e teimoso. Você não deve achar que ele não o considerava um amigo só porque ele não o chamava pelo nome.

— Gostaria que ele estivesse sentado bem aqui, me dizendo isso — disse Alex —, embora tenha me dado muito prazer quando você me escreveu perguntando se poderia me ver.

— Eu queria pedir seu conselho — disse Beth —, mas, até há pouco tempo, não tinha condições de fazê-lo.

Alex inclinou-se e pegou a sua mão. Ele sorriu ao ver a aliança de noivado, que ela não usara na vez anterior.

— Em que posso ajudá-la?

— É que acho que devia lhe contar algo estranho que aconteceu em Belmarsh, quando fui buscar os pertences de Danny.

— Deve ter sido uma experiência horrível — comentou Alex.

— De certo modo, foi pior do que no enterro — respondeu Beth. — Mas, quando vinha embora, dei de cara com o sr. Pascoe.

— Deu de cara — disse Alex — ou ele estava à toa ali, na esperança de vê-la?

— Talvez, mas não tenho certeza. Que diferença isso faz?

— Uma diferença enorme — disse Alex. — Ray Pascoe é um sujeito justo e decente, que jamais duvidou da inocência de Danny. Ele me disse, em certa ocasião, que já conhecera mil assassinos na sua vida, mas que Danny não era um deles. Então, o que ele disse?

— Isso é que é estranho — respondeu Beth. — Ele me falou que tinha a sensação de que Danny gostaria de ver seu nome inocentado; não falou *teria gostado*. Não acha isso estranho?

— Um lapso, talvez — disse Alex. — Você o fez explicitar essa questão?

— Não — disse Beth. — Quando pensei nisso, ele já tinha ido embora.

Alex não falou durante algum tempo, enquanto pensava na implicação das palavras de Pascoe.

— Só existe uma linha de ação que você pode tomar, se ainda espera limpar o nome de Danny: fazer um requerimento à rainha, solicitando o perdão real.

— Perdão real?

— Sim. Se os membros da Comissão de Justiça da Câmara dos Lordes se convencerem de que houve uma injustiça, o presidente da Casa pode recomendar à rainha que reverta uma decisão do Tribunal de Recursos. Era bem comum nos dias da pena de morte, embora seja muito mais raro hoje em dia.

— E, no caso de Danny, quais seriam as chances?

— É raro que uma solicitação seja concedida, apesar de haver muitas pessoas, algumas em cargos importantes, que acham que Danny sofreu uma injustiça; inclusive eu.

— O senhor parece se esquecer, sr. Redmayne, de que eu estava no bar quando Craig provocou a briga, estava no beco quando ele atacou Danny e segurava Bernie em meus braços quando ele me contou que fora Craig quem o esfaqueara. Minha história jamais mudou; não porque, conforme insinuou o sr. Pearson, eu preparara todas as palavras antes do julgamento, e sim porque eu estava contando a verdade. Existem três outras pessoas que sabem que eu estava contando a verdade, e uma quarta, Toby Mortimer, que confirmou minha história apenas alguns dias antes de se suicidar, mas, apesar de seus esforços na audiência do recurso, o juiz não quis sequer ouvir a fita. Por que haveria de ser diferente desta vez?

Alex não respondeu imediatamente, já que precisou de um instante para se recuperar da crítica de Beth.

— Se você fosse capaz de recomeçar uma campanha entre os amigos de Danny — conseguiu dizer finalmente — como aquela que organizou quando ele estava vivo, haveria um tumulto se os membros da Comissão de Justiça não reabrissem o caso. Mas — prosseguiu —, se você decidir tomar esse caminho, Beth, será uma longa e árdua jornada, e, apesar de lhe oferecer de bom grado meus serviços de graça, mesmo assim não sairia barato.

— Dinheiro não é mais problema — disse Beth confiante. — Consegui recentemente vender a oficina por muito mais do que eu jamais pensei que fosse possível. Separei metade do dinheiro para a educação de Christy, porque Danny queria que ela tivesse um começo melhor do que ele teve, e me darei por satisfeita em gastar a outra metade tentando reabrir o caso, se o senhor acredita que existe a mínima chance de limpar seu nome.

Alex inclinou-se mais uma vez e pegou a mão dela.

— Beth, posso lhe fazer uma pergunta pessoal?

— O que quiser. Sempre que Danny falava do senhor, dizia: "Ele é uma joia rara, você pode contar tudo para ele."

— Considero isso um grande elogio, Beth. Isso me dá segurança para lhe perguntar uma coisa que anda ocupando minha cabeça há algum tempo. — Beth ergueu os olhos com um brilho caloroso nas faces provocado pelo fogo da lareira. — Você é uma mulher jovem e bela, Beth, com qualidades raras que

Danny soube reconhecer. Mas não acha que já chegou a hora de dar um passo à frente? Já se passaram seis meses desde a morte de Danny.

— Sete meses, duas semanas e cinco dias — disse Beth, baixando a cabeça.

— Ele certamente não iria querer que você ficasse de luto por ele pelo resto de sua vida.

— Não, não iria querer — disse Beth. — Chegou a tentar um rompimento da nossa relação depois que seu recurso foi rejeitado, mas não era sério, sr. Redmayne.

— Como pode ter tanta certeza? — perguntou Alex.

Ela abriu a bolsa, tirou a última carta que Danny lhe mandara e entregou-a a Alex.

— É quase impossível de ler — disse ele.

— Por quê?

— Você sabe muito bem a resposta, Beth. Suas lágrimas...

— Não, sr. Redmayne, minhas lágrimas não. Apesar de ter lido esta carta todo dia nos últimos oito meses, essas lágrimas não foram derramadas por mim, mas pelo homem que a escreveu. Ele sabia o quanto eu o amava. Nós teríamos construído uma vida em comum, mesmo se pudéssemos passar apenas um dia por mês juntos. Eu teria me contentado em esperar vinte anos, até mais, na esperança de finalmente poder passar o resto da minha vida com o único homem que jamais amarei. Adorei Danny desde o dia em que o conheci, e ninguém jamais o substituirá. Sei que não posso trazê-lo de volta, mas, se eu pudesse provar sua inocência para o resto do mundo, isso já seria bastante, com toda certeza.

Alex se levantou, andou até sua mesa e pegou um arquivo. Não queria que Beth visse as lágrimas escorrendo nas suas faces. Olhou pela janela para a estátua, encimando um prédio, de uma mulher vendada: segurando dois pratos de uma balança para que todo mundo visse. Ele disse em voz baixa:

— Escreverei hoje para o presidente da Câmara dos Lordes.

— Obrigada, Alex.

56

ANNY JÁ SE encontrava sentado a uma mesa de canto quinze minutos antes da hora em que Charlie Duncan deveria chegar. Mario escolhera o lugar ideal para que não fossem ouvidos. Danny precisava fazer muitas perguntas, todas arquivadas em sua memória.

Ele examinou o cardápio para estar familiarizado quando seu convidado chegasse. Esperava que Duncan fosse pontual; estava desesperado para que Danny investisse no seu próximo espetáculo. Talvez, num futuro próximo, até descobrisse o verdadeiro motivo do convite para o almoço...

Faltando dois minutos para a uma, Charlie Duncan entrou no restaurante Palm Court, usando uma camisa de gola aberta e fumando um cigarro — uma caricatura ambulante do que não se devia fazer. O *maître* teve uma conversa discreta com ele antes de oferecer-lhe um cinzeiro. Duncan apagou o cigarro enquanto o *maître* remexia numa gaveta, tirando três gravatas listradas, todas elas incompatíveis com a camisa salmão de Duncan. Danny reprimiu um sorriso. Se fosse uma partida de tênis, ele teria começado o primeiro *set* ganhando de cinco a zero. O *maître* acompanhou Duncan pela sala até a mesa de Danny. Danny fez uma anotação mental para lhe dar uma gorjeta dobrada.

Danny se levantou para apertar a mão de Duncan, cujas faces estavam da mesma cor de sua camisa.

— Você obviamente é freguês contumaz daqui — disse Duncan, se sentando.

— Todo mundo o conhece.

— Meu pai e meu avô sempre se hospedavam aqui quando vinham da Escócia — disse Danny. — Já é um pouco tradição da família.

363   *Prisioneiro da Sorte*

— Então, o que você faz, Nick? — perguntou Duncan, olhando o cardápio. — Não me lembro de ter visto você antes no teatro.

— Eu estava no Exército — respondeu Danny —, por isso andei muito tempo no exterior. Mas, desde a morte de meu pai, tornei-me responsável pelo espólio da família.

— E nunca investiu no teatro? — perguntou Duncan, enquanto o *sommelier* mostrava a Danny uma garrafa de vinho. Danny examinou o rótulo por um instante; em seguida, concordou com um gesto de cabeça.

— O que o senhor vai querer hoje, Sir Nicholas? — perguntou Mario.

— Quero o de sempre — disse Danny. — Malpassado — acrescentou ele, lembrando-se de Nick dizendo uma vez essas palavras para o pessoal que servia o bufê quente em Belmarsh. Provocara tantas risadas que Nick quase recebera uma reprimenda no relatório.

O *sommelier* serviu um pouco de vinho no copo de Danny. Ele aspirou o buquê, antes de sorvê-lo, em seguida assentiu de novo com a cabeça; algo que Nick também lhe ensinara, usando sucos, água e uma caneca plástica para girar o líquido.

— O mesmo para mim — disse Duncan, fechando o cardápio e entregando-o de volta ao *maître*. — Mas quero o meu ao ponto.

— A resposta à sua pergunta — disse Danny — é não. Nunca investi em uma peça antes. Por isso, adoraria saber como funciona o ramo de vocês.

— A primeira coisa que um produtor precisa fazer é descobrir uma peça — disse Duncan. — Uma nova, de preferência de um dramaturgo de nome, ou a reencenação de algum clássico. O problema seguinte é encontrar um astro.

— Como Lawrence Davenport? — disse Danny, enchendo o copo de Duncan.

— Não, isso foi só uma vez. Larry Davenport não é um ator de teatro. Ele consegue se safar numa comédia ligeira, desde que tenha apoio de um elenco forte.

— Mas ainda consegue encher um teatro?

— O público estava rareando lá pelo final da temporada — reconheceu Duncan —, depois que os fãs do Dr. Beresford haviam se esgotado. Sinceramente, se ele não voltar logo para a TV, não conseguirá encher nem uma cabine telefônica.

— Então, como funciona a parte financeira? — perguntou Danny, depois de obter resposta para três de suas perguntas.

— Colocar uma peça no West End, hoje em dia, custa de quatrocentas a quinhentas mil libras. Então, depois que o produtor se decidiu por uma peça, contratou o astro e reservou o teatro, sendo que nem sempre é possível conseguir essas três coisas ao mesmo tempo, ele vai depender de seus anjos da guarda para levantar o capital.

— Quantos anjos você tem? — perguntou Danny.

— Todo produtor tem sua própria lista, que ele guarda com unhas e dentes. Tenho cerca de setenta anjos que investem regularmente nas minhas produções — disse Duncan enquanto lhe serviam um bife.

— E quanto investem, em média? — perguntou Danny, enchendo de novo o copo de vinho de Duncan.

— Em uma produção normal, as cotas começariam por volta de dez mil libras.

— Então, você precisa de cinquenta anjos por peça.

— Você é rápido com contas, não é? — disse Duncan, cortando seu bife.

Danny praguejou baixo. Não tivera a intenção de baixar a guarda, e prosseguiu rapidamente.

— Então, como um anjo, um investidor, consegue seu lucro?

— Se o teatro tiver uma ocupação de 60% durante toda a temporada, ele não ganha nada mais além de seu dinheiro de volta. Acima dessa percentagem, ele pode ter um belo lucro. Abaixo, perde.

— E quanto é que os astros recebem? — perguntou Danny.

— Mal, pelos seus padrões comuns, essa é a verdade. Às vezes, tão pouco quanto quinhentas libras por semana. Razão pela qual tantos deles preferem fazer TV, uma propaganda aqui ou ali, ou até mesmo locução, em vez de se dedicar ao trabalho duro. Nós só pagamos mil a Larry Davenport.

— Mil por semana? — perguntou Danny. — Me admira ele ter saído de casa para receber só isso.

— A gente também — reconheceu Duncan, enquanto o garçom que servia o vinho esgotava a garrafa.

Danny fez um gesto afirmativo de cabeça quando ele segurou a garrafa com ar de interrogação.

— Esse vinho é bom — disse Duncan. Danny sorriu. — O problema de Larry é que ele não tem recebido muitas ofertas ultimamente, e, pelo menos, a nossa peça manteve seu nome em cartaz durante algumas semanas. Os astros de novela, tal como os jogadores de futebol, se acostumam logo a ganhar milhares de libras por semana, sem falar no estilo de vida que vem junto com isso. Mas, depois que a torneira fecha, mesmo acumulando alguns bens ao longo do caminho, de repente podem ficar sem dinheiro. Isso tem sido um problema para muitos atores, especialmente aqueles que acreditam na sua própria propaganda e não guardam nada para os tempos de vacas magras, e aí acabam encarando uma conta enorme do Imposto de Renda.

Mais uma pergunta respondida.

— Então, o que você está pretendendo fazer agora? — perguntou Danny, sem querer demonstrar interesse demasiado em Lawrence Davenport, caso Duncan desconfiasse.

— Estou produzindo uma peça de um novo dramaturgo chamado Anton Kaszubowski. Ele ganhou vários prêmios no Festival de Edimburgo no ano passado. Chama-se *Bling Bling*, e tenho a impressão de que é exatamente o que o West End procura. Vários nomes importantes já demonstraram interesse, e devo dar uma declaração a respeito dela dentro de alguns dias. Depois que eu souber quem terá o papel principal, eu lhe mando uma mensagem. — Duncan brincou com seu copo. — Quanto você pensa em investir? — perguntou.

— Quero começar com uma coisa pequena — disse Danny —, digamos, dez mil. Se der certo, talvez eu me torne um investidor habitual.

— Eu sobrevivo com meus habituais — disse Duncan, esvaziando o copo. — Entrarei em contato assim que contratar o ator principal. Aliás, sempre que lanço um espetáculo, dou uma festa para os investidores, a qual sempre atrai algumas estrelas. Você poderá rever Larry. Ou sua irmã, dependendo de sua preferência.

— Alguma coisa mais, Sir Nicholas? — perguntou o *maître*.

Danny teria pedido uma terceira garrafa, mas Charlie Duncan já respondera a todas as suas perguntas.

— Só a conta. Obrigado, Mario.

Depois que Big Al o levara de volta a The Boltons, Danny foi direto ao seu escritório e tirou a pasta *Davenport* da prateleira. Passou a hora seguinte fazendo anotações. Após ter registrado tudo de importante que Duncan lhe dissera, recolocou a pasta entre a de Craig e a de Payne e voltou para sua mesa.

Começou a ler sua tentativa de ensaio para o prêmio, e bastaram poucos parágrafos para confirmar que ainda não estava bom o suficiente para impressionar o professor Mori, muito menos a comissão de jurados. A única coisa boa a respeito do tempo que lhe dedicara era que havia ocupado as horas intermináveis de espera antes de poder fazer sua próxima jogada. Precisava evitar a tentação de acelerar as coisas, o que podia muito bem resultar num erro fatal.

Passaram-se várias semanas até que Gary Hall conseguisse fechar os dois negócios imobiliários na Mile End Road, isso sem que nenhum dos vendedores descobrisse o que ele preparava. Tal como um bom pescador, Danny jogava sua linha com um único propósito, que não era o de apanhar peixes pequenos como Hall, e sim fazer com que os peixões, como Gerald Payne, pulassem fora d'água.

Também precisava esperar que Charlie Duncan encontrasse um astro para seu novo espetáculo, antes de poder ter um pretexto para encontrar Davenport de novo. Ele também precisava esperar... O telefone tocou. Danny atendeu.

— O problema mencionado pelo senhor — disse uma voz —, acredito que encontramos uma solução para ele. Precisamos nos encontrar.

A linha caiu. Danny começava a descobrir por que os banqueiros suíços mantinham as contas dos ricos, que valorizavam a discrição.

Pegou a caneta, voltou ao ensaio e tentou pensar numa abertura mais intrigante. *John Maynard Keynes certamente haveria de conhecer a canção popular "Ain't We Got Fun", com seu verso condenatório, "Nada há de mais certo, os ricos ficam mais ricos e os pobres, cheios de filhos." Ele poderia ter pensado que isso teria aplicação não só aos indivíduos, mas também às nações...*

57

— SANGUINÁRIA-JAPONESA?
— Sim, acreditamos que a sanguinária seja a solução — disse Bresson. — Apesar de confessar que ficamos ambos perplexos com esse assunto.

Danny não fez nenhuma tentativa de esclarecimento, pois começava a aprender a jogar o jogo dos suíços.

— E por que é a solução? — perguntou.

— Se a sanguinária for descoberta num terreno, isso pode atrasar em pelo menos um ano a licença para a construção. Depois de ser identificada, é preciso trazer peritos para destruir a planta, e a construção não pode começar antes de o comitê de saúde e o de segurança locais terem avaliado que o terreno passou em todos os quesitos necessários.

— Então, como a gente se livra da sanguinária? — perguntou Danny.

— Uma firma especializada põe fogo em todo o terreno. Em seguida, é preciso esperar mais três meses para se certificar de que todo rizoma foi removido, antes que se possa requerer uma licença do planejamento.

— Isso não seria barato.

— Não, certamente não é barato para o proprietário do terreno. Encontramos um exemplo clássico em Liverpool — acrescentou Segat. — O conselho municipal descobriu sanguinária num terreno de doze hectares que já obtivera licença para a construção de cem casas do município. Eles levaram mais de um ano para erradicá-la a um custo de pouco mais de trezentas mil libras. Quando as casas foram construídas, a construtora ainda teve sorte de zerar a balança.

— Por que ela é tão perigosa? — perguntou Danny.

— Se você não a erradicar — disse Bresson —, ela invade a fundação de qualquer prédio, mesmo os de concreto armado, e dez anos depois o prédio inteiro cai inadvertidamente, deixando um custo de seguro que quebraria a maioria das empresas. Em Osaka, a sanguinária-japonesa destruiu um bloco inteiro de apartamentos. Foi assim que adquiriu esse nome.

— Então, como é que eu arranjo as mudas? — perguntou Danny.

— Bem, certamente o senhor não irá encontrá-las no horto local — disse Bresson. — No entanto, desconfio que qualquer empresa especializada em sua erradicação poderá mostrar o caminho indicado. — Bresson fez uma pausa por um instante. — É claro que seria ilegal plantá-la no terreno de outra pessoa — disse ele, olhando bem para Danny.

— Mas na minha própria terra... — respondeu Danny, o que fez calar os dois banqueiros. — Vocês encontraram uma solução para a outra metade do meu problema?

Foi Segat quem lhe respondeu.

— O mínimo que se pode dizer é que, mais uma vez, seu pedido foi estranho, e certamente cai na categoria de alto risco. No entanto, minha equipe acha que identificou um terreno no leste de Londres que preenche todos os seus critérios. — Danny se lembrava de Nick a corrigi-lo sobre o uso correto da palavra *critério*, mas resolveu não corrigir Segat. — Como vocês bem sabem, Londres — prosseguiu Segat — é candidata a sede das Olimpíadas de 2012, sendo que a maioria dos eventos mais importantes está planejada para acontecer em Stratford, na parte leste. Apesar de o êxito ou fracasso da candidatura ainda não ter sido decidido, o fato já criou um grande mercado especulativo para terrenos nessa região. Entre os terrenos que o Comitê Olímpico atualmente está avaliando, um deles se destina a um velódromo, que acomodaria todos os eventos ciclísticos em recinto fechado. Meus contatos me informaram que foram identificados seis terrenos em potencial, dos quais somente dois devem ter uma apreciação final. O senhor está na bela posição de poder comprar ambos, e, embora tenha um pesado desembolso de início, ainda há potencial para um bom lucro.

— Qual será o peso desse desembolso? — perguntou Danny.

— Avaliamos os dois terrenos — informou Bresson — em cerca de um milhão de libras cada um, mas os atuais donos pedem um milhão e meio. Contudo, se ambos conseguirem ser selecionados no final, talvez eles passem a valer seis milhões. E, se um deles for escolhido, esse valor pode dobrar.

369   *Prisioneiro da Sorte*

— Mas, se não for — disse Danny —, eu me arrisco a perder três milhões. — Fez uma pausa. — Preciso avaliar seu relatório minuciosamente antes que me disponha a arriscar essa soma.

— O senhor só tem um mês para resolver — disse Bresson —, porque é quando a lista final será anunciada. Se ambos os terrenos figurarem nela, não poderá mais adquiri-los por esse preço.

— O senhor encontrará nestas pastas todo o material de que necessita para ajudá-lo a decidir— acrescentou Segat, entregando duas pastas a Danny.

— Obrigado — disse Danny. — Eu lhe digo o que decidi até o final da semana. — Segat fez uma mesura. — Agora, gostaria de uma atualização sobre o andamento de suas negociações com a Tower Hamlets a respeito do imóvel da oficina Wilson's, na Mile End Road.

— Nosso advogado londrino se reuniu com o chefe de planejamento urbano do conselho, na semana passada — informou Segat —, para tentar descobrir quais os requisitos do conselho, caso se requeresse uma licença de loteamento. O conselho sempre teve em mente que aquele terreno se destinaria à construção de um bloco de apartamentos populares, mas reconhece que o incorporador precisa lucrar. Surgiram com a seguinte proposta: se forem construídos setenta apartamentos no terreno, um terço deles precisaria ser classificado como imóveis baratos.

— Isso é matematicamente impossível — comentou Danny.

Segat sorriu pela primeira vez.

— Não achamos aconselhável frisar que deveria haver 69 ou 72 apartamentos, reservando-nos algum espaço de negociação. No entanto, se concordamos teoricamente com a sugestão deles, eles nos venderiam o terreno por quatrocentas mil libras e nos dariam, ao mesmo tempo, a licença para a construção. Nessa base, recomendamos que o senhor aceite o preço pedido por eles, mas procure obter uma licença do conselho para construir noventa apartamentos. O chefe do planejamento tinha a impressão de que isso causaria debates acalorados na câmara, mas se aumentarmos nossa oferta para, digamos, quinhentas mil libras, ele acha que poderia recomendar nossa proposta.

— Se o conselho aprovar — disse Bresson —, o senhor acabará dono do terreno inteiro por pouco mais de um milhão de libras.

— Se conseguirmos isso, qual o próximo passo que me aconselham a dar?

— O senhor tem duas opções — disse Bresson. — Pode vender para uma incorporadora ou pode o senhor mesmo construir e gerenciar o projeto.

— Não tenho o menor interesse em passar os próximos três anos num canteiro de obras — respondeu Danny. — Nesse caso, assim que chegarmos a um valor e aos termos de pagamento, depois de conseguirmos a licença, simplesmente venda o terreno para quem fizer a melhor oferta.

— Concordo que essa talvez seja a decisão mais sábia — disse Segat. — E confio que o senhor ainda assim dobrará seu investimento em curto prazo.

— Vocês fizeram um bom trabalho — disse Danny.

— Não poderíamos ter agido com tanta rapidez — disse Segat —, se não fosse seu conhecimento do terreno e de sua história.

Danny não reagiu à óbvia sondagem.

— E, para terminar, os senhores podiam me atualizar quanto à minha situação financeira.

— Certamente — disse Bresson, tirando outro arquivo de sua pasta. — Fundimos suas duas contas, como o senhor pediu, e criamos três empresas de exportação, nenhuma delas em seu nome. Sua conta pessoal tem atualmente 55.373.871 dólares, um pouquinho menos do que três meses atrás. No entanto, o senhor fez vários investimentos nesse meio-tempo, que devem resultar num bom retorno. Também compramos algumas das ações que o senhor escolheu no nosso último encontro, perfazendo um investimento de pouco mais de dois milhões de libras; o senhor encontrará os detalhes na página nove de seu arquivo verde. Mais uma vez seguindo suas instruções, colocamos todo o dinheiro excedente em instituições de alto nível do mercado de *overnight*, que hoje dá um retorno anual de aproximadamente 11%.

Danny resolveu não comentar a diferença entre os 2,75% de juros que o banco pagara inicialmente, e os 11% que agora lhe cabiam.

— Obrigado — disse. — Talvez possamos nos encontrar de novo dentro de um mês.

Segat e Bresson se cumprimentaram e começaram a recolher suas pastas. Danny se levantou e, sabendo que nenhum dos banqueiros tinha qualquer interesse em conversa fiada, acompanhou-os até a porta da frente.

— Entrarei em contato — disse —, assim que tiver chegado a uma decisão sobre os dois terrenos das Olimpíadas.

Depois de eles terem partido de carro, Danny subiu até seu escritório, tirou a pasta de Gerald Payne da prateleira, colocou-a em sua mesa e passou o resto da manhã transferindo todos os detalhes que pudessem ajudar no seu plano de destruí-lo. Se ele fosse comprar os dois terrenos, precisaria, então, encontrar Payne cara a cara. Teria ele alguma vez ouvido falar de sanguinária-japonesa?

371   *Prisioneiro da Sorte*

Serão os pais mais ambiciosos quanto aos filhos do que são quanto a eles mesmos?, pensava Beth, ao entrar na sala da diretora.

A sra. Sutherland se levantou de sua mesa, dando um passo adiante para apertar a mão de Beth. A diretora não sorriu ao oferecer-lhe uma poltrona e ler de novo o requerimento de inscrição. Beth tentou não demonstrar seu grande nervosismo.

— Devo concluir, srta. Wilson — disse a diretora, frisando a palavra *senhorita* —, que espera que sua filha entre para nosso grupo do pré-escolar do Santa Verônica no próximo trimestre?

— Sim — respondeu Beth. — Acho que Christy aproveitaria muito o estímulo proporcionado pelo seu colégio.

— Não há dúvida de que sua filha está adiantada para a idade — disse a sra. Sutherland, olhando para o histórico escolar dela. — No entanto, a senhorita precisa compreender que, antes de lhe ser oferecida uma vaga no Santa Verônica, existem outros requisitos que preciso avaliar.

— Perfeitamente — disse Beth, temendo o pior.

— Por exemplo, não consigo encontrar nenhuma menção ao pai no formulário de ingresso.

— Sim. Ele morreu no ano passado.

— Sinto muito — disse a sra. Sutherland, sem dar nenhuma impressão de que sentia. — Posso saber de que morreu?

Beth hesitou, já que sempre achava difícil pronunciar essas palavras.

— Ele se suicidou.

— Sei. A senhorita era casada com ele, na época?

— Não — admitiu Beth. — Estávamos noivos.

— Sinto ter que lhe fazer esta pergunta, srta. Wilson, mas em que situação morreu seu noivo?

— Estava preso na época — disse Beth, baixinho.

— Sei. Posso saber por que ele foi condenado?

— Homicídio — respondeu Beth, certa de que a sra. Sutherland já conhecia a resposta a todas as perguntas que fizera.

— Aos olhos da Igreja Católica, tanto o suicídio quanto o homicídio, como a senhorita deve saber, são pecados mortais. — Beth permaneceu calada. — Acho também que devo frisar — prosseguiu a diretora — que não temos atualmente nenhuma criança ilegítima matriculada no Santa Verônica. No entanto, dedicarei a maior atenção ao pedido de matrícula de sua filha e lhe informarei minha decisão dentro de poucos dias.

Neste instante, Beth achou que Slobodan Milosěvić tinha mais chances de receber o prêmio Nobel da Paz do que Christy de entrar no Santa Verônica.

A diretora se levantou da mesa, caminhou pela sala e abriu a porta.

— Até logo, srta. Wilson.

Depois que a porta se fechou, Beth se desmanchou em lágrimas. Por que os pecados do pai...

58

ANNY FICOU imaginando qual seria sua reação ao encontrar Gerald Payne. Não poderia se dar ao luxo de demonstrar qualquer emoção, e, certamente, se perdesse a cabeça, todas as horas que passara planejando a queda de Payne teriam sido inúteis.

Big Al encostou diante de Baker, Tremlett e Smythe alguns minutos antes da hora, mas, quando Danny passou pela porta giratória e entrou no saguão, encontrou Gary Hall em pé perto da mesa de recepção, à sua espera.

— Ele é um sujeito excepcional — elogiou Hall, ao caminharem até um conjunto de elevadores. — O mais jovem sócio na história da firma — acrescentou, ao apertar um botão que os faria subir a jato até o último andar. — E conquistou recentemente a oportunidade de conseguir uma boa cadeira no Parlamento, por isso acho que não ficará conosco por muito mais tempo.

Danny sorriu. Seu plano só previa a demissão de Payne. Ser destituído de uma cadeira no Parlamento seria um bônus.

Quando saíram do elevador, Hall conduziu seu cliente mais importante pelo corredor dos sócios até chegarem a uma porta com *Gerald Payne* gravado em dourado. Hall bateu de leve, abriu-a e ficou de lado para deixar que Danny entrasse. Payne se levantou de um pulo de sua mesa e tentou abotoar o paletó ao caminhar na direção deles, mas era evidente que o botão do meio havia muito não alcançava sua casa. Estendeu a mão e deu a Danny um sorriso exagerado. Não importa o quanto tentasse, Danny não foi capaz de retribuí-lo.

— Já nos conhecemos? — perguntou Payne, examinando Danny mais de perto.

— Sim — respondeu Danny. — Da festa de encerramento de Lawrence Davenport.

— Ah, sim, é claro — disse Payne, antes de convidar Danny a se sentar à mesa. Gary Hall permaneceu em pé.

— Para começar, Sir Nicholas...

— Nick — disse Danny.

— Gerald — disse Payne.

Danny assentiu com um gesto de cabeça.

— Como estava dizendo, gostaria de exprimir minha admiração pelo seu pequeno golpe no conselho de Tower Hamlets, sobre o terreno na Bow Street, um negócio que, segundo minha opinião, o fará dobrar seu investimento em menos de um ano.

— O sr. Hall fez a maior parte do trabalho duro — disse Danny. — Mas, agora, há algo bem mais instigante que me seduz.

Payne se inclinou para a frente.

— E você vai contar com nossa firma no seu mais novo empreendimento? — indagou ele.

— Certamente, nas etapas finais — disse Danny —, apesar de ter concluído a maior parte da pesquisa. Mas ainda vou precisar de alguém para me representar na hora de fazer uma oferta pelo terreno.

— Ficaremos felizes em poder ajudar, seja lá de que maneira for — disse Payne, com um sorriso de volta no rosto. — Nesta etapa atual, acha que pode nos confiar alguma coisa? — acrescentou.

Danny ficou satisfeito em ver que Payne estava obviamente apenas interessado no lucro que aquilo poderia lhe dar. Desta vez, ele respondeu ao sorriso.

— Todo mundo sabe que, se Londres for sede das Olimpíadas de 2012, haverá muito dinheiro a ser ganho com a valorização dos terrenos — disse Danny. — Com um orçamento disponível de dez bilhões, deve sobrar bastante para todos nós.

— Em geral, eu concordaria com você — disse Payne, parecendo meio decepcionado —, mas não acha que o mercado já se encontra um tanto inflacionado?

— Acho, sim, se a cabeça da gente estiver focada apenas no estádio principal, na piscina, no estádio de ginástica, na vila olímpica, ou até mesmo no centro hípico. Mas detectei uma oportunidade que não atraiu a atenção da mídia nem interesse público algum.

375 ⊙═╤ *Prisioneiro da Sorte*

Payne se inclinou, colocando os cotovelos na mesa, enquanto Danny se recostou, relaxando pela primeira vez.

— Quase ninguém reparou — prosseguiu Danny — que o Comitê Olímpico está avaliando seis terrenos para a construção de um velódromo. Quantas pessoas sabem o que se passa num velódromo?

— Ciclismo — disse Gary Hall.

— Muito bem — disse Danny. — E, dentro de quinze dias, conheceremos os dois terrenos que o Comitê Olímpico escolherá provisoriamente. Aposto que, mesmo depois da declaração, ela não merecerá mais do que um parágrafo no jornal local, e mesmo assim nas páginas de esportes. — Payne e Hall não o interromperam. — Mas tenho informações internas — disse Danny —, adquiridas a um custo de 4,99 libras.

— Quatro e noventa e nove? — repetiu Payne, parecendo espantado.

— Preço da revista *Cycling Monthly* — afirmou Danny, tirando um exemplar de dentro de sua pasta. — Na edição deste mês, eles não deixam dúvida quanto aos dois terrenos que acabarão sendo escolhidos, e o editor parece obviamente ter os ouvidos da ministra. — Danny passou a revista para Payne, aberta na página relevante.

— E você disse que a imprensa não cobriu isso? — disse Payne, depois de ter lido a introdução do artigo na revista.

— Por que haveria? — disse Danny.

— Mas, depois de anunciado o local, dezenas de incorporadoras vão competir pelo contrato.

— Não estou interessado em construir o velódromo — disse Danny. — Pretendo ganhar meu dinheiro antes de a primeira escavadeira se deslocar para o local.

— E como espera fazer isso?

— Reconheço que isso me custou um pouco mais do que 4,99. Mas, se você olhar na parte de trás da *Cycling Monthly*, verá os nomes dos editores impressos embaixo, no canto direito. A próxima edição só chegará às bancas dentro de dez dias, mas, por um pouco mais do que o preço da capa, consegui ter em mãos uma primeira prova. Há um artigo, na página dezessete, do presidente da Federação Britânica de Ciclismo, em que ele diz que a ministra lhe assegurou que só existem dois locais realmente competitivos. A ministra fará uma declaração a esse respeito na Câmara dos Comuns, um dia antes de a revista ser vendida. Mas ela prossegue frisando qual dos dois terrenos seu comitê irá apoiar.

— Brilhante — disse Payne. — Mas os donos desse terreno certamente devem saber que estão sentados em cima de uma fortuna.

— Somente se conseguirem pôr as mãos na *Cycling Monthly* do próximo mês, porque no momento ainda acham que fazem parte de uma lista de seis.

— Então, o que planeja fazer? — perguntou Payne.

— O terreno preferido pela Federação de Ciclismo trocou de mãos recentemente por três milhões de libras, apesar de eu não ter conseguido identificar o comprador. No entanto, depois que a ministra fizer sua declaração, o terreno poderia passar a valer quinze, talvez até vinte milhões. Enquanto houver seis terrenos possíveis na lista, se alguém, digamos, oferecer ao atual dono quatro ou cinco milhões, creio que possa ser tentado a obter um lucro rápido, em vez de correr o risco de acabar com nada. Nosso problema é que temos menos de quinze dias antes de a lista de dois ser anunciada, e, depois que a opinião do presidente da Federação de Ciclismo se tornar pública, não sobrará nada para a gente.

— Posso fazer uma sugestão? — perguntou Payne.

— Vá lá — falou Danny.

— Se você tem tanta certeza de que só existem dois terrenos a serem levados em consideração, por que não compra ambos? Seu lucro pode não ser tão grande, mas é impossível perder.

Danny percebeu por que Payne se tornara o sócio mais jovem da história da firma.

— Boa ideia — disse Danny —, mas não faz muito sentido fazer isso até descobrirmos se o terreno que realmente nos interessa pode ser comprado. É aí que você entra. Encontrará todos os detalhes necessários nesta pasta, além de quem é proprietário do terreno; afinal, é preciso trabalhar um pouco para merecer seu dinheiro.

Payne deu uma risada.

— Tratarei disso logo, Nick, e voltarei a entrar em contato com você assim que descobrir a localização do proprietário.

— Não faça corpo mole — disse Danny, se levantando. — Só haverá uma recompensa alta se conseguirmos agir rápido.

Payne deu o mesmo sorriso ao se levantar para apertar a mão de seu novo cliente. Quando Danny se virou para ir embora, percebeu um convite conhecido no console da lareira.

— Você vai ao coquetel de Charlie Duncan esta noite? — perguntou, parecendo surpreso.
— Irei sim. De vez em quando invisto em seus espetáculos.
— Então, talvez eu o veja lá, e, nesse caso, você poderá me dar as últimas notícias.
— Farei isso. Posso me certificar de algo, antes que eu comece?
— Sim, claro — disse Danny, procurando não demonstrar ansiedade.
— No que toca ao investimento, você mesmo irá levantar a soma total?
— Cada *penny*.
— E não pensa em incluir ninguém mais no empreendimento?
— Não — respondeu com firmeza.

— Perdoe-me, padre, porque pequei — disse Beth. — Passaram-se duas semanas desde minha última confissão.

O padre Michael sorriu no instante em que reconheceu a doce voz de Beth. Ele sempre se comovia com as suas confissões, porque o que ela achava pecado não teria sido considerado digno de menção pela maioria de seus paroquianos.

— Estou pronto para ouvir sua confissão, minha filha — disse, como se não fizesse ideia de quem se encontrava do outro lado do confessionário.

— Pensei injustamente sobre o próximo, e desejei-lhe mal.

O padre Michael se mexeu.

— Pode me dizer o que lhe ocasionou pensamentos tão maus, minha filha?

— Eu queria que minha filha tivesse um começo de vida melhor do que eu tive, e achei que a diretora do colégio que escolhi não me ouviu com justiça.

— Não será possível que você tenha sido incapaz de enxergar as coisas pelo ponto de vista dela? — indagou o padre Michael. — Afinal, pode ter julgado mal seus motivos. — Quando Beth não respondeu, ele acrescentou: — Você precisa se lembrar, minha filha, de que não nos cabe julgar a vontade do Senhor, já que Ele pode ter outros planos para sua filhinha...

— Então, preciso pedir perdão ao Senhor e esperar para saber qual é a Sua vontade.

— Acho que será um rumo sábio a tomar, minha filha. Enquanto isso, reze e peça a orientação do Senhor.

— Qual a penitência pelos meus pecados, padre?

— Você precisa aprender a se arrepender e a perdoar aqueles que não conseguem compreender os seus problemas. Reze um pai-nosso e duas ave-marias.

— Obrigada, padre.

O padre Michael esperou até ouvir a portinhola se fechar e ter certeza de que Beth partira. Ficou sentado sozinho pensando no problema de Beth, aliviado por não ser interrompido por outro paroquiano. Saiu do confessionário e se dirigiu à sacristia. Passou depressa por Beth, que estava ajoelhada, de cabeça baixa e com um terço na mão.

Depois de ter chegado à sacristia, o padre Michael trancou a porta, foi até sua mesa e teclou um número no telefone. Aquela era uma das raras ocasiões em que a vontade do Senhor precisava de uma pequena ajuda.

Big Al deixou o patrão diante da porta principal alguns minutos depois das oito. Após ter entrado no prédio, Danny não precisou ser informado de onde ficava o escritório de Charlie Duncan. O ruído de risadas e o burburinho da conversa vinham do primeiro andar, e um ou dois convidados já tinham saído para o saguão da escada.

Danny subiu pela escada em mau estado, meio escura, passando por cartazes emoldurados de antigos espetáculos que Duncan produzira, nenhum dos quais um sucesso. Conseguiu passar por um jovem casal entrelaçado, que não lhe dirigiu sequer um olhar. Entrou onde obviamente ficava o escritório de Duncan e descobriu rápido por que as pessoas sobravam no saguão. Estava tão apinhado que ninguém conseguia se mexer. Uma jovem na porta ofereceu-lhe uma bebida, e Danny pediu um copo d'água. Afinal, precisava se concentrar no seu investimento para ele dar lucro.

Danny olhou em volta da sala procurando alguém que conhecesse e distinguiu Katie. Ela virou a cara no momento em que o viu. Isso só o fez sorrir e pensar em Beth. Ela sempre implicara com ele sobre a dimensão de sua timidez, especialmente ao entrar numa sala cheia de gente estranha. Se Beth estivesse presente, a esta altura já estaria conversando com um grupo de gente que ela nunca vira. Como ele sentia falta dela. Alguém pegou em seu braço, interrompendo-lhe os pensamentos, e ele se virou para encontrar Gerald Payne a seu lado.

— Nick — disse, como se fossem velhos amigos. — Boas notícias. Eu descobri o banco do dono de um dos terrenos.

— E você tem algum contato nele?

— Infelizmente, não — reconheceu Payne —, mas como ele tem sede em Genebra, o proprietário talvez seja algum estrangeiro sem nenhuma ideia do valor em potencial do terreno.

— Ou pode ser um inglês que saiba até bem demais. — Danny descobriu que Payne era do tipo que vendia gato por lebre.

— De qualquer maneira — disse Payne —, saberemos amanhã, porque o banqueiro, um sr. Segat, prometeu nos ligar de manhã, informando se seu cliente está disposto a vender.

— E o outro terreno? — perguntou Danny.

— Não faz muito sentido rastreá-lo se o dono do primeiro não quiser vender.

— Você provavelmente tem razão — disse Danny, sem se dar ao trabalho de frisar que fora isso que ele recomendara primeiro.

— Gerald — disse Lawrence Davenport, inclinando-se para beijar Payne em ambas as faces.

Danny ficou surpreso ao ver que Davenport não estava barbeado e que vestia uma camisa evidentemente usada mais de uma vez naquela semana. Quando os dois trocaram cumprimentos, ele sentiu tanto ódio por ambos que se viu incapaz de participar da conversa.

— Conhece Nick Moncrieff? — perguntou Payne.

Davenport não demonstrou reconhecimento nem interesse.

— Nós nos conhecemos na sua festa de encerramento da temporada — disse Danny.

— Ah, certo — respondeu Davenport, demonstrando um pouco mais de interesse.

— Assisti duas vezes à peça.

— Que elogio! — disse Davenport, dando-lhe o sorriso que reservava para seus fãs.

— Você vai estrelar a próxima produção de Charlie? — perguntou Danny.

— Não — respondeu Davenport. — Apesar de ter adorado fazer *Ernesto*, não posso dedicar meu talento apenas aos palcos.

— Por quê? — perguntou Danny inocentemente.

— É preciso rejeitar muitas oportunidades quando a gente se compromete com uma longa temporada. Nunca se sabe quando alguém vai nos convidar para estrelar um filme ou oferecer o papel principal numa nova minissérie.

— É uma pena — disse Danny. — Eu teria investido muito mais se você fizesse parte do elenco.

— É muito simpático de sua parte dizer isso — disse Davenport. — Talvez tenha outra oportunidade em alguma ocasião futura.

— Espero que sim — disse Danny —, porque você é um astro de verdade.

Danny começou a perceber que não havia limites para o exagero em se tratando de Lawrence Davenport, desde que se estivesse falando de Lawrence Davenport com Lawrence Davenport.

— Bem — disse Davenport —, se você realmente quer fazer um investimento inteligente, eu tenho...

— Larry! — disse uma voz.

Davenport se virou e beijou outro sujeito, muito mais jovem do que ele. O momento se perdera, mas Davenport deixara a porta escancarada, e Danny pretendia entrar sem pedir licença, posteriormente.

— É triste — disse Payne, quando Davenport se afastou.

— Triste? — provocou Danny.

— Ele era o astro da nossa geração em Cambridge — disse Payne. — Todos nós supúnhamos que ele teria uma carreira brilhante, mas não foi assim.

— Reparei que você o chama de Larry — disse Danny. — Como Laurence Olivier.

— É praticamente a única coisa que ele tem em comum com Olivier.

Danny quase sentiu pena de Davenport, lembrando-se das palavras de Dumas: *com amigos assim...*

— Bem, ele ainda tem o tempo a seu favor — acrescentou.

— Não com os problemas que tem — declarou Payne.

— Problemas que tem? — perguntou Danny, sentindo um tapa nas costas.

— Olá, Nick — disse Charlie Duncan, outro amigo instantâneo atraído pelo dinheiro.

— Olá, Charlie — respondeu Danny.

— Espero que esteja gostando da festa — disse Duncan, enchendo de champanhe o copo vazio de Danny.

— Estou, obrigado.

— Ainda está pensando em investir em *Bling Bling,* meu velho? — sussurrou Duncan.

— Ah, sim — disse Danny. — Pode me inscrever com dez mil. — E deixou de acrescentar: a despeito de ter um roteiro incompreensível.

381   *Prisioneiro da Sorte*

— Sujeito esperto — disse Duncan, batendo de novo em suas costas. — Mandarei um contrato pelo correio amanhã.

— Lawrence Davenport está fazendo algum filme no momento? — perguntou Danny.

— Por que pergunta?

— O aspecto da barba por fazer e as roupas desleixadas. Pensei que talvez fossem por causa de algum papel que ele estivesse fazendo.

— Não, não — disse Duncan, rindo. — Não está fazendo nenhum papel, apenas acabou de acordar. — Mais uma vez, baixou a voz. — Eu ficaria longe dele neste momento, meu velho.

— Por quê? — indagou Danny.

— Está na pior. Não empreste nada para ele, porque você jamais receberá de volta. Deus sabe quanto ele deve só para as pessoas nesta sala.

— Obrigado pelo aviso — disse, pondo o copo cheio de champanhe numa bandeja que passava. — Preciso ir embora. Mas obrigado, foi uma festa maravilhosa.

— Tão cedo? Você nem sequer conheceu os astros em que vai investir.

— Conheci, sim — disse Danny.

❧

Ela pegou o telefone na mesa e reconheceu imediatamente a voz.

— Boa-noite, padre — disse. — Em que posso lhe ser útil?

— Não, sra. Sutherland, sou eu quem deseja lhe ser útil.

— Em relação a quê?

— Espero poder lhe ser útil para chegar a uma conclusão sobre Christy Cartwright, uma menina da minha congregação.

— Christy Cartwright? — disse a diretora. — Esse nome não me é estranho.

— Não deve ser mesmo, sra. Sutherland. Qualquer diretora conscienciosa não poderia deixar de notar que Christy representa uma bolsa em potencial, nesta época terrível de tabelas de avaliação dos colégios.

— E qualquer diretora conscienciosa também não poderia deixar de notar que seus pais não eram casados, uma situação ainda malvista pelo conselho de diretores do Santa Verônica, algo de que tenho certeza de que o senhor lembra, da época em que foi do conselho.

— E com razão, sra. Sutherland — respondeu o padre Michael. — Mas gostaria de acalmar seus pruridos de consciência, assegurando-lhe que anunciei os proclamas do casamento três vezes na St. Mary's e coloquei o aviso sobre a data do casamento no quadro da igreja, além de na revista paroquial.

— Mas infelizmente o casamento nunca se realizou — lembrou-lhe a diretora.

— Devido a circunstâncias imprevistas — murmurou o padre Michael.

— Estou certa de que não preciso lembrá-lo, padre, da encíclica *Evangelium Vitae* do papa João Paulo, na qual ele deixa claro que o suicídio e o homicídio são ainda tidos pela Igreja como pecados mortais. Assim, não tenho escolha senão lavar minhas mãos sobre o caso.

— Não seria a primeira pessoa na história a fazê-lo, sra. Sutherland.

— Isso é indigno do senhor, padre — respondeu rispidamente a diretora.

— Tem razão em me censurar, sra. Sutherland, e peço desculpas por ser apenas humano, e, portanto, propenso a cometer erros. Talvez um deles quando uma jovem de excepcional talento fez uma solicitação para ocupar o cargo de diretora do Santa Verônica e deixei de informar à diretoria que ela fizera um aborto recentemente. Estou certo de que não preciso lembrar-lhe, sra. Sutherland, de que o Santo Padre também considera isso um pecado mortal.

59

AVIA SEMANAS que Danny vinha evitando o professor Mori. Temia que seus esforços no torneio de ensaios não tivessem impressionado o falante professor.

Mas, depois de sair da palestra matutina, Danny avistou Mori na porta de sua sala. Não havia como escapar do sinal chamativo de seu dedo. Tal como um colegial que sabe que vai receber um castigo feio, Danny seguiu-o docilmente e entrou na sala. Ficou à espera dos comentários ferinos, das farpas irônicas, das flechas envenenadas atiradas contra um alvo estático.

— Fiquei decepcionado — começou dizendo o professor Mori, enquanto Danny abaixava a cabeça. Como era possível que ele conseguisse lidar com banqueiros suíços, empresários do West End, advogados tarimbados, sócios majoritários e se sentisse como um náufrago trêmulo diante daquele homem?

— Então, agora você sabe — prosseguiu o professor — como deve se sentir um finalista olímpico que não consegue subir no pódio.

Danny levantou a cabeça, perplexo.

— Parabéns — disse um sorridente professor Mori. — Você obteve o quarto lugar. Como isso conta para sua formatura, espero grandes feitos de você quando fizer os exames finais. — Ele se levantou, ainda sorrindo. — Parabéns — repetiu, apertando calorosamente a mão de Danny.

— Obrigado, professor — disse Danny, tentando absorver a novidade. Podia ouvir Nick dizer *Grande desempenho, velho,* e gostaria de poder compartilhar a novidade com Beth. Ela ficaria muito orgulhosa. Quanto tempo mais sobreviveria sem vê-la?

Deixou o professor e correu pelo corredor, saindo pela porta e descendo a escada para ver Big Al ao lado da porta traseira do carro, consultando ansiosamente o relógio. Danny habitava três mundos diversos, e no próximo não podia se dar ao luxo de chegar atrasado para o encontro com a agente da condicional.

Danny resolvera não contar à sra. Bennett como ele passaria o resto da tarde, já que não tinha dúvidas de que ela acharia essa ideia frívola. No entanto, pareceu satisfeita ao saber como ele se saíra no concurso de ensaios.

Molly já servira a segunda xícara de café a Monsieur Segat quando Danny chegou de seu encontro com a sra. Bennett. O banqueiro suíço se levantou quando Danny entrou na sala. Desculpou-se pelo atraso de alguns minutos, mas não se explicou.

Segat fez um ligeiro gesto de cabeça antes de voltar a se sentar.

— O senhor agora é proprietário dos dois terrenos que competem seriamente para serem escolhidos para o velódromo olímpico — disse ele. — Apesar de já não ser possível esperar um lucro tão grande, o senhor ainda assim terá um retorno mais do que satisfatório sobre o seu investimento inicial.

— Payne retornou a ligação? — Era tudo que Danny queria saber.

— Sim. Ele telefonou de novo esta manhã e fez uma oferta de quatro milhões no terreno com mais probabilidades de ser selecionado. Suponho que o senhor queira que eu recuse a oferta?

— Sim. Mas diga a ele que aceita seis milhões, entendendo-se que o contrato seja assinado antes que a ministra declare sua decisão.

— Mas esse terreno vale pelo menos doze milhões, se tudo correr como planejado.

— Fique certo de que tudo está indo conforme o planejado — disse Danny.

— Payne demonstrou algum interesse no outro terreno?

— Não. Por que haveria... — disse Segat — quando todo mundo parece saber que terreno será escolhido?

Tendo obtido toda a informação de que precisava, Danny mudou de assunto.

— Quem fez a maior oferta pelo nosso terreno na Mile End Road?

— A maior proposta acabou sendo da Fairfax Homes, uma empresa de primeira classe com quem o conselho já trabalhou. Examinei as propostas deles

385 Prisioneiro da Sorte

— disse Segat, entregando a Danny uma brochura brilhante — e não tenho dúvida de que, depois de algumas modificações do comitê de planejamento, esse projeto deverá receber sinal verde dentro de poucas semanas.

— Quanto? — perguntou Danny, tentando não demonstrar impaciência.

— Ah, sim — disse Segat, verificando seus números —, lembrando que seu desembolso foi de pouco mais de um milhão de libras, acho que o senhor pode ficar satisfeito com o valor de 1.801.156 libras oferecido pela Fairfax Homes, o que lhe dará um lucro de mais de meio milhão. Não é um mau retorno de capital, lembrando que o dinheiro está girando a menos de um ano.

— Como você explica a soma de 1.801.156? — perguntou Danny.

— Meu palpite é de que o sr. Fairfax esperava vários lances em torno de 1.900.000, e simplesmente acrescentou sua data de nascimento no final.

Danny riu enquanto começava a examinar o projeto de Fairfax para um magnífico novo bloco de apartamentos de luxo chamado City Reach, no terreno onde ele já trabalhara como mecânico.

— O senhor me autoriza a ligar para o sr. Fairfax informando-lhe que o seu lance foi vencedor?

— Sim, autorizo — disse Danny. — E, depois de você falar com ele, gostaria de dar uma palavra.

Enquanto Segat ligava, Danny continuou examinando o impressionante projeto da Fairfax Homes para o novo bloco de apartamentos. Só tinha uma pergunta a fazer.

— Vou lhe passar Sir Nicholas, sr. Fairfax — disse Segat. — Ele gostaria de dar uma palavrinha com o senhor.

— Acabei de examinar seu projeto, sr. Fairfax — disse Danny —, estou vendo que o senhor tem um duplex na cobertura.

— Isso mesmo — disse Fairfax. — Quatro quartos, quatro banheiros, todos suítes, pouco mais de mil metros quadrados.

— Com vista para uma oficina do outro lado da Mile End Road.

— Menos de um quilômetro e meio da cidade — retrucou. Ambos riram.

— E o senhor está pondo a cobertura à venda por 650 mil, sr. Fairfax?

— Sim, esse é o preço — confirmou Fairfax.

— Fecho por um 1.300.000 — disse Danny —, se o senhor puser a cobertura no negócio.

— Fazemos negócio por 1.200.000 — disse Fairfax.
— Com uma condição.
— Qual é?
Danny informou ao sr. Fairfax a alteração que desejava, e o incorporador aceitou sem hesitar.

Danny escolhera cuidadosamente a hora: onze da manhã. Big Al deu duas voltas na Redcliffe Square antes de parar diante do número 25.
Danny subiu por um caminho que não era limpo havia muito. Quando chegou à porta da frente, tocou a campainha e esperou algum tempo, mas não houve resposta. Bateu duas vezes com a aldrava de latão, e podia ouvir o eco lá dentro, mas, mesmo assim, ninguém atendeu à porta. Tocou a campainha mais uma vez antes de finalmente desistir, decidindo tentar de novo durante a tarde. Quase chegara ao portão, quando a porta se abriu de repente e uma voz perguntou:
— Quem diabo é você?
— Nick Moncrieff — disse Danny, virando-se e voltando pelo caminho. — Você me pediu para ligar, mas, como não está na lista telefônica e eu passava por acaso...
Davenport trajava roupão de seda e calçava chinelos. Não fazia a barba obviamente havia vários dias e começou a piscar no sol da manhã como um bicho que deixava de hibernar no primeiro dia da primavera.
— Você me disse que tinha um investimento que talvez me interessasse — lembrou Danny.
— Ah sim, agora me recordo — disse Lawrence Davenport, parecendo um pouco mais acolhedor. — Sim, entre.
Danny entrou em um corredor escuro que lhe trouxe recordações do estado da casa em The Boltons, antes de Molly ter se encarregado dela.
— Por favor, sente-se, enquanto troco de roupa — disse Davenport. — Só levarei um instante.
Danny não se sentou. Passeou pela sala admirando os quadros e a bela mobília, apesar de estarem cobertos por uma camada de pó. Olhou pela janela de trás e viu um grande jardim malcuidado.

A voz anônima ligara de Genebra naquela manhã dizendo que as casas da praça estavam sendo atualmente vendidas por algo em torno de três milhões de libras. O sr. Davenport adquirira o número 25 em 1995, quando oito milhões de espectadores sintonizavam *A Receita* toda noite de sábado, para descobrir com que enfermeira o Dr. Beresford dormiria naquela semana.

— Ele tem uma hipoteca de um milhão de libras no Norwich Union — disse a voz — e está com os três últimos pagamentos atrasados.

Danny se virou da janela quando Davenport voltou para a sala. Trajava uma camisa de gola aberta, jeans e tênis. Danny já vira homens mais bem-vestidos na prisão.

— Posso lhe preparar um drinque? — perguntou Davenport.

— Um pouco cedo demais pra mim — disse Danny.

— Nunca é cedo demais — disse Davenport, servindo-se uma grande dose de uísque. Tomou um gole e sorriu. — Irei direto ao assunto, porque sei que você é um sujeito ocupado. É só porque estou um pouco apertado de dinheiro no momento; só uma coisa temporária, você compreende, até que alguém me contrate para outra série. Na realidade, meu agente me ligou esta manhã com uma ou duas ideias.

— Precisa de um empréstimo?

— Sim, para resumir a história.

— E o que pode dar como garantia?

— Bem, meus quadros para início de conversa. Paguei mais de um milhão por eles.

— Dou trezentos mil por toda a coleção — disse Danny.

— Mas eu paguei mais... — gaguejou Davenport, servindo-se de outro uísque.

— Isso supondo que você possa provar que pagou mais do que um milhão — Davenport olhou fixo para ele, tentando se lembrar de onde tinham se encontrado por último. — Mandarei meu advogado elaborar um contrato, e você receberá o dinheiro no dia em que assiná-lo.

Davenport tomou outro gole de uísque.

— Pensarei a respeito — respondeu.

— Faça isso. Se você me pagar o total em doze meses, devolverei os quadros sem nenhum custo adicional.

— Então, qual é a vantagem? — perguntou Davenport.

— Não há vantagem nenhuma, mas, se você não me devolver o dinheiro em doze meses, os quadros serão meus.

— Assim não tenho como perder — disse Davenport, com um largo sorriso rasgado no rosto.

— Esperemos que não — disse Danny, que se levantou para se juntar a Davenport a caminho da porta.

— Mandarei um contrato junto com o cheque de trezentas mil libras — disse Danny, enquanto entrava no hall atrás dele.

— Foi muito simpático de sua parte.

— Esperemos que seu agente apareça com algo que se adapte ao seu talento — disse Danny, enquanto Davenport abria a porta da frente.

— Não precisa se preocupar com isso. Aposto que terá o seu dinheiro de volta dentro de poucas semanas.

— É bom ouvir isso. Ah, e se algum dia você resolver vender sua casa...

— Minha casa? Não, nunca. Fora de cogitação, nem pensar.

Ele fechou a porta da frente como se estivesse lidando com um vendedor.

60

D ANNY LEU A NOTÍCIA no *The Times*, enquanto Molly lhe servia café
puro.
Uma troca de palavras que acontecera no plenário da Câmara dos
Comuns, entre a ministra dos Esportes e Billy Cormack, deputado por Stratford
South, fora embutida no final do noticiário parlamentar do jornal:

Cormack (trabalhista, Stratford South): "A ministra pode confirmar que chegou a
uma lista final de dois terrenos para o velódromo olímpico proposto?"

Ministra: "Sim, posso, e tenho certeza de que meu nobre deputado se regozi-
jará ao saber que o terreno na sua base eleitoral é um dos dois que estamos avaliando."

Cormack: "Agradeço à ministra pela sua resposta. Está ciente de que o presidente da Federação Britânica de Ciclismo me escreveu frisando que seu comitê deu
um voto unânime a favor do terreno na minha região eleitoral?"

Ministra: "Sim, estou, em parte porque meu nobre deputado me mandou uma
cópia da carta. (Risos.) Deixe-me lhe assegurar que levarei em conta seriamente o
ponto de vista da Federação Britânica de Ciclismo, antes de tomar minha decisão
final."

Andrew Crawford (conservador, Stratford West): "Será que a ministra compreende que essa notícia não será bem-vista na minha região eleitoral, onde fica o
outro terreno que consta da lista de dois, já que temos planos de construir um centro
de lazer nesse terreno e nunca quisemos o velódromo desde o início?"

Ministra: "Levarei em consideração o ponto de vista do nobre deputado antes
de tomar minha decisão final."

Molly colocou dois ovos cozidos diante de Danny na hora em que seu celular tocou. Não ficou surpreso ao ver o nome de Payne brilhar na pequena tela, embora não esperasse que ele ligasse tão cedo. Abriu o celular e disse:

— Bom-dia.

— Bom-dia, Nick. Desculpe ligar a esta hora, mas gostaria de saber se você leu o noticiário parlamentar do *Telegraph*.

— Eu não leio o *Telegraph*, mas li a troca de palavras da ministra no *The Times*. O que diz o seu jornal?

— Que o presidente da Federação Britânica de Ciclismo foi convidado a se dirigir ao Comitê de Escolha de Sedes Olímpicas na próxima semana, quatro dias antes de a ministra tomar sua decisão final. Parece que não passa de uma formalidade. Uma fonte interna disse ao *Telegraph* que a ministra só está esperando o relatório do agrimensor para confirmar a decisão.

— O *Times* traz mais ou menos o mesmo relato.

— Mas não foi por isso que liguei. Queria que você soubesse que já recebi uma ligação dos suíços esta manhã e eles rejeitaram sua oferta de quatro milhões.

— Não é de surpreender, dadas as circunstâncias.

— Mas deixaram claro que aceitariam seis milhões, desde que o total fosse pago antes do anúncio da decisão final da ministra, dentro de dez dias.

— Isso também é óbvio. Mas eu também tenho novidades, e sinto dizer que elas não são tão boas. Meu banco agora não quer me emprestar o total.

— Mas por que não? Será que não são capazes de enxergar a oportunidade que isso representa?

— Conseguem, mas ainda consideram arriscado. Talvez eu devesse ter lhe explicado que estou meio apertado no momento, com um ou dois projetos que não saíram tão bem quanto eu esperava.

— Mas achei que você tinha arrasado com a compra do terreno na Mile End Road?

— A coisa não saiu tão bem quanto eu antecipara. Acabei com um lucro de pouco mais de trezentos mil. E, como eu disse a Gary Hall, algum tempo atrás, meu último procurador falhou comigo bastante, e agora sou obrigado a pagar o preço de sua má avaliação.

— Então, quanto você pode arranjar?

— Um milhão. O que significa que nos faltam cinco milhões; por isso sinto que o negócio já era.

391 ⚯ *Prisioneiro da Sorte*

Seguiu-se um longo silêncio, durante o qual Danny sorveu seu café e tirou a parte de cima dos dois ovos.

— Nick, você me permitiria oferecer esse negócio a alguns outros clientes meus?

— Por que não? Considerando todo o trabalho que você já teve. Estou simplesmente furioso por não poder levantar o capital para o melhor negócio que me apareceu em anos.

— Isso é muito generoso de sua parte. Não o esquecerei. Fico lhe devendo essa.

— Certamente — disse Danny, desligando o celular.

Estava prestes a atacar seu ovo quando o telefone tocou de novo. Verificou a tela para ver se podia pedir que ligasse mais tarde, mas percebeu que era impossível, porque a palavra *voz* surgiu. Abriu o celular e escutou.

— Já recebemos várias ligações esta manhã com ofertas pelo seu terreno, inclusive uma de oito milhões. O que deseja que eu faça a respeito do sr. Payne?

— Você irá receber uma ligação dele oferecendo seis milhões. Aceitará sua proposta — disse Danny, antes que a voz fizesse comentários — sob duas condições.

— Duas condições — repetiu a voz.

— Ele precisa depositar seiscentos mil no banco antes do encerramento do expediente de hoje e também precisa pagar o total antes de a ministra fazer sua declaração dentro de dez dias.

— Vou ligar de volta quando ele entrar em contato — disse a voz.

Danny olhou para baixo e viu uma gema igual à da prisão.

— Molly, pode me fazer mais dois ovos?

61

S PENCER CRAIG deixou o escritório às cinco horas. Era sua vez de receber os convidados para o jantar trimestral dos Mosqueteiros. Ainda se reuniam quatro vezes por ano, a despeito de Toby Mortimer não estar mais com eles. O quarto jantar tornara-se conhecido como o Jantar Comemorativo.

Craig sempre apelava para bufês, de modo a não ter de se preocupar com o preparo da refeição ou a limpeza posterior, apesar de gostar de ele mesmo provar o vinho e a comida antes da chegada do primeiro convidado. Gerald ligara mais cedo para dizer que tinha boas notícias para compartilhar com o grupo, que poderiam mudar completamente suas vidas.

Craig jamais esqueceria a última ocasião em que um jantar dos Mosqueteiros mudara completamente suas vidas, mas, desde que Danny Cartwright se enforcara, ninguém mais tocou no assunto. Craig foi pensando nos seus colegas Mosqueteiros enquanto seguia de carro para casa. Gerald Payne reforçara cada vez mais sua posição na firma e fora escolhido agora para concorrer a um bom posto eletivo do Partido Conservador, por uma região em Sussex, parecendo certo que chegaria a membro do Parlamento quando o primeiro-ministro convocasse a próxima eleição. Larry Davenport dava a impressão de estar mais descontraído recentemente, chegando a pagar as dez mil libras que Craig lhe emprestara uns anos atrás e que ele jamais esperou ver de novo; talvez Larry também tivesse algo a contar ao grupo. Craig tinha sua própria novidade para compartilhar com os Mosqueteiros naquela noite, e, embora não passasse de algo que já esperasse, mesmo assim o deixara satisfeito.

Os clientes haviam aumentado de novo à medida que ele continuava ganhando causas, e seu desempenho no julgamento de Danny Cartwright

393 Prisioneiro da Sorte

tornou-se uma recordação nebulosa que a maioria de seus colegas mal conseguia lembrar — com uma exceção. Sua vida particular permanecia, no mínimo, irregular: sexo ocasional, mas, além da irmã de Larry, não havia ninguém que ele quisesse rever. Sarah Davenport deixara bem claro não estar interessada, mas ele não perdera a esperança.

Quando Craig voltou para casa em Hambledon Terrace, verificou os vinhos nas prateleiras e descobriu não ter nada digno de um jantar dos Mosqueteiros. Foi andando até o bar na esquina da King's Road e escolheu três garrafas de Merlot, três de um Sauvignon australiano de boa safra e uma magnum Laurent Perrier. Tinha o que comemorar.

Ao caminhar de volta para casa carregando duas sacolas cheias de garrafas, ouviu uma sirene a distância que trouxe recordações daquela noite. Elas não pareciam se desvanecer com o tempo, como as demais recordações. Ele chamara o sargento Fuller, em seguida havia corrido para casa, arrancado suas roupas, tomado um banho rápido, sem molhar os cabelos, vestido um terno, camisa e gravata quase iguais, estando de volta, sentado no balcão, dezessete minutos depois.

Se Redmayne tivesse verificado a distância entre o Dunlop Arms e a casa de Craig antes da abertura do julgamento, até poderia ter criado mais dúvidas na cabeça do júri. Ainda bem que era apenas sua segunda causa como advogado principal, porque, *se ele tivesse* que enfrentar Arnold Pearson, este teria examinado cada pedra do calçamento no caminho para sua casa com um cronômetro na mão.

Craig não ficara surpreso com o tempo que o sargento Fuller levara para entrar no bar, já que sabia que ele teria que lidar com problemas muito mais importantes no beco: um moribundo e um suspeito óbvio coberto de sangue. Também não teria motivo para suspeitar que um estranho total pudesse estar envolvido, especialmente quando havia três testemunhas confirmando seu relato. O barman ficara de boca fechada, mas já tivera problemas com a polícia antes e não seria uma testemunha confiável, não importa de que lado estivesse. Craig continuara comprando todo o seu vinho no Dunlop Arms, e quando a conta chegava, nem sempre certa, no final do mês, ele não dizia nada.

Depois de voltar para casa, Craig deixou o vinho na mesa da cozinha e colocou o champanhe na geladeira. Em seguida, subiu para tomar um banho e vestiu uma roupa mais informal. Acabara de voltar para a cozinha, onde tirava a rolha de uma garrafa, quando a campainha da porta tocou.

Não conseguia se lembrar da última vez em que vira Gerald tão entusiasmado e supôs que era por causa das novidades sobre as quais ligara naquela tarde.

— Está gostando do trabalho na sua base eleitoral? — perguntou Craig, enquanto pendurava o casaco de Payne e o conduzia à sala de visitas.

— Divertidíssimo, mal posso esperar pelas eleições gerais para ocupar minha cadeira na Câmara dos Comuns. — Craig serviu-lhe uma taça de champanhe e perguntou se tinha notícias recentes de Larry. — Fui vê-lo numa noite da semana passada, mas ele não me deixou entrar na casa, o que achei meio estranho.

— A última vez que o visitei, o lugar estava num estado lamentável — disse Craig. — Pode não ter sido nada além disso, ou então, algum outro namorado que ele não queria que você conhecesse.

— Deve estar trabalhando — disse Payne. — Na semana passada, me mandou um cheque para pagar um empréstimo que eu já dava por perdido havia muito tempo.

— Você também? — disse Craig, quando a campainha tocou uma segunda vez.

Quando Davenport entrou lentamente para juntar-se a eles, parecia ter recuperado todo o seu ar superior e sua segurança. Beijou Gerald em ambas as faces, como se fosse um general francês inspecionando suas tropas. Craig ofereceu-lhe uma taça de champanhe e não pôde deixar de pensar que Larry parecia ter dez anos a menos do que na última vez que o vira. Talvez estivesse prestes a revelar algo que fosse ofuscar a todos.

— Vamos começar com um brinde — disse Craig. — Aos amigos ausentes.

— Os três ergueram suas taças e gritaram: — Toby Mortimer.

— E a quem vamos brindar em seguida? — perguntou Davenport.

— A Sir Nicholas Moncrieff — disse Payne, sem hesitar.

— Quem? — perguntou Craig.

— O sujeito que está prestes a mudar o destino de todos nós.

— Como? — perguntou Davenport, sem querer revelar que Moncrieff era responsável por ele ter podido pagar os empréstimos que contraíra dos dois, além de várias outras dívidas.

— Contarei os detalhes durante o jantar — disse Payne. — Mas hoje serei o último a falar, porque estou seguro de que vocês não poderão me superar.

395 ⊙══ *Prisioneiro da Sorte*

— Não tenha tanta certeza disso, Gerald — disse Davenport, parecendo ainda mais satisfeito consigo mesmo do que de costume.

Uma jovem apareceu na porta.

— Estaremos prontos quando o senhor estiver, sr. Craig.

Os três se dirigiam para a sala de jantar, rememorando seus dias em Cambridge, com os casos se tornando cada vez mais exagerados a cada ano que passava.

Craig se sentou à cabeceira, enquanto eram colocadas porções de salmão defumado diante de seus dois convidados. Depois de provar o vinho e dar seu aceite, ele se voltou para Davenport e disse:

— Não posso esperar nem mais um minuto, Larry. Vamos ouvir suas novidades primeiro. Você obviamente teve uma mudança de sorte.

Davenport se recostara na sua cadeira e esperou até ter certeza de contar com a atenção exclusiva deles.

— Dias atrás, recebi uma ligação da BBC, pedindo que eu desse um pulo até a rádio para uma conversa. Geralmente isso significa que eles querem oferecer um pequeno papel num drama radiofônico, com honorários que não dariam para pagar uma corrida de táxi de Redcliffe Square a Portland Place. Mas desta vez fui convidado para almoçar com um produtor graduado, que me disse que eles iam criar um novo personagem em *Holby City* e que eu seria a primeira escolha. Parece que o Dr. Beresford se apagou da memória das pessoas...

— Bendita memória — disse Payne, erguendo sua taça.

— Pediram que eu faça um teste na semana que vem.

— Bravo — disse Craig, também erguendo a taça.

— Meu agente me diz que eles não pensaram em mais ninguém para o papel, de modo que ele deve poder fechar um contrato de três anos, com acréscimo por reapresentação e uma cláusula forte no caso de recontratação.

— Nada mal, devo admitir — disse Payne —, mas estou seguro de ainda bater os dois. Então, quais as suas novidades, Spencer?

Craig encheu sua taça e tomou um gole antes de falar.

— O presidente da Câmara dos Lordes me chamou para vê-lo na semana que vem. — Tomou outro gole, enquanto deixava que a novidade fosse absorvida.

— Ele vai lhe oferecer um cargo? — perguntou Davenport.
— Tudo a seu tempo — disse Craig. — Mas o único motivo de ele chamar alguém como este seu humilde criado é porque quer convidá-lo para ser advogado da Coroa.
— E com merecimento — disse Davenport, enquanto ele e Payne se levantavam para saudar o anfitrião.
— Não foi anunciado ainda — falou Craig, acenando para que voltassem a se sentar —, por isso, façam tudo menos deixar escapar uma palavra a respeito.
Craig e Davenport se recostaram nas cadeiras e se voltaram para Payne.
— Sua vez, meu amigo — disse Craig. — Então, o que é que vai mudar tudo nas nossas vidas?

Houve uma batida à porta.
— Entre — disse Danny.
Big Al estava na porta, agarrado a um grande embrulho.
— Acabaram de entregar, patrão. Onde é que eu ponho ele?
— Pode deixar na mesa — disse Danny, continuando a ler seu livro como se o pacote tivesse pouca importância.
Logo que ouviu a porta se fechar, descansou o Adam Smith sobre a teoria do livre mercado e foi até a mesa. Durante algum tempo, olhou para o pacote com a inscrição *Perigo, cuidado no manejo* antes de tirar o papel pardo do embrulho, revelando uma caixa de papelão. Teve que remover várias camadas de fita adesiva antes de finalmente abrir a tampa da caixa.
Tirou um par de botas de borracha pretas, tamanho 42, e experimentou-as: tamanho perfeito. Em seguida, tirou um par de luvas finas de látex e uma grande lanterna. Quando a ligou, seu feixe de luz iluminou o quarto inteiro. Os próximos artigos que tirou da caixa foram uma roupa de náilon preto para mergulhador e uma máscara para cobrir boca e nariz. Deram-lhe uma opção entre branca e preta, mas escolhera preta. A única coisa que Danny deixou na caixa foi um pequeno receptáculo de plástico, embrulhado num plástico-bolha, com um aviso de "perigo". Não desembrulhou o receptáculo porque sabia o que ele continha. Devolveu luvas, lanterna, roupa e máscara à caixa, tirou um rolo grosso de fita adesiva de uma gaveta da sua mesa e tornou a selar a embalagem. Danny sorriu. Mil libras bem gastas.

— E com quanto *você* vai contribuir para esse pequeno empreendimento? — perguntou Craig.

— Cerca de um milhão do meu próprio dinheiro — disse Payne —, do qual já transferi seiscentos mil para garantir o contrato.

— Isso não vai deixar você apertado? — perguntou Craig.

— A ponto de falir — reconheceu Payne —, mas é improvável que eu torne a encontrar uma oportunidade igual a essa durante a vida, e o lucro permitirá que eu possa continuar vivendo depois de me tornar deputado e ter de renunciar à minha sociedade na firma.

— Deixe-me tentar compreender a sua proposta — disse Davenport. — Seja qual for a soma que investirmos, você garante devolvê-la em dobro, em menos de um mês.

— Não é possível garantir nada — disse Payne —, mas essa é uma corrida de dois cavalos, e o nosso é obviamente favorito. De forma simples, tenho a oportunidade de comprar um terreno por seis milhões, que valerá de quinze a vinte milhões depois de a ministra anunciá-lo como sua escolha para ser o velódromo.

— Supondo que ela escolha o seu terreno — disse Craig.

— Já mostrei a vocês o relato da conversa que ela teve com aqueles dois deputados.

— Sim, mostrou — disse Craig. — Mas ainda estou perplexo. Se o negócio é tão bom assim, por que esse tal de Moncrieff não compra ele mesmo o terreno?

— Para início de conversa, acho que nunca teve o dinheiro suficiente para cobrir os seis milhões — disse Payne. — Mas, mesmo assim, está investindo um milhão do seu próprio dinheiro.

— Tem algo aí que não me parece certo — disse Craig.

— Você é um velho cético, Spencer — disse Payne. — Deixe-me lembrá-lo do que aconteceu da última vez que apresentei aos Mosqueteiros uma proposta estupenda assim: Larry, Toby e eu dobramos nosso dinheiro investido naquelas terras agricultáveis em Gloucestershire em apenas dois anos. Agora, eu estou oferecendo algo ainda mais certo, só que desta vez você vai dobrar seu dinheiro em dez dias.

— OK, estou disposto a arriscar duzentas mil libras — disse Craig. — Mas mato você se algo der errado.

Payne ficou branco, e Davenport perdeu a fala.

— Vamos lá, gente, foi só brincadeira — disse Craig. — Então, podem contar com minhas duzentas mil libras. E você, Larry?

— Se Gerald está disposto a arriscar um milhão, eu também estou — disse Davenport. — Tenho praticamente a certeza de poder arranjar isso com minha casa, sem mudar meu estilo de vida.

— Seu estilo de vida mudará em dez dias, amigo velho — disse Payne. — Nenhum de nós precisará trabalhar de novo.

— Um por todos e todos por um — disse Davenport, tentando se levantar.

— Um por todos e todos por um! — gritaram em coro Craig e Payne. Todos ergueram sua taças.

— Como vai levantar o restante do dinheiro? — perguntou Craig. — Afinal, nós três investimos menos da metade.

— Não se esqueça do milhão de Moncrieff, e meu presidente vai arranjar meio milhão. Também procurei alguns amigos a quem ajudei a ganhar dinheiro durante estes anos, e até Charlie Duncan está pensando em investir, de modo que devo ter levantado o valor todo até o fim da semana. E, como serei o anfitrião da próxima reunião dos Mosqueteiros — prosseguiu —, pensei em reservar uma mesa do Harry's Bar.

— Ou do McDonald's — disse Craig —, se a ministra escolher o outro terreno.

62

A LEX OLHAVA a roda-gigante London Eye, do outro lado do Tâmisa, quando ela chegou. Levantou-se do banco para falar com ela.

— Já foi à Eye? — perguntou, enquanto ela se sentava ao seu lado.

— Sim, uma vez — disse Beth. — Levei meu pai, logo que inaugurou. A gente via nossa oficina lá de cima.

— Daqui a pouco, você verá o condomínio Wilson House — disse Alex.

— Sim, foi uma gentileza do incorporador pôr o nome do meu pai no prédio. Ele teria gostado.

— Tenho que estar de volta ao tribunal às duas horas — informou Alex. — Mas precisava vê-la urgentemente, já que tenho novidades.

— Foi muito gentil em ter sacrificado seu intervalo de almoço.

— Recebi uma carta esta manhã do gabinete do presidente da Câmara dos Lordes dizendo que ele concorda em reabrir o caso. — Beth o envolveu com seus braços. — Mas somente se pudermos oferecer novas provas.

— A fita não poderia ser considerada uma nova prova? — perguntou Beth.

— Fizeram menção a ela nos dois jornais locais desde que lançamos a campanha pela reabilitação de Danny.

— Tenho certeza de que a levarão em conta desta vez, mas, se acreditarem que a conversa aconteceu sob coação, terão que desconsiderá-la.

— Mas como provar que sim ou que não?

— Você lembra que Danny e Big Al dividiam uma cela com um sujeito chamado Moncrieff?

— Claro. Eram bons amigos. Ele ensinou Danny a ler e a escrever, chegou até a assistir ao enterro, apesar de não nos ter sido dada autorização para falar com ele.

— Bem, poucas semanas antes de Moncrieff ser solto, ele me escreveu se oferecendo para ajudar de qualquer maneira possível, já que estava convencido da inocência de Danny.

— Mas existem inúmeras pessoas convictas da inocência de Danny — comentou Beth —, e, se você achou que Big Al não era boa testemunha, por que haveria qualquer diferença no caso de Nick?

— Porque Danny me contou uma vez que Moncrieff mantinha um diário quando estava preso, assim é possível que exista algum registro do incidente da fita. Os tribunais levam muito a sério os diários, porque se trata de provas contemporâneas.

— Então, é só você entrar em contato com Moncrieff — disse Beth, incapaz de esconder seu entusiasmo.

— Não é tão simples assim.

— Por quê? Se ele está tão disposto a ajudar...

— Pouco tempo depois de ser solto, foi preso por quebra de liberdade condicional.

— Então, ele está lá dentro de novo? — perguntou Beth.

— Não, isso é que é estranho. O juiz lhe deu uma última oportunidade. Ele devia ter um advogado dos diabos fazendo sua defesa.

— Então, o que o impede de conseguir os seus diários? — perguntou Beth.

— É possível que, depois de seu último arrepio com a lei, não acolha bem a carta de um advogado que ele não conhece, pedindo-lhe que se envolva em mais uma causa criminal.

— Danny disse que sempre se podia contar com Nick, no céu ou no inferno.

— Então, vou lhe escrever hoje — disse Alex.

⟨∽⟩

Danny pegou o telefone.

— Payne fez uma transferência de seiscentas mil libras esta manhã — disse a voz. — Assim, se ele pagar os 5.400.000 restantes até o final da semana, o terreno do velódromo será dele. Acho que deveria saber que recebemos outro lance de dez milhões esta manhã, que obviamente tivemos que rejeitar. Espero que o senhor saiba o que está fazendo.

A linha ficou muda. Era a primeira vez que a voz dava alguma opinião sobre qualquer coisa.

401   *Prisioneiro da Sorte*

Danny discou o número do gerente do banco em Coutts. Ele estava prestes a convencer Payne de que o negócio não podia falhar.

— Bom-dia, Sir Nicholas. Em que posso lhe ser útil?

— Bom-dia, sr. Watson. Quero transferir um milhão de libras da minha conta-corrente para a conta de cliente da Baker, Tremlett e Smythe.

— Perfeitamente. — Houve um longo silêncio, antes que o sr. Watson acrescentasse: — O senhor se deu conta de que ultrapassou o seu limite?

— Sim, mas ele será coberto em 1º de outubro, quando os senhores receberem o cheque do fundo de meu avô.

— Cumprirei os trâmites burocráticos e voltarei a entrar em contato — disse o sr. Watson.

— Pouco me importo com os trâmites burocráticos, desde que esse valor seja transferido integralmente até o encerramento do expediente desta noite. — Danny repôs o fone no gancho. — Porra! — desabafou.

Não era a maneira como Nick se comportaria naquela situação. Precisava voltar rápido ao modo de ser de Nick. Virou-se e viu Molly parada na porta. Ela tremia e parecia incapaz de falar.

— Qual o problema, Molly? — perguntou Danny, pulando da poltrona. — Você está bem?

— É ele — sussurrou.

— Ele?

— Aquele ator.

— Que ator?

— O Dr. Beresford. Sabe, Lawrence Davenport.

— Ah, é? Melhor fazê-lo entrar para a sala de visitas. Ofereça-lhe café e diga que estarei com ele num instante.

Enquanto Molly descia correndo, Danny fez dois novos registros na pasta de Payne, antes de colocá-la de volta na prateleira. Em seguida, pegou a de Davenport e se atualizou rapidamente.

Estava prestes a fechá-la quando sua atenção foi atraída por uma anotação com o título "Início da Vida", que o fez sorrir. Colocou a pasta de volta na prateleira e desceu para se encontrar com sua visita não convidada.

Davenport se levantou de um pulo quando Danny entrou na sala, e desta vez apertou sua mão. Danny ficou momentaneamente espantado com sua aparência. Agora estava bem-barbeado, trajava um terno bem-cortado e uma camisa elegante, sem gravata. Será que ia devolver as trezentas mil libras?

— Desculpe a intrusão — disse Davenport. — Não teria feito isso se não houvesse certa urgência.

— Por favor, não se preocupe — disse Danny, se sentando na poltrona oposta à dele. — Como posso ser útil?

Molly colocou uma bandeja na mesa lateral e serviu a Davenport uma xícara de café.

— Creme ou leite, sr. Davenport? — perguntou.

— Nenhum dos dois, obrigado.

— Quer biscoito de chocolate? — perguntou Molly.

— Não, obrigado — respondeu Davenport, pondo a mão na barriga.

Danny se recostou e sorriu. Ficou pensando se Molly haveria de se deslumbrar tanto se percebesse que servira apenas o filho de um funcionário de estacionamento do conselho do distrito de Grimsby.

— Bem, me diga se quiser qualquer outra coisa, sr. Davenport — disse Molly, antes de deixar a sala, tendo esquecido de oferecer a Danny seu chocolate quente de costume. Danny esperou a porta se fechar.

— Desculpe — disse. — Normalmente ela é bastante sensata.

— Não se preocupe. A gente se acostuma com isso.

Não por muito mais tempo, pensou Danny.

— Como posso ser útil? — perguntou.

— Quero investir uma soma bastante grande de dinheiro num negócio. É algo apenas temporário, compreende? Não só lhe pagarei em poucas semanas — disse ele, olhando para o McTaggart em cima da lareira —, mas poderei reaver meus quadros também.

Danny teria ficado triste de perder suas aquisições recentes, do mesmo modo que se espantara com a rapidez com que se afeiçoara a elas.

— Desculpe minha desatenção — disse ele, ciente agora de que a sala estava cheia dos antigos quadros de Davenport. — Fique tranquilo, eles serão devolvidos no momento em que a dívida for paga.

— Isso pode acontecer muito mais cedo do que eu supusera de início — respondeu Davenport. — Especialmente se você puder me ajudar nesse pequeno empreendimento.

— Que quantia você tem em mente?

— Um milhão — disse Davenport, hesitante. — O problema é que só tenho uma semana para levantar o dinheiro.

403   *Prisioneiro da Sorte*

— E qual seria sua garantia desta vez? — perguntou Danny.

— Minha casa em Redcliffe Square.

Danny se lembrou das palavras de Davenport na última vez em que se encontraram: *Minha casa? Não, nunca. Fora de cogitação, nem pensar.*

— E você afirma que pagará a quantia dentro de um mês, dando a casa como garantia?

— Dentro de um mês, é certo. Uma barbada.

— E se você não conseguir pagar a soma nesse prazo?

— Então, tal como meus quadros, a casa fica sendo sua.

— Negócio fechado. E como você só tem poucos dias para levantar o dinheiro, é melhor entrar logo em contato com meus advogados e mandá-los elaborar um contrato.

Quando deixaram a sala de visitas e foram para o saguão, encontraram Molly ao lado da porta, segurando o sobretudo de Davenport.

— Obrigado — disse Davenport, depois que ela o ajudara com o casaco e abrira a porta.

— Manterei contato — disse Danny, sem apertar a mão de Davenport, quando este pôs os pés no caminho. Molly quase fez uma reverência.

Danny deu meia-volta e se dirigiu de volta a seu escritório.

— Molly, preciso fazer algumas ligações, de modo que posso me atrasar alguns minutos para o almoço — disse, falando para trás.

Quando não recebeu nenhuma resposta, virou-se e viu a governanta na porta, conversando com uma mulher.

— Ele a está esperando? — perguntou Molly.

— Não, não está — respondeu a sra. Bennett. — Vim contando com a sorte.

63

O DESPERTADOR TOCOU às duas da madrugada, mas Danny já estava acordado. Pulou da cama e vestiu rapidamente a calça, a camiseta, meias, sapatos e o training que deixara estendidos na cadeira ao lado da janela. Não acendeu a luz.

Consultou o relógio: duas e seis. Fechou a porta do quarto e desceu devagar. Abriu a porta da frente e viu seu carro estacionado no meio-fio. Apesar de não conseguir distingui-lo, sabia que Big Al estava sentado ao volante. Danny olhou em volta — ainda havia uma ou duas luzes acesas na praça, mas ninguém à vista. Entrou no carro, mas sem falar nada. Big Al deu a partida e rodou por uns cem metros antes de ligar as lanternas.

Nenhum deles falou enquanto Big Al virava à direita e se dirigia ao Embankment. Fizera esse percurso cinco vezes durante a semana passada; duas vezes durante o dia, três vezes de noite — no que ele chamava de "operações noturnas". Mas as viagens de treinamento haviam acabado, e naquela noite a operação seria definitiva. Big Al tratava tudo isso como uma operação militar, e seus nove anos no Exército tinham sido úteis. Durante o dia, a viagem levava em média 43 minutos, mas de noite ele era capaz de percorrer a mesma distância em 29, sem nunca ultrapassar o limite de velocidade.

Ao avançarem, passando pela Câmara dos Comuns e ao longo da margem direita do Tâmisa, Danny se concentrava naquilo que precisava ser feito depois de atingirem a área-alvo. Atravessaram a cidade e entraram no East End. A concentração de Danny só foi interrompida por um instante ao passarem por um canteiro de obras, com um grande outdoor anunciando o simulacro do que seria o condomínio Wilson House pronto: sessenta apartamentos de luxo, trinta

405   *Prisioneiro da Sorte*

apartamentos populares; a coisa prometia, nove já vendidos, inclusive a cobertura. Danny sorriu.

Big Al continuou descendo a Mile End Road e depois virou à esquerda numa placa com a indicação: Stratford, *Sede das Olimpíadas de 2012*. Onze minutos depois, saiu da rua e entrou numa trilha de cascalho. Desligou as luzes, já que conhecia cada curva e desvio, quase cada pedra entre ali e a área-alvo.

No final da trilha, passou por uma placa que dizia: *Propriedade privada: proibida a entrada*. Continuou: até porque o terreno era de Danny, e seria dele por mais oito dias. Big Al fez o carro parar atrás de uma pequena saliência, desligou o motor e apertou um botão. A janela lateral desceu ronronando. Ficaram quietos, ouvindo, mas os únicos ruídos eram os sons noturnos. Durante um reconhecimento de tarde, eles encontraram o sujeito que levava o cachorro para passear e um grupo de garotos chutando uma bola de futebol, mas agora não havia nada, nem mesmo uma coruja para lhes fazer companhia.

Depois de uns minutos, Danny tocou no cotovelo de Big Al. Saíram do carro e foram até o porta-malas. Big Al o abriu, enquanto Danny tirava seu training. Big Al pegou a caixa e colocou-a no chão, tal como haviam feito na noite anterior, quando Danny percorrera o terreno a pé para ver se localizava as 71 pedras brancas que eles haviam colocado em rachaduras, buracos e fendas durante o dia. Conseguira achar 53. Faria melhor esta noite. Outro exercício naquela tarde lhe dera a oportunidade de encontrar as que ele não havia descoberto.

À luz do dia, conseguia cobrir o terreno de pouco mais de um hectare em duas horas e alguns minutos. Na noite anterior, levara três horas e dezessete minutos, enquanto esta noite levaria ainda mais por causa do número de vezes que teria que se ajoelhar.

Fazia uma noite clara, tranquila, tal como prometido pelo serviço de meteorologia, que previa chuva ligeira durante a manhã. Como qualquer bom fazendeiro quando plantava suas sementes, Danny escolhera o dia, até mesmo a hora, meticulosamente. Big Al tirou a roupa elástica escura da caixa e entregou-a a Danny, que abriu o zíper e enfiou-a. Mesmo esse simples *exercício* fora praticado várias vezes no escuro. Então, Big Al lhe passou as botas de borracha, seguidas das luvas, da máscara, da lanterna e finalmente do pequeno receptáculo plástico com a indicação de "perigo".

Big Al se postou na traseira do carro enquanto o patrão partia. Quando Danny alcançou o canto de seu terreno, deu mais sete passos até encontrar a primeira pedra branca. Pegou-a e enfiou-a num bolso profundo. Ajoelhou-se, ligou a lanterna e colocou um pequeno fragmento de ramo numa fenda na terra. Desligou a lanterna e se levantou. No dia anterior ele treinara, mas sem o rizoma. Mais nove passos para chegar à segunda pedra, onde repetiu todo o processo, e depois só um passo até alcançar a terceira pedra e se ajoelhar junto a uma pequena rachadura, onde enfiou cuidadosamente o rizoma, bem fundo. Cinco passos a mais...

Big Al estava com uma vontade desesperada de fumar, mas sabia que era um risco que não poderia correr. Uma vez, na Bósnia, um soldado acendeu um cigarro durante uma operação noturna, e três segundos depois uma bala lhe atravessou a cabeça. Big Al sabia que o patrão ficaria ali por pelo menos três horas, por isso não podia se dar ao luxo de perder a concentração, nem por um instante.

A pedra número 23 estava no canto mais distante do terreno de Danny. Iluminou um buraco grande com sua lanterna, antes de deixar cair nele mais rizoma. Colocou mais uma pedra no bolso.

Big Al se espreguiçou e começou a andar lentamente em volta do carro. Sabia que eles haviam planejado partir antes da aurora, às 6h48. Consultou o relógio: 4h17. Os dois olharam para cima quando um avião sobrevoou o local, o primeiro a pousar em Heathrow naquela manhã.

Danny pôs a pedra número 36 no bolso direito, tomando cuidado para distribuir bem o peso. Repetiu o mesmo procedimento inúmeras vezes: alguns passos, ajoelhar, ligar a lanterna, colocar um pouco de rizoma na fenda, pegar a pedra e enfiá-la no bolso, desligar a lanterna, se levantar, continuar andando — a coisa era muito mais cansativa do que na noite anterior.

Big Al congelou quando um carro foi até o terreno e estacionou a cerca de cinquenta metros. Não podia ter certeza se a pessoa no carro o vira. Jogou-se de bruços no chão e começou a rastejar em direção ao inimigo. Uma nuvem se deslocou, revelando a lua, apenas uma lasca luminosa — até a lua estava do lado deles. Os faróis do carro haviam sido desligados, mas uma luz interna permanecia acesa.

Danny achou ter visto os faróis de um carro e imediatamente se jogou e colou o corpo no chão. Combinaram que Big Al acenderia sua lanterna três vezes em caso de perigo. Danny esperou por mais de um minuto, mas não houve nenhum lampejo, por isso se levantou e se dirigiu à próxima pedra.

Big Al se encontrava agora a apenas poucos metros do carro estacionado e, embora as vidraças estivessem embaçadas, dava para ver que a luz interna ainda permanecia acesa. Ele se pôs de joelhos e olhou pela janela traseira.

Precisou de toda a sua disciplina para não rebentar de rir, quando viu uma mulher com as pernas bem abertas, estendida no banco traseiro, gemendo. Big Al não pôde ver o rosto do sujeito em cima dela, enquanto sentia um pulsar dentro da calça. Voltou a se colar no chão e começou o longo rastejo de volta ao ponto-base.

Quando Danny alcançou a pedra número 67, praguejou. Cobrira toda a área e, de algum modo, perdera quatro. Ao caminhar lentamente de volta ao carro, cada passo se tornava mais cansativo do que o anterior. Não chegara a prever o peso bruto das pedras.

Depois que Big Al voltara à base, ainda assim manteve um olho desconfiado no carro. Ficou pensando se o patrão tivera noção de sua presença. De repente, ouviu o barulho de um motor acelerando, e os faróis altos foram ligados antes que o carro desse uma volta e seguisse para a trilha de cascalho, desaparecendo na noite.

Quando Big Al viu Danny vindo em sua direção, tirou a caixa vazia da mala e colocou-a no chão diante dele. Danny começou a tirar as pedras dos bolsos e a colocá-las na caixa; um procedimento inquietante, já que o mínimo ruído poderia chamar atenção. Depois de cumprida a tarefa, tirou a máscara, as luvas e a roupa apertada. Entregou-as a Big Al, que as colocou na caixa, em cima das pedras. As últimas coisas a serem guardadas foram a lanterna e o receptáculo de plástico vazio.

Big Al fechou a mala e entrou no carro, enquanto o patrão apertava o cinto de segurança. Deu partida, fez a volta e retornou devagar para a trilha de cascalho. Nenhum deles falou nada, mesmo quando chegaram à rua principal. A tarefa ainda não terminara.

Durante a semana, Big Al descobrira várias caçambas e canteiros de obras onde podiam eliminar as provas de seu empreendimento noturno. Big Al parou sete vezes durante a viagem, que levou pouco mais de uma hora, em vez dos quarenta minutos de costume. Quando chegaram a The Boltons, eram sete e meia. Danny sorriu ao ver algumas gotas de chuva caírem no para-brisa e os limpadores automáticos começarem a funcionar. Desembarcou do carro, subiu o caminho e destrancou a porta da frente. Pegou uma carta que jazia em cima do tapete e rasgou o envelope ao subir a escada. Ao ver a assinatura no pé da página, foi direto para seu escritório e trancou a porta.

Depois de ler a carta, ficou sem saber direito que resposta deveria dar. Pensar como Danny. Comportar-se como Nick.

64

— NICK, QUE BOM ver você! — disse Sarah. Ela se inclinou para ele e sussurrou: — Agora, diga que tem se comportado bem.

— Depende do que você chama de bem — disse Danny, ocupando o assento ao lado dela.

— Você não perdeu nenhum encontro com sua dama favorita?

Danny pensou em Beth, mesmo sabendo que Sarah se referia à sra. Bennett.

— Nenhum — respondeu. — Na verdade, ela fez uma visita recente à minha casa e considerou minhas acomodações recomendáveis, preenchendo todos os quadradinhos relevantes.

— E você não chegou a pensar em viajar para o exterior?

— Não, a não ser que se considere uma viagem à Escócia para visitar o sr. Munro.

— Ótimo. Então, o que mais andou aprontando e que seja seguro contar para seu outro advogado?

— Não muita coisa. Como vai Lawrence? — perguntou, pensando se ele contara a ela sobre o empréstimo.

— Melhor do que nunca. Vai fazer um teste para *Holby City* na próxima quinta-feira. Escreveram um novo papel só para ele.

— Como se chama? Testemunha de assassinato? — perguntou Danny, arrependendo-se de suas palavras no momento em que as dissera.

— Não, não — disse Sarah, rindo. — Você está pensando no papel que ele fez em *Testemunha de Acusação*, mas isso foi anos atrás.

— Com certeza — disse Danny. — E foi um desempenho inesquecível para mim.

Prisioneiro da Sorte

— Não sabia que você conhecia Larry há tanto tempo.

— Só de longe — disse Danny. Ficou aliviado quando uma voz familiar foi socorrê-lo, dizendo:

— Olá, Sarah — Charlie Duncan se inclinou e beijou-a na face.

— Bom te ver, Nick — disse Duncan. — Vocês dois se conhecem, é claro.

— É claro — disse Sarah.

Duncan falou baixinho.

— Cuidado com o que dizem, estão sentados atrás de um crítico. Divirtam-se com o espetáculo — acrescentou em voz alta.

Danny lera o roteiro de *Bling Bling*, mas não conseguira entendê-lo, por isso estava curioso para ver como a peça funcionaria no palco, peça na qual investira dez mil libras. Ele abriu o programa e descobriu que o espetáculo era descrito como um "olhar hilário sobre a Grã-Bretanha na época de Blair". Virou a página e começou a ler sobre o dramaturgo, um dissidente tcheco que fugira de... As luzes se apagaram, e as cortinas se abriram.

Ninguém riu durante os primeiros quinze minutos do espetáculo, o que espantou Danny, já que a peça era alegadamente uma comédia. Quando o astro entrou, algumas risadas se seguiram, mas Danny não tinha certeza absoluta se elas eram fruto da intenção do dramaturgo. Na hora em que as cortinas se fecharam para o intervalo, Danny escondia um bocejo.

— O que está achando? — perguntou a Sarah, imaginando se não lhe teria escapado alguma coisa.

Sarah pôs o dedo nos lábios, apontando para o crítico na frente deles que rabiscava furiosamente.

— Vamos tomar um drinque — disse.

Sarah pegou em seu braço ao subirem lentamente o corredor entre as poltronas.

— Nick, é minha vez de lhe pedir um conselho.

— Sobre o quê? — perguntou Danny. — Porque devo lhe avisar que não entendo nada de teatro.

Ela sorriu.

— Não, estou falando do mundo real. Gerald Payne recomendou que eu investisse algum dinheiro num empreendimento imobiliário em que se meteu. Mencionou seu nome, por isso fiquei pensando se era um investimento seguro.

Danny não tinha certeza do que responder, porque, não importa quanto odiasse seu irmão, não tinha nada contra aquela encantadora mulher, que impedira sua volta para a cadeia.

— Nunca aconselho os amigos a investir no que quer que seja — disse Danny. — É uma situação em que não ganho nada; se eles lucrarem, esquecem quem recomendou o negócio, e, se perderem, jamais param de recriminá-lo. Meu único conselho seria não apostar aquilo que você não tem, e jamais arrisque uma soma que lhe faria perder uma noite de sono.

— Belo conselho. Grata.

Danny seguiu-a até o bar. Ao entrarem na sala apinhada, avistou Gerald Payne em pé ao lado de uma mesa, enchendo o copo de champanhe de Spencer Craig. Ficou pensando se Craig fora tentado a investir algum dinheiro no seu terreno olímpico. Esperava descobrir mais tarde na festa de estreia.

— Vamos evitá-los — disse Sarah. — Spencer Craig nunca foi alguém da minha preferência.

— Nem da minha — disse Danny, enquanto abriam caminho até o balcão.

— Ei, Sarah, Nick! Estamos aqui! — gritou Payne, acenando furiosamente para eles. — Venham tomar uma taça de champanhe.

Danny e Sarah andaram a contragosto até eles.

— Lembra-se de Nick Moncrieff? — perguntou Payne, virando-se para Craig.

— Claro — disse Craig. — O homem que está prestes a nos fazer ganhar uma fortuna.

— Esperemos que sim — disse Danny, tendo recebido a resposta a uma de suas perguntas.

— Precisamos de toda a ajuda que pudermos obter, depois do espetáculo desta noite — comentou Payne.

— Ah, podia ser pior — disse Sarah, enquanto Danny lhe entregava uma taça de champanhe.

— É uma merda — disse Craig. — Então, aí vai um dos meus investimentos ralo abaixo.

— Você não investiu demais nele, espero — disse Danny, jogando verde para colher maduro.

— Nada comparado ao que investi no seu pequeno empreendimento — disse Craig, que não conseguia tirar os olhos de Sarah.

Payne sussurrou conspiratoriamente para Danny:

— Transferi a soma total esta manhã. Vamos trocar contratos em alguma ocasião nos próximos dias.

— Fico encantado em ouvi-lo — disse Danny sinceramente, embora os suíços já o tivessem informado pouco antes de ele sair para o teatro.

411   Prisioneiro da Sorte

— Aliás — acrescentou Payne —, devido às minhas relações políticas, consegui arranjar duas entradas para o debate parlamentar da próxima quinta-feira. Assim, se você quiser me acompanhar para ouvir a declaração da ministra, será bem-vindo.

— Simpático de sua parte, Gerald, mas não prefere levar Lawrence ou Craig? — Ele ainda não conseguia se obrigar a chamá-lo de Spencer.

— Larry tem um teste nesta tarde, e Spencer tem um encontro com o presidente da Câmara dos Lordes na outra extremidade do prédio. Todos nós sabemos do que se trata — disse ele, piscando o olho.

— Sabemos? — indagou Danny.

— Ah, sim. Spencer está prestes a ser nomeado advogado da Coroa — sussurrou Payne.

— Parabéns! — disse Danny, virando-se para seu inimigo.

— Ainda não é oficial — respondeu Craig, sem nem sequer olhar em sua direção.

— Mas será na próxima quinta-feira — disse Payne. — Então, Nick, por que não me encontra na entrada de St. Stephen's da Câmara dos Comuns ao meio-dia e meia, para ouvirmos juntos a declaração ministerial, antes de sairmos para comemorar nossa boa sorte?

— Vejo você lá — disse Danny, na hora dos três toques da campainha.

Ele olhou para Sarah do outro lado, encurralada num canto por Craig. Gostaria de socorrê-la, mas foi empurrado pela multidão, quando esta começou sua debandada inversa de volta ao teatro.

Sarah voltou para seu assento assim que as cortinas se abriram. O segundo ato revelou-se um pouco melhor que o primeiro, mas não tanto que pudesse agradar ao sujeito sentado na frente deles.

Quando as cortinas se fecharam, o crítico foi o primeiro a deixar as primeiras filas, e Danny teve vontade de fazer como ele. Apesar de o elenco ter conseguido três chamadas para aplausos, Danny não precisou se levantar, já que ninguém mais se deu ao trabalho de fazê-lo. Quando as luzes finalmente acenderam, Danny se virou para Sarah e disse:

— Se você vai à festa, por que não lhe dou uma carona?

— Não vou. E desconfio que muita gente desta turma também não.

— É minha vez de buscar o seu conselho. Por que não?

— Os profissionais sempre farejam um fracasso, de modo que evitarão serem vistos numa festa onde as pessoas poderiam pensar que eles estão de certo modo comprometidos com aquilo. — Ela fez uma pausa. — Espero que você não tenha investido demais.

— Não o suficiente para perder uma noite de sono.

— Não esquecerei seu conselho — disse ela, entrelaçando o braço no dele.

— Então, o que acha de levar uma garota solitária para jantar?

Danny se lembrou da última vez que ele aceitara uma oferta assim e de como a noite terminara. Não queria ter que se explicar para outra garota, especialmente para aquela ali.

— Sinto muito — disse —, mas...

— Você é casado?

— Bem que queria.

— Eu só queria ter conhecido você antes dela — disse Sarah, soltando seu braço.

— Isso não teria sido possível — disse Danny, sem dar uma explicação.

— Traga-a da próxima vez — disse Sarah. — Gostaria de conhecê-la. Boa-noite, Nick, e obrigada de novo pelo conselho. — Ela o beijou na face e se afastou para encontrar o irmão.

Danny mal conseguiu se impedir de avisá-la para não investir um tostão no empreendimento olímpico de Payne, mas sabia que, com uma garota tão inteligente, seria arriscado demais.

Juntou-se à multidão que se afastava do teatro o mais rápido possível, mas não pôde evitar um Charlie Duncan desanimado que se posicionara na saída. Ele deu um sorriso fraco para Danny.

— Bem, pelo menos não terei que gastar dinheiro numa festa de fim de temporada.

65

Danny encontrou Gerald Payne na entrada de St. Stephen's do Palácio de Westminster. Era sua primeira visita à Câmara dos Comuns, e ele planejava que seria a última de Gerald Payne.

— Tenho duas entradas para a galeria pública — anunciou Payne em voz alta para o policial colocado na entrada. Eles ainda levaram um longo tempo para passar pela segurança.

Depois de esvaziarem seus bolsos e passarem pelo detector de metais, Payne conduziu Danny por um longo corredor de mármore até o saguão principal.

— Eles não têm entradas — explicou Payne enquanto passavam por uma fila de visitantes sentados nos bancos verdes, esperando pacientemente serem admitidos à galeria pública. — Só vão entrar no início da noite, se conseguirem entrar.

Danny assimilava a atmosfera do saguão central, enquanto Payne se apresentava ao policial atrás da mesa e mostrava suas entradas. Havia deputados conversando com eleitores visitantes, turistas olhavam fixamente o teto ornamentado de mosaico, enquanto outros, para quem aquilo tudo se tornara coisa comum, cruzavam resolutamente o saguão, como se estivessem cuidando de seus afazeres.

Payne só parecia interessado em uma coisa: assegurar um bom lugar antes que a ministra se levantasse para fazer sua declaração da tribuna. Danny também queria que Payne tivesse a melhor visão possível dos trabalhos.

Um policial apontou para um corredor à sua direita. Payne partiu em ritmo acelerado, e Danny teve que se apressar para alcançá-lo. Payne desceu o corredor atapetado de verde e subiu uma escadaria para o primeiro andar, como se já fosse membro da casa. Ele e Danny eram esperados, no final da escada, por um funcionário que verificou suas entradas antes de conduzi-los até a galeria dos visitantes. A primeira coisa que espantou Danny foi o pequeno tamanho da galeria e a pequena quantidade de lugares reservados às visitas, o que explicava o grande número de pessoas que precisavam esperar no andar térreo. O funcionário encontrou dois lugares para eles na quarta fila e entregou a ambos uma ordem do dia. Danny se inclinou para a frente e baixou os olhos para a câmara, espantando-se com os poucos membros presentes, a despeito de estarem no meio do dia. Era óbvio que não havia muitos deputados interessados no lugar onde seria construído o velódromo olímpico, apesar de o futuro de algumas pessoas depender da decisão da ministra. Uma delas se sentava ao lado de Danny.

— A maior parte, deputados de Londres — sussurrou Payne, enquanto virava as páginas da ordem do dia até o local que o interessava. Sua mão tremia quando ele chamou a atenção de Danny para o alto da página: 12h30, declaração da ministra dos Esportes.

Danny tentou acompanhar o que acontecia na câmara embaixo. Payne explicou que era um dia dedicado a perguntas ao ministro da Saúde, mas que elas terminariam logo, às 12h30. Danny ficou encantado ao constatar a impaciência de Payne para trocar seu lugar na galeria por um assento nos bancos verdes embaixo.

À medida que o relógio acima do presidente da casa se aproximava cada vez mais de 12h30, Payne começou a mexer nervosamente sua ordem do dia. Sua perna tremia. Danny permanecia calmo, mas ele já sabia o que a ministra diria para a casa.

Quando o presidente se levantou às 12h30 e berrou "Declaração da ministra dos Esportes", Payne se inclinou para ter uma visão melhor, enquanto a ministra se levantou no banco da frente e colocou uma pasta vermelha na tribuna.

— Senhor presidente, com sua permissão quero fazer uma declaração relativa ao local que escolhi para a futura construção de um velódromo olímpico. Os senhores membros hão de lembrar que informei à casa mais cedo neste mês que eu havia reduzido a dois os locais habilitados, mas que só chegaria a uma decisão final depois de receber minuciosos relatórios de agrimensores sobre ambos os terrenos. — Danny relanceou para Payne; uma gota de suor surgira na sua testa. Danny também tentou parecer preocupado. — Esses relatórios foram entregues no meu ministério ontem, e também foram mandadas cópias para o Comitê Olímpico de escolha de sede, e ao presidente da Federação Britânica de Ciclismo. Os membros podem obter cópias na própria casa, imediatamente depois desta declaração.

"Tendo lido os dois relatórios, todas as instituições envolvidas concordaram que apenas um terreno poderia ser levado em conta em relação a este importante projeto." A insinuação de um sorriso surgiu nos lábios de Payne. — "O relatório do agrimensor revelou que um dos terrenos está infelizmente infestado com uma planta nociva e invasiva conhecida como sanguinária-japonesa. (Risos.) Tenho a impressão de que os digníssimos membros jamais encontraram, bem como eu, esse problema antes, por isso vou me deter um instante para explicar suas consequências... A sanguinária-japonesa é uma planta extraordinariamente agressiva e destrutiva que se espalha rapidamente e torna o terreno que invade inadequado para qualquer projeto de construção. Antes de tomar minha decisão final, procurei aconselhar-me se havia alguma solução simples para esse problema. Os especialistas nesse ramo me asseguram que a sanguinária-japonesa pode ser erradicada por meios químicos." Payne levantou a cabeça, com um pequeno brilho de esperança nos olhos. "No entanto, a experiência passada já mostrou que as primeiras tentativas nem sempre são bem-sucedidas. O tempo médio necessário para que os terrenos de conselhos municipais de Birmingham, Liverpool e Dundee se livrassem da planta e fossem julgados aptos a receber construções foi pouco mais de um ano.

"Os dignos deputados saberão avaliar que seria uma irresponsabilidade de meu departamento correr o risco dessa espera de doze meses, ou possivelmente até mais, antes que o trabalho de construção possa começar no terreno infestado. Não me restou outra escolha senão selecionar o excelente terreno alternativo para esse projeto." A pele de Payne tornou-se branca como giz ao ouvir a palavra "alternativo". "Portanto, quero declarar que meu departamento, com apoio do Comitê Olímpico Britânico e da Federação Britânica de Ciclismo, escolheu o terreno em Stratford South para a construção do novo velódromo."

A ministra voltou para o seu lugar e ficou esperando perguntas do plenário.

Danny olhou para Payne, cuja cabeça descansava nas mãos.

Um funcionário desceu correndo os degraus.

— Seu amigo está se sentindo bem? — perguntou, parecendo preocupado.

— Acho que não — disse Danny, parecendo despreocupado. — Podemos levá-lo até o banheiro? Tenho a impressão de que ele vai vomitar.

Danny pegou Payne pelo braço e ajudou-o a se levantar, enquanto o funcionário conduzia os dois escada acima até a saída da galeria. Correu na frente e abriu a porta para permitir que Payne entrasse cambaleando no banheiro. Payne começou a vomitar muito antes de alcançar a pia.

Afrouxou a gravata e desabotoou o botão de cima da camisa, em seguida começou a vomitar de novo. Enquanto baixava a cabeça e se agarrava nos lados da pia respirando pesadamente, Danny o ajudou a tirar o paletó. Retirou agilmente o celular de Payne de um bolso interno do casaco e apertou uma tecla que revelou uma longa lista de nomes. Rolou a tela até surgir "Lawrence". Enquanto Payne enfiava a cabeça na pia pela terceira vez, Danny consultou o relógio. Davenport estaria se preparando para o teste, uma última olhada no roteiro antes de ir se maquiar. Ele começou a teclar uma mensagem de texto enquanto Payne se ajoelhava aos soluços, exatamente como fizera Beth ao assistir à morte de seu irmão. *Ministra não escolheu nosso terreno. Sinto muito. Achei que devia saber.* Sorriu e apertou a tecla "enviar", antes de voltar para a lista de contatos. Rolou a tela para baixo, parando quando surgiu o nome "Spencer".

Spencer Craig olhou para si mesmo num espelho de corpo inteiro. Comprara uma camisa nova e uma gravata de seda especialmente para a ocasião. Também alugara um carro para pegá-lo no seu escritório às 11h30. Não podia correr o risco de chegar atrasado para o encontro com o presidente da Câmara dos Lordes. Todo mundo parecia saber sobre sua nomeação, já que não parava de receber sorrisos e murmúrios de parabéns — do responsável pelos escritórios até a senhora que servia chá.

Craig estava sentado sozinho no seu escritório fingindo ler um relatório que pousara em sua mesa naquela manhã. Chegavam muitos relatórios recentemente. Esperava, impaciente, que o relógio chegasse às 11h30 para que pudesse partir para seu compromisso ao meio-dia. "Primeiro, ele lhe oferecerá um copo de xerez seco", dissera-lhe um colega mais velho. "Em seguida, conversará alguns minutos sobre o terrível estado do críquete na Inglaterra, pelo qual ele culpará as táticas de distrair o adversário, e aí, de repente e sem avisar, dirá confidencialmente que fará uma recomendação à Sua Majestade, e ele fica muito pomposo a esta altura, para incluir seu nome na lista de advogados a serem promovidos ao serviço da Coroa. Então, divagará durante alguns minutos sobre o ônus que essa responsabilidade faz recair sobre o recém-nomeado e blá-blá-blá."

Craig sorriu. Fora um ano bom, e ele pretendia comemorar a nomeação em alto estilo. Abriu uma gaveta, pegou o talão de cheques e preencheu um cheque de duzentas mil libras pagável a Baker, Tremlett e Smythe. Era o maior cheque que ele preenchera na vida, e ele já pedira a seu banco um cheque especial a curto prazo. É que jamais vira Gerald tão confiante em alguma coisa antes. Recostou-se na cadeira e saboreou o momento enquanto pensava em como gastaria seu lucro: um Porsche novo, alguns dias em Veneza. Talvez Sarah apreciasse uma viagem no Expresso do Oriente.

O telefone tocou na sua mesa.

— Seu carro chegou, sr. Craig.

— Diga a ele que descerei logo. — Colocou o cheque num envelope e endereçou-o a Gerald Payne, em Baker, Tremlett e Smythe. Deixou-o no mata-borrão em cima da mesa e desceu contente. Chegaria alguns minutos antes da hora, mas não tinha intenção de deixar o presidente idoso esperar por ele. Não falou com o motorista durante o curto percurso pelo Strand, ao longo de Whitehall e entrando na Parliament Square. O carro parou na entrada da Câmara dos Lordes. Um segurança no portão verificou seu nome numa prancheta e acenou para que o carro passasse. O motorista virou à esquerda, passando sob um arco gótico, e parou diante da sala do presidente da Câmara dos Lordes.

Craig permaneceu sentado, à espera de que o motorista abrisse a porta para ele, saboreando cada momento. Caminhou sob o pequeno arco e foi recebido por um recepcionista carregando outra prancheta. Seu nome foi verificado de novo, antes que o recepcionista o acompanhasse lentamente por uma escada com tapete vermelho até a sala do presidente da Câmara dos Lordes.

O recepcionista bateu na pesada porta de carvalho, e uma voz disse:

— Entre.

Ele abriu a porta e se colocou de lado para deixar que Craig entrasse. Uma jovem estava sentada atrás de uma mesa no canto da extremidade da sala. Ela levantou os olhos e sorriu.

— Sr. Craig?

— Sim.

— O senhor está um pouco adiantado, mas verei se o Lorde está livre.

Craig estava prestes a lhe dizer que esperaria de bom grado, mas ela já pegara o telefone.

— O sr. Craig está aqui, Lorde.

— Por favor, mande-o entrar — respondeu uma voz tonitruante.

A secretária se levantou, atravessou a sala e conduziu o sr. Craig até a sala do presidente da Câmara dos Lordes.

Craig podia sentir o suor nas palmas das mãos ao entrar na magnífica sala, toda forrada de lambris de carvalho, debruçada sobre o Tâmisa. Viam-se retratos de ex-ministros generosamente espalhados em cada parede, e o papel de parede Pugin, ornamentado de vermelho e dourado, não deixava dúvidas de que ele se encontrava na presença do mais alto funcionário da justiça do país.

— Por favor, sente-se, sr. Craig — disse o presidente, abrindo uma pasta vermelha espessa no meio de sua mesa.

Não houve insinuação do copo de xerez enquanto folheava alguns documentos. Craig olhava fixamente para o velho, com sua grande testa e bastas sobrancelhas, que já haviam sido a alegria de muitos cartunistas. O ministro levantou lentamente a cabeça e fitou o visitante do outro lado da mesa ornamentada.

— Achei que, dadas as circunstâncias, sr. Craig, eu deveria lhe dar uma palavra em particular, em vez de o senhor ficar sabendo dos detalhes pela imprensa.

Não mencionou a situação do críquete na Inglaterra.

— Recebemos uma petição — prosseguiu ele, num tom de voz seco e monótono — de perdão no caso de Daniel Arthur Cartwright. — Ele fez uma pausa para permitir que Craig absorvesse a plena implicação do que ele diria. — Três juízes do Supremo, liderados pelo ministro Beloff, me aconselharam unanimemente, depois de terem revisto todas as provas, a recomendar à Sua Majestade uma revisão completa do caso. — Fez nova pausa, obviamente sem querer apressar o que tinha a dizer. — Como o senhor foi testemunha da acusação no julgamento original, achei melhor avisá-lo de que os ministros desejam que o senhor se apresente a eles, junto com... — baixou os olhos para consultar sua pasta — o sr. Gerald Payne e o sr. Lawrence Davenport, para interrogar os três em relação ao testemunho dado na audiência original.

Antes que pudesse prosseguir, Craig o interrompeu.

— Mas eu achava que, antes de os ministros pensarem em reverter um recurso, era necessária a apresentação de novas provas a serem avaliadas.

419   *Prisioneiro da Sorte*

— E novas provas estão sendo apresentadas.

— A fita?

— Não há nada no relatório do ministro Beloff que fale numa fita. Há, no entanto, uma alegação de um colega de cela de Cartwright — e, mais uma vez, o ministro olhou para sua pasta —, um certo sr. Albert Crann, que afirma ter estado presente quando o sr. Toby Mortimer, que acredito ser seu conhecido, alegou ter presenciado o assassinato do sr. Bernard Wilson.

— Mas isso não passa de um boato, provindo da boca de um criminoso condenado. Não teria consistência em nenhum tribunal do país.

— Em circunstâncias normais, eu concordaria com esse juízo, sr. Craig, e teria negado a petição, não fosse o fato de outra prova ter sido também apresentada a Suas Excelências.

— Outra prova nova? — repetiu Craig, sentindo de repente um nó no estômago.

— Sim — disse o ministro. — Parece que Cartwright não dividiu uma cela apenas com Albert Crann, mas também com outro detento que mantinha um diário onde anotava meticulosamente tudo o que acontecia na cadeia, inclusive relatos ao pé da letra de conversas tidas por ele.

— Então, a única fonte dessa acusação é um diário que um condenado alega ter escrito enquanto estava na cadeia.

— Ninguém o acusa de nada, sr. Craig — disse o ministro em voz baixa. — No entanto, tenho a intenção de convocar as testemunhas para que compareçam diante de Suas Excelências. É claro que lhe serão dadas todas as oportunidades de apresentar sua versão do caso.

— Quem é esse homem?

O ministro virou uma página de sua pasta e verificou duas vezes o nome, antes de levantar os olhos e dizer:

— Sir Nicholas Moncrieff.

66

ANNY ESTAVA SENTADO no seu lugar cativo no Dorchester, lendo o *The Times*. O repórter de ciclismo relatava a escolha surpreendente do local do velódromo pela ministra dos Esportes. Conseguiu preencher alguns centímetros de coluna, inseridos entre a canoagem e o basquete.

Danny examinara as páginas esportivas da maioria dos periódicos nacionais naquele mesmo dia mais cedo, e os que se deram ao trabalho de noticiar a declaração da ministra concordavam que não lhe restara alternativa. Nenhum deles, nem mesmo o *Independent*, dispôs de muito espaço para informar aos leitores o que era a sanguinária-japonesa.

Danny consultou o relógio. Gary Hall estava atrasado alguns minutos, e Danny ficou imaginando as recriminações que deviam estar sendo feitas nos escritórios de Baker, Tremlett e Smythe. Passou para a primeira página e lia sobre o último episódio da ameaça nuclear da Coreia do Norte, quando um Hall esbaforido surgiu a seu lado.

— Desculpe o atraso — disse ele, arfando —, mas o sócio principal mandou me chamar na hora em que eu ia sair do escritório. Houve bastante chumbo grosso depois da declaração da ministra. Todo mundo está botando a culpa em alguém. — Sentou-se diante de Danny e tentou se acalmar.

— Relaxe e deixe que eu peça um café para você — disse Danny, enquanto Mario ia atendê-los.

— E mais um chocolate quente para o senhor, Sir Nicholas? — Danny confirmou com a cabeça, largou o jornal e sorriu para Hall. — Bem, pelo menos ninguém pode culpá-lo, Gary — disse.

421   *Prisioneiro da Sorte*

— Ah, ninguém acha que eu estive metido nisso — comentou Hall. — E por isso eu fui promovido.

— Promovido? — disse Danny. — Parabéns.

— Obrigado, mas isso só aconteceu porque Gerald Payne foi demitido. — Danny arranjou um jeito de disfarçar um sorriso. — Foi chamado à sala do sócio principal, logo de manhã cedo, que o mandou tirar as coisas de sua mesa e deixar o local em uma hora. Dois de nós acabaram promovidos em consequência desse fato.

— Mas eles não perceberam que fomos você e eu que apresentamos a ideia a Payne em primeiro lugar?

— Não. Depois que souberam que você não conseguiria levantar a soma total, de repente o negócio virou ideia de Payne. Na verdade, acharam que você perdeu seu investimento e talvez pudesse até processar a firma. — Danny não chegara a pensar nisso; até agora.

— O que será que Payne fará? — sondou Danny.

— Jamais conseguirá outro emprego no nosso setor — informou Hall. — Pelo menos no que depender do sócio principal.

— Então, o que fará o pobre sujeito? — perguntou Danny, ainda sondando.

— Sua secretária me disse que ele foi até Sussex para passar alguns dias com a mãe. Ela é presidente do diretório regional do partido, o qual ele ainda espera representar nas próximas eleições.

— Não vejo como pode haver algum problema nisso — disse Danny, esperando ser refutado. — A não ser, é claro, que tenha aconselhado algum de seus eleitores a investir na sanguinária-japonesa.

Hall deu uma risada.

— Esse sujeito é um sobrevivente — disse. — Aposto que será deputado dentro de poucos anos, e, a essa altura, ninguém se lembrará mais de toda essa confusão.

Danny franziu a testa, subitamente se dando conta de que talvez tivesse apenas ferido Payne, a despeito de não esperar que Davenport ou Craig se recuperassem com tanta facilidade. — Tenho outro trabalho para você — disse ele, abrindo sua pasta e tirando dela um punhado de documentos. — Preciso que venda uma propriedade na Redcliffe Square, nº 25. O antigo dono...

— Olá, Nick — disse uma voz.

Danny levantou os olhos. Um sujeito alto, de compleição forte, pairava sobre ele. Trajava um saiote escocês, tinha uma massa de cabelos castanhos ondulados e o rosto corado, e devia ter mais ou menos a mesma idade de Danny. Pensar como Danny, comportar-se como Nick. Danny sabia que uma ocasião assim haveria de surgir obrigatoriamente, mas nos últimos tempos andava tão descontraído na sua nova máscara que achava impossível ser apanhado de surpresa. Estava errado. Primeiro, precisava descobrir se o sujeito estivera no colégio ou no Exército com Nick, porque certamente na prisão é que não fora. Levantou-se.

— Olá — disse Danny, dando um sorriso caloroso e apertando a mão do estranho. — Quero lhe apresentar um sócio de negócios, Gary Hall.

O sujeito se inclinou e apertou a mão de Hall, dizendo:

— É um prazer, Gary. Sou Sandy, Sandy Dawson — acrescentou, num forte sotaque escocês.

— Faz tempo que Sandy e eu nos conhecemos — disse Danny, na esperança de descobrir quanto.

— É verdade — disse Dawson. — Mas nunca mais vi Nick desde que saímos do colégio.

— Estivemos juntos no Loretto — disse Danny, sorrindo para Hall. — Então, o que andou fazendo, Sandy? — perguntou, procurando desesperadamente outra pista.

— Ainda estou na indústria de carne, tal como meu pai — disse Dawson. — E sempre dando graças a Deus que a carne das serras da Escócia continue sendo a mais popular do reino. E você, Nick?

— Ando levando as coisas bem devagar desde que... — disse Danny, tentando descobrir se Dawson sabia que ele estivera preso.

— Sim, claro — disse Sandy. — Coisa terrível, que injustiça. Mas estou satisfeito em ver que você saiu disso tudo ileso. — Um olhar espantado surgiu no rosto de Hall. Danny não conseguia pensar numa resposta adequada. — Espero que ainda tenha tempo de jogar uma partida de críquete de vez em quando — disse Dawson. — Ele era o melhor e mais rápido arremessador do colégio — acrescentou, virando-se para Hall. — Eu sei bem, era apanhador.

— E bom à beça — disse Danny, dando-lhe um tapinha nas costas.

— Desculpe se os interrompi — disse Dawson —, mas não podia prosseguir sem vir dar um alô.

— Muito bem — disse Danny. — Bom ver você, Sandy, depois desse tempo todo.

423 Prisioneiro da Sorte

— Bom ver você também — disse Dawson, virando-se para partir.

Danny voltou a se sentar, esperando que Hall não tivesse ouvido o suspiro de alívio provocado pela partida de Dawson. Começou a tirar mais documentos da sua pasta, quando Dawson se voltou.

— Provavelmente ninguém lhe contou, Nick, que Squiffy Humphries morreu.

— Não, sinto muito — disse Danny.

— Teve um enfarto no campo de golfe quando jogava uma rodada com o diretor. O time de rúgbi nunca mais foi o mesmo desde que Squiffy se aposentou.

— É, pobre Squiffy. Grande treinador.

— Vou deixá-lo em paz — disse Dawson. — Achei que gostaria de saber. Toda a Musselburgh apareceu no enterro.

— Nada mais merecido — disse Danny. Dawson fez um gesto de concordância com a cabeça e se afastou.

Desta vez, Danny só tirou os olhos do sujeito quando o viu deixar a sala.

— Sinto muito — disse.

— É sempre constrangedor encontrar amigos de colégio anos depois — disse Hall. — Na maior parte das vezes, mal consigo lembrar seus nomes. Mas, olhe só, é difícil esquecer esse aí. Que figura.

— Sim — disse Danny, entregando rapidamente os documentos da casa na Redcliffe Square.

Hall examinou-os durante algum tempo, antes de perguntar:

— Qual o preço que você acha que a propriedade alcança?

— Por volta de três milhões. Existe uma hipoteca de pouco mais de um milhão, e paguei mais um; por isso, qualquer coisa acima de dois milhões e duzentos ou trezentos mil representa algum lucro.

— A primeira coisa que preciso providenciar é uma medição.

— Uma lástima Payne não ter feito isso no terreno de Stratford.

— Mas ele alega que fez. Aposto que o agrimensor jamais ouviu falar da sanguinária-japonesa. Para ser justo, nem ninguém no escritório.

— Eu certamente nunca ouvira. Bem, pelo menos até muito recentemente.

— Há algum problema com o atual proprietário? — perguntou Hall, virando as páginas da escritura. Em seguida acrescentou, antes que Danny pudesse responder: — Ele é quem eu penso que é?

— Sim, Lawrence Davenport, o ator.
— Sabe que é amigo de Gerald?

— Você está na primeira página do *Evening Standard*, patrão — disse Big Al, saindo do pátio externo do Dorchester e se misturando ao tráfego que ia em direção a Hyde Park Corner.
— O que você quer dizer? — perguntou Danny, temendo o pior.
Big Al passou o jornal para trás, para Danny. Ele olhou a manchete enorme: *Perdão real para Cartwright?*
Danny fez uma leitura dinâmica do artigo, antes de lê-lo com mais cuidado de novo.
— Não sei o que você vai fazer, patrão, se convocarem Sir Nicholas ao tribunal como testemunha de defesa de Danny Cartwright.
— Se tudo correr como o planejado — disse Danny, olhando para uma foto de Beth cercada de centenas de militantes da campanha, do Bow —, não serei o réu.

67

CRAIG MANDARA buscar quatro pizzas, e não haveria nenhuma garçonete para servir vinho gelado nessa reunião dos Mosqueteiros.

Desde que deixara a sala do ministro da Justiça, passara cada instante disponível tentando descobrir tudo o que podia sobre Sir Nicholas Moncrieff. Conseguira confirmar que Moncrieff dividira uma cela com Danny Cartwright e Albert Crann quando detentos em Belmarsh. Também descobriu que Moncrieff fora solto seis semanas depois da morte de Cartwright.

O que Craig não conseguia entender era como alguém haveria de querer dedicar toda sua existência tentando destruir três homens que jamais conhecera. A não ser que... Quando colocou as fotos de Moncrieff e Cartwright uma ao lado da outra foi que começou a pensar nessa possibilidade. Não levou muito tempo para que elaborasse um plano para descobrir se a possibilidade poderia ser de fato uma realidade.

Houve uma batida à porta da frente. Craig abriu-a e foi saudado pela triste figura de Gerald Payne, agarrado a uma garrafa de vinho barato. Toda a segurança de seu último encontro evaporara.

— Larry vem? — perguntou, sem se dar ao trabalho de apertar a mão de Craig.

— Estou esperando por ele a qualquer minuto — disse Craig, deixando o velho amigo entrar na sala de visitas. — Onde andou se escondendo?

— Estou em Sussex com a minha mãe até tudo isso passar — respondeu Payne, afundando numa poltrona confortável.

— Algum problema com suas bases eleitorais? — perguntou Craig, servindo-lhe uma taça de vinho.

— Poderia ser pior. Os liberais andam espalhando boatos, mas felizmente fazem isso com tanta frequência que ninguém dá muita importância. Quando o editor do pasquim local me ligou, disse a ele que pedira demissão da Baker, Tremlett e Smythe porque queria dedicar mais tempo a meu trabalho eleitoral durante as prévias das eleições gerais. Ele chegou até a escrever um artigo de apoio no dia seguinte.

— Não tenho dúvida de que você sobreviverá. Sinceramente, estou muito mais preocupado é com Larry. Não só não conseguiu o papel em *Holby City*, mas está dizendo a todo mundo que você lhe mandou uma mensagem de texto sobre a declaração da ministra na hora em que ele estava prestes a fazer o teste.

— Mas isso não é verdade. Fiquei tão chocado que não entrei em contato com ninguém, nem mesmo com você.

— Alguém entrou. E agora percebo que, se não foi você, foi alguém que sabia sobre o teste de Larry, além do meu encontro com o ministro.

— A mesma pessoa que naquele momento teve acesso a meu telefone.

— O onipresente Sir Nicholas Moncrieff.

— Filho da mãe. Eu mato ele — disse Payne, sem pensar no que dizia.

— Era o que a gente devia ter feito, quando teve a oportunidade — disse Craig.

— Como assim?

— Você descobrirá na hora certa — disse Craig, quando a campainha tocou. — Deve ser Larry.

Enquanto Craig atendia à porta, Payne ficou sentado, pensando sobre as mensagens de texto que Moncrieff deveria ter mandado para Larry e Spencer enquanto ele estava fora de ação no banheiro da Câmara dos Comuns, mas ainda estava longe de entender o motivo, quando os dois se juntaram a ele. Payne não conseguia acreditar que Larry tivesse mudado tanto em tão pouco tempo. Trajava um jeans desbotado e uma camisa amarrotada. Obviamente não fazia a barba desde que ouvira falar da declaração. Desabou na primeira poltrona.

— Por quê? Por quê? Por quê? — foram suas primeiras palavras.

— Você vai descobrir logo — disse Craig, dando-lhe uma taça de vinho.

— Foi obviamente uma campanha bem-organizada — disse Payne, depois que Craig voltou a encher sua taça.

— E não há motivo para acreditar que já terminou conosco — disse Craig.

427   *Prisioneiro da Sorte*

— Mas por quê? — repetiu Davenport. — Por que me emprestar um milhão de libras de seu bolso, se ele sabia que eu ia perder cada *penny* dele.

— Porque ele tinha uma hipoteca sobre sua casa que cobria o empréstimo — disse Payne. — Não havia como ele ter prejuízo.

— E o que você acha que ele fez no dia seguinte? — perguntou Davenport.

— Contratou sua antiga firma para vender a minha casa. Já puseram uma placa de vende-se no jardim da frente e começaram a mostrá-la aos compradores em potencial.

— Ele fez o quê? — disse Payne.

— E hoje de manhã recebi a carta de um advogado me avisando que, se eu não entregar o imóvel até o final do mês, ele não teria outra opção senão...

— Onde você vai morar? — perguntou Craig, na esperança de que Davenport não pedisse para morar com ele.

— Sarah concordou em me hospedar até que essa confusão se resolva.

— Você não lhe contou nada, não é? — perguntou Craig.

— Não, nada — respondeu Davenport. — Apesar de ela saber, evidentemente, que existe algo errado. E não para de perguntar quando foi que conheci Moncrieff.

— Você não pode contar a ela — disse Craig —, senão vamos acabar ainda mais encrencados.

— Como é possível ficarmos ainda mais encrencados? — perguntou Davenport.

— Ficaremos, se Moncrieff não for impedido de continuar com sua guerra — disse Craig. Payne e Davenport não fizeram nenhuma tentativa de contradizê-lo. — Moncrieff entregou seus diários ao ministro da Justiça e sem dúvida será chamado a depor diante do Tribunal de Recursos, quando este julgar o perdão a Cartwright.

— Ah, meu Deus — deixou escapar Davenport, com um ar de puro desespero no rosto.

— Não precisa entrar em pânico — disse Craig. — Acho que descobri uma maneira de liquidar Moncrieff de uma vez por todas. — Davenport não pareceu convencido. — E tem mais, existe uma possibilidade de ainda recuperarmos nosso dinheiro, o que incluiria sua casa, Larry, e também seus quadros.

— Mas como? — perguntou Davenport.

— Seja paciente, Larry, seja paciente, e tudo se esclarecerá.

— Compreendo a tática dele com Larry — disse Payne — porque não tinha nada a perder. Mas por que investir um milhão de seu bolso quando sabia que era um negócio fajuto?

— Isso foi um puro golpe de gênio — reconheceu Craig.

— Sem dúvida, você nos esclarecerá — disse Davenport.

— Porque, ao investir esse milhão — disse Craig, ignorando o sarcasmo de Davenport —, ele convenceu a vocês dois, e a mim, de que estávamos apostando no vencedor.

— Mas, mesmo assim, ele perderia seu milhão — disse Payne — se soubesse que o primeiro terreno estava condenado.

— Não se ele já fosse dono do terreno — explicou Craig.

Nenhum de seus dois convidados deu uma palavra, enquanto procuravam entender o significado do que dissera.

— Você está insinuando que nós lhe pagamos para ele comprar seu próprio imóvel? — perguntou Payne, finalmente.

— Pior — disse Craig —, porque acho que o conselho que você lhe deu, Gerald, deixava claro que ele não poderia sair perdendo. De modo que ele acabou não só nos arrasando, como fazendo um arraso em benefício próprio.

A campainha tocou.

— Quem é? — perguntou Davenport, quase pulando da poltrona.

— É só o jantar — esclareceu Craig. — Por que vocês não passam para a cozinha? Direi a vocês, enquanto comemos nossas pizzas, exatamente o que planejei contra Sir Nicholas Moncrieff, porque chegou a hora de reagirmos.

— Não tenho certeza de querer outro confronto com esse sujeito — admitiu Davenport, enquanto ele e Payne se dirigiam à cozinha.

— Talvez não tenhamos muitas outras opções — disse Payne.

— Você faz ideia de quem mais virá? — perguntou Davenport, quando viu a mesa arrumada para quatro.

Payne abanou a cabeça.

— Nenhuma. Mas acho improvável que seja Moncrieff.

— Com certeza. Mas bem pode ser um dos velhos amigos de colégio dele — disse Craig, ao juntar-se a eles na cozinha. Tirou as pizzas das caixas e colocou-as no micro-ondas.

— Vai explicar que diabo andou insinuando a noite toda? — perguntou Payne.

— Ainda não — disse Craig, consultando o relógio. — Mas só terá que esperar mais alguns minutos para descobrir.

— Pelo menos me diga o que quis dizer quando falou que Moncrieff fez um arraso por causa de um conselho que dei — pediu Payne.

— Não foi você quem lhe disse para comprar o segundo terreno, de modo que não pudesse perder de maneira alguma?

— Sim. Mas, se você se lembra, ele não tinha dinheiro suficiente para comprar o primeiro terreno.

— Ah, isso foi o que ele lhe contou — disse Craig. — De acordo com o *Evening Standard*, o outro terreno vale supostamente doze milhões.

— Mas por que ele colocaria um milhão do próprio bolso — perguntou Davenport —, se ele já sabia que ia arrebentar no segundo?

— Porque ele sempre pretendeu dar uma tacada em ambos os terrenos — disse Craig —, só que no primeiro nós seríamos as vítimas, enquanto ele não perderia um centavo. Se você tivesse nos contado logo que era Moncrieff quem estava lhe emprestando o dinheiro — disse ele para Davenport —, a gente poderia ter deduzido isso.

Davenport pareceu envergonhado, mas não fez nenhuma tentativa de se defender.

— Mas o que ainda não compreendo — disse Payne — é o motivo por que ele nos fez passar por tudo isso. Não pode ser apenas porque ele dividiu uma cela com Cartwright.

— Concordo, tem que haver alguma coisa além disso — comentou Davenport.

— E há — disse Craig. — E, se for o que estou pensando, Moncrieff não irá nos perturbar durante muito tempo.

Payne e Davenport não pareceram convencidos.

— Pelo menos conte para a gente — pediu Payne. — Como é que você foi achar um dos velhos amigos de escola de Moncrieff?

— Já ouviu falar do Velhos Amigos de Escola ponto com?

— Então, com quem você tentou entrar em contato? — perguntou Payne.

— Com qualquer um que conheceu Nicholas Moncrieff quando ele estava no colégio ou no Exército.

— Alguém entrou em contato com você? — perguntou Davenport, enquanto a campainha tocava de novo.

— Sete, mas apenas um tinha as características necessárias — respondeu Craig, ao deixar a cozinha para atender à porta.

Davenport e Payne se entreolharam, mas sem dizer nada.

Quando Craig tornou a aparecer, instantes depois, estava acompanhado por um sujeito alto, corpulento, que precisou abaixar a cabeça para passar pela porta da cozinha.

— Senhores, permitam-me apresentar Sandy Dawson — disse Craig. — Sandy era colega de dormitório de Nicholas Moncrieff no colégio Loretto.

— Durante cinco anos — disse Dawson, apertando as mãos de Davenport e Payne. Craig serviu-lhe uma taça de vinho, antes de oferecer-lhe o assento vazio na mesa.

— Mas por que precisa de alguém que conhecesse Moncrieff no colégio? — perguntou Davenport.

— Por que não lhes diz, Sandy? — disse Craig.

— Entrei em contato com Spencer achando que ele fosse meu velho amigo Nick Moncrieff, que não via desde que saí do colégio.

— Quando Sandy me procurou — interrompeu Craig —, eu lhe contei as reservas que tinha sobre o sujeito que alegava ser Moncrieff, e ele concordou em testá-lo. Foi Gerald quem me disse que Moncrieff tinha um encontro marcado com um de seus colegas, Gary Hall, no Dorchester, naquela manhã. Assim, Sandy apareceu lá alguns minutos depois.

— Não foi difícil achá-lo — disse Dawson. — Todo mundo, desde o porteiro no saguão até o gerente do hotel, parecia conhecer Sir Nicholas Moncrieff. Estava sentado num reservado, exatamente onde o recepcionista disse que eu o encontraria. Logo que o distingui, tive certeza de que era Nick, mas, como haviam se passado quase quinze anos desde a última vez em que o vira, achei melhor fazer uma verificação mais profunda. Quando fui falar com ele, não deu o mínimo sinal de ter me reconhecido, e olha que não sou tão fácil assim de esquecer.

— Esse foi um dos motivos por que o escolhi — disse Craig. — Mas, mesmo assim, isso não constitui prova, depois de tanto tempo.

— Foi por isso que resolvi interromper o encontro — disse Dawson — para ver se era mesmo Nick.

— E? — perguntou Payne.

— Impressionante. A mesma aparência, a mesma voz, até os mesmos trejeitos, mas, mesmo assim, não fiquei convencido, por isso resolvi fazer alguns testes. Quando Nick estava no Loretto, era o capitão do time de críquete, e um arremessador excelente e veloz. Aquele sujeito sabia disso, mas, quando lhe lembrei que eu era o apanhador do time principal, não piscou. Foi o seu primeiro erro. Nunca joguei críquete no colégio, detestava o jogo. Eu era do time de rúgbi, defensor, o que não era surpresa nenhuma, então me afastei. Mas mesmo assim fiquei pensando se ele não se esquecera, por isso voltei para lhe dar a triste notícia do falecimento de Squiffy Humphries, e que a cidade inteira comparecera a seu enterro. "Grande treinador", disse o sujeito. Foi seu segundo erro. Squiffy Humphries era a nossa diretora. Ela administrava com mãos de ferro: até eu tinha medo dela. Não havia como ele ter se esquecido de Squiffy. Não sei quem é aquele sujeito no Dorchester, mas posso afirmar com certeza que não é Nicholas Moncrieff.

— Então, que diabo é ele? — perguntou Payne.

— Sei exatamente quem ele é — disse Craig. — E tem mais: tenho como provar.

Danny atualizara todos os três arquivos. Não havia dúvida de que ele ferira Payne e até aleijara Davenport, porém mal roçara Spencer Craig com uma luva, apesar de talvez ter retardado sua nomeação para advogado da Coroa. E agora que ele jogara fora seu disfarce, todos os três tomariam conhecimento de quem era responsável pela derrocada tripla.

Enquanto Danny permanecera no anonimato, fora capaz de escolher seus adversários um a um, e até mesmo o terreno em que lutaria. Mas não tinha mais essa vantagem. Agora, eles se davam conta até demais de sua presença, deixando-o, pela primeira vez, exposto e vulnerável. Haveriam de querer se vingar, e ele não precisava que lhe lembrassem do que acontecera da última vez que eles haviam trabalhado em equipe.

Danny esperara derrotar os três antes que descobrissem contra quem se batiam. Agora sua única esperança era desmascará-los na justiça. Mas isso significava revelar que fora Nick, e não ele, a ser morto no chuveiro em Belmarsh, e, se ia correr esse risco, sua sincronização precisava ser perfeita.

Davenport perdera a casa e sua coleção de arte, e fora excluído de *Holby City* antes mesmo de completar seu teste de filmagem. Mudara-se para a casa da irmã em Cheyne Walk, o que fez Danny sentir culpa pela primeira vez; imaginava qual seria a reação de Sarah se ela algum dia descobrisse a verdade.

Payne estava à beira da falência, mas Hall dissera que sua mãe talvez conseguisse salvá-lo do desastre, e na próxima eleição ele ainda poderia ter a esperança de ser o digno deputado por Sussex Central.

Craig nada perdera comparado aos amigos e certamente não demonstrava nenhum sinal de remorso. Danny não tinha dúvida de qual dos Mosqueteiros encabeçaria o contra-ataque.

Danny recolocou as três pastas na prateleira. Já planejara sua próxima jogada e estava confiante de que ela faria os três acabarem na cadeia. Compareceria diante dos três juízes do Supremo, de acordo com o requerimento do sr. Redmayne, e forneceria a nova prova necessária para desmascarar Craig como assassino, Payne, como cúmplice, e Davenport como falsa testemunha, o que causara a detenção de um homem inocente por um crime que não cometera.

68

ETH SURGIU da escuridão da estação de Knightsbridge. Estava uma manhã limpa e clara, e as calçadas, repletas de admiradores de vitrines e moradores, gastando o almoço de domingo.

Alex Redmayne não poderia ter sido mais simpático e atencioso nas últimas semanas, e, quando ela o deixou menos de uma hora atrás, sentia-se plenamente confiante. Essa confiança começava agora a se esvair. Ao caminhar na direção do The Boltons, tentava se lembrar de tudo o que Alex lhe dissera.

Nick Moncrieff era um sujeito decente que se tornara amigo fiel de Danny quando estiveram juntos na cadeia. Algumas semanas antes de ser solto, Moncrieff escrevera a Alex se oferecendo para fazer o que pudesse para ajudar Danny, de cuja inocência tinha convicção.

Alex resolvera testar essa oferta, e, depois de Moncrieff ter sido solto, escrevera-lhe pedindo para dar uma olhada nos diários escritos na cadeia, junto com quaisquer anotações da época relativas à conversa gravada entre Albert Crann e Toby Mortimer. Alex terminou a carta perguntando se ele concordaria em comparecer à justiça como testemunha.

A primeira surpresa foi quando os diários foram entregues no escritório de Alex na manhã seguinte. A segunda foi o entregador. Albert Crann não poderia ter sido mais prestativo, respondendo a todas as perguntas feitas por Alex, ficando na defensiva apenas ao lhe ser perguntado por que seu patrão não concordava em comparecer diante dos juízes do Tribunal de Recursos; na verdade, nem quis ouvir falar de uma reunião informal com o sr. Redmayne a portas fechadas. Alex presumiu que aquilo tinha algo a ver com a vontade de Moncrieff de evitar qualquer confrontação com a polícia até que terminasse seu período de liberdade condicional. Mas Alex não desistia com tanta facilidade. Durante o almoço, convencera Beth de que, se ela conseguisse que Moncrieff mudasse de opinião e concordasse em testemunhar diante dos juízes do Tribunal de Recursos, talvez aquilo se tornasse o fator decisivo para limpar o nome de Danny.

— Nada de pressão — dissera Beth com um sorriso, mas agora ela estava sozinha e começava a sentir essa pressão a cada passo que dava.

Alex lhe mostrara uma foto de Moncrieff, avisando que, à primeira vista, ela poderia pensar por um instante estar olhando para Danny. Mas ela precisava se concentrar e não se deixar distrair.

Alex escolhera o dia, até mesmo a hora em que o encontro deveria acontecer: uma tarde de domingo por volta das quatro horas. Ele tinha a impressão de que Nick estaria mais descontraído a essa hora e talvez vulnerável a uma dama em apuros que aparecesse inesperadamente na sua porta.

Quando Beth deixou a rua principal e entrou em The Boltons, a cadência de seu passo tornou-se ainda mais lenta. Somente a ideia de limpar o nome de Danny a fazia continuar. Caminhou em volta do jardim semicircular, com a igreja no centro, até alcançar o número 12. Antes de abrir o portão, ensaiou as palavras que tanto ela quanto Alex haviam escolhido. Meu nome é Beth Wilson, e peço desculpas por perturbá-lo domingo à tarde, mas creio que o senhor dividiu uma cela com Danny Cartwright, que era...

Quando Danny acabara o terceiro ensaio recomendado pelo professor Mori, começou a se sentir um pouco mais seguro para enfrentar o seu mentor. Passou para um texto que escrevera mais de um ano atrás sobre as teorias de J. K. Galbraith sobre uma economia de baixa taxação que produzia... quando a campainha da porta tocou. Praguejou. Big Al fora assistir ao jogo do West Ham contra o Sheffield United. Danny quisera ir junto, mas ambos concordaram que ele não poderia correr esse risco. Será que poderia visitar Upton Park na próxima temporada? Voltou a prestar atenção em Galbraith, na esperança de que a pessoa, quem quer que fosse, desistisse, porém a campainha tocou uma segunda vez.

Ele se levantou a contragosto, afastando a cadeira. Quem seria desta vez? Uma testemunha de Jeová ou um vendedor cara de pau? Fosse lá quem fosse, ele já tinha a primeira frase pronta para quem resolvera interromper sua tarde de domingo. Desceu correndo para o andar de baixo e percorreu depressa o corredor, na esperança de se livrar dele antes que sua concentração se dissipasse. A campainha tocou uma terceira vez.

Ele puxou a porta.

— Meu nome é Beth Wilson, e peço desculpas por perturbá-lo em uma tarde de domingo...

Danny fitou a mulher que amava. Pensara nesse momento todos os dias nos últimos dois anos, e no que ele lhe diria. Ficou ali, mudo.

Beth ficou branca e começou a tremer.

— Não pode ser — disse ela.

— Mas é, querida — respondeu Danny, envolvendo-a em seus braços.

Alguém sentado em um carro do outro lado da rua continuava a tirar fotos.

— Sr. Moncrieff?

— Quem é?

— Meu nome é Spencer Craig. Sou advogado e tenho uma proposta a lhe fazer.

— Qual seria ela, sr. Craig?

— Se eu fosse capaz de devolver sua fortuna, sua fortuna de direito, quanto isso valeria para o senhor?

— Diga seu preço.

— Vinte e cinco por cento.

— Parece meio puxado.

— Devolver sua propriedade na Escócia, despejar o atual ocupante de sua casa em The Boltons, devolver a quantia total paga pela coleção de selos de seu avô, sem falar na propriedade de uma cobertura de luxo em Londres, que desconfio que o senhor nem conheça, e recuperar suas contas bancárias em Genebra e Londres? Não, não acho isso especialmente puxado, sr. Moncrieff. Na verdade, é bastante razoável quando a alternativa é nada vezes nada.

— Mas como isso seria possível?

— Depois de assinar um contrato, sr. Moncrieff, a fortuna de seu pai lhe será devolvida.

— E não haverá honorários ou cobranças ocultas? — perguntou Hugo, desconfiado.

— Nenhum honorário ou cobranças ocultas — prometeu Craig. — Na verdade, darei de quebra uma pequena surpresa que, desconfio, agradará até a sra. Moncrieff.

— E o que é?

— O senhor assina o contrato, e a esta hora da próxima semana ela será Lady Moncrieff.

69

— Você conseguiu uma foto da perna dele? — perguntou Craig.
— Ainda não — respondeu Payne.
— Me informe na hora em que conseguir.
— Espere aí. Ele está saindo de casa.
— Com o motorista? — perguntou Craig.
— Não, com a mulher que entrou ontem de tarde.
— Descreva-a.
— Quase 30 anos, 1,70m, magra, cabelos castanhos, belas pernas. Os dois estão entrando nos bancos traseiros do carro.
— Fique colado neles e me informe para onde eles vão.

Craig desligou o telefone, virou-se para seu computador e abriu uma foto de Beth Wilson, sem se surpreender que ela se encaixasse na descrição. No entanto, ficou espantado por Cartwright ter querido correr tamanho risco. Agora ele estava se achando invencível?

Depois que Payne tirasse uma foto da perna esquerda de Cartwright, Craig poderia marcar um encontro com o sargento Fuller. Ele, então, se poria de lado e deixaria a polícia ganhar todo o crédito pela captura de um assassino fugitivo e de sua cúmplice.

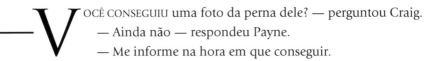

Big Al deixou Danny na entrada da universidade. Depois que Beth o beijou, ele saltou do carro e subiu correndo a escada, entrando no prédio.

Todos os seus planos tinham se dissipado com um beijo, seguido de uma noite sem dormir. Quando o sol raiou na manhã seguinte, Danny sabia que ele não poderia mais viver uma vida que não incluísse Beth, mesmo que isso significasse deixar o país e viver no estrangeiro.

Craig escapuliu do tribunal enquanto o júri elaborava seu veredicto. Ficou em pé na escadaria do Old Bailey e ligou para Payne no seu celular.

— Onde é que eles foram parar? — perguntou.

— Cartwright ficou na Universidade de Londres. Está cursando administração.

— Mas Moncrieff já tinha se formado em inglês.

— Verdade, mas não se esqueça de que, quando Cartwright estava em Belmarsh, fez vestibular para matemática e administração.

— Outro pequeno erro que ele supôs que ninguém notaria. Para onde o motorista levou a mulher depois que Cartwright saltou?

— Eles se dirigiram ao East End e...

— Bacon Road, 27, Bow.

— Como sabe?

— É a casa de Beth Wilson, namorada de Cartwright; ela estava com ele naquela noite no beco, não lembra?

— Como fui esquecer? — respondeu Payne, rispidamente.

— Conseguiu uma foto dela? — perguntou Craig, ignorando o pequeno desabafo.

— Várias.

— Ótimo, mas ainda preciso de uma foto da perna esquerda de Cartwright, logo acima do joelho, antes que eu possa fazer uma visita ao sargento Fuller. — Craig consultou o relógio. — É melhor voltar para o tribunal. O júri não deve levar muito tempo para decidir sobre o meu cliente. Onde você está neste instante?

— Do lado de fora da Bacon Road, 27.

— Não dê na vista. Essa mulher é capaz de reconhecer você a cem metros. Eu ligo assim que o tribunal decidir.

Durante o intervalo de almoço, Danny resolveu dar uma caminhada e arranjar um sanduíche antes de assistir à palestra do professor Mori. Tentou se lembrar das seis teorias de Adam Smith, caso o dedo em riste do professor Mori acabasse apontado para ele. Não reparou no sujeito sentado do outro lado da rua, com uma câmera ao lado.

Craig ligou para Payne no seu celular instantes depois que o tribunal se levantara para o encerramento.

— Ela não saiu de casa por mais de uma hora — disse Payne — e, quando apareceu, carregava uma grande valise.

— Para onde ela foi?

— O motorista levou-a para seu escritório na Mason Street, na cidade.

— E ela desceu com a valise?

— Não, deixou-a na mala do carro.

— Então, ela pretende ficar em The Boltons por pelo menos mais uma noite.

— Parece que sim. Ou você acha que eles planejam dar o fora do país? — perguntou Payne.

— Parece improvável que pensem em fazer isso antes da última entrevista com sua agente, na quinta-feira de manhã, quando terá terminado seu período condicional.

— O que significa que só temos mais três dias para recolher todas as provas de que precisamos.

— E então? O que ele andou fazendo esta tarde?

— Saiu da universidade às quatro e voltou de carro para The Boltons. Entrou na casa, e o motorista saiu logo de novo. Eu o segui, no caso de ele ter ido buscar a moça.

— E foi?

— Sim. Pegou-a no trabalho e levou-a de volta pra casa.

— E a valise?

— Levou-a para dentro.

— Talvez ela ache seguro se mudar agora. Ele foi dar uma corrida?

— Foi. Deve ter sido enquanto eu seguia a moça.

— Não dê atenção a ela amanhã. De agora em diante, concentre-se em Cartwright, porque, se formos desentocá-lo, só uma coisa importa.

— A foto. Mas e se ele não for correr de manhã?

— Por isso é mais importante ignorar a moça e colar nele. Vou informar Larry sobre as últimas.

— Ele está fazendo alguma coisa para ganhar a vida?

— Não muito. Mas a gente não pode se dar ao luxo de hostilizá-lo enquanto ele estiver morando com a irmã.

Craig se barbeava quando o telefone tocou. Praguejou.

— Saíram de casa juntos de novo.

— Então ele não saiu para correr esta manhã?

— Não, a não ser que tenha sido antes das cinco da manhã. Ligarei de novo se houver qualquer mudança na rotina dele.

Craig fechou o telefone e continuou se barbeando. Cortou-se e praguejou de novo.

Ele precisava estar no tribunal até as dez, quando o juiz daria a sentença na sua causa de arrombamento com agravante. O réu acabaria provavelmente com uma pena de dois anos, a despeito do seu pedido de que fossem considerados 23 outros crimes primários.

Craig esfregou um pouco de loção pós-barba no rosto, enquanto pensava nas acusações que Cartwright teria que enfrentar: fuga de Belmarsh simulando ser outro detento, roubo de uma coleção de selos valendo mais de cinquenta milhões de dólares, falsificação de cheques de duas contas-correntes, com pelo menos outros 23 crimes primários a serem considerados. Depois de o juiz julgar tudo aquilo, Cartwright só sairia da cadeia direto para o caixão. Craig desconfiava que a moça também acabaria enfrentando um longo período atrás das grades, por ajudar e proteger um criminoso. E, depois de descobrirem exatamente o que Cartwright andara aprontando após sair da prisão, ninguém ficaria falando em lhe oferecer perdão. Craig chegava a se sentir seguro de que o ministro da Justiça tornaria a convocá-lo, e desta vez lhe ofereceria um xerez seco, enquanto debatiam a decadência do críquete na Inglaterra.

Prisioneiro da Sorte

— A gente está sendo seguido — disse Big Al.

— O que o faz achar isso? — perguntou Danny.

— Percebi um carro seguindo a gente ontem. Agora, está aí de novo.

— Vire à esquerda na próxima esquina e veja se ele continua colado na gente.

Big Al assentiu com a cabeça e dobrou inesperadamente à esquerda.

— Continua? — perguntou Danny.

— Não, foi em frente — disse Big Al, consultando o retrovisor.

— Que carro era?

— Um Ford Mondeo azul-escuro.

— Quantos deles você imagina que existam em Londres? — perguntou Danny.

Big Al resmungou.

— Ele estava nos seguindo — repetiu, entrando em The Boltons.

— Vou dar uma corrida. Eu lhe direi caso veja alguém me seguindo.

Big Al não riu.

— O motorista de Cartwright me descobriu — disse Payne —, por isso não tive alternativa senão seguir adiante e me manter escondido pelo resto do dia. Estou a caminho da agência de aluguel para trocar este carro por um modelo diferente. Estarei de novo a postos amanhã cedinho. Mas terei que ter mais cuidado no futuro, porque o motorista de Cartwright é esperto. Aposto que já foi da polícia ou do Exército, o que significa que terei que trocar de carro todo dia.

— O que você acabou de dizer? — perguntou Craig.

— Terei que trocar...

— Não, antes disso.

— O motorista de Cartwright deve ser da polícia ou teve treinamento militar.

— Claro que sim. Não se esqueça de que o motorista de Moncrieff ficou trancafiado na mesma cela que ele e Cartwright.

— Tem razão. Crann, Albert Crann.

— Mais conhecido como Big Al. Tenho a impressão de que o sargento Fuller vai acabar com um *royal flush* na mão: rei, rainha e, agora, valete.

— Quer que eu volte esta noite para verificar de novo? — perguntou Payne.

— Não, Crann pode ser um brinde, mas não podemos correr o risco de ele descobrir que o estamos seguindo. Afaste-se do caminho deles até amanhã de tarde, porque pode ter certeza de que Crann agora vigiará a sua presença. Depois que ele deixar Cartwright em casa e for buscar a namorada, acho que será o momento de Cartwright dar sua corrida.

Quando Danny descia o corredor, foi saudado pelo professor Mori, que falava com alguns estudantes à véspera das provas.

— Daqui a um ano, Nick, será sua vez de enfrentar os exames finais. — Danny esquecera completamente quão pouco tempo havia até seus exames e não se deu ao trabalho de dizer ao professor que não fazia ideia de onde estaria dentro de um ano. — Estarei esperando um grande desempenho — acrescentou o professor.

— Espero que consiga corresponder à sua expectativa.

— Não há nada de equivocado na minha expectativa — disse Mori —, apesar de você ser o tipo de sujeito que conseguiu se instruir fora dos canais usuais e que depois fica imaginando que ainda tem muito que aprender. Acho que descobrirá, Nick, que, quando chegar a hora de seus exames, não só você se igualará, como superará a maioria dos alunos da sua turma.

— Fico lisonjeado, professor — disse Danny.

— Eu não sou de lisonjear — disse o professor, voltando sua atenção para outro aluno.

Danny caminhou vigorosamente até a rua, onde encontrou Big Al segurando a porta traseira de seu carro.

— Alguém andou nos seguindo hoje?

— Não, patrão — disse Big Al, colocando-se ao volante.

Danny não deixou que Big Al soubesse que ele achava bem possível que alguém os seguisse. Ficou pensando quanto tempo teria antes de Craig desenterrar a verdade, se já não o fizera. Danny só precisava de poucos dias a mais para completar seu período de condicional, e, então, o mundo todo saberia a verdade.

Quando encostaram em The Boltons, Danny saiu rápido do carro e entrou correndo em casa.

— Quer chá? — perguntou Molly, enquanto ele subia a escada aos saltos.

— Não, obrigado, vou dar uma corrida.

Danny despiu rapidamente as roupas e vestiu o uniforme de corrida. Resolvera dar uma corrida prolongada porque precisava de tempo para pensar no encontro com Alex Redmayne, na manhã seguinte. Ao sair correndo pela porta da frente, viu Big Al se dirigindo à cozinha, sem dúvida para pegar uma xícara de chá com Molly antes de sair para buscar Beth. Danny começou a correr pela rua abaixo em direção ao Embankment, liberando uma enxurrada de adrenalina depois de ter passado a maior parte do dia ouvindo palestras.

Ao passar correndo por Cheyne Walk, evitou olhar para o apartamento de Sarah, onde sabia que o irmão dela agora morava. Se o tivesse feito, teria avistado e reconhecido um sujeito, em pé diante de uma janela aberta, tirando uma foto sua. Danny continuou em direção à Parliament Square, e, ao passar pela entrada de St. Stephen da Câmara dos Comuns, pensou em Payne e em onde estaria agora.

Ele estava do outro lado da rua, focando sua câmera, tentando se passar por um turista fotografando o Big Ben.

— Conseguiu uma foto razoavelmente boa? — perguntou Craig

— O suficiente para encher uma galeria — respondeu Payne.

— Bom trabalho. Traga-as agora para minha casa, e poderemos olhá-las durante o jantar.

— Pizza de novo?

— Não por muito tempo. Depois que Hugo Moncrieff pagar, nós não só acabaremos com Cartwright, como ganharemos um bom dinheiro simultaneamente, o que certamente não fazia parte de seus planos em longo prazo.

— Não estou muito certo se Davenport merece seu milhão.

— Concordo, mas ainda está meio vacilante, e não nos interessa que abra a boca, especialmente agora que mora com Sarah. Vejo você daqui a pouco, Gerald.

Craig descansou o fone no gancho, serviu-se um drinque e pensou no que diria antes de ligar para o sujeito com quem ansiara falar durante toda a semana.

— Poderia falar com o sargento Fuller? — disse, quando atenderam.

— Inspetor Fuller — disse uma voz. — A quem devo anunciar?

— Spencer Craig. Sou advogado.

— Vou passar para ele.

— Sr. Craig, faz muito tempo que não ouço sua voz. Não posso esquecer a última vez que o senhor ligou.

— Nem eu, e este é o motivo por que ligo agora, *inspetor*. Meus parabéns.

— Obrigado, mas acho difícil acreditar que seja só por isso que o senhor ligou.

— Tem razão — disse Craig, rindo. — Tenho uma informação que pode lhe trazer uma promoção ainda mais rápida a inspetor-chefe.

— O senhor tem toda a minha atenção.

— Mas preciso deixar claro, inspetor, que o senhor não obteve essa informação de minha parte. Tenho certeza de que o senhor compreenderá o motivo, depois de descobrir de quem se trata. E prefiro não falar sobre o assunto ao telefone.

— Claro. Então, quando e onde gostaria que nos encontrássemos?

— No Sherlock Holmes, amanhã, às 12h15.

— Ótimo — disse Fuller. — Eu o vejo lá, sr. Craig.

Craig desligou o telefone e pensou em fazer mais uma ligação antes de Gerald chegar, mas, assim que pegou o fone, a campainha tocou. Quando abriu a porta, encontrou Payne sorrindo. Fazia bastante tempo que não o via tão satisfeito consigo mesmo. Payne passou por Craig, sem dizer palavra, andou até a cozinha e espalhou seis fotos em cima da mesa.

Craig olhou as fotos e compreendeu imediatamente o que deixara Payne tão convencido. Logo acima do joelho de Danny, havia uma cicatriz de um ferimento que Craig lembrava ter lhe infligido, e, apesar de a cicatriz ter esmaecido, ainda era visível a olho nu.

— Eis a prova concreta de que Fuller vai precisar — disse Craig, pegando o telefone da cozinha e teclando um número na Escócia.

— Hugo Moncrieff — atendeu uma voz.

— Falta pouco para Sir Hugo — disse Craig.

70

—C OMO SABE, Nicholas, este será nosso último encontro.
— Sim, sra. Bennett.
— Nem sempre concordamos sobre tudo, mas tenho a impressão de que saímos incólumes dessa experiência.
— Concordo, sra. Bennett.
— Quando sair deste prédio pela última vez, será um homem livre, tendo cumprido o período da condicional.
— Sim, sra. Bennett.
— Mas, antes de poder liberá-lo oficialmente, preciso lhe fazer algumas perguntas.
— Claro, sra. Bennett.
Ela pegou uma esferográfica mordida e olhou para a longa lista de perguntas exigidas pelo Ministério do Interior antes de finalmente poder libertar o detento.
— Vem consumindo drogas atualmente?
— Não, sra. Bennett.
— Teve alguma tentação recente de cometer algum crime?
— Recentemente, não, sra. Bennett.
— Durante o ano passado, teve qualquer ligação com criminosos conhecidos?
— Com nenhum criminoso conhecido — disse Danny. A sra. Bennett levantou os olhos. — Parei de me misturar com eles e não tenho nenhum desejo de encontrá-los de novo, a não ser na justiça.

— Fico aliviada em ouvir isso — disse a sra. Bennett, riscando o quadradinho indicado. — Ainda tem lugar para morar?

— Sim, mas devo me mudar dentro em breve. — A caneta ficou suspensa. — Para um lugar em que já estive antes, oficialmente sancionado. — A esferográfica riscou outro quadradinho.

— Você está morando com sua família atualmente?

— Estou.

A sra. Bennett levantou os olhos de novo.

— Da última vez que lhe fiz essa pergunta, Nicholas, você me disse que estava morando sozinho.

— A gente se reconciliou recentemente.

— Fico muito satisfeita em ouvir isso, Nicholas — disse ela, já tendo riscado um terço dos quadradinhos. — Tem algum dependente?

— Sim, uma filha, Christy.

— Então, está morando atualmente com sua mulher e sua filha?

— Beth e eu estamos noivos, e, depois que eu resolver um ou dois problemas ainda pendentes, a gente pretende se casar.

— Fico satisfeita em ouvir isso. Será que o Serviço de Liberdade Condicional não poderia ajudá-lo com esses problemas?

— É muita gentileza sua perguntar, mas acho que não. No entanto, tenho um encontro marcado com meu advogado amanhã de manhã. Espero que ele me ajude a desenrolar certas coisas.

— Sei — disse a sra. Bennett, voltando às perguntas. — Sua companheira tem um trabalho em tempo integral?

— Tem, sim — respondeu Danny. — Ela é a assistente particular do presidente de uma empresa de seguros, na City.

— Então, depois que você arranjar trabalho, vocês serão uma família com duas rendas.

— Sim, mas prevejo que no futuro meu salário será consideravelmente menor que o dela.

— Por quê? Que tipo de trabalho espera encontrar?

— Espero ocupar o cargo de bibliotecário em uma grande instituição.

— Não consigo imaginar nada mais conveniente — disse a sra. Bennett riscando outro quadrado e passando à próxima pergunta. — Pensa em viajar para o exterior no futuro próximo?

— Não tenho nenhum plano nesse sentido.

— E, finalmente — perguntou a sra. Bennett —, você se preocupa em vir a cometer outro crime no futuro?

— Tomei uma decisão que torna essa opção impossível no futuro previsível — assegurou-lhe.

— Fico muito satisfeita — disse a sra. Bennett, riscando o último quadrado. — Isso finaliza minhas perguntas. Obrigada, Nicholas.

— Obrigado, sra. Bennett.

— Espero — disse a sra. Bennett se levantando da cadeira — que seu advogado possa resolver esses problemas que o afligem.

— É muita gentileza sua, sra. Bennett — disse Danny, apertando sua mão. — Espero que sim.

— E, se algum dia precisar de alguma ajuda, lembre-se que basta um telefonema para me achar.

— Acho bem possível que alguém vá entrar em contato com a senhora no futuro próximo.

— Espero ter notícias suas, e espero que tudo dê certo para você e Beth.

— Obrigado.

— Adeus, Nicholas.

— Adeus, sra. Bennett.

Nicholas Moncrieff abriu a porta e saiu para a rua, um homem livre. Amanhã, ele seria Danny Cartwright.

❧

— Você está acordada?

— Sim — disse Beth.

— Ainda espera que eu mude de opinião?

— Sim, mas sei que não adianta tentar convencê-lo, Danny. Você sempre foi teimoso como uma mula. Só espero que você compreenda que, se essa decisão estiver errada, talvez seja a última noite que passaremos juntos.

— Mas, se eu estiver certo, teremos dez mil noites como esta.

— Mas a gente poderia ter noites assim durante a vida inteira, sem você se arriscar tanto.

— Andei me arriscando assim desde que saí da prisão. Você não faz ideia, Beth, o que é ficar sempre olhando para trás, esperando alguém dizer: "Acabou a brincadeira, Danny Boy, você vai para a cadeia pelo resto da vida." Pelo menos, dessa forma, alguém talvez se disponha a ouvir meu lado da história.

— Mas o que o convenceu de que essa é a única maneira de provar sua inocência?

— Você. Quando vi você na porta... "Desculpe perturbá-lo, Sir Nicholas" — imitou ele —, percebi que não queria mais ser Sir Nicholas Moncrieff. Sou Danny Cartwright e estou apaixonado por Beth Wilson, da Bacon Road.

Beth riu.

— Nem me lembro de qual foi a última vez que me chamou assim.

— Quando você era uma menininha esquisita de 11 anos, usando trancinhas.

Beth se recostou no travesseiro e ficou calada por algum tempo. Danny pensou que ela tivesse adormecido, até que ela agarrou a sua mão e disse:

— Mas assim o mais provável é que você passe o resto da vida na cadeia.

— Já tive muito tempo para pensar no assunto e estou convencido de que, se eu entrar numa delegacia junto com Alex Redmayne e me entregar, abrindo mão desta casa, de todos os meus bens e, mais importante, de você, não acha que passará pela cabeça de alguém que sou inocente?

— A maioria das pessoas não gostaria de correr esse risco. Elas ficariam muito satisfeitas em passar o resto de suas vidas como Sir Nicholas Moncrieff, com tudo que vem de quebra com isso.

— Mas eis a questão, Beth. Eu não sou Sir Nicholas Moncrieff. Sou Danny Cartwright.

— E eu não sou Beth Moncrieff, mas prefiro ser ela a passar os próximos vinte anos visitando você em Belmarsh a cada primeiro domingo do mês.

— Mas não se passaria um dia sem que você não vivesse olhando para trás, desconfiando da menor insinuação, tendo que evitar todo mundo que conhecera Danny e Nick. E com quem poderia compartilhar seu segredo? Sua mãe? Minha mãe? Seus amigos? A resposta é: ninguém. E o que diremos a Christy quando ela tiver idade para compreender? Devemos esperar que ela continue a viver enganando os outros, sem nunca saber quem são seus verdadeiros pais? Não. Se for essa a alternativa, prefiro correr o risco. Afinal, se três juízes do Supremo consideram que minha causa é consistente o bastante para merecer o perdão real, talvez entendam que ela se fortalece mais ainda se eu estiver disposto a me entregar para provar minha inocência.

— Eu sei que você tem razão, Danny, mas os últimos dias foram os mais felizes da minha vida.

— Da minha também, Beth, mas serão ainda mais felizes quando eu for um homem livre. Tenho bastante fé na natureza humana para crer que Alex Redmayne, Fraser Munro e até mesmo Sarah Davenport não descansarão até que a justiça seja feita.

— Você tem uma certa queda por essa Sarah Davenport, não tem? — disse Beth, passando os dedos pelos cabelos dele.

Danny sorriu para ela.

— Devo dizer que Sir Nicholas Moncrieff tinha, mas Danny Cartwright? Jamais.

— Por que não passamos mais um dia juntos e o tornamos inesquecível? E como talvez seja seu último dia de liberdade, deixarei você fazer o que quiser.

— Vamos ficar na cama e fazer amor o dia inteiro.

— Esses homens... — suspirou Beth com um sorriso.

— A gente podia levar Christy ao zoológico de manhã, e em seguida almoçar *fish and chips* no Ramsey's.

— E depois o quê?

— Irei a Upton Park para assistir aos Hammers, enquanto você devolve Christy à casa da sua mãe.

— E de noite?

— Você pode escolher o filme que quiser... desde que seja o último James Bond.

— E depois disso?

— O mesmo de toda noite nesta semana — disse, tomando-a em seus braços.

— Nesse caso, acho melhor a gente ficar com o plano A e ter certeza de que você chegará na hora para o encontro com Alex Redmayne amanhã de manhã.

— Mal posso esperar para ver sua expressão. Acha que tem um encontro com Sir Nicholas Moncrieff para debater a questão de seus diários e da possibilidade de fazê-lo mudar de opinião, concordando em comparecer como testemunha, enquanto na verdade encontrará Danny Cartwright, que deseja se entregar.

— Alex ficará muito satisfeito. Ele vive repetindo: "Se eu ao menos tivesse uma segunda oportunidade."

— Bem, está prestes a tê-la. E eu lhe digo, Beth: mal posso esperar por esse encontro, porque ele me tornará livre pela primeira vez em anos.

Danny se inclinou e beijou-a delicadamente nos lábios. Quando ela despiu a camisola, ele colocou uma das mãos no seu quadril.

— Isso é outra coisa que você terá que dispensar durante os próximos meses — sussurrou Beth, quando um barulho de trovão reverberou no térreo.

— Que diabo é isso? — perguntou Danny, acendendo a luz da cabeceira.

Ouviu o ruído de passos pesados repercutindo nos degraus da escada. Pôs as pernas para fora da cama no momento em que três policiais com coletes à prova de bala e portando cassetetes irromperam no quarto, seguidos de perto por mais três. Os primeiros agarram Danny e jogaram-no no chão, a despeito de ele não ter feito nenhuma tentativa de resistir. Dois deles apertaram seu rosto contra o tapete, enquanto o terceiro segurava seus braços para trás, algemando-os com violência. Ele pôde ver de relance uma policial segurando Beth nua contra a parede, enquanto outra a algemava.

— Ela não fez nada! — gritou, livrando-se e arremetendo contra eles, mas, antes de dar um segundo passo, um pesado golpe de cassetete o atingiu na nuca, e ele caiu no chão.

Dois homens pularam em cima dele, um apertando o joelho contra o meio de sua coluna, enquanto o outro se sentava sobre suas pernas. Quando o inspetor Fuller entrou no quarto, eles o forçaram a ficar em pé.

— Dê-lhes voz de prisão — disse Fuller, se sentando ao pé da cama e acendendo um cigarro.

Depois de terminado o ritual, se levantou e foi até Danny.

— Desta vez, Cartwright — disse, com o rosto apenas alguns centímetros distante —, farei questão de que joguem fora a chave. E, quanto à sua namorada, não terá mais visitas de domingo à tarde, porque ficará trancafiada na sua própria cadeia.

— Sob que acusação? — cuspiu Danny.

— Favorecimento e acumpliciamento devem ser suficientes. A pena normal é de mais ou menos seis anos, se é que me lembro bem. Podem levá-los.

Danny e Beth foram arrastados para baixo como sacos de batatas, sendo retirados pela porta da frente, onde três carros da polícia com luzes piscantes

451 ⚷ *Prisioneiro da Sorte*

e as portas traseiras abertas os esperavam. Por toda volta da praça, acendiam-se luzes nos quartos, à medida que os vizinhos que tiveram o sono interrompido bisbilhotavam pelas janelas para ver o que estava acontecendo no número 12.

Danny foi jogado no banco de trás do carro do meio, espremido entre dois outros policiais, coberto apenas por uma toalha. Podia ver Big Al tendo o mesmo tratamento no carro adiante. Os carros saíram da praça em comboio, sem ultrapassar o limite de velocidade, sem sirenes ligadas. O inspetor Fuller estava satisfeito porque toda a operação levara menos de dez minutos. Seu informante demonstrara ser exato até nos detalhes.

Somente um pensamento passava pela cabeça de Danny: quem acreditaria quando ele dissesse que tinha um encontro marcado com seu advogado mais tarde naquela manhã, a quem pretendia se entregar antes de rumar para a delegacia mais próxima?

71

— VOCÊ NÃO PODIA ter chegado num momento melhor — disse ela

— Tão ruim assim? — perguntou Alex.

— Pior — respondeu sua mãe. — Quando é que o Ministério do Interior vai compreender que, quando os juízes se aposentam, não só ficam em casa pelo resto de suas vidas, como as únicas pessoas que lhes restam para julgar são suas inocentes mulheres?

— Então, o que recomenda? — perguntou Alex enquanto passavam à sala de visitas.

— Os juízes deviam ser fuzilados quando fizessem setenta anos, e suas mulheres deveriam receber um perdão real e suas pensões, da parte de uma nação extremamente grata.

— Talvez eu tenha uma solução mais aceitável.

— Como o quê? Obter a permissão legal de ajudar as mulheres dos juízes a cometerem suicídio?

— Algo um pouquinho menos drástico — disse Alex. — Não sei se Sua Excelência lhe contou, mas mandei-lhe os detalhes de uma causa em que estou trabalhando, e sinceramente seria muito bom receber seus conselhos.

— Se ele não concordar, Alex, não darei mais comida a ele.

— Então, devo ter alguma chance — disse Alex, na hora em que seu pai entrava na sala.

— Chance de quê? — perguntou o velho.

— Chance de receber alguma ajuda em uma causa que...

— A causa de Cartwright? — perguntou o pai, olhando pela janela. Alex balançou afirmativamente a cabeça. — Sim, acabei de ler as transcrições. Pelo que vi, não restaram muitas leis que o rapaz não transgrediu: homicídio, fuga da prisão, roubo de cinquenta milhões de dólares, descontos de cheques em duas contas que não lhe pertenciam, venda de uma coleção de selos que não era dele, viagem ao exterior com o passaporte de outra pessoa, apregoando até mesmo um título de nobreza que deveria por direito ser herdado por outra pessoa. Realmente não se pode culpar a polícia por tentar aplicar-lhe todo o rigor da lei.

— Isso significa que não está disposto a me ajudar?

— Eu não disse isso — respondeu o juiz Redmayne, voltando-se para encarar o filho. — Pelo contrário, estou a seu dispor, porque, se há algo de que estou absolutamente certo, é que Danny Cartwright é inocente.

LIVRO CINCO

REDENÇÃO

72

DANNY CARTWRIGHT estava sentado numa pequena cadeira de madeira em cima do estrado, esperando que o relógio marcasse dez horas para que o julgamento começasse. Baixou os olhos para a parte mais baixa do tribunal e viu seus dois advogados numa profunda conversa, enquanto esperavam o juiz.

Danny passara uma hora com Alex Redmayne e seu assistente em uma sala de entrevistas no subsolo do tribunal, de manhã cedo. Haviam feito o máximo para animá-lo, mas ele sabia muito bem que, apesar de ser inocente do assassinato de Bernie, não tinha como se defender das acusações de fraude, roubo, falsidade ideológica e fuga da prisão; a pena total de oito a dez anos parecia ser o consenso, desde os palpiteiros de Belmarsh até os advogados importantes que exerciam seu ofício no tribunal de Old Bailey.

Ninguém precisava dizer a Danny que, se sua nova pena fosse somada à original, ele só voltaria a sair de Belmarsh na hora do próprio enterro.

Os bancos da imprensa à sua esquerda estavam apinhados de jornalistas, com blocos abertos, canetas suspensas, à espera de acrescentar mais palavras ainda às inúmeras colunas que já haviam escrito nos derradeiros seis meses. A biografia de Danny Cartwright, o único sujeito a escapar da mais importante prisão de segurança máxima da Inglaterra, que roubara mais de cinquenta milhões de dólares de um banco suíço depois de vender uma coleção de selos que não lhe pertencia e que fora preso de manhã cedinho em The Boltons, nos braços de sua noiva (*The Times*), ou de sua sexy namorada de infância (*The Sun*). A imprensa não conseguia decidir se Danny era Pimpinela Escarlate ou Jack, o Estripador. A história fascinava o público havia meses, e o primeiro dia do julgamento adquiria a importância de uma estreia no West End, com filas que se formavam diante do Old Bailey desde as quatro da madrugada, para um auditório em que cabiam menos de cem pessoas e que raramente enchia. A maioria acreditava ser mais provável que Danny Cartwright passasse o resto de seus dias em Belmarsh do que em The Boltons.

Alex Redmayne e seu assistente, Sua Excelência Sir Matthew Redmayne, Comendador da Ordem de St. Michael e St. George, não poderiam ter auxiliado mais Danny Cartwright durante os seis meses em que voltara a ser encarcerado numa pequena cela menor do que o armário de vassouras de Molly. Ambos se recusaram a cobrar sequer um tostão por seus serviços, embora Sir Matthew avisasse a Alex de que, se eles conseguissem convencer o júri de que os lucros auferidos por Danny durante os últimos dois anos lhe pertenciam, e não a Sir Hugo Moncrieff, ele apresentaria uma conta salgada, acrescida das despesas daquilo que chamava "seus suquinhos". Foi uma das poucas vezes em que os três rebentaram de rir.

Beth foi solta por fiança na manhã em que fora presa. Ninguém ficou surpreso quando nem Danny nem Big Al foram agraciados com o mesmo benefício.

O sr. Jenkins esperava na recepção de Belmarsh para saudá-los, e o sr. Pascoe fez questão de que os dois compartilhassem a mesma cela. Em um mês, Danny voltara a seu cargo de bibliotecário, tal como dissera à sra. Bennett, mas na prisão. Big Al ganhou uma função na cozinha, e, apesar de a comida não se comparar à de Molly, pelo menos conseguiram o que de melhor havia no pior.

Alex Redmayne jamais recordou a Danny que, se ele tivesse seguido seu conselho e admitido a culpa por homicídio doloso no primeiro julgamento, já seria agora um homem livre, administrando a oficina Wilson's, casado com Beth, ajudando a criar sua família. Mas um homem livre em que sentido?, podia ouvi-lo perguntando.

Mas também houve momentos de alegria. Assim querem os deuses. Alex Redmayne fora capaz de convencer o tribunal de que, embora Beth fosse tecnicamente culpada do crime que lhe era imputado, só tomara conhecimento de que Danny estava vivo havia quatro dias, e que já tinham marcado uma hora

459   ⊙═┓ *Prisioneiro da Sorte*

no escritório de Alex, na manhã em que foram presos. O juiz sentenciara Beth a seis meses, a serem cumpridos em liberdade. Desde então, em todo primeiro domingo do mês, ela visitava Danny em Belmarsh.

O juiz não fora tão compreensivo quanto ao papel desempenhado por Big Al na conspiração. Alex frisara, na sua fala de abertura, que seu cliente Albert Crann não obtivera nenhum ganho financeiro da fortuna dos Moncrieff, além de receber um salário como motorista de Danny e poder dormir num pequeno quarto no andar de cima da casa em The Boltons. O sr. Arnold Pearson, promotor da Coroa, então, surgiu com uma bomba que Alex não previra.

— Será que o sr. Crann pode explicar como é que a soma de dez mil libras foi depositada na sua conta-corrente alguns dias depois de ser solto da prisão?

Big Al não tinha explicação, e, mesmo se tivesse, não diria a Pearson de onde viera o dinheiro.

Os jurados não se convenceram.

O juiz mandou Big Al de volta a Belmarsh para cumprir mais cinco anos — o resto de sua pena original. Danny fez de tudo para que ele fosse rapidamente promovido e para que se comportasse impecavelmente durante seu período de encarceramento. Relatórios elogiosos do funcionário graduado Ray Pascoe, confirmados pelo diretor, significavam que Big Al seria solto em menos de um ano em regime de monitoramento eletrônico. Danny sentiria sua falta, embora soubesse que bastava insinuar isso para que Big Al causasse muitas encrencas, com o fito de permanecer em Belmarsh até que Danny fosse finalmente solto.

Beth tinha uma boa notícia para contar a Danny durante sua visita de domingo à tarde.

— Estou grávida.

— Meu Deus, nós só tivemos quatro noites juntos — disse Danny, envolvendo-a em seus braços.

— Mas fizemos amor muito mais do que quatro vezes — disse Beth, acrescentando: — Vamos esperar que seja um irmãozinho para Christy.

— Se for, poderemos chamá-lo de Bernie.

— Não, vamos chamá-lo... — A sirene assinalou o final das visitas e engoliu suas palavras.

— Posso lhe fazer uma pergunta? — disse Danny, quando Pascoe escoltou-o de volta à cela.

— Claro — respondeu Pascoe. — Não significa que eu vá respondê-la.

— Você sempre soube, não é? — Pascoe sorriu, mas sem responder. — O que lhe deu tanta certeza de que eu não era Nick? — perguntou Danny quando chegaram à cela.

Pascoe girou a chave na fechadura e abriu com força a pesada porta. Danny entrou, presumindo que ele não fosse responder, mas, então, Pascoe fez um gesto de cabeça em direção à foto de Beth que Danny colara na parede.

— Ah, meu Deus — disse Danny, sacudindo a cabeça. — Nunca cheguei a tirar a foto dela da parede.

Pascoe sorriu, recuou até o corredor e bateu a porta da cela.

Danny ergueu os olhos para a galeria do público e viu Beth, agora com seis meses de gravidez, olhando-o com aquele mesmo sorriso que ele conhecia tão bem desde os dias de recreio no Clement Attlee Comprehensive, e sabia que continuaria em seu rosto até o fim da vida dele, a despeito do tamanho da pena que recebesse do juiz.

A mãe de Danny e a de Beth estavam sentadas ao lado dela, em constante apoio. Também estavam sentados na galeria muitos amigos e defensores de Danny do East End, que morreriam proclamando sua inocência. O olhar de Danny descansou no professor Amirkhan Mori, um amigo nas piores ocasiões, antes de passar para alguém sentado no final da fila que ele não esperara rever. Sarah Davenport se inclinou sobre o balcão e sorriu para ele.

Na parte mais baixa do tribunal, Alex e o pai ainda estavam entretidos numa profunda conversa. *The Times* dedicara uma página inteira ao pai e ao filho que atuariam juntos como defesa no caso. Foi a segunda ocasião na história em que um juiz do Superior Tribunal voltara a advogar, e certamente a primeira em que o filho liderava o pai.

Danny e Alex haviam renovado sua amizade durante os últimos seis meses, e ele sabia que haveriam de permanecer próximos pelo resto de suas vidas. O pai de Alex era da mesma rara cepa do professor Mori. Ambos eram apaixonados: o professor Mori, pela busca do saber; Sir Mathew, pela busca da justiça. A presença do velho juiz no tribunal fizera com que até mesmo advogados

461   Prisioneiro da Sorte

calejados e jornalistas céticos pensassem com mais cuidado no caso, permanecendo perplexos quanto ao motivo que o convencera da possibilidade da inocência de Daniel Cartwright.

O sr. Arnold Pearson, promotor da Coroa, e seu assistente estavam sentados na outra extremidade do banco, examinando linha por linha a exposição inicial da Coroa e fazendo pequenas correções eventuais. Danny estava bem-preparado para as explosões de malícia e de veneno que certamente aconteceriam quando Pearson se levantasse e dissesse ao tribunal que o réu não só era um criminoso perverso e perigoso, como só havia um lugar para onde os jurados deveriam pensar em despachá-lo para sempre.

Alex Redmayne dissera a Danny que esperava o depoimento de apenas três testemunhas: o inspetor-chefe Fuller, Sir Hugo Moncrieff e Fraser Munro. Mas Alex e seu pai já tinham planos de assegurar o depoimento de uma quarta testemunha. Alex avisara a Danny que, quem quer que fosse o juiz nomeado para julgar a causa, faria o máximo para evitar que isso acontecesse.

Não foi surpresa para Sir Matthew que o juiz Hackett tivesse chamado ambos os advogados à sua sala antes de a sessão começar para avisá-los de que evitassem qualquer referência ao julgamento original, cujo veredicto fora dado por um júri e sustentado por três juízes do Tribunal de Recursos. Continuou frisando que, se qualquer das partes tentasse incluir nas atas o conteúdo de uma determinada fita como prova, ou mencionar os nomes de Spencer Craig, agora um importante advogado da Coroa, de Gerald Payne, eleito para o Parlamento, ou do célebre ator Lawrence Davenport, não poderia esperar nada mais do que a sua ira.

Era sabido nos círculos legais que o juiz Hackett e Sir Matthew Redmayne não se davam havia trinta anos. Sir Matthew ganhara causas demais nos tribunais ordinários, quando os dois eram advogados iniciantes, para que ninguém duvidasse sobre quem era o advogado mais competente. A imprensa esperava que sua rivalidade fosse reavivada no decorrer do julgamento.

O júri fora escolhido no dia anterior, e estava agora à espera de ser convocado ao tribunal para ouvir os depoimentos, antes de dar o veredicto final no caso da Coroa contra Daniel Arthur Cartwright.

73

O JUIZ HACKETT relanceou os olhos pelo tribunal, como faz o primeiro rebatedor ao tentar distinguir a colocação dos apanhadores que tentarão eliminá-lo num jogo de beisebol. Seus olhar se deteve em Sir Matthew Redmayne, que estava como segundo apanhador, à espera da bola inicial. Nenhum dos outros jogadores causava qualquer apreensão ao juiz, mas ele sabia que não poderia descansar se Sir Matthew fosse escalado como arremessador.

Voltou a atenção para o arremessador inaugural do time da casa, sr. Arnold Pearson, que não tinha fama de eliminar os rebatedores rapidamente.

— Sr. Pearson, o senhor está pronto para fazer sua exposição inicial?

— Estou, Meritíssimo — respondeu Pearson, se levantando lentamente. Ele puxou as lapelas da toga e tocou na parte de cima da velha peruca; em seguida, colocou seu arquivo em cima da pequena estante e começou a ler a primeira página como se nunca a tivesse visto.

— Senhores jurados — começou ele, dando um largo sorriso para os doze cidadãos selecionados nessa ocasião para julgar o caso. — Meu nome é Arnold Pearson, e sou o promotor da Coroa nesse processo. Serei auxiliado pelo sr. David Simms. A defesa será feita pelo sr. Alex Redmayne, auxiliado por Sir Matthew Redmayne.

Todos os olhares no tribunal se voltaram para o velho que jazia encurvado no canto do banco, parecendo profundamente adormecido.

— Senhores jurados — prosseguiu Pearson —, o réu é acusado de cinco delitos. O primeiro deles, ter escapado de maneira calculada da prisão de Belmarsh, uma instituição de segurança máxima no sudeste de Londres, onde estava detido por delito anterior.

"O segundo delito é que o réu roubou de Sir Hugo Moncrieff uma propriedade na Escócia, compreendendo uma mansão de catorze quartos e 4.800 hectares aráveis.

"O terceiro delito é que ele ocupou uma casa em The Boltons, 12, Londres SW3, que não era legalmente sua.

"O quarto delito é relativo ao roubo de uma coleção excepcional de selos e sua subsequente venda por um preço acima de 25 milhões de libras.

"E o quinto delito é que o réu descontou cheques numa conta-corrente do Banco Coutts, no Strand, em Londres, transferindo para si quantias de um banco particular suíço, não tendo o direito de fazer nenhuma das duas coisas e tendo lucrado com isso.

"A Coroa demonstrará que todos esses delitos estão interligados e foram cometidos por uma pessoa, o réu Daniel Cartwright, que se fez passar por Sir Nicholas Moncrieff, herdeiro por direito do espólio do finado Sir Alexander Moncrieff. Para provar isso, senhores jurados, terei, primeiro, que conduzi-los até a prisão de Belmarsh para mostrar como o réu se colocou na posição de cometer esses crimes audaciosos. Nesse sentido, talvez seja necessário mencionar de passagem o delito original pelo qual Cartwright foi condenado."

— O senhor não fará nada disso — interrompeu severamente o juiz Hackett. — O primeiro crime cometido pelo réu não tem relação com os delitos que estão sendo julgados por este tribunal. O senhor não pode se referir a este primeiro julgamento, a não ser que consiga demonstrar uma conexão direta e relevante entre ele e este caso. — Sir Matthew anotou as palavras *conexão direta e relevante.* — Fiz-me entender de modo claro, sr. Pearson?

— Sim, certamente, Excelência, e peço desculpas. Fui negligente.

Sir Matthew franziu o cenho. Alex teria que inventar um argumento criativo para demonstrar que os dois crimes estavam interligados, se não quisesse despertar a ira do juiz Hackett e ser interrompido em pleno voo. Sir Matthew já refletira bastante sobre o assunto.

— Pisarei com mais cuidado daqui para a frente — acrescentou Pearson, virando a página seguinte de seu processo.

Alex ficou pensando se Pearson não soltara esse balão de ensaio logo numa primeira etapa na esperança de que, quando Hackett repreendesse o advogado da defesa, o fizesse de modo ainda mais incisivo, já que sabia até bem demais que as decisões do juiz ajudavam mais a promotoria do que a defesa.

— Senhores jurados — prosseguiu Pearson —, quero que tenham em mente todos os cinco delitos, já que estou prestes a demonstrar como estão interligados e só podiam, portanto, ser cometidos por uma pessoa: o réu Daniel Cartwright. — Pearson puxou a toga mais uma vez antes de prosseguir. — Sete de junho de 2002 é um dia que provavelmente deve estar gravado nas suas memórias, já que foi o dia em que a Inglaterra venceu a Argentina na Copa do Mundo. — Ele ficou satisfeito ao ver quantos jurados sorriram de sua reminiscência. — Neste dia aconteceu uma tragédia na prisão de Belmarsh, motivo pelo qual estamos todos hoje aqui. Enquanto a maioria dos detentos estava no térreo assistindo a um jogo na TV, um prisioneiro escolheu aquele momento para se matar. Esse homem era Nicholas Moncrieff, que, a aproximadamente 1h15 daquela tarde, se enforcou nos chuveiros da prisão. Durante os dois anos anteriores, Nicholas Moncrieff dividira a cela com dois outros detentos, um dos quais era o réu, Daniel Cartwright.

"Os dois tinham mais ou menos a mesma altura, e uma diferença de apenas meses de idade. Na verdade, eram tão parecidos que, quando estavam em uniforme da prisão, eram muitas vezes confundidos como irmãos. Excelência, com sua permissão, vou distribuir agora entre os jurados fotografias de Moncrieff e Cartwright, de modo que eles possam ver por si mesmos a semelhança entre os dois."

O juiz concordou com a cabeça, e o meirinho pegou o pacote de fotografias do assistente de Pearson. Entregou duas para o juiz, antes de distribuir o restante entre os jurados. Pearson recostou-se no banco e esperou até estar certo de que cada jurado tivera tempo de julgar as fotos. Depois que eles o fizeram, disse:

— Mostrarei agora como Cartwright tirou vantagem dessa semelhança, cortando seus cabelos e mudando de sotaque para se aproveitar da morte trágica de Nicholas Moncrieff. E se aproveitar é o que ele literalmente fez. No entanto, como em todos os crimes audaciosos, foi preciso um pouquinho de sorte.

"O primeiro momento de sorte foi que Moncrieff pediu a Cartwright que guardasse uma corrente de prata com uma chave, um anel de sinete com o brasão de sua família e um relógio com suas iniciais gravadas que ele usava o tempo todo, exceto quando tomava banho. O segundo momento de sorte é que Cartwright tinha um cúmplice que estava no lugar e na hora certa.

"Agora, senhores jurados, os senhores podem perguntar como era possível que Cartwright, cumprindo uma pena de 22 anos por..."

465   ⊙══ᴣ *Prisioneiro da Sorte*

Alex já estava de pé prestes a protestar quando o juiz disse:

— Não prossiga nesse caminho, sr. Pearson, se não quiser testar a minha paciência.

— Peço desculpas, Excelência — disse Pearson, ciente de que qualquer jurado que não tivesse seguido a extensa cobertura do caso pela imprensa durante os últimos seis meses teria agora poucas dúvidas quanto ao crime pelo qual Cartwright fora originalmente condenado.

"Como eu dizia, os senhores podem se perguntar como Cartwright, que cumpria pena de 22 anos, foi capaz de trocar de identidade com outro prisioneiro condenado a apenas oito anos e que, mais importante, seria solto dentro de seis semanas. Certamente o seu DNA não combinaria, seus grupos sanguíneos tenderiam a ser diferentes, suas arcadas dentárias, dessemelhantes. Foi quando surgiu o segundo momento de sorte — disse Pearson —, porque nada disso teria sido possível se Cartwright não tivesse um cúmplice trabalhando como assistente no hospital da prisão. Esse cúmplice era Albert Crann, o terceiro homem que compartilhava uma cela com Moncrieff e Cartwright. Quando ele ouviu falar sobre o enforcamento no banheiro, trocou os nomes nas fichas dos arquivos hospitalares, de modo que, quando o médico examinasse o cadáver, permaneceria na ilusão de que fora Cartwright, e não Moncrieff, quem cometera suicídio.

"Alguns dias depois, aconteceu o enterro na igreja de St. Mary's, no Bow, quando até os mais íntimos da família do réu, inclusive a mãe de sua filha, ficaram convencidos de que o corpo sendo baixado à sepultura era de Daniel Cartwright.

"Que tipo de homem, os senhores podem perguntar, estaria disposto a enganar a própria família? Eu lhes direi que tipo de homem: *este* homem", disse, apontando Danny. "Ele chegou a ter coragem de aparecer no enterro se fazendo passar por Nicholas Moncrieff, de modo a poder testemunhar seu próprio enterro e ter certeza de haver saído impune daquilo."

Mais uma vez, Pearson recostou-se no banco de modo que o significado de suas palavras fosse absorvido pelas mentes dos jurados.

— Desde o dia da morte de Moncrieff — prosseguiu —, Cartwright sempre usou o relógio, o anel de sinete, o cordão e a chave de prata de Moncrieff, de modo a enganar os funcionários da prisão e seus colegas detentos, para que acreditassem ser ele de fato Nicholas Moncrieff, que só tinha seis meses de pena a cumprir.

"Em 17 de julho de 2002, Daniel Cartwright saiu pelo portão principal da prisão de Belmarsh como um homem livre, a despeito de ainda ter vinte anos de pena a cumprir. Bastou-lhe ter escapado? Não. Tomou imediatamente o primeiro trem para a Escócia, de modo a reivindicar a propriedade familiar dos Moncrieff; em seguida, voltou a Londres para estabelecer residência na casa de Sir Nicholas Moncrieff, em The Boltons.

"Mas não terminou aí, senhores jurados. Em seguida, Cartwright teve a audácia de sacar dinheiro da conta-corrente de Sir Nicholas Moncrieff no banco Coutts, no Strand. Os senhores poderiam pensar que isso fosse bastante, mas não. Ele então voou até Genebra para se encontrar com o diretor do Coubertin e Cia., um proeminente banco suíço, onde apresentou a chave de prata acompanhada do passaporte de Moncrieff. Isso lhe deu acesso ao cofre subterrâneo que continha a célebre coleção de selos do finado avô de Nicholas Moncrieff, Sir Alexander Moncrieff. E o que fez Cartwright ao pôr suas mãos nesta herança familiar que Sir Alexander Moncrieff levara mais de setenta anos para acumular? Vendeu-a no dia seguinte para o primeiro interessado que apareceu em cena, faturando uma bolada de 25 milhões de libras."

Sir Matthew ergueu uma sobrancelha. Como era típico de Arnold Pearson tornar a coisa bombástica!

— Então, agora que Cartwright está multimilionário — prosseguiu Pearson —, os senhores podem se perguntar o que ele poderia fazer em seguida. Eu lhes direi. Voltou para Londres, comprou uma BMW top de linha, empregou um motorista e uma governanta. Estabeleceu-se em The Boltons e deu continuidade ao mito de que ele era Sir Nicholas Moncrieff. E, senhores jurados, ainda estaria vivendo esse mito hoje, não fosse pelo puro profissionalismo do inspetor-chefe Fuller, o homem que prendeu Cartwright por seu delito original em 1999, e que agora, sozinho — Sir Matthew anotou estas palavras —, rastreou, prendeu e finalmente o levou à justiça. Esse, senhores jurados, é o argumento da promotoria. No entanto, mais tarde trarei uma testemunha que não lhes deixará dúvida de que o réu, Daniel Cartwright, é culpado de todos os cinco delitos dos quais é acusado.

Quando Pearson voltou para o seu lugar, Sir Matthew olhou para o velho adversário e tocou a testa, como se estivesse erguendo um chapéu invisível.

— Tiro-lhe o chapéu — disse ele.

— Obrigado, Matthew — respondeu Pearson.

— Senhores — disse o juiz, consultando o relógio —, acho que é um momento apropriado para o intervalo do almoço.

— Levantem-se — gritou o meirinho, e todos os demais funcionários se levantaram e fizeram uma mesura. O juiz Hackett devolveu a mesura e saiu da sala de audiências.

— Nada mau — admitiu Alex ao pai.

— Concordo, embora o caro e velho Arnold tenha cometido um erro do qual poderá se arrepender.

— E qual foi?

Sir Matthew passou para o filho o pedaço de papel em que anotara a palavra *sozinho.*

74

— HÁ APENAS UMA coisa que você precisa que sua testemunha reconheça — disse Sir Matthew. — Ao mesmo tempo, você não pode deixar que o juiz ou Arnold Pearson percebam o que você está aprontando.

— Basta de pressão — disse Alex com um sorriso, quando o juiz Hackett voltou para a sala de audiências e todo mundo se pôs de pé.

O juiz fez uma grande mesura antes de retomar o lugar na cadeira de couro vermelho de espaldar alto. Abriu seu livro de anotações no final da análise que fez da fala inicial de Pearson, virou para uma página em branco e escreveu as palavras, *primeira testemunha*. Então, fez um gesto de cabeça na direção do sr. Pearson, que se levantou e disse:

— Convoco o inspetor-chefe Fuller.

Alex não vira Fuller desde o primeiro julgamento quatro anos antes, e não era provável que se esquecesse daquela ocasião, já que o inspetor-chefe o enrolara. Se havia alguma diferença, é que ele parecia mais seguro do que então. Fuller fez o juramento sem sequer olhar para o texto no cartão.

— Inspetor-chefe Fuller — disse Pearson —, por favor comece confirmando sua identidade para o tribunal.

— Meu nome é Rodney Fuller. Sou policial da ativa da Polícia Metropolitana, lotado em Palace Green, Chelsea.

— Posso também registrar que o senhor foi o policial que prendeu Daniel Cartwright quando este cometeu o delito anterior pelo qual foi sentenciado?

— Está certo.

— Como o senhor soube que Cartwright havia fugido da prisão de Belmarsh e se fazia passar por Sir Nicholas Moncrieff?

— Em 23 de outubro do ano passado, recebi o telefonema de uma fonte confiável que disse que precisava se encontrar comigo sobre um assunto urgente.

— Ele deu algum detalhe na época?

— Não, senhor, não é o tipo de cavalheiro que se comprometeria ao telefone.

Sir Matthew anotou a palavra *cavalheiro*, termo normalmente não usado por um policial ao se referir a um informante. O segundo erro que ele detectara na manhã de abertura. Não esperava haver muitos enquanto Arnold Pearson estivesse de pé arremessando bolas fáceis para o inspetor-chefe.

— Então, foi combinado um encontro — disse Pearson.

— Sim, concordamos em nos encontrar no dia seguinte em hora e lugar à escolha dele.

— E quando vocês se encontraram no dia seguinte, ele lhe informou que tinha alguma informação a respeito de Daniel Cartwright.

— Sim. O que foi uma surpresa, porque eu estava com a ideia equivocada de que Cartwright se enforcara. Na verdade, um de meus policiais assistiu ao enterro.

— Como o senhor reagiu a essa revelação?

— Levei-a a sério, porque o cavalheiro já havia demonstrado ser confiável no passado.

Sir Matthew sublinhou a palavra *cavalheiro*.

— Então, o que fez em seguida?

— Coloquei uma equipe de vigilância 24 horas por dia no número 12 de The Boltons e logo descobri que o morador que alegava ser Sir Nicholas Moncrieff realmente demonstrava uma impressionante semelhança com Cartwright.

— Mas isso certamente não teria sido o bastante para o senhor entrar na casa e prendê-lo.

— Certamente não. Eu precisava de uma prova mais tangível do que isso.

— E de que forma surgiu essa prova tangível?

— No terceiro dia da vigilância, o suspeito recebeu a visita da srta. Elizabeth Wilson, que pernoitou.

— Srta. Elizabeth Wilson?

— Sim. Ela é a mãe da filha de Cartwright e visitava-o regularmente quando estava detido. Isso me deu segurança de que a informação que eu havia recebido era precisa.

— E foi então que o senhor decidiu prendê-lo?

— Sim, mas sabia estar lidando com um criminoso perigoso, com um passado de violência, por isso pedi apoio ao esquadrão antimotim. Não queria correr qualquer risco em se tratando da segurança pública.

— Bastante compreensível. Poderia descrever para o tribunal como agiu para prender esse violento criminoso?

— Às duas horas da madrugada seguinte, cercamos a casa e fizemos uma incursão. Ao pegar Cartwright, eu lhe dei voz de prisão por ter fugido de uma das prisões de Sua Majestade. Também acusei Elizabeth Wilson de ter acobertado e auxiliado um criminoso. Outra parte de minha equipe prendeu Albert Crann, que também morava no local, e que tínhamos motivo de acreditar ser cúmplice de Cartwright.

— O que aconteceu com estes outros dois prisioneiros detidos naquela ocasião?

— Elizabeth Wilson foi solta sob fiança naquela manhã, sendo sentenciada depois a seis meses de prisão em regime de pena aberta.

— E Albert Crann?

— Estava em liberdade condicional, na época, e foi mandado de volta para Belmarsh para cumprir sua pena original.

— Obrigado, inspetor-chefe. Não tenho mais perguntas a lhe fazer, por ora.

— Obrigado, sr. Pearson — disse o juiz. — O senhor deseja interrogar a testemunha, sr. Redmayne?

— Certamente sim, Excelência — disse Alex, se levantando de seu lugar.

— Inspetor-chefe, o senhor disse ao tribunal que foi um cidadão comum quem voluntariamente deu a informação que lhe possibilitou prender Daniel Cartwright.

— Sim, correto — disse Fuller, agarrando a balaustrada do banco das testemunhas.

— Então, não foi, como sugeriu meu douto colega, uma iniciativa *exclusiva* de investigação policial?

— Não. Mas tenho certeza de que o senhor compreende, sr. Redmayne, que a polícia conta com uma rede de informantes, sem a qual metade dos criminosos atualmente presos estaria nas ruas cometendo mais crimes ainda.

471 ⊙══ᴈ *Prisioneiro da Sorte*

— Então, este *cavalheiro*, que foi como senhor descreveu seu informante, ligou para sua sala? — O inspetor-chefe assentiu com a cabeça. — E o senhor combinou de encontrá-lo num lugar mutuamente conveniente no dia seguinte?

— Sim — respondeu Fuller, decidido a não deixar escapar nada.

— Onde se deu esse encontro, inspetor-chefe?

Fuller se voltou para o juiz.

— Excelência, peço não ser obrigado a revelar o local.

— Compreensivelmente — disse o juiz Hackett. — Continue, sr. Redmayne.

— Então, não haveria sentido em pedir-lhe, inspetor-chefe, que desse um nome a seu informante pago?

— Pago, não — disse Fuller, arrependendo-se imediatamente de suas palavras.

— Bem, pelo menos sabemos que ele era um cavalheiro não profissional e não pago.

— Boa — disse o pai de Alex, num sussurro teatral em voz alta. O juiz franziu o cenho.

— Inspetor-chefe, quantos policiais o senhor achou necessário para prender um homem e uma mulher que estavam na cama às duas da madrugada? — Fuller hesitou. — Quantos, inspetor-chefe?

— Catorze.

— Não seria mais exato dizer vinte? — afirmou Alex.

— Se formos contar o grupo de apoio, podem ter sido vinte.

— Parece meio exagerado para um homem e uma mulher — insinuou Alex.

— Ele podia estar armado. Era um risco que eu não queria correr.

— E estava armado?

— Não, não estava...

— Talvez não fosse a primeira vez... — começou a dizer Alex.

— Basta, sr. Redmayne — disse o juiz, interrompendo-o antes que ele pudesse terminar sua frase.

— Boa tentativa — disse o pai de Alex, em voz alta o bastante para que todos na sala de audiências ouvissem.

— O senhor deseja fazer alguma contribuição, Sir Matthew? — perguntou o juiz, incisivamente.

O pai de Alex abriu os olhos como um animal que tivesse sido acordado de um sono profundo na floresta. Levantou-se lentamente e disse:

— Foi muita gentileza sua ter perguntado, Excelência. Mas não. Nas atuais circunstâncias, não. Talvez mais tarde. — E se deixou afundar novamente na cadeira.

Os bancos da imprensa se animaram de repente, quando o placar indicou o primeiro ponto. Alex apertou os lábios com medo de irromper numa gargalhada. O juiz Hackett mal podia se controlar.

— Continue, Redmayne — disse o juiz, mas, antes que Alex pudesse reagir, seu pai já estava de pé.

— Peço desculpas, Excelência — disse gentilmente —, mas a qual dos Redmayne o senhor se refere?

Desta vez o júri explodiu numa gargalhada. O juiz não fez nenhuma tentativa de responder, e Sir Matthew tornou a se sentar, fechou os olhos e sussurrou:

— Vá na jugular, Alex.

— Inspetor-chefe, o senhor disse a este tribunal que foi depois de ver a srta. Wilson entrar na casa que o senhor se convenceu de que era Daniel Cartwright, e não Sir Nicholas Moncrieff, quem morava lá.

— Sim, correto — disse Fuller, ainda segurando a balaustrada do banco das testemunhas.

— Mas, depois de prender meu cliente, inspetor-chefe, o senhor não teve nenhum momento de ansiedade, imaginando ter prendido o homem errado?

— Não, sr. Redmayne, não depois de ter visto a cicatriz na sua...

— Não depois de o senhor ter visto a cicatriz na sua...

— ... de ter verificado seu DNA no computador da polícia — completou o inspetor-chefe.

— Sente-se — sussurrou o pai de Alex. — Você já conseguiu tudo de que precisa, e Hackett não entendeu a importância da cicatriz.

— Obrigado, inspetor-chefe. Não tenho mais perguntas, Excelência.

— O senhor gostaria de interrogar novamente esta testemunha, sr. Pearson? — perguntou o juiz Hackett.

— Não, obrigado, Excelência — disse Pearson, que anotava as palavras *não depois de ter visto a cicatriz na sua...* tentando descobrir sua importância.

— Obrigado, inspetor-chefe — disse o juiz. — O senhor pode deixar o banco de testemunhas.

Alex inclinou-se para o pai, enquanto o inspetor-chefe deixava a sala de audiências, e sussurrou:

— Mas não consegui que ele admitisse que o "cavalheiro " era de fato Craig.

— Esse sujeito jamais daria o nome de seu contato, mas, mesmo assim, você conseguiu encurralá-lo duas vezes. E não se esqueça de que existe outra testemunha que também deve saber quem delatou Danny à polícia, e ele certamente não se sentirá à vontade na sala de audiências, de modo que você deve poder encurralá-lo muito antes de Hackett perceber qual seu verdadeiro propósito. Nunca se esqueça de que não podemos cometer o mesmo erro que cometemos com o juiz Browne e a fita que não conseguimos ouvir.

Alex concordou com um gesto de cabeça, enquanto o juiz Hackett voltava sua atenção para o banco dos advogados.

— Acho que seria uma boa hora de fazermos um intervalo.

— Todos de pé.

75

ARNOLD PEARSON mantinha uma intensa conversa com seu assistente quando o juiz Hackett disse em voz alta:

— Está pronto para convocar sua próxima testemunha, sr. Pearson?

Pearson se levantou.

— Sim, Excelência. Convoco Sir Hugo Moncrieff.

Alex observou Sir Hugo cuidadosamente enquanto ele entrava na sala de audiências. Jamais julgue antecipadamente uma testemunha, ensinara-lhe seu pai desde o berço, mas Hugo estava obviamente nervoso. Tirou um lenço de seu bolso superior, enxugando a testa antes mesmo de chegar ao banco de testemunhas.

O meirinho conduziu Sir Hugo ao banco e entregou-lhe a Bíblia. A testemunha leu o juramento no cartaz erguido diante dele; em seguida, levantou os olhos para a galeria, em busca da pessoa que ele gostaria que estivesse testemunhando em seu lugar. O sr. Pearson deu-lhe um caloroso sorriso quando ele baixou os olhos.

— Sir Hugo, por favor e apenas como formalidade, diga seu nome e endereço.

— Sir Hugo Moncrieff, Manor House, Dunbroath, Escócia.

— Deixe-me começar, Sir Hugo, perguntando qual foi a última vez em que o senhor viu seu sobrinho, Nicholas Moncrieff.

— No dia em que ambos assistimos ao enterro de seu pai.

— E o senhor teve alguma oportunidade de falar com ele naquela triste ocasião?

475   *Prisioneiro da Sorte*

— Infelizmente, não. Ele estava acompanhado por dois agentes penitenciários, que disseram que não podíamos ter nenhum contato com ele.

— Que tipo de relacionamento o senhor mantinha com o seu sobrinho?

— Afetuoso. Todos nós amávamos Nick. Era um ótimo rapaz, que a família considerava ter sido muito injustiçado.

— Então, não houve nenhum ressentimento quando o senhor e seu irmão souberam que ele herdara a maior parte do espólio de seu pai.

— Claro que não. Nick herdaria automaticamente o título com a morte do pai, e, junto com ele, as propriedades da família.

— Então, deve ter sido muito chocante descobrir que ele se enforcara na prisão e que um impostor se fizera passar por ele.

Hugo baixou a cabeça por um instante, antes de dizer:

— Foi um enorme golpe para a minha mulher, Margaret, e eu, mas, graças ao profissionalismo da polícia e ao apoio dos amigos e da família, estamos lentamente tentando aceitar o fato.

— Palavras perfeitas — sussurrou Sir Matthew.

— O senhor pode confirmar, Sir Hugo, que a Garter King of Arms confirmou o seu direito ao título da família? — perguntou o sr. Pearson, ignorando o comentário de Sir Matthew.

— Posso sim, sr. Pearson. As cartas da patente me foram enviadas algumas semanas atrás.

— O senhor também pode confirmar que a propriedade na Escócia, a casa em Londres e as contas-correntes bancárias em Londres e na Suíça estão mais uma vez sob controle da família?

— Infelizmente, não, sr. Pearson.

— E por que não? — perguntou o juiz Hackett.

Sir Hugo parecia um pouco perturbado ao virar-se para o juiz.

— Os dois bancos envolvidos têm como norma a não confirmação da titularidade enquanto existir algum processo em andamento na justiça. Garantiram-me que a transferência legal será efetuada para a pessoa certa tão logo se conclua este processo e o júri chegue a um veredicto.

— Não se preocupe — disse o juiz, dando-lhe um caloroso sorriso. — Seu longo tormento está chegando ao fim.

Sir Matthew se pôs imediatamente de pé.

— Peço desculpas por interromper Vossa Excelência, mas será que sua comunicação a esta testemunha deixa entrever que o senhor já chegou a uma decisão quanto ao caso? — perguntou com um caloroso sorriso.

Foi a vez de o juiz parecer perturbado:

— Não, claro que não, Sir Matthew — respondeu. — Eu meramente frisava que, independentemente do desfecho do julgamento, a longa espera de Sir Hugo deverá finalmente chegar ao fim.

— Obrigado, Excelência. É um grande alívio descobrir que o senhor não resolveu nada antes de a defesa ter uma oportunidade de apresentar seus argumentos. — E acomodou-se novamente em seu lugar.

Pearson fuzilou Sir Matthew com o olhar, mas os olhos do velho já estavam fechados. Tornando a se dirigir à testemunha, disse:

— Peço desculpas, Sir Hugo, pelo senhor ser obrigado a passar por um procedimento tão desagradável, que não é culpa sua. Mas é importante que os jurados percebam o caos e a infelicidade que o réu, Daniel Cartwright, trouxe à sua família. Como Sua Excelência deixou claro, esse tormento está finalmente chegando ao fim.

— Eu não teria tanta certeza assim — disse Sir Matthew.

Pearson novamente ignorou a interrupção.

— Não tenho mais perguntas a fazer, Excelência — afirmou, antes de voltar a seu lugar.

— Todas as palavras foram ensaiadas — sussurrou Sir Matthew, ainda de olhos fechados. — Leve o danado por um caminho longo e escuro e, quando ele menos esperar, enterre uma faca no seu coração. Eu aposto, Alex, nenhum sangue há de escorrer, nem rubro nem azul.

— Sr. Redmayne, desculpe interrompê-lo — disse o juiz —, mas o senhor tem intenção de interrogar esta testemunha?

— Sim, Excelência.

— Vá com calma, rapaz. Não se esqueça de que ele é quem deseja que tudo acabe logo — sussurrou Sir Matthew, afundando-se de novo em seu lugar.

— Sir Hugo — começou a dizer Alex —, o senhor disse ao tribunal que seu relacionamento com seu sobrinho, Nicholas Moncrieff, era próximo, *afetuoso* foi a palavra que o senhor parece ter dito, e que teria falado com ele no enterro de seu pai não fosse o impedimento dos agentes penitenciários.

— Sim, correto — disse Hugo.

477 Prisioneiro da Sorte

— Deixe-me perguntar: quando foi que o senhor descobriu que seu sobrinho estava de fato morto, e não vivo e morando, como o senhor acreditava, em sua casa em The Boltons?

— Alguns dias antes de Cartwright ser preso.

— Deve ter sido mais ou menos um ano e meio depois do enterro no qual foi impedido de ter contato com seu sobrinho, certo?

— Sim, acho que sim.

— Nesse caso, preciso lhe perguntar quantas vezes durante esse período de 18 meses o senhor e seu sobrinho, de quem era tão próximo, se encontraram ou falaram ao telefone.

— Mas o problema é que não era Nick — afirmou Hugo, parecendo satisfeito consigo mesmo.

— Não, não era. Mas o senhor acabou de dizer ao tribunal que só tomou conhecimento disso três dias antes de meu cliente ser preso.

Hugo levantou os olhos para a galeria, esperando receber alguma inspiração. Essa não era uma das perguntas que Margaret antecipara e lhe dissera como responder.

— Bem, ambos éramos ocupados — disse, tentando pensar por si mesmo.

— Ele morava em Londres, enquanto eu passo a maior parte do tempo na Escócia.

— Sei que agora existem telefones na Escócia — disse Alex. Um murmúrio de hilaridade percorreu o tribunal.

— Foi um escocês quem inventou o telefone — respondeu Hugo sarcasticamente.

— Mais um motivo para pegar um e usá-lo.

— O que o senhor quer insinuar?

— Não estou insinuando nada. Mas o senhor nega que, quando ambos assistiram a um leilão de selos na Sotheby's, em setembro de 2002, em Londres, e o senhor passou os dias seguintes em Genebra, no mesmo hotel do homem que o senhor acreditava ser seu sobrinho, não fez nenhuma tentativa de falar com ele?

— Ele poderia ter falado comigo — disse Hugo, alteando a voz. — É uma via de mão dupla, o senhor sabe.

— Talvez meu cliente não quisesse falar com o senhor porque conhecia muito bem o tipo de relacionamento que o senhor mantinha com seu sobrinho.

Talvez soubesse que o senhor não lhe escrevera nem falara com ele sequer uma vez durante os últimos dez anos. Talvez soubesse que seu sobrinho o odiava e que seu próprio pai, o avô dele, o deserdara no seu testamento.

— Estou vendo que o senhor está determinado a acreditar na palavra de um criminoso, em vez de acreditar na palavra de um membro da família.

— Não, Sir Hugo, eu soube isso tudo de um membro da família.

— De quem? — exigiu Sir Hugo desafiadoramente.

— Seu sobrinho, Sir Nicholas Moncrieff.

— Mas o senhor nem sequer o conheceu.

— Não. Mas, enquanto estava preso, quando o senhor nunca o visitou ou lhe escreveu no decorrer de quatro anos, ele escreveu um diário altamente revelador.

Pearson se levantou de um salto.

— Excelência, protesto. Esses diários mencionados pelo meu douto colega só foram colocados à disposição do júri uma semana atrás, e, apesar de meu assistente ter procurado lê-los galhardamente, linha por linha, perfazem mais de mil páginas.

— Excelência — disse Alex —, o *meu* assistente leu todas as palavras desses diários, e, tendo em vista a comodidade deste tribunal, sublinhou todas as passagens para as quais mais tarde gostaríamos de chamar a atenção do júri. Não pode haver dúvida de que eles são aceitáveis.

— Podem muito bem ser aceitáveis — disse o juiz Hackett —, mas não as considero relevantes. Não é Sir Hugo quem está sendo julgado, e seu relacionamento com o sobrinho não é o ponto central deste caso; por isso, peço que continue, sr. Redmayne.

Sir Matthew puxou a toga do filho.

— Posso dar uma palavrinha com meu assistente? — perguntou Alex ao juiz.

— Se necessário — respondeu o juiz, ainda dolorido de seu último embate com Sir Matthew. — Mas seja rápido.

Alex se sentou.

— Você deixou claro o que queria, rapaz — sussurrou Sir Matthew —, e, de qualquer maneira, as linhas mais importantes dos diários devem ser preservadas para a próxima testemunha. Além disso, o velho Hackett está se perguntando se exagerou e nos deu munição para pedir um novo julgamento. Vai querer evitar que tenhamos oportunidade, custe o que custar. Esta será sua última sessão na Suprema Corte antes de se aposentar, e ele não vai querer ser lembrado por ter provocado um novo julgamento. Então, quando voltar a falar, diga que aceita sem reservas a opinião de Sua Excelência, mas, já que talvez precise fazer referência a certas passagens do diário em alguma ocasião mais tardia, espera que seu douto colega tenha tempo de examinar alguns trechos que seu assistente marcou para a comodidade dele.

Alex se levantou e disse:

— Aceito sem reservas a opinião de Vossa Excelência, mas, como talvez precise fazer referência mais tarde a determinadas passagens do diário, espero que meu douto colega tenha tempo de examinar as poucas linhas que foram sublinhadas. — Sir Matthew sorriu. O juiz franziu o cenho, e Sir Hugo pareceu perplexo.

Alex tornou a voltar a atenção para a testemunha, que agora enxugava a testa quase sem parar.

— Sir Hugo, é certo que o desejo de seu pai, claramente expresso no seu testamento, era de que a propriedade em Dunbroath fosse entregue ao Patrimônio Nacional da Escócia, e que fosse separada uma quantia necessária à sua manutenção?

— Foi o que entendi — admitiu Hugo.

— Então, o senhor também pode confirmar que Daniel Cartwright obedeceu a esse desejo, e que a propriedade está agora nas mãos do Patrimônio Nacional da Escócia?

— Sim, posso confirmá-lo — respondeu Hugo, um tanto a contragosto.

— O senhor teve tempo de visitar recentemente o número 12 de The Boltons e verificar o estado da propriedade?

— Sim, tive, mas não vi grande diferença do que era antes.

— Sir Hugo, gostaria que eu chamasse a governanta do sr. Cartwright para que ela possa contar ao tribunal, de maneira clara e detalhada, em que estado encontrou a casa logo que foi empregada.

— Não é necessário — disse Hugo. — Talvez estivesse um pouco largada, mas, como já deixei claro, passo a maior parte do meu tempo na Escócia e raramente venho a Londres.

— Nesse caso, sir Hugo, vamos passar para a conta bancária do seu sobrinho no Coutts, no Strand. O senhor pode dizer ao tribunal a quantia que se encontrava nessa conta na época de sua morte trágica?

— Como seria possível saber? — respondeu Hugo, incisivamente.

— Então, permita que eu o esclareça, Sir Hugo — disse Alex, tirando um extrato bancário de uma pasta. — Pouco mais de sete mil libras.

— Mas certamente o que importa é quanto há nessa conta agora — retrucou Sir Hugo triunfantemente.

— Não poderia concordar mais com o senhor — disse Alex, tirando outro extrato bancário. — Ao fechar o expediente de ontem, havia na conta pouco mais de 42 mil libras. — Hugo não parava de levantar os olhos para a galeria, enquanto enxugava a testa. — Em seguida, vamos examinar o caso da coleção de selos que seu pai, Sir Alexander, deixou para seu neto, Nicholas.

— Cartwright vendeu-a sem eu saber.

— Eu diria, Sir Hugo, que ele a vendeu debaixo do seu nariz.

— Eu jamais consentiria em me separar de algo que a família considera uma herança incalculável.

— Será que o senhor não gostaria de algum tempo para repensar essa afirmação? Tenho comigo um documento legal redigido por seu advogado, sr. Desmond Galbraith, no qual o senhor concorda em vender a coleção de selos de seu pai por cinquenta milhões de dólares para um certo sr. Gene Hunsacker, de Austin, Texas.

— Mesmo se for verdade, nunca vi um centavo disso, porque foi Cartwright quem acabou vendendo a coleção para Hunsacker.

— Vendeu, de fato, pela quantia de 57,5 milhões de dólares, sete milhões e meio a mais do que o senhor conseguiu negociar.

— Aonde isso nos levará, sr. Redmayne? — perguntou o juiz. — Não importa a eficiência de seu cliente na administração do espólio Moncrieff, pois foi ele quem roubou tudo em primeiro lugar. Quer o senhor insinuar que ele sempre teve a intenção de devolver o espólio para seus donos de direito?

— Não, Excelência. No entanto, quero demonstrar que Danny Cartwright talvez não seja o grande vilão malvado que a promotoria quer que acreditemos. Na verdade, graças à sua administração, Sir Hugo estará muito melhor financeiramente do que ele poderia esperar.

Sir Matthew fez uma prece silenciosa.

— Isso não é verdade! — disse Sir Hugo. — Estarei pior!

Os olhos de Sir Matthew se abriram, e ele se sentou todo ereto.

— Deus existe, afinal — sussurrou ele. — Bom trabalho, rapaz.

481   *Prisioneiro da Sorte*

— Eu agora não estou compreendendo nada — disse o juiz Hackett. — Se existem na conta bancária sete milhões e meio a mais do que o senhor previra, Sir Hugo, como o senhor pode estar pior?

— Porque assinei recentemente um contrato com um terceiro, que não queria me revelar os detalhes do que acontecera a meu sobrinho se eu não concordasse em lhe pagar 25% da minha herança.

— Fique sentado, não diga nada — murmurou Sir Matthew.

O juiz pediu em voz alta que se fizesse ordem, e Alex só fez sua próxima pergunta depois que o silêncio fora restabelecido.

— Quando é que o senhor assinou esse acordo, Sir Hugo?

Hugo tirou uma pequena agenda de um bolso interno, virou as páginas até chegar à anotação que procurava.

— Em 22 de outubro do ano passado — disse.

Alex examinou suas anotações.

— Um dia antes de um certo "cavalheiro" contatar o inspetor-chefe Fuller para combinar um encontro num local desconhecido.

— Não faço ideia do que o senhor está falando.

— Claro que não. O senhor não tinha como saber o que estava acontecendo à sua revelia. Mas devo perguntar, Sir Hugo: depois de o senhor assinar esse contrato concordando em pagar milhões de libras se a sua fortuna de família fosse devolvida, o que poderia lhe oferecer esse cavalheiro em troca de sua assinatura?

— Ele me disse que meu sobrinho estava morto havia mais de um ano e que sua identidade fora usurpada pelo homem que está sentado no banco dos réus.

— E qual foi sua reação diante dessa notícia extraordinária?

— De início, não acreditei, mas então ele mostrou várias fotos de Cartwright e Nick, e fui obrigado a admitir que eles eram parecidos.

— Acho difícil acreditar, Sir Hugo, que essa prova tenha sido suficiente para que um homem vivido como o senhor concordasse em dispor de 25% da sua fortuna familiar.

— Não, não foi suficiente. Ele também me forneceu várias outras fotos para comprovar sua alegação.

— Várias outras fotos? — instigou Alex, esperançosamente.

— Sim. Uma delas era da perna esquerda do réu, mostrando uma cicatriz acima do joelho, provando que era Cartwright, e não meu sobrinho.

— Mude de assunto — sussurrou Sir Matthew.

— O senhor disse ao tribunal, Sir Hugo, que a pessoa que exigiu 25% daquilo que lhe pertencia legalmente era um cavalheiro.

— Sim, certamente era.

— Talvez tenha chegado a hora, Sir Hugo, de o senhor dar o nome desse cavalheiro.

— Não posso fazer isso.

Alex precisou, mais uma vez, esperar que o juiz restabelecesse a ordem no tribunal para fazer sua próxima pergunta.

— Por que não? — perguntou o juiz.

— Deixe que Hackett siga a pista — sussurrou Sir Matthew. — Mas reze para que ele não descubra sozinho quem é esse cavalheiro.

— Porque uma das cláusulas do acordo — disse Hugo, enxugando a testa — era que eu não revelaria seu nome sob hipótese alguma.

O juiz Hackett pousou lentamente sua caneta na mesa.

— Agora, ouça, Sir Hugo, ouça bem. Se o senhor não quiser ser processado por obstrução da justiça e passar uma noite preso para sacudir sua memória, eu o aconselho a responder à pergunta do sr. Redmayne e dizer ao tribunal o nome desse cavalheiro que pediu 25% de seu espólio para expor o réu como impostor. Será que fui claro?

Hugo começou a tremer incontrolavelmente. Olhou para a galeria e viu Margaret acenando com a cabeça. Virou-se para o juiz e disse:

— O sr. Spencer Craig, advogado da Coroa.

Todo mundo no tribunal começou a falar ao mesmo tempo.

— Pode se sentar, rapaz — disse Sir Matthew —, porque acho que isso se chama, lá na vizinhança de Danny, uma porrada dobrada. Agora, nosso estimado juiz não tem escolha senão deixar que você convoque judicialmente Spencer Craig, a não ser que queira um novo julgamento.

Sir Matthew olhou para o lado e viu Arnold Pearson olhando para seu filho. Cumprimentou-o com um chapéu imaginário.

— Tiro-lhe o chapéu, Alex — disse.

76

—C OMO IMAGINA que Munro se sairá quando enfrentar Pearson? — perguntou Alex.

— Um touro envelhecido contra um matador envelhecido — respondeu Sir Matthew. — A experiência e a pura malícia provarão ser mais importantes do que a investida, de modo que só posso apostar em Munro.

— Então, quando é que mostro a capa vermelha para esse touro?

— Não mostre. Deixe esse prazer para o matador. Pearson não será capaz de resistir ao desafio, e será muito mais impactante vindo da acusação.

— Todos de pé — avisou o meirinho.

Depois de terem se acomodado novamente em seus lugares, o juiz se dirigiu ao júri.

— Bom-dia, senhores jurados. Ontem os senhores ouviram o sr. Pearson concluir a exposição da promotoria, e agora será dada uma oportunidade à defesa para expor sua versão. Depois de uma consulta a ambas as partes, eu lhes pedirei que descartem uma das acusações, a de que o réu tentou roubar a propriedade da família Moncrieff na Escócia. Sir Hugo Moncrieff confirmou não ser esse o caso, e que, de acordo com a vontade de seu pai, Sir Alexander, a propriedade foi assumida pelo Patrimônio Nacional da Escócia. No entanto, o réu ainda enfrenta quatro outras sérias acusações, que os senhores, e só os senhores, têm a responsabilidade de julgar.

Deu um sorriso benévolo para o júri antes de voltar a atenção para Alex.

— Sr. Redmayne, por favor chame a sua primeira testemunha — disse ele, em um tom muito mais respeitoso do que o adotado no dia anterior.

— Obrigado, Excelência — disse Alex, levantando-se de seu lugar. — Convoco o sr. Fraser Munro.

A primeira coisa que Munro fez ao entrar na sala de audiências foi sorrir para Danny no banco dos réus. Visitara-o em Belmarsh cinco vezes durante os últimos seis meses, e Danny sabia que ele participara de várias reuniões com Alex e Sir Matthew.

Mais uma vez não lhe fora apresentada nenhuma conta por serviços prestados. Todas as contas bancárias de Danny haviam sido congeladas; por isso, ele só contava com doze libras por semana como honorários de bibliotecário da prisão, que não teriam coberto a corrida de táxi de Munro do Caledonian Club até o Old Bailey.

Fraser Munro se sentou no banco das testemunhas. Trajava um fraque preto e calça preta riscada, camisa branca de colarinho dobrado e uma gravata preta de seda. Parecia mais um dos funcionários do tribunal do que uma testemunha, o que lhe emprestava uma autoridade que já influenciara muitos júris escoceses. Fez uma ligeira mesura para o juiz antes de recitar o juramento.

— Por favor, declare seu nome e endereço — disse Alex.

— Meu nome é Fraser Munro, e moro na Argyll Street, Dunbroath, na Escócia.

— E sua profissão?

— Sou advogado da Corte Suprema da Escócia.

— Posso confirmar que o senhor já foi presidente da Sociedade Legal da Escócia?

— Sim, senhor. — Isso era algo que Danny não sabia.

— E o senhor é cidadão honorário da cidade de Edimburgo?

— Com muita honra. — Mais uma coisa que Danny não sabia.

— Poderia explicar ao tribunal, sr. Munro, qual é o seu relacionamento com o réu?

— Certamente, sr. Redmayne. Tive o privilégio, como meu pai antes de mim, de representar Sir Alexander Moncrieff, o primeiro dono do título.

— O senhor também representou Sir Nicholas Moncrieff?

— Representei.

— E o senhor administrou seus casos jurídicos enquanto ele estava no Exército e, mais tarde, na prisão?

— Sim, ele me telefonava de vez em quando da prisão, mas o grosso de nosso trabalho era conduzido através de uma extensa correspondência.

485 ⊙⟝ᴢ *Prisioneiro da Sorte*

— E o senhor visitou Sir Nicholas enquanto ele estava preso?

— Não, não o visitei. Sir Nicholas me pediu explicitamente que não o fizesse, e eu obedeci à sua vontade.

— Quando o senhor o conheceu?

— Eu o conheci quando criança, criado na Escócia, mas depois só o vi na ocasião em que voltou a Dunbroath para assistir ao enterro de seu pai. Fiquei doze anos sem vê-lo.

— O senhor pôde falar com ele nessa ocasião?

— Com certeza. Os dois agentes penitenciários que o acompanhavam não podiam ter sido mais prestativos e me permitiram passar uma hora com Sir Nicholas em uma consulta particular.

— E a outra vez que o senhor o encontrou foi sete ou oito semanas depois, quando ele foi à Escócia logo depois de ter sido solto da prisão de Belmarsh.

— Correto.

— O senhor teve algum motivo para acreditar que a pessoa que o visitou nessa ocasião não fosse Sir Nicholas Moncrieff?

— Não, senhor. Eu só o vi durante uma hora no decorrer dos últimos doze anos, e o homem que entrou no meu escritório não só parecia Sir Nicholas, como usava as mesmas roupas que usara no nosso encontro anterior. Também tinha toda a correspondência que havíamos trocado durante os anos e usava um anel de ouro com o brasão da família, além de uma corrente e uma chave de prata que seu avô me mostrara alguns anos antes.

— Então, ele era, para todos os efeitos, Sir Nicholas Moncrieff?

— A olho nu, sim.

— Recordando esse período, com a ajuda de seu conhecimento atual, o senhor chegou alguma vez a suspeitar de que o homem que o senhor acreditava ser Sir Nicholas Moncrieff fosse, de fato, um impostor?

— Não. Para todos os efeitos, ele se conduziu de modo cortês e encantador, qualidades raras em um homem tão jovem. Na verdade, ele, mais do que qualquer outro membro da família, me fazia lembrar de seu avô.

— Como o senhor acabou descobrindo que seu cliente não era de fato Sir Nicholas Moncrieff, e sim Danny Cartwright?

— Depois de ele ter sido preso e acusado pelos crimes que motivaram este julgamento.

— Posso confirmar, sr. Munro, que, desde esse dia, a responsabilidade da administração do espólio Moncrieff voltou para o senhor?

— Correto, sr. Redmayne. No entanto, devo confessar que não tenho administrado os negócios cotidianos com a habilidade que Danny Cartwright sempre demonstrou.

— Estaria eu certo em dizer que o espólio está em uma posição financeira mais forte agora do que jamais esteve há muitos anos?

— Sem dúvida. Entretanto, o espólio não conseguiu manter o mesmo crescimento desde que o sr. Cartwright foi mandado de volta à prisão.

— Eu só espero — interrompeu o juiz — que o senhor não esteja insinuando, sr. Munro, que esse fato diminua a gravidade dessas acusações.

— Não, Excelência, não insinuo. Mas descobri com o passar dos anos que poucas coisas são inteiramente pretas ou brancas, e sim em grande parte de diferentes matizes de cinza. A melhor maneira de resumi-lo, Excelência, é dizer que foi uma honra ter servido a Sir Nicholas Moncrieff, do mesmo modo que foi um privilégio trabalhar com o sr. Cartwright. Ambos são feitos de madeira de lei, ainda que plantados em florestas diferentes. Mas também, Excelência, todos nós sofremos, de modo diverso, com as correntes que nos são impostas desde o berço.

Sir Matthew abriu os olhos e olhou para um homem que ele gostaria de ter conhecido muitos anos atrás.

— O júri não deve ter deixado de notar, sr. Munro — prosseguiu Alex —, que o senhor mantém grande respeito e admiração pelo sr. Cartwright. Mas, com isso em mente, pode ter dificuldade em compreender como esse mesmo homem se envolveu em uma fraude tão abominável.

— Venho examinando esse assunto interminavelmente durante os últimos seis meses, sr. Redmayne, e cheguei à conclusão de que seu único motivo deve ter sido o de lutar contra uma injustiça muito maior que...

— Sr. Munro — interrompeu o juiz severamente —, como o senhor bem sabe, isso não é hora nem lugar para o senhor expressar suas opiniões pessoais.

— Fico grato, Excelência, por sua orientação — disse Munro, virando-se para encarar o juiz —, mas fiz um juramento de contar toda a verdade, e suponho que o senhor não haveria de querer que eu fizesse o contrário.

— Claro que não — falou o juiz, incisivamente —, mas repito que este não é o lugar adequado para exprimir esses pontos de vista.

— Excelência, se alguém não pode exprimir sinceramente seus pontos de vista na Corte Criminal Central, talvez pudesse me aconselhar onde seria livre para afirmar aquilo que acredita ser a verdade.

487   ○═╗   *Prisioneiro da Sorte*

Uma marola de aplausos circulou pela galeria pública.

— Acho que já é hora de passarmos adiante, sr. Redmayne — disse o juiz Hackett.

— Não tenho mais perguntas a fazer à testemunha, Excelência — disse Alex. O juiz pareceu aliviado.

Quando Alex voltou para seu assento, Sir Matthew se inclinou, sussurrando:

— Na verdade, sinto um pouco de pena do caro Arnold. Ele deve estar dividido entre enfrentar esse gigante com o risco de ser humilhado e evitá-lo totalmente, fazendo com que os jurados retenham uma imagem inesquecível.

O sr. Munro não vacilou ao fitar Pearson resolutamente, o qual conversava absorto com seu assistente, ambos parecendo igualmente perplexos.

— Não quero apressá-lo, sr. Pearson — disse o juiz —, mas o senhor tem a intenção de interrogar a testemunha?

Pearson se levantou ainda mais lentamente do que de costume, sem puxar as lapelas da toga ou tocar na sua peruca. Consultou a lista de perguntas que lhe custara um fim de semana para elaborar, mas mudou de opinião.

— Sim, Excelência, mas não deterei a testemunha por muito tempo.

— Só o bastante, assim espero — murmurou Sir Matthew.

Pearson ignorou o comentário e disse:

— Custa-me compreender, sr. Munro, como um homem tão esperto e experiente nos assuntos legais como o senhor não tenha desconfiado nem por um momento que seu cliente era um impostor.

Munro tamborilou a balaustrada do banco das testemunhas e, fazendo a pausa mais longa possível, disse:

— Danny Cartwright foi inteiramente plausível em todas as ocasiões, embora eu confesse que houve um único momento, no nosso relacionamento de dois anos, em que ele baixou a guarda.

— E quando foi isso?

— Quando estávamos debatendo sobre a coleção de selos de seu avô, tive a oportunidade de lhe recordar que ele assistira à inauguração da exposição dessa coleção no Instituto Smithsoniano, em Washington. Fiquei espantado porque ele parecia não se lembrar dessa ocasião, o que me deixou perplexo, já que ele foi o único membro da família Moncrieff a receber convite.

— O senhor não o interrogou a respeito disso?

— Não. Achei que não seria o momento adequado, na época.

— Mas, se o senhor desconfiou, mesmo só por um instante, que esse homem não era Sir Nicholas — disse Pearson, apontando o dedo para Danny, mas sem olhar na sua direção —, não seria sua responsabilidade fazer mais diligências sobre o assunto?

— Não achei isso naquela época.

— Mas esse homem estava fraudando enormemente a família Moncrieff, e o senhor estava sendo partícipe disso.

— Eu não via a coisa sob esse ângulo.

— Mas, como o senhor era o inventariante do espólio dos Moncrieff, certamente era seu dever expor a impostura de Cartwright.

— Não, não achava que fosse meu dever — disse Munro tranquilamente.

— O senhor não ficou assustado, sr. Munro, quando esse homem estabeleceu residência na casa de Londres dos Moncrieff, quando não tinha nenhum direito de fazê-lo?

— Não, não me assustou.

— O senhor não ficou horrorizado com o fato de esse forasteiro obter o controle da fortuna dos Moncrieff, que o senhor administrara por tantos anos e tão zelosamente para a família?

— Não, não fiquei horrorizado com isso.

— No entanto, mais tarde, quando seu cliente foi preso, acusado de fraude e de roubo, o senhor não sentiu ter sido negligente no exercício de seu dever? — perguntou Pearson.

— Não preciso que o senhor diga se fui ou não negligente no cumprimento do meu dever, sr. Pearson.

Sir Matthew abriu um olho. O juiz se manteve cabisbaixo.

— Mas esse homem roubara a prataria da família, para citar outro escocês, e o senhor nada fez para evitá-lo — disse Pearson, alteando cada vez mais a sua voz.

— Não senhor, ele não roubou a prataria da família e tenho certeza de que Harold Macmillan teria concordado comigo nessa oportunidade. A única coisa que Danny Cartwright roubou, sr. Pearson, foi o nome da família.

— O senhor, sem dúvida, pode explicar ao tribunal — disse o juiz, já recuperado da investida anterior do sr. Munro — este dilema moral que enfrento com sua hipótese.

O sr. Munro se virou para encarar o juiz, ciente de que conquistara a atenção de todo mundo no tribunal, inclusive a do policial na porta.

489   *Prisioneiro da Sorte*

— Sua Excelência não precisa se preocupar com nenhum dilema moral, porque eu só estava interessado nas minúcias legais do caso.

— Minúcias legais? — disse o juiz, pisando com cuidado.

— Sim, Excelência. O sr. Danny Cartwright era o único herdeiro da fortuna dos Moncrieff, por isso não fui capaz de descobrir que lei, se alguma houvesse, ele estava quebrando.

O juiz se recostou, satisfeito em deixar que fosse Pearson a se afundar cada vez mais no atoleiro de Munro.

— O senhor pode explicar ao tribunal, sr. Munro — perguntou Pearson em um sussurro —, exatamente o que quis dizer com isso?

— É realmente bastante simples, sr. Pearson. O finado Sir Nicholas Moncrieff fez um testamento no qual deixou tudo para Daniel Arthur Cartwright, de Bacon Road, 26, Londres E3, com a única exceção de uma anuidade de dez mil libras, que deixou para seu ex-motorista, o sr. Albert Crann.

Sir Matthew abriu o outro olho, sem saber se focava Munro ou Pearson.

— E esse testamento foi devidamente elaborado e testemunhado? — perguntou Pearson, buscando desesperadamente uma saída possível.

— Foi assinado por Sir Nicholas no meu escritório, na tarde do enterro de seu pai. Ciente da gravidade da situação e da minha responsabilidade como curador do espólio da família, como o senhor tanto se empenhou em frisar, sr. Pearson, pedi aos agentes penitenciários Ray Pascoe e Alan Jenkins que servissem de testemunhas à assinatura de Sir Nicholas, na presença de outro sócio da firma. — Munro virou-se para o juiz. — Estou na posse do documento original, Excelência, caso queira examiná-lo.

— Não, obrigado, sr. Munro. Eu me dou por satisfeito com sua palavra — respondeu o juiz.

Pearson afundou no banco, esquecendo-se completamente de dizer:

— Não tenho mais perguntas a fazer, Excelência.

— O senhor deseja interrogar novamente a testemunha, sr. Redmayne? — indagou o juiz.

— Apenas uma pergunta, Excelência — disse Alex. — Sr. Munro, Sir Nicholas Moncrieff deixou alguma coisa para seu tio, Hugo Moncrieff?

— Não — disse Munro. — Nem um centavo.

— Não tenho mais perguntas, Excelência.

Um surto de cochichos abafados encheu a sala de audiências, enquanto Munro saiu do banco de testemunhas, caminhou pelo estrado e foi apertar a mão do réu.

— Excelência, será que posso me dirigir ao senhor sobre uma questão legal? — indagou Alex, enquanto Munro saía da sala de audiências.

— É claro, sr. Redmayne, mas primeiro preciso liberar o júri. Senhores jurados, como acabaram de ouvir, o advogado da defesa pediu para discutir uma questão legal comigo, que pode não ter relação com o caso, mas, se tiver, eu os informarei integralmente quando voltarem.

Alex levantou os olhos para a galeria apinhada, enquanto o júri se retirava. Seu olhar descansou em uma jovem atraente que ele notara sentada em uma extremidade da primeira fila, todo dia desde que o julgamento começara. Tivera a intenção de perguntar a Danny quem era.

Alguns instantes depois, o meirinho se aproximou da mesa do juiz e disse:

— A sala de audiências foi evacuada, Excelência.

— Obrigado, sr. Happle — disse o juiz. — Como posso ajudá-lo, sr. Redmayne?

— Excelência, de acordo com o testemunho dado pelo estimado sr. Munro, a defesa sugere que não há mais acusações de número três, quatro e cinco, ou seja, pela ocupação da casa em The Boltons, por se beneficiar da venda da coleção de selos e pelo preenchimento de cheques na conta do banco Coutts. Pedimos que todos esses itens sejam anulados, já que evidentemente é muito difícil roubar aquilo que já lhe pertence.

O juiz levou alguns minutos examinando o argumento, antes de responder:

— O senhor tem um bom argumento aí, sr. Redmayne. Qual a sua opinião, sr. Pearson?

— Devo frisar, Excelência — disse Pearson —, que, apesar de o réu ser o possível beneficiário do testamento de Sir Nicholas Moncrieff, não há nada a sugerir que ele estivesse ciente na época.

— Excelência — retrucou Alex, imediatamente —, meu cliente estava bem ciente da existência do testamento de Sir Nicholas e de quem eram seus beneficiários.

— Como é possível, sr. Redmayne? — perguntou o juiz.

— Na época em que ele estava preso, Excelência, tal como frisei em várias ocasiões anteriores, Sir Nicholas mantinha um diário. Ele registrou os detalhes

491   *Prisioneiro da Sorte*

de seu testamento no dia seguinte de seu retorno a Belmarsh, em seguida ao enterro de seu pai.

— Mas isso não prova que Cartwright tinha acesso aos seus pensamentos — frisou o juiz.

— Eu concordaria com o senhor, Excelência, não fosse pelo fato de ter sido o próprio réu quem indicou ao meu assistente os trechos pertinentes — Sir Matthew concordou com a cabeça.

— Nesse caso — disse Pearson, vindo em auxílio do juiz —, a Coroa não tem objeção de que essas acusações sejam retiradas da lista.

— Sou grato pela sua intervenção, sr. Pearson — disse o juiz —, e concordo que pareça ser a solução adequada. Informarei o júri quando este retornar.

— Obrigado, Excelência — disse Alex. — E obrigado ao sr. Pearson pelo seu auxílio nessa questão.

— No entanto — disse o juiz —, tenho certeza de que não preciso lhe lembrar, sr. Redmayne, que o delito mais sério, o da fuga da prisão, permanece na acusação formal.

— Estou ciente disso, Excelência — disse Alex.

O juiz assentiu com a cabeça.

— Então, vou pedir ao meirinho que traga o júri de volta, de modo a informá-lo sobre esse desdobramento.

— Existe uma questão relacionada, Excelência.

— Sim, sr. Redmayne? — disse o juiz, descansando a caneta.

— Meritíssimo, como consequência do testemunho de Sir Hugo Moncrieff, conseguimos uma intimação judicial para que o sr. Spencer Craig se apresente diante do senhor como testemunha. Ele pediu a tolerância de Vossa Excelência, já que está atuando no momento numa causa em outro lugar deste prédio, só estando livre para se apresentar a Vossa Excelência, amanhã de manhã.

Vários repórteres saíram correndo da sala de audiências para telefonar passando as notícias.

— Sr. Pearson? — disse o juiz.

— Não temos objeção, Excelência.

— Obrigado. Quando o júri voltar, e depois de informá-lo sobre essas questões, vou liberá-lo pelo resto do dia.

— Como quiser, Excelência — disse Alex —, mas, antes que o senhor faça isso, posso alertá-lo para uma pequena mudança nos procedimentos de amanhã?

O juiz Hackett descansou a caneta de novo, assentindo com a cabeça.

— Excelência, o senhor deve estar ciente de que é uma tradição aceita na advocacia inglesa que se permita ao assistente interrogar uma das testemunhas no caso, de modo que possa aproveitar a experiência e ter a oportunidade de progredir na carreira.

— Acho que sei aonde isso vai nos levar, sr. Redmayne.

— Então, com sua permissão, Excelência, meu assistente, Sir Matthew Redmayne, exercerá a liderança da defesa quando interrogarmos a próxima testemunha, o sr. Spencer Craig.

O restante do pessoal da imprensa correu para a porta.

77

DANNY PASSOU outra noite insone na sua cela em Belmarsh, e não foi apenas o ronco de Big Al que o manteve acordado.

Beth se sentou na cama, tentando ler um livro, mas nunca virava a página, já que sua cabeça estava preocupada com o desfecho de outra história.

Alex Redmayne não dormiu, porque sabia que, se eles fracassassem no dia seguinte, não teria uma terceira chance.

Sir Matthew Redmayne nem sequer se deu ao trabalho de ir para a cama: ficou repassando sem parar a ordem de suas perguntas.

Spencer Craig revirava-se na cama, tentando descobrir quais as perguntas mais prováveis que Sir Matthew faria: e como poderia evitar respondê-las.

Arnold Pearson não dormiu em momento algum.

O juiz Hackett dormiu profundamente.

O quarto tribunal já estava apinhado na hora em que Danny ocupou seu lugar no estrado. Ele olhou em volta da sala de audiências e ficou espantado ao ver a confusão entre advogados experientes tentando encontrar lugares privilegiados de onde pudessem acompanhar os trabalhos.

Os bancos da imprensa estavam repletos de correspondentes criminais, os quais durante a semana anterior haviam preenchido muitas colunas e avisado seus editores para esperar uma reportagem de capa para as primeiras edições do dia seguinte. Mal podiam esperar o embate entre o maior advogado desde F. E. Smith e o mais brilhante jovem promotor de sua geração (*The Times*), ou do Mangusto contra a Serpente (*The Sun*).

Danny levantou os olhos para a galeria e sorriu para Beth, que estava sentada no lugar de costume, ao lado da mãe. Sarah Davenport estava sentada na extremidade do banco da frente, de cabeça baixa. No banco dos advogados, o sr. Pearson conversava com seu assistente. Parecia mais descontraído do que em qualquer outra ocasião durante o julgamento; mas, também, hoje ele seria somente expectador, e não partícipe.

Os únicos assentos vazios na sala de audiências ficavam na extremidade do banco dos advogados, à espera de que Alex Redmayne e seu assistente chegassem. Dois policiais haviam sido colocados de reforço na porta para explicar aos retardatários que apenas aqueles que tinham um afazer oficial poderiam se acomodar na sala de audiências.

Danny estava sentado no centro do estrado, o melhor assento da casa. Esse era um espetáculo cujo roteiro ele gostaria de ter lido antes de a cortina se abrir.

Havia um murmúrio de expectativa na sala, enquanto todo mundo esperava os quatro partícipes que restavam e que ainda fariam sua entrada. Aos cinco minutos para as dez, um policial abriu a porta da sala de audiências, e caiu um silêncio sobre a plateia ali reunida, enquanto aqueles que tinham sido incapazes de achar um assento abriam caminho para que Alex Redmayne e seu assistente chegassem ao banco dos advogados.

Nessa manhã, Sir Matthew não fingiu ficar jogado em um canto de olhos fechados. Nem sequer se sentou. Ficou ereto, olhou em volta da sala de audiências. Havia muitos anos que não atuava como advogado em tribunal algum. Depois de se orientar, desdobrou um pequeno descanso de madeira que sua mulher recuperara do sótão na noite anterior e havia uma década não via serviço. Colocou-o na mesa diante de si, e tirou da sua mala um punhado de documentos nos quais escrevera com sua nítida caligrafia as perguntas que Spencer Craig passara toda noite tentando antecipar. Finalmente entregou a Alex duas fotos que, sabiam ambos, haveriam de decidir o destino de Danny Cartwright.

Somente depois de estar tudo arrumado foi que Sir Matthew se virou e sorriu para seu velho adversário.

— Bom-dia, Arnold — disse. — Espero não lhe darmos muito trabalho hoje.

Pearson devolveu o sorriso.

— Um voto com o qual concordo plenamente. Na verdade, quebrarei o hábito de uma vida inteira, Matthew, ao desejar-lhe sorte, a despeito de nunca ter desejado alguma vez, durante todos os meus anos de carreira, que meu adversário ganhasse. Hoje é uma exceção.

Sir Matthew fez uma ligeira mesura.

495   *Prisioneiro da Sorte*

— Farei o máximo para satisfazer seus desejos. — Então, se sentou, fechou os olhos e começou a se preparar.

Alex se ocupava arrumando documentos, transcrições, fotos e outros materiais misturados em pilhas ordenadas, de modo que, quando seu pai esticasse a mão direita, como um atleta correndo o revezamento nas Olimpíadas, o bastão logo fosse passado.

O barulho de conversa ligeira parou quando o juiz Hackett fez sua entrada. Ele se dirigiu a passo lento para as três cadeiras no centro do estrado, tentando dar a impressão de que nada de incontrolável haveria de acontecer no tribunal naquela manhã.

Tendo ocupado a cadeira do meio, demorou mais do que de costume para arrumar suas canetas e verificar seu livro de anotações, enquanto esperava que o júri ocupasse seu lugar.

— Bom-dia — disse, depois de os jurados terem se acomodado, com um tom de voz um tanto ríspido. — Senhores jurados, a primeira testemunha de hoje será o sr. Spencer Craig, advogado da Coroa. Devem lembrar que seu nome surgiu durante o interrogatório de Sir Hugo Moncrieff. O sr. Craig não está aqui como testemunha da acusação, nem da defesa, mas foi convocado por mandado judicial, o que significa que não compareceu voluntariamente. Os senhores precisam se lembrar de que seu único dever é decidir se o testemunho apresentado pelo Sr. Craig tem alguma relação com a causa sendo julgada por este tribunal, isto é, terá o réu escapado ilegalmente da prisão? Sobre essa questão, e apenas sobre ela, é que lhes pedimos que cheguem a um veredicto.

O juiz Hackett deu um amplo sorriso para o júri antes de voltar a atenção para o assistente da defesa.

— Sir Matthew — disse —, o senhor está pronto para chamar a testemunha? Matthew Redmayne se levantou lentamente.

— Estou sim, Excelência — respondeu, mas não o fez.

Serviu-se de um copo d'água; em seguida, colocou os óculos na ponta do nariz e, finalmente, abriu sua pasta de couro vermelha. Tendo se considerado pronto para o embate, disse:

— Convoco o sr. Spencer Craig. — Sua voz soou como um dobre fúnebre.

Um policial saiu para o corredor e berrou:

— Sr. Spencer Craig!

A atenção de todos estava agora dirigida para a porta, enquanto esperavam a entrada da última testemunha. Um instante depois, Spencer Craig, vestido com sua toga, entrou na sala de audiências como se fosse apenas mais um dia na vida de um advogado ocupado.

Craig entrou na área do banco dos réus, pegou a Bíblia e, encarando o júri, recitou o juramento de maneira firme e segura. Ele sabia que eles, e somente eles, haveriam de decidir o seu destino. Devolveu a Bíblia ao meirinho e virou-se para encarar Sir Matthew.

— Sr. Craig — começou a dizer Sir Matthew num tom tranquilo e embalante, como se fosse seu desejo ajudar a testemunha de todas as maneiras —, o senhor poderia fazer a gentileza de informar seu nome e endereço para a ata?

— Spencer Craig, Hambledon Terrace, 43, Londres SW3.

— E sua profissão?

— Sou advogado e causídico da Coroa.

— Então, não tenho necessidade de lembrar a um membro tão eminente da profissão legal a importância do juramento, ou a autoridade deste tribunal.

— Necessidade nenhuma, Sir Matthew, apesar de parecer já tê-lo feito.

— Sr. Craig, quando o senhor descobriu que Sir Nicholas Moncrieff era, de fato, o sr. Daniel Cartwright?

— Um amigo meu que fora colega de Sir Nicholas o encontrou por acaso no Dorchester Hotel. Logo percebeu que o sujeito era um impostor.

Alex fez um risco no primeiro quadradinho. Craig obviamente antecipara a primeira pergunta de seu pai e dera uma resposta bem elaborada.

— E por que esse amigo resolveu informar especificamente ao *senhor* essa formidável descoberta?

— Não o fez, Sir Matthew; simplesmente a coisa surgiu durante a conversa num jantar, certa noite.

Mais um risco.

— Mas o que foi que o motivou a dar um tremendo salto no escuro, concluindo que o homem que fingia ser Nicholas Moncrieff era, de fato, Daniel Cartwright?

— Não o fiz durante certo tempo, pelo menos até ser apresentado ao suposto Sir Nicholas, certa noite no teatro, quando fiquei espantado com a semelhança de aspecto, senão de conduta, entre ele e Cartwright.

— Foi então que resolveu entrar em contato com o inspetor-chefe Fuller e alertá-lo sobre suas suspeitas?

— Não. Achei que isso seria uma irresponsabilidade minha, por isso fiz contato primeiro com um membro da família Moncrieff, no caso, conforme o senhor disse, de me arriscar a dar um tremendo salto no escuro.

Alex fez outro risco na lista de perguntas. Até o momento, seu pai não fizera um arranhão em Craig.

— Que membro da família o senhor procurou? — perguntou Sir Matthew, embora sabendo muito bem quem.

— O sr. Hugo Moncrieff, tio de Sir Nicholas, que me informou que seu sobrinho não entrara em contato com ele desde o dia em que fora solto da prisão, dois anos atrás, o que só fez aumentar minhas suspeitas.

— Foi então que o senhor relatou essas suspeitas para o inspetor-chefe Fuller?

— Não, eu ainda acreditava precisar de provas mais concretas.

— Mas o inspetor-chefe o teria aliviado deste peso, sr. Craig. Não entendo por que um profissional liberal ocupado como o senhor escolheu continuar metido neste assunto.

— Como já expliquei, Sir Matthew, acreditei ser minha responsabilidade primeiro ter certeza, para não desperdiçar o tempo da polícia.

— Quanto espírito público! — Craig ignorou a farpa de Sir Matthew e sorriu para o júri. — Mas preciso perguntar: quem o alertou para as possíveis vantagens de poder provar que o homem que se fazia passar por Sir Nicholas Moncrieff era de fato um impostor?

— Vantagens?

— Sim, vantagens, sr. Craig.

— Não sei se o compreendo — disse Craig. Alex fez a primeira cruz na sua lista. A testemunha estava obviamente tentando ganhar tempo.

— Então, permita que eu o ajude — disse Sir Matthew.

Ele esticou a mão direita, e Alex entregou-lhe uma única folha de papel. Sir Matthew correu os olhos lentamente de cima a baixo da página, dando tempo para que Craig imaginasse que bomba ela poderia conter.

— Diga-me se estou errado em sugerir, sr. Craig — disse Sir Matthew —, que, se o senhor pudesse provar ter sido Nicholas Moncrieff, e não Danny Cartwright, a ter se suicidado na prisão de Belmarsh, o sr. Hugo Moncrieff não só herdaria o título da família, como uma vasta fortuna, de quebra.

— Eu não sabia disso nessa época — disse Craig, sem vacilar.

— Então, o senhor agia por motivos puramente altruístas?

— Sim, além do desejo de ver trancafiado um perigoso e violento criminoso.

— Chegarei num instante ao perigoso e violento criminoso que deveria ser trancafiado, sr. Craig, mas, antes, deixe-me perguntar: quando foi que seu agudo senso público foi superado pela vontade de fazer um ganho rápido?

— Sir Matthew — interrompeu o juiz —, não é esse o tipo de linguajar que espero ver um assistente da defesa usar ao se dirigir a um advogado da Coroa.

— Peço desculpas, Excelência. Reformularei minha pergunta. Sr. Craig, quando foi que o senhor percebeu a oportunidade de ganhar vários milhões de libras por uma informação que o senhor obteve de um amigo durante um jantar?

— Quando Sir Hugo me convidou para trabalhar para ele em caráter particular.

Alex colocou outro traço ao lado de uma pergunta que fora antecipada, embora soubesse que Craig mentia.

— Sr. Craig, o senhor considera ético um advogado da Coroa cobrar 25% da herança de alguém em troca de uma informação de segunda mão?

— Hoje é bastante comum, Sir Matthew, que os advogados recebam sobre os resultados — disse tranquilamente Craig. — Sei que essa prática só foi introduzida depois de sua época, então talvez eu deva frisar que não cobrei honorários ou quaisquer despesas, e que, se minhas suspeitas tivessem sido infundadas, eu teria gastado uma considerável soma de dinheiro e tempo.

Sir Matthew sorriu para ele.

— Então, o senhor ficará satisfeito em saber, sr. Craig, que seu lado altruísta ganhou a parada. — Craig não conseguiu entender a farpa de Sir Matthew, apesar do desespero em descobrir o que ele quisera dizer. Sir Matthew demorou-se antes de acrescentar: — Como deve saber, o tribunal recebeu uma informação recente do sr. Fraser Munro, advogado do finado sr. Nicholas Moncrieff, de que seu cliente deixou toda a fortuna para o seu amigo pessoal, sr. Danny Cartwright. Por isso, tal como temia, o senhor desperdiçou uma soma considerável de dinheiro e de tempo. Mas a despeito da sorte de meu cliente, quero assegurar-lhe, sr. Craig, que não cobrarei *dele* 25% de sua herança pelos meus serviços.

— Nem deveria — respondeu Craig raivosamente —, já que ele passará pelo menos os próximos 25 anos na cadeia, tendo, portanto, que esperar um tempo enorme antes de se beneficiar desta sorte inesperada.

— Posso estar errado, sr. Craig — disse Sir Matthew tranquilamente —, mas acho que será o júri, e não o senhor, quem tomará esta decisão.

— Posso estar enganado, Sir Matthew, mas acho que o senhor descobrirá que esta decisão já foi tomada por um júri algum tempo atrás.

— O que me leva a abordar seu encontro com o inspetor-chefe Fuller, o qual o senhor estava tão ansioso para encobrir de todos. — Craig pareceu prestes a responder; em seguida, evidentemente, pensou melhor, deixando que Sir Matthew continuasse. — O inspetor-chefe, na qualidade de policial conscencioso, informou ao tribunal que precisaria de mais provas do que as fotografias que revelavam grande semelhança entre os dois homens, antes de pensar em prendê-lo. Respondendo a uma pergunta de meu colega da defesa, ele confirmou que o senhor lhe forneceu essa prova.

Sir Matthew sabia que corria um risco. Se Craig respondesse dizendo que não fazia ideia daquilo que ele falara e que simplesmente transmitira sua desconfiança ao inspetor-chefe, deixando-lhe a decisão da providência a tomar, Sir Matthew não teria uma pergunta complementar. Teria, então, que passar para um assunto diferente, e Craig perceberia que aquilo fora um mero balão de ensaio que não conseguira decolar. Mas Craig não respondeu imediatamente, o que deu a Sir Matthew a segurança de arriscar ainda mais. Virou-se para Alex e disse, em voz alta o bastante para que Craig ouvisse:

— Me dê as fotos de Cartwright correndo no Embankment, aquelas que mostram a cicatriz.

Alex entregou ao pai duas grandes fotos.

Depois de uma longa pausa, Craig disse:

— Talvez eu tenha contado ao inspetor-chefe que, se o sujeito que estava morando em The Boltons tivesse uma cicatriz na sua coxa esquerda, logo acima do joelho, isso seria uma prova de que ele era de fato Danny Cartwright.

A expressão no rosto de Alex não revelava nada, apesar de ele poder ouvir os batimentos de seu coração.

— E o senhor, então, entregou algumas fotos para o inspetor-chefe para provar sua afirmativa?

— Talvez tenha entregado — reconheceu Craig.

— Talvez, se o senhor vir cópias das fotos, elas refresquem a sua memória — sugeriu Sir Matthew, empurrando-as em sua direção. O maior risco de todos.

— Não será necessário — disse Craig.

— Eu gostaria de ver as fotos — disse o juiz — e desconfio de que os jurados também, Sir Matthew. — Alex se virou e viu vários jurados balançando a cabeça.

— Certamente, Excelência — disse Sir Matthew.

Alex entregou uma pilha de fotos para o meirinho, que deu duas ao juiz antes de distribuir as restantes entre os jurados, a Pearson e, finalmente, à testemunha.

Craig fitava as fotos espantado. Não eram as que Gerald Payne tirara de Cartwright, enquanto este corria de tardinha. Se ele não tivesse admitido que sabia a respeito da cicatriz, a defesa teria desmoronado, e o júri não ficaria sabendo mais nada. Craig percebeu que Sir Matthew acertara um golpe, mas ele ainda estava de pé e não cairia outra vez em uma armadilha.

— Excelência — disse Sir Matthew —, o senhor pode ver que a referida cicatriz está na coxa esquerda do sr. Cartwright, logo acima do joelho. Ela desbotou com o passar do tempo, mas ainda permanece nítida a olho nu. — Ele voltou sua atenção para a testemunha. — Como o senhor se lembra, sr. Craig, o inspetor-chefe Fuller afirmou sob juramento que tomou a decisão de prender meu cliente baseado nesta prova.

Craig não fez nenhuma tentativa de contradizê-lo. Sir Matthew não o pressionou, já que sentiu que a questão fora bem frisada. Fez uma pausa, para permitir que os jurados tivessem mais tempo para examinar as fotos, pois precisava que a cicatriz estivesse gravada indelevelmente nas suas cabeças, antes que fizesse uma pergunta da qual tinha certeza de que Craig não poderia ter antecipado.

— Qual foi a primeira vez que o senhor telefonou para o inspetor-chefe Fuller?

Mais uma vez houve silêncio, pois Craig, como todo mundo no tribunal, a não ser Alex, tentava descobrir o significado da pergunta.

— Não tenho certeza se compreendo — respondeu finalmente.

— Então, deixe-me refrescar sua memória, sr. Craig. O senhor telefonou para o inspetor-chefe Fuller em 23 de outubro do ano passado, um dia antes de encontrá-lo em local desconhecido para entregar-lhe as fotos que mostravam a cicatriz de Danny Cartwright. Mas quando foi a primeira ocasião em que o senhor entrou em contato com ele?

Craig tentou pensar em algum modo de evitar responder a pergunta de Sir Matthew. Olhou em direção ao juiz, esperando uma orientação. Não recebeu nenhuma.

— Ele era o policial que apareceu no Dunlop Arms quando chamei a polícia, depois de ter assistido a Danny Cartwright esfaquear seu amigo até a morte — finalmente conseguiu dizer.

— Seu amigo — disse rapidamente Sir Matthew, deixando isso transcrito antes que o juiz pudesse intervir. Alex sorriu da esperteza de seu pai.

501 ◈ *Prisioneiro da Sorte*

O juiz Hackett franziu o cenho. Sabia que não poderia mais impedir Sir Matthew de investigar a questão do julgamento original, agora que o próprio Craig levara inadvertidamente o assunto à baila.

— Seu amigo — repetiu Sir Matthew, olhando para o júri. Ele esperava que Arnold Pearson se levantasse de um pulo e o interrompesse, mas não houve nenhuma ação da outra extremidade do banco dos advogados.

— Foi assim que Bernard Wilson foi descrito na transcrição do julgamento — disse Craig confiante.

— E era, na verdade — disse Sir Matthew —, e vou me referir a esta transcrição mais tarde. Mas, por enquanto, gostaria de voltar ao inspetor-chefe Fuller. Na primeira ocasião em que o encontrou, em seguida à morte de Bernard Wilson, o senhor deu um depoimento.

— Sim, dei.

— Na verdade, sr. Craig, o senhor acabou dando três depoimentos: o primeiro, 37 minutos depois do esfaqueamento; o segundo, que o senhor escreveu mais tarde naquela noite porque não conseguia dormir; e um terceiro, sete meses depois, no banco de testemunhas durante o julgamento de Danny Cartwright. Tenho todos os três depoimentos e devo admitir, sr. Craig, que eles são admiravelmente coerentes. — Craig não fez nenhum comentário, à espera da ferroada. — No entanto, o que me deixa perplexo é a cicatriz na perna esquerda de Danny Cartwright, porque o senhor disse no primeiro depoimento. — Alex entregou a seu pai uma única folha de papel, que ele leu: — "Eu vi Cartwright pegar a faca no bar e seguir a mulher e o outro sujeito até o beco. Alguns instantes depois, ouvi um grito. Foi quando corri até o beco e vi Cartwright esfaqueando Wilson no peito sem parar. Em seguida, voltei ao bar e telefonei *imediatamente* para a polícia." — Sir Matthew levantou os olhos. — O senhor deseja fazer algum acréscimo a esse depoimento?

— Não — disse Craig com firmeza —, foi o que aconteceu exatamente.

— Bem, não tão exatamente assim — disse o sr. Redmayne —, porque os registros policiais demonstram que o senhor deu o telefonema às 11h33; por isso, deve-se perguntar o que o senhor fazia entre...

— Sir Matthew — interrompeu o juiz, espantado com o fato de Pearson não ter se levantado de um pulo e, sim, ficado resolutamente sentado em seu canto, de braços cruzados e sem intervir. — O senhor é capaz de demonstrar que esta linha de raciocínio é relevante, lembrando-se de que o único delito que resta na lista de acusação a seu cliente é o de ter fugido da prisão?

Antes de responder, Sir Matthew esperou o suficiente para que o júri ficasse curioso pelo motivo de não lhe ter sido permitido terminar sua pergunta anterior.

— Não, não sou, Excelência. No entanto, queria prosseguir numa linha de raciocínio relevante neste caso, isto é, a cicatriz na perna esquerda do réu. — Ele novamente olhou nos olhos de Craig. — Posso confirmar, sr. Craig, que o senhor não viu Danny Cartwright sendo esfaqueado na perna, o que lhe deixou a cicatriz tão bem-revelada nas fotos que o senhor entregou ao inspetor-chefe, nas quais este se baseou como prova para prender meu cliente?

Alex prendeu o fôlego. Passou-se algum tempo até que Craig finalmente dissesse.

— Não, não vi.

— Faça o favor, sr. Craig, de deixar que eu lhe apresente três cenários para sua avaliação. O senhor pode então dizer ao júri, baseado na sua vasta experiência da mente criminosa, qual deles considera mais provável.

— Se o senhor acha que um joguinho de salão poderá auxiliar de algum modo o júri, Sir Matthew — suspirou Craig —, então, conte comigo.

— Penso que o senhor achará mesmo que se trata de um joguinho de salão que há de auxiliar o júri. — Os dois homens se entreolharam por algum tempo, antes que Sir Matthew acrescentasse: — Permita-me sugerir o primeiro cenário. Danny Cartwright pega a faca no bar, tal como o senhor declarou, segue sua noiva até o beco, esfaqueia-se na perna, tira a faca e em seguida esfaqueia seu melhor amigo até a morte.

Risadas irromperam no tribunal. Craig esperou que amainassem antes de responder.

— Isto é uma hipótese ridícula, Sir Matthew, e o senhor sabe.

— Que bom, finalmente conseguimos concordar sobre algo, sr. Craig. Deixe-me passar para meu segundo cenário. Na verdade, foi Bernie Wilson quem pegou a faca no bar, ele e Cartwright saem para o beco, ele esfaqueia Cartwright na perna, tira a faca e se esfaqueia até a morte.

Desta vez, até o júri engrossou os risos.

— Isso é mais ridículo ainda — disse Craig. — Não sei ao certo o que o senhor quer provar com esta charada.

— Essa charada prova que o homem que esfaqueou Danny Cartwright na perna foi o mesmo homem que esfaqueou Bernie Wilson no peito, porque apenas uma faca foi usada, a que foi apanhada no bar. Por isso concordo com o senhor, sr. Craig, meus dois primeiros cenários foram ridículos, mas, antes de lhe apresentar o terceiro, permita-me uma última pergunta. — Todos os olhares na sala de audiências convergiam agora para Sir Matthew. — Se o senhor não viu Cartwright sendo esfaqueado na perna, como poderia saber sobre a cicatriz?

Os olhares de todos se transferiram para Craig. Ele não continuava calmo. Suas mãos estavam pegajosas ao agarrar a lateral da tribuna.

— Devo ter lido sobre ela na transcrição do julgamento — disse Craig, tentando aparentar segurança.

— O senhor sabe que um dos problemas de um velho traste como eu, quando se aposenta — disse Sir Matthew —, é não ter nada para fazer no seu tempo livre. Por isso, durante os últimos seis meses, minha leitura na cama tem sido esta transcrição. — Ele ergueu um documento de doze centímetros de espessura, acrescentando: — De capa a capa. Não uma vez. Mas duas. E uma das coisas que descobri, durante anos de prática forense, é que muitas vezes não é a evidência que trai um criminoso, e, sim, aquilo que ficou de fora. Posso lhe assegurar, sr. Craig, que não há menção, da primeira à última página, a qualquer ferimento na perna esquerda de Danny Cartwright. — Sir Matthew acrescentou, quase num sussurro: — E, então, chego a meu último cenário, sr. Craig. Foi o *senhor* quem pegou a faca no bar antes de sair correndo para o beco. Foi o *senhor* quem enfiou a faca na perna esquerda de Danny Cartwright. Foi o *senhor* quem esfaqueou Bernie Wilson no peito e o deixou morrer nos braços de seu amigo. E será o *senhor* quem passará o resto da vida na cadeia.

Um tumulto se formou na sala de audiências.

Sir Matthew se virou para Arnold Pearson, que ainda não mexia uma palha para ajudar seu colega, permanecendo encolhido no canto do banco dos advogados, de braços cruzados.

O juiz esperou que o meirinho pedisse silêncio e voltasse a se fazer ordem no recinto, antes de dizer:

— Acho que devo dar ao sr. Craig a oportunidade de responder às acusações de Sir Matthew, sem que elas fiquem suspensas no ar.

— Terei imenso prazer em fazê-lo, Excelência — disse Craig equilibradamente —, mas, antes, gostaria de sugerir um quarto cenário a Sir Matthew, que pelo menos tem o mérito da credibilidade.

— Mal posso esperar — disse Sir Matthew, recostando-se.

— Considerando o passado de seu cliente, não seria possível que o ferimento na sua perna tivesse sido infligido algum tempo antes da noite em questão?

— Mas ainda assim isso não explica como o senhor poderia ter sabido sobre a cicatriz, em primeiro lugar.

— Não preciso explicar — disse Craig desafiadoramente —, porque um júri já decidiu que os argumentos de seu cliente não tiveram pernas para se sustentar. — Pareceu um tanto satisfeito consigo mesmo.

— Eu não teria tanta certeza assim — disse Sir Matthew, virando-se para seu filho, que, a um sinal, lhe entregou uma caixa de papelão. Sir Matthew colocou a caixa em cima da borda da balaustrada diante de si e levou algum tempo antes de tirar dela um par de jeans, que ergueu em plena vista do júri. — Estes são os jeans que a administração da prisão devolveu à srta. Elizabeth Wilson, quando se pensou que Danny Cartwright havia se enforcado. Tenho certeza de que interessará ao júri constatar o rasgão sujo de sangue na região inferior da coxa esquerda, que combina perfeitamente com...

O tumulto que se seguiu abafou o resto das palavras de Sir Matthew. Todos se viraram para olhar para Craig, querendo descobrir qual seria sua resposta, mas ele não teve oportunidade de responder, já que Pearson finalmente se pôs de pé.

— Excelência, devo lembrar a Sir Matthew que não é o sr. Craig quem está sendo julgado — declarou Pearson, quase tendo de gritar para se fazer ouvir — e que essa prova — disse ele apontando para o jeans que Sir Matthew ainda mantinha erguido — não tem relevância no momento de se decidir se Cartwright fugiu ou não fugiu da prisão.

O juiz Hackett não foi mais capaz de esconder sua ira. Seu sorriso jovial fora substituído por uma carranca. Depois que o silêncio retornara à sala de audiências, disse:

— Estou de pleno acordo, sr. Pearson. Um rasgão ensanguentado no jeans do réu não é certamente relevante neste caso. — Fez uma pausa de um instante antes de olhar para a testemunha com desdém. — No entanto, acho que não tenho outra escolha senão abandonar este julgamento e liberar o júri até que todas as transcrições deste e do caso anterior tenham sido enviadas para a Direção da Promotoria para serem avaliadas, porque sou da opinião de que um grave erro judicial pode ter ocorrido no caso da Coroa contra Daniel Arthur Cartwright.

Desta vez, o juiz não fez nenhuma tentativa de reprimir o tumulto que se seguiu, enquanto os jornalistas corriam para a porta, alguns já falando nos seus celulares, antes mesmo de deixar a sala de audiências.

Alex virou-se para parabenizar seu pai, encontrando-o encolhido no canto do banco, com os olhos fechados. Ele abriu uma pálpebra, olhou para seu filho e comentou:

— Ainda falta muito para acabar, meu filho.

LIVRO SEIS

JULGAMENTO

78

Ainda que eu falasse as línguas dos homens e dos anjos, se não tivesse...

Depois que o padre Michael abençoara o noivo e a noiva, o sr. e a sra. Cartwright se juntaram ao resto da congregação, enquanto esta se reunia em torno do túmulo de Danny Cartwright.

E ainda que tivesse o dom de profecia e conhecesse todos os mistérios e toda a ciência, e ainda que tivesse toda fé, de maneira que removesse montanhas, se não tivesse...

Havia sido desejo da noiva homenagear Nick desse modo, e o padre Michael concordara em ministrar a cerimônia em memória do homem cuja morte tornara possível que Danny provasse sua inocência.

E ainda que distribuísse toda a minha fortuna para o sustento dos pobres, e ainda que entregasse o meu corpo para ser queimado, se não tivesse...

Além de Danny, apenas dois presentes haviam conhecido o homem que acabara enterrado em terra estranha. Um deles estava em pé do lado mais distante do túmulo, vestido num fraque preto, camisa de colarinho virado e uma gravata preta de seda. Fraser Munro fora de Dunbroath ao East End de Londres para representar o último da linhagem de Moncrieff que ele haveria de servir. Danny tentara agradecer-lhe por sua força e sabedoria em todas as ocasiões, mas tudo que o sr. Munro dissera fora:

— Quisera eu ter tido o privilégio de servir a vocês dois. Mas não foi essa a vontade do Senhor — acrescentou o deão da igreja. Outra coisa que Danny não sabia.

Quando todos se encontraram na casa dos Wilson, antes do início da cerimônia do casamento, Munro levou bastante tempo admirando a coleção de quadros de Danny.

— Eu não fazia ideia, Danny, de que você era colecionador de McTaggart, Peploe e Lauder.

Danny sorriu.

— Foi Lawrence Davenport quem colecionou. Eu apenas os comprei, mas, tendo vivido com eles, pretendo adquirir mais integrantes da escola escocesa para minha coleção.

— Tão parecido com seu avô — disse Munro. Danny resolveu não frisar que ele nunca conhecera de fato Sir Alexander. — Aliás — acrescentou Munro meio sem jeito —, devo confessar que dei um golpe baixo em um de seus adversários, enquanto você estava trancafiado em Belmarsh.

— Em qual deles?

— Não menos que Sir Hugo Moncrieff. E o pior é que fiz isso sem sua aprovação, um comportamento extremamente antiprofissional da minha parte. Ando querendo confessá-lo há muito tempo.

— Bem, esta é sua oportunidade, sr. Munro — disse Danny, tentando manter uma expressão séria. — O que o senhor andou fazendo na minha ausência?

— Devo confessar que mandei todos os documentos referentes à validade do segundo testamento de Sir Alexander para o departamento fiscal da Promotoria, alertando-os de que talvez houvesse um crime ali. — Danny nada falou. Aprendera cedo durante o relacionamento deles a não interromper Munro quando este estava a pleno vapor. — Já que nada aconteceu durante vários meses, presumi que o sr. Galbraith dera um jeito qualquer de varrer todo o incidente para debaixo do tapete. — Fez uma pausa. — Isso até eu ler o *Scotsman* desta manhã no avião para Londres. — Ele abriu sua onipresente pasta, tirou um jornal e passou-o para Danny.

Danny olhou para a manchete da primeira página. *Sir Hugo Moncrieff preso por falsificação e tentativa de fraude.* O artigo vinha acompanhado de uma grande foto de Sir Nicholas Moncrieff que, na opinião de Danny, não lhe fazia justiça. Quando Danny acabou de ler o artigo, sorriu e disse a Munro:

— Bem, o senhor disse que, se ele desse mais trabalho, então valia tudo.

— Eu falei mesmo essas terríveis palavras? — disse Munro com repugnância. *Porque, em parte conhecemos, e em parte profetizamos.*

O olhar de Danny se deslocou para a única outra pessoa que fora amiga de Nick e o conhecera bem melhor do que ele ou Munro. Big Al estava em pé, em posição de sentido, entre Ray Pascoe e Alan Jenkins. O diretor lhe dera uma

509 Prisioneiro da Sorte

dispensa por motivos humanitários para que assistisse ao funeral de seu amigo. Danny sorriu quando seus olhares se encontraram, mas Big Al baixou rápido a cabeça. Não queria que aqueles estranhos o vissem chorando.

Mas quando vier o que é perfeito, então o que é em parte será aniquilado.

Danny voltou a atenção para Alex Redmayne, que não conseguira esconder sua satisfação quando Beth o convidara para ser padrinho de seu filho, o irmão de Christy. Alex estava perto de seu pai, o homem que dera a Danny a possibilidade de ser novamente um homem livre.

Quando todos haviam se encontrado no escritório de Alex, alguns dias depois de o julgamento ser interrompido, Danny perguntara a Sir Matthew o significado de suas palavras quando disse: "Está longe de acabar." O velho juiz puxou Danny de lado, de modo que Beth não pudesse ouvir suas palavras, e lhe disse que, apesar de Craig, Payne e Davenport terem sido presos e acusados pelo assassinato de Bernie Wilson, ainda proclamavam sua inocência e trabalhavam claramente em equipe. Avisou a Danny que ele e Beth teriam que sofrer o tormento de mais um julgamento, no qual teriam de testemunhar o que realmente acontecera ao outro amigo, que estava enterrado no pátio da igreja de St. Mary's. A não ser, é claro...

Porque vemos por espelho, em enigma, mas então veremos face a face; agora conheço em parte, mas então conhecerei como também sou conhecido.

Danny não resistiu a dar uma olhada para o outro lado da rua, onde haviam afixado uma placa recém-pintada: *Oficina Cartwright, Sob Nova Gerência.* Depois de finalizar a negociação e concordar sobre o preço com Monty Hughes, Munro elaborara uma escritura que permitiria a Danny controlar um negócio ao qual poderia ter acesso toda manhã atravessando a rua.

Os banqueiros suíços deixaram claro que Danny pagara um preço alto demais pela oficina do outro lado da rua. Danny não se deu ao trabalho de explicar para Segat a diferença entre os termos preço e valor, já que duvidava que ele e Bresson tivessem passado muito tempo na companhia de Oscar Wilde.

Agora, pois, permanecem a fé, a esperança e o amor, estes três, mas o maior destes é o amor.

Danny agarrou a mão de sua mulher. No dia seguinte voariam para Roma para uma lua de mel muito atrasada, durante a qual tentariam esquecer que na volta teriam que enfrentar outro longo julgamento, antes que sua provação finalmente terminasse. Seu filho de dez semanas escolheu aquele momento para exprimir seus sentimentos, abrindo um berreiro, e não em memória de Sir Nicholas Moncrieff, mas simplesmente porque achava que a cerimônia estava demorando demais e, além disso, estava com fome.

— Shhh — disse Beth, consolando-o. — Logo, logo todos poderemos ir para casa — prometeu sua mãe, embalando Nick em seus braços.

Em nome do Pai, do Filho...

79

— TRAGAM os prisioneiros.

O quarto tribunal do Old Bailey estava apinhado muito antes das dez da manhã, mas também não era todo dia que um advogado da Coroa, um membro do Parlamento e um ator popular eram processados sob acusação de homicídio, tumulto e conspiração para obstruir a justiça.

O banco dos advogados estava cheio de luminares verificando arquivos, arrumando documentos e, num caso específico, dando os toques finais na exposição inicial, enquanto esperavam que os prisioneiros ocupassem seus lugares no banco dos réus.

Os três réus eram representados pelo que havia de mais eminente em saber jurídico que os advogados deles puderam instruir, e a conversa nos corredores do Old Bailey era que, se eles se mantivessem coesos, seria difícil encontrar doze jurados que conseguissem chegar a uma decisão unânime. A conversa amainou quando Spencer Craig, Gerald Payne e Lawrence Davenport ocuparam seus lugares no banco.

Craig estava vestido de modo conservador, com um terno azul-marinho de riscado, camisa branca e sua gravata preferida, a lilás, dando a impressão de ter entrado pela porta errada e de que era ele quem deveria estar sentado no banco dos advogados, à espera de fazer a exposição inicial.

Payne trajava um terno cinza-escuro, gravata da universidade e camisa bege, como convinha a um membro do Parlamento representante de um distrito rural. Parecia calmo.

Davenport trajava jeans desbotado, uma camisa de gola aberta e um casaco. Estava de barba por fazer, que a imprensa descreveria no dia seguinte como uma barbinha de designer, relatando também que ele parecia estar havia vários dias sem dormir. Davenport ignorou os bancos reservados à imprensa e levantou os olhos para a galeria, enquanto Payne e Craig conversavam entre si como se estivessem esperando ser servidos num restaurante movimentado. Depois que Davenport verificou que ela estava no devido lugar, lançou um olhar vazio à frente, à espera da chegada do juiz.

Todos os que haviam conseguido arranjar um lugar no tribunal apinhado se levantaram quando o juiz Armitage entrou. Ele esperou que fizessem uma mesura, para devolver o cumprimento, ocupando a cadeira do meio em cima do estrado. Sorriu benevolente, como se aquele fosse mais um dia no escritório. Mandou o meirinho trazer os jurados. Este fez uma profunda mesura, antes de desaparecer por uma porta lateral, para reaparecer, instantes depois, conduzindo os doze cidadãos escolhidos rotineiramente para julgar os três réus.

O advogado de Lawrence Davenport permitiu que a sombra de um sorriso passasse pelo seu rosto, quando viu que o júri consistia de sete mulheres e cinco homens. Sentiu-se confiante de que o pior dos resultados seria um júri indeciso.

Enquanto os jurados ocupavam seus lugares, Craig os examinava com intenso interesse, ciente de que apenas eles decidiriam seu destino. Já instruíra Larry a fazer contato ocular com as juradas, pois precisavam apenas de três que não tolerassem a ideia de mandar Lawrence Davenport para a cadeia. Se Larry conseguisse cumprir aquela única tarefa, todos eles seriam libertados. Mas Craig estava aborrecido ao ver que, em vez de obedecer à sua simples instrução, Davenport parecia preocupado e simplesmente mantinha um olhar fixo adiante.

Depois de os jurados terem se acomodado, o juiz convidou o assistente a ler as acusações.

— Levantem-se os réus, por favor.

Todos os três se levantaram.

— Spencer Malcolm Craig, o senhor é acusado de, na noite de 18 de setembro de 1999, ter assassinado Bernard Henry Wilson. O senhor se declara culpado ou inocente?

— Inocente — afirmou Craig desafiadoramente.

— Gerald David Payne, o senhor é acusado de, na noite de 18 de setembro de 1999, ter se envolvido numa briga que culminou na morte de Bernard Henry Wilson. O senhor se declara culpado ou inocente?

513   *Prisioneiro da Sorte*

— Inocente — disse Payne com firmeza.

— Lawrence Andrew Davenport, o senhor é acusado de obstruir a justiça, porque, em março de 2000, testemunhou sob juramento sobre assunto específico que sabia ser falso. Como se declara, culpado ou inocente?

Todos os olhares no tribunal estavam fixos no ator, que, mais uma vez, se viu no centro do palco. Lawrence Davenport ergueu a cabeça e olhou para a galeria, onde sua irmã estava sentada na extremidade da primeira fila.

Sarah deu a seu irmão um sorriso apaziguante.

Davenport abaixou a cabeça, parecendo hesitar por um instante, antes de dizer, num sussurro quase inaudível:

— Culpado.

DO MESMO AUTOR

As Trilhas Da Glória

Algumas pessoas têm sonhos tão extraordinários que, quando conseguem realizá-los, têm seu lugar garantido na História. Francis Drake, Robert Scott, Percy Fawcett, Charles Lindbergh, Amy Johnson, Edmund Hillary e Neil Armstrong estão entre esses indivíduos.

No entanto, e se alguém tiver um sonho de grande magnitude e, após concretizá-lo, não houver prova alguma de que alcançou sua ambição?

As trilhas da glória conta um desses casos.

George Mallory foi um montanhista britânico que desde criança exibia grande talento. Com o passar dos anos, observou seu público e seu reconhecimento aumentarem. Primeiro, somente a família o vira escalar rochedos sem importância, porém com grande habilidade; depois, seus colegas de classe e professores o viram subir as maiores montanhas da Grã-Bretanha com facilidade inquietante. Em seguida, toda a Europa tomou conhecimento de suas grandes conquistas ao redor do continente, como o Mont Vélan e o Mont Blanc; por último, o mundo foi testemunha de sua tentativa de escalar o Everest. Quando perguntado por que queria tanto escalar o monte, George Mallory proferiu sua mais conhecida sentença: "Porque ele está lá."

Contudo, que ninguém se engane: somente ao terminar a leitura deste extraordinário romance será possível decidir se George Mallory merece lugar ao lado das mais ilustres personagens da História.

Este livro foi impresso no
Sistema Digital Instant Duplex da Divisão Gráfica da
DISTRIBUIDORA RECORD DE SERVIÇOS DE IMPRENSA S.A.
Rua Argentina, 171 - Rio de Janeiro/RJ - Tel.: (21) 2585-2000